In the

Shadow

of the

Banyan

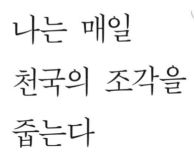

나는 매일
천국의 조각을
줍는다

바데이 라트너 지음
황보석 옮김

자음과모음

나의 어머니를 위해

나의 아버지
닉 앙 메차스 시소와스 아유라반을 기리며

차례

1

전쟁은 로켓탄 폭발음이 아니라 발소리, 복도에서 내 방을 지나 엄마 아빠 방으로 가는 아빠의 발소리와 함께 내 유년의 세계로 침입해 들어왔다. 문이 열렸다 나지막하게 짤깍 닫히는 소리. 나는 요람에 잠들어 있는 라다나가 깨지 않도록 조심조심 침대에서 내려와 살그머니 방에서 빠져나온 다음 문에 귀를 바짝 갖다 대고 엿들었다.

"당신 괜찮아요?" 엄마의 목소리가 걱정스러웠다.

매일 아침마다 아빠는 날이 밝기 전에 홀로 산책을 나갔다가 한 시간이나 그쯤 뒤에 도시의 풍경과 소리들을 마음속에 담아서 돌아왔고, 그것들로부터 영감을 얻어 나온 시를 내게 읽어주곤 했다. 하지만 그날 아침에는 집을 나서자마자 곧바로 되돌아온 것 같았다. 동이 막 튼 참이어서 밤기운이 채 가시기도 전이었으니까. 아빠의 걸음마다, 잠에서 깬 다음에도 한참이나 머물러 있는 꿈의 자취처럼 침묵이 뒤따랐다. 나는 아빠가 이제 엄마 옆에 누워 가만히 눈을 감고 엄마의 목소리에 귀를 기울이는 모습을, 그 목소리가 아빠의 마음속에서 아우성치는 생각들에 주는 위안을 상상해보았다.

"무슨 일 있었어요?"

"아무 일 없었소, 여보."

"무슨 일인데요?" 엄마가 채근했다.

깊고 긴 한숨을 내쉰 뒤 마침내 아빠가 입을 열었다. "거리가 온통 사람들로 가득 차 있소, 아나. 집도 없이 배를 곯는 절망적인 사람들로……." 아빠가 말을 멈췄고, 침대가 삐걱거리는 소리가 들렸다. 나는 아빠가 엄마 쪽으로 돌아누웠다는 생각이 들었다. 엄마와 아빠는 내가 종종 보곤 했었듯이, 기다란 베개를 같이 베고 얼굴을 마주 보며 누워 있을 것이었다. "그 참상이라니—"

"밖에서 어떤 무시무시한 일이 일어나더라도," 엄마가 온화한 목소리로 말을 받았다. "나는 당신이 우리를 보살펴주리란 거 알아요."

숨소리도 없는 침묵. 나는 엄마가 아빠에게 입 맞추는 장면을 상상하고 얼굴을 붉혔다.

"자, 봐요!" 엄마가 근심걱정 없는 낭랑한 울림이 되살아난 목소리로 감탄스럽게 외쳤다. 그다음에는 쪽널 덧문들이 열리는, 마치 나무로 된 새들이 불시에 날아오르는 것 같은 소리. "태양이 찬란하게 빛나고 있어요!" 엄마의 감격한 목소리와 마음 편한 몇 마디 말이 그날 아침의 심상치 않은 분위기를 몰아냈고 '밖에서 일어난 일들'은 아빠의 어깨 위로 발톱을 세워 기어올랐던 길 잃은 고양이처럼 다시 대문 밖으로 던져졌다.

빛줄기 하나가 집 앞에 떨어져 발코니에서부터 문이 열려 있는 복도로 흘러들었다. 나는 그 빛이 천국으로부터 천상의 카펫이 던져진 것이라는, 조심성 없는 테보다(tevoda, 천사)가 놓친 것이라는 상상을 하고 그쪽으로 달려갔다. 오른쪽 다리의 절룩거림을 교정하기 위해 평소에 늘 차고 있던 금속 보행교정기의 방해를 받지 않아 발걸음도 가벼웠다.

밖에서는 태양이 솟아올라 하품을 하고 기지개를 켜며 안뜰의 울창한 초록색 잎사귀들 사이를 뚫고 들어왔다. 마치 갓 태어난 어린 신이 여러 개의 기다란 팔을 뻗쳐 나뭇잎들과 가지들 사이로 찔러넣기라도 한 것처럼. 4월. 건기가 다 끝나갈 무렵이어서 이제 곧 어느 때라도 비를 머금은 계절풍이 찾아와 후텁지근한 더위를 몰아내고 위안을 줄 터였다. 그때가 되기 전까지는 집 안이 온통 풍선 속처럼 덥고 바람도 안 통하겠지만. 온몸이 땀으로 미끈거렸다. 그렇더라도 새해는 오고 있었고, 그 모든 기다림과 설렘 끝에 우리는 마침내 축하파티를 열게 될 것이었다.

"일어나, 일어나, 일어나!" 주방 별채에서 외치는 소리가 들려왔다. 옴 바오였다. 그녀의 목소리는 쌀을 너무 많이 채워 넣은 마대자루처럼 우둥퉁한 몸집만큼이나 우렁찼다.

"그 게을러빠진 대가리들 들어 올려!" 그녀가 암탉이 꼬꼬댁거리듯 다그쳤다. "서둘러, 서둘러, 서두르라고!"

나는 발코니를 뛰어 돌아 집 측면으로 갔다가 옴 바오가 여자들의 야트막한 숙소와 주방 별채 사이를 구르듯 왔다 갔다 하는 것을 보았다. 그녀의 샌들이 안달을 내듯 조급하게 찰싹찰싹 흙바닥을 치는 소리. "얼굴들 씻고 이빨들 닦아!" 그녀가 손뼉을 딱딱 쳐서 잠이 덜 깬

11

하녀들을 주방 별채 바깥쪽 벽에 일렬로 늘어놓은 커다란 물 항아리들 쪽으로 내몰았다. "얼른, 얼른, 얼른! 해가 떠올랐으니 네 엉덩이도 들어 올려!" 그녀가 하녀들 중 하나의 엉덩이를 철썩 쳤다. "호랑이의 마지막 으르렁거림과 토끼의 첫 깡충거림을 놓칠 판이야!"

호랑이와 토끼는 태음년을 상징하는 동물들로, 한 해가 가고 다른 해가 오고 있다는 뜻이었다. 크메르의 새해맞이는 언제나 4월에 행해졌는데 그해인 1975년의 새해 첫날은 17일에 떨어져서 며칠밖에 남아 있지 않았다. 우리 집에서는 그 축제기간에 치러지는 온갖 불교의식과 가든파티를 위한 준비가 훨씬 더 전부터 진행되는 것이 관례였지만 그해에는 전투가 벌어지고 있어서 아빠가 축하파티를 열고 싶어 하지 않았다. 아빠는 우리에게 새해는 씻어서 깨끗이 하는 때, 새롭게 하는 때임을 상기시키며 시골 지역에서 전투가 벌어져 피난민들이 우리 도시의 길거리들로 내몰리고 있는 판인데 무슨 일로든 축하를 하는 것은 온당치가 못하다고 했다. 그러나 다행히도 엄마가 찬성을 하지 않았다. 축하해야 할 때가 있다면 그때는 바로 지금이고 신년파티가 불길한 기운을 모두 몰아내고 상서로운 기운을 맞아들이리라는 것이 엄마의 반론이었다.

나는 고개를 돌렸다가 엄마가 침실 밖의 발코니에 서서 목덜미를 식히려고 머리카락을 들어 올리는 모습을 얼핏 보았다. 다음에는 부드럽고 섬세한 긴 머리카락을 천천히 등 뒤로 떨어뜨리는 엄마의 모습. 몸치장을 하고 있는 나비. 아빠의 시 한 구절이 떠올랐다. 그러나 엄마의 모습은 눈 깜짝할 새에 사라지고 말았다.

나는 집 뒤쪽에 있는 청소도구함으로 달려갔다. 그 전날 나는 더운 날씨에 보행교정기를 차고 있기가 거추장스러워서 그것들을 어디에다 두었는지 모르는 척 거기에 숨겨놓았었다. 엄마는 의심을 하고 있던 것이 틀림없었다. 이런 말을 한 것만 보더라도. 그렇다면 내일 아침에 네가 맨 먼저 해야 할 일은 그걸 차는 거야. 그때까지는 어디에다 두었는지 알아낼 걸로 믿어. 나는 청소도구함에서 보행교정기를 꺼내어 할 수 있는 한 빨리 교정쇄 끈을 매고 양쪽 다리의 길이가 같아지도록 오른쪽을 왼쪽보다 약간 더 높인 신발에 발을 밀어 넣었다.

"라미, 이 정신 나간 것아!" 내가 쿵쿵거리며 내 침실에서 발코니로 반쯤 열린 문을 지나는 순간 내게다 대고 외치는 소리가 들렸다. 유모였다. "다시 안으로 들어와. 지금 당장!"

나는 그녀가 달려 나와서 나를 다시 방 안으로 홱 끌어당길 거라는 생각에 얼어붙었다. 하지만 그녀는 그러지 않았고, 나는 집을 사방으로 빙 두른 베란다를 한 바퀴 도는 여행에 다시 나섰다. 엄마는 어디 있지? 어디에 있는 거지? 나는 뛰어서 엄마 아빠의 침실을 지났다. 얇은 쪽널을 이어 붙인 문이 활짝 열려 있었고 아빠는 이제 창가에 놓인 등나무 의자에 앉아 있었다. 손에는 공책과 연필을 들고 눈은 주위의 소란스러움이 생각 속으로 끼어들지 못하도록 집중을 하느라 지그시 감은 채로. 신의 손길로 다듬어진 시구는 고요함에서 나오나니……. 아빠가 쓴 다른 시의 다른 구절, 내가 늘 떠올리던 시구가 아빠를 정확히 묘사했다. 아빠가 시를 쓸 때는 지진도 아빠의 생각을 흩뜨릴 수 없었다. 그때에도 아빠는 나를 알아차리지 못한 것이 분명했다.

엄마의 모습은 어디에도 없었다. 나는 발코니 난간 너머로 열려 있는 감귤정원 문간을 통해 계단 위아래를 훑어보았다. 그러나 어디에서도 엄마는 보이지 않았다. 마치 내가 그때껏 내내 의심해왔던 대로 엄마가 혼령이기라도 한 것처럼. 둥둥 떠서 집으로 들어왔다 나갔다 하는 정령. 한 순간에는 여기에서, 다음 순간에는 저기에서 명멸하는 반딧불이. 이제 엄마가 희박한 대기 속으로 사라진 것이었다! 휘리릭! 바로 그것이었다.

"내 말 들리니, 라미?"

때때로 나는 유모가 그냥 없어졌으면 싶었다. 하지만 유모는 엄마와는 달리 언제나 내 주위에 있었고 끊임없이 나를 지켜보았다. 마치 벽을 츠르르 츠르르 기어오르는 도마뱀붙이들 중 하나처럼. 나는 집안 어느 곳에서나 그녀를 느끼고 그녀의 목소리를 들었다. "내가 돌아오라고 했다!" 그녀가 평온한 아침을 뒤흔들며 큰 소리로 외쳤다.

나는 급히 홱 돌아서 집 한가운데를 가로지르는 기다란 복도를 따라 내달려 마침내는 내가 처음에 있던 곳, 앞쪽 발코니의 그 지점으로 되돌아왔다. 엄마는 아직도 없었다. 더위 속에서 하는 숨바꼭질, 술래잡기 같다는 생각이 들었다. 정령과 숨바꼭질을 하기란 쉬운 일이 아니었다.

꽈광! 멀리서 폭발음이 들렸고 내 가슴이 좀 더 빠르게 뛰었다.

"대체 어디에 있는 거냐, 이 정신 나간 것아?" 유모의 목소리가 다시 들렸다.

나는 유모의 목소리를 못 들은 척 조각새김이 된 발코니 난간에 턱을 괴었다. 부겐빌리아* 꽃잎처럼 섬세한 날개를 단 조그만 연분홍색 나비가 아래쪽 정원에서부터 날아올라 내 얼굴 가까이로 난간

에 앉았다. 나는 가만히 숨을 멈췄다. 그 나비가 오랜 비행으로 기진
맥진한 듯 몸을 부풀렸다 줄였다 하며 아침 더위를 몰아내는 한 쌍
의 부채처럼 날개를 접었다 폈다 했다. 엄마일까? 엄마의 변신 가운
데 하나? 아니, 그것은 보이는 그대로 한 마리 아기나비였다. 번데기
에서 갓 빠져나와 그렇게도 가냘파 보이는 아기나비. 어쩌면 그 나
비도 내가 엄마를 찾고 있는 것처럼 제 엄마를 찾고 있는지도 몰랐
다. "걱정 마." 내가 속삭였다. "네 엄마는 여기 어디에 있을 테니까."
나는 나비를 쓰다듬어 안심시켜주려고 손을 내밀었지만 나비는 내
손길을 피해 날아가 버렸다.

안뜰에서 뭔가가 휙 움직였다. 아래쪽을 내려다보았다가 나는 늙
은 총각이 정원에 물을 주러 나오는 것을 보았다. 그는 꼭 그림자처
럼 발소리 하나 내지 않고 걷고 있었다. 그가 호스를 집어 들고서 연
못물이 가장자리 너머로 흐를 때까지 물을 채운 다음, 치자나무와 난
들에 물을 뿜어주고 나서 재스민들에 물을 뿌렸다. 그리고 꽃생강**을
손질한 다음 불꽃처럼 붉은 꽃송이들을 모아 덩굴줄기로 엮어서 꽃
다발을 만들어가지고 한옆에 놓아둔 뒤 하던 일을 계속했다. 갖가지
색깔의 나비들이 그 주위를 맴돌며 날고 있었다. 마치 자신이 나무줄
기고 그의 밀짚모자는 커다란 노란색 꽃이기라도 한 것처럼. 나비들
사이로 갑자기 옴 바오가 나타났다. 평소에 보이던 중년의 요리사인
모습과는 딴판으로 젊음이 한창 꽃을 피운 젊은 처녀처럼 교태롭게

---

* Bougainvillea. 빨간 꽃이 피는 열대 식물.
** 동남아 열대 지방의 생강과 식물로서 식용으로 이용되며 열매는 향신료도 쓰임.

수줍어하는 모습을 보이면서. 늙은 총각이 빨간 프랜지파니* 꽃들이 피어 있는 줄기를 하나 꺾어 그녀의 뺨에다 살짝 문지르고 나서 그녀에게 건네주었다.

"얼른 대답해!" 유모가 큰 소리로 외쳤다.

옴 바오가 종종걸음으로 황급히 물러갔다. 늙은 총각이 위를 올려다보았다가 나를 보자 얼굴을 붉혔다. 그러나 곧바로 자기의 처지를 알아차리고는, 모자를 벗고 허리를 숙여 내게 삼피아**를 했다. 그가 내게 허리를 숙인 것은 그는 고령이라 하더라도 하인이고, 나는 유모 말대로라면 '일곱 살밖에 안 된 꼬맹이'였다 하더라도 주인이기 때문이었다. 나는 답례로 늙은 총각에게 같이 삼피아를 하고 그러지 않을 수가 없어서 허리도 숙였다. 그가, 아마도 자기의 비밀이 지켜지리라는 것을 알고 내게 헤벌어진 웃음을 지어 보였다.

누군가가 오고 있었다. 늙은 총각이 발자국 소리가 들리는 쪽으로 돌아섰다.

엄마였다!

서두르지 않는 차분한 걸음으로 엄마가 늙은 총각 쪽으로 가고 있었다. 꽃들이 만발한 들판을 가로질러 미끄러지는 무지개……. 또다시 시 한 구절이 내 마음속으로 훨훨 날아올랐다. 나는 시인은 아니었더라도 시인의 딸이었고 그래서 종종 세상을 아빠의 시어들을 통해 보았다.

---

* Frangipani. 열대 아메리카산 협죽도과(科)의 관목. 재스민의 일종.
** Sampeah. 양손바닥을 얼굴 앞으로 연꽃처럼 한데 모아 하는 캄보디아 전통적 인사.

"안녕히 주무셨습니까, 마님." 늙은 총각이 눈길을 깔은 채 모자를 가슴에 갖다 대고 인사를 올렸다.

엄마가 그의 인사에 답하고 연꽃들을 바라보며 한숨 섞인 목소리로 입을 열었다. "날씨가 너무 더운 탓에 이제 꽃들이 다시 닫혔네요." 연꽃은 엄마가 좋아하는 꽃이었는데 비록 그 꽃들이 신들에게 바쳐지는 것이라 할지라도 엄마는 늘 그 꽃들이 매일 아침 엄마 자신에게도 선물이 되어주기를 바랐다. "적어도 한 송이는 닫히지 않고 피어 있기를 바랐는데."

"보시게 될 것입니다요, 마님." 늙은 총각이 안심을 시켜주었다. "동이 트기 전에 제가 몇 송이를 따서 꽃잎이 열려 있도록 얼음물에 담가두었습지요. 전하께서 시 쓰는 일을 마치시면 제가 그 꽃병을 마님 방으로 올려드리겠습니다요."

"나는 언제나 이렇게 의지할 수가 있네요." 엄마가 그에게 생긋이 웃어 보였다. "그런데 닫힌 꽃봉오리들로 사원에 바칠 화환도 하나 만들어줄 수 있겠어요?"

"분부대로 하겠습니다요, 마님."

"고마워요."

늙은 총각이 다시 고개를 숙이고 허공에 떠가는 듯한 엄마의 모습이 그를 지나쳐갈 때까지 눈길을 낮췄다. 엄마가 보폭 좁은 겸손한 걸음걸이를 유지하려고 오른손으로 실크 삼포트* 자락을 꼭 잡고 계단을 올라왔다. 그리고 계단 꼭대기에서 걸음을 멈추더니 내게 미소

---

* Sampot. 크메르의 전통 직물, 또는 그 직물로 만든 옷.

를 지어 보였다. "오, 잘했다. 보행교정기를 찾았구나!"

"보행교정기를 하고 천천히 걷는 연습을 하고 있었어요."

엄마가 소리 내어 웃었다. "그랬니?"

"언젠가는 엄마처럼 걷고 싶어서요."

엄마의 표정이 굳어졌다. 엄마가 미끄러지듯 내게로 다가와 눈높이가 나와 같아지도록 몸을 낮추고 말했다. "네가 어떻게 걷건 그건 상관없단다, 얘야."

"상관없다고요?"

나를 가장 괴롭게 했던 것은 교정쇄가 쿡쿡 찌르는 아픔도, 꽉 죄는 신발도, 거울에 비친 내 모습도 아니었다. 그것은 내가 엄마에게 내 다리 이야기를 했을 때 엄마의 눈에 어리는 슬픔이었다. 그래서 나는 여간해서는 그 이야기를 하지 않았다.

"그래, 상관없어……. 엄마는 네가 걸을 수 있다는 것만으로도 감사하니까."

엄마가 미소를 지어 보이자 환한 표정이 되살아났다.

나는 가만히 선 채로 숨을 참았다. 숨을 쉬기만 해도 엄마가 사라져버릴 것 같아서였다. 엄마가 다시 몸을 숙여 내 정수리에 입을 맞추자 엄마의 머리카락이 몬순철의 비처럼 내게로 쏟아져 내렸다. 나는 그 순간을 놓치지 않고 엄마의 향기, 엄마가 향수처럼 지닌 신비를 들이쉬었다. "누군가가 이렇게 숨 막힐 듯 무더운 날씨를 즐기고 있는 걸 보니 좋구나." 엄마가 마치 엄마에게는 내 색다른 행동이, 내게는 엄마의 사랑스러움이 그렇듯, 알 수 없는 수수께끼라도 되는 것처럼 웃으며 말했다. 나는 눈을 깜박였고 엄마는 미끄러지듯 멀어져 갔다. 엄마의 모습 전체가 햇살처럼 투명했다.

아빠는 시란 그런 것이라고 했다. 숨을 한 번 들이쉴 동안에 찾아왔다가 눈 깜박할 사이에 다시 사라질 수도 있어서 처음에는 단지 이런 것일 뿐이라고.

어린아이가 날리는 연의 꼬리처럼
논리에도 운율에도 구애받지 않고
마음을 누비며 지나가는 하나의 행

그런 다음에 나머지가—연이, 이야기 그 자체가—온전한 전체로서 따라오는 것이라고.

"얼른, 얼른, 얼른! 허비할 시간이 일 분도 없어!" 아래쪽에서 옴바오가 빠른 소리로 다그쳤다. "마룻바닥을 닦고 밀랍을 먹여야 해. 카펫들은 먼지를 털어서 햇볕에 쐬어야 하고, 도자기 그릇들은 가지런히 정리하고, 은으로 된 것들은 윤을 내야 해. 실크는 매끈하게 다려서 향수를 뿌려야 하고. 얼른, 얼른, 얼른! 할 일이 아주 많아. 할 일이 아주 많다고!"

안뜰 한가운데에 있는 반얀나무 가지들이 휙휙 움직이며 잎사귀들이 춤을 추었다. 어떤 가지들은 너무 길어서 발코니까지 닿았고, 그 잎사귀들의 그림자가 내 몸을 실크 천 조각처럼 덮고 있었다. 나는 양팔을 쭉 뻗치고 빙글빙글 돌았다. 혼자 속으로 주문을 외어 테보다들을 부르면서. "마른 천사, 살찐 천사……."

"그런데 너 지금 뭐하고 있는 거니?"

나는 빙 돌아섰다. 유모가 라다나를 업고 문간에 서 있었다. 라다나가 꿈틀꿈틀 몸을 비틀어 바닥으로 내려서자마자 토실토실 살이 찐 발로 그림자들을 콩콩 밟기 시작했고 그러자 그 아이의 발목장식에 달린 다이아몬드 박힌 방울들이 제멋대로 짤랑거렸다. 캄보디아에서는 아이들을 값비싼 보석 장신구들로 칭칭 감아주는 것이 흔한 일이었는데, 아장거리는 동생은 많은 귀여움을 받고 있던 터여서 백금 목걸이에다 발목장식에다 거기에 어울리는 한 쌍의 자그마한 귀고리까지 더해 최고로 사치스럽게 꾸며져 있었다. 이건 아이가 아니라 야시장*이야! 하고 나는 생각했다.

라다나가 아장아장 돌아다니는 동안 나는 내 동생도 나처럼 소아미비에 걸려 다리를 전다는 거짓 상상을 해보았다. 그 아이가 그렇게 되기를 바라서는 안 된다는 것을 알고는 있었지만 때로는 나도 어쩔 도리가 없었다. 비록 라다나의 걸음걸이가 뒤뚱거리고 어설프다 할지라도 그 아이가 자라나면 꼭 엄마처럼 보이리라는 것은 벌써부터도 알 수 있었다.

"이야!" 내 동생이 엄마가 떠가듯 문간으로 얼핏 지나가는 것을 보고 소리를 빽 지르더니 유모가 붙잡아 세울 틈도 없이 복도를 따라 달려갔다. 방울을 짤랑거리고 엄마를 부르면서. "엄마, 엄마, 엄마……."

유모가 내게로 돌아서더니 화난 것이 분명한 소리로 다시 물었다. "너 지금 뭐하고 있는 거지?"

* 없는 게 없다는 뜻으로 쓴 표현임.

"테보다들을 부르고 있어요." 내가 활짝 웃으며 대답했다.

"천사들을 부른다고?"

"그래요. 올해엔 그 천사들을 만나보고 싶어요."

물론 누구도 테보다들을 만나본 적은 없었다. 그들은 정령이었고, 혼령이니 뭐니 하는 다른 모든 것들과 함께 우리의 상상 속에서 살고 있었으니까. 유모의 테보다―적어도 유모가 내게 이야기해준 대로는―들은 미심쩍게도 귀에 익었는데, 나는 유모가 마른 천사, 살찐 천사, 검은 천사 같은 이름들로 자기 자신과 옴 바오, 그리고 늙은 총각을 지칭한다는 것을 알고 있었다. 그와는 반대로 내 테보다들은 나와는 닮은 데가 하나도 없이 궁정의 무희들처럼 사랑스럽고 결이 아주 고운 실크 옷에 뾰족한 꼭대기 장식이 하늘까지 닿는 왕관을 쓰고 있었다.

유모는 내 말을 귀담아듣지 않았다. 그녀의 귀는 다른 어떤 소리에 쏠려 있었다. 꽈과광! 또다시 밀려오는 폭발의 진동. 유모가 귀를 쫑긋 세우고 그 요란한 소음이 들려오는 쪽으로 머리를 기울였다.

폭발음이 더 심해졌다. 꽈광 꽈광 꽈과광! 이제는 내가 밤중에 들었던 것처럼 연속으로 터지고 있었다.

유모가 내게로 돌아서며 말을 받았다. "얘야, 내 생각엔 네가 올해 테보다들이 올 거라는 기대를 너무 많이 하지 말았으면 싶구나."

"어째서요?"

유모가 숨을 깊이 들이쉬고 설명을 해주려는 듯하다가 불쑥 물었다. "너 세수했어?"

"아니, 하지만 하려던 참이었어요."

유모가 나를 못마땅하게 쏘아보고 나서 턱짓으로 세면대 쪽을 가리키며 재촉했다. "그렇다면 지금 하러 가."

"하지만—"

"말대꾸하지 말고. 대비마님께서 아침식사를 가족과 함께하실 건데, 너 이 말썽꾸러기야, 늦으면 안 돼."

"어머나! 왕비 할머니께서! 그 이야기 왜 더 일찍 안 해줬어요?"

"해주려고 했지만 네가 계속 달아났잖니."

"하지만 난 몰랐다고요! 나한테 얘길 해줬어야죠!"

"그러니까, 그게 내가 너를 부르고 또 부르고 한 이유야. 너한테 그 얘길 해주려고," 유모가 성질이 돋아서 씩씩거렸다. "꾸물댈 만큼 꾸물댔으니까 얼른 가서 준비해. 너는 공주니까 공주답게 보이고 행동하도록 애쓰고."

나는 한 걸음 내디뎠다 뒤로 돌아섰다. "유모?"

"왜?"

"유모는 테보다 믿어요?"

유모는 곧바로 대답을 하지 않고 그대로 서서 나를 보고 있다가 이렇게 한마디만 했다. "테보다 아니고는 네가 뭘 믿을 수 있겠니?"

나는 집 앞쪽 계단을 내려갔다. 내가 들어야 할 말은 그게 다였고 나머지는 쉽게 생각해낼 수 있었다. 그것들은 내가 보고 만질 수 있는 것들이었으니까—꽃잎을 열고 있는 연꽃들, 잔가지들에 조그만 은빛 그물침대를 엮고 있는 거미들, 물이 뿌려진 초록색 풀 사이로 미끄러지는 민달팽이들…….

"라미," 위를 올려다보았다가 나는 유모가 발코니 난간에 기대어 있는 것을 보았다. "너 왜 아직도 꾸물거리는 거니?"

나는 엉덩이를 가볍게 씰룩거리며 한 발을 다른 발 앞에 놓았다. "지금 걷는 연습 중이라고요."

"그래서 뭐하려고? 지렁이랑 경주하게?"

"숙녀가 되려고요. 엄마처럼요!"

나는 가까이에 있는 덤불에서 어린 재스민 꽃가지를 하나 꺾어 귀 뒤에 꽂고 내가 엄마만큼 예쁘다는 상상을 해보았다. 라다나가 어디에서인가 모르게 나타나 내 앞에 서더니 기분 좋게 목 울리는 소리를 내며 일이 초쯤 그대로 서 있다가 내가 엄마와 조금도 같아 보이지 않는다는 것을 확인이라도 한 듯 다른 데로 뛰어갔다. 당신은 어디에 있나요? 엄마의 노래 소리가 들려왔다. 내가 당신을 찾으러 가고 있어요……. 라다나가 새된 소리를 질렀다. 엄마와 라다나는 숨바꼭질을 하고 있었다. 나는 한 살 때 소아마비에 걸려서 세 살이 되기까지는 걷지를 못했었다. 그래서 내가 아기였을 때는 엄마와 내가 숨바꼭질을 하지 못했던 것이 분명했다.

위쪽에서 유모가 성이 나서 한숨을 푹푹 내쉬었다. "제발, 그만 좀 꾸물거려!"

그날 아침 좀 더 늦게 우리는 주위에 있는 새와 나비들을 무색케 할 정도로 밝은 색깔의 실크 옷들을 차려 입고 식당 별채에 모여 앉았다. 그 별채는 과일나무들과 꽃나무들 사이로 안뜰 한가운데에 티크 목재를 써서 사방이 트이게 지어진, 탑 모양의 지붕을 이고 바닥은 단단한 나무로 된 건물이었다. 이번에는 엄마가 나비에서 정원으로 다시 변신을 해서 엄마의 모습 전체가 꽃들로 피어나고 있었다. 레이스 달린 하얀 블라우스에 조그만 흰 꽃무늬들이 점점이 박힌 샛노란 파뭉* 치마로 갈아입은 모습이 꼭 그렇게 보였다. 엄마의 치렁치렁한 머리카락도 이제는 늘어뜨려져 있지 않고 재스민 꽃줄로 묶은 쪽머리로 말아 올려져 있었다. 어린아이의 새끼손까락처럼 가느다란 참팍** 꽃 한 송이가 비단실에 매달려 엄마의 목덜미로 내려와 엄마가 옷매무새를 바로잡으려고 움직이거나 이리저리 손을 뻗칠 때마다 그 꽃이 엄마의 살결 위로 상아처럼 매끄럽게 미끄러지거나 가볍게 굴렀다.

엄마 옆에서 금속 교정쇠를 차고 모양새 없는 신발에 구겨진 푸른 옷을 입고 있는 내 모습이 천으로 급히 동여매어 쇠기둥에 올려놓아진 헝겊인형처럼 어설프게 느껴졌다. 거기에다 망신당할 일이 아직 더 남아 있는지 배 속에서는 꼬르륵거리는 소리가 멈추려고 들지를 않았다. 얼마나 더 오래 기다려야 하는 것일까?

마침내 왕비 할머니, 우리가 크메르 말로 부르는 대로라면 '스데치아(Sdechya)'가 힘겹게 아빠의 팔에 의지해 나타났다. 할머니가 천천히 계단을 내려오자 우리는 모두 인사를 드리러 달려가 서열순으로 늘어서서 무릎을 굽히고 머리를 숙이고 손끝이 턱에 닿을 듯 말 듯하게 양손바닥을 가슴 앞으로 모았다. 할머니는 계단 발치에서 멈춰 섰고 우리는 하나씩 앞으로 나아가 할머니의 발에 이마를 갖다

---

* Phamuong. 캄보디아의 오랜 전통을 지닌 섬유로 52가지 색상이 있음.
** Champak. 동인도산 목련과 나무로 노란 꽃이 핌.

24

대었다. 그리고 다음에는 할머니를 뒤따라 식당 별채로 들어가서 정해진 자리에 앉았다.

우리 앞에는 아침식사로 모두의 입맛에 맞는 음식—야자설탕으로 맛을 낸 연꽃씨앗 죽, 볶은 참깨와 잘게 썬 코코넛이 들어간 찹쌀밥, 고수풀* 잎과 대회향(大茴香)**과 버섯 지단을 고명으로 얹은 쇠고기 국수, 얇게 썬 바게트 빵—접시들이 차려져 있었다. 그리고 테이블 한가운데에는 늙은 총각이 집 뒤의 나무들에서 따낸 망고와 파파야들, 옴 바오가 아침 일찍 시장으로 가서 사온 람부탄***들이 담긴 커다란 은접시가 자리 잡고 있었다. 왕비 할머니가 식사를 우리와 함께하기로 했을 때는 아침식사가 언제나 성대한 행사였다. 할머니는 지체 높은 황녀(皇女)였는데 모두들 끊임없이 내게 그 점을 일깨워줘서 나는 할머니 주위에서는 어떻게 처신해야 하는지를 마음에 담아두고 있었다.

왕비 할머니가 첫술을 뜰 때까지 기다렸다가 나는 내 수프 주발 뚜껑을 들어 올렸다. 그러자 김이 솟아올라 백 개의 손가락들처럼 내 코를 간질였다. 얼마나 뜨거운지 알아보기라도 하려는 듯, 나는 뜨거운 죽이 한가득 담긴 스푼을 입으로 가져갔다.

"조심해라." 테이블 건너편에서 엄마가 냅킨을 펴서 무릎 위에 얹으며 주의를 주고는 미소를 지으며 한마디 덧붙였다. "너 혀를 데고 싶지는 않겠지?"

---

* 양념과 소화제로 쓰이는 미나리과의 풀.
** 향신료로 쓰이는 목련과 상록수의 열매. 팔각이라고도 함.
*** Rambutan. 말레이시아 원산의 달걀만 한 크기에 부드러운 돌기들로 덮인 붉은색 열대 과일.

나는 홀린 듯 엄마를 응시했다. 어쩌면 내가 결국 새해의 테보다를 본 것인지도 몰랐다.

"아침식사를 마친 뒤에 나는 토울 툼퐁(Toul Tumpong) 사원으로 기도를 드리러 갈 생각이에요." 엄마가 말을 이었다. "내 동생이 운전사를 대동하고 오겠대요. 나는 그 애하고 같이 갈 거니까 당신 외출하고 싶다면 우리 차 그대로 써도 돼요." 엄마는 아빠에게 이야기를 하고 있었다.

하지만 아빠는 머리를 한옆으로 살짝 기울인 채 신문을 읽고 있었다. 여느 때처럼 몸에 둘러 입는 갈색 하의와 베이지색 아차르* 셔츠로 수수한 차림을 한 아빠의 모습이 엄마가 눈부신 것만큼이나 엄숙해 보였다. 아빠가 앞에 놓인 커피 잔을 들어 농축우유가 가미된 커피를 홀짝이기 시작했다. 뉴스에 골몰해 있는 동안 아빠는 나머지 아침식사에 대해서는 까맣게 잊고 있어서 엄마의 말을 하나도 알아듣지 못했다.

엄마가 한숨을 내쉬고는 그 일은 그냥 넘겨서 기분을 좋게 하려 했다.

테이블 한끝에서 타타 고모가 한마디 던졌다. "자네로서는 좀 나갔다 오는 게 좋을 거야." 타타 고모는 아빠의 누나, 실제로는 왕비 할머니와 노로돔 왕자 사이의 첫 결혼에서 태어난 의붓누나였다. '타타'는 고모의 실제 이름이 아니었지만 아마도 틀림없이 내가 아기였을 때 그녀를 타타라고 불렀을 것인데, 그 이름이 굳어져서 이

---

* Achar. 남자 승려를 뜻하는 말임.

제는 모두들 그렇게 부르고 있었다. 심지어는 마침 그때 테이블의 다른 한끝을 지배하며 더없이 행복하고 편안하게 노령과 치매에 빠져들어 있던 왕비 할머니까지도. 나는 할머니가 지체 높은 황녀 프레아 앙 메차스 크사트리(Preah Ang Mechas Ksatrey)이기 때문에 테보다를 이해하기가 더욱 어려울 것이라고 믿게 되었다. 우리 가족을 통치하는 '왕비'로서 할머니는 분명히 거의 언제나 가까이 다가갈 수 없는 어른이었으니까.

"오래 걸리지는 않을 거예요." 엄마가 말했다. "기도만 드리고 돌아올 거니까요. 먼저 기도를 올리지 않고 새해를 시작한다는 건 옳게 보이지가 않아요."

타타 고모가 고개를 끄덕였다. "파티를 여는 건 아주 좋은 생각이야, 아나." 타타 고모가 주위를 둘러보았다가 새해 첫날을 맞기 위한 축하 준비가 이루어지고 있는 것을 알아차리고 그날의 시작에 기뻐하는 것 같았다.

주방 별채에서는 옴 바오가 이미 새해맞이 전통음식인 눔안솜*을 첫 번째로 쪄내기 위해 김을 피워 올리기 시작했다. 그 쌀떡이 한 차례씩 쪄지는 대로 우리는 그것을 신년초의 며칠 동안 친구들과 이웃들에게 돌릴 것이었다. 본채 발코니에서는 하녀들이 무릎을 꿇고 앉아 바닥과 난간에 밀랍을 먹이고 있었다. 불을 붙인 밀초에서 녹은 밀랍을 떨어뜨려 티크 목재에 문지르는 식으로. 그들 아래쪽에서는 늙은 총각이 마당을 쓸고 있었다. 그가 사당의 먼지를 털고 닦은

---

* Num ansom. 바나나 잎으로 싼 끈적끈적한 쌀떡.

27

덕에 반얀나무 아래로 황금빛 대좌에 오른 그 사당이 이제는 조그만 불교사원처럼 반짝이는 빛을 발했다. 몇 개의 긴 재스민 꽃줄들이 그 사당의 조그만 기둥들과 지붕의 뾰족탑을 장식했고 사당 입구 앞에는 생쌀로 채워진 도기에 선향(線香) 세 개가 우리를 보호해주는 세 지주인 조상신들, 테보다들, 그리고 수호신들에게 바치는 공물로 꼽혀 있었다. 그들은 모두 우리를 지켜보고 우리가 해로운 일에 빠져들지 않도록 지켜주며 거기에 있었다. 유모는 늘 우리에게 두려울 것은 아무것도 없다는 말을 하곤 했다. 우리가 집 담장 안에서 머무는 한 전쟁도 우리에게로는 미칠 수 없다고.

"한숨도 자지 못했어." 타타 고모가 조그만 종지에 담긴 갈색 설탕을 끈적끈적한 쌀밥에 뿌리며 말을 꺼냈다. "간밤에는 더위가 지독한 데다 포탄 소리도 전에 어느 때보다 더 심해서."

엄마가 화난 기색을 보이지 않으려고 애쓰면서 포크를 가만히 내려놓았다. 하지만 나는 엄마가 이런 생각—뭔가 다른 이야기를 하면 왜 안 되는 거지?—을 하고 있다는 것을 알 수 있었다. 그러나 타타 고모는 엄마의 시누이인 데다 왕가 사람의 일원이기도 해서 엄마는 화제를 돌려 고모에게 무엇을 이야기하라거나 하지 말라고도, 또 이야기의 주제를 선택할 수도 없었다. 아니, 그런다면 그것은 무례한 행동일 터였다. 라미, 우리 가족은 모든 줄기와 꽃이 완벽하게 배열되어 있는 화환과도 같단다. 엄마는 내게, 마치 우리가 예의바르게 처신하는 것은 단지 의례의 문제가 아니라 일종의 예술이라는 것을 알려주기라도 하려는 것처럼 그런 말을 했었다.

타타 고모가 테이블 다른 쪽 끝에 앉아 있는 왕비 할머니에게로 고개를 돌렸다. "그렇게 생각하지 않으세요, 메차스 마에(Mechas Mae)?" 고모가 왕가 용어를 써서 물었다.

반쯤은 귀가 멀고 반쯤은 백일몽에 빠져 있던 왕비 할머니가 되물었다. "뭐라고?"

"포격요!" 타타 고모가 외치다시피 큰 소리로 다시 말했다. "그게 무시무시하다고 생각하지 않으세요?"

나는 웃음이 터져 나오려는 것을 억지로 참았다. 왕비 할머니와 이야기를 하는 것은 터널에다 대고 이야기를 하는 것이나 마찬가지였다. 무슨 말을 하건 들을 수 있는 것은 메아리로 되돌아오는 자기 자신의 말뿐이었으니까.

아빠가 신문에서 눈을 들고 무슨 말인가를 하려는 참에 옴 바오가 매일 아침마다 만들어 올리는 차갑게 식힌 바질 씨앗 음료 잔들이 놓인 은쟁반을 들고 식당 별채로 들어섰다. 그녀가 잔들을 하나하나 우리 앞에 놓아주자 나는 잔을 들어 코끝에 대고 향긋한 신의 음료 냄새를 깊이 들이쉬었다. 옴 바오는 자기가 만든 음료—물에 불린 바질 씨앗과 사탕수수 설탕을 얼음물에 넣고 섞은 다음 재스민 꽃들로 향미를 낸—를 '알을 좇는 계집아이들'이라고 불렀다. 늙은 총각이 아침에 더 일찍 그 꽃들을 땄을 때는 꽃잎들이 꽉 닫혀 있었지만 이제는 그 꽃들의 꼭지가 물에 잠긴 채 꽃잎이 계집아이의 스커트처럼 펼쳐져서 알을 사냥하고 있는 것이었다! 전에는 내게 그런 생각이 떠오르지 않았었지만 바질 씨앗들은 정말로 투명한 생선 알처럼 보였다. 나는 내가 알아낸 것에 즐거워져서 컵에다 대고 환하게 미소를 지었다.

"똑바로 앉아라." 엄마가 내게 더 이상 미소를 지어 보이지 않고 명령했다.

나는 똑바로 앉아서 코를 뒤로 뺐다. 아빠가 나를 흘끗 쳐다보고 입모양으로 안됐다는 말을 해주었다. 그러고는 아빠의 잔을 들어 조금 홀짝였다가 놀란 듯 고개를 들고 소리쳤다. "옴 바오! 감미로운 맛 내는 법을 잊어버린 건가?"

"참으로 죄송합니다, 전하……." 옴 바오가 불안스럽게 눈길을 아빠에게서 엄마에게로 돌렸다. "사탕수수에서 잘라내려고 해보았지만 이제 얼마 남아 있지를 않아서요. 그리고 요즘에는 시장에서 찾아보기도 너무 어렵고요." 그녀가 침통하게 고개를 저었다. "이 하녀는 그것이 별로 달지 못해서 겸허히 사죄드립니다, 전하." 불안할 때면 옴 바오는 지나치게 의례적이고 말이 많아지는 경향이 있었다. "이 하녀 겸허히 사죄드립니다"라는 말은 더더욱 과장되게 들려서 그 말이 테이블을 가로질러 전하에게 전해질 때 나는 강아지처럼 내 수프를 핥았다. "전하께서 원하신다면……."

"아니, 이것으로 딱 되었네." 아빠가 음료를 다 마셨다. "향기롭군!"

옴 바오가 미소를 짓자 그녀의 양 볼이 주방에서 김을 뿜어내는 케이크처럼 부풀었다. 그녀가 불룩 튀어나온 엉덩이를 들썩거리며 머리를 조아리고 또 조아리고 하더니 예의를 갖추는 거리가 될 때까지 뒷걸음질을 치고 나서야 뒤로 돌아섰다. 주방 별채 계단에서 늙은 총각이 무슨 일이든 그녀를 돕는 데서라면 언제나 그랬듯 재빨리 그녀에게서 빈 쟁반을 받아들었다. 순간 그의 모습이 평소 때와는 달리 동요된 것처럼 보였다. 어쩌면 그날 아침 그와 옴 바오가 서로 살짝 애무했던 일을 내가 그런 애정 표시를 하지 못하도록 금하는 할머니에게 일러바칠까 걱정이 되었는지도 몰랐다. 옴 바오가 안심을 시키려는 듯 그의 팔을 가볍게 토닥였다. 그 모습이 마치 안 그럴 테니, 걱정 말아요라는 말을 하고 있는 것처럼 보였다. 그가 마음이 놓인 게 분명한 듯 내 쪽을 돌아보았다. 나는 그에게 윙크를 해주었고 그러자 그날 아침 두 번째로 그가 헤벌어진 웃음을 지어 보였다.

아빠가 다시 신문을 읽기 시작했다. 신문을 앞으로 넘겼다 뒤로 넘겼다 하는 바람에 종잇장들이 바스락거리는 소리를 냈다. 나는 고개를 기울여 제1면의 표제를 읽었다. '크메르 크라홈* 수도 포위.'

크메르 크라홈? 붉은 크메르? 이제껏 그런 말을 누가 들어보았지? 우리는 모두 캄보디아인, 또는 우리가 우리 자신을 부르는 대로라면 '크메르'인이었다. 나는 몸을 빨간색으로 칠한 사람들이 도시로 침입해 들어와서 독침을 쏘는 불개미 떼처럼 거리를 이리저리 내달리는 장면을 상상해보았다. 그리고 큰 소리로 웃다가 하마터면 바질 씨앗 음료에 목이 막힐 뻔했다.

엄마가 내게 또다시 경고하는 눈짓을 보냈다. 엄마의 언짢은 심사는 이제 쉽사리 자극을 받고 있었다. 그날 아침에는 일이 엄마가 원하는 대로 풀리지 않은 것 같았다. 모두들 전쟁에 관한 이야기를 하고 싶어 했다. 심지어는 옴 바오까지도 시장에서 사탕수수를 찾아보기가 얼마나 어려운지 푸념을 하면서 그 이야기를 비쳤다.

나는 유리잔 뒤로 얼굴을 숨기며 내 생각도 떠다니는 조그만 재스

---

* Khmer Krahom. '검은 옷을 입은 광적이고 무자비한 사람들'이라는 뜻.

민 스커트들 뒤로 같이 숨겼다. 붉은 크메르, 붉은 크메르. 그 말이 머릿속에서 노래처럼 울렸다. 나는 무슨 색 크메르일까? 그것이 궁금해서 나는 아빠를 흘끗 쳐다보고는 아빠가 무슨 색이건 나도 같은 색이라고 마음을 정했다.

"아빠, 아빠는 붉은 크메르예요?" 그 말이 생각지도 않게 나온 트림처럼 내 입에서 불쑥 튀어나왔다.

타타 고모가 잔을 탕 소리 나게 내려놓았다. 안뜰 전체가 쥐죽은 듯 고요해졌다. 심지어는 공기마저도 움직임을 멈춘 듯했다. 엄마가 나를 노려보았다. 테보다 같은 엄마가 그렇게 노려볼 때는 숨거나 아니면 불에 타버릴 위험을 무릅써야 할 터였다.

나는 바질 씨앗 음료에 머리를 담그고 물고기 알들이나 찾을 수 있으면 싶었다.

오후가 되었고 날씨가 너무 더워서 아무것도 할 수 없었다. 새해맞이 준비도 모두 중단되었다. 하녀들은 청소를 그만두고 이제는 주방 별채 계단에 앉아 서로의 머리를 빗질해주거나 땋아주고 있었다. 왕비 할머니는 반얀나무 아래에 놓인 널따란 티크목 장의자에서 거대한 나무줄기에 등을 기대고 앉아 눈을 반쯤 감은 채 종려나뭇잎 부채로 얼굴을 부치고 있었고 할머니의 발치에서는 유모가 반얀나무 가지에서 늘어뜨린 그물침대에 뉘어진 라다나를 흔들어주며 앉아 있었다. 그러니까 한 손으로는 그물침대를 밀고 다른 한 손으로는 유모의 무릎에 머리를 얹고 있는 내 등을 긁어주고 하면서. 아빠만이 식당 별채 바닥에 앉아 조각새김이 된 기둥들 중 하나에 등을 기대고 언제나 가지고 다니는 가죽장정 수첩에 글을 쓰는 중이었고, 아빠 옆에 있는 라디오에서는 고전적인 핀피트* 음악이 흘러나오고 있었다. 유모가 단조롭게 반복되는 선율에 귀를 기울이고 있다가 꾸벅꾸벅 졸기 시작했다. 하지만 나는 졸리지가 않았고 라다나도 마찬가지였다. 라다나가 내게 저하고 같이 놀아달라고 그물침대 밖으로 얼굴을 자꾸 내밀었다. "날아!" 동생이 내 손을 잡으려고 팔을 뻗치며 소리쳤다. "날아간다!" 그러면서 내가 라다나의 손목을 잡으려고 했지만 그 아이는 손을 뒤로 빼고 깔깔 웃으며 손뼉을 쳐댔다. 유모가 눈을 뜨더니 내 손을 찰싹 쳐내고 라다나에게 고무젖꼭지를 물렸다. 라다나가 도로 해먹에 누워 고무젖꼭지가 사탕이라도 되는 것처럼 쪽쪽 빨았다. 왕비 할머니가 라다나를 어르려고 입으로 쪽쪽 소리를 냈다. 어쩌면 할머니도 라다나처럼 뭔가를 빨고 싶어 한 것인지도 몰랐다.

얼마 안 가서 곧 셋 모두 잠이 들었다. 왕비 할머니는 부채질을 멈췄고, 유모의 손은 내 등에서 멈춰 있었다. 그리고 라다나의 죽순처럼 오동통한 오른쪽 다리는 그물침대 밖으로 늘어진 채 발목에 달린 방울도 잠잠해졌다.

사원으로 기도를 드리러 갔던 엄마가 원래 예정했던 시간보다 늦게 돌아와 안뜰로 들어서더니 우리를 깨우지 않으려고 조용히 식당 별채로 이르는 몇 개의 짤막한 계단들을 올라갔다. 그리고 아빠 옆에 앉아 아빠의 허벅지에 팔을 얹자 아빠가 수첩을 내려놓고 엄마를

---

* Pinpeat. 캄보디아의 왕궁과 사원에서 연주되는 오케스트라 형태의 음악.

돌아보았다. "그 애가 별생각 없이 한 말인 거 알잖소, 여보. 그건 그냥 어린애의 질문이었던 거요."

아빠는 내 이야기를 하고 있었다. 나는 자는 척을 할 수 있을 만큼만 살짝 눈을 감았다.

아빠가 말을 이었다. "그 크메르 루주, 공산주의자, 마르크스주의자들…… 우리 어른들이 그들을 뭐라고 부르건 아이들에게는 그저 우스운 말일 뿐인 거요. 그 아이는 그 사람들이 누군지, 그런 말이 무슨 뜻인지도 모르잖소."

나는 머릿속으로 그 이름들을 되뇌려 해보았다. 크메르 루주……공산주의자들…… 그런 이름들이 아무리 읽어도 물리지 않는 리암케*에 나오는 신들의 후예인 데바라자(devaraja), 아니면 그들의 적으로 살찐 아이들을 잡아먹는 악마 락샤사(rakshasa) 같은 공상적이고 에두르는 이름처럼 들렸다.

"당신도 한때는 그들과 같은 열망을 가졌었잖아요." 엄마가 아빠의 어깨에 머리를 기댄 채 말했다. "당신도 한때는 그들을 믿었어요."

나는 그들이 어떤 종족일지 궁금했다.

"아니, 그들을 믿은 게 아니오. 그들이 아니라 그들의 이상이었지. 품위, 정의, 정직…… 나는 그런 이상들을 믿었고, 앞으로도 내내 그럴 거요. 나 자신뿐 아니라 우리 아이들을 위해서도. 이 모든 것들이," 아빠가 안뜰을 한번 둘러보았다. "왔다 갈 거요, 아나. 특권, 재산, 우리의 칭호나 이름 같은 건 덧없는 거요. 하지만 이상은 영원히

* Reamker. 라마나야 대서사시에 기반을 둔 캄보디아의 대서사시.

34

살아남소. 인간성의 핵심이니까. 나는 우리 딸들이 그런 가치들, 다른 것은 몰라도 그런 이상을 인정하는 세상에서 자라났으면 하오. 그런 이상이 없는 세상은 광기에 불과하니까.”

“이 광기는 어떻게 하고요?”

“일이 이렇게까지는 되지 않기를 그렇게도 바랐는데.” 아빠가 한숨을 내쉬고 말을 이었다. “다른 나라 사람들은 오래전 분쟁의 첫 조짐이 보였을 때 우리를 버렸소. 그리고 이제는 미국도 그랬고. 아아, 민주주의는 패배했소. 그리고 우리의 친구들은 민주주의를 실행하기 위해 남아 있지 않을 거요. 그들은 아직 떠날 수 있을 때 떠날 건데, 누구라서 그들을 원망할 수 있겠소?”

“우리는 어떻게 되죠?” 엄마가 물었다. “우리 가족에게는 무슨 일이 일어나게 되느냐고요?”

아빠가 침묵을 지키다가 시간이 한참이나 흐른 것 같은 뒤에 다시 입을 열었다. “지금 이 위기는 지극히 난해하지만 아직은 내가 당신과 가족을 프랑스로 보내도록 어떻게 손을 써볼 수 있을 거요.”

“나하고 가족을요? 당신은 어떻게 하고요?”

“나는 남아 있을 거요. 나쁠 대로 나빠 보이지만 그래도 아직은 희망이 있소.”

“당신 없이는 떠나지 않겠어요.”

아빠가 엄마를 바라보다 몸을 숙여 엄마의 목덜미에 입을 맞추었다. 아빠의 입술이 엄마의 피부를 들이마시기라도 하듯 잠시 그대로 머물러 있었다. 아빠가 엄마의 머리카락에서 꽃들을 하나하나씩 떼어내기 시작하더니 엄마의 머리카락을 풀어 어깨 위로 펼쳐지게 했다. 나는 내 모습이 보이지 않게 하려고 애쓰면서 숨을 멈췄다. 엄마와 아빠는 더 이상 말을 하지 않고 일어서서 앞쪽 층계로 걸어가 새로 윤을 낸 계단을 올라가서 집 안으로 사라졌다.

나는 티크목 장의자 주위를 둘러보았다. 모두들 여전히 잠들어 있었다. 먼 곳에서 웅웅거리는 소리가 들려왔다. 그 소리가 점점 커지다가 이윽고 귀청이 터질 것처럼 요란해졌다. 가슴이 쿵쿵 울리고 귀에서 고동이 쳤다. 나는 고개를 들어 본채의 붉은 지붕 너머, 반얀나무 꼭대기 너머, 대문에서부터 줄을 지어 늘어선 늘씬한 종려나무들 너머를 곁눈질로 바라보았다. 그러자 그것이 보였다! 머리 위로 하늘에서, 커다란 검은 잠자리처럼 그것의 날개가 공기를 저미고 있었다. 타타타타타타타타타……

헬리콥터가 내려오기 시작했고 그 소리에 다른 모든 소리들이 삼켜졌다. 나는 좀 더 잘 보려고 티크목 장의자 위로 올라섰다. 갑자기 헬리콥터가 도로 급상승해 올라가더니 다른 쪽으로 날아갔다. 나는 목을 길게 빼고 대문 너머 쪽을 보려고 했지만 헬리콥터는 사라지고 없었다. 휘리릭! 완전히 사라져버린 것이었다. 마치 그것이 내 생각 속에서만 존재했던, 하늘에 찍혀 있는 상상의 작은 점이었던 것처럼.

다음 순간—

꽈광! 꽈광! 꽈과광!

내 밑의 땅이 뒤흔들렸다.

2

같은 날 오후 옴 바오가 실종되었다. 한 하녀가 옴 바오는 공항 근처에 있는 시장으로 갔다고 알려주었다. 하녀들은 그곳이 위험하다는 것을 알고 있었지만 그녀를 말릴 수 없었다고 했다. 그들에게 옴 바오는 아주 완강하게, 새해맞이 파티에 필요한 것들을 사야 하는데 프놈펜의 상점들에서보다 거기에서 더 많은 것을 구할 수 있다고 했다는 것이었다. 그녀는 아침식사를 마친 뒤 바로 떠났고 이제 해 질 녘이 되었는데도 아직까지 그녀의 모습은 어디에서도 보이지 않았다.

"시간이 너무 오래 지났어." 마침내 아빠가 선언했다. "내가 나가봐야겠어." 아빠의 어조는 이미 마음을 정했고 아무도, 심지어는 엄마도 말릴 수 없다는 뜻이었다.

아빠가 오토바이를 세워놓는, 벽이 없고 지붕만 있는 간이차고로 갔다. 늙은 총각이 바닥에 앉아 라디오 뉴스에 귀를 기울이고 있다가 일어나서 대문을 열려고 달려갔다. 아빠가 오토바이에 올라 등을 잔뜩 구부린 채 뒤 한 번 돌아다보지 않고 요란한 배기음과 함께 길 거리로 달려나갔다.

엄마와 타타 고모가 자리에서 일어나 본채 쪽으로 가서 무거운 걸음으로 집 앞계단을 올라갔다.

"이제 그만해도 돼요?" 내가 왕비 할머니에게 물었다. 그때껏 내내 할머니를 주물러드리느라 팔이 아팠다.

할머니가 신음소리를 내더니 고개를 끄덕이고 몸을 돌려 똑바로 누웠다. "너는 착한 아이로구나." 할머니가 일어나 앉으려고 하면서 중얼거렸다. 나는 내 등으로 할머니 등을 밀어 일어나도록 도와드렸다. "이게 모두 네 다음번 생을 위한 공덕이야."

"옴 바오가 어디 있을 것 같아요?" 내가 소곤거리는 소리로 물었다.

왕비 할머니가 다음번 생에만 관심이 있는 것처럼 멍한 눈길로 나를 바라보았다. 전쟁과 관련한 이야기는 무엇이건 할머니에게는 거대한 공허였다. 나는 할머니가 전쟁이 났다는 것을 알고나 있는지 궁금했다.

"사람들이 싸우고 있어요……."

"그래, 알고 있다." 할머니가 중얼거렸다. "우리 중에 반얀나무 그늘 아래에서 쉴 꼭 그만큼만 남게 되겠지."

"뭐라고요?" 나는 할머니가 어떤 혼령 비슷하게 보이기만 하는 것이 아니라 때로는 혼령처럼 알 수 없는 말도 한다는 생각이 들어서 할머니를 빤히 쳐다보았다. "폭발요," 내가 계속 밀고 나갔다. "그 소리들 못 들으셨어요? 틀림없이 로켓탄이 옴 바오의 머리 위로 떨어졌을―"

그러다 말고 나는 말을 멈췄다. 엄마가 종종 내게 했던 말―"말을 하기 전에 혀를 일곱 번 굴리거라. 그러면 네가 하고 싶은 말들을 해야 할지 말아야 할지 생각할 시간을 갖게 될 거야"―이 생각나서였다. 나는 혀를 일곱 번 굴렸지만 거기에 내가 이미 해버린 말도 포함되는지 아닌지는 잘 알 수 없었다.

"우리 중에 반얀나무 그늘 아래에서 쉴 꼭 그만큼만 남게 될 거야." 왕비 할머니가 다시 중얼거렸고 나는 왜 정신이 온전치 못한 사람들은 언제나 같은 말을 두 번씩 해야 한다고 여기는지 이해가 가지 않았다. "전쟁은 계속될 거고 안전한 곳이라고는 여기…… 반얀나무 그늘 아래뿐이니."

문이 삐걱거리는 소리에 나는 그쪽을 돌아다보았다. 하지만 그것은 늙은 총각이 간이차고 뒤의 연장 보관실 문을 여는 소리였다. 그가 커다란 정원용 가위를 꺼내더니 아빠가 떠난 뒤로 내내 자리를 지키며 기다리고 있던, 늘어져 내린 부겐빌리아 덤불 밑을 떠났다.

이제 그는 정원을 이리저리 돌아다니며 나무와 덤불을 깎아 다듬고 있었다. 그가 꽃생강의 불꽃 같은 꽃들이 더 잘 피어날 수 있도록 잎사귀들을 잘라냈다. 그리고 다음에는 장미의 잔가지들을 잘라내고 줄에 매달려 늘어뜨려진 난(蘭) 화분들을 다시 배치했다. 꽃이 핀 것들은 그늘로 보내고 꽃이 피지 않은 것들은 아침결에 햇볕을 받을 수 있도록 옮기는 식으로.

밤이 내렸지만 아빠도 옴 바오도 돌아오지 않고 있었다. 늙은 총각이 정원손질 도구들을 치우고 나서 빗자루를 집어 들고 잘라낸 잔가지들이며 가시들로 어질러진 안뜰을 쓸기 시작했다. 그러고는 하얗고 노랗고 빨간 프랜지파니의 떨어진 꽃잎들을 그러모아 양동이에 담았다. 옴 바오가 돌아오면 줄 선물이었다. 매일 아침마다 그는 빨간 프랜지파니 꽃―그 향기가 그녀가 좋아하는 양념인 바닐라 비슷한―이 달린 줄기를 하나 꺾어서 그것을 옴 바오의 방 창문턱에 놓아주곤 했는데, 그것은 지난 여러 해 동안 그녀가 그에게 보여준 친절에 대한 고마움의 표시였다. 밤이면 밤마다 그녀는 요리를 하는 일이 모두 끝나고 보거나 듣는 사람이 아무도 없다고 여겨질 때면 그의 방에다 야참을 몰래 넣어주곤 했으니까. 그는 옴 바오가 가져다주는 설탕이 많이 들어간 음료 때문에 이가 거의 다 썩어버렸다. 그들이 하고 있던 것은 내가 직접 보고―벽과 문들 사이의 갈라진 틈을 통해 엿보고―두 사람이 하루 종일 남몰래 주고받는 눈길과 그가 늦은 밤의 야참에 대한 보답으로 매일 아침마다 바치는 꽃들에서 알아차린 은밀한 연애였다. 하지만 이제 그는 그녀가 돌아오기를 기다리는 동안 땅에 떨어진 꽃잎들을 주워 모아놓고 있었다. 그는 그녀가 죽었다고 믿었고 나도 그렇게 믿었다. 그 생각이 떠오르자마자 나는 속으로 나에게 주의를 주었다. 혀를 일곱 번 굴리라고…….

그리고 일곱 번 더.

실종은 죽음보다 더 지독하다. 만일 내가 흔적도 없이 사라진다면 나는 산 적이 없는 것이나 마찬가지니까. 옴 바오가 실종되었다고 하는 것은, 그녀가 갑자기 우리의 삶에서 사라졌다고 하는 것은 그녀가 존재했었다는 사실 자체를 부정하는 것이었다. 그래서 우리는 모두 그녀가 '떠난' 것으로, 다음번 생으로 옮겨간 것으로 여겼다. 며칠 뒤 장례식 비슷한 불교의식이 옴 바오가 마지막으로 살아 있었을 법한 곳인 공항 근처에 있는 불교사원에서 치러졌다. 하지만 그곳은 폭탄이 더 심하게 떨어지는 도시 외곽지여서 의식에는 아빠와 늙은 총각만이 참석했다. 두 사람이 집으로 돌아왔을 때는 사리탑 모양의 뾰족한 돔 같은 뚜껑이 달린 단지를 하나 들고 있었다.

"그 여자가 가장 아끼던 소유물들이 타고 남은 재요." 아빠가 고갯짓으로 늙은 총각이 양팔로 안고 있는 은으로 된 단지를 가리키면서 말했다.

옴 바오에게서 남은 것이라고는 그것뿐, 그녀의 물건들이 타고 남은 재뿐이라는 생각을 하니 얼마나 기가 막히던지. 늙은 총각은 새벽에 불교의식을 치르러 떠났을 때 가방을 하나 가지고 갔었는데, 그때 나는 그 가방 속에 무엇이 들어 있는지 물어볼 생각이 나지 않았었다. 내가 상상하기로는 양념통들, 나무국자, 주걱, 프랜지파니 꽃 같은 것들이 들어 있었을 것 같았다.

"아차르가 그것들을 불길 속으로 던져넣었지." 아빠가 기진맥진한 표정으로 설명했다. 아빠의 옷은 구겨지고 흙물이 배어들고 희미하게 검댕 냄새를 풍겼다. "시신 대신으로……." 그러다 말고 아빠가 처음으로 내가 있는 것을 알아차리고 말을 돌렸다. "옷을 좀 갈아입어야겠소."

"그러세요." 엄마가 얼른 동의하고 나서 늙은 총각에게도 한마디 했다. "맥도 옷을 갈아입고 좀 쉬어야겠어요." 그러고는 단지를 유모에게 넘겨주었다. "떠나기 전에 이걸 좀 따로 보관해둘 수 있겠어요?"

"그럼요, 마님." 떠날 준비로 옷을 다 차려입은 유모가 대답했다. 유모는 가족과 함께 지내러 하루 동안 휴가를 떠나려는 참이었다. "놓아둘 적당한 자리를 찾아볼게요."

"아, 가족과 함께 즐거운 시간 보내요. 우리 안부도 전해주고요." 엄마가 말했다.

"고맙습니다, 마님."

모두들 떠나려고 일어섰다. 나는 아빠와 엄마를 뒤따랐다. 두 사람이 계단을 오르는 동안 아빠가 말했다. "그 사람 망령이 될 운명인가."

나는 그 자리에 멈춰 섰다. 망령이라니? 이미 혼령인데 얼마나 더 많이 사라진다는 걸까? 이 세상에 보이지 않게?

"그 사람은 여기에 우리와 같이 있어요." 엄마가 아빠의 손을 꼭 잡아 쥐면서 말했다. "혼령으로요."

나는 새해맞이 파티가 다시 열리게 될 것인지 묻고 싶어졌다. 그 파티는 옴 바오가 없어지는 바람에 취소되었으니까. 만일 그녀가 혼령으로라도 다시 돌아온다면 우리는 여전히 축하를 하게 될까?

어깨에 와 닿는 손길이 느껴졌다. 유모였다. 그녀가 나를 한옆으로 데려가더니 다짐을 두었다. "너 내가 없는 동안 얌전히 지내겠다고 약속해야 돼."

"유모는 내일 돌아올 거라고 약속할 건가요?"

엄마는 유모에게 떠나서 가족과 함께 지내라고 강력히 권했었다. 우리가 새해맞이 축하를 할 수 없더라도 잠시 휴식을 취하는 편이 좋다는 것이었다.

"내일이 새해잖아요." 내가 일깨웠다.

유모가 나를 훑어보았다. "테보다들이 올 거란다, 얘야. 하지만 지금은 새해맞이 축하를 할 때가 아니야. 지금은 그럴 수가 없어. 테보다들이 우리가 그러는 것처럼 옴 바오를 애도하러 올 거야."

"그렇지만 유모는 내일 돌아올 거죠, 그렇죠?"

"그래, 아마 해 질 녘쯤에. 그때까지 말썽 일으키지 않고 잘 있을 거라고 약속해."

나는 고개를 끄덕였지만 마음속에 있는 말은 하지 않았다. 유모가 가는 것을 원치 않는다고, 유모도 없어질까 봐 겁난다고.

얼마쯤 뒤에, 모두들 집안의 서늘한 정적 속으로 물러갔을 때 하얀 형상 하나가 안뜰에 나타났다. 늙은 총각이었다. 그는 옷을 깨끗한 것들로 갈아입었고 이제는 사당 앞에 서서 빨간 프랜지파니 꽃들을 공물로 바치고 있었다. 그가 내게 사당의 조그만 계단들에다 놓을 꽃을 한 줌 건네주었다.

"왜 옷을 그렇게 입고 있어요?" 그가 왜 장례식이 없는데도 하얀 상복을 입고 있는지 궁금해서 내가 물었다.

"저는 상중(喪中)입니다요, 공주님." 그가 더듬거리며 대답했다.

나는 그에게로 다가가 그의 얼굴을 매만져주고 싶었다. 옴 바오가 자기네 둘만 있다고 여겼을 때에 그러곤 했던 것처럼. 하지만 그가 너무도 허약해 보여서 만지면 산산이 부서져 내리지나 않을까 겁이 났다. 불과 이틀 사이에 그의 나이가 그를 따라잡은 것처럼 보이는 것이 어떻게 된 일이었을까? 나는 그에게서 눈을 뗄 수 없었다.

"어떤 꽃을 사랑할 때요," 그가 마치 자기의 바뀐 모습을 설명하고 싶기라도 한 것처럼 말했다. "갑자기 그 여자가 가버리면요, 모든 것이 그 여자와 함께 사라져요. 저는 그 여자가 살아 있어서 살았어요. 이제 그 여자는 갔고 그 여자 없이는 저는 아무것도 아니지요, 공주님. 아무것도."

"아." 그러니까 애도를 하는 것은 자기 자신이 아무것도 아니라고 느끼는 거구나 하는 생각이 들었다.

늙은 총각의 눈에 눈물이 가득 고였고, 그러자 그는 내게서 얼굴을 돌렸다.

나는 그가 울게 놓아두었다. 내가 어떻게 해야 하는지는 알고 있었으니까. 나는 곧장 뒤쪽에 있는 감귤정원으로 건너갔다. 아빠는 무언가 불쾌하거나 슬픈 것에서 벗어나고 싶으면 벽에서 갈라진 틈을 찾아내어 그 틈이 다른 세상, 아빠 자신을 포함하여 잃어버린 모든 것들을 다시 찾을 수 있는 세상으로 들어가는 입구인 것처럼 여기기만 하면 된다고 했다. 목욕탕 별채에서 나는 틈보다 훨씬 더 후한 입구—바람과 햇빛이 들어오도록 획획 돌려 여는 덧창들이 달린 높고 가느다란 창문들이 줄지어 늘어서 있는 자리—를 찾아냈다. 그리고 그 창문들 중에서 가운데 창문을 택했다. 그 창문이 내게 영지 뒤뜰 전체가 다 보이도록 해줄 것이기 때문이었다. 맨 먼저 눈에 들어온 것은 늘 보던 것, 즉 에메랄드빛 연못처럼 물결치는 발목 높이의 잔디밭, 백만 개는 될 조그마한 피조물들의 속삭임으로 울리는 키 큰 대나무들, 하늘에 얼어붙은 듯 떠 있는 극락조들, 엄마의 보석 목걸이들에 달린 걸고리처럼 획획 늘어져 내리는 포엽(苞葉)들, 그리고 출입구를 지키는 거인 보초들처럼 우뚝우뚝 솟은 코코넛나무들이었다.

나는 더 열심히, 더 주의 깊게 바라보았다. 그러자 그것이 보였다! 아빠가 이야기한, 잃어버린 것들을 찾을 수 있는, 나의 일부가 언제나 살고 있는 그 다른 세상이. 그 세상은 조용하고 푸르르고 지상인 동시에 천상인 곳이었다. 거기에는 폭발하는 로켓탄이나 폭탄도, 울고 있거나 죽어가는 사람들도, 슬픔도, 눈물도, 애도도 없었다. 제각기 꿈결처럼 화려한 얇고 가벼운 날개를 팔랑거리는 나비들만이 있었고 거기에, 코코넛나무 몸통줄기 옆에 옴 바오가 있었다. 그녀는 우리의 요리사였을 때처럼 통통했고 선명한 무지개 빛깔 나방의 형체를 하고 있었다. 늙은 총각이 그녀를 기다리고 있던 동안 거기에서 내내 그를 기다리고 있던 것이었다. 그에게 그걸 알려주어야 할까?

아니, 아직은 아니야. 그는 아직도 그녀를 애도하고 있었다. 그는 내가 본 것을 보지 못할 것이고 내 말을 믿지도 않을 터였다. 나는 그가 준비가 되었을 때 그에게 이 비밀스러운 세상, 그가 잃었다고 생각하는 모든 것들이 실제로는 형체가 바뀌어 숨겨져 있는 곳을 보여줄 셈이었다. 그때에 가서야 그는 보이지 않는 마법의 세상을 알아볼 것이고, 그때에 가서야 그는 이 꽃들 사이에서 자기가 한때 사랑했던 나비를 돌보고 있다는 것을 알게 될 것이었다.

3

아빠가 소리를 치면서 대문 안으로 달려 들어왔다. "전쟁이 끝났어! 전쟁이 끝났다고!" 아빠가 학생 아이처럼 펄쩍펄쩍 뛰었다. 나는 아빠에게 그런 호들갑스러운 면이 있다는 것은 전혀 알지 못했었다. "싸움은 더 없어! 전쟁도 더는 없고! 혁명군이 여기로 와 있어!"

"뭐가? 누가?" 타타 고모가 물었다. "자네 지금 크메르 루주를 말하는 겐가?"

"맞아요, 사람들 모두가 그들에게 환호하고 있어요!"

"자네 미쳤어?"

"거리가 지지자들로 가득 차 있어요." 아빠가 흥분을 감추지 못하고 설명했다. "심지어는 우리 쪽 군인들도 그들을 환영하고 있고요. 그들이 하얀 손수건을 흔들고 꽃들을 던지고 있어요."

"그럴 수가 없어." 타타 고모가 고개를 저었다. "이건 정말일 리가 없어."

"누님도 거기로 나가봐야 해요." 아빠가 기쁨에 넘쳐 되뇌었다. "그 웃음, 그 환호성, 그 환영하는 외침!" 아빠가 라다나를 티크목 장의자에서 번쩍 들어 올려 안고 빙빙 돌면서 노래를 부르기 시작했다. "이제는 끝났어, 이제는 끝났어, 전쟁은 끝났어!" 아빠가 엄마를 와락 끌어안고 우리가 보는 앞에서, 왕비 할머니도 보는 앞에서 엄마의 입에다 진하게 키스를 퍼부었다. 엄마가 부끄러워 어쩔 줄을 몰라 하며 몸을 빼고 아빠에게서 라다나를 받아들였다.

나는 아빠의 소맷자락을 잡아당기며 물었다. "그러면 유모도 틀림없이 돌아오는 거죠?" 그날은 새해 첫날이었고 유모는 도시 다른 쪽에 있는 가족을 보러 갔다 돌아오기로 되어 있었다. 나는 유모가 우리 집의 안전한 담장 바깥에 있는 것이 걱정되었지만 이제 전쟁이 끝났으니까 돌아오는 데 위험할 일은 없었다.

"그럼!" 아빠가 나를 번쩍 안아 올려 이마에 입을 맞추고는 빙긋이 웃으며 안뜰을 둘러봤다. "모든 게 다시 괜찮아졌어."

유모가 돌아올 것을 기대하고 우리는 하녀들이 즉시 휴가를 떠날 수 있도록 해주었다. 옴 바오가 세상을 떠나서 축하파티는 없을 것이므로 그들은 여느 때보다 더 오래 집에서 머물 수 있었다. 그들이 떠나고 나자 나는 라마야나*를 캄보디아로 번안한 리암케가 적힌 책을 들고 유모를 기다리러 대문으로 갔다. 아직 아침결이었고 유모는 거의 틀림없이 해 질 녘이나 되어서야 돌아올 것이었음에도. 하지만 어쩌다 유모가 더 일찍 돌아온다면 유모는 내가 돌아와준 것에 얼마

* Ramayana. 산스크리트어로 기록된 고대 인도의 대서사시.

47

나 기뻐하는지 보게 될 것이었다. 나는 늘어져 내린 부겐빌리아 가지들 밑으로 그늘이 져서 서늘한 자리를 골라잡고 리암케를 처음부터 다시 한 번 더 읽기 시작했다.

먼 옛날에 아유티야(Ayuthiya)라는 왕국이 있었다. 그 왕국은 지상계에서 찾아볼 수 있는 어느 곳보다도 더 완벽했다. 하지만 그런 낙원에도 시샘이 없지는 않았으니, 지하계에 아유티야와 거울에 비친 것처럼 똑같은 랑카(Langka)라는 왕국이 있어서였다. 그 왕국은 어둠이 지배하는 곳이었다. 락샤사(rakshasa)라고 알려진 그 왕국의 주민들은 폭력과 파괴로 살았고, 그들이 끼치는 해악과 고통으로 더욱더 강력해졌다. 락샤사들의 왕인 크룽 레아프(Krung Reap)는 이가 코끼리의 엄니 같았고 네 개의 팔에는 네 개의 전쟁무기―곤봉, 활, 화살, 그리고 삼지창―를 들고 있었다. 그는 세 영역의 모든 존재들 중에서도 아유티야를 가장 탐냈다. 그곳에서 쫓겨나자 그는 그 낙원을 쳐부수기 위해 온갖 파괴와 동요를 일으키며 아유티야 사람들이 살고 있는 산을 뒤흔들어 그 진동이 저 위에 있는 천상계로까지 전해지게 했다. 신들은 크룽 레아프의 악행과 무뢰함에 넌더리가 나서 비슈누*에게 락샤사들의 왕과 싸워 우주의 균형을 회복시켜달라고 탄원했다. 비슈누는 탄원을 받아들여 지상에 있는 인간의 모습을 띠고 아유티야를 물려받아 영구적인 평화를 가져다줄 데바라자인 프레아 레암(Preah Ream)으로 지상에 내려왔다. 그러나 평화가 오기 전에 전쟁의

---

* Vishnu. 힌두교의 3대 신 중 하나.

외침이 울려 퍼졌고 피가 흘렀고 사람과 원숭이와 신들의 시체가 똑같이 땅을 어지럽혔다.

거기에 적힌 글에 대해서 수없이 여러 번 생각하고 또 생각해보았지만 마지막 구절 "사람과 원숭이와 신들의 시체가 똑같이"가 여전히 내 마음을 어지럽혔다. 나는 죽은 사람들이 너무 많아서 누가 누구인지 알 수 없는 그런 학살 장면을 상상해보았다. 리암케에 대해서라면 나는 그 이야기의 나머지 부분이 이렇다는, 그러니까 사람 잡아먹는 귀신들은 종종 아름다운 모습으로 변신할 수 있고, 그래서 프레아 레암도 자신을 여러 개의 팔과 엄니와 무기를 가진 크룽 레아프처럼 무섭게 보이는 존재로 바꿀 수 있다는 것 정도는 익히 알고 있었다. 한 존재가 다른 존재로 나타날 수 있는데 우리가 애초에 누가 누구인지를 알지 못한다면 천신과 악마를 어떻게 구별할 수 있을까?

나는 계속해서 읽어나갔다. 우리의 이야기가 시작되는 때에 아유티야는 투사로트(Tusarot) 왕에 의해 통치되고 있었다. 그 왕에게서 네 왕자가 태어났는데 그중에서 프레아 레암이 가장 고귀했고 ―

갑자기 멀리서 외치는 소리들이 들려왔다. 문 열어, 문 열어! 나는 책을 내려놓고 더 잘 들어보려고 생각을 멈추었다. 승리를! 우리 혁명군에게 승리를! 환영하오, 형제들, 환영하오! 그 목소리들이 점점 더 요란해지고 있었다. 마치 그들이 이제 막 모퉁이를 돈 것처럼. 문 열어! 떠나! 하지만 무슨 일인지는 잘 알 수 없었다. 다른 여러 가지 소리들―경적 소리, 벨 소리, 사이렌 소리 그리고 셀 수도 없이 많은 자동차 엔진 소리─그 모두가 경쟁을 벌이고 있었다. 다음에는 땅이 우르르 울렸다. 뭔가 거대한 것이 들썩거리며 우리 쪽으로 굴러오고 있었다. 탄 고무타이어 냄새와 달구어진 아스팔트 냄새를 실은 대기가 예사롭지 않게 뜨거워졌다. 우르릉거리는 소리가 귀청을 찢을 듯해졌고 내 주위의 잎사귀들과 꽃들이 부르르 떨렸다. 괴물이야, 나는 그런 생각이 들었다. 구르는 강철 발이 달린 괴물. 아이들이 소리를 질러 댔다. "봐! 봐! 저기에 더 있어!"

그 괴물들, 디젤 숨을 쉬는 괴물들이 강철 발로 아스팔트를 긁으며 지나가는 동안 환호와 갈채 소리가 하늘 높이 떠올랐다. 혁명군 장병들을 환영합니다! 프놈펜으로 온 것을 환영합니다! 환영합니다! 몇 송이의 카네이션들이 하늘에서 떨어지는 새들처럼 우리 집 문간 담장에 던져졌고 뒤이어 합창으로 노래를 부르는, 확성기를 통해 뚝뚝 끊기고 갈라지는 소리가 들려왔다.

새날이 왔도다, 형제자매 동지들
자랑스럽게 혁명의 깃발을 들자
영광된 혁명의 빛을 향해 얼굴을 들자.

괴물들과 목소리들의 행렬이 길을 따라 점점 더 멀어져가서 마침내는 확성기의 거친 울부짖음이 알아들을 수 없는 소음으로 잦아들었다. 사람들이 집으로 돌아가자 문과 창문들이 닫히는 소리가 들렸다. 행렬이 지나가도록 멈춰 섰던 오토바이와 자동차들이 다시 움직이기 시작한 것 같았고, 자전거와 삼륜택시들도 끊임없이 벨을 올리며 가던 길을 다시 갔다. 그리고 얼마쯤 뒤에는 그 모든 소음들이 희미해져서 마침내는 거리가 이전처럼 아주 조용해졌다.

나는 올 것이 더 있을까 해서 치장벽토 세공을 한 담에 귀를 바짝 대고 기다렸다. 하지만 아무것도, 아무도 오지 않았다. 유모는 어디에 있는 걸까? 어쩌면 혼란 통에 길을 잃었는지도 몰랐다. 아니면 돌아오려고 애를 쓰고는 있지만 빽빽이 들어찬 차와 사람들을 뚫을 수가 없거나.

다음에 갑자기 몇 집 떨어진 곳에서 요란하게 문을 두드리는 소리가 들렸다. 내 심장이 요동쳤다. 두드리는 소리는 계속되었고 뒤이어 삐걱거리고 덜컹거리며 문이 급하게 열리는 소리와 말소리, 고함 소리, 다투는 소리가 들렸다. 너희들 대체 누구야? 나가! 아니, 당신이 나가! 여기는 우리 집이야! 빵! 뭔가가 폭발했다. 총소리였을 수도 있었고 그저 타이어가 펑크 나는 소리일 수도 있었지만 무엇인지는 알 수 없었다. 이제 점점 더 요란해지고 점점 더 가까워지는 문 두드리는 소리. 내가 뭘 어떻게 해야 할지 생각을 할 수 있기도 전에 누군가가 우리 집 대문을 두드리고 있었다. 쾅 쾅 쾅! 나는 뒤로 한두 발짝 펄쩍 물러났고, 담 위에서 흔들거리던 카네이션들이 내 발 가까이의 땅바닥으로 떨어졌다. 내가 그 꽃을 주워 올리려는 참에 어떤 목소리가 명령했다. "문 열어!"

나는 안뜰을 둘러보았지만 누구 하나 보이지 않았다. 하다못해 늙은 총각도. 나는 어른이 없으면 문을 열지 않는다는 규칙을 알고 있었다. 적어도 전쟁이 벌어졌던 동안에는 그랬다. 하지만 이제 전쟁이라고는 없었다. 나는 가슴이 쿵쿵 뛰고 숨이 가빠졌다.

"열어!" 또다시 외치는 소리. "안 그러면 총으로 박살낼 테다!"

"기다려요!" 내가 목 졸린 소리를 냈다. "잠깐만 기다려요!" 주위를 둘러보니 조금 떨어진 치자나무 덤불 밑으로 반쯤 가려진 발판이 하나 눈에 들어왔다. 나는 그 발판을 가져다놓고 그 위로 올라서서 걸쇠를 당겼고, 그러자 연기가 휙 들이쳤다. 그는 온통 검은색이었다. 검은 모자, 검은 셔츠, 검은 바지, 검은 샌들. 그가 쏘아보는 눈길로 나를 내려다보았다.

"안녕하세요?" 내가 인사했다. "틀림없이 검은 천사 맞지요?" 물론 나는 그가 테보다일 리 없다는 것을 알았지만 겁을 내지 않기로 마음먹었다.

"뭐라고?" 그가 나보다 더 당황한 것 같은 표정으로 물었다.

"검은 천사요!" 나는 눈을 굴리며 그를 놀이로 끌어들이고 있었다. 그는 진짜건 가짜건 테보다 치고는 별로 예의바르지가 못했다.

"뭐라고?"

그는 별로 똑똑하지도 못했다.

"기다리고 있었어요."

"이거 봐," 그가 반쯤은 성질을 내고 반쯤은 위협을 하면서 으르렁거렸다. "너하고 멍청한 놀이나 할 시간 없어." 그가 얼굴을 내게로 바짝 들이댔다. "네 부모 어디 있지?"

"유모가 어디 있느냐고요?" 나는 두려움을 억누르고 그의 침입을 지연시키며 유모가 어느 모퉁이에 몸을 숨기고 있지나 않은지 알아보려는 척 대문 너머를 건너다보았다.

"가!" 그가 나를 떠밀었다. "네 부모한테 나오라고 해, 지금 당장!"

그가 나를 다시 떠밀었고 나는 하마터면 꽃밭에 곤두박이로 처박힐 뻔했다.

"가라고!"

"알았어요, 알았어요." 나는 펄쩍펄쩍 뛰어가면서 모두에게 소리를 쳤다. "여기 테보다가 왔어요!"

"저 사람은 혁명군이야." 아빠가 말했다.

뭐라고요? 그는 군인처럼 보이지가 않았다. 내 생각에 군인들은 수장(袖章)과 훈장과 별로 장식된 멋진 제복을 입은 사람들이었다. 그런데 이 소년병은 농부들이 모내기를 하거나 들에서 일할 때 흔히 입는 검은 파자마 같은 셔츠와 바지에다 자동차 타이어 — 그 하고 많은 것들 중에서 — 로 만든 검은 샌들을 신고 있었다. 모두가 검은색인 그에게서 색깔이 있는 것이라고는 권총을 허리에 둘러맨 빨간색과 흰색 체크무늬 크로마*뿐이었다.

타타 고모가 밖으로 나왔다가 입을 쩍 벌렸다. "크메르 루주."

나는 더더욱 충격을 받았다. 이게 크메르 루주? 내가 고대했던, 삶보다도 더 큰 여러 이름을 가진 신은 어디에 있는 걸까?

"여기에들 있어요." 아빠가 우리 모두에게 일렀다. "내가 이야기를 해볼 테니." 아빠가 그 소년병을 맞으러 갔다. 아빠의 태도가 때 아니게 공손했다.

"동무들 물건들을 꾸려서 나가." 그 병사가 명령했다.

---

* Kroma. 캄보디아의 전통 스카프.

아빠가 놀라서 말을 더듬었다. "그, 그게 무, 무슨 말인지 모르겠소만."

"뭘 모르겠단 거야? 이 집에서 나가라는, 도시에서 나가라는 거야."

"뭐라고?" 타타 고모가 아빠의 경고를 잊어버리고 두 사람에게로 걸어가면서 따졌다. "이거 봐, 젊은이, 이러면 안 되지, 이렇게 불쑥 쳐들어와서—"

고모가 말을 다 끝내기도 전에 그 병사가 고모에게 권총을 겨누었다. 타타 고모와 그 자리에 얼어붙었고, 입이 벌어졌지만 아무 소리도 나오지 않았다.

"동무," 아빠가 그 병사의 팔을 잡으며 말했다. "제발, 여기에는 여자들과 아이들뿐이오."

그 소년병이 우리를 죽 둘러보았다. 그의 눈길이 아빠에게서 어머니에게로, 타타 고모에게로 옮아갔다가 그다음엔 내게로 옮아왔다. 나는 미소를 지었다. 왜 그랬는지는 모르지만 어쨌든 미소를 짓고 있었다. 그가 권총을 내렸다.

공기가 다시 움직이기 시작했고 나는 내 심장이 다시 뛰고 있는 것을 느꼈다. 그렇더라도 한동안은 단지 침묵만이 있었다. 마침내 아빠가 입을 열었다. "동무, 우리가 어디로 가야 한다는 거요?"

"어디로든. 나가기나 해."

"얼마 동안이나?"

"이틀, 사흘. 필요한 것만 챙겨."

"짐을 싸는데 시간이 좀 걸릴—"

"시간이 없어. 지금 당장 떠나야 해. 양키놈들이 폭격을 할 거라고."

아빠는 이제 혼란스러워하는 것 같았다. "틀림없이 잘못 알았을 거요. 그들은 떠났소. 그들이 그럴 리 없을—"

"남아 있다가는 총살될 거야! 동무들 모두 다! 알아들어?"

그가 더는 설명하지 않고 돌아서서 행진을 하듯 대문 밖으로 척척 걸어나갔다. 권총은 이제 하늘을 쏘기라도 하려는 것처럼 그의 머리 위로 높이 추켜올려져 있었다. "혁명 만세!"

우리는 빨리 움직여야 했다. 그 혁명군 병사가 다시 오면 우리를 쏘아버릴 것이었다. 그것이 언제일지, 그가 한 시간 후에 돌아올지 아니면 하루 뒤일지, 그것도 아니면 그저 으름장을 놓은 것인지 우리로서는 알 길이 없었다. 그러나 아빠는 그것이 절대로 운에 맡길 수 없는 일이라고, 우리는 당장 떠나야 한다고 했다. "나는 내 집에서 쥐처럼 쫓겨나지는 않겠어." 타타 고모가 고집을 피웠다. 아빠는 우리에게 그 어떤 선택권도 없다고 했고 엄마는 울음을 터뜨렸다. 라다나는 제가 몹시 좋아하는 덧베개를 가슴에 끌어안고 있다가 엄마가 우는 모습을 보고 따라 울기 시작했다. 엄마가 라다나를 달래주려고 달려갔다. "뭘 가져가야 할지 모르겠어요." 엄마가 모든 옷들이 옷걸이에 그대로 걸려 있는 커다란 옷장을 바라보며 울먹였다. "돈과 금을 가져갑시다." 아빠가 현실적으로 대답했다. "그 밖의 다른 것들은 모두 길에서 살 수 있을 거요."

아빠가 엄마의 오래된 경대를 열쇠로 따고 목걸이들, 귀고리들, 반지들, 그리고 한데 엉겨 있는 다른 귀중품들을 각각의 케이스에서 들어냈다. 그러고는 라다나의 덧베개를 움켜쥐고 그 아이가 내내 울어대는 동안 주머니칼로 솔기를 뜯어내어 보석류들을 덧베개의 솜 사이에 밀어 넣었다. 다음에 아빠는 급히 방에서 나가 온 집안을 이리저리 뛰어다니며 책, 그림, 성냥갑 등 생각나는 것들과 눈에 띄는 것들을 마구 움켜쥐었고, 밖으로 나가서 그것들 모두를 우리 푸른색 BMW 승용차 트렁크에 던져넣었다.

나는 아빠의 옷소매를 잡았다. "유모는 어디 있어요?"

아빠가 동작을 멈추고 나를 바라보더니 한숨을 내쉬었다. "나도 모르겠구나."

"우리 유모 기다리지 않을 건가요?"

"그럴 수가 없구나, 얘야, 미안하다."

"혁명이 뭐예요?"

"일종의 전쟁."

"하지만 아빠는 전쟁이 끝났다고 했잖아요."

"그렇게 생각했고 그렇게 기대했지." 아빠는 무슨 말인가를 더하려는 것 같았지만 생각을 바꾼 듯 그러지 않았다. 그런 아빠의 모습이 몹시 마음 산란해 보였다.

나는 아빠의 옷소매를 놓아주었고 아빠는 다시 집 안으로 달려들어 갔다.

나는 BMW 승용차 뒷자리에서 왕비 할머니와 타타 고모 사이에 끼어 앉았다. 앞좌석에서는 엄마가 라다나를 무릎에 안고 그 아이의 머리에 입술을 갖다 댄 채 앞뒤로 가볍게 흔들어주고 있었다. 엄마의 품에 안겨서 라다나는 진정이 되었고 흔들어주는 몸짓에 얼러져 울다 지친 끝에 잠이 들었다. 아빠가 미끄러지듯 운전석으로 들어와 차를 출발시켰다. 운전대를 잡고 있는 아빠의 손이 부들부들 떨렸다.

늙은 총각이 대문 쪽으로 걸어왔다. 그의 등이 쌀자루를 지고 있는 것처럼 굽어 있었다. 그는 우리와 함께 가지 않고 뒤에 남아서 정원을 돌보겠다고 했다. 자기가 가꾸는 꽃들이 열기 속에서 죽게 하느니보다는 혼자서라도 그 병사를 맞상대하겠다는 것이었다. 누구도 그를 달리 설득할 도리가 없었다.

어떤 꽃을 사랑할 때요, 갑자기 그 여자가 가버리면요, 모든 것이 그 여자와 함께 사라져요.

그가 대문을 붙들어 열고 있는 동안 아빠가 BMW 승용차를 조금씩 전진시켰다. 나는 목을 길게 빼어 사이드미러를 들여다보았다. 이제는 텅 비고 조용한 발코니가 보였다. 거기가 언제나 그랬었던가? 거기에서 누구도 살았던 적이 없는 것처럼? 갑자기 나는 며칠 전 아침에 아빠가 산책에서 돌아왔었을 때, 아빠의 발소리를 그림자처럼 뒤따라 집 안으로 들어왔던 것이 무엇이었는지를 알아차렸다. 그것은 지금 이 순간, 우리의 떠남, 우리의 '사라짐'이었다. 우리는 아직 떠나지 않았지만 나는 우리 집이 우리 없이 어떻게 될지를 이미 보고 느꼈다. 어떻게 그럴 수가 있을까? 나는 이해가 가지 않았다. 하지만 실제로는 그랬다. 우리에게 선견지명은 없었다.

모든 것이 뒤로 물러나기 시작했다. 옴 바오가 주걱이며 양념들로 지배하던 주방 별채. 하녀들이 집안의 허드렛일에서 풀려나 편한 자세로 잡담을 주고받으며 자유를 즐기던 그들의 야트막한 숙소에 딸린 나무 계단. 아침마다 내가 하루를 맞았던, 이런저런 이야기들이 그 주위의 나무들에 깃든 새와 나비들처럼 날개를 펼치던 본채. 갖가지 대화가 오가고 음식들이 나오고 손님들이 찾아오던 식당 별채. 그 그늘 밑에 신성한 땅이 자리 잡고 있던 반얀나무. 꿀벌과 꽃들이 옹기종기 모여 있던 정원들.

그다음에는, 마침내 안뜰 전체가.

늙은 총각만이 늘 그랬던 것처럼 대문 가까이에 늘어진 부겐빌리아 덤불 옆에 서 있었다. 그가 손을 흔들었다. 나도 그에게 손을 흔들어주었다.

그가 대문을 닫았다.

4

거리가 온통 꽉꽉 메워져 있었다. 사람들, 승용차, 트럭, 오토바이, 모터 달린 자전거, 삼륜택시, 우마차, 손수레, 외바퀴 손수레, 도시의 거리에 속하지 않거나 속할 수 없는 것들인 오리, 닭, 돼지, 황소, 암소, 짚자리, 그리고 매트리스로. 나는 진흙으로 떡이 진 물소라든가 코끼리 부리는 사람과 그 가족을 태운 코끼리를 보게 되리라고는 상상도 하지 못했었다. 하지만 거기에는 사방으로 밀리고 요동치는 난장판 중에 그런 짐승들이 있었다.

우리 옆에서는 한 농부가 돼지를 끈으로 매어 끌고 있었다. 돼지는 겁에 질려 도살을 당하기라도 하는 것처럼 꽥꽥거렸다. 조금 더 떨어진 곳에서는 노란 폭스바겐 비틀 승용차가 어떤 트럭이 느닷없이 경적을 울리는 바람에 놀라서 뒷걸음질 치는 말을 간신히 피했다. 아빠는 빽빽한 혼잡을 뚫고 조금씩 나아가는 동안 핸들을 꽉 움켜쥐고 있었다. 우리가 집을 떠났을 때 아빠는 우리에게 어디로 갈 것인지를 간략하게 알려주었다. 크발 스놀(Kbal Thnol)로 가서 삼촌과 그 가족을 만나 합류할 것이라고. 그곳은 위급상황에 대비해서 아빠와 삼촌이 미리 약속해둔 장소였다. 거기에서부터 우리는 함께 차를 몰아 키엔 스바이(Kien Svay)에 있는 주말별장으로 갈 것이었다. 아빠는 그러는 것이 아주 쉬운 일인 것처럼 들리게 했었다. 그런데 이제는 조그만 교차로 하나를 건너거나 심지어는 똑바로 나아가는 것도 엄청나게 어려워 보였다.

내 옆에서 왕비 할머니가 신음소리를 내기 시작했다. 할머니는 아빠가 차를 돌려 다시 집으로 돌아가기를 원했지만 물론 돌아갈 수는 없었다. 우리 집 대문으로 난입했던 소년병처럼 머리끝에서부터 발끝까지 온통 검은 차림을 한 혁명군 병사들이 어디에서나 총을 휘둘러대며 사람들 모두에게 떠나라고 명령을 하고 있었으니까. 수많은 가족들이 소지품들로 꽉꽉 채워진 슈트케이스를 끌거나 접시며 프라이팬, 나무 걸상, 요강 따위로 채워진 바구니들을 끌어안고 거리로 쏟아져나왔다. 한 여자는 어깨에 멘 대나무 가로대 양쪽에 매달린 한 바구니에다는 아이를, 다른 한 바구니에다는 쌀 단지가 위태위태하게 올려진 화덕을 담아 균형을 잡고 있었다. 맨발의 눈 먼 거지 하나가 한 손에는 지팡이를, 다른 손에는 동냥그릇을 든 채 벌 떼처럼 들어찬 사람들 몸을 더듬어 길을 헤치면서 거리를 따라 발을 질질 끌고 걸어갔다. 누구도 그에게 잔돈을 주려고 멈춰 서지 않았고 누구도 그를 불쌍해하지 않는 것 같았다. 아니, 그를 알아차리지도 못했다. "도시에서 나가시오!" 휴대용 확성기를 통해 목소리들이 짖어댔다. "양키놈들이 폭탄을 떨어뜨릴 거요!"

병사들은 누가 늙고 누가 젊은지, 누가 걸을 수 있고 누가 걸을 수 없는지도 상관하지 않고 진로에 방해가 되면 누구건 마구 떠다밀었다. 목발을 짚은 한 남자가 밀려 넘어졌다가 일어나보려고 몇 번씩 애를 썼다. 크메르 루주 병사 하나가 그를 보고 홱 잡아당겨 일으켜 세워서 밀어제쳤다. 어느 병원 앞에서는 한 병든 노파가 아들인 것처럼 보이는 남자의 팔에 매달려 있었다. 제복 차림의 한 젊은 간호사가 정맥주사액 봉지를 환자의 머리 위로 받쳐 든 채 병상에 뉘어진 환자를 밀고 나왔다. 그 근처에서는 한 의사가 수술용 마스크를 벗고 마치 병사들을 설득하려는 것처럼 열심히 손짓 몸짓을 하고 있었다. 병사들 중 하나가 총을 그 의사의 이마에 갖다 대자 의사가 갑자기 양팔을 번쩍 들어 올리고 동상처럼 굳어들었다. 그의 수술용 장갑이 피로 얼룩져 있었다.

한 젊은 아빠가 아들 하나는 등에 업고 다른 하나는 앞에 둘러매고 지나갔다. 그의 양옆에는 보따리들이며 식량, 부엌살림, 깔개, 베개, 담요 같은 필요한 것들이 잔뜩 매달려 있었다. 아내인 여자는 한 아이는 등에 업고 또 한 아이는 걸리면서 사람들로 빽빽이 들어찬 길을 헤치고 나가는 동안 몸을 이리저리 틀어 남편의 팔을 단단히 잡고 있었다. 십대 소년 하나가 양손으로 피가 흐르는 배를 움켜쥔 채 도움의 손길을 구하려고 애쓰면서 그들을 밀치고 지나갔다. 그러나 어떤 도움의 손길도 그에게로 가지 않았다. 나는 한꺼번에 백만의 얼굴들을 보고 있었다. 그들 모두가 겁에 질리고 어찌할 바를 모르는 것이 다른 모두와 같아 보였다.

우리는 부서진 시멘트 덩어리들에서 보강용 철근들이 튀어나온 반쯤 파괴된 건물 옆을 엉금엉금 기어가듯 지났다. 근처의 골목길과 모퉁이들에서는 잡석 무더기들 뒤로 반쯤 가려진 정부군 병사들이 짙은 황록색 제복을 벗어 모닥불 속으로 미친 듯이 던지고 있었다. 한 국수 가판대 뒤에서는 한 남자가 얼룩무늬 위장복을 벗고 있다가 두 크메르 루주 병사에게 발각되었다. 두 병사가 그를 끌어내어 다른 정부군 병사들로 가득 찬 트럭에 밀어 넣었다.

어느 학교 부속서점 앞에서는 한 무리의 아이들이 책을 가슴에 끌어안고 옹기종기 모여 있었다. 크메르 루주 병사 하나가 선생님으로 보이는 중년 여자에게로 다가가 그녀의 얼굴에서 안경을 벗겨냈다. 그러고는 안경을 땅바닥에 내던진 다음 소총 개머리판으로 짓이겨 박살냈다.

병사들의 옷처럼 시커먼 연기가 어디에서나 피어올랐다. 보도에서는 책과 공책들이 무더기로 불타고 있었다. 재들이 불에 탄 나비들처럼 공중으로 날아올랐다. 나는 그들이 왜 크메르 루주―'붉은 크메르'―라고 불리는지 의아했다. 그들에게 붉은 것이라고는 없었다. 그들에게는 왜 그렇게 많은 이름들이 있었을까? 혁명군, 공산주의자, 마르크스주의자 같은 것들이 아빠가 늘 그들을 지칭하는 이름이었고, 거기에 대해 타타 고모는 크메르 루주, 반란군, 도둑놈, 정글의 쥐라고 되받지 않는 법이 없었다. 그것들 오래가지 못해. 타타 고모는 그들의 승리가 단기간에 그칠 것이며 징벌을 부를 것이라고 예언했다. 그것들은 흉악한 범죄자들처럼 목매달려야 해. 아빠는 혁명군들이라고 반박을 하곤 했지만 아빠의 어조는 그들의 이름과 그들의 의도를 아직 더 알아보아야 한다는 듯 망설이는 투였다. 누님은 그들에 대해서 말할 때 조심하셔야 해요. 나는 그들이 정말로는 어떤 사람들인지가 궁금했다. 병사들일까 아니면 농부들일까? 아이들일까 아니면 어른들일까? 그들은 내가 그러리라고 상상했던 전설적인 신들인 데바라자들처럼 보이지도, 악마들인 락샤사들처럼 보이지도 않았다. 그렇게 온통 검은 옷을 입고 있는 그들은 그 하나하나가 다른 하나하나의 복제품들인 그림자 종족 같아 보였다.

우리는 수많은 사람들이 어느 높다란 단철(鍛鐵) 대문 앞에 모여 있는 곳까지 왔다. 대문 뒤로 하얀 원기둥들이 있는 건물 정면이 보였다. 사람들이 입구로 가기 위해 밀고 밀치며 싸우는 중이었고, 맨 앞쪽에 있는 사람들은 철제 창살들을 두드리며 들여보내달라고 애원을 하고 있었다. 몇몇 사람들은 담장 꼭대기에 빙 둘러쳐진 날카로운 쇠꼬챙이에 몸을 찢기면서도 높은 담 위로 기어올라 넘어가려고 안간힘을 쓰고 있었다. 서너 사람은 넘어갔지만 나머지 대부분은 아래쪽에서 밀치락달치락하는 사람들에 붙잡혀 도로 끌어내려졌다. 두 남자가 서로 주먹질을 하더니 다음에는 둘이 더, 셋이 더 치고받았다. 싸움판이 벌어지자 여자들은 비명을 질렀고 아이들은 훌쩍이거나 강아지들처럼 울부짖었다.

총성이 울렸다.

사람들이 갑자기 잠잠해졌다. 한 군인이 권총을 머리 위로 높이 치켜들고 반쯤 열린 대문을 통해 걸어 나왔다. 그가 손을 오른쪽 왼쪽으로 내저으며 명령을 내리자 사람들이 양쪽으로 갈라져 중간에 좁은 길을 내주었다. 호위를 하는 다른 군인들이 외국인들을 골라 안으로 들여보내고 캄보디아인들은 큰길로 다시 내몰았다.

내 옆에서 타타 고모가 믿어지지 않는다는 투로 중얼거렸다. "맙
소사, 저것들이 하겠다던 대로 하고 있네. 외국인들을 모두 다 추방
하고 있어."

"그러면 저게 외교적 피난처인가요?" 엄마가 아빠를 돌아다보며
물었다.

"일시적인 거요, 그렇게 보이는군." 아빠가 앞쪽에 있는 무엇인가
를 똑바로 쳐다보면서 대답했다.

"외국 여권을 소지하지 않았으면 아무도 들여보내지 않을 거요."

나는 아빠의 눈길을 따라 젊은 한 쌍이 사람들로부터 좀 떨어져
있는 곳을 바라보았다. 남자는 바랑(barang), 그러니까 팔에 털이 숭
숭 나고 코가 툭 튀어나온 거대한 백인들 중 하나였고 여자는 캄보
디아인으로 만삭(滿朔)이었다. 남자가 진지한 표정으로 겁에 질린
여자의 얼굴을 내려다보며 무슨 말인가를 하고 있었다. 여자가 고개
를 끄덕였고 그녀의 뺨으로 눈물이 흘러내렸다. 남자가 여자를 양손
으로 잡고 그녀의 입술이 으스러지도록 키스를 했다. 한 크메르 루
주 병사가 역겨워서 얼굴을 찡그리고 그들에게로 성큼성큼 걸어가
며 소리를 질러댔다. 바랑이 설명을 하려고 하는 것 같았지만—내
아내요, 내 아내. 그의 입술이 크메르어로 그 말을 하고 있는 것처럼
보였다—병사는 본 척도 하지 않았다. 두 병사가 더 걸어와서 그 한
쌍을 따로따로 떼어냈다. 남자는 울부짖었고 여자는 흐느꼈다. 순식
간에 사람들이 그들 사이로 들어섰다.

아빠가 차를 앞쪽으로 밀고 나갔다. 나는 바랑을 찾아 뒤를 돌아
다보았지만 그는 어디론가 사라진 뒤였다. 그의 아내를 찾아보았지

만 그녀도 보이지 않았다. 나는 눈을 한 번, 또다시 한 번 깜박였다. 그랬는데도 그들을 되돌릴 수 없었다. 그들은 사라져버렸다. 마치 인간의 지도에서 지워지기라도 한 것처럼.

우리는 외국 공관을 뒤로 하고 왼쪽으로 돌아 시내 중심부를 관통하는 노로돔(Norodom) 대로로 들어섰다. 아빠는 그 길이 간선도로이기 때문에 차들이 더 빨리 움직일 것이라고 생각했지만 오히려 정체가 더 심하다는 것이 밝혀졌다. 그 길의 차선들은 더 작은 차량들과 함께 엉금엉금 기어가는 탱크와 군용 트럭들 때문에 더 이상 넓어 보이지가 않았고 한때는 깨끗이 치워져 있던 보도들도 이제는 너저분하기 그지없게 어질러져 있었다. 요강에다 침을 뱉는 늙은 남자, 변을 보는 어린 사내아이, 산고(産苦)를 겪고 있는 여인. 아빠는 그 길에서 벗어나 강을 따라서 시소와스(Sisowath) 부두 쪽으로 가고 싶어 했다. 그러나 어느 쪽으로 돌아도 길이 꽉꽉 막혀 있어서 뚫을 수가 없었다.

우리는 어쩔 수 없이 좁은 틈들 사이를 헤집으며 밀고 나갈 수밖에 없었고, 이제는 독립기념비, 그 주위의 파괴되지 않은 거대한 건물들에 비해서는 작아 보이는 불꽃 모양의 커다란 담자색(淡紫色) 뾰족탑 근처에 있었다. 휴대용 확성기를 통해 사방에서 목소리들이 메아리쳤다. "멈추지 마시오! 계속 움직이시오! 조직이 동무들에게 필요한 것을 줄 것이오! 조직이 동무들의 잃어버린 친척들을 찾아줄 것이오! 계속 움직이시오! 도시에서 빠져나가시오! 조직이 동무들을 보살필 것이오!"

조직이 대체 누구지? 조직을 뜻하는 크메르 말인 '앙카르'가 내게는 첨탑들에 우리를 내려다보는 거대한 얼굴들이 새겨진 고대의 석조사원 '앙코르'처럼 들렸다. 나는 조직을 그런 조각상들 중 하나가 살아 있는 것, 어떤 종류의 신이나 아주 강력한 왕일 것으로 상상해 보았다. 다음에 나는 한쪽 무릎을 세워 턱을 머리받침에 괴고 뒷유리창 밖을 내다보았다. 내 눈길이 우리 차를 향해 오고 있는 어떤 여자 크메르 루주 병사의 움직임에 쏠렸다. 그 여자가 우리와 조금밖에 떨어져 있지 않은 곳에서 늙은 총각을 떠올려주는 어떤 삐삐 마른 노인과 이야기를 하려고 멈춰 섰다. 노인은 양손바닥을 한데 모으고 그 여자에게 애원을 하고 있었다. 그의 손이 출렁이는 연꽃처럼 그의 얼굴 앞에서 오르내렸다. 그 노인은 독립기념비 계단으로 가고 싶어 하는 것 같아 보였다. 아마도 쉬거나 누군가를 찾거나 소지품을 챙기기 위해서. 나는 그저 추측만 할 수 있을 뿐이었다. 여자가 고개를 젓고 나서 노인에게 가라는 대로 가라며 그 방향을 가리켰다. 그러나 노인은 시키는 대로 하지 않고 사람들의 흐름을 거슬러 밀고 나갔다. 여자기 치마 밑으로 손을 집어넣더니 권총을 꺼내어 겨누었고, 허공중에 총성이 한 발 울렸다. 그 소리가 세 번을 연달아 쏜 것처럼 한 번, 또 한 번 메아리쳤다. 사람들이 비명을 지르고 서로를 밀치며 달아나려고 했지만 그럴 수는 없었다.

"무슨 일 있었어요?" 엄마가 놀라서 정신이 번쩍 들어 물었다.

노인이 땅바닥으로 쓰러졌다. 그의 머리 주위로 검붉은 웅덩이가 피의 후광(後光)처럼 번졌다. 왕비 할머니의 입가에서 뚝뚝 떨어지는 빈랑(檳榔)나무 열매즙처럼 자줏빛으로.

"무슨 일이었죠?" 엄마가 다시 물었다.

그러나 누구도 어떤 말도 하지 않았다.

"계속 움직이시오!" 그 여자 크메르 루주 병사가 이제는 권총 든 손을 높이 치켜들고 우리 차 옆을 지나가고 있었다. "계속 움직이시오!"

나는 앞쪽으로 돌아서 좌석으로 주르르 미끄러져 내리며 눈을 감았다. 밖에서 들려오는 소음들이 내 눈꺼풀을 때렸고 내 속눈썹이 불에 탄 나비에게서 잘라낸 한 쌍의 날개처럼 퍼덕거리고 있다는 느낌이 들었다.

"도시에서 나가시오! 양키놈들이 폭격을 할 거요! 양키놈들이 폭격을 할 거요!"

"테보다들에게 기도를 올리거라, 애야." 왕비 할머니가 내 머리를 가볍게 두드리며 말했다. "테보다들에게 기도를 올려."

"동무들의 집과 물건들에 대해서는 걱정 마시오! 그냥 가시오! 가시오! 조직이 동무들을 보살필 거요!"

나는 조직에게 기도를 올렸다.

이른 오후에 우리는 도시 외곽에 이르러 어느 계수나무 아래 길가에서 기다릴 곳을 찾아냈다. 바로 앞쪽에 아빠가 삼촌에게 우리와 만나자고 했던 크발 스놀 로터리가 있었다. 그리고 왼쪽으로는 우리가 도시에서 벗어나 주말별장인 망고코너를 향해 가도록 해줄 모니봉(Monivong) 다리가 길게 뻗어 있었다. 우리는 기다렸다가 삼촌과 그 가족하고 같이 다리를 건널 예정이었다. 그러면 따로따로 떨어져 반대 방향으로 가게 되는 위험을 무릅쓰지 않아도 되었다.

우리는 지나가는 수백 수천의 얼굴들을 살펴보았다. 그러나 알아볼 수 있는 사람, 삼촌이나 숙모, 또는 그들의 쌍둥이 아들 같아 보이는 사람은 하나도 없었다. 한 번인가 두 번 크메르 루주 병사가 우리 쪽을 흘끗 쳐다보았고, 그때마다 아빠는 시동을 다시 걸고 사람들을 따라 움직이는 척 BMW 승용차를 조금씩 전진시켰다. 나는 우리 옆으로 떠내려가듯 지나가는 얼굴들을 눈여겨보았다.

겁먹고 당황해하는 사람들 사이에서도 몇몇은 병사들을 무서워하지도 않고 미국의 폭격이라는 위협도 대수롭게 여기지 않는 것 같았다. 우리 근처에서는 한 여인이 파리를 쫓으려고 헝겊을 흔들어대며 튀긴 바나나를 팔러 길을 따라 왔다 갔다 하고 있었다. 한 어린 소녀가 여러 개의 재스민 화환들을 팔에 두르고 흔들거리며 다가왔다. 그 아이가 튀긴 바나나와 조그만 화환을 물물교환 했다. "새해맞이 재스민 있어요!" 그 아이가 소리쳤다. "새해맞이 재스민요!" 그 아이는 목청이 좋았고, 나는 새해의 테보다가 낼 법한 목소리, 이른 새벽에 사원에서 울리는 종소리처럼 또렷하고 맑은 소리를 상상해보았다.

그 아이가 튀긴 바나나를 조금씩 베 먹으며 길을 건넜다. 그런데 그 아이는 틀림없이 엄마가 저를 지켜보고 있다는 것을 느낀 모양이었다. 빙 돌아서서 미소를 짓고 우리 차 쪽으로 뛰어온 것을 보면. 엄마가 선홍색의 리본이 마코앵무새 꼬리처럼 나선형으로 감긴 화환을 하나 고른 다음 그 아이에게 얼마간의 돈을 건넸고, 아이는 받은 돈이 큰돈인 것에 기뻐서 함박웃음을 지었다. 그 아이가 깡충깡충 뛰면서 바나나 장수에게로 갔다.

엄마가 화환에서 리본을 떼어 라다나가 가지고 놀도록 주었다. 그리고 재스민을 사이드미러에 걸어 그 향기가 차 안으로 흘러들게 했다. 내가 다시 밖을 내다보았을 때는 그 여자아이가 사람들 속으로 사라진 뒤였지만 그 아이의 노래 부르는 듯한 목소리는 여전히 들을 수 있었다. "새해맞이 재스민 있어요! 새해맞이 재스민요! 꽃들이 싱싱할 때 사세요……."

한 블록 떨어진 상가 앞에서 갑자기 거대한 불길이 솟구쳤다. 몇몇 사람들이 무슨 일인지 알아보려고 몰려가는 동안 우는 소리와 헐떡이는 소리가 거리를 지나 물결치듯 전해졌다. 불과 연기 너머로 병사들이 이글거리는 불길 속으로 서류를 한 아름씩 던지고 있는 것이 보였다. 종잇장 몇 개는 줄이 끊어진 연처럼 펄렁펄렁 떠다니다가 다시 불 속으로 떨어졌다. 한 사내아이가 지폐만 한 종이를 움켜쥐려고 불 속으로 뛰어드는 장면이 눈에 들어왔다. 한 병사가 그 아이의 목을 움켜쥐어 옆으로 내던졌고, 그 바람에 다른 사람들이 겁을 먹고 불타는 종이 더미에서 뒤로 물러났다. 이제 불길은 얇은 막처럼 손에 만져질 법한 열파(熱波)와 연기를 뿜어내며 활활 타오르고 있었다.

갑자기 아빠가 차에 시동을 다시 걸고 다리를 향해 나아갔다. 크메르 루주 병사 하나가 권총을 손에 들고 곧장 우리 쪽으로 오고 있었다. 다시 한 번 더 나는 조직에게 기도를 올렸다.

그 병사, 사탕수수처럼 검은 얼굴보다 약간 더 짙은 주근깨가 나 있는 소년병이 우리 BMW 승용차 옆을 따라 걸으면서 로터리 주위의 꽉꽉 메워진 좁은 길을 따라 움직이도록 길을 틔워주었다. 나는 그가 우리를 총으로 쏘러 오고 있다고 생각했었지만 그가 엔진 덮개를 치면 아빠는 핸들을 오른쪽으로 돌렸고, 그가 차의 옆면을 치면 왼쪽으로 돌렸다. 우리가 다리에 이르자 아빠가 창밖으로 머리를 내밀고 인사를 건넸다. "고맙소, 동지!"

그 소년병이 미소를 짓고 아빠에게 경례를 붙였다. 그러고는 왔던 때처럼 재빨리 뒤로 돌아 다른 차량들이 다리로 오도록 길 안내를 하기 시작했다.

우리는 바구니, 손수레, 승용차, 사람들, 짐승들과 부딪치며 조금씩 앞으로 나아갔다. 우리 옆에서 한 여인이 부상한 남편을 손수레에 실어 끌고 있었다. 그녀의 어깨는, 우마차에 비끄러매어진 황소처럼 수레 손잡이에 동여매어진 면 스카프로 둘려 있었다. 그녀의 남편은 세간살이들 위에 누워 있었고, 붕대로 감긴 그의 양다리는 앞쪽으로 뻣뻣하게 내뻗쳐져 있었다. 아빠가 차를 왼쪽으로 돌렸다가 뜻하지 않게 그녀의 앞을 막았다. 여자가 우리를 노려보며 나지막한 소리로 뭐라고 중얼거렸는데 내 생각에는 틀림없이 욕을 한 것 같았다. 마침내 그녀가 우리를 지나가게 해주고 멈춰 서서 이마에 흐르는 땀을 닦았다.

다리 이쪽저쪽에서 사람들이 계속 경적을 울려댔다. 마치 그럼으로써 모든 움직임을 더 빨라지게 할 수 있기라도 한 것처럼. 두 남자가 베스파*에서 내려 누구에게 우선권이 있느냐를 두고 싸우면서 서로를 떠밀기 시작했다. 크메르 루주 병사 하나가 그들 쪽으로 성큼성큼 걸어오자 두 남자가 재빨리 떨어져서 각자의 스쿠터에 올라탄

---

* Vespa. 이탈리아제 스쿠터 이름으로 스쿠터를 뜻하는 말이 되어 있기도 함.

다음 도망치려고 허둥대는 범인들처럼 발로 땅을 차서 앞쪽으로 나아갔다.

갑자기 움직일 여지가 전혀 없어졌다. 우리 앞쪽에서 많은 사람들이 혼란스럽게 뒤엉켰다. 사람들이 비명을 지르고 서로를 떠밀었다. 몇몇 사람은 뒤로 돌아가려고 했지만 몸을 돌릴 여지조차도 없었다. 우리 뒤쪽에서는 사람들이 계속 앞으로 밀려왔다. 우리 차는 마치 우리가 콘크리트 다리 위가 아니라 흔들거리는 나무다리 위에 있기라도 한 것처럼 앞뒤로 흔들렸다. 아빠가 머리를 차창 밖으로 내밀고 우리 차 옆에 서 있는 사람에게 물었다. "무슨 일이 벌어지고 있는 겁니까?"

"죄수들을 통과시키고 있어요." 그 남자가 대답했다.

"죄수라니요, 누구를요?"

"정부 관리들과 군인들요. 도망치려고 했던. 아, 저기 오네요!"

"보지 마라." 타타 고모가 명령했다. "머리를 아래로 숙이고 있어."

나는 머리를 숙였다가 한 무리의 크메르 루주 병사들이 지나가는 동안 다시 들었다. 그들은 여러 사람이 아니라 한 사람의 죄수를 호송하고 있었다. 그 죄수는 캄보디아 전통 면 스카프인 크로마로 눈이 가려지고 손은 뒤로 묶인 채 비틀거리며 걷고 있었다. 그의 입가에서는 피가 흘렀고 얼굴은 멍이 들어 부어올랐고 피부가 여기저기 찢겨 있었다. 그는 몸집이 큰 남자였지만 여기저기 입은 상처들로 인해 작고 약해 보였다. 앞에 둘, 뒤에 셋인 크메르 루주 병사들이 그를 때리고 발로 찼다. 사람들이 뒤로 물러나 그들에게 길을 내주었다. 사람들 모두가 잠잠했다.

그가 가까이 다가오는 동안 나는 그의 양 발목이 팔 길이 정도의 밧줄로 묶여 있는 것을 보았다. 그 때문에 그의 걸음걸이는 걷는 것이 아니라 어기적거리는 것처럼 보였다. 여기저기 상처를 입고 있어서 그는 달아나고 싶어도 그럴 수가 없을 것 같았다. 그가 우리 차 옆을 스쳐지나갔다. 병사들이 번갈아가며 그에게 빨리 가라고 총 개머리판으로 그를 후려치고 있었다. 그는 앙갚음을 하려고도 않고 반응을 보이지도 않으면서 그저 자기의 절망을 끌고 주춤주춤 걸을 뿐이었다. 나는 그가 시야에서 사라질 때까지 눈길을 계속 그에게 고정시키고 있었다.

사람들이 다시 모여들고 이런저런 소음이 다시 일었다. 모든 사람들이, 모든 것들이, 뒤처지지 않으려고, 붙잡힐지도 모를 위험에서 할 수 있는 한 멀어지려고 애쓰면서 앞으로 앞으로 밀고 나갔다. 다리 양쪽 끝에서 확성기들이 짖어댔다. "조직이 동무들을 기다리고 있소! 조직이 동무들을 보살필 것이오!"

나는 조직이 어디에 있는지 알아보려고 사방을 둘러보았지만 보이는 것이라고는 혼란과 절망뿐이었다. 한 남자가 다리 난간으로 기어올라 막 뛰어내리려는 참에 한 병사가 그의 셔츠를 잡고 홱 끌어내렸다. 병사는 가던 길을 계속 갔고, 뛰어내리려던 남자는 사람들이 그 주위로 움직이는 동안 덜덜 떨며 서 있었다. 그의 목숨은 구해졌지만 거의 동시에 잊히고 말았다.

절대로 건너지 못할 것 같았을 때쯤 우리는 다리 끝에 이르렀고 길이 두 갈래로 갈라졌다. 아빠가 차를 왼쪽으로 돌려 간선도로에서 벗어나 강변을 따라 나 있는 더 좁은 길로 접어들었다. 바로 그때 뭔가가 아빠의 주의를 끌었다.

검은색 메르세데스 벤츠 한 대가 길어깨에 세워져 있었다. 나는 그 차를 알아보았다. 아빠가 곧장 그쪽으로 차를 몰았다. 나는 창 너머 쪽을 보려고 목을 길게 뺐다.

커다란 삼촌이 신화에 나오는 거인, 이약(yiak)처럼 온전하고 당당하게 메르세데스 벤츠 밖으로 우뚝 섰을 때에야 내 가슴이 마침내 두방망이질을 멈췄다.

삼촌이 숙모와 두 쌍둥이를 뒤에 달고 우리에게로 성큼성큼 걸어왔다. 두 아이는 라다나가 흔드는 빨간 리본을 보고 신이 나서 펄쩍펄쩍 뛰었다.

아빠가 우리를 돌아다보고 말했다. "자, 이제 이 혼란 통에서 벗어나자."

5

해 질 녘에 우리는 프놈펜 외곽의 조그만 마을인 키엔 스바이에 당도했다. 얼마 되지 않는 거리를 지나오는 데 하루 온종일이 걸렸지만 그렇더라도 우리는 마침내 도시에서 빠져나온 운 좋은 사람들에 속하는 것 같았다.

우리 시골별장인 망고코너는 메콩강을 따라 늘어서 있는 크메르 양식의 티크 목조 가옥들 중에서 유일한 프랑스 식민지 양식이었다. 망고 나무들로 가려진 2에이커의 영지에 자리 잡고 있는 그 별장은 승용차나 엔진으로 움직이는 탈것을 여간해서는 볼 수 없는 좁은 황톳길을 향해 있었다. 그 마을 주민들은 대부분 과일을 재배하거나 논농사를 짓는 농부들 아니면 어부들이었고, 그들이 가진 탈것이라고는 우마차나 조그만 배 말고는 자전거뿐이었다. 그런데 이제는 도시에서 온 사람들이 밤을 보낼 피난처를 찾고 어느 공터에나 차를 세우고 하는 동안 온 도시 사람들이 그 마을로 몰려 내려와 한때는 조용했던 우리의 고립된 영토로 넘쳐 들어온 것 같았다.

우리 이웃이자 별장 관리인은 다른 사람들이 우리 영지로 들어오지 못하도록 길에서부터 별장 안뜰까지 이르는 통로 양옆으로 죽 늘어선 망고나무들 사이에다 우마차를 세워놓고 있었다. 그가 우리 차를 보자 달려가서 우마차를 치우고 통로를 내주었다. "메차스(전하)와 가족 분들을 모두 뵙게 되어 안심입니다요." 그가 무릎을 굽혀 머리를 숙이고 왕실 용어를 써서 아빠에게 인사를 드렸다. 그리고 우리 모두에게 같은 식으로 인사한 다음, 다시 아빠에게로 돌아서서 말했다. "얼마나 더 오래 저 사람들이 영지로 들어오지 못하게 할 수 있을지 모르겠습니다요." 그가 몸짓으로 자기 집 앞에 있는 사람들을 가리켰다. "저 사람들을 쫓아내지는 못하겠습니다요, 전하."

아빠가 고개를 끄덕이며 그에게 고맙다고 했다. 관리인이 그의 십대 소년인 아들에게 손을 흔들어 짐 나르는 일을 거들라고 했다. 우리는 안으로 들어섰다.

나는 곧장 지붕을 받치는 열주(列柱)들이 늘어선 발코니로 나 있는 더블 프렌치도어* 쪽으로 갔다. 일렬로 늘어서서 우리 영지의 경계 표시가 되는 코코넛나무들 너머로 메콩강이 잠에서 깨어나는 구렁이처럼 굽이치고 있었다. 물 위에는 수상축제 기간 동안에 그러곤 했던 것처럼 작은 배들이 빽빽이 들어차 있었다. 하지만 나는 그것이 어떤 종류의 축제도 아니라는 것을 알고 있었다. 거기에는 배와 노를 꾸미는 그 어떤 색색가지 장식 천들도, 강변에서 환호하는

---

* Double French doors. 좌우로 열리는 유리문.

사람들도, 노래와 춤도, 조명도, 음악도 없었으니까. 단지 사람들에게 계속 움직이라고, 밤이 내리기 전에 강 저편으로 건너가라고 명령하는 확성기 소리만이 있을 뿐이었다. "움직이시오! 동무들의 형제자매 동무가 동무들을 도와줄 것이오! 조직이 동무들에게 피난처를 찾아줄 것이오! 움직이시오!" 수백, 어쩌면 수천의 사람들이 모래강변 언저리에 빙 둘러 있었고 어디에서나 크메르 루주 병사들이 계속 감시를 하고 있었다. 보트가 하나 나타날 때마다 하나하나의 가족이 가져갈 수 있는 냄비와 프라이팬, 깔개와 베개 등의 소지품들을 끌면서 배에 타려고 달려가곤 했다. 더 큰 물건들—솜을 채운 매트리스, 테이블, 의자, 그림—은 강둑에 버려졌다. 나는 보트들이 전에 탔던 사람들을 내려주고 돌아와서 더 많은 사람들과 더 많은 소지품들을 싣고 강 건너편으로 가는 것을 지켜보았다. 잎사귀들 위에서 떠가는 개미들. 그런 생각이 들었다. 그들이 더 멀어져갈수록 그들의 모습이 배경처럼 늘어선 해 질 녘의 검푸른 숲에 섞여들었다. 강 건너편 숲에는 무엇이 있을지 궁금했다. 새로운 세상? 어쩌면 이 세상의 끝? 나로서는 알 수 없었다.

아빠가 발코니로 나와서 내 옆에 서자 나는 아빠에게로 돌아서서 물었다. "저 사람들 어디로 가는 거예요?" 나는 우리도 떠나야 하게 되지 않을까, 병사들이 들이닥쳐서 우리에게 다시 길로 나가라고 하지 않을까, 그것이 두려웠다.

아빠는 대답을 하는 대신 눈으로 사람들의 흐름을 좇으며 말없이 강을 응시하고 있었다. 한 일 분이나 이 분쯤을 그렇게 서 있던 아빠의 얼굴에 어두운 빛이 스치더니 마침내 돌아서서 나 자신의 혼란스러움이 그대로 담긴 눈으로 나를 바라보았다. "메콩강은 놀라운 강이지." 아빠가 엄숙하게 말했다. "매우 강력해서 우기마다 다른 강의 흐름을 바꿔가지고," 아빠가 도시 쪽을 가리켰다. "톤레삽 호수로 돌리는."

프놈펜에 사는 아이라면 누구나 다 그렇듯 나도 톤레삽 강을 잘 알고 있었다. 그 강은 도시의 동쪽 가장자리를 따라 왕궁 앞으로 길게 펼쳐져 있었으니까. 그 강변은 자전거 타기, 연 날리기, 저녁에 산책하기에 아주 좋은 곳이었다. 그리고 11월에 열리는 겨울축제 기간에는 전국 각지에서 사람들이 보트경기를 구경하기 위해, 그리고 무엇보다도 물의 정령들에게 경의를 표하기 위해 모여들곤 했다.

"다음 서너 달 동안에," 아빠가 이야기를 계속했다. "몬순철이 되어 메콩강 물이 아주 많이 불면 물이 상류로 역류해서 톤레삽 강을 통해 북쪽에 있는 톤레삽 호수로 흘러든단다. 저 너머에 있는." 아빠가 다시, 이번에는 도시 훨씬 더 너머 쪽을 가리켰다.

나는 아빠가 신비한 나가(naga)구렁이들이 살고 있는 수중왕국에 대한 이야기를 들려줄 것이라 기대하고 열심히 귀를 기울였다.

"그런 다음 우기가 끝나갈 무렵이 되면 메콩강의 수위가 낮아지기 시작하고 톤레삽 호수에 차올라 있던 물이 다시 흐름을 바꾸어 톤레삽 강으로 흘러들지."

나는 톤레삽 강의 역류에 대해 알고 있었다. 그것은 마법의 일부였다. 하지만 나는 언제나 그 역류가 나가구렁이들이 헤엄을 치고 있는 방향과 관련이 있다는 생각을 했었다. 적어도 그것이 유모가 내게 해준 이야기였다.

"삶도 그런 것이란다." 아빠가 다시 메콩강 쪽을 돌아다보았다. "모든 것들이 연결되어 있고, 때때로 우리는 작은 물고기들처럼 거대하고 강력한 흐름에 휩쓸리지. 집에서부터 멀리 떠내려와서…….'

"강이 우리를 여기로 데려왔다면요," 내가 좀 머뭇거리며 용기를 내어 물어보았다. "언제 그 흐름이 반대가 되어 우리를 다시 집으로 데려다주나요?"

아빠가 가만히 나를 바라보다 마침내 미소를 짓고 대답했다. "네 말이 맞구나. 물론 그렇게 될 거야."

아빠가 나를 안아 들었다. 나는 내가 여전히 조그맣고 무력한 아이인 것처럼 안겨가는 것이 마음에 들지 않았지만 이번에는 너무 피곤해서 내려서려고 하지 않고 아빠가 하는 대로 놓아두었다. 나는 눈을 감고 아빠의 어깨에 머리를 기댔다. 내 마음속에서 총소리가 머릿속에서 고동치는 맥박처럼 메아리치고 있었다. 누구도 대답할 수 없는 한 가지 질문. 왜? 다시, 또다시 눈앞으로 총을 맞고 쓰러진 그 늙은 남자가 떠올랐다.

별장 안에서 우리는 더위와 혼란으로부터의 피난처를 찾았다. 그곳은 언제나 우리를 맞을 준비가 되어 있도록 날마다 쓸고 닦고 먼지를 털고 환기를 시키는 관리인의 아내 덕분에 서늘하고 깨끗했다. 그녀가 거실 옆에 있는 높다란 중국식 장뇌 농에서 비단 방석들을 꺼내어 의자와 장의자들에 놓았고, 그 환한 색깔들 사이에서 나는 안전하고 보호받는 느낌이었다. 그 방석들이 내게 우리 집과 꽃들이 만발한 안뜰을 떠올려주어서였다. 나는 방석을 하나 휙 집어 들고 문 옆에 있는 야트막한 안락의자에 자리를 잡았다. 가까이에서 두 쌍둥이가 놀고 있었다. 그 아이들은 어디에선가 빗자루를 하나 끄집어내어 그것이 말인 양 타고 거실을 빙빙 돌고 있었다. 가구와 짐들 사이로 이리저리 왔다 갔다 하고 말이 달리는 소리를 내고 하면서. 라다나가 차를 타고 오는 동안 멍해진 상태에서 깨어나 엄마가 저를 눕혀두었던 등받이와 발판이 조절되는 안락의자에서 주르르 미끄러져 내리더니 저도 타게 해달라며 쌍둥이를 쫓아다니기 시작했다. 그리고 쌍둥이들이 빗자루를 넘겨주려고 하지 않자 발을 구르며 울어댔다. "내 거야, 엄마, 내 거야!"

바로 그때 삼촌이 양손에 슈트케이스를 하나씩 들고 들어섰다가 엄마의 얼굴에 서린 난처해하는 표정을 보고 큰 소리로 명령을 내렸다. "차렷!" 쌍둥이 아이들이 멈춰 서서 빗자루를 떨어뜨리고 차렷 자세를 취했다. 우뚝한 사령관을 무서워하는 꼬마 병정들.

아빠가 키득키득 웃었다. 삼촌이 쌍둥이들 중 하나가 안절부절못하는 것을 보고 웃음을 터뜨렸다가 바로 그치고 다시 엄숙한 척을 하면서 호령을 했고, 그러자 쌍둥이들은 똑바로 서서 그 조그만 가슴들을 더더욱 부풀렸다. 이제 그 아이들은 선 자리에 그대로 못 박힌 것 같았다. 인디아 숙모—피부색이 짙은 미인에 말소리가 노래 부르듯 밝고 명랑해서 붙여진 별명—가 웃음소리를 내지 않으려고 손으로 입을 가렸다. 고풍스러운 장의자에서는 왕비 할머니와 타타 고모가 재미있다는 눈짓을 주고받았다. 삼촌이 쌍둥이들의 복종을 확인하고 슬며시 미소를 지으면서 슈트케이스를 가져다놓으려고 침실들 중 한 곳으로 들어갔다.

엄마가 집 안을 이리저리 돌아다니며 문과 창문들을 열었다. 덧문 하나하나를 밀어 열 때마다 엄마의 몸 곳곳에서 생겨난 한숨이 입으로 새어나왔다. 나는 일어나서 엄마를 따라가 걸쇠와 고리들을 푸는 일을 거들면서 엄마의 동작과 숨소리를 하나하나 흉내 냈고, 그러자 엄마가 나를 내려다보고 미소를 지었다. 엄마가 미소를 짓는 한 모든 일이 다 잘 되어갈 것이었다. 아빠가 내 생각을 읽고 있다는 듯 윙크를 해보였다. 그러고는 커피 테이블 위로 손을 뻗쳐 천장 선풍기에 달린 기다란 줄을 잡아당겼다.

우리는 희망 섞인 기대로 숨을 멈추고 기다렸다. 하지만 선풍기의 목제 날개들은 돌려고 하지를 않았다. 우리가 그러려니 했던 대로 전기는 들어오지 않고 있었다. 도시에서마저도 전기가 들어왔다 나갔다 하고 있었으니까.

"송전선이 손상을 입은 게 틀림없을 거요." 그러면서 아빠가 엄마 있는 곳으로 건너가 엄마의 손을 꼭 잡아 쥐었다. "보관 창고에 호롱등이 좀 있는지 찾아보리다." 아빠가 휘파람을 불며 가벼운 걸음으로 측면 계단을 내려갔다.

나는 왕비 할머니가 앉아 있는 곳으로 건너갔다. 타타 고모가 배당된 방을 정리하러 가자 왕비 할머니가 방석을 두드리며 내게 옆으로 와 앉으라고 했다. 하지만 나는 발에 와 닿는 타일들이 시원해서 바닥에 앉아 할머니의 무릎에 머리를 기댔다. "여기도 집이야." 왕비 할머니가 내 머리를 쓰다듬으면서 말했고 나는 고개를 끄덕였다.

쌍둥이들은 놀이를 다시 시작해서 보이지 않는 말을 타고 이제는 빗자루를 차지하고 있는 라다나를 뒤쫓고 있었다. 이제 네 살인 그 아이들은 이름이 소타나봉과 사티야봉이었지만 거인 같은 아빠 옆에 있으면 기껏해야 무릎 높이에서 떠도는 조그만 꼬맹이들로밖에 보이지 않아서 긴 이름은 무시되고 우리는 그 아이들을 그저 '쌍둥이들' 아니면 '머슴애들'이라고 불렀다. 그 두 아이에게 누가 형이냐고 물으면 하나가 "나!" 하며 나섰고 그러면 다른 하나는 재빨리 "겨우 14분 11초 가지고!" 하며 반박을 하곤 했다. 그러고 나서는 주먹과 팔꿈치로 누가 더 센지 싸움을 벌였는데, 그 싸움을 끝내려면 나 같은 사람이 다가가서 한 대씩 쥐어박고 정말로는 어떤지를, 그러니까 너희 둘 모두를 합쳐도 나 하나에게 못 당한다는 것을 가르쳐주어야 했다. 말할 필요도 없이, 그런 이유로 그 아이들은 라다나와 놀기를 더 좋아했다. 지금 그 아이들이 그러고 있듯, 위기에 처한 공주 라다나가 소리를 지르며 달아나는 동안 있지도 않은 말을 타고 전사들처럼 그 아이를 뒤쫓는 식으로. 그렇더라도 나는 그 아이들이 일으키는 소란법석이 그때껏 처음으로 성가시지 않았다. 그 세 아이들의 놀이 ─비록 그것이 우스꽝스러운 낡은 빗자루 하나를 가지고 다투는 것일지라도─가 모든 것을 정상인 것처럼, 우리가 휴일에 여기로 오곤 했던 다른 때인 것처럼 보이게 해주었기 때문이었다.

나는 바닥에 길게 누워 눈을 감고 단단한 타일바닥의 냉기가 나를 잠 속으로 끌어들이게 놓아두었다.

내가 잠에서 깼을 때는 라다나가 모기장이 드리워진 침대에서 내 옆에 같이 누워 있었다. 나는 방 안을 둘러보며 어둠에 눈이 익기를 기다렸다. 그러고는 라다나를 깨우지 않으려고 조용히 침대에서 일

마가 말했다.

"우리는 네가 깰 거라고는 생각하지 않았어." 타타 고모가 앉은 곳에서 곁눈질로 나를 보며 말했다. "네가 거기 바닥에 그대로 쭉 뻗어 있는 것을 보고는."

"지금도 여전히 축 늘어져 있는데요!" 인디아 숙모가 웃으며 맞장구를 쳤다.

음식을 한입 먹기 무섭게 내 배가 더 달라고 아우성을 쳤다. 우리는 분명히 점심을 먹었겠지만 나는 기억이 나지 않았다. 모든 것이 흐릿하고 불분명했다. 내가 얼마나 오래 잔 것일까? 그 병사가 대문을 쾅쾅 두드렸던 때부터 겨우 하룻밤에 지나지 않았을까? 내가 먹고 있는 동안 엄마와 고모와 숙모는 말린 식품들, 통조림 식품들과 상할 수 있는 식품들을 따로 분류하는 일을 다시 계속했다.

엄마는 자제력을 되찾아 실크 옷에 땀 한 방울 떨어뜨리지 않고 혼자서 집안 살림을 꾸려나가거나 거창한 새해맞이 파티를 치러낼 수 있는 안주인으로 다시 돌아온 것처럼 보였다. 그래서 이제 엄마는 책임자가 되어 고모와 숙모에게 꼭 필요하고 소용 있는 것들이 무엇인지, 또 인디아 숙모가 남자들을 위해 가져온 브랜디 술병이나 타타 고모가 떠나오기 전에 어떻게든 용케도 냉장고에서 집어온 뚜껑 따지 않은 버터 캔처럼 없어도 되는 것들은 무엇인지를 이야기하고 있었다. 인디아 숙모가 엄마의 모든 제안과 지시에 따르면서 열심히 고개를 끄덕였다. 타타 고모도, 왕족답게 똑바른 자세를 계속 지키고는 있었어도, 훨씬 더 젊은 엄마에게 권위를 양보하고 공공연히 인정했다. "우리가 자네 없이 뭘 할 수 있겠어, 아나? 그래 맞아,

내가 무슨 생각을 했던 거지? 이 더위에 버터라니! 아마도 내가 정신이 나가서 구할 수 없으리라고 생각한 것을 움켜쥔 것 같아."

"그거에 대해서는 걱정 마세요." 엄마가 웃으며 말했다. "그걸 내일 요리에, 어쩌면 아이들에게 줄 망고 카나페에 쓸 수 있으니까요. 아니면 그걸 진짜 고기, 그러니까 이곳 푸줏간에서 나오는 신선한 쇠고기와 교환할 수도 있겠지요. 브랜디도 마찬가지고요." 엄마가 인디아 숙모에게 장난스럽게 고갯짓을 했다. "그러니까 자네가 아직 남자들에게 이야기를 하지 않았다면 말이야."

세 사람 모두 밝은 소리로 웃었다. 그러나 인디아 숙모가 머뭇거리며 묻자 분위기가 다시 심각해졌다. "형님은 그 브랜디를 남겨두거나 교환하는 게 현명하다고 생각하세요? 아니면 어떤 이유가 있나요?"

침묵이 흘렀다. 엄마가 마치 내가 그 이야기를 듣지 않았으면 하는 것처럼 내 쪽을 돌아보았다. 그러나 엄마가 뭐라고 할 틈도 없이 타타 고모가 말을 받았다. "자네 말이 무슨 얘긴지 알아. 정말이지 너무 끔찍해." 고모가 고개를 저었다. "그자들이 어디에나 있어. 오른쪽 왼쪽으로 사람들에게 총을 쏘아대며. 야만인들, 그자들이 바로 그거야."

"그자들은 안경을 쓴 사람은 누구건 책을 너무 많이 읽었다고 하죠." 인디아 숙모가 거들었다. "지식인의 표시라고 말예요."

나는 타타 고모를 돌아보았다가 고모의 안경이 늘 있던 자리에 있지 않다는 것, 황금사슬도 목에 걸려 있지 않다는 것을 알았다. 다음에 나는 고모가 차를 타고 오던 중에 언젠가 안경을 벗었다는 기억을 떠올렸다. 갑자기 그날 하루 종일 겪었던 일들, 집을 떠난 일, 꽉 꽉 막힌 거리들, 마구잡이 총질과 분리, 어디에든 있는 혼란이 되살아났다.

내가 먹기를 그만두자 엄마가 내 식욕이 갑자기 사라진 것을 알아채고 물었다. "뭘 좀 더 먹고 싶지 않니?"

나는 고개를 저었다. 속이 메슥거리는 느낌이 들었다.

나는 아빠와 삼촌이 둘 사이에 놓인 테이블에 레드와인을 한 병 놓고 야트막한 안락의자에 두 그림자처럼 앉아 있는 것을 보았다. 삼촌의 손가락 사이에 끼워진 담배에서 깜빡거리는 조그만 붉은 빛만 제외하고는 거무스레한 어둠 속에서 두 사람은 대화에 깊이 빠져 있었다. 그 앞쪽으로는 메콩강이 검게 번들거리는 뱀처럼 굽이쳤고 횃불을 밝힌 배들이 미끄러지듯 수면을 가로질렀다. 강변을 따라 모닥불들이 피어올랐다. 여기저기에 총을 끌어안고 끊임없이 감시를 하는 크메르 루주 병사들의 실루엣이 있었다. 코코넛나무들 중 어딘가에 높이 매단 확성기에서 찌글거리는 음악 소리가 흘러나왔다.

우리는 혁명을 수행하는 젊은이!
우리는 일어나야, 일어나야 한다! 무기를 들자!
혁명의 영광된 길을 따라가자!

내가 아빠에게로 건너가자 아빠가 나를 들어 올려 무릎에 앉히면서 삼촌에게 말했다. "나는 도무지 이해가 안 돼……. 뭐가 뭔지 도

85

대체 알 수가 없어, 아룬." 아빠의 와인 잔은 손도 대지 않은 것 같은 반면 삼촌의 잔은 바닥의 짙은 색 고리만 제외하고는 비어 있었다.

우리는 반드시 적을 무찌르리라!
우리의 모든 힘으로 그들을 박살 내리라!

"내가 분명히 알 수 있는 건," 삼촌이 담배 연기가 내게서 최대한 멀어지도록 팔을 쭉 뻗으며 말했다. "공화체제와 군주제에 관련이 있는 사람들에 대한 보복이 있으리라는 겁니다." 삼촌이 재떨이를 들고 일어나 담배 연기를 한 모금 빨아들였다 내뿜었다. 그러고는 담배를 비벼 끄고 나서 다시 자리에 앉았다. 인디아 숙모는 삼촌이 걱정을 할 때 담배를 피운다고 했다.

아빠가 고개를 끄덕였다. "우리 같은 사람들이겠지, 아마도."

나는 별들 사이에서 어떤 징조를 찾아보려고 밤하늘을 쳐다보았다. 유모는 밤이면 하늘도 이야기를 한다고 했었다. 깜빡이는 별은 아기가 막 태어나려 한다는 뜻이고 유성은 누군가가 죽어서 그 영혼이 다음 세상으로 들어가고 있다는 뜻이라는 것이었다. 하지만 그 순간 나는 아무것도 보지 못했고 아무것도 듣지 못했다. 나 혼자서만 알고 있는 것 ─ 나는 지적이고 책벌레이고 애독자이기 때문에 총살을 당하리라는 ─을 세상에 드러내주는 그 어느 것도.

"그들은 백지 상태에서 시작하고 있어요." 삼촌이 이맛살을 찌푸리며 말을 이었다. "우리가 다시 돌아갈 수 있기까지는 몇 주, 몇 달이 걸릴지도 몰라요. 그 사이에 우리가 없는 데서 새로운 법규, 새로운 정권이 확립되겠지요."

"하지만 왜 도시를 비우는 거지?" 아빠가 의아해했다.

"혼돈. 그게 모든 혁명의 기초거든요. 이건 단지 시작일 뿐이고 그래서 나는 그게 무엇인지 확실히는 몰라요. 거기에다 무슨 이름을 붙여야 할지는 아직 더 두고 봐야지요."

정말로 이상하다는 생각이 들었다. 무엇에나 이름은 있었으니까. 하다못해 프레아트(preat), 집도 없이 굶으며 떠돌아야 하는 운명인 유령들에게도 이름은 있었다. 또 병사들 그 자체에도 이름이, 실로 많은 이름들이 있었다. 붉은 크메르들, 공산주의자들, 크메르 루주들, 혁명군 병사들.

"저 병사들에 대해 그 어떤 환상도 품으면 안 돼요, 클라." 삼촌이 아빠를 호랑이라는 별명으로 부르면서 말했다. "저 애들 말입니다."

다시 한 번 더 내 눈앞으로 노인의 머리에 총을 겨누었던 그 크메르 루주 병사의 얼굴이 어른거렸다. 그녀가 노인에게 총을 쏘았을 때, 땅바닥에 쓰러지는 노인을 지켜보았을 때, 그녀의 얼굴에 서려 있던 표정에는 아무 이름도 없다는 생각이 떠올랐다. 그 표정은 분노도, 증오도, 두려움도 아니었다. 그것은 증오도 아무것도 없는 표정이었고 나는 그녀가 아이 같지도 어른 같지도 않다는, 유례를 찾아볼 수는 없지만 그렇다고 완전히 비현실적은 아닌―악몽의 괴물이 비현실적은 아닌 것과 같은 식으로―그런 어떤 피조물이라는 생각을 하고 있었던 것이 기억났다.

"그들이 애들이란 건 알고 있지요?" 삼촌이 그렇게 묻고 대답을 기다렸다. 한참 동안이나 아빠와 삼촌 둘 모두 생각에 잠겨서 아무 말도 않고 있었다.

강에서 확성기를 통해 합창으로 노래하는 소리가 들려왔다.

놀랍고도 영광된 혁명!
그 빛이 우리 인민들을 비추리라!

아빠가 침묵을 깼다. "우리 이제 어떻게 해야 하지? 여기에서 머무를까?"

"그럴 수 없을 겁니다." 삼촌이 대답했다. "조만간 저자들이 우리에게 다시 떠나라고 할 테니까요."

"하지만 우리가 어디로 가지?"

"그건 나도 모르지요."

노래가 멎고 어떤 목소리가 요란하게 부르짖었다. "오늘은 우리가 캄보디아 인민들을 해방시킨 날이다! 4월 17일은 영원히 기억되고 모든 캄보디아인들의 기억에 새겨질 것이다! 캄푸치아 사회혁명 만세! 조직 만세! 민주 캄푸치아 만세!"

"나는 저들이 우리 나이 정도일 것으로 예상했는데……." 아빠가 중얼거렸다. "아니면 더 들었거나. 그리고 태도와 말투도 저렇게 조악하지는 않을 것으로……."

"아유라반," 삼촌이 형을 꾸짖는 것처럼 들리는 어조로 말했다. "저들은 형이 프랑스에서 철학과 역사와 문학을 같이 공부하던 그런 사람들이 아니오." 삼촌이 아빠가 눈길을 마주칠 때까지 아빠를 계속 보았다. "또 형이 그들의 일상적인 고투와 열망을 포착해서 시로 옮기려고 애써온 그런 사람들도 아니고. 저들은 총이 주어진, 저네 나이로는 감당 못 할 힘이 주어진 애들이란 말이오."

"누가 저들의 주장에 동조하지 않는다고 할 수는 없을까?" 아빠가 머뭇거리며 물었다. "저들이 얻으려 싸우는 이상에."

"그런데 저들의 주장이 뭐지요? 우리는 모릅니다. 안 그래요? 그리고 내 이건 틀림없다고 믿는데, 저 애들도 모를 거고요. 이상에 대해서라면, 나는 저 애들이 그게 무슨 말인지도 모른다고 생각해요."

아빠는 아무 말도 하지 않았다.

다음 날 아침 나는 깜짝 놀라 잠에서 깼다. 내 심장이 가슴을 마구 두드리고 있었다. 늙은 총각이 죽은 것이었다. 나는 그 꿈을 꾸었다. 그는 머리에 총을 맞았고, 그의 피는 이른 새벽의 하늘빛이었다.

6

망고코너에서 며칠이 비교적 조용하게 지나갔다. 그러다 어느 날
아침 나는 계단을 달려올라 오는 요란한 발소리를 들었다. "저들이
오고 있어요! 저들이 오고 있어요!" 관리인이 겁에 질려 숨찬 소리
로 외쳤다. "크메르 루주 병사들이 오고 있어요!" 아빠가 뭐라고 물
어볼 틈도 없이 관리인은 이웃의 다른 사람들에게도 귀띔을 해주려
고 달려나갔다.

우리는 이리저리 내달리며 챙길 수 있는 것이면 무엇이든 다 챙겼
다. 온통 미친 듯한 똑같은 아수라장이 또다시 벌어지고 있었다. 생
각을 할 시간도, 논쟁을 할 시간도 없었다. 갑자기 허공중에 총성이
울리고 우리가 미처 숨을 틈도 없이 크메르 루주 병사 셋이 권총을
휘두르고 "나가! 나가!" 소리를 질러대며 집 안으로 들이닥쳤다. 라
다나는 빽빽 울어댔고 두 쌍둥이는 인디아 숙모의 다리에 매달렸고
왕비 할머니는 죽은 자들을 위한 불교도의 기도를 영창하기 시작했

고 타타 고모는 "오, 안 돼, 안 돼, 안 돼……" 하며 울먹임을 멈추지 못했다. 삼촌이 큰 소리로 뭐라고 외치자 병사들 중 하나가 삼촌에게로 돌아섰다. "너!" 그가 삼촌의 옆구리에 권총을 세게 들이밀었다. "움직여!" 삼촌이 양팔을 올리고 가슴을 들먹이며 머뭇머뭇 짧게 걸음을 떼었다. 그 병사는 계속 소리를 지르고 있었다. "나가! 나가!"

아빠가 내 손을 잡아 꼭 쥐었다. 우리는 다른 병사들이 뒤에서 계속 떠미는 중에 삼촌을 따라 밖으로 나갔다.

밖으로 나가보니 우리가 피난민들에게 노숙을 하도록 허락해준, 우리 영지 앞쪽의 땅이 싹 치워져 있었다. 병사 둘이 이웃집들을 향해 발을 쿵쿵 구르며 걸어갔고 가장 어린 병사만 남았다. 그가 우리를 죽 둘러보다가 삼촌에게로 눈을 돌리더니 무릎을 꿇으라고 명령했다. 삼촌이 천천히 조심스럽게 땅바닥으로 몸을 낮추었다. 그 소년병이 권총을 삼촌의 머리에 겨누고 발을 오른쪽 왼쪽으로 바꾸며 우리 하나하나에게 차례로 쏘아보는 눈길을 던졌다. 그러다 그의 눈길이 햇살을 받아 반짝이는 삼촌의 시계로 쏠렸다. 내가 기억하기로는 아빠 것과 똑같은 오메가 콘스털레이션. 둘 모두 왕비 할머니가 아들들에게 선물로 주었던. 내 눈길이 아빠의 왼쪽 손목으로 갔다. 거기에 시계는 없었다. 아빠는 틀림없이 그 시계를 벗어 다른 어딘가에 두었을 것이었다.

"벗어!" 소년병이 소리를 쳤지만 삼촌은 꼼작도 하지 않았다. "그걸 벗으라고!" 그가 벼락 치는 소리를 지르자 마침내 삼촌이 팔을 내리고 손목에서 시계를 풀어 그에게 건넸다.

그 소년병이 너무 서두르는 통에 오메가 시계를 땅에 떨어뜨렸다가 주워 올리려고 몸을 굽혔을 때 메르세데스 벤츠의 둥글고 반짝반짝한 표식이 풀어놓은 셔츠 칼라 밖으로 미끄러져 나와 그가 목에 두른 끈에 매달려 덜렁거렸다. 그 표식 ─ 남에게 숨긴 보물 ─ 이 반짝 빛을 발했다. 그가 잽싸게 그 표식을 셔츠 안으로 밀어 넣고 오메가 시계를 호주머니에 집어넣더니 그를 지켜보고 있는 우리를 위아래로 훑어보았다.

삼촌의 눈길이 벤츠 승용차 엔진 덮개 쪽으로 휙 건너갔다가 다시 소년병에게로 돌아왔다. 그래, 그것도 가지려면 가져라 하는 듯이 고개를 끄덕이면서. 삼촌은 그 소년병을 조롱하고 있던 것이었을까? 그것이 미소였건 비웃음이었건 나로서는 삼촌이 느끼거나 전하려 하고 있던 것이 무엇인지는 알 수 없었다. 소년병은 성질이 돋은 것 같았다. 갑자기 그가 뭔가에 부추겨져 벌떡 일어서서 몸을 꼿꼿이 펴더니 삼촌의 얼굴에다 침을 뱉었다. 그러고는 이 거인이 어떻게 나올지를 기다리는 동안 초조하게 동작을 멈췄다. 삼촌은 그 자리에 그대로 있었고 침이 얼굴을 타고 흘러내렸다.

소년병이 웃음을 터뜨렸다. 제가 거인을 복종시킬 수 있다는 것에 감격해서 처음에는 격렬하게 다음에는 더 날카롭게. "제국주의자 돼지!" 그가 발을 들어 삼촌의 배를 걷어찼다. 삼촌이 꿇어앉은 채로 쓰러졌다. 소년병이 여전히 우리에게 권총을 겨누고 한두 걸음 뒤로 물러나다가 공격당할 염려가 없을 만큼 떨어지자 악을 쓰고 소리쳤다. "제국주의자 돼지들을 타도하자!"

그가 뒤로 돌아 우리 영지에서 달려나갔다. 또다시 허공중에 총성이 울렸다. 아빠가 양손으로 내 귀를 감쌌고 엄마는 라다나를 가슴에 꼭 끌어안았다.

정적이 되돌아왔다. 누구 하나 움직이지도, 무슨 말을 하지도 못했다. 아무도 어떻게 해야 할지를 몰랐다. 삼촌이 일어섰다가 눈물을 글썽이며 지켜보고 있던 두 쌍둥이와 인디아 숙모를 보았고, 그 순간 갑자기 삼촌의 얼굴이 부끄러움으로 파르르 떨렸다. "저놈을 내지른 여편네에게 저주가 내리기를!" 삼촌이 일그러진 얼굴로 코를 벌름거리며 벽력같이 소리쳤다. 그런 삼촌의 모습이 내가 늘 삼촌은 그런 거인이라고 생각해왔던 이약처럼 무시무시했다. 삼촌이 커다란 돌멩이를 하나 집어 들고 소년병이 사라진 쪽으로 내던졌다.

인디아 숙모가 머리끝부터 발끝까지 온몸을 떨면서 애원했다. "제발, 아룬. 신들이, 신들이 듣고 있어요." 숙모의 목소리가 새 울음 같은 선율을 빼앗기고 두려움에 떨렸다. "제발, 신들이 당신 말을 들을 거예요."

"모두 다 꺼지라고 해!" 삼촌이 으르렁거렸다. 삼촌의 분노는 그 우람하고 큰 몸집만큼이나 엄청났다. "그 염병할 혁명에 그 염병할 신들!" 삼촌이 조그만 묘목을 발로 걷어차 반으로 뚝 분질러서 그것도 길로 내던졌다. 그러고는 자제심을 잃은 것에 더더욱 창피스러워하는 표정이 되어 차로 건너가 문을 쾅 처닫고 시동을 걸었다.

우리도 우리 차에 타고 삼촌 차를 뒤따라 요란하게 부르릉거리며 출입구 밖으로 나왔다.

그러나 멀리 가지는 못했다. 메콩강을 따라 나 있는 길이 다시 붐볐고, 우리가 차를 오른쪽으로 돌릴 것인지 왼쪽으로 돌릴 것인지

정할 수 있기도 전에 수류탄을 치켜든 한 무리의 병사들이 나타나 모두 차에서 내려 강으로 내려가라며 차에 남아 있는 사람들 모두에게 위협을 하고 있었다.

우리는 자귀나무 그늘에서 자리 하나를 찾아내어 우리가 가져갈 식량, 주방기구, 깔개, 모기장, 담요, 옷가지, 의약품을 추려서 들고 가기에 더 나은 꾸러미들로 다시 묶었다. 무겁고 부피가 많이 나가는 슈트케이스들은 버려졌다.

라다나의 조그만, 보석류들로 채워지고 다시 꿰매어져 묵직한 베개는 챙겨졌다. 그러나 삼촌의 조그만 단파라디오, 아빠의 두꺼운 크메르 고전시집, 사진과 편지들이 담긴 엄마의 자개 뮤직박스는 시트에 흩뜨려진 채, 전리품들 사이에 보이지 않게 숨어 침을 흘리는 탐욕스러운 신에게 바치는 공물들처럼 뒤에 남겨두어야 했다.

나는 리암케가 적혀 있는, 우리가 집을 떠나던 마지막 순간에 내가 움켜쥐고 온 책에서 아유티야의 모습이 황금색으로 그려진 삽화가 든 페이지만 찢어 호주머니에 넣었다. 속으로 내가 다 외고 있는 구절을 암송하면서. 먼 옛날에 왕국이 있었다…… 그 왕국은 지상계에서 찾아볼 수 있는 어느 곳보다도 더 완벽했다……. 나는 그 구절을 읽지 못하겠지만 글자가 적혀 있는 페이지를 찢어내는 것은 옳게 보이지가 않았다. 만일 누군가 다른 아이가 그 책을 찾아내게 된다면, 나는 그 아이에게 처음부터 끝까지 다 있는 온전한 이야기를 주고 싶었다.

우리 주위의 다른 사람들도 무엇을 가져가고 무엇을 남겨둘 것인지 헤아리며 같은 일을 하고 있었다. 몇몇 가족들은 자기네의 차를 잠가야 할지, 그들이 없는 동안에 병사들이 자기네 소유물을 지켜줄 것인지 그리고 돌아올 수 있을 것으로 기대해도 되는지를 물었다. 그러나 병사들은 아무 대답도 하지 않았다.

아빠가 자리를 말아서 끈으로 등에 붙들어 매고 양어깨에는 무거운 자루들을 걸쳐 멘 다음 나를 들어 올려 가슴에 꼭 끌어안았다. 엄마는 자신이 가져갈 보따리와 자루들을 들고서 라다나를 업었고, 인디아 숙모와 타타 고모는 나르기로 된 짐 말고도 두 쌍둥이를 떠맡았다. 가장 크고 가장 힘센 삼촌이 등에는 왕비 할머니를 업고 양팔로는 무거운 짐을 들었기 때문이었다.

우리는 함께 침니(沈泥)*로 덮인 비탈길을 따라서 미끄러지지 않으려고 나뭇가지와 덩굴줄기와 서로의 손을 잡으며 메콩강의 맹그로브**로 덮인 강변으로 내려갔다.

강가에서는 밀려왔다 밀려가는 물결에 그물침대처럼 흔들거리는 배들이 얕은 물가를 따라 일렬로 늘어서서 대기 중이었고 물이 깊은 곳에는 더 많은 배들이 어지러이 널려 있었다. 그 배들은 사람들을 잔뜩 태워가지고 떠났다가 빈 배로 돌아오곤 했다. 배가 안전한지 그렇지 못한지, 한 배에 사람이 너무 많이 탄 것은 아닌지 어떤지를 알아볼 겨를은 없었다. 한 젊은 크메르 루주 병사가 우리에게 손짓을 한 다음 그 배에 서 있는 늙은 어부만큼이나 비바람에 찌들어 보이는 고깃배를 한 척 가리켰다. 나는 침을 꿀꺽 삼켰고 강 전체가 내 목구멍 안으로 달려드는 느낌이었다.

---

* 모래보다 곱고 진흙보다 거친 침적토.
** Mangrove. 열대의 습지나 해안가에서 자라는 나무.

우리가 강 건너편의 길게 펼쳐져 있는 물가로 다가가자 늙은 어부가 배를 바위와 다른 배 사이의 좁은 틈으로 교묘히 밀어 넣었다. 우리 앞에는 한 무리의 사람들이 물에 씻긴 무엇인가를 보려고 몰려 있었다. 웅얼거리는 소리와 숨을 삼키는 소리가 일었다.

엄마가 배에 그대로 있어야 할지 내려야 할지 몰라 우리를 돌아다보았다. 엄마의 얼굴이 뱃멀미로 하얗게 질려 있었다. 나는 무엇인지 한번 보고 싶어서 일어섰지만 아빠가 재빨리 나를 끌어당겨 도로 앉혔다. 한 병사가 몰려 있는 사람들에게로 척척 걸어갔다. "멀거니 쳐다봐서 뭘 어쩌겠다는 거야?" 그가 소리를 질러댔다. "그 여잔 죽었어! 누가 또 그 여자 꼴 나기 전에 움직여들! 당장!" 그러고는 돌아서서 총을 우리 쪽으로 휘둘러댔다. "내려! 뭘 기다리는 거야? 동무들을 태워다줄 차라도 기다려? 내려!"

엄마가 라다나를 품에 꼭 안고 배에서 뛰어내렸다. 나머지 우리도 바짝 뒤를 따라 달리며 모래밭에 누워 있는 검은 더미를 지나쳤다. 아빠는 내가 그 더미를 못 보게 하려고 했지만 어쨌건 나는 보고 말았다. 시체였다. 시체는 재스민 꽃줄이 목에 둘리고 머리에 뒤엉킨 채 진창이 진 모래에 얼굴을 박고 있었다. 그 여자의 얼굴은 볼 수 없었고 그래서 나는 그 여자가 며칠 전 우리가 프놈펜을 떠나면서 마주쳤던 그 소녀인지 아닌지는 알 수 없었다. 아무래도 그럴 것 같지는 않았다. 셀 수도 없이 많은 소녀들이 매일같이 재스민 꽃줄들을 팔고 있었으니까. 그렇더라도 내가 기억하는 것은 그 소녀의 목소리였고 내 귀에는 이제 그 소녀가 손님들을 부르는 소리가 들리고 있었다. 새해맞이 재스민 있어요! 새해맞이 재스민요!

크메르 루주 병사 둘이 그 시체를 들어 올려 근처의 덤불 속으로 던져넣었다. 그러고는 마치 죽은 물고기를 내던져버리기라도 한 듯 나무 잎사귀들로 손을 쓱쓱 문질러 닦았다. 더 많은 병사들이 와서 우리를 계속 몰아붙였다. 한 젊은 여자 병사가 소리를 질러대며 엄마를 앞으로 떠밀었다. "움직여! 움직여!" 겁에 질린 라다나가 울음을 터뜨리며 양팔로 엄마의 목을 꼭 감아쥐었다. 그 아이의 팔목에는 행운을 비는 끈처럼 빨간 리본이 여전히 묶여 있었다.

"움직여!" 다른 병사들의 외침이 메아리쳤다. "움직여!"

아빠가 나를 안아 들고 어두운 숲이 펼쳐진 곳을 향해 모래 강둑을 기어오르느라 물결치는 사람들을 뒤따랐다.

우리는 병사들에게 끌려서 정글 같아 보이는 지역을 가로질렀다. 그곳의 덩굴들에는 강철 꼬챙이처럼 단단하고 날카로운 가시들이 나 있었고 나무들은 숨겨진 세상의 입구를 지키는 거인보초들인 약샤(yaksha)처럼 보였다. 엄마가 나뭇가지로 여겼던 것이 갑자기 주르르 미끄러지며 앞을 가로지르는 바람에 비명을 질렀다. 아빠가 팔뚝에서 도마뱀만큼이나 커다란 전갈을 홱 떨쳐내려고 걸음을 멈추었다. 난데없이 야생 멧돼지 한 마리가 느닷없이 우리 쪽으로 돌진해 오자 병사들이 그쪽으로 집중사격을 해댔다. 누구도 그 짐승을 맞히지는 못했지만 요란한 총소리가 그 짐승에게 겁을 주어 달아나게는 할 수 있었다.

우리는 뜨거운 햇살과 더위를 무릅쓰고 땀으로 미역을 감으면서, 배고픔과 목마름을 고통스럽게 견디면서 계속 떠밀렸다. 밤이 내려서야 우리는 다시 물과 마주쳤고, 우리가 섬 하나를 가로질러왔다는 것이 분명해졌다. 처음엔 나는 눈앞에 새로 길게 펼쳐진 그 물이 내가 그때껏 보았던 그 어떤 강보다도 더 넓고 물도 우리가 이미 건넜던 강보다 훨씬 더 깊어서 바다인 줄 알았다. 그러나 아빠가 그 물도 여전히 메콩강이라고 했다. 그러고는 물 저 너머로 온통 새까만 암흑에 점점이 박힌 불빛들을 가리키면서 가까이 보이는 불빛들은 거룻배들과 고깃배들에서 오는 것이고 더 멀리 보이는 것들은 강변을 따라 모여 있는 조그만 부락과 마을들에서 오는 것이라고 설명을 해주었다. 깜깜한 어둠 속에서는 그 불빛들마저 외롭고 쓸쓸해 보였다. 나는 거기에 망령인 프리트들 외에 다른 무엇이 있다고는 상상할 수 없었고 이제 우리가 그 망령들과 하나가 되도록 보내지려 한다는 느낌이 들었다.

우리 앞으로 집채만큼이나 커다란 배의 실루엣이 떠올랐다. 아빠가 그런 종류의 배는 가축을 실어 나르는 데 쓰이는 것이라며 그 모양―동굴 같고 창문이 하나도 없는―이 왜 그렇게 보이는지 알려주었다. 이제 그 배가 우리를 실어 나를 것이었다. "걱정들 말아요." 아빠가 우리를 안심시켰다. "몇 분 정도밖에 걸리지 않을 테니." 그 관처럼 생긴 흉측하고 기괴한 모양을 보며 나는 그 안에서 단 일 초도 견딜 수 없을 것 같다는 생각이 들었다.

갑판에는 주황색 불꽃에서 검은 연기가 말려 올라가는 횃불을 든 크메르 루주 병사들 몇이 서 있었다. 불타는 타르와 마른 풀 냄새가 밤공기를 채워서 강이 바로 앞에 있는데도 그 냄새를 맡을 수 있었다. 불 냄새, 타는 냄새가 다른 모든 냄새들을 삼켜버렸다. 수면을 스쳐지나가는 그림자들과 불빛들이, 마치 물귀신들이 밤에 떨어지는 먹이를 차지하려고 싸우기라도 하듯, 서로 붙들고 붙들리며 뒤엉켰다.

다시 한 번 더 우리는 줄을 지어 서야 했다. 병사들은 아무 말도 하지 않고 그저 툴툴거리며 떠다밀기만 했다. 그들은 우리가 도시에서 나오며 마주쳤던 병사들보다 더 어리고 말도 더 없는 것 같았다. 섬을 가로지르는 고생스러운 이동을 하고 있던 동안 그들은 우리에게는 물론이고 자기네끼리도 여간해서 말을 하지 않았다. 문, 그러니까 나무가 썩어 떨어져 나간 자리에 나방 모양의 구멍들이 뺑뺑 뚫린 널판이 벌어진 입에서 튀어나오는 혀처럼 선복(船腹)에서 벌러덩 내려졌다. 두 크메르 루주 병사가, 하나는 총신이 기다란 총을 휘두르면서, 다른 하나는 타르 연기가 나는 횃불을 들고서 입구를 지켰다. 사람들이 하나하나씩 불이 밝혀진 통로를 터벅터벅 지나 어둠 속으로 들어갔다.

우리 차례가 되자 아빠가 바지를 걷어 올리고 나를 품에 안은 채 나무로 된 배다리까지 물을 건넜다. 엄마와 라다나는 우리 뒤에 바짝 붙어 있었고 다른 가족들이 그 뒤를 따랐다. 입구에서 총을 든 병사가 우리를 막아 세웠다. 그의 총 끝이 아빠의 팔을 스치며 우리가 들어가지 못하도록 막고 있었다.

"이게 뭐지?" 그가 내 오른쪽 다리에 채워져 있는 금속 보행교정기를 눈짓으로 가리키며 물었다.

"내 딸아이에게는 이것의 도움이 필요해요."

"걔 다리병신이야?"

화가 치밀어서 내가 불쑥 내뱉었다. "아니야!"

그 병사의 눈이 내게로 홱 쏠렸다. 나는 고개를 숙였다.

"이 아이는 소아마비요."

그 병사가 아빠를 쳐다보았다. "그걸 물속으로 던져."

"제발 동무—"

"그걸 벗겨서 물속으로 던져! 그건 기계 쪼가리야!"

"하지만—"

"조직이 그 애를 치료해줄 거라고."

아주 오랜 시간이 걸리는 것 같았지만 아빠는 결국 보행교정기를 벗겨서 물속으로 던졌다. 그것이 장난감 배처럼 가라앉았다. 이제 나는 절대로 엄마처럼 걷지 못할 거야 하는 생각이 들었다. 나는 늘 그 보행교정기를 싫어했지만 그것을 잃었다는 것을 알고 나자 되찾고 싶어졌다. 적어도 우리는 내 신발은 지킬 수 있었다. 병사가 총을 다른 쪽으로 돌리고 우리를 통과시켰다.

배 안은 머리 위로 높이 가로지른 중간 들보에 매달린 조그만 석유등 불빛 말고는 캄캄했다. 나는 숨을 쉴 수 없었다. 마치 우리가 배 안으로 들어선 것이 아니라 소의 배 속으로 들어오기라도 한 것처럼 썩은 풀과 똥거름 냄새가 풍겨서였다. 닭장, 나무상자, 양동이, 군데군데 시커멓게 썩은 채 바닥에 흩어져 있는 건초 꾸러미. 우리는 닭과 오리들을 운반할 때 쓰이는 그런 커다란 철망 닭장 옆에서 자리를 하나 찾아냈다.

아빠가 닭장을 한옆으로 옮겼고 삼촌은 우리가 앉도록 바닥을 깨끗한 마른 풀로 덮었다. 탈출할 가망이라고는 전혀 없었다. 양옆으로 높은 곳에 조그만 둥근 구멍들이, 그것 말고는 창문 하나 없는 벽들에, 얇게 썰린 달들처럼 일렬로 나 있었다. 바깥세상을 어렴풋이라도 볼 수 있게 해주는 것은 그 구멍들뿐이었다.

나는 눈을 계속 거기에 두고 있었다.

마지막 사람이 들어왔고 문이 쾅 닫혔다. 우리를 가두고 닫히는 거대한 아가리. 아무도 다시는 우리 소식을 듣지 못하겠지, 갑작스러운 공포에 질려서 나는 그런 생각이 들었다. 아무도 우리가 세상에 있었다는 걸 모르겠지. 나는 입을 벌리고 있는 힘껏, 목청껏 비명을 질렀다.

"이제 좀 괜찮아졌니?" 내가 잠잠해지자 아빠가 물었다.

나는 고개를 끄덕였다.

"잘됐구나." 아빠가 내 머리를 헝클어트리면서 말했다. "너, 나를 무섭게 했어."

배가 정박했을 때쯤에는 마치 우리가 배 안에서 온 밤을 다 보낸 것 같은 느낌이었다. 우리는 비틀거리며 조그만 부교 옆에 임시로 만들어놓은 부두로 걸어 나왔다. 부둣가의 집들은 물속으로 박아넣은 나무기둥들 위에 지어진 초가지붕 오두막들과 엮은 등(藤)줄기를 엮어 만든 닫집이 달린 작은 배들, 그리고 날개처럼 생긴 돛을 단 삼판*들이었다. 여기저기에서 불빛들이 가물거렸고 희미하게 밝혀진 어둠 속에서 나는 밤에 하는 일들을 하고 있는 사람들의 실루엣

---

* 중국의 해안이나 강에서 흔히 쓰이는 작은 돛단배.

을 볼 수 있었다. 어망을 손질하는 어부, 오두막 계단까지 차오른 강물에 아이를 씻기는 여인, 푸르스름한 석유등 불빛 아래서 바닥에 앉아 저녁을 먹는 가족. 그들은 우리가 오기를 내내 기다리고라도 있었던 것처럼 좀 떨어진 곳에서 호기심 어린 눈으로 조용히, 주의 깊게 우리를 지켜보고 있었다. 그러나 누구도 손을 흔들거나 인사말을 건네거나 환영한다고 소리치지는 않았다. 그렇더라도 나는 다시 밖으로 나온 것이 좋았다. 거기에는 하늘에 별들과 신선한 공기가 있었으니까. 사람들, 나무들, 풀들. 마치 우리가 어떤 바다괴물에 삼켜졌다가 온전하게 산 채로, 모든 감각을 그대로 다 지닌 채로 다시 뱉어내어진 것 같았다. 나는 이제 전에는 맡을 수 없었던 강 냄새를 맡을 수 있었고, 그 냄새에는 희미한 몬순의 냄새가 실려 있었다. 우리가 배 안에 있었을 때 비가 내렸었을까? 나는 그 비가 지금 내렸으면 싶었다. 그 비로 내 몸과 옷에서 똥거름 냄새를 모두 다 씻어내고 싶었다.

우리가 나무로 된 배다리를 내려가는 동안 두 개의 횃불이 길을 밝혀주었다. 고르지 못한 바닥에서 걸음을 떼는 동안 나는 도움을 받으려고 아빠의 팔에 매달려 천천히 조심스럽게 발을 옮겼다. 보행 교정기가 없어져서 교정 신발은 사실상 아무 쓸모도 없었고, 신고 있던 샌들은 절룩거림을 줄이는 데 아무런 도움도 되지 못했다. 도움을 받지 못하면 내 오른쪽 다리는 바로 피로해졌다.

그렇더라도 나는 가축을 실어나르는 배에서 풀려나 다시 밖으로 나온 것이 황홀하리만큼 기뻤다. 물가에서는 밤처럼 까무잡잡한 더 많은 크메르 루주 병사들이 총을 어깨에 둘러메고 우리를 기다리고 있었다. 그들은 우리가 여기에서 밤을 보내게 될 것이라고 했다. 병사들이 우리를 물에 떠 있는 마을에서부터 코코넛나무들이 듬성듬성 나 있는 개활지로 끌고 갔다. 병사들의 우두머리가 저 너머에 있는 어둠 속을 가리키며 경고했다. "누구도 이 구역을 떠나지 못한다. 도망치는 자들은 그 자리에서 총살당할 것이다. 누군가가 도망치려고 한다면 가족 모두가 총살될 것이다. 동무들은 이곳 지역 주민들과 교류를 해서도 안 된다. 동무들이 누구와 접촉할 수 있고 어디로 가게 될지는 우리가 정할 것이다. 명령에 복종하지 않으면 죽음이다."

사람들이 재빨리 강에 가까운 자리들을 묵을 곳으로 차지하기 시작했다. 그 어떤 싸움이나 말다툼도 없었다. "그러다 총살당할 이유라고는 없어." 한 남자가 그의 아내에게 말했다. "우리가 어떤 자리를 택하건 달라질 것도 없고. 모두가 땅바닥에서 자게 될 테니까."

우리는 강에서 몇 미터밖에 떨어지지 않은, 가지들이 강을 향해 수평으로 뻗은 코코넛나무 옆에 자리를 잡았다. 아빠와 삼촌이 무거운 짐들을 내려놓고 곧바로 잠잘 자리를 만드는 일에 착수했다. 고기를 토막 낼 때 쓰는 큰 칼로 가시덤불과 키 작은 나무를 잘라내고, 덩굴식물들을 뽑아내어 독충들이 기어오를지도 모를 위험을 없애고, 풀들에 발을 쿵쿵 굴러 전갈이나 독거미들이 없는지 확인을 하면서. 삼촌이 두 쌍둥이를 불러 잘라낸 부스러기들을 들어다 버리는 일을 거들게 했다. 그런 일들이 진행되는 동안 왕비 할머니와 라다 나는 이상하리만큼 조용하게 우리가 들고 온 자루와 보따리들 사이에 앉아서 한 쌍의 꿩처럼 서로에게 꼬꼬 우는 소리를 내고 있었다. 아빠가 이제 막 치운 자리에다 왕비 할머니가 누울 수 있도록 짚자리들을 펴서 깔았다. 엄마는 조금 떨어진 곳에서 불을 피우느라 바빴다. 엄마가 약간의 마른 잔가지들을 부러뜨려 그것들을 조그만 더미로 쌓아올리고 그 더미에 성냥으로 불을 붙였다. 불꽃이 확 일고 불똥이 날고 딱딱 튀는 소리를 내다가 더 큰 가지들에 불이 붙자 나무들이 벌겋게 타오르기 시작했다. 엄마가 불 주위로 세 개의 돌을 삼각형으로 놓고 솥에다 강에서 길어온 물을 채워 그 돌들 위에다 걸쳐놓았다. 또다시 엄마가 책임을 떠맡아 제한된 식량에서 우리가 무엇을 먹어도 되는지, 얼마만큼씩 먹어야 할지를 헤아리고 있었다. 엄마는 고모와 숙모의 기를 꺾지 않으려고 그들에게도 특정한 일들을 맡겼다. 엄마만 빼놓고는 우리 모두가 살아오는 동안 내내 하인들을 두었었는데, 이제 갑자기 우리 모두가 한꺼번에 도와줄 일손도 집도 없이 되어버린 것이었다.

타타 고모는 이제 요리할 쌀을 준비하고 있었다. 고모가 쌀자루를 풀고 엄마가 일러준 대로 쌀을 몇 컵 떠서 냄비에 담아가지고 물로 헹구었다. 고모 옆에서는 인디아 숙모가 바나나 잎으로 말린 생선들에서 과다한 소금기를 닦아내고 있었다. 엄마가 숙모에게 가늘고 길게 썬 생선살을 갈래진 잔가지 사이에 놓고 그 끝을 덩굴 풀로 묶어 솥에 기대어놓고 굽는 법을 알려주었다. 인디아 숙모가 그 요령을 배우자 엄마는 쌀을 익히려고 다른 불을 피우기 시작했다.

우리 주위에 있는 다른 사람들도 모두 같은 일을 하고 있었다. 얼마 지나지 않아서 곧 야영지 전체가 움직임과 소리들로 살아났다. 사람들은 서로 냄비며 프라이팬, 접시며 컵, 바구니며 칼을 빌리고 빌려주었다. 또 서로 마른 식품들을 교환하기도 했다. 농축우유 한

캔과 쌀 한 컵, 마늘 한 통과 설탕 한 스푼, 소금과 후추, 말린 생선과 소금에 절인 달걀을 바꾸는 식으로. 시장에서처럼 흥겨운 분위기가 생겨났고 저녁을 짓는 불들이 벌겋게 타오르는 빛으로 축제 같은 분위기를 더해주었다.

심지어는 야영지 둘레로 왔다 갔다 하며 지키고 감시하는 크메르 루주 병사들까지도 처음에 그랬던 것처럼 그렇게 위협적으로는 보이지 않았다. 그들은 이제 소집단으로 나뉘어 있었고 멀리에서 보니 우리와 비슷하게, 자기네의 음식을 준비하려고 모여 있는 가족처럼 보였다. 그들이 무슨 말을 하는지 들리지는 않았지만 서로 농담을 하고 있다는 것은 알 수 있었다. 이따금씩 새들이 한꺼번에 날개를 치는 것 같은 아주 요란한 웃음이 터지곤 했으니까. 나는 두려움과 호기심이 섞인 묘한 기분을 느꼈다.

아빠가 코코넛을 하나 들고 함박웃음을 지으며 우리에게로 왔다. "내가 뭘 구했는지 봐! 애피타이저야!" 아빠가 내 옆에 앉아 고기를 토막 내는 큰 칼로 바깥 껍질을 난도질해서 단단한 속껍질이 나올 때까지 질긴 섬유질 갈색 껍데기를 벗겨냈다. 그러고는 칼을 한 번 깔끔하게 내리쳐 한가운데에 금이 가게 한 다음, 그 즙을 주발에 따라 한 모금 마셔보고 나머지를 내게 건네주었다.

바로 그때 내 주먹만 한 개구리 한 마리가 엄마의 엉덩이 밑에서 튀어 올라 코코넛나무로 펄쩍펄쩍 뛰어갔다. 아빠와 나는 눈을 크게 뜨고 서로를 바라보다 웃음을 터뜨렸다. 엄마가 당황해서 이마를 찌푸렸다. 그러고는 우리가 무엇 때문에 웃고 있는지 모르는 척 우리에게서 등을 돌렸다. 아빠와 나는 더 크게 웃어댔다. "그 개구리가 내 엉덩이 밑에 있었더라면 그놈은 죽은 목숨이었을걸!" 아빠가 긴팔원숭이처럼 우우 소리를 질렀다. "우리가 저녁식사에 하마터면 개구리를 넣을 뻔했다는 걸 생각하면! 아주 맛있는 음식이 되었을 텐데!"

"당신 왜 그렇게 바보같이 굴어요?" 엄마가 쏘아붙였다. 하지만 그러면서도 엄마 역시 걷잡을 수 없이 웃기 시작했다.

아빠가 거기에, 야생인 곳에 있다 보니 아빠 자신도 야생이 되기라도 한 것처럼 정신없이 웃어대며 데굴데굴 굴렀다. 그 웃음이 전염되어 얼마 안 가서 곧 왕비 할머니, 인디아 숙모, 타타 고모도 같이 킥킥거리고 있었다. 심지어는 라다나까지도, 내가 생각하기엔 오간 말들을 한 마디도 이해하지 못한 것이 분명한 그 아이까지도 깔깔거리며 웃고 있었다. 그 아이가 마치 아빠가 마지막으로 입 밖에 낸 풍자적인 역설을 저 혼자 알아차리기라도 한 것처럼 펄쩍펄쩍 뛰었고 그 바람에 아빠에게서 온몸을 뒤흔드는 웃음이 한바탕 더 터져 나왔다.

마침내 아빠가 숨을 헐떡이며 몸을 일으키더니 똑바로 앉아 코를 훌쩍이고 눈에서 눈물을 닦았다. 그러고는 정신없이 웃는 동안 한옆으로 굴러가 있던 코코넛을 주워들었다. "당신 좀 마셔보겠소?" 아빠가 낼 수 있는 한 엄숙한 목소리로 엄마에게 물었다. "향기로운데—허풍 떠는 거 아니라니까!" 아빠가 다시 우우 소리를 질렀지만 엄마가 쏘아보자 얼른 자세를 바로잡았다. 그리고 대신 나를 돌아다보았다. "좀 더 마시고 싶니?"

나는 고개를 끄덕였다. 코코넛 즙 때문에 배가 더 고파졌기 때문이었다.

섬을 가로지르는 동안 우리에게는 재빨리 먹어치울 수 있는 음식만이 허용되었다. 병사들이 사람들 하나하나에게 나누어준 쌀밥 한 덩이와 구운 생선 하나. 그들은 음식이 조직에서 나오는 것이라 했고, 그래서 나는 조직이 옴 바오처럼 요리할 재료 더미들에 둘러싸여 쌀밥과 생선을 연잎에 싸고 모든 음식들의 맛을 보는 뚱뚱한 요리사일 것이라고 상상했다. 그런데 옴 바오는, 그 많이 먹는 여신은 어디에 있을까? 그녀가 우리 몫의 음식을 게걸스럽게 먹고 있는 것은 아닐까?

아빠가 껍질에서 단단한 속살을 벗겨내어 그것을 토막 낸 다음 하나씩 꼬챙이에 꿰어 우리 하나하나에게 나누어주었다. 그리고 우리는 꼬챙이에 꿰인 코코넛 조각들을 이제 다 익어가는 쌀 냄비 밑에서 너울거리는 불 위로 들고 있었다. 그 냄새가 기막히게 좋아서 나는 가슴 속이 아파질 때까지 그 냄새를 들이쉬었고, 코코넛 조각이 다 구워지자 꼬챙이에서 뽑아내어 다시 부추겨진 허기로 허겁지겁 물어뜯었다.

삼촌이 코코넛을 두 개 더 구해서 뒤따르는 쌍둥이들에게 하나씩 안겨가지고 나타났다. 저녁식사가 차려지기를 기다리는 동안 우리는 그것들도 똑같이 해치웠다.

"잘 들어라!" 크메르 루주 우두머리가 소리쳤다. 그는 전 부대원들을 뒤에 늘어세우고 야영지 한가운데에 서 있었다. 이곳저곳의 불들에서 던져지는 빛과 그림자가 그의 얼굴을 시시각각 변하는 가면처럼 가로질렀다. 사람들이 그의 말을 더 잘 들어보려고 까까이로 다가갔다. "동무들은 내일 다음번 목적지로 가게 될 것이며—"

"다음번 목적지?" 사람들 사이에서 누군가가 말을 잘랐다. "집은 어떻게 하고?" 그 남자가 분노를 참느라 몸을 떨며 일어섰다. "그러면 프놈펜으로는 언제 돌아가는 거요?"

"돌아가는 일은 없다." 우두머리가 으르렁거렸다. "동무들은 새로운 삶을 시작할 거고—"

"새로운 삶이라니 그게 무슨 소리요?" 다른 누군가가 따져 물었고 그다음에는 다른 사람들이 분노를 터뜨리며 떠들어대기 시작했다. "우리 집은 어떻게 하고? 우리가 여기서, 어딘지도 모를 곳 한가운데서 뭘 하게 된다는 거요? 우리는 도시로 돌아가기를 원해! 집으로 돌아가고 싶단 말이오!"

"도시는 텅 비어 있다!" 우두머리가 고함을 질렀다. "돌아갈 곳은 아무 데도 없다! 동무들의 집은 우리가 말해주는 곳이다!"

"하지만 우리는 돌아갈 수 있다고 들었소!" 맨 처음에 따져 묻기 시작한 남자가 반박했다. "당신들은 사흘이라고 했소. 사흘! 그런데 벌써 사흘 이상이 지났소! 우리는 집으로 돌아가고 싶단 말이오!"

"집은 잊어버려라!" 우두머리가 소리를 질러댔다. "동무들은 여기서 새로운 삶을 구축하게 될 것이다. 시골에서!"

"여기는 어딘지도 모를 곳이오! 우리가 왜 여기에서의 삶을 위해 우리 집을 떠나야 한다는 거요?"

"그것이 조직의 명령이다!"

"조직! 조직!" 사람들 사이에서 다른 목소리가 외쳤다. "조직이 대체 무엇이오? 아니면 누구요?"

"그렇소! 그게 누구인지 말해주시오! 얼굴을 보여주시오! 우리는 알고 싶소!"

"우리가 믿을 수 있는 말을 해주시오!"

"그렇소! 당신네 크메르 루주의 거짓말은 그만두시오!"

빵! 밤하늘에 총성이 울렸다.

목소리들이 뚝 끊겼다. 누구 하나 꼼작하지 않았다. 우두머리가 권총을 내렸다. "동무들은 지시받은 대로 머물고 가게 될 것이다. 알아들었나?" 그가 대답을 기다렸다.

아무도 대답을 하지 않았다. 사방에 도전적인 침묵이 흘렀다.

"알아들었나?" 그가 자기 앞에 있는 사람들의 벽을 가로질러 권총을 휘두르며 윽박질렀다. 사람들이 웅얼거리며 어쩔 수 없이 고개를 끄덕였다.

"좋아!" 우두머리가 무기를 내렸다. 그러고는 가려는 듯하다가 다시 돌아서더니 대들었던 사람들을 마주 보았다. "우리는 혁명군 군인들이다. 만일 동무들이 또다시 '크메르 루주'라는 말을 하면 그때는 총살될 것이다."

그가 행진을 하듯 척척 걸어갔다.

야영지 전체에 침묵이 내려앉았다. 누구든 잠이 들 수 있기까지는 오랜 시간이 걸렸다.

거대한 고철 더미처럼 보이는 군용 트럭 한 대가 휘발유 냄새와 고무 탄 냄새를 풍기며 덜컹덜컹 굴러 시야에 들어왔다. 다시 한 번 더 우두머리가 확성기를 입에 대고 외치며 자기 자리에서 나왔다. "잠시 후 동무들은 두 집단으로 나뉠 것이다. 이 인근 지역에 친족이 있는 사람들은 신분을 밝혀야 한다. 그들은 각자의 부락이나 마을로 옮겨지게 될 것이다. 그 부락이나 마을이 멀면 우마차로 가고 가까우면 걸어간다. 친족이 아무도 없는 사람들은 트럭으로 옮겨진다. 그들은 조직으로부터 별도의 명령이 있을 때까지 계속 이동하게 될 것이다."

우리는 재빨리 아침을 먹고 짐을 꾸려 떠날 채비를 차렸다. 다른 혁명군 병사들이 다시 총을 들고 불쑥불쑥 나타나 우두머리가 통고했던 것처럼 사람들을 두 집단으로 나누기 시작했다. 우리 가족은 친족이나 지인이 아무도 없어서 군용 트럭 쪽으로 가는 집단에 들었는데, 그 트럭은 가까이에서 보니 윤곽으로 보였던 것보다도 더 무시무시했다. 그 트럭의 짐칸 바닥은 진흙으로 뒤덮였고 양옆으로는 움푹움푹 패인 기다란 철제 의자가 붙어 있었다. 캔버스 천으로 된 덮개 윗부분은 불에 탔고 옆 부분은 총알구멍들로 숭숭 뚫려 있었고 앞쪽의 문들도 아마 로켓탄 아니면 지뢰에 날아가 버리고 없었다. 그 흉물은 마치 지옥을 지나온 것 같아 보였고 나는 그것이 이번에는 우리를 싣고 다시 지옥으로 갈 것이라는 생각이 들었다.

"걱정 말아라," 아빠가 나를 들어 올려 더 꼭 끌어안으며 말했다. "내가 여기 있으니."

트럭에 오르는 동안 나는 우리가 지나온, 일렬로 죽 늘어선 우마차들을 뒤돌아보았다. 그 우마차들이 전쟁의 흉터와 상처투성이인 트럭보다는 더 나아 보였다. 다른 사람들이 타기 시작했다. 처음에는 한 가족이, 다음에는 두 가족이, 그다음에는 세 가족이, 그리고 나서는 셀 수도 없이 많은 사람들이 한꺼번에. 마침내 사람들이 모두 꽉꽉 들어차자 군용 트럭이 옛날 전쟁에 동원된 코끼리가 살아나는 것처럼 길게 경적을 울리고 돌진해 나아갔다.

7

우리가 지나는 길가에는 불꽃나무*들이 신에게 공물로 바쳐진 불처럼 만발해 있었다. 다음에는 그 나무들이 더 빽빽하고 더 푸른 초목들에 자리를 내주었고, 마침내 우리가 볼 수 있는 것은 숲과 하늘과 끊어져 조각난 물길뿐이었다. 때때로 우리는 여러 달 동안 어떤 차량도 그 길을 지나지 않은 듯 길 한복판에서 자라고 있는 어린 나무들과 맞닥뜨렸다. 그럴 때면 군용 트럭 운전사와 그에게 딸린 네 명의 혁명군 병사들―둘은 앞자리에 둘은 지붕 위에―이 번차례로 차에서 내려 도끼로 어린 나무들을 쳐내곤 했다. 만일 초목들이 자라는 자리가 특히 쳐내기 힘들거나 고르지 못하면 사람들이 모두 내려서 덩굴 걷어내는 일을 거들었다. 또 논들이 펼쳐진 곳을 지날 때는 소 떼가 모두 길을 건널 때까지 기다려야 했는데, 언제나 그중

* 잎의 색이 불꽃처럼 붉고 선명해서 붙여진 이름. 통상적인 명칭은 호주벽오동임.

한 마리가 멈춰 서서 멍하니 쳐다보며 목동 — 대체로 그 근처에서는 유일한 사람인 것 같은 어린 소년, 난데없이 불쑥 나타난 요정 — 이 따라와 길에서 끌어낼 때까지 꿈쩍하지 않았다. 계속 더 갈수록 눈 깜작할 사이에 마을이 하나씩 나타났다 사라지곤 했다.

나무들에 생채기가 나서 우유처럼 하얀 피를 흘리는 고무나무 재배지들이 늘어선 곳에서 우리는 병사들이 지뢰가 매설되어 있을 것으로 의심한 다른 다리들을 피해 트럭의 무게에 눌려 무너져 내릴 것만 같은 조그만 나무다리를 건넜다. 병사들 중 하나가 장난스럽게 손뼉을 딱 치며 입술로 폭발음을 내자 그의 동료가 못마땅해서 팔꿈치로 옆구리를 쿡 찔렀고, 폭발음을 낸 병사도 같은 식으로 되갚았다. 그들은 우리가 지켜보는 중에 그런 식으로 장난스럽게 서로를 툭툭 치는 짓을 계속했는데, 나는 그들이 그렇게 해롱대는 것이 아주 정상적으로 보인다는 생각이 들었다. 언제쯤인가부터 그들은 우리와 이야기를 하기 시작했고, 우리는 그들이, 그중 하나의 말에 따르면, "총이 끌고 돌아다니기에 쟁기보다 훨씬 더 가벼워서" 혁명군에 가담한 시골마을 소년들이라는 것을 알게 되었다. 또 그들은 트럭을 운전할 줄 아는 운전사를 존경하고 두려워하는 것 같기도 했다. 그들 말로는 바로 얼마 전까지 승용차나 트럭이나 오토바이를 어떻게 다루어야 하는지 알기는커녕 본 적도 한 번 없었다는 것이었다. 하지만 우리를 실어간 트럭 운전사처럼 몇몇은 적군에게서 그런 차량들을 포획하기 시작했을 때 다루는 법을 재빨리 배우기도 했다. 가족이 그립지 않느냐는 질문을 받자 그들은 어깨를 으쓱하고 무관심해하는 척했지만 그 뒤로 한동안 말없이 침울한 기색을 보였다. 그러나 다음에는 길이 불쑥 솟은 곳을 지날 때 어깨가 부딪치자 활기가 되살아나서 서로 떠밀고 떠밀리는 장난을 치기 시작했고 그 장난은 트럭이 툭 튀어나왔거나 움푹 들어간 곳을 지나는 동안 계속 이어졌다.

내가 그들을 빤히 쳐다보고 있다는 것을 알아차리고 엄마가 내 머리를 가만히 엄마 무릎으로 끌어당겼다. 나는 버팅기지 않고 아빠와 엄마 사이의 꽉 끼는 공간에서 머리는 엄마 무릎에, 발은 아빠 무릎에 둔 채 몸을 잔뜩 옴츠렸다. 한참이나 그렇게 누워서 나는 눈을 떴다 감았다 했고 바깥 풍경이 바람에 불린 종잇장처럼 휙휙 지나가는 동안 깜빡깜빡 졸았다 깼다 했다.

태양이 머리 위로 높이 떠올랐을 때쯤 우리는 한 무리의 혁명군 병사들이 가져다준 밥과 생선으로 또 한 차례의 식사를 위해 조그만 개울 옆 어느 마을에서 멈췄다. 전에 다른 병사들이 그랬던 것처럼 이번에도 병사들은 난데없이 불쑥 나타난 것 같아 보였다. 이야기는 별로 오가지 않았다. 우리는 재빨리 밥을 먹고 몸을 식힐 셈으로 서둘러 개울로 들어가 바지와 셔츠 소매를 말아 올리고 얼굴과 몸에 물을 끼얹었다. 엄마는 손으로 물을 떠서 엄마의 머리와 라다나의 머리를 축였고, 아빠는 크로마를 물에 적셔서 내 머리에 얹으라고 건네주었다. 아빠가 셔츠를 벗어서 그것도 물에 담갔다가 손으로 비틀어 물을 짜내고 다시 입었다. 삼촌은 두 쌍둥이를 꼭 붙들고 옷을 입힌 채로 물에 텀벙 담갔다. 운전사가 경적을 울렸다. 우리는 물을 뚝뚝 떨어뜨리고 있었지만 원기를 되찾아 군용 트럭으로 달려갔다.

다시 한 번 더 우리는 이송길에 올랐다. 다시, 또다시 숲과 강과 논들이 시야에 불쑥불쑥 들어왔다가 나타났던 때처럼 재빨리 멀어져 가며 지평선에 삼켜졌다. 머리가 지끈거려서 나는 잠을 좀 자려고 해보았지만 그럴 수가 없었다. 깜빡 잠이 드는 순간 숨이 막혀서 번뜩번뜩 깨곤 했다. 내 주위로 꽉꽉 들어찬 팔과 다리들, 땀 냄새, 입술과 혀와 콧구멍과 귓바퀴에 온통 켜켜이 덮인 벌건 흙먼지 때문에 숨도 제대로 쉴 수 없었다.

마침내 우리가 세상 끝까지 온 것 같다고 느꼈을 때 병사들 중 하나가 프레이벵(Prey Veng)이라는, '끝없는 숲'이라는 뜻의 이름을 지닌 지방에 당도했다고 알렸다. 멋진 옛 크메르 서체로 '와트 롤로크 메아스(Wat Rolork Meas)'라는 지역명이 적힌 아치가 세워진 왼쪽으로 갈리는 길이 나타났다. 트럭 운전사가 방향을 틀어 길을 에워싼 선인장들에 차 양옆을 긁히며 좁은 통로를 덜컹덜컹 지났다. 줄줄이 이어진 사탕수수 밭들과 캐슈 재배지들을 지나자 저 멀리로 여러 채의 목조 가옥들이 보였고 가까이에는 불교사원 하나가 늦은 오후의 햇살 속에 꿈결처럼 번쩍이고 있었다.

사원 입구에 석가여래상이, 마치 탐욕의 신이자 인간을 유혹하는 마라(Mara)가 와서 그 석상을 좌대에서 넘어뜨리기라도 한 것처럼 등을 땅에 대고 누워 있었다. 두 작은 형체가 입구 근처에 있는 거대한 반얀나무 아래에서 낮잠을 자다 깨 졸린 모습으로 기지개를 켜고 하품을 하며 천천히 우리 쪽으로 걸어왔다. 그들의 어깨에는 총신이 긴 총이, 총구가 바닥에 긁히지 않도록 조금 비딱하게 둘러메어져 있었다. 우리와 같이 온 병사들이 펄쩍펄쩍 뛰어내려 몸에서 먼지를 털어냈다. 양쪽 병사들이 말을 주고받으며 그곳이 우리의 목적지임을 확인한 다음, 운전사가 우리에게 내리라고 고개를 끄덕였다.

모두들 넘어뜨려진 석가여래상의 머리가 놓인 곳 주변의 땅을 밟지 않으려고 그 불상에서 적당히 떨어진 거리를 유지했다. 몇몇 어른들은 양손을 모아 합장을 하고 고개를 숙이며 중얼중얼 기도를 올리기도 했다. 그러나 우리를 이끄는 소년병들은 그런 경의라고는 일체 보이지 않았다. 앞서 간 병사는 반얀나무 몸통에다 침을 탁 뱉었고 다른 병사는 불상 옆을 지나갈 때 땅에다 누런 코를 팽 풀었다. 그 병사들을 따라 우리는 사방이 트인 기도전 본당 쪽으로 갔다. 그 건물은 여느 사원들에서와는 달리 길에 면한 것이 아니라 길에 접해 있었고 그 주위의 어떤 건물보다도 더 높았다. 그리고 황금빛으로 칠해진 박공(博栱)지붕은 그 끝이 날개나 불꽃 비슷하게 위로 휘어져 올라간 형태로 조각되어 있었다. 기도전의 바깥쪽 기둥들에는 유리타일로 된 한 쌍의 나가구렁이들이, 머리는 입구에서부터 앞계단까지를 지키고 꼬리는 기둥 뒤에서 서로 얽힌 채 감겨 있었고, 스텐실* 무늬가 든 타일 바닥 한가운데에는 가부좌를 틀고서 연못 너머 저 멀리로 늪지와 숲을 바라보는 커다란 황금빛 불상이 있었다.

나는 그 불상의 눈길을 따라갔다가 그곳의 땅이 얼마나 푸르고 촉촉한지를 알아차렸다. 틀림없이 그 지방에는 비가 더 빨리 찾아온 모양이었다. 연꽃들로 가득한 연못은 물이 가장자리까지 넘치도록

---

* 금속판, 종이 따위에서 무늬나 글자를 오려내고 그 위로 물감을 발라 찍는 인쇄법.

찼고, 늪지는 수련과 히아신스들로 물결쳤고, 논들에는 아기의 머리카락처럼 나긋나긋한 무릎 높이의 벼들이 자라고 있었다. 언젠가 나는 책에서 몬순에 앞선 구름, 어느 한곳에 닥치는 대로 모였다가 펑크 난 물풍선처럼 터져서 그 그림자 아래에 있는 모든 것을 흠뻑 적시지만 조금 떨어진 곳은 햇빛이 쨍쨍 나고 비 한 방울 내리지 않는 그런 구름에 대해 읽은 적이 있었다. 그렇게 내리는 비를 나는 어린 테보다가 곳곳에 비를 내려주기에 앞서 몬순이 임박했음을 예고하기 위해 우리 머리 위로 솟은 구름 속에 떠 있다가 구름이 다 익었는지 황금 창끝으로 찔러보는 것이라고 상상했다.

서늘한 미풍이 불어와 연잎들을 떠밀며 그 초록색 표면을 가로질러 조그맣고 투명한 물방울들을 미끄러뜨리고 있었다. 어디선가 개구리가 개골 개골 개골 울었고 그러자 두꺼비가 앵 앵 앵 앵 하고 대답했다. 개골 개골 개골! 앵 앵 앵 앵! 앞쪽과 뒤쪽에서 개구리와 두꺼비가 다른 동물들에게 알리기라도 하듯, 보이지 않는 혼령과 생물들에게 갑작스러운 침입을 경고라도 하듯 연이어 울어댔다.

나는 계속 걸었다. 눈에 보이는 것들 모두를 받아들이며. 사원들에서 느껴지는 분위기가 무척이나 좋았다. 아빠도 그런 분위기를 아주 좋아해서, 정말 좋아해서, 내 이름을 산스크리트어로 '작은 사원의 뜰'이라는 뜻인 바타아라미라고 지었다. 다른 사람들도 나처럼 느끼는지는 알 수 없었지만, 불교사원으로 들어설 때마다 나는, 설령 그 사원이 난생 처음 가보는 곳이라 할지라도 언제나 어렴풋한 친밀감 같은 것을 느끼곤 했다. 마치 내가 다른 시기, 다른 삶에서 알고 있던 곳으로 돌아오기라도 한 것처럼. 하지만 이 사원에 대해서는 이상하다는 생각이 들었다. 어째서 이처럼 적막하고 이처럼 공허할까…….

그곳은 시골 사원치고는 융성해 보였지만 그렇더라도 버려진 것 같아 보였다. 마치 거주자들이 갑작스럽게 사라져버린 것처럼, 증발해버린 것처럼. 그늘진 뜰에서 웃는 아이들도 없었고 경전을 암송하는 스님들도 없었고 기도전 계단에 앉아 한담을 나누는 도시 사람들도 없었다. 그 대신 사방 어디에나 메아리만이 있을 뿐이었다.

나는 어떤 존재를 느끼고 이렇게 속삭였다. 거기 누구 있어요? 하지만 아무 대답도 없었다. 단지 여기 저기 텅 빈 곳들에서 되튀는 메아리뿐이었다. 연못 오른쪽으로 하얀 불탑 하나가 서 있었다. 위로 갈수록 점점 가늘어지다가 마침내는 하늘과 한데 섞이는 기다란 황금 첨탑을 머리에 인 종 모양의 돔. 불탑은 부처의 유물들, 그러니까 옷자락, 머리카락, 치아, 또 때로는 아빠가 언젠가 내게 알려주었듯이 영원과 불멸을 위한 우리의 소망을 담기 위해 세워진다. 그 거대한 불탑을 보면서 나는 어쩌면 그 탑에 상상할 수 있는 모든 소망들, 산 자와 죽은 자들 모두의 소망이 담겨 있을 것이라는 생각이 들었다. 죽은 자들의 유해는 불탑 주위에 있는 체다이(chedday)들, 즉 불탑을 본뜬 더 작은 탑들 안에 있을 것이었다.

연못 왼쪽으로는 짙은 노란색으로 칠해지고 꼭 프놈펜에 있는 우리 학교처럼 사방에 나무 쪽널 덧문들이 달린 건물 네 채가 서 있었다. 그 건물들은 정사각형을 이루며 서로 마주 보고 있었고 안쪽의 정사각형 공간 한가운데에는 게양대에 찢어진 깃발 쪼가리들만이 남아 있는 길고 가느다란 깃대가 세워져 있었다. 그 주위의 땅은 아이들이 놀았던 흔적으로 반들반들하게 닳아 있었다. 내 눈길이 땅에 숯으로 그려진 돌차기 놀이판 윤곽으로 쏠렸다. 그 돌차기 놀이판에 그려진 사각형들 중 하나의 한복판에 마지막으로 그 놀이를 했던 아이의 자취를 보여주는 돌이 하나 남겨져 있었다. 나는 누가, 누가 마지막으로 거기에 있었는지가 궁금했다. 또다시 메아리를 들은 것 같았다. 어떤 혼령이 내 귀에다 속삭이고 있었다. 아니, 어쩌면 내 생각이 침묵을 쫙쫙 찢고 있었는지도 몰랐다. 나는 그 돌을 집어 호주머니에 넣었다. 행운을 비는, 보호를 비는 부적으로서.

우리는 각자 알아서 자리를 잡도록 남겨졌다. 학교 건물들은 텅비어 있어서 교실들의 수가 가족들의 수보다도 더 많았고, 그 교실들 모두가 우리에게 개방되어 있었다. 우리는 몸을 쭉 펴고 누울 공간을 갖게 될 것이었고 원하는 대로 어느 교실이나 골라잡을 수 있었다. 하지만 어째서 우리가 침입을 하고 있는 것처럼 느껴졌을까? 어째서 우리가 감시당하고 있다는 느낌이 들었을까?

우리 가족은 논과 늪지와 그 너머로 펼쳐진 숲들에 면한 창문들이 일렬로 나 있는 교실을 택했다. 교실 안의 책상과 걸상들은 모두 치워졌고 단지 바닥에 그것들의 자국만이 남아 있었다. 칠판은 그대로 남아 있었고 그 맨 위에다 누군가가, 아마도 선생님이거나 선생님 역할을 하는 스님이 각기 다른 색으로 이렇게 적어놓았다. 지식은 배움에서……. 나머지 글자들은 지워졌고 무지개 모양의 분필가루만이 뒤에 남았다.

우리는 가져온 짐들을 교실 한구석에 풀고 한 바퀴 둘러보았다. 그리 대단치 않은 공간, 그저 텅 빈 방이었지만 그래도 밤짐승과 밤

벌레들 사이에서 한데 잠을 자는 것보다는 더 나았다. 또 공간도 우리 가족이 함께 모여 있는 동안 편안하게 지낼 만큼은 되었다. 삼촌이 나무 쪽널로 된 문을 열었다가 그 문이 다른 방, 우리가 있는 방보다 훨씬 더 작은 방으로 이어진다는 것을 알았다. 아마도 학습용구 보관실이었겠지만 그 안에는 아무것도 없었다. 타타 고모가 다른 가족이 그 방을 차지하기 전에 먼저 우리가 차지하자고 했다. 그러나 우리는 안전한 쪽을 택해 여분의 짐들만 거기로 가져다놓고 잠은 한방에서 같이 자기로 했다. 쌍둥이 아이들은 군용 트럭에서 거의 오후 내내 잤던 탓으로 그냥 조용히 있지를 못했다. 두 아이가 열린 문을 통해 이리저리 뛰어다니고 라다나는 꺅꺅 소리를 지르며 그 뒤를 쫓아다녔다. 삼촌이 그 아이들의 넘치는 활기를 이용할 요량으로 세 아이에게 일을 시켰다. 두 아들에게 우리가 식사를 할 때 쓰는 짚자리를 말아서 작은 방에 가져다두라는 식으로. 그리고 라다나에게는 냄비를 하나 주고 쌍둥이들을 따라가게 했다. 라다나가 냄비 뚜껑으로 냄비를 챙챙 치면서 두 쌍둥이를 아장아장 뒤따라갔다.

잠시 밖으로 나갔던 아빠가 짚으로 엮은 빗자루 두 개와 걸레로 쓸 약간의 넝마, 물 한 양동이를 들고 돌아왔다. 우리는 함께 먼지를 털고 쓸고 닦고 걸레질을 했다. 우리 방 출입구 가까이의 벽에 손가락들이 분명치 않은 길로 뻗쳐진 손 모양의 자주색 얼룩―페인트거나 어쩌면 말라붙은 피―이 몇 개 있었다.

아빠가 그 얼룩들을 유심히 살펴보고 있는 나를 보고는 젖은 걸레를 가져와서 그 자국이 벽에서 하나의 커다랗고 불그스름한 반점으로 번질 때까지 박박 문질렀다. 그리고 다음에는 칠판으로 눈을 돌리더니 휘갈겨진 부호와 낙서들을 모두 지웠다. 아빠의 눈길이 맨 위에 적혀 있는 글자들로 옮아갔다. 지식은 배움에서……. 아빠가 걸레를 내려놓고 쓸어담은 쓰레기에서 분필 조각을 하나 집어 들어 문장을 마저 다 적었다. 그래서 이제 그 문장은 이렇게 읽혔다. 지식은 배움에서 오고 발견은 탐구에서 온다.

우리는 짐들을 모두 풀고 짚자리들을 펼쳤다. 해는 이미 졌고 하늘은 물소가죽 같은 색으로 어두워져 있었다. 엄마가 저녁 차릴 준비를 해야겠다고 했다. 그때까지 혁명군 병사들은 우리에게 밥이나 식량을 주러 오지 않고 있었다. 인디아 숙모가 아직 오고 있는지도 모르니 좀 더 기다려보는 것이 어떻겠냐고 했다. 그러나 삼촌이 그 두 소년병 애들은 우리의 음식이 어디에서 오는지는 고사하고 저네 음식도 어디에서 오는지 모르는 것 같다는 말로 숙모를 일깨웠다. "연못에 개구리들이 있다면 운이 더 좋을 텐데." 삼촌이 내게 윙크를 해 보이며 전날 밤 개구리 때문에 벌어졌던 일을 상기시켰다. "개골 개골 개골." 아빠가 바깥쪽 멀리에서 들려오는 희미한 소리를 흉내 내어 개골거렸다. "그만들 두세요, 두 분!" 엄마가 나무랐다. 쌍둥이와 라다나가 '개구리'라는 소리를 듣고 개골거리며 방을 가로질러 양팔 양다리로 펄쩍펄쩍 뛰어 돌아다니기 시작했다. 다시 한 번 더 우리는 웃음을 터뜨렸고 그중에서도 타타 고모가 제일 크게 웃었다. 하지만 다음에는 갑자기 고모의 웃음이 울음으로 바뀌었다. "우리 다시는 집으로 돌아가지 못할 거야, 안 그래?" 고모가 훌쩍였다. "여기서 죽게 될 거야." 고모의 온몸이 흔들리고 있었다. 평소 때에는 당당했던 고모가, 언제나 자신감으로 안정되고 꼿꼿했던 고모가 이제는 눈물 콧물을 흘리며 무너져내리고 말았다. 누구도 무슨 말을 해야 할지, 어떻게 해야 할지를 알지 못했다.

라다나가 고모에게로 아장아장 걸어가서 한 팔을 고모의 어깨에 두르고 부서지기 쉬운 인형에게 그러듯 고모의 뺨에 입을 맞추었다. "타타, 아파?" 그 아이가 물었다. 타타 고모가 고개를 끄덕였다. 라다나가 고모에게 다시 키스를 하고 뺨을 부풀렸다가 호 하고 입김을 불었다. "이제 다 됐어!" 그 아이가 통통한 손을 쫙 펼치며 쾌활하게 선언했다. 엄마의 눈에 눈물이 어렸다. 엄마가 돌아서서 쌀자루와 냄비를 들고 밖으로 나갔다.

아빠가 기도전에서 가져온 반 토막짜리 양초의 조그만 불빛만 제외하고는 온 주위가 어둠에 잠겼다. 우리가 잠잘 채비를 하는 동안 나는 우리 사이에 혼령들이 있어서 그들의 그림자가 우리의 그림자를 불쌍히 여기고 그들의 속삭임은 우리의 생각을 흉내 낸다는 느낌이 들었다. 지식은 배움에서 오고 발견은 탐구에서 온다.

라미, 라미, 일어나, 일어나……. 그 혼령들이 나를 부르고 있었다. 나는 어둠 속에서 눈을 떴다가 내 바로 위에 아빠의 얼굴이 있는 것을 알았다. "일어나, 내 딸." 아빠가 속삭였다. "너한테 뭘 좀 보여주고 싶은 게 있어. 그게 사라지기 전에."

나는 눈을 부비며 일어나 아빠가 한쪽 가장자리를 들어 열어주고 있는 모기장 밖으로 나왔다. 아빠가 나를 품에 안고 발끝걸음으로 살금살금 방을 가로질렀다.

밖은 사방이 푸르스름한 회색이었고 새벽의 검은 기운은 안개 띠레이스를 두르고 있었다. 땅은 물기에 젖어 축축했고 대기에는 비의 기억이, 그때 내가 떠올리기로는 밤 동안 어떤 밤의 체류자처럼 정처 없이 배회하다가 그 발걸음의 토닥임으로 나를 깨우고 내가 다시 잠이 들자 내 꿈속으로 기척도 없이 살금살금 들어온 비의 기억이 실려 있었다.

아빠가 나를 내려놓았다. 우리는 손에 손을 잡고서 고운 망사로 체질을 한 것 같은 안개 속으로 걸었다. 서늘한 공기가 내 코와 허파를 채우며 졸음기를 모두 걷어내 갔다. 나는 주위를 둘러보았다. 온 세상이 고요했다. 학교 건물의 열린 문과 창문들을 통해 나는 모기장의 천 조각들을 볼 수 있었고 사람들 모두가 똑같은 꿈을 꾸기라도 하듯 매한가지로 깊은 숨을 쉬고 있다는 느낌이 들었다. 그곳 전체가 마법에 홀려 안개나 마찬가지로 손에 잡힐 듯한 평온에 감싸여 있는 것처럼 보였다.

우리는 기도전으로 갔다. 마치 리암케에 나오는 구름이 경계를 이룬 신비의 왕국으로 들어가는 것 같았다. 어느 부분에서는 증기처럼 빽빽한 안개의 리본들이 사방으로 트인 기도전을 감싸고 기둥들과 난간들 사이의 공간을 헤치며 천장까지 굽이쳐 올라갔다가 다시 연못 쪽으로 내려갔고, 거기에서 사라지는 용들 뒤에 남겨진 연기의 흔적처럼 느슨한 소용돌이로 한데 모였다.

"꼭 아유티야 같아." 만일 소리를 너무 크게 내면 안개가 모두 증발해버릴까 봐 내가 조그맣게 웅얼거렸다. 나는 리암케 책에서 찢어낸 그 페이지를 찾지 못했다. 아마도 트럭에 실려 오는 동안 주머니에서 빠져나갔을 것이었다. 하지만 이제 그 삽화는 없어도 되었다.

거기에 진짜가 있었으니까. "정말로 아름다워."

"맞아, 그렇지?" 아빠가 내 손을 꼭 쥐었다. "그래서 너한테 이걸 보여주고 싶었던 거란다." 아빠가 길게, 천천히 숨을 내쉬어 우리 주위의 안개에 입김을 보냈다. "이건 천국을 상상할 수 있게 해주는 선물이고 그 천국을 실제로 얼핏 보는 건 새로운 탄생이지."

"그럼 여기가 천국이에요?" 아직 꿈을 꾸고 있는 것인지도 모른다는 생각으로 내가 마지막 남은 졸음기를 마저 다 몰아내려고 눈을 깜빡이며 물었다.

"적어도 거울에 비친 천국의 모습은 되겠지. 누군가가 지상에서 천국의 반영을 얼핏 본다면 틀림없이 어딘가에는 진짜 천국이 있는 거겠고." 아빠의 눈길이 난간을 따라 조각된 한 쌍의 구렁이에게로 건너갔다. "나가, 그러니까 산스크리트어로 '도시' 아니면 '왕국'이라는 뜻의 나가라에서 온 그 말은 신성한 기운, 우리를 천국에 연결시켜주는 끈의 상징이란다. 이곳, 그러니까 이 나가 원기둥들과 뾰족탑들과 첨탑들의 땅은 신성한 영감으로부터 탄생했고 그래서 여러 전설들 중의 하나가 되는 거지. 내가 특히 좋아하는 이야기는 인드라와, 이승에 있는 배우자 사이에서 태어난 아들인 프레아 케트 멜레아(Preah Khet Melea)의 이야기인데, 어느 날 열두 살 난 멜레아는 아버지에게서 천국으로 오라는 초대를 받아." 아빠가 위를 올려다보며 기도전의 모든 기둥들 꼭대기를 장식하고 있는 반은 사람이고 반은 새인 신화적 피조물의 조각상을 가리켰다. "아마도 멜레아는 저 피조물들 중 하나의 날개에 실려서—나는 그렇게 상상하기를 좋아해—천국으로 올라갔겠지."

"저건 킨나라(Kinnara)예요." 내가 그 조각상의 이름을 떠올리고 알려주었다. 내가 읽고 들은 수많은 이야기들에서 킨나라는 인간들의 세상과 신들의 세상을 오갈 수 있었다.

"그래, 맞다." 아빠가 미소를 지으며 고개를 끄덕였다. "천국으로 올라가자 멜레아는 아버지가 다스리는 천상의 왕국을 넋 놓고 응시했지. 보석들로 덮인 여러 층의 뾰족탑 궁전들, 투명한 다이아몬드로 만들어진 것처럼 반짝이는 연못과 저수지들, 영원과 내세를 향해 뻗쳐 있는 둑길과 다리들. 너는 네 지상의 왕국을 갖게 될 것이니라, 인드라가 자기의 모습을 한 아들에게 말했어. 네가 여기에서 정말로 원하는 것을 내가 천상의 건축가들로 하여금 똑같이 짓도록 해주겠노라. 멜레아는 아버지의 너그러움에 감격해서 감히 인드라 자신의 궁전을 본떠 지어달라고는 하지 못했어. 그러는 대신 공손히 인드라의 가축 우리만을 본떠 지어달라고 청했지."

"정말로요? 가축우리만을요?" 내 마음은 그 이야기에 잔뜩 들떠 있었다.

아빠가 껄껄 웃었다. "아, 하지만 인드라의 가축우리만으로도 거대한 앙코르 사원이 탄생하게 되었고 그 사원은 그 이후로 내내 네가 태어난 이 땅을 장식하는 사원들을 짓는 데 영감을 주었지. 너도 알겠지만, 라미, 이 사원이 아름답다고는 해도 이것은 단지 우리 모두의 마음속에 있을 수 있는 성스러운 것을 아주 조금만 살짝 엿보는 것에 지나지 않아. 우리가 대담하게 꿈을 꾸려고만 하면 정말로 대단한 아름다움을 이룰 수 있지."

나는 말없이 잠자코 있었다. 아빠를 인드라로, 나를 멜레아로 상상하면서.

"너 내가 왜 네 이름을 바타아라미라고 지었는지 아니?" 아빠가 한쪽 무릎을 꿇고 내 눈을 들여다보며 물었다. "그간 네가 내 사원이고 내 정원이고 내 신성한 대지이고 너에게서 내 모든 꿈을 볼 수 있기 때문이야." 아빠가 마치 이른 아침의 깊은 생각에 무람없이 빠져들겠다는 듯 미소를 지었다. "어쩌면 그것이, 자기 자식에게서 때 묻지 않은 선량함을 보는 것이 아빠로서는, 모든 부모로서는 당연한 일인지도 모르지. 하지만 네가 할 수 있다면, 라미, 너 스스로 그걸 보았으면 해. 네 주위에서 네가 그 어떤 추악함과 파괴를 목격했건, 나는 네가 언제나 여기저기서 아주 조금씩 얼핏얼핏 보는 아름다움이 신들의 거처를 반영한 것이라고 믿었으면 해. 그건 실제로 있는 거니까, 라미. 세상에는 그런 곳, 그런 신성한 곳이 있어. 그리고 너는 그곳을 마음속에 그리고 꿈을 꾸려고만 하면 돼. 그곳은 네 마음속에, 우리 모두의 마음속에 있으니까." 아빠가 다시 몸을 펴고 일어나 한 번 더 숨을 길게 내쉬었다. "나는 내내 그곳을 보고 있단다."

아빠가 내 손을 잡았고 우리는 계단을 올라 기도전 안으로 들어갔다. 그리고 돌아서서 앞쪽으로 연못을 내다보았다. 엷어져가는 안개를 뚫고 빠르게 동이 터오는 중이었고 숨을 한 번씩 쉴 때마다 우리 앞쪽으로 화가의 그림에 조심스러운 붓놀림처럼 나타나는 연잎들과 연꽃들을 점점 더 많이 볼 수 있었다. 네가 여기에서 정말로 원하는 것을 내가 천상의 건축가들로 하여금 똑같이 짓도록 해주겠노라. 나는 그 느낌을 말로 표현할 수는 없었어도 어디에선가 신이 내 꿈을 실현시켜주고 있다는 느낌이 들었다. 우리 주위의 모든 아름다움이 실제로

126

존재하고 손으로 만질 수 있을 것처럼 보였다. 나는 우리가 천국으로 걸어 들어갔다고, 그 문을 통해 이끌렸다고 믿었다. 우리가 천국에 이른 것은 우연이 아니었다고 느꼈다.

사원 문간에서 부스럭거리는 소리가 들렸다. 등이 구부정한 사람 하나가 우리 쪽으로 오고 있었다. 나는 갑자기 가슴이 뛰었고 내 입에서 불쑥 이 말이 튀어나왔다. "늙은 총각?" 하지만 그 사람은 빗자루를 손에 든 사원 청소부였다. 사원에는 어디에든 그런 눈에 잘 안 띄고 반쯤은 잊힌 사람들이 하나씩 있었다. 그들은 흔히 가난한 중에서도 가장 가난하고 살날이 얼마 남지 않은 노인들로, 사원을 청결하게 지키는 것이 신들에 대한 마지막 탄원이며 자기가 죽으면 그간의 노력이 충분한 보답을 받아 다음번 생에서는 더 낫게 태어나서 이제껏 이승에서 겪었던 고통을 다시 겪게 되지 않으리라고 여기는 사람들이었다. 늙어서만이 아니라 평생 동안 사원의 뜰을 쓸며 살아오기라도 한 것처럼 등이 구부정한 그 노인이 인간의 껍질을 쓴 소라게처럼 우리 쪽으로 오고 있었다.

아빠가 내 옆을 떠나 서둘러 계단을 내려갔다. "저기요, 제가 좀 도와드리겠습니다." 아빠가 늙은 청소부에게 손을 내밀며 말했다. "고맙습니다, 닉 앙 메차스." 청소부가 아빠의 칭호를 써서 화답했다. 노인이 아빠가 누구인지를 알고 있다는 뜻이었다. 하지만 어떻게? 우리가 트럭에 실려 오는 동안 사람들이 우리가 왕가에서 쓰는 말로 이야기하는 것을 듣고 고개를 돌려 쳐다본 적이 몇 번 있었다. 아빠는 우리가 다른 사람들의 주의를 끌지 않도록 가능한 한 통상적인 크메르어로 이야기를 해야 한다고 했었고, 그때까지 자신이 누구인

127

지에 대해 그 어떤 말도 하지 않았었다. 그런데 이 청소부는 어떻게 알았을까? 어쩌면 그는 상대방의 영혼 속으로 들어가 그가 누구인지를 정확히 알 수 있는 신비한 현자 중의 하나인지도 몰랐다.

늙은 청소부가 아빠에게 인사를 드리려고 양손바닥을 한데 모아 이마 앞으로 들어 올렸다. 하지만 등이 너무 굽은 탓으로 그의 머리는 아빠의 가슴까지밖에 오지 않았다. "저는 전하의 시에 크게 감복한 사람입니다, 전하." 그러고 나서 그가 암송을 하기 시작했다.

언젠가 여행길의 꿈결 속에서
내 영혼을 간직한 아이와 만났다네

"여러 해 전에 그 시를 읽었습지요." 그가 미소를 지으며 설명했다. "그 시가 시빌리제이션 출판사에서 처음 출판되었을 때에요." 그가 아빠를 올려다보려고 머리를 모로 기울였다. 그의 얼굴에 경외하면서도 놀라워하는 표정이 서려 있었다. "전하께서 이처럼 제 앞에서 계시는 것이 실로 믿어지지 않습니다."

아빠가 조금 당황해하며 미소를 지었다. "제가 도와드리겠습니다." 아빠가 다시 그러고 나서 한 손으로는 빗자루를 잡고 다른 손으로는 부축하듯 노인의 팔꿈치를 잡았다.

"감사합니다." 청소부가 대답했다. "저는 그저 여기에 앉아 있겠습니다." 그가 몸을 낮추어 기도전 계단에 앉았다.

나는 그 노인에게로 가서 전통적인 삼피아를 드렸다. 그가 내 인사에 답하고 조금은 특이한 방식으로 나를 응시하며 수수께끼 같은 말을 했다. "아가씨는 틀림없이 꿈결 속의 아이시로군요."

나는 그 말이 무슨 뜻인지 알아보려고 아빠를 돌아다보았지만 아빠는 늙은 청소부의 관심이 내게로 옮아간 것이 기꺼운 듯 어깨만 으쓱했다.

다음에, 놀랍게도 나는 그것이 시를 두고 한 말이었음을 알아차렸다. 나를 혼란스럽게 했던 노인이 내가 알아차린 것에 기뻐서 싱긋이 웃었다.

"하나의 즐거움이지요, 친애하는 공주님." 다시 한 번 더 그가 늙은 총각과 참 많이 닮았다는 생각이 들었다. 내게 말을 건네는 투며 격식을 차린 말과 태도, 장난스럽게 싱긋이 웃는 모습이 모두 그랬다. 늙은 총각이 한 말은 뭐였더라? 어떤 꽃을 사랑할 때요, 갑자기 그 여자가 가버리면요…….

"돌아가신 큰스님께서……" 늙은 청소부가 슬픔에 목이 메어 떨리는 목소리로 설명을 하기 시작했다가 말을 멈추고 진정을 한 다음 다시 말을 이었다. "존경스러운 스승님께서는, 그분께서도 전하의 시를 대단히 칭송하셨는데요, 전하, 종종 프놈펜에서 여러 가지 문학잡지를 구해 오시곤 하셨지요. 여러 해에 걸쳐서 저는 때때로 그 잡지들에 딸려오는 전하의 글뿐 아니라 전하의 사진들에도 눈이 익었습니다. 그래서 어제 전하를 보았을 때, 당연히 전하께서 누구신지 잘못 알았을 리는 없었지요. 제 시력이 제게 남은 단 하나의 젊음이니까요. 그 나머지는 모두……" 그가 자기의 몸 다른 부분들을 가리켰다. "전하께서 보시는 그대로입니다, 전하." 그가 한숨을 내쉬었다.

"어제 여기 계셨었습니까?" 아빠가 당황한 듯 보였다. "저는 어르신을 보지 못했는데요."

"예, 명상채에 있었습니다. 전하께서 막 당도하셨는데 병사들이 전하와 함께 있었지요. 그들 눈에는 띄지 않는 것이, 보이지 않는 것이 상책입니다."

아빠가 고개를 끄덕였다. "예, 저는 평생 눈에 띄지 않는 법을 찾아왔습니다만 아직 찾지 못했습니다." 아빠가 우리의 친구에게 미소를 지어 보였다. "여기에서도 이렇게 들켰으니 말이지요."

청소부가 죄스러워 얼굴을 붉혔다. "죄송합니다." 그가 사과를 하고 나서 갑자기 멋진 생각이 떠오르기라도 한 듯 물었다. "명상채를 한번 보시지 않으시럽니까?"

나는 그의 눈길을 좇아 연못 가장자리에 있는, 그 윤곽이 반안나무 줄기에 부분적으로 가려진 수수한 목조 건물을 보았다. 우리가 도착했을 때도 그 건물이 보였지만 그때는 더 장식적인 기도전과 불탑에 정신이 팔려서 거기에 별 관심을 두지 않았었다.

"깊이 생각하고 시를 쓰기에는 더없이 좋은 곳이지요. 저기에서는 눈에 띄지 않을 수도 있겠고요." 늙은 청소부가 공손히 덧붙였다.

"그…… 그래도 되겠습니까?" 아빠가 말을 더듬었다. "제 말은 저희가 한 번 보아도 되겠느냐는 것입니다. 저로서는 꿈도 꿀 수 없어서, 스님들이 ㅡ" 아빠가 말을 멈췄다. 아빠의 얼굴에서 웃음기가 걷혔다. 아빠는 스님들이라는 말을 입 밖에 내려고 한 것이 아니었다.

청소부가 엄숙한 태도를 되찾으며 고개를 끄덕였다. "예, 이 시간에 스님들은 거기에서 명상을 하시곤 했지요." 그가 일어서려고 애를 썼고 아빠가 다시 그의 팔을 잡아 부축해주었다. "하지만 이제는 그분들의 존재가 안개일 뿐이랍니다. 전하께서 오신다면 제가 보여 드리지요."

우리는 신을 벗어 들고 명상채의 짧은 계단들을 네 층 올라갔다. 늙은 청소부가 허리에 둘린 띠에 차고 있던 묵직한 곁쇠*로 나무문들을 땄다. 안쪽은 어둡고 눅눅한데다 옹색하게 비좁은 공간이 묵은 향냄새로 채워져 있었다. 아빠가 책들을 치우고 한 줄로 길게 이어진 접이식 덧문들을 열어 연못과 늪지와 그 너머의 숲이 보이게 했다. 그 아름다운 전경이 무척이나 고요하고 평온해서 나는 그림을 보고 있다는 생각이 들었다.

"또 다른 이야기……." 아빠가 벽들과 둥근 천장에 황금색, 검은색, 붉은색 옻칠로 그려진 벽화들을 보며 중얼거렸다.

"예, 부처의 탄생에서부터 해탈까지의 이야기인 자타카에서 온 장면들이지요." 늙은 청소부가 설명했다. "알고 계시는지요, 공주님?"

나는 고개를 끄덕였고 그는 기뻐하는 것 같았다. 그가 한쪽 귀퉁이에 새겨진, 치장을 하지 않은 나무 불상 쪽으로 몸을 돌려 무릎을 꿇고 매번 이마가 바닥에 닿도록 세 번 절을 했다. 아빠와 나도 그의 예를 따랐다. "오, 프레아 푸드, 프레아 상." 그가 부처의 이름과 타계한 스님들의 영혼을 부르며 읊조렸다. "저희의 침입을 용서하소서. 저희는 순수한 의도로 왔사옵니다. 저희에게 평온과 통찰을 주시옵소서."

---

* 여러 자물쇠에 쓸 수 있는 열쇠.

우리는 무릎을 꿇고 양손을 펴서 허벅지에 올린 채 불상을 올려다보고 있었다. 다시 한 번 더 나는 혼령들이 우리 사이에 있는 것을 느꼈다.

"여기에서 무슨 일이 있었지요?" 아빠가 속삭임보다도 더 나지막한 소리로 물었다. "스님들에게 무슨 일이 생겼던 거지요?" 아빠는 일단 스님 이야기를 꺼내는 실수를 한 만큼, 솔직하게 물어보는 것이 가장 낫다는 생각을 한 것임이 분명했다.

"지난 번 수확기에 그들이 여기로 왔습니다, 그 병사들이." 늙은 청소부가 이야기를 시작했다. "사방에 있는 숲에서부터 나타났지요. 그들은 우리를 해방시키기 위해, 읍(邑)을 자유롭게 풀어주기 위해 왔다고 했어요. 그런데 무엇으로부터? 우리는 감금되어 있지 않았습니다. 그들이 온 진짜 이유는 무엇일까요? 우리는 알려달라고 했지요. 그들은 설명을 하지 못했어요. 그들은 그저 아이들, 막 정글에서 나와 옳고 그름은커녕 오른쪽 왼쪽도 제대로 모르는 아이들이었으니까요. 하지만 제가 보기에는, 우리에게 공손히, 그들도 제대로 이해하지 못하는 것 같은 이상한 혁명 용어를 써서 '봉건주의적 습관'을 버리라고 하는 것이 꽤나 예의 바른 것 같았어요. 그들은 물론 우리를 납득시키지는 못했지요. 그와는 반대로 우리를 성가시게 했고 그래서 우리는 그들의 상황을 난처하게 만들었어요. 너무 그래서 결국에는 물러갈 정도로요. 그런데 다음에는 그 우두머리들이 카카나소(kakanaso)들 무리처럼 몰려오더군요."

리암케에서는 카카나소가 크룽 레아프의 검은 새, 불길한 일이 벌어질 조짐이었다. 킨나라는 반(半) 인간인 반면 카카나소는 반 악마였다.

"그들은 곧장 사원으로 왔어요." 늙은 청소부가 말을 이었다. "우리 모두가 알고 있듯이, 여기에 우리 지역사회의 중요하고 신뢰받는 분들이 모여 있다는 것을 알고서요. 아마도 그들은, 당연히 그랬겠지만, 자기네가 사원을 굴복시킨다면 나머지 읍민들도 따르리라고 생각했겠지요." 그가 숨을 고르면서 기억을 더듬느라 눈을 가늘게 좁혀 떴다. "그들은 스님들에게 승복을 벗고 각자의 집으로 돌아가라고 명령했어요. 새롭게 해방된 캄푸치아 공화국에서는 앞으로 종교의식은 없을 거라면서요. 전하께서도 충분히 상상하실 수 있겠지만, 충격과 항의가 뒤따랐지요. 스님들은 서원(誓願)을 포기하지 않겠다고 했고, 읍민들은 스스로 들고 일어났어요. 그러자 병사들은 혁명구호와 미사여구를 버리고 폭력에 호소했지요. 이곳을 온통 들쑤시고 돌아다니며 스님들을 요사채*에서 몰아냈어요. 수련 스님들은 대부분 실제로 승복을 벗고 집으로 돌아갔지만 몇몇 중진스님들은 남아서, 큰스님 옆에 서서, 믿음을 고수하면서⋯⋯." 또다시 청소부가 머뭇거리다가 말을 멈췄다.

우리는 조용히 기다리며 그에게 마음을 추스를 시간을 주었다.

"다음 이틀 동안 그분들은, 큰스님과 남아 계시던 중진스님들은 이 별채에 피난처를 구하셨지요." 그가 방 안을 둘러보았다. "그분들은 물만 드시면서 명상과 단식을 하셨어요. 참으로 놀랍게도 병사들은 그분들을 그대로 두었지요. 그러나 사흘째 되던 날, 한 무리의 병

---

* 스님들의 생활, 거주 공간.

사들이 다시 와서 큰스님을 붙잡아 계단 아래로 끌어내렸어요. 우리는 그들에게 왜 큰스님을 끌어가는지 알려달라고 애원했지요. 그들의 우두머리가 '재교육을 위해서!'라고 소리치더군요."

늙은 청소부가 고개를 절레절레 저었다. "재교육을 위해서라니요? 저는 그게 무슨 뜻인지 모르겠습니다, 전하. 스님들은 나라의 첫 번째 가는 스승들이시고 그분들이 아니었다면 저 같은 놈은 글 읽는 법을 결코 배우지 못했겠지요. 글을 읽을 줄도 모르는 그 병사들이 우리 스승님들을 가르치다니요? 그들은 불경의 단어 하나, 시 한 줄도 알지 못해요. 그들이 추구하는 게 피뿐인데 배움에 대해 무엇을 알 수 있을까요?"

아빠는 대답을 하지 않고 있다가 얼마쯤 뒤 이렇게 물었다. "그 일이 어디에서 벌어졌습니까?"

"제가 보여드리지요, 전하." 그러고 나서 청소부가 일어서려고 애를 썼다. "그들의 악행을 전하의 눈으로 직접 보셔야 합니다."

우리가 명상채에서 나올 때 나는 벽화를 돌아다보았다. 무슨 일이 있었는지에 대한 늙은 청소부의 이야기가 나에게는 벽들과 천장에 그려진 부처의 여행만큼이나 어디에도 있을 법하지가 않았다. 내가 실제로 보고 손으로 더듬을 수 있었던 이야기*가 있었고 그 이야기의 메시지는 내게 셀 수도 없이 여러 번 설명을 해주었다. 평화는 알고 있는 사람들에게 오는 것이라고. 불안한 마음을 누그러뜨리기 위해 나는 내가 알고 있다고 믿기로 했다. 내가 그 존재를 아직도 느낄

---

* 리암케를 말하는 것임.

수 있는 것들이 사라지는 것은 일종의 니피엔(nippien), 즉 이승의 삶에서 신들의 천상계처럼 바람직한 곳으로 옮아가는 것임을 알고 있다고.

그가 우리를 요사채로, 나무기둥들로 떠받쳐진 목조 집들이 옹기종기 모여 있는 곳으로 안내했다. 땅바닥에 찢긴 가죽장정 불경들이며 아이들이 배우는 책, 연필, 자, 분필통 같은 것들이 깨어진 보시 그릇들 사이로 흩어져 있었다. 그리고 주위의 덤불과 풀숲에는 짚자리며 베개, 서랍장들이 학교에서 빼내온 것임에 틀림없는 책상이며 걸상들과 함께 내던져져 있었다. 샛노란 승복들이 뒤쪽 옥외변소 근처에 무더기로 쌓여 있었고 호박벌만큼이나 커다란 파리들이 끊임없이 붕붕대며 그 주위를 날았다.

"저기에서 그들이 큰스님의 승복을 벗기고 민간인 복장으로 갈아입혔지요." 청소부가 움푹움푹 패인 흙무덤들을 가리키며 말했다. "저는 그들이 왜 일부러 그런 짓까지 했는지 모르겠습니다. 그들이 한 짓을 할 셈이었다면 말이지요. 어쩌면 그들은 사람보다 옷을 더 겁냈는지도 모르겠습니다." 그가 이야기를 더 계속해야 할지 말아야 할지 몰라 나를 바라보았다가 아빠를 바라보았다. 아빠가 가볍게 고개를 끄덕이자 그가 이야기를 계속했다. "큰스님께서는 당신의 목숨을 바치셨어요. 그럼으로써 다른 분들을 구할 수 있다는 희망에서요. 그들은 큰스님을 숲으로 끌고 갔지요." 그가 턱짓으로 논들 너머에 있는 빽빽한 숲을 가리켰다. "총소리가 들렸어요……." 청소부의 눈에 눈물이 고였지만 그는 애써 울음을 참았다. "그다음에는……

그다음에는…… 다른 분들 차례였지요. 남아계시던 중진스님들, 땅에 몸을 던지셨던 나이 드신 스님들과 비구니들이 큰스님 대신 애원을 하고 있었어요. 여기 말고는 다른 어떤 집도 알지 못했던 고아들, 그 아이들의 신성모독된 교실에서 지금 전하께서 피난처를 구하고 계시는…….”

또다시 청소부가 애써 울음을 참았다. “이번에는 총소리는 들리지 않았어요. 하지만 하늘을 찢을 것 같은, 아이들의 비명이었을 소리가 들렸지요. 저는 그 소리를 절대로 잊지 못할 거예요. 그 소리가 제 다음번 생에까지 따라올 테니까요.”

아빠는 침묵을 지키며 눈으로 모든 것을 다 받아들이고 있었다. 나는 아빠의 눈길을 좇아 하나의 흙무덤에서 다른 흙무덤으로 눈길을 옮겼고, 쏜살처럼 지나간 한순간 동안 내가 우리들 자신의 메아리—살해당한 스님들, 비구니들, 아이들의 증기 같은, 안개 같은 존재들 틈에 있는 우리 자신의 혼령들—를 본 것 같았다. 나는 그 이미지를 떨쳐내려고 눈을 깜빡였다. 꿈과 현실은 하나이고 동일하다는 아빠의 말이 옳다는 생각이 들었다. 어느 하나에서 존재한 것은 다른 하나에서 얼마든지 재현될 수 있었다. 우리는 집에서 멀리 떠나와 있었지만 이 피난지에서까지도, 내가 생각하기에는 내 꿈과 현실이 나를 사랑하고 보살펴주는 어른들에 의해 형성되는 것 같았다. 인드라의 천상 건축가들이 멜레아를 위해 그랬던 것처럼, 이 사원 부지에서 아빠는 내게 사랑과 선행의 세상을 건설해준 것이었다. 나는 악취와 어질러진 더미들 너머로 아름다움을 얼핏얼핏 보기만 하면 되었다. 내가 그 생각을 하기 무섭게, 아름다움이 정말로 거기에 있었다. 거대한 금파리를 닮은 비단벌레 한 마리가 금속성 몸체에서 초록빛과 황금빛을 반사시키며. 그 곤충은 흙에 덮인 승복들의 어두운 주름과 틈에서 나와 그 정묘하되 망쳐진 것들의 빛깔을 실어 나르고 있었다.

아빠와 청소부도 그 비단벌레를 보았다. 두 분 모두 고인에게 경의를 표하는 침묵으로 그것을 지켜보고 있었다. 그 풍뎅이가 우리의 존재를 느끼기라도 한 듯 날개를 펼치고 날아갔다.

우리는 다시 기도전으로 돌아갔다. 청소부가 읍에 대해서, 새로운 유형의 우두머리들이 전통적인 족장들의 자리를 대신 차지한 이후로 읍이 어떻게 바뀌었고 롤로크 메아스는 이제 예전처럼 근심걱정 없는 곳이 아니라는 이야기를 하는 동안 그 노인을 부축하고 있었다. 그 노인은 예전에는 함께 어울리기를 좋아하고 서로에게 너그러웠던 읍민들이 이제는 친하게 지내고 자유롭게 말을 하면 처벌을 받게 될까 두려워 위축되고 말이 없어졌다고 했다. 그들은 자기네끼리만 지내면서 새로 온 사람 누구와도 관계를 맺고 싶어 하지 않기 때문에 아무도 우리를 찾아오지 않는 것이 놀랄 일은 아니라는 것이었다.

"전하께서도 조심하셔야 합니다, 전하." 청소부가 자기의 경고에 무게를 실으려는 듯 걸음을 멈추고 경고했다. "그 병사들과 그 우두머리들이 지켜보고 있으니까요……."

우리가 계속 돌아다니는 사이 안개가 완전히 걷혔다. 아침이 왔고 그와 함께 소리들이 깨어났다. 새들이 지저귀며 날개를 퍼덕였고 멀리서 수탉 한 마리가 홰를 치자 다른 수탉이 화답했고, 연못에서는 개구리들이 개골거리고 물고기 한 마리가 수면 위로 튀어 올랐다.

하늘은 불그스레한 베일을 쓰고 아래쪽에서 꽃잎을 여는 연꽃들에게 그 빛을 빌려주고 있었다. 늪지가, 내가 상상하기로는 태양이 밤새도록 거기에 잠겨서 새롭게 빛나도록 윤을 낸 늪지가 어느 순간에라도 태양을 토해낼 것처럼 가물거리는 빛을 발했다. 살랑거리는 미풍이 불자 금박을 입힌 기다란 띠들 같은 잔물결이 일었고, 그것을 보니 이 읍이 어째서 '황금물결'이라 불리는지가 분명해졌다.

사원 문간에서 늙은 청소부가 길 건너 저만치 떨어져 있는 조그만 초가 오두막을 가리켰다. "제 천국의 작은 귀퉁이지요." 그가 말했다. "전하께서 무엇이든 필요한 것이 있으시면 언제나 저기에서 저를 찾으시면 됩니다. 비록 제가 드릴 것이 그리 많지 않기는 해도"―그가 미소를 지었다―"바람과 비를 제외하고는."

"돌아가시는 길에 저희가 동행해도 되겠습니까?" 아빠가 물었다.

"고맙습니다, 전하. 그러나 저 혼자서도 잘해낼 수 있을 것 같습니다." 그러고는 고갯짓으로 명상채 쪽을 가리키며 덧붙였다. "전하께서 글 쓰실 조용한 곳을 마련하시도록 저곳을 잠그지 않고 놓아두겠습니다."

그 제안에 감격해서 아빠가 청소부의 손을 잡아 쥐었다. 노인도 아빠의 손을 같이 잡아 쥐었다가 놓고 느릿느릿 발을 끌며 자기의 오두막 쪽으로 가기 시작했다. 그의 등이 낫처럼 구부정하게 휘어 있었다.

아빠가 그를 지켜보다가 저만치 떨어져 있는 오두막으로 눈을 돌리더니 반쯤은 혼잣말을 하듯 중얼거렸다. "그 벽들이 바람이고 비려니……."

우리 뒤로 한 무리의 남자들이 아침 공기를 즐기러 나와 있었다. 아빠가 그들에게로 다가가 쓰러진 석가여래상을 다시 똑바로 세우는 데 힘을 보태줄 수 있겠느냐고 물었다. "물론이지요, 전하!" 그들이 기도전 계단에서 합창으로 대답했다. 아빠가 그들의 열의가 고마워서 미소를 지었다.

사람들이 불상을 일으켜 세우느라 바쁜 동안 나는 몰래 다시 명상채로 돌아갔다. 그리고 안에서 벽화들을 자세히 살펴보며 우리가 남겨두고 온 집의 발코니와 벽들에 새겨진 수많은 이야기를 떠올렸다. 나는 그 이야기들이 거기에 붙박여 있다고 여겼었다. 그러나 벽화들을 보고 있는 동안 나는 그 이야기들이 여기까지 우리를 쫓아왔다는, 이송되는 우리를 따라 함께 움직이며 갖가지 방식으로 나타났다는 생각이 들었다.

지식은 배움에서 오고 발견은 탐구에서 온다.

그 메시지가 무엇을 뜻하는지는 분명했다. 만일 내가 더 열심히 보고 추구한다면, 나는 내가 찾으려는 것을 찾아내게 될 것이었다. 여기 반얀나무 그늘이 드리워진 땅에서 사원은 우리가 뒤에 남겨두고 온 낙원의 작은 반사상들을 품고 있었다.

8

나는 명상채에서 나와 사원으로 돌아갔다. 그곳은 온통 새날을 맞는 즐거운 모습, 즐거운 소리들과 함께 이런저런 활동들로 북적이고 있었다. 사람들이 밖으로 나와서 마치 거기가 늘 살아온 곳이기라도 한 듯, 잡담을 하고 팔다리를 펴고 하며 오랜 이웃으로 지내온 사람들처럼 이야기들을 나누었다.

기도전에서는 나이 든 사람들이 모여 불상에 예배를 드리고 있었다. 아차르 역할을 맡은 한 노인이 귀에 익은 후렴구 '저희는 성스럽고 순수하고 깨우치신 부처님께 경배를 올립니다'를 영창하기 시작했고, 다른 사람들이 그다음 구절을 영창했다. "부처님께 저희는 피난처를 구하고, 불경에 저희는 피난처를 구하고 상가(Sangha, 사원)에 저희는 피난처를 구하고……." 아이들이 이리저리 뛰어 돌아다니며 아침 공기에 웃음과 장난기를 불어넣고 있었다. 어린아이들은 원기둥들 사이를 누비고 돌아다니며 숨바꼭질을 하거나, 계단에서 한

단을 뛰어올랐다 두 단을 뛰어내렸다 하고 있었는데, 그 아이들이 너무 시끄러워지거나 불상에 너무 가까이 오면 어른이 하나 나서서 적당히 삼가는 거리만큼 떨어져 있어야 한다고 점잖게 타일렀다. 더 큰 아이들은 크로마를 단단히 감아 뭉쳐 만든 공을 발로 차서 주거니 받거니 했고, 여자아이들은 부드럽고 축축한 땅에서 맨발로 줄넘기를 하고 있었다.

아빠는 이제 다시 안치된 석가여래상 좌대에 등을 기대고 앉아 가죽장정 수첩, 우리가 강을 건너도록 강요받았을 때 우리의 소지품들에서 어떻게든 건져내었음이 틀림없는 그 수첩에 뭔가를 적고 있었다. 나는 혁명군 병사들이 우리를 감시하고 있지나 않을까 해서 주위를 둘러보았지만 하나도 보이지 않았다. 우리는 안전했다. 수첩을 들고 있는 아빠를 보니 내 리암케 책이 생각났다. 그러나 놀랍게도, 그 책이 내가 그러리라고 생각했던 것처럼 그렇게 아쉽지는 않았다. 이제 나는 책들이 찢기고 불태워질지언정 그 책들에 적힌 이야기는 없어지지도 잊히지도 않는다는 것을 분명히 알고 있었다.

연못에서 선홍색 새 한 마리가 공기 중에 물보라를 날리며 연잎들 사이에서 날아올라 지켜보는 아이들과 부모들에게 즐거움을 안겨주었다. 나는 언젠가 유모가 내게 이야기해주었던 우화, 해 질 녘에 연꽃이 닫히자 그 안에 갇히게 되었던 수컷 새의 이야기를 떠올렸다. 그 새는 다음날 새벽이 되어 연꽃이 다시 열렸을 때에야 탈출을 할 수 있었고, 더없이 향기로워져서 제 둥지로 돌아갔다.

유모는 그 이야기들이 신들의 오솔길 같다고 했다. 그 이야기들이 우리를 과거와 미래로, 시간과 공간을 가로질러 전 세계로, 우리가 그 존재를 느끼기는 하지만 한 번도 보지 못한 사람들과 사물들에 연결시켜준다는 것이었다. 나는 유모가 어디에서든, 어떻게든 여전히 살아 있고 무사하다는 느낌이 들었다. 그리고 이어서 유모가 우리의 사랑으로 에워싸인 공간에서 우리와 함께 일시적인 안식처를 찾았었지만 다음에는 연꽃에서 풀려난 새처럼 그녀의 가족에게로 날아갔다는 것을 알아차렸다.

내가 아빠에게로 다가가자 아빠가 무엇인가를 적고 있던 수첩에서 눈을 들고 숨을 깊게 들이쉬더니 수첩과 은제 만년필을 셔츠 윗주머니에 찔러넣었다. "우리 돌아갈까?" 그리고는 아빠가 일어섰다.

나는 아빠의 허리를 양팔로 끌어안고 얼굴을 아빠의 셔츠에 묻으며 아빠의 냄새를 맡고 아빠가 몰두해 있던 수첩 속의 세상 낌새를 채어보려고 코를 쿵쿵거렸다. 아빠가 웃음을 터뜨리더니, 내가 다시 연못으로 가야 할 것 같다는 생각을 하려는 참에 손을 뒤로 돌려 바지 허리춤에서 무엇인가를 끄집어냈다. "네 엄마를 위한 거야." 아빠가 줄기 위에서 간들거리는 활짝 핀 연꽃을 한 송이 건네면서 내게 말했다. "네가 이걸 엄마에게 주고 싶어 할 것 같더구나."

"어떻게 알았어요?"

아빠가 내 생각을 모두 읽을 수 있다는 것이 즐거워서 어깨를 으쓱했다.

"뭘 쓰고 있었어요?" 우리가 학교 건물로 돌아가고 있었을 때 내가 물었다.

"시 한 편."

"시인 거는 당연하죠! 하지만 무엇에 대한 시였어요?"

아빠가 돌아서서 논들을 가로질러 청소부의 오두막을 건너다보았다. "잘 모르겠구나. 때가 되면…… 네가 그 의미를 알 때가 되면 이야기해주마."

"잊어버리지 않는다고 약속하는 거죠?"

아빠가 자신이 없는지 이마에 주름이 잡혔지만 그러겠다고 했다. "약속하마."

나는 만족해서 고개를 끄덕였고 우리는 손에 손을 잡고서 팔을 흔들며 가던 길을 계속 갔다.

학교 건물로 돌아왔을 때는 사람들이 아침식사 준비를 시작한 뒤였다. 그들은 건물들 안쪽의 사각형 마당에다 둥글게 빙 돌아가며 불을 피워놓았고 김과 연기가 좀 전의 안개처럼 이리저리 떠돌고 있었다. 나무 타는 냄새, 쌀 익는 냄새, 석쇠에 구운 말린 고기 냄새가 아침의 이슬 냄새를 덮어가리며 대기 중으로 스며들었다. 우리 방 문밖에서는 냄비에 담긴 쌀죽이 인디아 숙모가 지핀 불 위에서 보글보글 끓고 있었다. "아, 좋은 아침!" 숙모가 우리에게 음악 같은 목소리로 인사를 건넸다. 숙모의 가무잡잡한 안색이 불의 열기로 발갛게 달아 있었고 눈은 아침의 광휘로 밝게 빛났다. 인드라의 이승에 있는 배우자. 나는 그런 생각이 들었다. 전생에서 인디아 숙모는 인드라를 지상으로 내려오게 해서 멜레아를 배어 우리에게 인간과 신이 관계를 맺고 인간 세상과 신들의 세상을 연결한 이야기를 선사한 바로 그 여인일 수도 있었다. 숙모가 노래하듯 말했다. "온 식구들이 두 사람을 찾고 있어요!" 숙모는 무슨 말이든 기쁨의 선언처럼 들리게 했다. "안으로 들어가는 것이 좋겠어요!"

　우리는 안으로 들어갔다. "아, 거기 있네요!" 엄마의 목소리에 걱정을 하고 있던 기색이 역력했다. 엄마는 깔개에 앉아 담요들과 모기장들을 개키고 있었다. 나는 엄마에게로 다가가 연꽃을 건넸다. 엄마의 표정이 밝아지더니 아빠를 올려다보면서 그 다정한 눈길, 엄마와 아빠 단 둘이만 있다고 생각할 때 주고받는 그 눈길을 보냈다. 엄마가 연꽃의 어렴풋한 향기를 깊이 들이쉬었다. 그러고는, 꽃병이 하나도 없었기에, 줄기를 꺾어낸 다음 우리 짚자리 머리맡에 있던 물그릇 쪽으로 돌아앉아 꽃을 물에 띄웠다. 엄마가 긴 머리카락을 귀 뒤로 넘기고 몸을 숙여 내 뺨에 입을 맞추었다. 엄마 옆에서는 라다나가 엄마의 동작과 표정 하나하나를 흉내 내며 가늘고 곱슬곱슬한 머리카락을 한옆으로 쓸고 제 오동통한 손바닥에다 입을 쪽 맞추었다.

　"어딜 갔다 온 거예요?" 엄마가 물었다. "너무 오래 있었잖아요."

　"미안하게 됐소." 아빠가 대답했다. "우리가 시간 가는 줄 몰랐던 모양이오." 그러고는 내게 윙크를 해 보이고 덧붙였다. "우리는 인드라의 궁전을 찾아갔었소." 아빠의 얼굴에 우리가 보았거나 들은 것을 드러내는 기색이라고는 없었다.

　그 말에 삼촌이 빈정거리고 나섰다. "인드라의 궁전? 그런데도 지상으로 돌아오기로 했다? 우리 하찮은 인간들 사이에 있기로 했다?" 삼촌은 곁방으로 통하는 문간에서 윗도리를 벗은 채 다리를 벌리고 서서 양팔에 하나씩 매달려 좋아라 깔깔대는 두 쌍둥이를 역기처럼 번갈아 들었다내렸다 하고 있었다. "거기는 어떻습디까?" 삼촌이 숨을 두 번 들이쉬는 사이에 물었다. "천국이던가요?"

"여기하고 똑같아요." 내가 대답하고 나서 아빠가 내 꾀바름과 즉각적인 재치에 미소를 지을 것으로 기대하고 아빠를 돌아다보았다. 그러나 아빠의 눈에는 어두운 그림자가 어렸다. 나는 이해가 가지 않았다.

엄마는 이해를 한 것이 틀림없었다. 아빠에게 공감하는 눈길을 보내고 삼촌에게 명랑한 어조로 모두들 아침식사를 하러 모여 앉기 전에 아이들이 세수를 하도록 데려가 달라며 화제를 바꾼 것만 보더라도. 엄마의 말에 타타 고모가 방 한구석 자기 자리에서 웅얼거리듯 침울하게 말을 꺼냈다. "돌아오는 길에 내가 세수할 물 좀 가져다줄 수 있을까? 거기로 나갈 수가 없어서 그래. 도저히 더는 그렇게 할 수가 없어서⋯⋯."

고모는 그 모든 변화로 인해 망연자실해져서 지난밤의 잠으로도 충격이 줄어들지 않은 것 같았다. 그런 고모를 보고 있으려니 이 고모가 젊었던 시절에는 결혼을 거부함으로써 왕비 할머니의 기대뿐 아니라 모든 사회적 기대를 저버렸던 그 고모, 내게 언제나 여자에게는 남자가 필요하지 않으며 무엇이든 여자 스스로 할 수 있다고 일깨워주기를 좋아했던 그 의지 강한 고모라고는 믿기가 어려웠다. 이제 고모는 자기 자리에서 아주 조금만 움직이는 것마저도 자신의 의지로 할 수 없었다.

삼촌이 두 쌍둥이를 내려놓고 대답했다. "그러지요. 얘들아, 누가 대나무 가로대를 어깨에다 쏠리지 않게 멜까?" 두 쌍둥이가 신이 나서 펄쩍펄쩍 뛰며 서로 제가 하겠다고 나섰다. "저요! 저요! 저요!"

삼촌이 손뼉을 딱딱 치고 겁을 주었다. "얌전히 굴지 않으면 안 맡길 테다!"

두 아이가 소란을 딱 멈추었고 그 모습이 우리 모두에게서 미소를 끌어냈다. 삼촌이 아무리 여러 번 그렇게 똑같이 겁을 주어도 그것이 두 아이에게는 마치 저네 아빠에게 이용당하는 것이 일생일대의 특권이기라도 한 것처럼 언제나 먹혀들었기 때문이었다. 타타 고모까지도 미소가 지어지는 것을 어쩔 수 없었다. "고맙네." 고모가 입가로 살짝 스쳐가는 미소를 보이며 삼촌에게 그리고 우리에게도 한마디 덧붙였다. "나도 이제 곧 온전히 추스를 수 있게 될 거야."

"자, 가자!" 삼촌이 체크무늬 크로마와 셔츠를 획 집어 들어 근육질의 어깨에 걸쳤다. "우리에게는 해야 할 일이 있다. 깨끗이 씻고 타타 고모를 위해 물을 길어오는 것이다!" 삼촌이 성큼성큼 문밖으로 걸어나갔고 두 쌍둥이가 종종걸음으로 그 뒤를 따랐다.

아주 작은 일들을 게임으로 바꾸는 동시에 거기에다 목적의식과 중요성을 부여하는 일은 삼촌에게 맡기기만 하면 되었다. 아빠와 나는 갈아입을 옷들을 집어 들고 삼촌과 쌍둥이들을 따라잡으러 달려갔다. 문간에서 인디아 숙모가 노래를 부르는 듯한 목소리로 돌아올 때 연꽃들을 몇 송이 더 따다 달라고 소리쳤다. "부처님께 바칠 공물로요! 그리고 아이들 조심시켜요, 아룬. 너무 멀리까지 헤엄쳐가지 못하도록요!" 삼촌이 돌아서서 과장되게 신하처럼 절을 하고 입모양으로 '위, 마 프랭세스'*라고 해 숙모를 안심시켰다. 하지만 나에게

* Oui, ma princesse. '예, 공주님'이라는 뜻의 프랑스어.

는—내가 삼촌에게로 뛰어가는 사이에—웃음을 터뜨리며 농담을 던졌다. "우리는 이 녀석들을 악어 미끼로 쓸 거라고!" 두 쌍둥이가 한꺼번에 소리쳤다. "에이, 아빠, 정말로는 안 그럴 거면서!" 삼촌이 제 망아지들에게 뛰라고 부추기는 종마처럼 콧김을 내뿜고 아이들을 코로 비벼 띠밀었다. 두 쌍둥이가 신이 나서 물가로 달려갔다.

사원에서 보면 그곳은 연못물이 늪지로 넘쳐흐르는 것 같았지만 실제로는 기다란 둑이 연못과 늪지를 갈라놓았고, 다음에는 물길이 푸르른 경치를 감돌아 논들 사이의 수없이 많은 수로들로 흘러들었다. 우리 가족이 어딘가 새로운 장소에 이르면 습관처럼 늘 그래왔듯, 아빠가 내게 동서남북의 방위를 알려주었다. 우리가 함께 걷고 있는 동안 아빠는 태양이 일 년 중 어느 시기냐에 따라 조금씩 다른 곳에서 뜨고 진다고 했다. 늪지 저 너머 동쪽에서 숲 위로 떠오른 태양은 이제 거의 알아차릴 수 없는 속도로 원호를 그리며 서쪽으로 가고 있었다.

우리는 연못 북쪽 가장자리를 따라 걸었다. 삼촌이 태평한 큰 걸음으로 성큼성큼 앞장을 섰고, 두 쌍둥이가 하나는 앞에서 하나는 뒤에서 중간에 양동이 두 개가 매달린 대나무 가로대를 어깨에 메고 그 뒤를 따랐다. 그 뒤로는 한 손에는 플라스틱 그릇을, 다른 손에는 길을 따라 오는 중에 찾아낸 나무 막대기를 든 나였고, 내 뒤에서는 아빠가 또 다른 양동이를 끌어안고 드럼처럼 가볍게 두드리며 따라왔다. 남쪽으로는 롤로크 메아스 읍이 눈부시게 환한 아침 햇살 속에 황금빛으로 고요히 누워 있었다. 전통적인 목조 가옥들과 과수원들이 어우러진 그 정경이 쪽무늬 세공처럼 아름다워 보였다. 아빠는 내게 우리가 나중에, 아마도 라이터나 비누 같은 도시 물품들을 쌀이나 달걀로 바꾸기 위해 읍민들과 그 읍을 둘러볼 것이라고 약속했다. 혁명군 병사들도 우리가 달아나려 하지 않고 정시에 사원으로 돌아오기만 하면 그래도 된다고 했었다. 이제 우리가 정착을 한 만큼, 나는 왜 달아나서 다른 어딘가에서 피난처를 찾아야 하는지 그 이유를 알 수 없었다. 우리는 여기에서 편안했고, 내가 믿기로는 더 나은 천국을 기대할 수도 없을 터였다.

우리는 늪지와 연못을 가르는 둑의 한 부분에 이르렀다. 삼촌이 걸음을 멈추고 쌍둥이들에게서 대나무 가로대와 양동이들을 받아 들었다. 한쪽은 수련들로, 다른 한쪽은 연꽃들로 에워싸인 풀이 무성한 둑을 따라 여러 가족들이 모여 씻고 잡담을 나누고 하고 있었다. 근처에서 두 여인이 아이들을 씻기고 있었다. "우리가 여기서 얼마나 오래 있게 될 것 같아요?" 한 여인이 사롱* 자락으로 아이의 귓등을 문질러 닦으며 묻자 다른 여인이 대답했다. "우리 남편이 어젯밤 읍내로 들어갔더니 지역 주민들이 남편에게 '새로운 인민들'을 위해 집을 비우라는 명령을 받았다고 그러더래요." 첫 번째 여자가 당황한 것 같았다. "새로운 인민들이라니, 그게 누구를 말하는 거지요?" 두 번째 여자가 대답했다. "우리죠 뭐, 보나 마나. 그들은 우리를 여기에다 정착시킬 거예요. 당분간은 그럴 것 같아요." 첫 번째 여자가 수긍했다. "내 생각엔 저 읍이 썩 괜찮은 곳 같아요. 우리는

* Sarong. 동남아시아 원주민의 허리 두르개.

훨씬 더 나쁜 어디에선가 끝날 수도 있었어요."

아빠와 삼촌은 서로를 바라보았지만 아무 말도 하지 않았다. 삼촌이 예의에 벗어나지 않도록 크로마를 허리에 두르고 바지를 벗어 양동이들과 대나무 가로대 위에 놓았다. 그리고 알몸인 쌍둥이들을 양쪽으로 하나씩 끌고 물로 들어갔는데 그 모습이 꼭 한 쌍의 부표를 끄는 예인선 같았다. 역시 크로마를 허리에 두른 아빠도 들고 온 양동이를 가지고 실오리처럼 늘어나는 물풀들을 헤치며 나아갔다. 그리고 물이 맑은 깊이에 이르자 양동이에 물을 길어 내게 가져다주었다.

"너 정말 들어오고 싶지 않니?" 아빠가 양동이를 둑에 올려놓으면서 물었다. "내가 안고 가면 되는데."

나는 고개를 젓고 나서 씻기 위해 허리 부분이 늘었다 줄었다 하는 사리만 입은 채 셔츠를 벗었다. 내가 물에 들어가지 않은 이유는 헤엄을 칠 줄 몰라서, 그리고 만일 쌍둥이들이 아기처럼 안겨 있는 나를 보면 깔깔대고 웃을 것 같아서였다.

아빠가 악어처럼 물에 잠기며 좀 전에 있던 곳으로 돌아가자 삼촌이 아빠에게로 헤엄쳐왔다. 그리고 둘 모두 선 채로 상반신에 물을 끼얹으며 이야기를 나누었는데, 그러는 동안 두 쌍둥이는 개헤엄을 치며 그 주위를 맴돌았다. 이야기를 하는 동안 내내 삼촌의 표정이 점점 더 걱정스러워졌고 한 번인가 두 번은 삼촌의 눈길이 스님들의 요사채 쪽으로 던져지기도 했다. 거리가 좀 멀어서 무슨 말인지 알아들을 수는 없었지만 내 짐작으로는 아빠가 청소부에게서 들었던 것, 그리고 우리가 사원 뒤에서 보았던 것들에 대해 자세히 이야기해주고 있는 것 같았다. 나는 플라스틱 그릇으로 양동이에서 물을 떠서 머리에 쏟아 붓다가 간간이 동작을 멈추고 아빠와 삼촌을 지켜보았다. 아빠의 침착하고 엄숙한 모습과 삼촌의 흥분된 반응이 대비되어 내 마음을 어지럽히기 시작했다. 두 사람은 한동안 그렇게 이야기를 나누었고 다음에는 아빠가 삼촌을 위로하려는 듯 어깨를 두드렸다. 삼촌이 고개를 끄덕였다. 삼촌의 눈길은 이제 저 멀리 논에서 왔다 갔다 하는 검은 옷차림의 몇몇 사람들에게로 돌려져 있었다. 나는 그들이 혁명군 병사들인지 농부들인지, 또 그들이 어깨에 걸치고 있는 것이 대나무 가로대인지 총인지도 알 수 없었다.

"봐! 거북이야, 거북이!" 갑자기 소타나용이 소리를 쳤다. "어디야, 어디? 아, 보인다! 저기!" 사티야용도 같이 새된 소리를 질렀다. 두 아이가 똑바로 앞쪽으로 한곳을 가리켰다. 삼촌이 뱀장어처럼 매끄럽게 그쪽으로 잠수를 했고, 바로 그 순간 아빠가 손으로 수면을 찰싹 쳤다. 눈 깜짝할 사이에 아빠가 거북 등껍질을 움켜쥐고 이제 막 상이라도 탄 것처럼 머리 위로 높이 들어 올려 우리 모두가 다 볼 수 있도록 한 바퀴 빙 돌렸다. 우리 주위에 있던 사람들이 손뼉을 치며 환호했고 한 남자는 수련들 사이에서 큰 소리로 외쳤다. "거북 수프를 먹게 생겼구나!" 아빠가 웃음을 터뜨리며 물에 빠진 사람처럼 물속으로 푹 가라앉았다가 몇 초 뒤에 다시 나왔고, 이제 거북이는 아빠의 손에 없었다. 사람들 모두가 실망해서 신음하는 소리를 냈다. 삼촌이 큰 소리로 외치자 두 쌍둥이도 합창으로 소리쳤다. "다시 해봐요! 다시 해봐요!" 마치 그것이 일종의 마술이라서 아빠가 요구에 응해 또 해줄 수 있기라도 한 것처럼. 나는 고개를 저으며 미소를 지었다. 아빠가 어깨를 으쓱하고 거북이가 손아귀에서 제 힘으로 그냥 빠져나갔다고 밝히기라도 하려는 듯 손바닥을 쫙 펼쳤다. 그러나 물론 아빠는 그 거북을 놓아준 것이고 거북 수프는 없을 것이었다.

우리는 목욕을 마치고 깨끗한 옷으로 갈아입었다. 삼촌이 물이 가득 담긴 양동이들을 가로대 양 끝에 걸어 어깨 위로 들어 올렸다. 두 쌍둥이가 번차례로 항의를 했다. "하지만 아빠, 약속했잖아요! 우리가 하게 할 거라고 그랬잖아요!" 삼촌이 물에 젖은 크로마를 두 아이의 머리에 척 걸쳐주었다. "자, 이 꼬맹이 녀석들아, 너희는 이걸 나르면—"

삼촌이 말을 끝내기도 전에 길에서부터 요란스럽게 덜커덩거리는 소리가 들려왔다. 무슨 일인가 해서 휙 돌아보니 자욱하게 이는 흙먼지 구름 사이로 그 전날 우리를 태워왔던 것과 비슷한 군용 트럭의 윤곽이 나타났다. 그 트럭이 굉음을 내며 불탑을 지났다가 서툴게 다시 사원 입구로 후진을 했다. 아, 안 돼, 나는 겁에 질려 속으로 외쳤다. 우리는 또다시 여길 떠나게 될 거야. 모두들 사원을 향해 달려갔다.

알고 보니 그 트럭은 다른 사람들을 한가득 싣고 온 것이었다. 바로 뒤이어 두 대가 더 들어왔다. 백 명도 더 되어 보이는 사람들이 파란 방수포 덮개 아래에서 아침 햇살 속으로 굴러떨어지듯 내렸다. 그들의 모습이 우리가 도착했을 때의 우리 모습보다도 더 지저분하고 찌들어 보였다. 그들이 사원 마당에 모이는 동안 주고받는 이야기들로 우리는 그들이 프놈펜에서부터 곧장 이송되었고, 밤새도록 실려 오는 통에 잠을 자지 못한 데다 낯선 곳에 내려져 어리둥절해 하고 있고, 얼마나 멀리까지 실려 왔는지도 모른다는 것을 분명히 알 수 있었다. 한 늙수그레한 남자가 땅에 엎드려 이마를 땅에 대고 석가여래상을 향해 소리 내어 울고 있었다. 하지만 나는 그 남자가 마침내 어디엔가 도착했다는 기쁨에 겨워 우는 것인지, 아니면 그렇게 먼 거리를 실려 와 내려진 곳이 어딘지도 모를 데라는 슬픔에 짓눌려 우는 것인지는 알 수 없었다. 한 젊은 여자가 재빨리 그를 부축해 일으켜 세우며 나지막하게 중얼거렸다. "이리 오세요, 아버지, 이리로요." 그녀의 모습이 마치 아이를 달래려는 엄마 같았다. "우리가 여기 있잖아요." 그녀는 피로와 충격으로 마비가 된 것 같았다. 그녀가 호송을 맡은 한 무리의 혁명군 병사들 쪽으로 눈을 돌렸다. 한 병사가 그녀와 눈길이 마주치자 그녀와 그녀 아빠의 비탄을 보지 못한 척 눈길을 다른 데로 돌렸다. 여덟 명이나 아홉 명쯤 되는 나머지 병사들은 총과 탄약을 챙기느라 바빴는데, 그들은 우리와 함께 왔던 병사들보다 더 엄격해 보였다. 두세 명의 병사들은 태도도 더 느긋하고 옷도 더 깨끗하고 깔끔한 것으로 보아 그 새로운 무리에 갓 가담한 도시 출신들인 것이 분명했다. 그들이 학교 건물들을 가리키며 우리에게 새로 온 사람들을 거들어주라고 명령했다. "저 사람들에게 길을 알려주시오." 한 병사가 확성기 대신 손을 둥글게 모아 입에 대고 소리쳤다. 그는 그 집단의 우두머리인 것 같았고 말소리에도 자신감이 있었다. "더 많은 사람들이 동무들과 합류할 것이오! 그러니 자리를 만들어야 하오! 동무들이 더 빨리 자리를 잡을수록 더 좋소!"

152

더 많은 사람들이 올 거라고? 나는 신이 나야 할지 걱정을 해야 할지 알 수 없었다. 또 다른 군용 트럭이 시야에 들어오기 시작했다, 그 트럭은 앞서 온 것들보다 작았지만 사람들이 너무 빽빽하게 들어차서 몇몇은 측면에 매달려 있었다. 그것을 보고 우두머리인 군인이 입구 근처에서 서성이는 사람들을 분산시키려고 했다. "가시오!" 그의 목소리가 사람들에게서 솟아오르는 웅성거림 위로 더 크게 울렸다. "여기는 단지 일시적인 곳이오! 조직이 나중에 결정할 것이오!"

무서운 느낌이 나를 덮쳤다. 이 트럭들이 우리를 여기서 실어내가기라도 한다면? 전에 있던 사람들을 실어내고 새로 온 사람들을 들인다면?

나는 아빠를 찾아 알려주어야 했다. 아빠는 기도전 앞계단에서 한 젊은 부부와 이야기를 하고 있었다. 내가 급히 아빠에게로 다가가자 아빠가 옆으로 와 있는 나를 알아차리고 흥분된 목소리로 알려주었다. "라미, 여기는 내 옛 제자와 그 가족이란다." 아빠가 그 부부를 가리켰다. 남편은 양옆에 놓인 무거운 여행 가방들의 중심을 잡고 있었고 부인은 작은 아기를 품에 안고서 햇빛과 비바람을 가려주기 위해 머리와 양어깨에 크로마를 걸치고 있었다. 아빠가 내 초조한 기색을 알아차리고 내 손을 꼭 잡아 쥐자 바로 그 순간 나는 불안감이 가시기 시작하는 것을 느꼈다. "비락 군은 대학생이었을 때 내 시(詩) 강의를 몇 과목 들었었지." 아빠가 나뿐만이 아니라 그 젊은 부인에게도 마치 그 일이 또 다른 뜻밖의 발견이기라도 한 것처럼 기쁘게 설명했다. "이 친구는 문학에 관심이 있는 유일한 공대생이었어."

아빠의 근심걱정 없는 태도에 내 불안감이 더욱 누그러져서 나는 어느 사이엔지도 모르게 아기를 빤히 쳐다보고 있었다. 부인이 미소를 짓고 내가 그 조그만 아기를 더 잘 볼 수 있도록 크로마를 벌렸다. 그러고는 내게 더 가까이 와서 아기를 만져보아도 좋다고 하듯 고개를 끄덕였지만 나는 있던 자리에 그대로 있었다. 그 아기가 너무 작아 보였고 내 손처럼 더러운 손이 닿기에는 너무 소중한 것 같아서였다. 내 눈길이 조그만 귓불로 건너갔다. 거기에 귀고리가 없었으므로 나는 그 아기가 남자아이일 것이라는 생각이 들었다. 그 아기는 깊이 잠들어 있었고 양손은 조그만 권투 글러브처럼 생긴 얇고 흰 면 벙어리장갑에 감싸여 있었다. 아기가 제 살갗을 스쳐지나가는 바람을 느꼈는지 그 아이의 팔이 반사적으로 홱 움직였다. 바람에다 대고 주먹을 날리는 권투선수.

"그러면 자네는 이제 토목기사겠군." 아빠가 자랑스러워하는 미소를 지으며 비락 씨를 돌아다보았다. "외국인 회사에서 일한다고 했지?"

"그랬었지요, 전하." 비락 씨가 한숨을 내쉬었다. "저는 말레이시아에서 일했었지만 올해 초에 돌아왔습니다. 그리고 이제 저는…… 뭐랄까……."

바로 그때 새로 온 사람들이 우리 쪽으로 오기 시작했다. 그중에는 땅에 몸을 던지고 울던 노인도 있었는데, 그가 절룩거리며 다른 사람들과 함께 학교 쪽으로 가는 동안 나는 그의 허리에 둘린 크로마에 대나무 피리가 끼워져 있는 것을 알아차렸다. 그가 불탑과 그 주위의 사리탑들을 보고 또 한 차례 절망적인 흐느낌을 토해냈다.

"가엾은 분," 비락 씨가 고개를 저으며 말을 이었다. "저분 부인이 천식발작으로 고생하다 오는 길에 숨졌어요. 우리는 그 부인을 길가에 버려둘 수밖에 없었고요. 자신이 장례식에 불려가는 악사인데 다른 모든 장례식에서는 음악을 연주했으면서도 자기 부인이 숨졌을 때는 그 부인을 묻어줄 수도, 하다못해 죽음을 애도하기 위해 음악한 소절도 연주하지 못한다고 생각해보십시오. 그것은 악몽이지요, 전하, 악몽. 저는 마치 우리가 타나루악(thaanaruak), 지하세계를 지나고 있는 것 같은 느낌이었어요."

아빠가 나를 보았다 다시 비락 씨를 보며 입을 열었다. "어쨌거나 자네는 이제 여기에 있네. 여기는 지성소일세."

비락 씨가 주위를 둘러보았다. 그는 의심스러워하는 것 같았지만 나로서는 어째서인지 알 수 없었다. 이제 이곳은 병사들이 어디에서나 고함을 질러대고, 군용 트럭들이 흙먼지와 부스러기들을 휘젓고, 사람들이 혼란스러운 군중으로 이리저리 떠밀리고, 앞에 있는 사람들을 따라가는 것 말고는 어디로 가는지도 모르는 그런 곳이 아니었으니까.

또 한 무리의 사람들이 우리를 밀치고 지나가자 아빠가 얼른 서둘러야겠다고 했다. 그렇게도 많은 가족들이 왔으니 교실들이 빠르게 채워질 것이었다. 아빠가 비락 씨와 그의 부인에게 우리 방에 붙어 있는 방에 대해서 이야기했다. 좀 작지만 그들이 더 큰 방을 다른 가족과 함께 쓰는 것보다 프라이버시가 더 잘 지켜질 테니 그 방을 택해야 한다는 것이었다. 그런 다음 아빠가 비락 씨의 여행 가방들을 들어 올리자 비락 씨가 더듬거리며 말리려고 들었다. "전하, 저는 전하께서 그러시게 놓아둘 수……." 아빠가 그를 설득했다. "자네는 내 친구들 중 하나일세. 격식이니 지위니 하는 것은 이제 필요 없네. 여기서는 우리 모두가 다 같아. 그러니 자네도 나를 친구로 여겼으면 하네." 비락 씨의 눈이 알아들었다는 뜻으로 반짝 빛났다. "예, 물론이지요, 물론이지요."

우리가 학교 건물들 쪽으로 가기 시작하자 나는 앞장서서 달음박질을 쳤다. 우리 가족에게 알려줄 셈으로, 그리고 이제 그 부부와 아기를 맞게 된 것에 신이 나서, 또 순전히 사람들의 숫자에, 그러니까 내 주위에 더 많은 사람들을 두게 된 것에 안심이 되어서. 이제 곧 정말로 집 같아지겠어. 나는 즐겁게 그런 생각을 해보았다. 이곳은 우리가 아는 사람들, 친구들과 가족으로 채워지게 될 것이었다. 더 많은 사람들이 합류할 것이라고 그 군인이 말했었다. 내 마음속에서 희망이 훨훨 날아올랐다.

우리는 옆에 붙은 작은 방에서 냄비며 프라이팬이며 바닥에 흩어놓았던 것들을 싹 다 치우고 그 방을 친구들에게 내주었다. 그들이 가져온 것은 여행 가방 두 개. 하나는 옷가지로 채워지고 다른 하나는 식량으로 채워진 가방 두 개뿐이어서 그들을 들이는 데는 시간이 걸리지 않았다. 비락 씨는 총부리를 들이대며 떠나라고 명령하는 것에 놀라 주방기구는 하나도 챙겨오지 못했다고 했다. "하다못해 스푼 하나도요." 그의 젊은 아내가 고개를 젓고 당황스러워서 얼굴을 붉히며 덧붙였다. 모두들 아무 걱정 말라고, 우리 것을 쓰면 된다고 그들을 안심시켰다. "자, 우리하고 같이 죽이라도 좀 먹어요." 인디아 숙모가 노래 부르는 소리로 말했다. "준비 다 됐어요."

정오가 거의 다 되어 있었지만 그 온갖 일들이 벌어지는 중이어서 우리는 그때까지 아침을 먹지 못하고 있었다. 라다나와 두 쌍둥이는 배가 고프다고 생난리였다. 먹을 것이 나오기를 기다리는 동안 세 아이 모두 스푼으로 그릇을 땅땅 치며 정신 사납게 소란을 피우고 있었다. 천성적으로 쾌활한 인디아 숙모가 커다란 주발에 죽을 좀 떠가지고 세 아이들을 문간으로 이끈 다음 거기에 앉아 같은 주발에서 같은 스푼으로 세 아이에게 번차례로 한 스푼씩 떠먹였다. 새끼들에게 먹이를 주는 엄마 새. 나는 그런 생각이 들었다. 세 아이 모두 냠냠거리고 꼴꼴거리며 물릴 줄도 모르고 맛있게 받아먹었다.

어린아이들을 제하고 남은 우리는 하나의 대가족처럼 식사용 깔개 위에 빙 둘러앉았다. 비락 씨의 부인이 단 맛을 가미해서 갈은 돼지고기가 담긴 용기와 절인 무 통조림을 가져와서 우리가 늘 먹는 탓에 남은 양이 점점 줄어드는 말린 생선에 보탰다. 모두들 펼쳐진 음식이 빈약하더라도 잔치를 벌인 것 같다느니, 모든 것이 다 얼마나 맛있게 보이느니 하며 농담을 주고받았다. 아빠가 그것은 아마도 시골의 맑은 공기 덕일 것이라고 넌지시 한마디 했다. 삼촌도 그 말이 맞는다면서 어쩌면 우리가 결국 여기로 오게 된 것이 나쁜 일은 아닐 수도 있다고 맞장구를 쳤다. "어쩌면 그들이 옳았는지도 모르지요. 도시 생활이 우리의 입맛, 우리의 미각을 타락시키고 있었으니!"

'도시'라는 말이 나오자 모두들 심각해졌고 얼마 안 가서 곧 우리 모두 프놈펜 상황에 관한 비락 씨의 이야기와 그들이 이송되어올 때 겪었던 시련에 조용히 귀를 기울이고 있었다.

비락 씨는 그들 부부도 우리와 마찬가지로 새해 첫날 집에서 떠나라는 명령을 받았지만 날이 이미 어두워져서 기다려보기로 마음먹었다고 했다. 그러나 다음 날 아침에 문을 열었을 때는 폭풍우 치는 메콩강처럼 건널 수 없는 사람들의 홍수를 보게 되었다. 다시 한 번 더 그들은 집에 그대로 남아 끝까지 기다려보는 편이 더 현명하겠다고 생각했다. 기다리면서 다음 며칠 동안 무슨 일이 일어나는지 알아볼 셈에서였다. 어쩌면 들끓는 인파가 느즈러지거나 아니면 떠나야 하지 않게 될지도 모를 일이었으니까. 그들은 문들을 걸어 잠그고 집에 사람이 없는 척 대부분의 시간을 계단 밑의 조그만 보관실에 숨어 있으면서 혁명군 병사가 문을 쾅쾅 두드릴 때마다 숨을 죽이고 생후 두 달 된 아기 울음소리가 여러 겹의 문들을 지나 들리지나 않을까 두려워하며 숨을 죽였다. 그들이 알아차리지 못하는 사이에 그들의 집 바깥세상은 암흑에 빠져들었고 그들이 집에서 나왔을 때―그들의 집 자물쇠를 권총으로 쏘아 부수고 들이닥친 병사의 총부리에 떠밀려서―는 집 밖이 그들이 알고 있던 그곳이 아니었다. 그들 주위의 세상이 온통 다 파괴되어 잡석 더미로 무너져내린 건물들, 버려져 불태워진 차량들, 열기 속에서 짐승들의 사체와 함께 썩어가는 시체들, 어디에나 퍼져 있는 끔찍한 악취뿐이었다.

"프놈펜은 이제 더 이상 없습니다." 비락 씨가 자기 그릇에 담긴 죽을 저으면서 나지막하게 웅얼거렸다. "우리는 절대로 돌아갈 수 없어요, 절대로. 이게 끝이에요." 그는 첫술도 뜨지 못한 채 죽을 계속 젓고만 있었고 그러는 사이 죽이 굳어들기 시작했다. 다음에 그가 고개를 들고 머뭇거리며 덧붙였다. "그들이…… 그들이 저희를 도시에서 몰아냈을 때 혁명군들 중 하나가, 제가 알기로는 그들의 우두머리가 스포츠센터 쪽을 가리키면서 수상과 다른 주요 지도자들을 처형했다고 했습니다. 그 우두머리는 그들을 반역자들이라고 불렀어요. 이 새로운 체제에서 우리에게 그런 자들은 필요 없어. 그게 정확히 그가 했던 말입니다. 전하께서도 조심하셔야 해요."

아빠와 삼촌은 눈길을 교환하기는 했지만 아무 말도 하지 않았다. 방 안에 숨 막힐 것 같은 침묵이 내려앉았다. 엄마가 내게 고개를 끄덕였고, 그제야 나는 내가 그 모든 이야기에 정신이 팔려서 스푼을 계속 입에 물고 있었다는 것을 알아차렸다. 나는 비락 씨의 이야기 한 마디 한 마디에 귀를 기울이면서 그 도시의 눈에 익은 거리나 모퉁이—우리 집—의 모습이 떠올려지기를 기대하고 있었다. 그러나 비락 씨가 그린 것은 알아볼 수도 없는 그림, 신과 테보다들이 존경을 받는 것이 아니라 체포되어 우리에 갇힌 짐승들처럼 총살을 당하는 '지하세계'였다.

비락 씨가 이야기를 계속했다. "불과 몇 주 사이에 그들은 자기네가 그러겠다고 했던 대로 해서 우리를 아무것도 아닌 상태로까지 퇴행시켰어요. 프놈펜만이 아니라 온 나라가 재배치되고 있는 것이 분명합니다. 이제는 지방의 도시와 소읍에서 사는 사람들 또한 더 엄하고 더 가혹한 법률 하에서 쫓겨나고 있는 것 같아요. 사람들은 어느 쪽으로 갈 것인지도 선택할 수 없어서 그들이 남쪽으로 가라고 하면, 설령 고향이 북쪽이더라도 남쪽으로 가야 해요. 수도 없이 여러 번 저희는 가족 구성원들이 이산되어 몇은 이쪽으로 떠밀리고 몇은 저쪽으로 떠밀리는 장면을 보았어요. 이것은 정교한 철수 계획이고 지금은 시작일 뿐이지요. 제 느낌은 그들이 우리를 계속 이리저리 끌고 돌아다니면서 —"

"하지만 어째서요?" 타타 고모가 조급하게 말을 잘랐다. "그래서 좋을 게 뭐지요?"

"그렇게 해서 그들의 세력을 유지하려는 것이지요."

"맞아요." 삼촌이 모든 상황을 분명히 알아차린 듯 고개를 끄덕이며 말을 받았다. "저자들은 우리의 가장 기본적인 안도감을 깨부숨으로써, 우리를 가족에게서 떼어놓고 그 어떤 관계도 형성되지 못하도록 방해함으로써 우리를 계속 두렵고 무기력하게 만들고 있어요. 그게 우리가 더더욱 한데 뭉쳐야 하는 이유고."

우리는 식사를 마쳤다. 불길한 전조로 부풀려진 공기가 무겁게 느껴졌다. 어른들은 이제 식기들을 치우고 깔개를 말고 바닥을 쓸고 닦고 하는 동안 서로를 보지도, 말을 하지도 않고 따로따로 떨어진 침묵의 영역 속에서 움직이고 있었다. 비락 씨와 그의 부인이 이만 실례하겠다며 그들의 방으로 들어가 쪽널로 된 문을 닫았다. 그러고는 발소리를 죽여 그 좁은 공간을 이리저리 돌아다니며 그들의 집을 꾸미기 시작했다.

우리 방 문간 너머로 나는 새로 온 사람들 중 몇몇이 있을 자리를 찾지 못해 소유물들을 끌고 요사채 쪽으로 가는 것을 볼 수 있었다. 거기에서 그들은 우리가 보았던 것을 보게 될 것이고, 아직까지는 유령들 사이에서 살고 싶지 않아 되돌아올 것이었다.

아빠가 산책에 대해 무슨 말인가를 중얼거리며 일어서더니 삼촌에게 같이 가지 않겠느냐고 물었다. 삼촌이 진지하게 고개를 끄덕여 그러겠다고 했다. 아빠와 삼촌에게는 대화가 필요했고, 나는 따라가지 말아야 한다는 것 정도는 알고 있었다. 밖에서 두 사람은 설거지를 하느라 바쁜 엄마와 인디아 숙모에게 곧 돌아오겠다고 했다. "그저 정신을 좀 맑게 해서 찬찬히 헤아려보려는 거요." 아빠가 설명을 하자 삼촌이 덧붙였다. "다음 일을 생각해보려고요." 엄마와 숙모가 웅얼거리는 소리로 승낙을 하고 나서 아빠와 삼촌이 떠나자마자 인디아 숙모가 평소 때의 노래하는 듯한 선율이 없어진 목소리로 조심스럽게 말을 꺼냈다. "형님은 그게…… 그러니까 수상에 관한 말이 정말이라고 생각하세요?"

"우리가 정말로 알지 못하는 것을 상상해보려는 건 도움이 안 돼." 엄마는 침착함을 유지하려고 애썼지만 나는 엄마가 일일이 설명을 하고 모든 사람들의 느낌에 신경을 쓰고 하는 데 지쳤다는 것을 알 수 있었다. "우리는 다만 우리가 견뎌낼 수 없는 일을 해야 하는 것뿐이야." 엄마가 코코넛 속껍질로 쌀죽 냄비를 박박 문질러 닦았다. 그러고는 인디아 숙모의 손톱에 매니큐어가 칠해져 있는 것을 알아차리고 고개를 들어 한마디 했다. "자네 그 광택 정말로 없애야 돼."

인디아 숙모가 당황해하는 것 같았다. "뭐라고요?"

"그 손톱 매니큐어." 엄마가 대답했다.

"아, 네. 끔찍해 보인다는 거 저도 알아요. 온통 다 갈라져서." 숙모의 목소리가 슬프게 들렸다. "그래서 제 손이 꼭 시장 상인 손 같아 보여요. 하지만 제거제를 잃어버렸고 핸드백에서 찾아낸 거는 색깔이 틀리고, 그래서 어떻게도 할 수가—"

"칼을 써." 엄마가 말했다. "칼로 벗겨내."

인디아 숙모는 이마를 찌푸렸지만 엄마의 말에 감히 반박은 하지 못했다. 우리는 처신을 제대로 해야 할 때가 되면 평민, 서민으로서 엄마의 판단에 따라야 했고, 인디아 숙모도 그것을 알고 있었다. 하지만 그렇더라도 엄마는 설명을 해주었다. "그게 자네를 도시 사람으로 보이게 해서야."

"아, 알아요." 인디아 숙모가 고개를 끄덕였다. 그러고는 한숨을 내쉬더니 화제를 바꾸었다. "쌀이 다 떨어져가요. 식사를 줄여야 할 것 같아요. 하지만 아이들과 어머님은 늘 배고프다고 하고……."

"아이들과 어머님은 배고프면 먹게 될 거야." 엄마가 단호하게 말했다. "설령 남은 우리가 아무것도 먹지 못하는 한이 있더라도." 엄마가 쌀 냄비를 헹구어 한옆에 놓고 인디아 숙모를 바라보다가 좀 더부드러워진 어조로 한마디 덧붙였다. "우리 오늘 오후에 몇 가지 물건들을 가지고 바꾸러 갈 거야." 엄마가 미소를 지어 보이려고 했다.

인디아 숙모가 얼마쯤 안심이 된 것 같아 보였다.

내 어깨에 얹히는 손길이 느껴졌다. "이리 와봐." 타타 고모가 문에서 떨어진 곳으로 나를 끌어가면서 손짓했다. "왕비 할머니가 쉬실 자리를 새로 만들어야 하는데 좀 도와줘." 고모가 내게 짚자리를 말라고 건네주더니 나지막하게 중얼거리기 시작했다. "일곱 살 나이때의 문제는, 나도 내가 그 나이였을 때를 기억하는데, 네가 그렇게도 많은 것을 알지만 그러면서도 이해하는 건 너무 적다는 거야. 그래서 너는 최악을 상상하는 거고."

고모의 말이 옳았다. 나는 이해를 하지 못하고 있었다. 이어 맞춰야 할 것들이 너무 많았고, 그래서 나는 가장 빨리 닥쳐오리라고 느끼는 것에 대해 물어보았다. "타타 고모, 우리 굶게 될 것 같아요?"

고모는 바로 대답을 하지 않다가 마침내 이렇게 말했다. "아니야, 라미, 아니야. 우리는 굶게 되지 않아." 하지만 다음에는, 분명히 속이 상해서 고개를 돌렸다.

나는 침을 삼켰다. 내 마음을 더 괴롭히는 것이 무엇인지, 우리에게 먹을 것이 부족해질 가망성인지 아니면 타타 고모가 내게 거짓말을 했다는 깨달음인지 알 수 없었다.

일곱 살 나이 때의 문제는…….

나는 몇 살이 되어야 모든 것을 다 이해할 수 있는지 궁금해졌다.

9

며칠 뒤 엄숙해 보이는 한 무리의 남자와 여자들이 사원으로 들어 오기 시작했다. 혁명군 병사들과 마찬가지로 그들도 머리끝부터 발 끝까지 온통 검은 옷차림이었고 걸음걸이도 아주 은밀해서 난데없 이 불쑥 나타났다 안개 속으로 사라지는 것 같았다. 그들이 학교 건 물들 쪽으로 둥둥 떠가듯 움직이는 모습이 꼭 불안하게 대기를 휘젓 는 박쥐 떼 같아 보였다. 그들이 움직이는 방식에서, 하나의 커다란 그림자처럼 떠도는 모습에서 나는 전에 그들을 보았었다는 생각이 들었다. 그리고 다음에는 내가 정말로 보았었다는 것을 알아차렸다. 며칠 전 우리가 연못에서 목욕을 하고 있었을 때 저 멀리 들판을 지 나가던 검은 형체들. 그들은 추수를 하는 척하며 멀리서 우리를 은 밀히 감시하고 있던 것이었다. 늙은 청소부도 우리에게 그 점을 경 고했었다. 그런데 이제 그들이, 개미들을 구멍에서 꾀어내기라도 하 듯 쌀 바구니들을 들고 대나무 망에 든 사탕수수 토막들을 흔들며 가까이 다가온 것이었다.

"이상하게 보이는 농부들이로군." 타타 고모가 우리 방 문간에서 그들을 지켜보며 웅얼거렸다. "저 사람들이 정말로는 누구일지가 궁금하네……."

우리 앞에서 그들은 자기네가 혁명군 병사들과는 다르다고 구분 짓기라도 하려는 듯 자기네를 카마피발(Kamaphibal)이라고 소개했다. 그들이 쓰는 말은 사투리가 섞인 크메르어여서 쌀을 재배하는 농부들의 말처럼 들렸지만 그들의 모습은 교사 아니면 의사일 수도 있을 것 같아 보였다. 그리고 한 사람은 안경까지 쓰고 있었다. 안녕하십니까, 동지들? 그들은 이 문에서 저 문으로, 이 가족에게서 저 가족으로 돌아다니며 가져온 식량을 나누어주었다. 그리고 마치 어른과 아이, 나이 든 사람들과 갓난아이도 구별하지 못하는 것 같은 말투와 사용하는 단어로 모두를 놀라게 했다. 그들은 사람들 모두에게 밖에서 만나자고 청했다. 안경을 쓴 남자가 돌차기 놀이판의, 숯으로 그려진 테두리 너머로 우뚝 섰다. 그가 연설할 준비를 하는 동안 다른 사람들은 뒤로 물러서서 쩡쩡 울리는 박수로 그에게 말문을 열도록 해주었다.

"여러분은 왜 여기로 와 있는지 의아해할 수도 있을 겁니다." 그가 말했다. 그의 말소리는 고르고 한결같이 달래는 투여서 우리가 혁명군 병사들로부터 그렇게도 자주 들었던 마구잡이로 외쳐대는 소리와는 달랐다. "아시다시피 거기에는 이유가 있습니다."

그의 눈길이 대규모 군중을 잡는 카메라 렌즈처럼 이따금씩 이 얼굴 저 얼굴에 잠깐씩 머물며 천천히 돌아갔다.

"전쟁은 끝났습니다. 우리가 승리했고 우리의 적은 파멸되었습니다. 그러나 투쟁은 여기서 끝나지 않습니다. 투쟁은 계속되어야 합니다. 혁명에서는 누구나 병사가 될 수 있습니다. 여러분이 승려건, 교사건, 의사건, 남자건, 여자건 그것은 문제되지 않습니다. 혁명에 몸을 바친다면 여러분은 혁명군 병사인 것입니다. 여러분이 읽고 쓰는 법을 안다면 조직이 여러분을 필요로 합니다. 조직은 이 나라의 재건에 도움을 받기 위해 여러분을 부르고 있습니다."

그의 눈길이 젖을 빠는 아기나 하품을 하는 노인들, 기침이나 재채기 소리에도 흐트러지지 않고 이 사람에게서 저 사람에게로 매끄럽게 돌아갔다.

"여러분이 여기에 있는 이유는 우리가 여러분 중 많은 사람들이 우리의 대의에 합류하리라고 믿기 때문입니다. 여러분은 혁명 투쟁에 경험이 없을 수도 있겠지만 우리는 여러분의 증명된 전문지식과 기술, 실용적인 지식과 노하우를 필요로 합니다."

나는 읽고 쓰는 법을 알고 있었지만 내가 실제로 병사가 될 수 있을지는 의심스러웠다. 어쩌면 그는 허풍을 떨고 있는지도 몰랐다. 마치 내 생각을 읽기라도 한 듯, 그가 말을 멈추고 우리에게 눈길을 고정시켰다. 그의 얼굴에 떠오른 것이 미소인지 찡그림인지 나로서는 알 수 없었다. 알아냈다는 깜빡임. 한쪽 무릎을 굽혀 한 손을 내 허리에 두르고 있던 아빠가 비틀거렸고, 아빠가 다시 중심을 잡으려고 하는 순간 아빠의 손이 내 허리둘레로 더 꽉 조여지는 것이 느껴졌다. 나는 무슨 문제가 생겼는지 알고 싶어서 아빠를 돌아다보았지만 아빠는 얼굴이 보이지 않게 고개를 숙이고 있었다. 그러는 사이 그 남자의 눈길은 더 이상 우리에게 머물지 않고 다른 얼굴들로 옮아가 있었다. 그가 아빠를 알아본 것이 분명했다.

"캄보디아의 역사는 부정불의의 역사였습니다." 그가 억지로 꾸민 것 같은 온화한 어조로 말을 이었다. "이제 여러분이 새로운 역사를 써야 합니다. 우리는 옛날이라는 잔해 위에 새로운 사회를 건설해야 합니다. 오십시오. 두려워하지 마십시오. 우리는 새로운 민주 캄푸치아를 함께 세울 것입니다. 오십시오."

그는 기다렸지만 아무도 움직이지 않았다. 그가 다른 카마피발 구성원들을 돌아다보자 그들 모두가 말없이 고개를 끄덕였다. 다음에는 그들이 올 때 그랬던 것처럼 은밀하게 살금살금 떠나기 시작해서 점점 짙어지는 어스름 속으로 밤의 어둠에 빨려드는 그림자들처럼 하나하나씩 사라졌다.

카마피발. "혁명 용어인데," 아빠가 설명을 하려고 했다. "아마도 고대 팔리어나 산스크리트어의 단어들이 깨어졌다 다시 합쳐져서 만들어진 말일 거요."

아빠는 이야기를 계속했지만 나는 더 이상 주의를 기울이지 않았다. 내 정신은 '깨어졌다'는 말에 쏠려 있었다. 그 말이 난데없이 나타났던, 마치 그들이 부수고 파괴했던 모든 것의 조각과 단편들에서 나온 듯한 그 집단과 이상하게도 맞아떨어진다는 생각이 들어서였다.

다음 몇 주 동안 카마피발의 흔적이라고는 없었다. 그렇더라도 그들의 용어, 그들이 쓰는 언어가 마술사의 사라지는 행위에 뒤따르는 연기처럼 계속 소용돌이쳤다. 여러분이 읽고 쓰는 법을 안다면 조직이 여러분을 필요로 합니다. 조직은 이 나라의 재건에 도움을 받기 위해 여러분을 부르고 있습니다. 사람들이 그런 말 모두가 무슨 뜻인지에 대해 논쟁을 벌이는 동안 일종의 필사적인 혼란이 사원 부지를 가로질러 퍼져나갔다.

우리 방으로 돌아오자 타타 고모가 큰 소리로 우리도 카마피발을 믿어야 하지 않겠느냐고 해서 모두를 놀라게 했다. "그들은 분명히 더 교육받은 집단이야." 그러고는 타타 고모가 지지하는 사람이 있는지 둘러보았다. "뭐랄까, 적어도 연설을 한 그 사람은 안경을 끼고 있었잖아?" 삼촌이 고모를 바라보는 눈길이 그 마지막 말은 혁명군 병사가 누군가를 바로 그 이유로 쏘아 죽이고 정당화한 것이나 마찬가지로 무의미하다는 말을 하는 것 같았다. 타타 고모가 애써 설명을 하려고 했다. "그러니까 내 말은 그 남자가 누구건, 카마피발의 대변인이건 그 나머지 야만인들처럼 정글에서 자라지는 않았다는 거야." 삼촌이 고모에게 카마피발에게서 그들의 혁명적 웅변술과 농부인 척하는 겉치레를 벗겨내면 그들은 고모가 그처럼 지독하게 경멸하는 그 똑같은 크메르 루주—'사악한 공산주의자들'—임을 일깨웠다. 하지만 타타 고모는 그 말에도 반박을 하고 나섰다. "그렇지만 이 사람들은 설득을 할 줄 알아! 이치에 맞는다고! 그들이 이 나라를 함께 되돌리는 데 우리 같은 사람들이 필요하게 되리라는 건 사실이야." 삼촌은 미심쩍어하는 것 같았지만 더 이상 뭐라고 하지는 않았다.

모두들 카마피발의 용어들에 정신을 빼앗겨서 어느 날 저녁, 공책과 연필을 든 한 무리의 혁명군 병사들이 나타났을 때는 누구도 대처할 준비가 되어 있지 못했다. 크고 마른 체격에 담배를 피워 입술이 시커멓고 눈동자는 누르스름한 한 소년병이 스프링에 연필이 끼워진 공책을 휘두르며 우리 방으로 성큼성큼 걸어 들어왔다. 그의 눈길이 작은 곁방으로 열려 있는 문 너머로 던져졌다. 그 방에서는 비락 씨와 그의 부인이 이틀 전부터 열이 올라 있는 아기를 보살피고 있었다. 비락 씨가 자기에게 떨어지는 병사의 눈길을 느끼고 벌떡 일어나 싸울 듯한 태세로 주먹을 꽉 쥐었다. 그의 아내가 그의 팔에 손을 얹고 그를 말렸다. 하지만 병사는 그들을 무시하고 이제는 우리 방을 훑으면서 눈길을 두 쌍둥이에게로, 라다나에게로, 그리고 마침내는 내게로 돌렸다. "너!" 그가 공책으로 나를 가리켰다. "이리로 와!"

나는 일어나서 무거운 걸음으로 느릿느릿 그에게로 걸어갔다. 명치끝에서 두려움이 뱀처럼 똬리를 틀고 있었다. 아빠가 내 어깨를 움켜쥐고 나를 붙잡아 세우더니 병사에게 말을 걸었다. "동무─"

"조용히!" 소년병이 고함을 지르고 다시 내게 명령했다. "이리 와!"

라다나가 벼락 치듯 울고 엄마가 달래려 하는 소리가 들렸지만 나는 겁이 나서 돌아다보지도 못한 채 병사에게로 다가갔다.

"너 이름이 뭐지?" 병사가 물었다. 그의 눈길이 나를 짓누르고 있어서 나는 바닥으로 밀려들어가 벌레처럼 조그매지고 으스러질 것만 같은 느낌이었다. "네 이름!" 그가 소리쳤다.

"라, 라미요." 내가 더듬거렸다.

"이 집에서 가장이 누구지?"

나는 한 일이 조쯤 당황해서 —우리에게는 집이 없는데 어떻게 가장이 있을 수 있지? —눈을 깜작였다. 하지만 내가 대답을 할 수 있기 전에 아빠가 대답했다. "나요."

"클라⋯⋯." 삼촌이 분에 못 이겨 숨을 헐떡였다. 그리고 앞쪽으로 가기 시작했지만 아빠가 단호히 말렸다. "아룬, 나서지 마!" 삼촌이 창가의 자기 자리로 물러나자 아빠가 다시 병사에게 말했다. "내가 이 집 가장이오, 동무."

"이 사람이 네 아버지냐?" 병사가 내게 물었다.

"그래요." 내가 소리를 빽 지르고 그 반작용으로 숨을 한 모금 꿀꺽 삼켰다. 내 어깨에 얹힌 아빠의 손이 점점 더 차갑고 무거워졌다. 나는 심장이 빠르게 쿵쿵 뛰는 소리를 들었지만 그 소리가 내게서 나는지, 아빠에게서 나는지, 아니면 그 병사에게서 나는 것인지는 알 수 없었다.

"이 사람 이름이 뭐지?"

다시 아빠가 대답을 하려고 입을 열었지만 병사가 다시 소리를 질러 말을 막았다. "조용히! 나는 이 아이에게 묻고 있어!" 그가 눈길을 다시 내게로 돌렸다.

"네 아버지 이름!"

"아유라반." 조그만 소리로 그렇게 대답했다가 나는 그 대답이 입밖으로 나오기 무섭게 후회가 되었다. 메차스 클라 '호랑이 왕자'라고 아빠가 집안 식구들과 가까운 친구들에게 알려진 별명을 대는 것이 더 인상적이고 무섭게 들렸을 것 같아서였다.

"성과 이름 모두!" 병사가 다그쳤다. "네 아버지의 성과 이름!"

"시소와스 아유라반." 내가 빠른 소리로, 캄보디아 사람들이 그러는 것처럼 성을 먼저 말했다. "그리고 나는 시소와스 아유라반 바타아라미고요." 내 생각으로는 만일 내가 앞서서 그 병사에게 내 성과 이름을 모두 댄다면 좀 전의 바보스러움을 만회할 수 있을 것 같았다.

그러나 병사는 상관하지 않고 공책을 아빠에게 들이밀면서 명령했다. "여기에다 적어. 이름, 직업, 집안내력. 그걸 모두 다 적어."

아빠는 스프링 공책 뒤쪽에 연필이 끼워져 있는 것을 보지 못했다. 그래서 마치 습관의 힘에 떠밀린 듯, 연필 대신 셔츠 윗주머니에서 은제 만년필을 꺼내 휘갈기기 시작했다. 처음에는 시험 삼아 해보는 것처럼, 다음에는 팔과 어깨를 덜덜 떨면서 격렬하게. 나는 아빠가 만년필을 그런 식으로, 그처럼 광란적으로 급하게 다루는 것을 본 적이 없었다. 아빠에게 있어서 글을 쓰는 것은 아빠가 종종 말했듯이 호흡과 같은 것이었고 아빠의 호흡은 내가 그때껏 들어본 중에서 가장 마음을 가라앉히는 소리였다. 그런데 이제 아빠는 공포에 질려 숨을 헐떡였고 나는 아빠의 만년필촉이 종이에 긁히고 부딪히는 소리를 하나하나 다 들을 수 있었다.

아빠가 계속 적어내리는 동안 나는 병사가 허리에 두른 크로마에 찔러넣어진 권총을 뚫어져라 응시했다. 코브라 한 마리가 대가리를 치켜들고 있었다. 나는 그것이 쉿쉿거리는 소리를 들은 것 같았다. 머릿속에서 총성의 메아리가 다시 울렸고 한 번 더 나는 땅바닥에 쓰러진 노인을, 그의 몸 주위로 퍼져나가는 피의 후광을 보았다.

아빠가 적을 것을 다 적고 공책을 병사에게 돌려주었다. 그러고는 나를 끌어당겨 양팔을 안전 빗장처럼 내 가슴에 둘렀다. 병사가 적힌 것을 보고 이마를 찌푸렸다가 다음에는 지금으로서는 그 정도면 충분하다는 결정을 내리기라도 한 듯 돌아서서 방을 나가더니 기다란 다리로 성큼성큼 운동장을 가로질러 맞은편 건물 쪽으로 걸어갔다.

"너는 그들에게 네 아빠 이름을 대지 말았어야 했어." 다시 우리끼리만 있게 되자 인디아 숙모가 나무랐다. 나무라는 숙모의 거친 목소리에서 음악 같은 선율은 사라지고 없었다. "대지 말았어야 했어." 그 하나하나의 단어들이 내 가슴을 찌르는 손가락 같았다.

삼촌이 숙모를 달래려는 듯 숙모의 팔을 잡았지만 숙모는 삼촌에게로 돌아섰다. "이제 그들은 당신이 누구인지도 알게 될 거예요!" 그러고는 화가 나서 독기 품은 눈을 다시 내게로 돌렸다. "너는 잠자코 있어야 했어!"

나는 겁이 났다. 인디아 숙모가 거친 말을 하며 소리를 지르고 있었다. 그 어느 것도 이해가 가지 않았다.

"나는 그 애가 그런 게 잘됐다 싶어." 타타 고모가 나를 구하러 오면서 말을 잘랐다. "그래, 그들은 이제 곧 우리가 누구인지 알게 될 거고 우리를 얼마쯤은 존중해줄 거야. 설령 그 바보들은 그러지 않더라도 카마피발은 그럴 거라고."

아빠는 두 사람 모두의 말을 못 들은 척 엄마를 돌아다보았다. 그러나 엄마는 누구와도 눈을 마주치려 하지 않고 무릎에 얹힌 손을 내려다보며 떨리는 어깨를 진정시키려 애쓰고 있었다. 나는 눈길을 이 얼굴에서 저 얼굴로 돌렸지만—대체 무슨 일이 일어나고 있는 거지?—아무도 나를 보지 않았다.

마침내 아빠가 입을 열었다. "너는 몰랐어." 아빠의 손이 내가 뭔가 잘못을 했을 때 용서를 해주곤 하던 그 손짓으로 내 머리카락을 쓸었다. "그건 네 잘못이 아니야."

뭘 알았어야 하지? 내가 모른 게 뭐지? 뭐가 내 잘못이 아니지?

"내 생각엔 그 녀석이 기억을 할 것 같지는 않은데요." 삼촌이 아빠의 눈길을 끌려고 하면서 말했다. "그 애는 너무 어려서 그게 무슨 뜻인지 몰라요. 그 녀석은 그저 아이일 뿐이라고요. 라미가 그 녀석에게 무슨 말을 했더라도, 설령 형이 바로 왕이라고 했더라도 그 녀석은 몰랐을 겁니다." 삼촌이 다른 사람들에게로 돌아섰다. "실제로, 걱정할 건 아무것도 없어요." 그러고 나서 삼촌이 미소를 지으려고 했지만 삼촌의 얼굴도 불안감으로 일그러졌다.

"끼어들어서 죄송합니다." 비락 씨가 문 옆에 서 있다가 입을 열었다. "전하께서는 그 애가 요구하는 대로 다 적어주셨습니까?" 아빠가 고개를 끄덕이고 나서 내게 설명을 해주려는 듯 나를 보고 말했다. "나는 그 애를 자네에게서 떼어놓고 싶었네. 무슨 일이 생기더라도 그 애가 그 방에서 나오도록 하고 싶었어."

"그러시면 전하의 본명을 알려주신 건가요?" 비락 씨가 마음속에서 엉킨 매듭에 당혹해하는 표정으로 캐물었다. "전하께서 '시소와스'라고 적으셨나요?"

"그랬지." 아빠가 대답했다. "하지만 내 생각엔 그 아이가 글을 읽을 줄 아는 것 같지는 않네."

"그 아이의 우두머리들은 읽을 줄 알아." 타타 고모가 같은 주장을
또 했다. "그 사람은 곧 우리가 누구인지 알게 될 거고, 그렇게 되면
우리를 감히 그 애녀석이 그런 것처럼 대하지는 못할 거야. 누구도
그러지 못할 거라고."

모두들 타타 고모가 왕비 할머니보다도 더 제정신이 아니게 된 것
같다는 표정으로 고모를 바라보았다. "뭐랄까, 그 사람은 생각을 다
시 하게 될 거야." 고모가 자신감을 되찾으려고 애쓰면서 아빠를 보
고 말했다. "자네는 시소와스 왕자야, 누가 뭐래도!"

"그 사람이 상관할 것 같지는 않습니다." 아빠가 일 분 일 분이 지
날수록 점점 더 확신이 서지 않는다는 표정으로 대답했다. "그 사람
에게 나는 아무것도 아닙니다."

또다시 인디아 숙모가 흐느끼며 나를 돌아다보고 나무랐다. "너
는 그러지 말았어야—"

"이 일에서 이 아이는 빼!" 아빠가 호통을 쳤다. "이 아이는 빼라
고!" 아빠가 주먹으로 벽을 후려치고 방에서 나갔다. 아빠의 발걸음
밑에서 세상이 흔들리고 있었다.

그 반향에 몸이 덜덜 떨렸다. 아빠는 온화하고 자제심 많은 나의
신이었다. 지진마저도 아빠의 마음을 어지럽힐 수 없었다. 그런데
어째서 아빠의 이름을 두고 벌어진 논쟁이 아빠를 그처럼 당혹케 했
을까?

10

아유라반. 아유는 '생명을 지닌'이라는 뜻의 산스크리트어에서 온 것이고 라반은 '글이나 말로 빛난다, 학자의 신망으로 명성을 얻는 다'라는 뜻의 라스 반나크(ras vannak)를 축약해서 합친 것이다. 왕비 할머니는 아빠에게 그 이름을 지어준 이유를 이렇게 설명했었다. 할머니가 아빠를 임신하고 있었을 때 꾸었던 꿈에서 인드라의 신성한 코끼리 아이라바타(Airavata)가 마치 할머니의 자궁에서 자라고 있는 생명에게 정기를 나누어주려는 듯 발을 들어 올려 할머니의 배를 만졌는데 아빠가 태어났을 때 보니 오른쪽 귀 윗부분이 코끼리의 귀처럼 뒤로 젖혀져 있었고, 그래서 할머니는 아빠가 이승에 구현된 아이라바타의 화신이라고 믿었다는 것이었다. 그리고 아빠가 시로 유명해지자 왕비 할머니는 아빠의 신성한 기원을 더더욱 믿게 되었다. 아이라바타가 인드라의 탈것이듯, 그는 신들의 탈것이니. 하지만 나는 그 말에 곧바로 수긍이 가지는 않았다. 그러면 호랑이 왕자는 어떻게 하고? 아빠가 사실상 코끼리였다면 왜 호랑이라고 불렸을까? 그 의문에 대한 왕비 할머니의 성마른 대답은 이런 것이었다. "아, 뭘 모르는 아이 같으니. 신은 여러 모습으로 현현하느니라!"

나는 아빠를 기도전 근처의 연못으로 약간 경사지게 내려가는 몇 개의 나무 계단 맨 아래쪽에서 찾아냈다. 어스름이 점점 짙어지는 중에 우리 주위의 회색빛 속에서 아빠는 또 다른 식으로, 약하고 부서진, 껍질 속에 숨어 있는 조그만 달팽이로 나타나 있었다. 아빠를 내 손으로 빚어 다시 온전한 형태로 만들어주고 싶다는 충동이 일었다.

나는 아빠에게 내가 와 있다는 것을 알리려고 목청을 가다듬었다. 그러나 아빠는 고개를 돌리지 않고 계속 손을 내려다보며 물에서 구해낸 다친 물고기를 보살피듯 어루만지고 있었다. 나는 계단을 내려가 아빠 옆에 앉았다. "좀 보여주세요." 그러고 나서 나는 아빠의 손을 잡아 살펴보았다. 손가락 관절 부분들의 피부가 찢겨 피가 흐르고 있었다. 나는 그 상처에다 입김을 불었다. 내 입김으로 통증이 조용히 사라진다는 상상을 하면서. 덧없이 사라지는. 그것이 아빠가 내게 해준 마법 같은 말이었다. 아무것도 지속되지 못한다. 슬픔도, 고통도. "이제 괜찮아질 거예요." 아빠의 상처에, 그 가벼운 찰과상보다 더 지속적이고 더 깊은 어떤 것에 목이 꽉 메는 것을 느끼면서도 나는 그렇게 말했다.

아빠가 내게로 고개를 돌렸다. "너 내가 누구인지 알고 있니?"

나는 물론 알고 있었다. 얼마나 우스꽝스러운 질문인지.

"나는 왕자란다. 시소와스 왕자."

나는 그렇다는 것을 전부터 알고 있었다. 우리는 모두 왕자 아니

176

면 공주였으니까. 아빠는 그냥 왕자인 것만이 아니었다. 아빠가 왕비 할머니의 이야기에 대한 화답으로 내게 들려준 이야기는, 예술은 우리의 신성한 표현법이며 현현에 관한 한 우리 자신의 모습을 드러낼 가치가 있어야 하는 것은 신들이 아니라 우리 인간들이라는 것이었다. 나는 아빠가 왕자 이상으로, 아빠가 쓴 시 그 자체라는 생각이 들었다.

"시소와스 아유라반." 아빠는 이제, 마치 오래전에 죽은 누군가의 이름을 거명하듯, 그 이름을 입에 올렸다. "너 이 이름이 무슨 뜻인지 아니? 그 이름에 따르는 이야기를?"

나는 아빠가 어쩌면 아빠를 다른 세상으로 들어가게 해줄 갈라진 틈을 찾으며 물을 응시하는 동안 기다렸다.

"내가 열 살쯤일 때였을 게다." 아빠가 이야기를 시작했다. "내게 친구가 하나 있었어. 빵을 파는 아이였지. 매일 아침마다 그 아이는 학교 밖 길거리에서 외장을 치며 조그만 프랑스 바게트 빵들을 팔고 돌아다녔어."

먼 하늘에서 우르릉거리는 소리가 들렸다. 나는 위를 올려다보았다. 조그만 옅은 구름이, 한쪽으로 기운 미소에 덧씌워져 그 즐거움을 우리에게 숨기려고 애쓰는 베일처럼, 상현달을 가로질러 움직이고 있었다.

"그 아이의 이름은 삼바스(Sambath)였어. 그 아이는 가난했지만 나는 그걸 몰랐고 상관하지도 않았지. 내게 중요한 것은 그 아이가 내 친구 중 제일 친한 친구라는 것뿐이었으니까."

구름이 지나가자 이제는 달이 더 크고 더 밝게, 입술 전체를 더

더욱 삐죽 내민 모습 같아 보였다. 그 모습을 아빠는 토우사나(Tou-sana)라고 불렀는데, 내가 기억하기로 그 말은 '간파(看破)'를 뜻하는 팔리어* 다사나(dassana)에서 온 것이었다. 또 뭔가가 눈에 익어 보이면서도 그와 동시에 새로워 보일 때를 뜻하는 말인 것 같기도 했다. 우리는 이야기하기에 대해서, 같은 이야기에 얼마나 많은 각색과 이야기를 하는 방식이 있을 수 있는지, 그리고 하나하나의 각색이 어떻게 마치 이야기 그 자체가 살아서 진화하는 실체이거나 여러 가지 모습을 띨 수 있는 신처럼 일종의 현현인지에 대해서 이야기하고 있었다.

"처지가 그래서 — 가난한 아이여서 — 삼바스는 물론 학교 안으로 들어올 수는 없었어. 그렇더라도 학생들이 밖으로 나가 근처 길모퉁이들에서 가벼운 음식을 살 수 있도록 허용된 쉬는 시간이면 나는 그 아이를 만나러 나가곤 했지. 우리는 내가 그 아이에게서 산 바게트 빵을 내가 다른 행상인에게서 산 김이 모락모락 나는 농축우유에 적셔 같이 먹으면서 함께 앉아 이야기를 나누곤 했어. 나는 그 아이와 함께 있으려고 쉬는 시간이 다 끝날 때까지 내내 그대로 밖에 있곤 했지. 다른 아이들이 저네들끼리 놀려고 다시 학교 안으로 들어간 뒤에까지도. 그러다 언젠가 우리는 수위실 근처의 보도에서 공깃돌 놀이를 했어. 삼바스가 이겼고 내가 졌지. 그래서 나는 약이 올랐고. 나는 공깃돌을 돌려받고 싶어 했지만 그 아이는 거절을 했어. 저는 공정하고 정당하게 이긴 거라며."

* 산스크리트어와 같은 계통의 언어로서 불교 원전에 쓰임.

아빠는 전에도 그 이야기를 해준 적이 있었지만 둘 사이에 다툼이 있었다는 것은 물론 무슨 놀이를 했었는지도 이야기해준 적이 없었다. 그것은 완전히 새로운 이야기였고, 나는 그 이야기가 다르게 들릴 뿐만 아니라 아빠가 그 이야기를 하고 있는 줄 알아차리지도 못하는 것 같다는 생각이 들었다. 대신에 아빠는, 마치 아직까지도 공깃돌 몇 개를 두고 벌어진 싸움판 한가운데에 있기라도 한 것처럼 눈에 띄게 당혹해 하고 혼란스러워하는 것 같았다.

"공정하게? 저 애가 왜 나한테 그런 말을 쓰려는 거지? 내가 저 애한테 공정하지 못했던가? 내 가슴에 분노가 가득 들어찼어. 우리는 싸웠지. 처음엔 서로에게 욕을 하면서. 거짓말쟁이! 사기꾼! 도둑놈! 부끄러운 줄도 모르는 개자식! 너는 네가 왕자라는 이유만으로 나머지 우리보다 더 낫다고 생각하지! 다음엔 내가 주먹을 날렸고, 그렇게 해서 우리는 주먹질과 발길질을 주고받았어." 아빠의 손이 그 주먹질의 기억 때문에 꽉 움켜쥐어져 있었다. "그게 우리의 첫 번째 진짜 싸움이었지. 그 아이는 왜 내가 누구인지를 떠올리게 해서 모든 것을 망쳐야 했을까? 왕자건 아니건 나는 그냥 그 아이의 친구였고 그 아이는 그걸 알았어야 했는데. 나는 무릎으로 그 아이의 배를 찼어. 삼바스도 무릎으로 나를 찼고. 두 배는 더 세게."

나는 사내아이들이 어떻게 발로 차고, 주먹으로 치고, 심지어는 화가 나지 않았을 때에도 어떻게 맞붙어 드잡이를 하는지 생각하면서 그 난투극을 눈앞에 훤히 떠올릴 수 있었다.

"학교 수위가 점심식사를 마치고 돌아오다가 우리를 보고는 왜 싸우는지 묻는 대신 곤봉으로 삼바스를 두들겨 패기 시작했어. 인정

사정없이 두들겨 팼지. 나는 수위에게 그만하라고 애원했어. 하지만 수위는 그만두지 않고 삼바스를 계속 두들겨 팼지. 이게 너한테 네 주제를 알도록 가르쳐줄 거다. 수위가 자기 발치에 무너져내린 무더기에다 대고 으르렁거렸어. 이 하잘것없는 쓰레기야! 너 네가 누구와 이야기하고 있었는지 알기나 해?"

아빠의 목소리가 너무도 거칠어서 잠시 나는 그게 격노한 수위가 외쳐대는 소리인 줄 알았다.

"왕자님이야! 너는 왕자님과 이야기를 하고 있었어, 이 더러운 버러지야! 몇 번씩이고 그는 삼바스에게 그 말을 하고 또 했어."

또다시 우르릉거리는 소리가 울렸다. 나는 번개가 치나 해서 하늘을 훑어보았지만 번개는 없었다. 그렇더라도 나는 아빠와 함께 돌아가고 싶었다. 어느 순간에라도 비가 쏟아지기 시작할 수 있었다.

아빠는 천둥소리를 전혀 듣지 못한 것 같았다. 아빠가 침을 삼켜 목을 축이고 이야기를 계속했다. "그 수위는 계속 내 이름, 내 칭호를 되뇌면서 삼바스와 구경하려고 모여든 다른 아이들에게 다짐을 두었는데, 나는 내가 누구인지가 그때처럼 부끄러운 적이 없었어."

우리 앞쪽에서 뭔가가 튀어 올랐다. 은빛 꼬리를 한 물고기였다. 그 물고기가 허공에서 칼처럼 휙 번뜩이고는 다시 수면 아래로 사라졌다. 아빠의 눈길이 물 위로 퍼져나가는 잔물결들을 따라갔고 잠시 동안은 아빠가 마치 그 물고기를 따라 물속으로 뛰어들기라도 하려는 것 같았다. 아빠는 종종 달아나고 싶지만 그럴 수 없음을 알고 있는 것처럼 보였다. "그 수위는 사리분별을 제대로 하지 못했어, 너도 알 테지만. 그 사람은 내게 감히 욕을 한 아이, 그의 눈에 비친 바로는 쓸모없는 길거리의 망나니를 두들겨 팸으로써 내 명예를 높여준다고 생각했지만 실제로는 내 고귀한 이름을 더럽힌 거였어."

왕비 할머니는 아유라반이 어느 스님께서 아이라바타를 고쳐 지은 이름이라고 했다. 그 스님은 할머니의 꿈을 아빠가 젊은 나이에 죽는다는 뜻으로 해몽했는데, 왜냐하면 신들은 감히 그들의 모습을 띤 사람은 누구든 때려눕히려 하기 때문이라는 것이었다. 그래서 그 스님은 신성한 불경을 참고해 연구했고 마침내는 아유라반을 찾아냈다. 그 이름은 아빠를 해치려는 사람들로부터 보호해서 아빠가 이 세상에 편히 머물도록 해줄 것이고, 아빠는 만수무강한 삶을 누릴 것이었다. 우리에게는 두려워할 것이 아무것도 없었다.

"시소와스 아유라반. 내 잘못과 속죄. 그 둘 모두가 내 이름이라는 이야기로 엮여든 거란다, 라미. 아이 적에 나는 다른 세상들이 있다는 것을 알고 있었지만 그 세상들이 우정으로 연결될 수 있다고도 믿었어. 하지만 내 친구가 두들겨 맞았을 때, 어떤 경계선들은 건널 수도 없고 건너서도 안 된다는 것을 알게 되었을 때, 나는 우리가 다른 세상에서 살고 있을 뿐 아니라 내 세상이 엄중하게 보호되어 있다는 것도 알았지." 아빠는 이제 나를 마주 보고 있었다. "차라리 삼바스를 내 손으로 때리는 편이 더 나았을 거였어. 피가 낭자하고 부러지고 한 그 아이의 얼굴 꼴이라니, 라미. 나는 그 얼굴을 되돌릴 수 없었고 지금 이날까지도 그 얼굴이 나를 따라다녀. 내 잘못이었지. 그런 일이 벌어지게 한 장본인이 나였으니까, 너도 알 테지만."

나는 아빠의 고백이 너무 한쪽으로 쏠려 있다는 것을 알고 더 이상은 잠자코 있을 수가 없었다. "하지만 아빠는 아무 짓도 하지 않았잖아요."

"그래, 바로 그거다. 나는 내가 할 수 있었을 때 아무것도 하지 않았어. 도와달라고 소리를 칠 수도 있었고, 그 수위를 발로 차고 할퀴고 할 수도 있었지. 그 사람의 곤봉을 내 몸으로 막아낼 수도 있었고. 하지만 나는 그중 아무것도 하지 않았어. 대신에 한 남자가 내 이름 때문에 한 아이를 두들겨 팼지. 그래서 조만간 나는 그 모든 불의에 대해 답변을 해야 할 테고. 내 죄에 대한 대가를 치르게 되겠지."

"하지만 그건 아빠 잘못이 아니었잖아요." 내가 이치를 세웠다. "아빠가 잡았던 거북이 기억나요? 우리는 그걸 가지고 수프를 만들 수도 있었어요. 하지만 아빠는 그걸 놓아주었잖아요. 아빠는 동물조차도 해치지 못해요. 그런데 어떻게 사람을 해쳤을 수가 있어요?"

아빠는 절망에 빠져 내 말을 듣지 않고 있었다. 마침내 아빠에게서 나온 말은 오히려 아빠 자신에게 하는 말 같았다. "그래, 나는 왕자야, 소(少) 왕자, 하지만 그래도 왕자…… 시소와스. 그 이름이 중요해. 혁명군 병사들과 카마피발에게도 그게 중요하고. 언제나 그게 중요했지. 나는 그 이름으로 더 잘 할 수 있었어야 했어."

나는 그건 단지 이름, 카마피발이 자기네가 쓰려고 짜 맞춘 무의미한 호칭보다 더 뜻깊을 것이 없는 이름일 뿐이라는 생각이 들었다. 그리고 아빠에 관한 한, 나는 아빠가 어떤 이름이나 칭호로 불리건 상관하지 않았다. 시소와스, 아유라반, 호랑이 왕자, 전하…… 설령 아빠에게 백 가지 이름이 있더라도 아빠는 여전히 나의 아빠일 것이고, 아빠보다 더 온화한 이는 왕자건 신이건 아무도 없었다.

"아빠는 나한테 여전히 같은 아빠예요." 내가 손으로 아빠의 머리카락을 쓸며 말했다. "아빠에게 이름이 없더라도요. 아빠가 보잘 것 없는 사람이라도요."

아빠가 나를 끌어당겨 내 머리에 턱을 얹고 중얼거렸다.

"언젠가 여행길의 꿈결 속에서."

"언젠가 여행길의 꿈결 속에서," 내가 되풀이했다. 그 일련의 과정, 우리가 종종 아빠의 시행들을 주거니 받거니 하면서 소리 내어 음미하는 게임을 익히 알고 있어서였다. "내 영혼을 간직한 아이를 만났다네."

개구리 한 마리가 연못으로 첨벙 뛰어들었고 다시 잔물결이 일렁이고 있었다. 이제는 절망의 빛깔로 어두워진, 아빠의 상처 입은 양심 같은 하늘 아래에서.

"글이란, 너도 알다시피," 아빠가 다시 나를 돌아다보며 말했다. "우리로 하여금 본질적으로는 덧없는 것을 영원한 것으로 만들게 해주는 거란다. 불의와 상처로 가득 찬 세상을 아름답고 시적인 곳으로 바꾸게도 해주고. 설령 종이 위에서만이라도. 나는 네가 소아마비로 앓아누웠던 날 너를 위한 시를 썼어. 내가 네 요람 곁에 서 있는데 네가 그렇게도 슬픈 눈으로 나를 보아서 나는 네가 내 슬픔을 이해한다는 생각이 들었지."

어쩌면 내가 그랬는지도 몰랐다. 나는 아빠에게 이렇게 말해주고 싶었다. 지금 그럴게요. 그때 나는 자기가 할 수 있는 것 이상을 원하는 것이 어떤 느낌인지를 분명히 알게 되었다.

동쪽에서 돌풍이 불어와 물이 우리의 발을 핥도록 밀어 보냈다. 아빠의 슬픔이 내게로 밀려드는 느낌이었다.

밤이 내려 그 거대한 날개로 우리를 덮으면서 접힌 주름들 사이로 또 하나의 거대한 윤곽, 들어 올려진 손에 들린 석유등으로 밝혀진 이약을 보내고 있었다. 삼촌이 기도전 옆에 서 있었고, 삼촌의 환영 같은 모습이 리암케의 그림자 인형극에 나오는 한 장면처럼 그 그림자와 경쟁을 벌였다.

"거기 있군요!" 삼촌이 소리쳤다. "찾으러 사방 다 돌아다녔는데."

아빠가 고개를 돌렸다. "지금 거기서 뭐하고 있는 거지?"

"그건 내가 형에게 물어보아야 할 소리요." 삼촌이 우리 쪽으로 나무 계단을 내려오면서 되받았다. 삼촌의 발걸음이 그 강력한 힘으로 땅을 흔드는 하늘의 우르릉거림처럼 무겁고 예사롭지 않았다. "어느 때라도 비가 쏟아질 거요. 형도 알 테지만."

삼촌이 손을 내밀었다. 내가 그 손을 잡자 삼촌이 나를 끌어올려 일으켜 세웠다. 우리는 삼촌을 따라 계단을 올라갔다. 계단 꼭대기에서 삼촌이 우리를 돌아다보고 말했다. "온 식구들이 미칠 듯이 걱정을 하고 있어요."

아빠가 눈길을 내리깔고 손을 호주머니에 넣은 채 중얼거렸다. "미안해, 이미 말해진 것, 내가 쓴 것을 지울 수가 없어."

삼촌이 고개를 저었다. "그 이야기를 하는 게 아니에요. 식구들이 형 걱정을 하고 있다는 겁니다."

우리는 걷기 시작했다. 밖에 있는 사람은 우리 셋뿐이었다. 다른 사람들은 모두 곧 닥쳐올 폭풍우를 피해 잘 곳을 찾은 것 같았다. 이제는 서늘한 바람이 우리 주위의 나무와 덤불들을 흔들고 그림자들을 우리에게로 내려앉히며 끊임없이 불고 있었다. 우리가 사방이 트인 기도전을 지날 때 나는 킨나라의 조각상들이 살아서 날아오르는 것을 보게 되지나 않을까 해서 기둥 꼭대기들을 올려다보았다. 하지만 어둠 속에서는 그 생명 없는 윤곽들만을 겨우 알아볼 수 있을 뿐이었다. 몇 미터쯤 떨어진 곳에서는 석가여래상이 그 견실함을 다시 확인시키며 사원 입구를 지키고 있었다.

"기분은 좀 어때요?" 삼촌이 잠시 침묵을 지키다가 물었다.

"내가 그렇게 행동하지 말았어야 했어." 아빠가 삼촌에게 말했다. "계수씨는 좀 어때?"

"그건 이해할 만한 거고요. 망고코너에서 내가 어땠는지 기억하지요? 우리는 제각기 그럴 때가 있는 것 같아요."

"나는 모르겠어, 아룬." 아빠가 납득이 가지 않아서 고개를 저었다. "내가 좀 더 온건하게 행동할 수 있었어야 하는 건데."

"형은 겁에 질려 있었고 인디아도 그랬지요. 하지만 이제는 괜찮아졌어요. 우리는 계속 전진하면서 다음 단계를 취해야 해요. 우리가 했던 이야기 기억나요? 여기에서 읍민들과 함께 정착하자는, 왕가의 거주지를 롤로크 메아스에 잡자는." 삼촌이 그러고는 농담으로 덧붙였다. "이야, 그 말에 꽤나 멋진 울림이 있네! 너는 어떻게 생각하니, 라미?"

나는 대답을 하지 않았다. 농담을 할 때가 아니어서였다. 아빠와 삼촌은 내내 롤로크 메아스에서 눌러 살 계획을 하고 있었던 것일까?

"내 생각엔 우리가 꼭 그래야 할 것 같아요." 삼촌이 말을 이었다. "이제부터 여기를 우리 집으로 삼는 거죠. 설령 그게 우리가 다른 세대에 넣어지게 되리라는 뜻일지라도요."

다른 세대? 생이별? 목구멍에서 갑작스러운 공포가 치밀어 오르는 것을 느꼈다. 삼촌은 가볍고 태연한 걸음걸이로 계속 걷고 있었다.

"하지만 어떻게?" 아빠가 물었다. "우리는 여기에 연고가 하나도 없어."

"연고가 있음을 밝히면 돼요."

"무엇으로? 누구로?"

"늙은 청소부요! 그 사람이 형을 보러 왔어요." 삼촌이 설명을 했다. "그 사람이 자기 암탉이 낳은 달걀을 몇 개 가져왔더라고요. 우리는 그 사람이 형수님의 촌수가 먼 아저씨뻘 친척이라고 하면 돼요. 그럴듯하잖아요. 그걸 모르겠어요? 그 사람은 우리의 농부인 친척, 우리의 안전망이 될 수 있어요."

아빠가 딱 멈춰 서서 내 손을 놓더니 어둠 속에서 삼촌에게로 돌아섰다. "너, 그 사람에게 이 이야기 했어?" 아빠가 눈에 띄게 당혹해하면서 다그쳤다.

"물론 안 했죠!" 삼촌이 불끈해서 언성을 높였다. "누구에게도 한마디도 안 했어요. 맨 먼저 형하고 상의하고 싶어서요. 그게 가망성이라도 있는지 알아보려고요." 삼촌이 좀 누그러졌다. "또 그 외에도, 형의 그 친구는 이야기를 할 기분이 아니었고요. 그 사람하고는 이야기를 할 수 없었어요. 설령 내가 그러고 싶었더라도. 그 사람은 무슨 일인가로 벌벌 떨고 있었으니까요."

우리는 이제 나를 가운데에 두고 걷고 있었다. 아빠가 침묵을 지키며 생각에 잠겨 있다가 얼마쯤 뒤에 입을 열었다. "안 돼. 그 사람에게 부탁을 하는 건 너무한 일이야. 나는 그 사람 목숨보다는 내 목숨을 걸겠어. 나는 여기서 혼자야."

이번에는 삼촌이 당혹해 할 차례였다. "그게 무슨 소리지요? 형이 여기서 혼자라니요? 우리는 여기에 모두 함께 있어요."

"아니, 딱 나 하나일 수 있다는 거야, 아룬. 딱 나 하나. 무슨 말인지 모르겠어?"

"지금 대체 무슨 말을 하려는 거지요?"

"나는 내 이름과 직업을 적었어." 아빠가 조용히, 현실적으로 설명을 하기 시작했다. "우리 집안내력은 간단해. 나는 하나뿐인 시소와스고 나머지 식구들은 내 인척들, 평민들이야. 자네와 타타 누님, 아나는 남매간이고 자네 부모는 전에 과일을 재배했어. 대체로 바나나와 망고를, 키엔 스바이에서. 자네 어머니는 살아계시지만 자네 아버지는 과일들을 도시로 운송하다가 배가 메콩강에 가라앉았을 때 돌아가셨어."

"하지만 어째서지요? 왜 이런 말을 하는 거지요? 대체 무슨 소린지 하나도 이해가 안 돼요."

"잘 들어, 아룬." 아빠가 손을 호주머니에 넣은 채로 말했다. 아빠의 태도가 이상하게도 침착하고 예사로웠다. "나는 그 젊은 요원, 카마피발의 대변자가 나를 알아보았다고 생각해. 어떻게 해서인지는 모르지만 그 자는 내가 누구인지 알고 있는 것 같아. 아직은 모르더라도 알게 될 테고. 타타 누님의 말이 옳아. 그 자는 우리 같은 사람들 중 하나고 나를 꿰뚫어볼 수도 있어. 내 이름이 불리면 나는 갈 거야. 혼자서. 제발 이해해줘. 내겐 자네가 이해해주는 게 필요해, 아룬."

나는 등이 삼촌의 손에서 떨어져 내려 단단한 땅에 부딪혀 깨지

187

는 소리를 들었다. "아아, 나의 형!" 삼촌이 두려움에 질려 숨 가쁘게 헐떡였다. "대체 무슨 짓을 한 겁니까? 무슨 짓을 한 거냐고요? 형은 날개를 꺾어버렸어요. 형 자신의 날개를 꺾어버렸다고요!"

번개가 쳤고 하늘이 포효했다. 밤이 한 거인의 눈물로 우레처럼, 위로할 길 없이 울고 있었다.

11

정적 속에서 잠을 깼다가 나는 아빠가 없어진 것을 알았다. 엄마
도 없어졌고 엄마의 담요는 짚자리 발치에 한 무더기로 모아져 있었
다. 나는 일어나 앉아 잉크처럼 짙게 느껴지는 어둠에 눈이 익도록
하고 있다가 밖에서 대나무 피리를 부는 소리가 들려오고 있다는 것
을 알아차렸다. 귀에 익은 선율이었다. 그 선율이 내 마음을 누비고
지나가자 나는 그 선율에 따르는 구절을 떠올렸다.

제가 어린 소녀였을 때는 그렇게 떨렸던 적이 없어요,
전하께서 제 손을 잡았을 때처럼 그렇게 떨렸던 적은.

〈라콘〉*에 나오는 구절이었다. 하지만 여기에서 〈라콘〉이라니?

* Lakhon. 여러 가지 다른 장르로 구성되는 캄보디아의 연극.

189

그것도 이 시간에? 앞문을 통해 희미한 주황색 빛이 흘러들고 있었다. 방 안에는 나 말고 누구도 깨어 있지 않았다. 나는 한 사람 한 사람의 윤곽으로 누가 누구인지 쉽게 알아볼 수 있었다. 한 모기장 안에는 산처럼 우람한 몸집의 삼촌과 한 쌍의 앵무조개처럼 몸을 둥글게 만 두 쌍둥이, 들어가고 나온 곡선들로 가냘픈 몸매를 한 인디아 숙모가 있었고, 다른 모기장 안에는 공이처럼 길게 쭉 뻗쳐진 타타 고모와 작은 공 모양이지만 빚는 과정에서 점토 반죽처럼 잡아 늘일 수도 있을 것 같은 왕비 할머니가 있었다. 엄마와 아빠의 모습은 어디에도 없었다. 어디에 있는 것일까? 그러나 불안하지는 않았다. 그와는 반대로 이상하게도 차분하고, 아직 나에게서 다 떠나지 않은 졸음기와 사람이 입술로 만들어낼 수 있는 소리라기보다는 새의 떨리는 지저귐처럼 들리는 대나무 피리 음악에 진정이 된 느낌이었다.

내 옆에서는 라다나가 나지막하게 코를 골고 있었다. 제 조그만 덧베개를 끌어안고 얼굴이 물렁한 반죽처럼 짓눌린 채, 엄마가 없어졌다는 것을 까맣게 모르는 행복한 꿈나라에서. 나는 짚자리 발치에서 담요를 끌어당겨 라다나를 덮어주고 그 아이가 부드러운 덮개 안에서 안전하고 위험하지 않도록 담요 가장자리를 둘러가며 끌어모아 다독여주었다. 그런 다음 나 자신은 모기장 밖으로 나와 문간으로 갔고, 거기에서 그들을 보았다.

두 사람은 밖에서 조그만 모닥불 옆에 앉아 있었는데 얼굴이 옆으로 돌려져 있어서 나는 두 하현달처럼 빛을 발하는 턱선만을 볼 수 있었다. 엄마는 어깨에 걸쳐진 크로마에서 길게 찢어낸 천 조각으로 아빠의 손에 난 상처를 싸매어주고 있는 중이었다. 엄마가 붕대를 만져보았다가 한 층 더 감아도 된다는 것을 알고 체크무늬 스카프에서 길게 한 조각을 더 찢어냈다. 아빠는 엄마의 모든 몸짓과 동작을 찬찬히 지켜보고 있었다. 엄마와 아빠 모두 서로에게 열중해 있었고, 대나무 피리의 고요한 선율에 매료되어 내 존재를 알아차리지 못했다. 나는 엄마와 아빠에게 내가 거기에 있다는 것을 알려주려고 뭔가 말을 하고 싶었지만 목소리가 아직 돌아오지 않아서 내 소리 없는 말을 꿀꺽 삼키고 바닥으로 몸을 낮추었다. 내 감각이 간밤에 비가 쏟아져 내린 뒤 들어앉은 서늘한 공기 덕분에 천천히 깨어났다.

제발, 전하, 애원하오니 저를 가게 놓아주세요……
저는 저처럼 비천한 다른 사람에게 속해 있어요.

나는 음악이 들려오는 것 같은 쪽으로 눈길을 던졌다가 우리 건물에서 운동장 건너 맞은편 건물 문간에 또 하나의 그림자가 어둠에 둘러싸여 앉아 있는 것을 보았다. 바로 그 늙은 악사였고 그의 입에서부터 대나무 피리의 기다란 윤곽이 뻗쳐져 있었다. 그의 손가락들이 후렴구를 엮으며 피리의 지공(指孔)들 위로 움직였다.

애원하오니 저를 가게 놓아주세요……
전하, 제발 저를 가게 놓아주세요.

그가 연주를 멈췄다가 두 음정을 불고 나서 천천히 더 엄격하고 더 절제된 곡으로 옮아갔다. 이번에도 나는 머릿속으로 그 음악에 따르는 구절, 여자를 훔친 왕자와 아내를 잃은 향수 판매인 사이에서 오가는 모욕을 들을 수 있었다.

오, 이 미개한 세상의 하잘 것 없는 짐승아,
뜨겁게 타오르는 불을 보고도 이게 장난이라 생각하느냐!

오, 산이여, 그대는 모든 사람들 위로 우뚝 솟고……
그대의 이름 덕에 그대는 신들의 집 안에 있지만
그렇더라도 그대의 높이는 풀잎보다도 더 낮구려!

그것은 운문으로 이야기되는 사랑받는 크메르 고전극 〈막테웅 (Mak Thoeung)〉에 나오는 구절이었다. 나는 그 이야기를 익히 알고 있었다. 그 고전극의 〈라콘〉 공연을 몇 번 보러 갔었고 라디오에서 흘러나오는 낭송도 들어보았으니까. 그것은 향수 판매인과 그의 젊고 아름다운 아내에 관한 이야기였다. 어느 날 그들이 시장에서 향수와 향유를 팔고 있었을 때 한 젊은 왕자가 향수 판매인의 아내를 점찍고 그녀를 데려가 자기 첩으로 삼는다. 그러자 향수 판매인은 왕궁으로 가서 왕에게 젊은 왕자가 한 짓을 고해바쳤지만 왕자는 그러지 않았다고 부인한다. 왕은 가장 믿을 만한 고위직 궁정 각료의 조언에 따라 두 남자에게 오만방자한 데 대한 벌로 커다란 북을 들고 멀리 떨어진 들판까지 갔다 돌아오라고 명령한다. 그런데 북 안에는 두 사람이 알지 못하게 조그만 소년이 쪼그려 앉아 있고 그 소년이 두 사람 사이에서 오가는 말을 적어 왕에게 보고하기로 되어 있다. 향수 판매인과 왕자는 자기네 둘만 있다고 생각하고서 칼날처럼 날카로운 모욕을 퍼붓기 시작한다.

> 그대의 혈통은 하늘처럼 높아서
> 그 어떤 말로도 나타내지 못할 만큼 귀하고 아름답지만
> 그대는 인간으로서의 분별마저도 보이지 않고
> 아랫것인 사람들에 대한 무지만을 보이는구려!

> 네가 어떻게 감히 내게 그런 투로 말을 하느냐!

> 왕자 전하, 내가 지금 말하고 있는 것은
> 단지 내 아내를 훔쳐간 자에게다 대고 하는 것이외다

> 이런 무식한 멍청이. 네 아내를 훔친 게 바로 나다!

아빠는 〈막테옹〉을 그 시어 때문에 사랑한다고 했다. 그러나 내가 짐작하기로는, 아빠가 그 이야기를 다른 무엇보다도 더 소중히 여기는 진짜 이유는 여러 해 전 어느 극장에서 열린 공연이 엄마와 아빠를 맺어주었기 때문이 아닌가 싶다. 그들은 〈라콘〉을 보러 따로따로 극장에 갔지만 어떤 우연에 의해 서로 옆자리에 나란히 앉게 되었고, 공연이 진행되는 동안 어느 사이엔가 마치 서로를 평생 알고 지내오기라도 한 것처럼 귓속말로 다양한 등장인물들의 말이나 노래

가 실린 행들을 주거니 받거니 하고 있었다. 엄마는 그 극장에 이모 할머니와 같이 와 있었지만 엄마의 보호자는 엄마가 젊은 미혼 여성으로서 통상적으로는 심히 부적절하다고 여겨질 행동을 하지 못하도록 기를 꺾지 않았다. 대신에 이모는 엄마 옆에 앉아 있는 남자가 다른 누구도 아닌 바로 그 호랑이 왕자라는 것을 알고 둘 사이에서 벌어지는 일을 보지도, 듣지도 못한 척했다. 어느 편이었느냐 하면, 이모는 두 사람이 만나도록 부추긴 것 같았고 일 년 뒤 엄마와 아빠가 결혼을 했을 때는 자기가 그 둘을 맺어주었다고 주장했다. 언젠가 내가 아빠에게 엄마와 아빠를 맺어준 것이 어느 쪽이었는지, 즉 이야기인지 아니면 이모인지를 확실히 알아보려고 묻자 아빠는 웃으면서 이렇게 대답했다. "아, 라미, 그날 저녁이 온통 우리를 맺어주려고 공모를 했었단다!"

이제 나는 그날 저녁이 다른 식으로도 공모를 한 게 아니었을까 하는 생각이 들었다. 비록 내가 그 이유를 명확하게 설명을 할 수는 없더라도, 죽은 아내에 대한 남편의 슬픔을 통해 나오는 그 음악이 정말로는 우리 부모를 위한 것처럼 느껴져서였다. 마치 음악 덕분에 엄마와 아빠가 사랑했던 시들이 그 어두운 시간에도 그들에게로 이르는 길을 찾은 것만 같았다.

나는 다시 한 번 더 그 늙은 악사 쪽으로 운동장을 건너다보았다. 그가 마지막으로 연주한 곡은 너무도 슬퍼서 나는 그만 울고 싶어졌다. 향수 판매인과 그의 아내는 북을 들고 가는 똑같은 벌을 받는데, 먼 들판까지 그 북을 들고 갔다 돌아오는 동안 그들은 서로에게 벌거벗은 영혼을 드러내 보인다. 나는 눈을 감고 머릿속으로 그 가사를 듣고 있었다.

꽃잎이 떨어진 꽃은 다시 필 수 없으니
한번 튀어나간 삶은 떠나가버린 운명
내게 있어 내 삶은 이미 끝나버렸다오…….

음악이 멎었다. 나는 눈을 떴다가 늙은 악사가 앉아 있는 문간에서 또 다른 그림자가 나타나 그 위로 드리워지는 것을 보았다. 악사의 딸이었다. 그녀가 허리를 숙여 다정하게 아버지의 어깨를 만지자 그녀의 긴 머리카락이 그에게로 실크처럼 흘러내렸다. 그녀가 무슨 말인가를 했고, 나는 그녀가 아버지에게 이제 좀 쉬라고 간청을 한다는 생각이 들었다. 그가 고개를 끄덕이고 딸에게 이끌려 안으로 들어갔다. 나는 눈길을 다시 엄마와 아빠에게로 돌렸다.

두 사람은 음악이 멎은 것도 알지 못하는 것 같았다. 엄마와 아빠는 서로의 손을 잡은 채 모닥불에서 던져지는 후광 같은 빛에 감싸여 몸을 편히 하고 거기에 계속 그대로 앉아 있었다. 만일 내가 인드라라면, 엄마와 아빠를 위한 하나의 세상을 만들어 둘만의 사랑에 감싸여 있도록 지켜주고 싶다는 생각이 들었다.

갑자기 내가 잠을 깨기 전에 꾸었던 꿈이 기억났다. 꿈에서 아빠는 인간인 동시에 신이고 무력하면서도 용감한 신화적인 킨나라, 경쟁하는 실체들의 당기는 힘을 견디지 못하고 번개에 찔려 땅으로 떨어진 킨나라와 매우 흡사한 존재였다. 그는 날개가 잘려나가 피를 흘리고 있었고 빗속에서 홀로 아무런 보호도 받지 못하고 움츠러들었다. 죽을 수밖에 없는 삶을 선택한 그는 자신의 불멸을 밤의 어둠 속에서 번쩍이는 희망의 빛과 바꾸었다. 그 이미지들이 계속 내 마음속에서 음악 선율들처럼 맴돌았고, 다음에 나는 내가 온전히 나 스스로 잠을 깨지는 않았다는 것을 알았다. 대나무 피리가 나를 불러내어 문으로 이끈 것이었다. 이제 내 마음속에는 그 음악이 나를 위한 것이었다는 데에 단 한 점의 의심도 없었다. 그 음악은 내게 무엇인가를 말해주려 애쓰고 있었다. 내가 이미 알고 있는 어떤 이야기를, 익히 알고 있는 후렴구를.

바로 그때 주전자 물이 부글부글 끓으면서 주둥이로 김을 뿜어냈다. 깜짝 놀란 엄마가 손을 뻗쳐 주전자를 불에서 들어낸 다음, 옆에 놓여 있던 보온병 뚜껑에다 물을 좀 따라서 그것을 컵처럼 아빠에게 건넸다. 그리고 나머지 물은 나중에까지 식지 않도록 보온병에 부었다. 아빠는 붕대 감긴 손으로 보온병 뚜껑을 감싸 쥐고 물이 식기를 기다리는 동안 김을 들이쉬었다.

엄마가 아빠를 지켜보다 잠시 뒤에 입을 열었다. "아직 너무 늦지는 않았어요. 당신에게 그렇다고 믿게 하도록 할 수는 없지만요. 그 병사는 공책을 잃어버렸을 수도 있어요. 우리는 그 병사들이 어떤지 몰라요. 어쩌면 그걸 자기네 상급자들에게 보여주지 않았을 수도 있어요. 이건 모두 연극이에요. 당신은 또 다른 이야기를 만들어내면 돼요. 당신 자신에게 새로운 이름, 다른 신분을 부여해봐요." 엄마가 애써 농담을 하려고 했다. "향수 판매인이나 뭐 그런 걸로요."

아빠는 물에 입김을 불며 잠자코 있었다. 그러다 시험 삼아 한 모금 홀짝인 다음 엄마를 바라보며 말했다. "당신도 알잖소. 나는 향수 판매인이자 왕자라는 것을." 아빠가 물을 들고 있는 손이 떨리자 다른 손으로 떨리지 않게 받쳤다.

"안 돼요." 엄마의 목소리가 슬픔으로 켕겨져 있었다. "안 돼요, 나한테는 당신이 그 이상이에요. 당신은 언제나 더 나아지려고 애써왔어요. 그들은 이걸 알아야 해요." 소리를 죽인 흐느낌. "그들이 내게서 당신을 빼앗아갈 수 없다는 걸요."

아빠가 보온병 뚜껑을 땅에 내려놓고 엄마의 손을 잡아 가슴에 대고 꼭 눌렀다. 아빠의 몸이 흔들렸고 목구멍에서 흐느낌이 새어나왔다. 갑자기 나는 전에 집에서 엄마와 아빠의 침대 옆 테이블에 놓여 있던 비슷한 포즈를 취한 사진, 아빠가 엄마의 손을 잡고서 이마를 맞대고 있는 사진을 떠올렸다. 결혼식 사진. 꽤나 오랫동안 나는, 어느 날 아빠에게서 그 사진은 내가 태어나기 전에 찍은 것이라는 설명을 듣기 전까지는, 포착된 친밀함이 유리 틀 속에 들어 있어서 뚫고 들어갈 수 없어 보였던 그 사진에 질투를 했었다. 그건 우리 둘만 있었을 때란다. 아빠는 그렇게 말했었는데 그 말이 내 마음을 더더욱 어지럽혔다. 왜냐하면 나는 아빠와 엄마 둘만 있었던 때를 상상할 수 없었으니까. 하지만 이제 나는 알고 있었다. 그들이 아빠와 엄마가 아니라 아유라반과 아나였을 때는 어떠했을 것이며 그 두 사람의 결합으로 내가 태어났다는 것을.

"그들이 오면," 아빠가 엄마의 눈을 들여다보면서 말했다. "나는 당신에게 나를 가게 해달라고 할 거요."

나는 그것을 곧바로 알아차렸어야 했다. 대나무 피리의 유령 같은 소리가 어둠 속에서 내게 경고를 해주고 그 이야기의 결말을 일깨워주었다는 것을. 궁전으로 돌아오자 북이 열리고 그 안에 있던 조그만 소년이 모두가 다 알도록 비밀을 털어놓는다. 그 소년은 자기가 엿들은 말 하나하나를 다 이야기하고 그 이야기를 들은 왕가 사람들 모두가 진실을 알게 된다. 왕자는 격분해서 모두 다 죽여야 한다며 그중에서도 가장 겁에 질린 젊은 첩을 향해 달려간다. 그러나 왕자가 그녀에게 이르기 전에 그녀는 기다란 머리핀을 자기의 가슴 깊숙이 찔러넣어 자신의 목숨을 스스로 앗는다. 그 아비규환 속에서 민중 반란을 두려워하는 왕은 그 모든 일이 거기에서 당장, 그리고 영원히 끝나야 한다는 것을 알게 된다. 그래서 향수 판매인, 고위직 각료, 작은 소년을 모두 즉각 처형하라고 명령한다. 아빠가 그 이야기의 어처구니없는 결말을 내게 설명해준 대로라면, 정의는 북 속에서 찾아졌지만 우리가 그 아이를 죽일 때 우리 자신의 양심도 같이 죽인다는 것이었다.

"나는 당신에게 나를 축복해달라고 할 거요." 아빠가 흐느꼈다.

서서히 나는 우리 부모의 사랑을 더 분명히 알게 되었다. 이제 내가 어둠 속에서 목격한 그 애정, 빼앗김을 당할 위협에 직면해서 그들을 보호해주려는 내 아주 어른다운 소망에도 불구하고 내가 그렇게 되지 않도록 막을 방법은 아무것도 없었다. 그들의 조그만 빛의 영역 밖에는 그들을 갈라놓으려고 음모를 꾸미는 훨씬 더 큰 불가해한 어둠이 있었고 북 속에 있던 작은 소년처럼 나는 그들을 죽음으로 내몰 것이었다.

"그게 안 된다면," 아빠가 눈물과 슬픔을 삼키며 말했다. "당신의 용서를. 나는 당신에게 용서해달라고 할 거요."

엄마가 아빠에게서 고개를 돌렸다. 엄마의 얼굴은 이제 발갛게 달아오르고 눈물이 흘러내리는 보름달이었다. 엄마는 나를 보았지만 슬픔을 감추려고 하지 않았다.

나는 다시 안으로 들어가 해가 뜨기를 기다렸다.

바람이 길게 잡아 늘인 한숨을 내쉬었고 사원 입구 옆의 거대한 반얀나무에서는 한 무리의 새들이 날개를 퍼덕여 그 긴 한숨에 메아리를 치고 있었다. 우리가 사원 부지를 가로질러 가는 동안 새날의 광휘가 사방에서 우리를 맞았다. 수련과 연꽃들이 초록색 풍경을 가로질러 노란색·분홍색·자주색·남색 꽃들을 피우고 있었다.

기도전 지붕이 황금빛과 은빛으로 번쩍거렸고 거대한 불탑의 돔이 사원을 보석으로 장식된 미니어처 왕국으로 바꾸었다. 우리 머리 위로는 하얀 뭉게구름들로 꽃을 피운 하늘이 둥둥 떠 있는 치자나무들을 흔들어 재우는 푸른 바다처럼 높이 펼쳐져 있었다. 나는 하늘이 얼마나 땅을 닮았고 땅이 얼마나 하늘을 닮았는지에 놀랐다. 빗물 웅덩이들이 땅에 점을 찍었고 그 하나하나가 반사상에 지금 우리를 반가이 맞고 있는 세상과 아주 흡사한 또 다른 세상의 가능성을 품고 있었다.

우리는 지나쳐가는 사람들에게서 인사를 받았다. "좋은 아침입니다, 전하! 안녕하십니까? 글로 쓰실 만한 날입니다. 그렇지 않습니까?" 아빠는 그들 하나하나에게 답례를 하며 고개를 끄덕이고 미소를 지었다. 이제는 모두들 아빠가 누구인지를, 왕자이며 시인이라는 것을 알고 있는 것 같았다. 그런데 아빠가 어떻게 이름과 이력을 바꿀 수 있을까? 그 생각이 내 마음속으로 휙 스쳐지나갔다. 빛과 명랑함에 혼란스러워진 밤나방. 나는 그 나방을 쉬이 쉬이 하며 쫓았다. 기도전 계단에서 늙수그레한 여인이 인사를 건넸다. "잘생긴 농부가 되셨네요, 우리 젊은 왕자님!" 그 여자의 이 빠진 친구들이 짐짓 부끄러운 척 킬킬 웃었다. 아빠가 곤혹스러워서 걸음을 멈췄다가 빗물 웅덩이에 비친 반사상―말아 올린 바지, 허리에 둘려 있는 크로마, 어깨에 멘 대나무 가로대에서 흔들거리는 양동이들―을 보고는 고개를 뒤로 젖혀 큰 소리로 웃었다. 나는 아빠가 조용히 했던 말들―나는 향수 판매인이자 왕자―과 몇 시간 전에 그 말을 했을 때의 쓸쓸한 모습을 떠올렸다. 그런데 이제는 아빠가 웃고 있었다. 아침의 환한 빛을 닮은 아빠의 행복감이 그 자체를 새롭게 하고 있었다. 하루하루가 언제나 그 지체를 새롭게 하는 것처럼.

우리는 포장되지 않은 도로를 건너 마을 우물로 마실 물을 길으러 가고 있었다. 하지만 그 전에 먼저 우리는 늙은 청소부를 찾아가서 그가 전날 밤에 가져다준 달걀에 대해 고맙다는 인사를 할 셈이었다. 아빠가 휘파람을 불며 앞장을 섰고, 아빠의 어깨에 걸쳐진 대나무 가로대에서 흔들거리는 양동이들이 아빠가 군용 트럭 바퀴들에 패여 빗물이 들어찬 자리들을 피해 이리저리 방향을 틀며 걸음을 옮기는 동안 보조에 맞추어 삐걱거리고 있었다. 나는 아가리를 넓게 벌린 물웅덩이들은 빙 돌아가고 작은 것들은 건너뛰고, 풀이 자란 곳들은 뛰어넘고 하면서 느긋하게 따라갔고, 이따금씩은 멈춰 서서 안개가 차츰차츰 걷혀가는 모습을 지켜보았다.

가시 풀들이 뒤엉킨 풀밭에서는 거미 한 마리가 이슬방울들로 반짝이는 거미집 밑에서 밖을 내다보고 있었다. 마치 밖으로 나와 먹이를 찾아볼 것인지 아니면 그대로 머물면서 거미줄을 더 칠 것인지 결정을 내리기라도 하려는 것처럼. 그 가까이에서는 의심할 줄 모르는 버마제비 한 마리가 기다란 풀잎 위에서 이른 아침에 차가운 바다로 뛰어들 생각을 하는 다이버처럼 차분하게 뒷다리로 몸을 흔들고 있었다. 내 왼쪽에서는 말똥풍뎅이 한 마리가 수상비행기처럼 태연자약하게 붕붕거리며 날개에서 흙가루와 꽃가루 알갱이들을 털어냈다. 그리고 바로 그 밑에서는 송장헤엄치개 한 쌍이 제각기 마술사의 묘기에 도전하는 서커스 곡예사들처럼 넓은 물웅덩이를 가로질러 종종걸음으로 달렸다.

땅은 그런 미미한 존재들로 활기에 넘쳤고 나는 우리가 그 비슷한 산책을 나갔을 때마다 아빠가 늘 하곤 했던 말을 떠올렸다. "네가 아주 면밀히 주의를 기울인다면, 라미, 풀잎 하나에도 우리 자신을 닮은 무수한 생명들이 깃들어 있다는 것을 깨닫게 될 거야. 그리고 이 세상을 너와 함께 여행하는 다른 것들이 언제나 있다는 것도 알게 될 거고."

이제는 충실하게 내 길동무가 되어주는 것도 하나 있었다. 비가 온 뒤에 나타나는 종류인 노랗고 검은 날개를 한 잠자리 한 마리. 그 잠자리가 어떤 때는 앞에서 나를 이끌고 어떤 때는 뒤에서 따라오고 하면서 이쪽저쪽으로 훨훨 날아다녔다. 그리고 다음에는, 우리가 늙은 청소부의 오두막에 가까워지자, 내 여행이 안전하게 끝난 것을 보고는 다른 데로 날아갔다. 나는 속으로 이런 생각을 해보았다. 네가 아주 면밀히 주의를 기울인다면, 너는 절대로 혼자가 아니라는 것을 알게 돼. 언제나 너를 인도해줄 어떤 사람이나 어떤 사물이 있을 테니까. 이제는 분명히 알 수 있었다. 테보다는 천상의 존재가 아니라 지상의 존재, 내가 날마다 보는 아름다운 것들이었고, 그것들을 아름답게 해주는 것은 바로 무상함, 다시 사라지기 전에 여기저기에서 잠깐씩만 나타나는 덧없음이었다.

나는 그 잠자리를 찾아보았지만 그 대신에 아빠의 머리 위에서 휠휠 날고 있는 색깔이 비슷한—날개가 검은색과 노란색인—나비를 한 마리 보았다. 또 다른 신의 또 다른 변신. 아주 조그만 피조물들까지도 변신을 할 수 있었다.

늙은 청소부의 오두막에서는 그의 암탉만이 우리를 맞아주었다. 불안해서 꼬꼬댁거리고 겁에 질린 탐색으로 땅바닥을 할퀴고 하면서. 아빠와 나의 눈길이 문간 옆의 빈 둥지로 쏠렸고 우리는 서로를 쳐다보며 죄책감을 털어낼 셈으로 어깨를 으쓱했다. 암탉이 꼴골거리는 목구멍 소리로 불만을 토해내며 우리에게로 가까이 다가왔다. 마치 이런 말을 하려는 것처럼. 전하, 저는 단지 제 알들을 훔쳐간 자에게만 말하고 있는 것입니다! 나는 터져 나오려는 웃음을 억지로 눌러 참았다. 아빠가 무엇이 나를 우습게 했는지 잘 몰라서 미심쩍다는 투로 고개를 갸우뚱했다. 나는 아빠에게 이야기를 해줄까 했지만 그러지 않았다. 그 이야기로 아빠가 몇 시간 전의 슬픔을 다시 떠올리게 될 것 같아서였다. 대신에 나는 큰 소리로 우리의 늙은 친구가 어디로 갔는지 궁금해했고 다음에는 조용히, 속으로 걱정스럽게, 어째서 모든 것들이 그렇게 어질러져 있고 어째서 청소부의 오두막 문이 반쯤 열린 채 뭔가 거대한 것이 들이닥치기라도 했던 것처럼 비비 꼬인 등줄기 매듭에 비스듬히 매달려 있을까 의아해했다. "어쩌면 용의 꼬리였는지도 몰라요." 내가 답을 한 가지 냈다. 그러면서 나는 나가구렁이가 밤중에 폭풍우가 치는 동안 늪지에서 솟아올라 꼬리로 공기를 채찍질해서 몬순철의 회오리바람을 그 바람의 재미있는 별명인 깔때기로 바꾸어 물로 땅을 문질러 닦았다는 상상을 하고 있었다.

아빠는 아무 대답도 하지 않고 오두막을 훑어보았다. 어느 날 오후에 아빠가 사원에서부터 들어 나르는 일을 거들어주고 짚으로 엮은 부서져가는 벽들에 새로 덧대준 ─ 자기는 비바람을 적당히 피하고 있다는 청소부의 주장에도 불구하고 ─ 코코넛 잎들도 지난밤의 울부짖는 폭풍우를 막아내지 못했다. 모든 것이 흠뻑 젖고 물에 잠긴 난장판이어서 갑작스럽게 버림을 받은 것 같다는 느낌이 들었다. 마치 그 늙은 청소부가 어떤 힘에 의해 침상에서 곧장 빨려들어 문밖으로 내던져지기라도 한 것처럼.

"어쩌면 마을로 피할 데를 찾으러 갔는지도 모르고요." 내가 아빠의 불안감보다 내 불안감을 달래려고 답을 한 가지 더 냈다.

암탉이 발끈 성질이 돋아서 골골거리고 목을 뽑았다 들였다 하며 먹고살 길이 막막하게 되었다고 난리라도 치듯 종종걸음으로 우리 주위를 맴돌았다. 아무 말도 하지 마, 내 아이들을 가지고 달아난 이 악당 놈아! 알려주겠는데, 아직도 껍질 속에 든 달걀이라고. 그 암탉이 물웅덩이에 부리를 담가 물을 마셨다. 마치 한 쌍의 두 다리 육식동물들에게 제가 뭘 잃었는지 설명하느라 목이 쉬었다는 듯, 그렇게도 자주

대가리를 뒤로 젖혀 꼬르륵거리는 소리를 내면서.

아빠는 암탉의 고통을 전혀 모르고 있었다. 아빠의 눈길이 입을 벌리고 있는 문간에 머물다가 천천히 대나무 낙수받이 홈통 밑으로 앞쪽 벽에 밀어붙여져 있는 옹기항아리로 옮겨갔다. 늙은 청소부의 소유물들 중에서 그 옹기항아리 하나만이 내구력 있는 단단한 물건이었고 그 나머지 것들인 대나무 침상 위에 놓인 물에 흠뻑 젖은 짚자리, 문 옆에 널브러져 있는 닳아빠진 싸리비 두 개, 한쪽 벽에 걸려 있는, 실밥이 다 드러나 보이는 셔츠 하나, 다른 쪽 벽에 걸려 있는 빛바랜 크로마 하나는 그 주인이 자취를 감춘 것처럼 막 증발해버리려는 참인 것 같아 보였다.

"그 사람 절대로 여기서 밤을 보내지 않았어." 마침내 아빠가 옹기항아리 쪽으로 건너가면서 말했다. 그러고는 붕대 감긴 손으로 나무 뚜껑을 열고 안쪽을 들여다보았는데 그러는 동안 아빠의 표정이 어떤 대단한 미스터리를 풀기라도 하려는 것처럼 심각했다. "물이 가득 차 있지 않아. 그 사람이 빗물을 모으려면 뚜껑을 열어두었어야 했을 것 같은데." 아빠가 나를 돌아다보았다. "내 생각엔 우리 친구가 지난밤 폭풍우가 오기 전에 떠난 것 같구나. 그렇지만 먼저 우리에게 작별인사도 하지 않고 갔다는 게 이상해."

"어쩌면 그분이 달걀을 가져왔을 때 작별인사를 하러 온 건지도 몰라요."

아빠가 불안감을 누그러뜨리려는 듯 미소를 지으려고 하면서 말을 받았다. "그 사람 아마 밖으로 나가서 근처 어디엔가 있을 게다."

"이따가 오후에 다시 와봐도 되잖아요."

204

"그래, 좋은 생각이다."

우리가 둑길을 따라 우물 쪽으로 가는 동안 나는 어느 나무 밑에서 잔가지들을 주워 모으거나 논들 사이의 풀밭에서 야생 약초를 캐는 청소부의 구부정한 윤곽이 얼핏 눈에 들어오지나 않을까 해서 그 주변을 죽 훑어보았다. 그러나 눈에 띈 것은 우리 오른쪽으로 옥수수 밭에 지난 수확철부터 세워져 있던 듯한 허수아비 비슷한 것의 누더기가 된 뼈대뿐이었다. 나는 그 허수아비가 똑바로 서서 팔을 흔들게 하려고 눈을 깜짝였다. 만일 그 허수아비가 그런다면, 늙은 청소부가 어떤 혼령, 변장을 한 테보다가 아닐까 하는 내 의문이 풀리게 될 것이었다. 그러나 허수아비는 움직이지 않았다. 심지어는 녹슨 깡통들을 매단 끈들이 매어져 있는 나무 막대기 팔에 한 무리의 참새들이 내려앉았을 때에도 그대로 있었다. 미풍이 불어와 깡통들이 떨렁거리자 참새들이 잃어버린 서정시 조각들처럼 날개를 퍼덕이며 날아올랐다. 내 삶이 빈곤한 삶인 것은 사실이라오……. 내 집은 반쯤 짓다 만 짚으로 엮은 오두막……. 몇몇 날 아침에 아빠는 몇 번인가 이런 말을 했었다. 머릿속이 말과 이미지들로 가득 차서 잠을 깨었는데 그 말과 이미지들을 고요히 가라앉히는 방법은 글로 적는 것이라고. 그런데 이제는 내가 잠을 깬 뒤로 그랬다. 내 머릿속이 반쯤 기억된 시행들로 가득 차 있었다. 그 벽들, 그 바람들과 그 비들…….

"아직도 다 안 끝냈어요?" 내가 우물 가장자리에 턱을 받치고 아래쪽의 불투명한 물을 들여다보면서 물었다. 그러나 아빠는 내 말을 듣지 못했다. 아빠의 머리는 우리 위에서 맴도는, 그 날개가 강철처럼 단단한 매의 움직임을 따라가고 있었다.

"아빠가 쓰고 있던 시 아직도 다 안 끝냈어요?" 내가 다시 물었다.

"흐으음⋯⋯." 아빠가 여전히 매를 지켜보면서 얼버무렸다.

"끝냈어요, 안 끝냈어요?"

"너 내가 왜 글을 쓰는지 아니?" 아빠가 혼자 싱긋이 웃으며 중얼거리는 소리로 물었다.

"질문을 했는데 질문으로 대답하면 안 되잖아요!"

아빠가 우물 안의 물에 비친 흐릿한 반사상을 들여다보며 내 반사상에다 대고 말했다. "내가 글을 쓰는 건 글이 내게 날개를 주기 때문이란다."

"날개요?" 나는 가슴이 두근거리는 것을 느꼈지만 아빠에게 내 꿈에 대해서는 말하지 않았다.

"그래! 날개! 그래서 나는 날 수 있지!" 아빠가 크게 웃으며 양팔을 펼치고 우물을 한 바퀴 빙 돌았다. "저 매처럼 자유롭게!"

"아빠가 새일 리는 없다고요!" 두려움이 다시 솟구쳐서 내가 소리를 빽 질렀다. "그럴 리 없다고요! 그만둬요!"

아빠가 커지고 거칠어진 내 목소리에 놀라 딱 멈춰 섰다. 그러고는 가만히 나를 바라보더니, 나와 같은 결론에 이른 듯 낙담한 어조로 말했다. "그래, 네 말이 옳다, 물론이야. 나는 새일 리가 없어." 아빠의 눈길이 다시, 이제는 불탑의 황금색 꼭대기를 맴돌고 있는 매에게로 돌아갔다. "'우파다나 두크하(Upadana dukkha),' 부처께서 제자들에게 하신 말씀이지. '욕망은 고통.'"

"욕망이 뭔데요?"

"무엇인가를 너무도 원해서 가슴이 아픈 것."

"고통은 뭐고요?"

"가슴이 아픈 것."

"그런데 내가 가슴이 아픈 건 집으로 가고 싶어서예요."

아빠가 소리 내어 웃고 나를 끌어당겨 양팔로 감싸 안았다. 그리고 나는 그 팔이 한 쌍의 날개처럼 안전하다는 생각이 들었다. 하늘에서는 매가 불탑을 몇 번 더 맴돌고 나서 광활하게 펼쳐진 하얀 공간으로 떠나갔다.

아빠가 야자나무 줄기를 끌로 파내어 만든 두레박을 들어서 그 손잡이에 동여매어진 기다란 대나무 장대를 단단히 움켜쥐고 우물 안으로 떨어뜨렸다. 그러고는 두레박이 가라앉기 시작해서 침몰하는 배의 굴뚝처럼 물로 가득 채워질 때까지 두레박을 이리저리 흔들었다. 다음에 아빠는 두레박을 올려 물을 양동이들 중 하나에 쏟아 부었고 두 양동이가 모두 가득 찰 때까지 같은 식으로 되풀이했다.

우리는 사원으로 돌아갈 준비가 되어 있었다. 그러나 늙은 청소부의 오두막이 있는 쪽으로 돌아가지는 않고 포장되지 않은 도로와 경계를 이루는 논들을 가로지르는 지름길을 택했다. 좁은 논둑길들에서 중심을 잡고 있는 아빠의 어깨에 메어진 대나무 가로대는 이제 물의 무게로 커다란 활처럼 휘어졌다. 아빠의 몸이 오른쪽 왼쪽으로 흔들렸고, 팔은 양동이들이 흔들려 물이 쏟아지지 않도록 양옆으로 펼쳐져 있었다. 아빠의 그런 모습이 하늘 높이 떠오를 수 있는 새라기보다는 날아오르려고 애쓰는 닭 같아 보였다. 나는 뛰고 깡충거리고 깨금발을 뛰고 하면서, 그리고 논들을 거인의 돌차기 놀이판으로 상상하면서 아빠를 바짝 뒤쫓았다. 아빠가 제각기 다른 품종의 벼들을 가리키면서 그 이름들을 아빠의 시 중 한 편에 있는 시행처럼 암송했다. "낱알이 긴 종, 낱알이 짧은 종, 낱알이 두껍고 끈끈한 종, 낱알에서 몬순철의 비 냄새가 나는 종……." 나는 그 말을 흉내 내면서 큰 소리로 노래를 불렀다.

"때때로 하늘을 볼 때면 너는 테보다들이 목욕하는 걸 보게 될 거야. 그 물이 지상으로 떨어져서 모든 것들을 자라게 하지." 아빠가 숨을 고르려고 잠시 멈춰 서서 어깨에 멘 대나무 가로대를 바로잡은 다음 다시 걸으면서 말했다. "그래, 나는 해냈어."

"예? 뭘 해냈어요?"

"그 시를 다 끝냈단다."

"나는 아빠가 절대 그러지 못할 거라고 생각했는데요!"

아빠가 껄껄 웃었다. "너 나에 대한 믿음이 너무 모자라구나!"

"으으음……."

이버지가 다시 웃었다. "어떤 시인지 들어보고 싶니?"

"그럼요!"

나는 아빠와 보조를 맞추었고 내 걸음걸이는 아빠의 오르내리는 아빠의 목소리를 따르고 있었다.

그들은 내 땅이 파괴된 땅이라고 하지요
증오로 흉터가 지고 부서진 땅이라고
자기네 손으로 벌인 멸절로 가는 길에서

그렇지만 다른 어디에도
내 천국의 꿈과 그렇게도 닮은 곳은 없다오
내 집을 품고 있는 연꽃 들판들
하나하나의 꽃은 다시 태어난 영혼들
아니, 어쩌면 나처럼
다시 태어나기를 원하는 어린아이일 수도 있겠지요
그 꿈들이 다시 꾸어질 수 있게 되기를

내 삶이 빈곤한 삶인 것은 사실이라오
내 집은 반쯤 짓다 만 짚으로 엮은 오두막
그 벽들, 그 바람과 그 비들

"그래," 내가 재촉을 하자 아빠가 시인했다. "이 시는 늙은 청소부를 위한 것이야. 하지만 너도 알다시피 삼바스와 나 자신을 위한 것이기도 해. 또 너를 위한 것이기도 하고."

아빠가 이야기를 하는 동안 나는 도로 건너편에 버려진, 비에 흠뻑 젖은 오두막을 돌아다보았다. 그리고 놀라움과 함께한 존재가 어떻게 드문드문하게나마 다른 존재를 반영하는지 알아차렸다. 한 노인의 가난이 어떻게 그가 소년이었을 적에 겪었던 그리고 틀림없이 평생 동안 겪어온 역경을 일별하게 해주었을까? 또 그 조그만, 잊힌 땅뙈기와 무너져가는 오두막과 비에 흠뻑 젖은 소유물들이 어떻게 그 반사상에 아빠의 어린 시절 친구가 겪었던 박탈을 담았을까? 그 늙은 청소부는 삼바스의 한 변형임에 틀림없었다. 그리고 내가 고귀

하고 훌륭한 모든 것에서 아빠의 모습을 보는 것과 꼭 마찬가지로 아빠는 어디에서나, 자신이 만난 가난에 찌든 모든 사람들에게서 옛 친구의 모습을 보았고, 그 하나하나에게 아빠가 친구에게는 해주지 못했던 것을 해주려고 애쓰는 것이었다.

"우리는 모두 서로의 메아리들이란다, 라미."

12

그 일은 숨 한 번 들이쉴 새에 일어났다. 한순간 그 아기는 살아 있었지만 다음에는 고요히 멎었고, 짚자리 위에 있는 그 아기의 어렴풋한 윤곽은 실제의 사람이라기보다 불완전한 생각, 그물무늬 세공에 더 가까웠다. 누구도 그 아기가 죽으리라고는 생각지 못한 것 같았다. 모두들 그저 열병이라고, 그 아기는 당연히 열병을 이겨낼 것이라고 했었으니까. 하지만 나는 비락 씨 부부가 사원에 당도하고 내가 처음으로 비락 씨 부인의 크로마 주름들 밑에서 부분적으로 포장이 덜 된 소포 같은 그 연약한 형체를 보았을 때, 그들의 아기가 육체라기보다는 영혼에 더 가깝다는 것을 알아보았다. 그리고 모든 영혼들과 마찬가지로, 그 아기는 우리 세상에 온전히 속해 있지 않다는 것도. "신들께서 그 아기를 도로 데려가셨구나, 라미." 왕비 할머니는 그 아기의 죽음을 그렇게 말했다. 할머니는 줄어드는 음식이나 우리가 자야 하는 딱딱한 바닥에 대해 불평하는 일 한 번 없이 변화에 잘 적응하고 있었다. 어쩌다 한 번씩 옴 바오나 늙은 총각에 대해서 묻기는 했지만 우리가 그들은 이제 우리와 함께 있지 않다고 설명을 해드리면 할머니는 갑자기 기억이 난 듯 고개를 끄덕이곤 했다. 그리고 다음에는 표정이 다시 멍해지면서 늘 그랬듯 할머니의 마음은 다른 세상을 배회하는 것이었다. "눈 깜짝할 사이에," 이제 할머니는 내 귀에다 소곤거리고 있었다. "숨 한 번 들이쉴 동안에 그 아기는 갔어. 그 아기 스스로도 놀라게."

나는 그런 일이 있을 수 있는지는 잘 몰랐지만 정말로 그렇게 된 것 같았다. 그 아기의 조그만 입은 그대로 벌어져 있었고 눈은 어른들이 여러 번씩 감겨주려고 했음에도 감기지를 않았다. 이제 그 아기를 보면서 나는 그 아기가 미처 준비가 되어 있지 않았을 수도 있다는, 갓난아기라서 세상과 저 자신에 대해 아무것도 모를지언정 저 자신의 죽음이 그렇게도 순간적인 것에 충격받았을 것이라는 생각을 하지 않을 수 없었다.

나는 그것이, 내쉬기 위해서가 아니라 죽기 위해서 숨을 들이쉬는 것이 어떤 느낌일지 상상해보려고 했다. "아기가 하품을 하고 있는 것처럼 보여요." 내가 왕비 할머니에게로 몸을 기울이고 소곤거렸다. "영원히 숨이 막히는 건 정말 끔찍할 거예요."

"그 아기는 평생의 슬픔과 후회에서 풀려날 게다." 할머니가 고개를 끄덕이고 또 끄덕였다. "그래, 평생의 슬픔과 후회에서……."

어른들 중에서 그 갑작스러운 죽음에 충격을 받지 않은 것은 할머니 하나뿐이었다. 대신에 할머니는 그 죽음을 자신도 떠날 준비가 된 사람의 불편부당한 눈으로 주시했다.

방 한 귀퉁이에서는 타타 고모가 당황해서 휘둥그레진 눈으로 그 모든 광경을 지켜보았다. 마치 죽음이, 살 터전을 잃고 잘못 배치되어 난데없이 불쑥 나타나 우리 거처를 같이 차지하고서 그러잖아도 이미 그렇게도 많은 유령들이 출몰하는 이 피난처에서 공간을 함께 쓰려고 겨루는 낯선 사람이기라도 한 것처럼. "이건 정말일 리가 없어." 고모가 혼잣말로 중얼거렸다. "나는 여기에 있을 수가 없어."

사람들이 모여들었다. 비락 씨는 자기 방 뒤쪽 귀퉁이에서 양팔에 머리를 묻은 채 몸을 공처럼 웅크리고 쪼그려 앉아 있었다. 아빠와 삼촌이 그를 밖으로 데리고 나가서 아내의 절규와 꼼짝도 않는 죽은 아기로부터 떼어놓으려고 했지만 그는 그렇게도 단호한 침묵으로 거부했고, 이제는 그 침묵이 그를 방 한 귀퉁이에다 움직일 수 없는 둥근 돌처럼 굳혀놓았다. 그는 누구와도 말을 하려고 하지 않았다. 누구도 그의 슬픔을 이해할 수 없을 것이기에. 나는 그에게 이해한다는 말을 해주고 싶었다. 그의 슬픔이 아니라 신들의 잔인함을. 그 신들은 어떻게 그들 자신도 내주고는 견딜 수 없는 그런 선물을 줄 수 있었을까?

문간 근처에 있는 사람들에게서 술렁임이 일었다. 검은 바지에 하얀 아차르 셔츠 차림의 악사가 대나무 피리가 아니라 선향 세 개와 물에 연꽃잎을 띄운 커다란 놋쇠 그릇을 들고 방 안으로 들어섰다.

"시간이 되었습니다, 부인." 그가 비락 씨의 아내 옆으로 짚자리에 무릎을 꿇으며 말했다. "이제 아기가 가도록 놓아줄 시간입니다."

죽음과 관련된 모든 의식을 익히 아는 사람으로서 그는 장례식을 거행하는 아차르가 될 것이었다. 그리고 그 자신의 아내가 길에서 죽었을 때는 치러주지 못했던 의식을 아기에게 치러줄 것이었다. "우리의 영혼들을 자유롭게 해주어야 합니다." 그가 나지막하게, 아마도 자기 옆에 앉아 있는 아내의 혼령이라기보다는 자기 자신에게 중얼거렸다. "그대가 여행길에서 평안을 찾기를." 다음에 그가 문간 쪽을 돌아다보고 아빠와 삼촌에게 고개를 끄덕였다.

두 사람이 너무도 조그매서 책상 서랍처럼 보이는 관을 들고 들어왔다. 사람들이 곡을 해서 아기가 숨을 들이쉴 동안에 삼켰던 것을 빠져나가게 했다.

그 아기의 장례식이 내가 본 첫 번째 장례식이었다. 나이 지긋한 여인들이 아기를 씻겨 옷을 입히고 그 조그만 몸을 비락 씨의 하얀 와이셔츠들 중 하나로 감쌌다. 수의로 쓸 제대로 된 면포를 구할 수 없어서 그것으로 대용한 것이었다. 여인들이 아기의 머리를 빗긴 다음, 악사가 들여온 놋쇠 그릇에서 물을 찍어 축이고 솜털 같은 머리카락이 제자리에 붙어 있도록 몇 번을 다시 축였다. 그러나 한 쌍의 달팽이 같은 두 개의 가마에서 돋아난 머리카락들은 볍씨에서 틔워진 어린 싹처럼 계속 일어났다. 나는 그 아기의 머리카락이 아직도 살아 있는 것처럼, 아직도 살려고 싸우는 것처럼 보이는 게 참 이상하다는 생각이 들었다. 더더욱 이상한 것은, 눈에 띄지도 않고 무게도 없는 인간의 숨이 몸에 그처럼 엄청난 영향력을 행사한다는 것, 그 숨이 아기가 엄마의 얼굴을 보고 기뻐서 팔다리를 흔들게 만든다는 것, 그리고 숨이 없으면 아기는 엄마의 무한한 슬픔에도 아랑곳 않고 뻣뻣하게 굳어서 멍한 눈으로 이 세상을 지나 다른 세상을 옹시하며 누워만 있다는 것이었다.

여인들이 입관할 준비를 마치고 그 조그만 흰 꾸러미를 비락 씨에게 넘겨주었다. 그가 시체를 가만히 품에 안고 상징적인 목욕재계로 놋쇠 그릇에서 물을 찍어 뿌리며 중얼거렸다. "나, 이승에서 너를 사랑했던 너의 아비는 네 업보를 씻고 너를 고통에서 풀어주니 네가 자유롭게 너 자신의 길을 택할 수 있기를." 그가 아기를 아내에게 넘겨주었고 그의 아내도 남편이 했던 몸짓과 말을 되풀이했다.

내 눈에서 눈물이 솟았고 나는 옴 바오를 떠올렸다. 그녀의 실종을 애도하는 것이 무엇과 같을지, 내가 얼마나 궁금해했고 어떤 애도를 했었는지. 아기가 죽어가는 숨소리를 그대로 닮은 어머니의 딸꾹질하는 흐느낌에서 단 한순간에 표현된 일생의 슬픔과 후회.

악사가 비락 씨의 부인에게서 아기를 받아 임시변통으로 만든 관에 안치시켰다. 그 관은 사원 뒤쪽의 무더기들에서 찾아낸 책상에서 떼어낸 나무로 만든 것이었다. 그가 관 뚜껑을 닫았다. 나는 뚜껑에 어떤 아이의 필적으로 휘갈겨진 글자들을 보았다. 지식은 배움에서 오고 발견은 탐구에서 온다.

발견을 하면 뭐가 남는데? 모든 것이 그 관에서 사라지고 말 텐데. 나는 신들에게, 그들이 찾아낼 수 있는 가장 조그만 아기를 움켜쥐고 자기네 것이라고 주장하는 신들에게 분노를 느꼈다. 누가 그들만이 아이를 사랑할 권리가 있다고 했지? 누가 그들만이 사랑을 할 수 있다고 했지? 하다못해 라다나처럼 조그만 아이도 다른 사람을 사랑할 줄 알았다. 라다나가 관이 방에서부터 들려나가자 손 키스를 하고 물었다. "아가? 엄마? 아가?" 엄마가 고개를 끄덕이고 대답했다. "그래, 아가가 자고 있어. 아가에게 잘 자 해라." 엄마가 양팔로 라다나를 더 꼭 끌어안았다. 마치 어떤 신이건 혼령이건, 아무리 강력하다 해도 아이에 대한 엄마의 맹렬한 애착에는 상대도 안 된다는 말을 하려는 것처럼.

밖에서는 운동장 한가운데에 잔가지들과 종려 잎들로 무더기가 쌓아올려졌다. 화장용 장적더미를 쌓기에는 이상한 장소였지만 좀 전에 비락 씨가 침묵의 심연으로부터 밖으로 나와 청을 한 가지 했 었다. 자기 아기의 시신을 거기에서 신에게 바칠 수 있도록 해달라 고. 그는 마치 아기가 자기 앞에서, 그 아기가 살아 있던 바로 그 자 리에서 불태워지는 것을 목도함으로써 마침내 아기의 죽음을 확인 하려는 것 같았다.

이제는 더 이상 스님일 수가 없는 한 스님이 장례식을 주관했다. 나는 그가 비락 씨와 같은 날에 왔다는 것, 또 그를 존경하는 다른 사 람들이 어떻게 그 주위로 모여들었는지, 그가 서른도 채 안 되어 보 이는데도 불구하고 나이 든 사람들이 어떻게 그를 '현명한 스승님' 이라고 불렀는지를 떠올렸다. 그는 왔던 날 입고 있던 셔츠와 바지 로 평신도 복장을 하고 있었고, 한때는 매끈하게 밀었던 머리카락도 자라서 밤송이처럼 되어 있었다. 승복을 입지 않은 그의 모습이, 내 가 늘 스님들에게 있다고 여겼던 무적의 힘을 박탈당해서 벌거벗겨 지고 상처 입기 쉬울 것처럼 보였다.

"아름다움과 향기와 빛깔을 부여받은 연꽃마저도 반드시 스러집 니다." 그가 왼팔로는 악사가 건네준 놋쇠 물그릇을 감싸들고 오른 손으로는 재스민 꽃가지로 물을 저으면서 읊조렸다. "우리의 몸도 반드시 쇠약해져서 무(無)가 됩니다. 그가 조그만 관에 물을 뿌렸다. "아니카 바타 상카라(Anicca vatta sankhara). 덧없음은 모든 유정(有情)한 존재의 조건이지요. 어느 것도 그대로 남지 않고 어느 것도 영속하지 않습니다. 그런데 집착하고 욕구하는 우리는 탄생과 재탄생의 끝없는 순환에, 삼사라(윤회)의 수레바퀴에 잡혀 있지요." 그가 화장용 장작더미를 한 바퀴 돌며 닫힌 관과 그 주위의 땅에, 그 주위로 삼삼오오 모인 조문객들의 숙인 머리에 물을 뿌렸다. "카타리 아리바사카니(Cattari ariya saccani)……." 그의 목소리에 백 명의 스님들이 영창하는 울림이 실렸다.

슬퍼하는 부모에게로 갔을 때 그는 망설였고 무슨 말을 해야 할지 모르는 듯 입술이 바르르 떨렸다. 다음에 그가 예사롭지 않은 어떤 일, 스님에게는 금지된 일을 했다. 손을 내밀어 자신의 숭배자를 만진 것이었다. "당신의 슬픔은 스러질 것입니다." 그가 손을 비락 씨의 어깨에 얹고, 그에게 스님으로서가 아니라 슬픔을 함께 나누는 사람으로서 말했다. "지금으로서는 믿기 힘들겠지만, 나의 친구여." 그의 흔들림 없는 눈이 비락 씨의 눈물 젖은 눈과 마주쳤다. "꽃처럼 스러질 것입니다. 언제나 뒤에 가능성의 씨앗을 남기고 말이지요."

그가 악사에게 고개를 가볍게 끄덕였고 악사는 호주머니에서 라이터를 꺼내 무릎을 꿇고 화장용 장작더미에 불을 붙였다. 아기가 안에 들어 있는, 책상으로 만든 관이 불타올랐다. 비락 씨와 그의 부인은 땅에 쓰러져 돌차기 놀이판 위에서 한 사람은 조용히, 또 한 사람은 좀 더 크게 울었다. 조문객들의 곡소리가 그들의 울음에 합쳐졌다. 끝없는 눈물의 자장가로.

장례식 불은 혁명군 병사들이 와서 저녁 모임을 소집했을 때에도 여전히 타오르고 있었다. 몇몇 아이들이 나에게 돌차기 놀이를 하자고 했지만 그 놀이를 할 자리가 없었다. 장례용 더미가 돌차기 놀이판을 덮어버렸기 때문이었다. 깜부기불이 벌겋게 빛을 발했고 불똥들이, 우리가 그랬듯 애도를 하려고 모여든 반딧불들인 양 사방으로 날았다. 열광적이고 열심인 것은 혁명군 병사들뿐인 것 같다. "조직은 동무들이 누구인지 알고 있소! 누가 무엇을 했고 누가 부자였고 누가 가난했는지, 누가 별장에서 살았고 누가 길거리에서 살았는지, 누가 캄보디아 사람이고 누가 외국 스파이인지! 조직은 많은 눈과 귀들을 가지고 있소! 거짓말하고 숨어보았자 아무 소용없는 일이오! 반드시 드러나게 되어 있소! 신분을 밝히시오!"

조직이 눈이 멀었군, 하고 나는 생각했다. 귀도 멀었고. 그 조직이라는 사람은 위협하고 명령하고 자기의 그림자들을 보내서 열광시키고 선언을 하게 해. 그들에게 울고 애도하라고, 아니 아주 최소한으로 조용히 하라고 해야 할 때에. 그 사람 이게 장례식인 줄 알기나 할까?

"혁명군에게 신분을 밝히시오! 군 장교, 기술자, 의사, 그리고 외교관! 구체제에서 여하한 종류의 직위를 가지고 있던 사람들! 앞으로 나오시오!"

단지 혼령들의 목소리만이 도처에 있었고 끈덕졌다. 나는 그 혼령들이 내 주위 사람들 모두를 불쌍히 여기는 소리를 들었다. 그 혼령들은 분명히 체다이들에서 나왔을 것이었다. 나는 불탑을 올려다보았다. 황혼 녘의 흐릿한 빛 속에서 길고 뾰족한 황금색 꼭대기가 하늘에서 내려진 낚싯대처럼 보였다. 또 하나 낚았다! 물고기야? 올챙이?
아니, 씨앗. 가능성의 씨앗……. 그들은 자기네 세계로 돌아온 아기를
환영하며 노래하고 영창했다. 우리는 실수로 너를 내주었지만 이제는 너
를 우리의 일원으로 되찾아왔다!

"앞으로 나오도록 하시오! 동무들 자신을 국가에 바치도록 하시
오! 혁명의 영광된 대의에! 앞으로 나오시오!"

아무도 나가지 않았다. 한 아기가 죽었다. 하루에 떠날 만큼은 떠
났다.

"봐라, 라미." 아빠가 우리 머리 위로 높이 떠오른 달을 가리키며
말했다. "저게 음력 새해의 두 번째 달이란다." 아빠가 손가락으로
날짜를 계산했다. "그리고 보름달이야, 확실히. 저렇게 밝은 것도 놀
랄 일이 아니지. 정말로 호랑이가 물러가고 토끼에게 길을 내준 게
틀림없어."

우리는 밖으로 나와 우리 방 앞에 있는 반얀나무의 땅 위로 튀어
나온 뿌리에 앉아 있었다. 늦은 시간이었는데도 밤이 낮처럼 훤했
다. 마치 애도를 하는 동안에는 밤이 여느 때의 검은 옷을 벗고 장례
식 때의 하얀 옷으로 갈아입기라도 한 것처럼.

"어제 밤에는 차지 않았었는데." 내가 께느른하고 속이 텅 빈 듯
한, 오랫동안 걸었지만 아무 데로도 이르지 못한 것 같은 기분을 느
끼며 중얼거렸다. 안에서는 모두들 기진맥진 곯아떨어져 정신없이
자고 있었다. "저게 정말 같은 달일까?"

물론 같은 달이었다. 나는 그렇다는 것을 알고 있었다. 그렇지만

내가 정말로 하고 있던 생각 — 밤은 달빛으로만 씻기는 것이 아니라 화장용 장작더미 불로도 씻긴다는 — 을 입 밖에 내는 것은 옳아 보이지가 않았다. 화장용 장작더미는 이제 잿불이 되어 있었다. 마치 별 하나가 지나는 길에 있는 모든 것을 태워 재로 만들며 운동장 한가운데로 떨어져 내리기라도 한 것처럼. 매캐한 냄새 실린 공기가 언젠가 프놈펜에서 치엥촉(chieeng chock)도마뱀 한 마리가 주방 별채 벽에서 옴 바오의 화덕 속으로 떨어져 지글지글 타올랐던 때를 떠올려주었다. 그날 하루 종일 나는 모든 음식에서 숯이 된 살 냄새가 나는 통에 아무것도 먹지 못했었다.

"그런 것 같지 않니, 안 그래?" 아빠가 눈을 여전히 달에 둔 채 중얼거렸다. "상황이 너무 빨리 바뀌고 있어서, 라미, 우리가 깨어 있는 게 같은 날, 같은 세상이라고는 여간해서 믿어지지가 않아."

그랬다. 우리가 지난번에 달을 보고 나서 단 며칠밖에 지나지 않았다는 것이 믿기 어려웠다. 그때는 달이, 아빠가 내게 옛 친구였던 삼바스 이야기를 해주는 동안, 숨바꼭질을 하고 있었는데 그 짧은 기간 동안에 한 아기가 살아 있다 죽었고 그 아기의 죽음이 그 아기의 삶보다 더 크게 느껴졌다. 나는 그렇게도 작은 아기가 그 조그만 관 속에서 불타 재가 되고 그렇게도 거대한, 다시 채우려면 몇 주일이 온통 다 걸릴 것 같은 그런 공허를 남길 수 있다는 것에 놀랐다.

"그렇지만 맞아, 저건 같은 달이야." 아빠가 우리를 내려다보고 있는 밝고 흰 달만큼이나 먼 목소리로 말을 이었다. "언제나 우리가 어디에서 보건 저건 같은 달이야." 아빠가 말을 멈추고 침을 삼켰다. "너도 알 테지만 나는 호랑이 해인 1938년에 태어났어. 이제 내 나이 서

른일곱. 너한테는 나이 많은 사람이겠지, 틀림없이!" 아빠가 나지막하게 웃는 소리를 냈다가 고개를 돌려 나를 정면으로 보고 말했다. "부처의 무수한 재현 가운데 하나는 툰사이 보디사트(Tunsai Bodhisat), 하나의 보살, 해탈한 존재란다. 조그만 토끼의 모습을 하고 있는."

토끼 부처?

"보름달이 떠 있던 어느 날 밤에," 아빠의 목소리가 내 머리 주위로 성긴 그물, 또 다른 이야기의 윤곽을 엮었다. "인드라는 늙은 브라만으로 변장을 하고 툰사이 보디사트를 시험해보기로 했어. 그 토끼의 친절한 행동이 어느 정도인지 알아보고 더 낫게 다시 태어날 만한지 결정을 내리기로. 나는 지금 배가 너무 고프구나, 작은 짐승아. 그가 토끼에게 말했어. 너 자신을 내게 음식으로 대접해주겠느냐? 툰사이 보디사트는 그 쇠약한 수도자가 너무도 가여워서 그러겠다고 했어. 그런 다음 불을 피우고 제 털에 들러붙어 있는 조그만 벼룩들이며 벌레들을 모두 털어낸 뒤 활활 타오르는 불길 속으로 뛰어들었지. 하지만 그 토끼가 막 그렇게 했을 때 인드라가 달려와 토끼를 구해내서 그 영혼을 잡고 달로 날려보냈어. 거기에서 그 토끼는 밝은 표면에 툰사이 보디사트의 모습을 새겼고. 이제부터는, 인드라가 토끼에게 말했어, 세상 사람들이 너의 친절한 행위를 알게될 것이니라."

아빠가 미소를 짓고 눈을 들어 다시 하늘을 올려다보았다. "그게 바로, 라미, 우리가 보름달을 바라볼 때면 토끼가 보이는 이유란다!"

나는 토끼 모양이 희미하게 새겨진 자국, 유모가 내게 그 빛의 원에서 알아보는 법을 가르쳐주었던 자국을 찾아보았다. 그러나 유모에게는 토끼가 왜 거기에 있고 어째서 그 토끼가 언제나 불 위로 몸을 굽히고서 보살피고 있는 것처럼 보이는지에 대한 나름대로의 이야기가 또 있었다. 유모는 그 토끼가 천상의 불을 지키고 있다고 했다. 나는 그 토끼가 자기의 장례식 불을 보살피고 있는 것은 아닐까 하는 생각이 들었다.

"하늘이 어두울 때, 온 주위가 어둡고 희망이 없을 때 달은 우리의 하나뿐인 빛이지." 아빠가 내 생각을 끊고 들어오면서 말했다. "나는 달로 가야 할 것 같구나, 라미……."

아빠가 눈길을 낮추어 나를 바라보았다. 아빠의 입술이 무슨 말인가를 더하려는 듯 벌어져 있었다.

나는 기다렸다. 아빠가 눈을 깜빡이고 고개를 돌렸다. 나는 아빠가 설명해줄 수 없는 것, 즉 죽음은 통과이고 여기서부터 저기로 가는, 때로는 우리를 더 나은 곳으로 이끌어줄 수도 있는 여행이라는 것을 감지하고 잠자코 있었다. 그 아기의 몸은 불길에 잡아먹혔을지 몰라도 영혼은 달로 갔고 거기에서, 하늘 높은 곳에서, 해악이 내뻗친 손으로부터 벗어났을 것이었다. 아빠는 내게 모든 것을 다 설명해줄 필요가 없었다. 어떤 것들은, 벗어나고 싶다거나 고통과 슬픔에서 풀려나고 싶다거나 하는 것들은 나 혼자서도 분명히 알 수 있었으니까. 나는 아빠에게 그것을, 내가 이해한다는 것을 알려주고 싶었다.

"나도요." 내가 말했다. "나도 달로 가고 싶어요."

하지만 내 불안감은 가시지 않았다. 뭔가가 잘못되어 있었다. 내가 다시 하늘을 올려다보았을 때, 나는 아빠가 내게 무엇을 보게 해주고 싶은지 알 수 없다는 것을 알아차렸다. 나는 시인이 아니었다. 나에게는 환하게 빛나는 둥근 보름달에서 희망에 대한 은유를 찾아내는 통찰이 없었다. 그래서 대신에 나는 하늘에서 커다랗게 입을 벌리고 있는 구멍, 아빠가 그 속으로 사라지게 될 구멍을 바라보았다.

한 달이 가고 다음 달이 되었지만 우리는 있던 곳에, 사라진 사람들의 고립된 장소에 그대로 묶여 있었다. 나는 아빠에게 찰싹 들러붙기 시작했다. 어딘가에서 의심 많은 인드라가 노려보고 있을까 봐 겁이 나서였다. 그 인드라는 사람들 사이에서 닥치는 대로 아빠를 찍어 어떤 애매한 시험을 받게 할 것이고, 그로 인해 나는 아빠를 잃게 될 것이었다. 누군가가 아빠를 휙 채가기라도 할 것 같아서 나는 아빠의 발자국 하나하나를 뒤쫓았고 아빠의 행동 하나하나를 지켜보았다. 아빠가 어디로 가게 되건 나는 아빠 곁에 있기 위해 달려갈 것이었다. 때때로 아빠는 내가 손을 너무 꽉 쥐는 바람에 움찔했는데 어쩌면 내게 너무 많은 것을 너무 빨리 이야기해주었거나 너무 적은 것을 너무 늦게 이야기해주었다고 후회를 하고 있었는지도 몰랐다. 어느 날 나는 아빠를 따라 읍내로 갔다가 늙은 청소부가 트럭에 한가득 실린 롤로크 메아스의 더 부유한 사람들—지주, 읍의 공무원과 관료였던 사람들, 소상인들—과 함께 다른 곳에 재배치되었다는 것을 알게 되었다. 우리의 친구가 정확히 어디에 재배치되었거나 어째서인지—왜냐하면 그는 앞의 어떤 범주에도 속하지 않았으므로—에 대해서는 아무도 분명히 알지 못했고 읍민들 중 누구도 자기네가 느끼거나 아는 것을 입 밖에 내려고 하지 않았다. 아마도 그들은 자기네에게도 같은 운명이 떨어지게 될까 봐 두려워하는 것 같았다. 우리는 단지 추측만 할 수 있었을 뿐이었다. 아빠가 사원에서 순찰을 도는 혁명군 병사들에게서 좀 더 알아보려고 하자 그들 중 하나가 사무적으로 대답했다. "너무 오래 뿌리를 박았다면 뽑혀져서 다른 어딘가에 심어지는 거요."

뿌리박다, 뽑혀지다, 심어지다. 내 머릿속이 그런 단어들로 가득 찼다. 말해진 그대로, 그 말들에는 숨겨진 심한 증오가 배어 있었다. 비록 내가 겨우 일곱 살짜리 아이였다 하더라도, 나는 어떤 절대적인 경향을 알아차렸다. 혁명에 찬성하느냐 반대하느냐가 그것이었다. 거기에는 그 어떤 모호함도, 중간적 입장도 없었다. 늙은 청소부는 너무도 많은 '나쁜' 관계―읍, 사원, 스님들, 그리고 이제는 우리까지―를 맺고 있었고 그래서 믿을 수 없는 사람이었다.

"잡초들은 번식하기 전에 뽑아버려야 돼!" 병사들은 그렇게 말했고, 카마피발은 자기네의 호전적인 짝패를 지원하기 위해 그들이 처음에 우리를 맞았던 것과 똑같이 온화한 태도로 이렇게 덧붙이곤 했다. "형제자매들, 동지들, 우리는 함께 새로운 정치의식을 확립해야 합니다. 우리는 예전의 습관과 욕망을 버리고 더 큰 선을 위해 개인적인 희생을 해야 합니다……."

그들이 하는 말을 듣고 그들의 행동과 처신을 보면 그들이 전생에서는 젊은 수도승들이 아니었을까 하는 생각까지 들 지경이었다. 만일 그들이 늙은 청소부처럼 사원 마당을 쓸고 그러는 동안 불경의 계율들을 암송하는 과정을 통해 읽고 쓰는 법을 배우면서 그들의 청춘기 중 일부를 보냈다면. 삶은 고통으로 가득 차 있고 고통의 원인은 욕망이나 우리는 고통을 끝낼 수 있고 옳은 길을 택함으로써 그렇게 하리라…….

"혁명의 영광된 길에 장애물들이 없지는 않습니다." 안경을 쓴 요원이 다시 한 번 더 교실들 밖의 학교 운동장 한복판에 섰다. 그의 양옆에는 나이가 더 많아 보이는 카마피발 요원들이 하나씩 서 있었다. 이번에는 그들 셋뿐이었는데, 나는 그 올빼미같이 생긴 젊은 요원이 실은 우리 모두가 그러리라 여겼던 것처럼 그 패거리의 우두머리도, 대변인도 아니고 실습생이라는 생각이 들었다. 그보다 나이가 많은 사람들이 그를 앞장세워 시험을 하고 있는 중인 것 같았다. 큰스님들이 상좌스님으로 하여금 신성한 경전에 대한 지식을 펼쳐 보이도록 함으로써 그들의 업무를 대행할 준비가 되어 있는지 시험해 보는 것처럼.

"우리는 정글을 가로질렀습니다." 그가 설교 조로 말했다. "강을 건너고 산을 넘고 한 전쟁터를 거쳐 또 다른 전쟁터에서 용감히 싸운 끝에 여러분의 집 문간에 당도한 것입니다."

그에게서 어떤 것이 아빠를 떠올려주었다. 어쩌면 그것은 시인의 진정성이랄까, 하나하나의 단어에 그것이 만들어내는 소리 이상의 무게와 가치가 있다는 듯 언어를 존중하는 태도 때문이었는지도 몰랐다. 그가 엄숙하고 신중하게 말했다. "이제 우리가 새로운 세상을, 민주적이고 번영하는 정의로운 캄보디아를 건설하는 데 여러분의 도움이 필요합니다."

그러나 청중은 감동받지 않았고 그들의 싫증 난 얼굴들은 무관심하게 저 너머를 응시하고 있을 뿐이었다. 그들의 그런 모습이 내게 어느 불교도의 설교가 도를 넘어서 너무 길고 너무 중언부언이 되자 점점 더 따분해진 숭배자들을 생각나게 했다. 그렇더라도 누구도 감히 모임 장소에서 걸어나가지는 못했다. 그 모임은 이제 점점 더 정기적이 되어서 이틀마다 대강 같은 시간에, 그러니까 낮 동안의 열기가 가라앉고 여자들은 가족이 먹을 음식을 마련하느라 바쁜 시간에 소집되었고, 그래서 참석할 시간을 낼 수 있는 것은 남자들뿐이었다. 어쩌면 처음부터 그것이, 먼저 남자들을 끌어들이는 것이 카마피발의 의도였을 수도 있었다. 나는 언제나 아빠와 함께, 아빠의 손을 꼭 잡고 그 모임에 참석해서 아빠의 무릎에 앉거나 연설이 길게 끌리면 아빠 품에서 잠이 들기도 했다.

하지만 그날 저녁에는 엄마가 내게 명령을 내렸다. 엄마가 저녁식사 준비를 하는 동안 방에서 나가지 말고 라다나와 두 쌍둥이를 지켜보라는. 나는 창턱에 턱을 받치고 적당한 거리에서 지켜보며 귀를 기울였다. 밖에서는 엄마와 인디아 숙모가 몇 미터쯤 떨어져 서 있는 아빠와 삼촌을 이따금씩 올려다보며 채소를 썰고 밥을 안쳤다. 아빠와 삼촌은 카마피발 주위로 잔뜩 모여 있는 사람들 바깥쪽에 따로 모인 몇몇 사람들 틈에 끼어 있었고, 그들 중에서 연설에 귀를 기울이고 있는 사람은 고개를 숙이고 팔짱을 낀 아빠 하나뿐인 것 같았다. 아빠의 모습이 여느 때와는 달리 주의 깊었다. 아빠 옆에서는 삼촌이 뭉친 근육을 풀기라도 하려는 것처럼 계속 어깨를 돌리고 있었는데, 형을 흘끔흘끔 쳐다보는 삼촌의 눈길이 카마피발의 이상하게도 친밀하지만 무슨 뜻인지 모를 연설보다 아빠의 생각에 잠긴 침묵을 더 걱정스러워하는 것처럼 보였다.

"동지들, 여러분은 여러분 주위의 고통을 보기만 하면 여러분이 필요하다는 것을 알게 될 것입니다. 여러분은 일어서서, 어려분의 지식과 기술을 제공해야 합니다."

그 말이 반향을 얻어 사람들의 마음이 움직여진 것 같았다. 공허했던 눈들이 알아들었다는 듯 빛났고 머리들이 마지못해 동의한다는 투로 끄덕여졌다.

나이가 더 많은 두 카마피발 요원이 그것을 알아차리고 그 기회를 잡아서 그들 중 하나가 셔츠 윗주머니에서 뭔가를 끄집어냈다. 네 겹으로 접힌 공책 종이였는데 구멍이 나 있는 가장자리는 레이스 트리밍*처럼 닳아 있었다. 그가 종이를 펴서 이름들이 적힌 긴 명단을 큰 소리로 읽기 시작했다. 봉 찬타, 콩 비락, 임 분렝, 소크 소나스, 찬 코살……. 우리 이름도 들은 것 같았지만 확실히는 알 수 없었다. 어쩌면 그 이름은 신 소와스일 수도 있었는데 그렇다면 그것은 완전히 다른 또 하나의 이름, 또 하나의 가족이었다. 크메르 이름들은 그렇게도 많은 것들이 서로 비슷비슷하게 들렸다. 세이사리스, 시레이라스, 심 소와스.

……펜 소카, 케오 사몬, 라스 락스메이.

호명이 끝났다. 나이 많은 요원이 종이를 원래 접혀 있던 대로 접어 셔츠 윗주머니에 도로 집어넣었다. 그가 눈을 가늘게 좁혀 뜨고 내켜하지 않는 관중들 사이에서 지원자를 찾는 마술사처럼 자기를 같이 쳐다보고 있는 얼굴들을 훑었다. 움직이는 사람 하나 없었고

---

* Lace trimming. 옷, 모자 등에 붙이는 장식.

227

숨소리 하나 들리지 않았다. 하늘마저도 우리 머리 위에서 얼어붙어 하얗게 굳어버린 것 같았다. 나이 많은 요원이 발로 땅을 쿵 구르며 앞으로 나섰다. 그는 마치 아무도 자발적으로 나서지 않으면 자기가 결정하겠다는 말을 하고 있는 것 같았다. 자기가 직접 나서서 희생자를 고르겠다고. 그가 다시 명단을 보고 소리쳤다. "시소와스 아유라반 전하, 왕자이자 시인."

뭔가가 요란하게 떨어졌다. 내 눈길이 그 소리가 들린 쪽으로 날아갔다. 엄마였다. 엄마가 쌀 냄비를 떨어뜨린 것이었다. 익히지 않은 쌀알들이 개미 알처럼 땅바닥에 흩어져 있었다. 내 눈길이 아빠에게로 달려갔다. 아빠는 고개를 들지도, 손 하나 까딱하지도 않았다. 고개를 숙이고 팔짱을 낀 채 미동도 않고 있었다. 아빠 옆에서 삼촌이 기절할 것처럼 공포에 질린 눈을 우리 쪽으로 돌렸다.

"우리 사이에 동지가 계시다는 것이 영광입니다. 보트르 알테스."* 나이 많은 요원이 감격스러워했다. "전하는 다른 사람들에게 모범이 될 것입니다. 앞으로 나오시지요, 알테스." 그가 기다렸다. 여전히 나뭇잎 하나 움직이지 않았다.

"아유라반 동지, 우리는 동지가 여기에 있다는 것을 알고 있습니다. 신분을 밝혀주시지요."

우리 방에서는 공황상태가 계속 이어졌다. "이건 술책이오." 삼촌이 빠른 소리로 지껄였다. "그자들은 형이 여기 있다는 걸 아는 척하

* Votre Altesse. '전하'라는 뜻의 프랑스어.

228

면서 형을 끌어내리려는 거요. 만일 그자들이 정말로 알았다면 사람들 사이에서 형을 점찍었을 건데, 그자들에게 있는 거라고는 가지고 다니는 종이 한 장뿐이고, 그래서 정말로는 형이 여기 있다는 걸 모른다고요. 이건 술책이니까 기다려야 해요. 내 말 잘 들어요, 아유라반. 가지도 말고 신분을 밝히지도 말아요. 그자들은 형이 어떻게 생겼는지 몰라요. 형은 사라질 수가 있어요. 눈에 안 띄게. 아직 너무 늦지는 않았으니까, 제발—" 삼촌이 숨을 헐떡였다.

아빠는 아무 말도 하지 않은 채 눈길을 내게, 오로지 내게만 고정시키고 있었다. 아빠가 손을 깍지 끼고 배를 꽉 눌렀다. 마치 두려움과 격앙 한가운데에 있는 나에게 무너지기 쉬운 침착함을 전해주려고 애쓰는 것처럼.

"가면 안 돼요." 엄마가 아빠에게 자기를 보라고 강요하며 아빠 앞에 딱 버티고 섰다. "당신을 놓아주지 않겠어요. 아룬 말이 맞아요. 아직 너무 늦지는 않았어요, 나는 당신이 갈 생각을 하도록 놓아두지 않겠어요." 엄마가 몸을 부르르 떨었다.

아빠는 엄마를 위로해줄 수 없었다. 다만 있던 자리에서 그대로, 여전히 내게 눈길을 고정시키고 있을 뿐이었다. 마치 그 순간 내게, 내가 아빠를 보고 있고 아빠는 바로 내 앞에 있다는 것, 모든 일이 다 잘될 것이며 아무 일도 일어나지 않으리라는 것을 확신시켜주기 위해 할 수 있는 모든 일을 다 하려는 것처럼.

"자네는 달아나야 해." 타타 고모가 히스테리를 일으켰다. "하지만 어디로 가야 하지? 어디에나 덫이 놓여 있는데, 놈들이 우리가 짐승인 것처럼 덫을 놓았는데."

아빠는 침묵을 지켰다. 아빠의 침묵이 백 가지 이야기를 백 가지 목소리로 속삭여주는 것 같았다. 나는 어느 것에 귀를 기울여야 할지, 어느 것을 믿어야 할지 알 수 없었다.

"너 왜 내가 이 이야기들을 해주는지 아니, 라미?" 아빠가 물었다. 우리는 다른 사람들에게서, 그들의 공포와 두려움에서 떠나 명상채의 고요 속에 우리 둘이서만 있었다. 나는 고개를 저었다. 나는 아무것도 알지 못했고 아무것도 이해하지 못했다.

"네가 걸을 수 없다는 생각이 들었을 때 나는 네가 날 수 있다고 믿게 해주고 싶었어." 아빠의 목소리는 다른 날 저녁의 다른 대화와 마찬가지로 온화하고 편안했다. "내가 네게 이야기들을 해준 건 네게 날개를 주기 위해서였어, 라미. 그래서 네가 어느 것에도, 네 이름에건, 네 칭호에건, 네 몸의 한계에건, 이 세상의 고통에건 절대로 갇히는 일이 없도록." 아빠가 전에 했던 어떤 논쟁에서 패했음을 인정하기라도 하듯 방 한 귀퉁이에 있는 나무로 깎인 부처상의 얼굴을 흘끗 올려다보고 중얼거렸다. "그래, 그게 맞아, 어디를 둘러봐도 고통이라는 게. 노인은 사라졌고, 아기는 죽었고, 그 아기의 관은 책상이었고, 우리는 유령들이 출몰하는 교실에서 살고 있고, 이 신성한 땅은 살해당한 스님들의 피로 얼룩져 있고." 아빠가 침을 꿀꺽 삼키고 나서 양손으로 내 얼굴을 감싸 쥐고 말을 이었다. "내 가장 큰 소망은, 라미, 네가 살아 있는 것을 보는 거란다. 네가 살 수 있도록 하기 위해 내가 고통을 겪어야 한다면 나는 기꺼이 너를 위해 내 목숨을 바칠 거야. 전에 네가 걷는 것을 보려고 모든 것을 다 포기했던 것처럼 그렇게."

나는 고개를 저었다. 나로서는 그것을 도저히 받아들일 수 없었다. 한 사람의 목숨을 다른 사람의 목숨으로 바꾸는 그 어처구니없고 잔인한 교환을. 내 사고방식은 단순했다. 아빠는 내 아빠였고 나는 아빠의 딸이었고 우리는 서로에게 속해 있었다. 아빠 없이 내가 있다는 생각은 할 수조차 없었다. 아빠에게 말해주고 싶었지만 뭐라고 해야 할지, 어떻게 해야 할지를 몰랐다. 다시 한 번 더 나는 고개를 저었다. 싫어요! 아빠의 얼굴 전체가 파르르 떨렸고 고요했던 연못이 휘저어져 고뇌와 분노로 물결치고 있었다. "내가 지금 네게 이 말, 이 이야기를 하는 것은 이게 하나의 이야기여서고, 네가 살아 있도록 하기 위해서야. 내가 이 땅 밑에 묻혀 누워 있을 때 너는 날게 될 거야. 나를 위해서, 라미, 네 아빠를 위해서 너는 높이 떠오르게 될 거야."

나는 대답을 하지 않았다. 아빠가 이야기를 그만두게 하고 싶었다. 아빠가 내게 말하고 있는 것이 무엇이건 작별인사처럼 들렸다.

아빠가 숨을 들이쉬며 뒤로 물러섰다. "네가 이해하지 못한다는 거 알지만 어느 날엔가는 하게 될 거야."

아빠의 오른 눈 안쪽 가장자리에서 눈물이 흘러 콧등을 타고 내려와 콧구멍 위쪽의 도드라진 곳에서 잠시 머물다 떨어졌다.

"네가 할 수 있을 때 나를 용서해다오. 여기서 네가 자라는 걸 보지 못할 나를 용서해다오."

아빠가 더는 말을 하지 못하고 양손에 얼굴을 묻고서 흐느끼기 시작했다. 수많은 테보다들이 아빠와 함께 울었고 그들의 울음소리가

날아오르는 한 무리의 새들처럼, 어둑어둑한 하늘을 때리는 새들의
날개 소리처럼 들리고 있었다.

13

"동무들은 혁명을 위해 희생해야 하오!" 선임요원이 목에 핏대를
세우고 소리치며 주먹으로 자기의 손바닥을 세게 쳤다. 그의 말과
동작 하나하나가 운동장에서 왔다 갔다 하는 혁명군 병사들이 높이
치켜든 횃불들의 주황색 불빛 아래서 과장되어 보였다. 이제는 이
선임요원, 명단을 읽었던 바로 그 요원이 카마피발 우두머리라는 것
이 분명해졌다. "나 자신을 포함해서 민주 캄푸치아를 건설하기 위
해 우리의 가족과 가정을 포기한 모든 동지들이 여기에 있소!"

그들 무리가 몇이나 되는지는 알 수 없었지만 이제는 그 흔들거
리고 너울거리는 불빛 속에 그들이 수백 명은 있는 것 같았다. 종이
들을 연달이 도려내어 차례로 하나하나씩 복제를 한 것 같은 그들의
윤곽이 분명히 어떤 단결의 맹세, 어떤 미리 고안된 획일성으로 한
데 꿰어져 있었다. 안경을 쓰고 시인의 엄숙함을 지닌 젊은 수습요
원 하나만이 이질적으로 보였고, 이제 그는 설득을 해서 추종자들을

모으는 임무에 실패한 뒤 가운데 자리에서 밀려난 듯 한옆에 서 있었다.

"사랑하는 사람들을 잃은 것은 동무들만이 아니오." 카마피발 우두머리가 연설을 계속했다. "우리 역시 많은 고통을 겪었소. 그러나 우리의 상실과 고통이 동무들과 이 나라를 불의와 구체제에서 해방시킨 것이오. 이제 동무들은 우리와 함께 투쟁에 동참해야 하오! 너무 늦기 전에 앞으로 나오시오! 또 다른 아이가 동무들의 품에서 죽기 전에!"

그는 비락 씨의 아기를 지칭한 것이었다. 나는 죽은 아기의 부모 앞에서 그런 말을 하는 것은, 사람들이 혁명에 가담하도록 이용해 먹으려고 그 말을 하는 것은 옳지 못하다는 생각이 들었다. 그들은 살아 있는 사람들을 모집하는 것만으로는 모자란 듯 죽은 아기까지도 들먹이면서 그 아기의 죽음을 이용해 부모의 슬픔을 휘젓고 있었다.

"동무들 중에서 호명된 사람들에게는 자발적으로 신분을 밝힐 기회가 주어질 것이오. 그러나 만일 계속 숨으려거나 달아나려고 한다면 우리는 동무들이나 그 가족의 안전을 보장할 수 없소." 그가 자기의 말이 먹혀들도록 잠시 뜸을 들였다. "앞으로 나오시오, 동무들! 이제 선택은 동무들의 몫이오."

긴 침묵이 흘렀다. 마침내 한 남자가 손을 들었다. 나는 걷어 올린 그의 하얀 와이셔츠 소매를 보았다. 비락 씨였다. 카마피발이 손뼉을 쳤다. 콩 비락. 그의 이름은 명단 두 번째에 있었다. 그는 틀림없이 병사들에게 이름을 알려주었을 것이었다. 그렇지 않고서야 어떻게 그들이 알고 있었을까? 아기가 죽은 탓으로 그는 제정신이 아니었고 이제 모두들 두려워했던 대로 생각 없이 손을 든 것이었다. 그 다음에 또 다른 손이 올라갔다. 아니, 아닐 수도 있었다. 어쩌면 그것은 단지 비락 씨의 팔 그림자였는지도 몰랐다. 다시 한 번 더 카마피발이 손뼉을 쳤다. 도처에 그림자들이 있었다. 나는 누가 누구인지, 얼마나 많은 사람들이 손을 들었는지 알 수 없었다. 비락 씨가 일어서서 하나의 표적인 것처럼 신분을 밝혔다.

방으로 돌아오자 비락 씨의 아내가 울면서 남편에게 그 결정을 내린 이유를 알려달라고 애원하고 있었다. 그는 여기에 남아 있을 수가 없다고, 그녀와 함께 남아 있을 수가 없다고 대답했다. 이제 그들 사이에는 슬픔과 눈물과 추억 말고는 아무것도 없다는 것이었다. 그는 탄환처럼 구멍들을 찢어 상처를 입히는 말로 아내의 몸을 꿰찌르고 있었다. 그의 고너가 아내를 거칠게 만들었다. 그녀가 울면서 우리 방으로 달려들어 왔다. "제발 저 사람하고 이야기 좀 해주세요!" 그녀가 아빠의 소매를 잡아끌었다. "저 사람하고 이야기 좀 해주세요!" 엄마가 그녀에게로 걸어가서 뺨을 후려쳤다. "조용히 해!" 엄마가 명령했다. "내가 무슨 생각을 하는지도 모르겠잖아." 비락 씨의 아내가 숨죽여 흐느끼며 바닥으로 쓰러졌다. 엄마가 아빠를 돌아다보고 다그쳤다. "어째서죠? 왜 포기하려는 건지 말해봐요. 아직 다른 방법이 있어요. 탈출."

나는 이해가 가지 않았다. 아빠가 뭘 어떻게 했기에? 다음에 상황이 점점 더 분명해졌다. 아빠는 비락 씨 옆에 앉아 있었다. 아빠도 손을 든 것이었다.

"여기에서 벗어나는 방법이 한 가지 있어요. 그거 몰라요?" 엄마가 소리쳤다.

아빠가 엄마의 손을 잡아서 감싸 쥐었다. 그리고 엄마를 마치 방 안에 단 둘이서만 있는 것처럼, 그 시간이 둘만의 은밀한 순간인 것처럼 바라보았다. 다음에 아빠가 입을 열었다. "나는 당신이 나를 필요로 할 때 내가 언제나 곁에 있지는 않았다는 것을 알고 있소." 아빠가 여전히 엄마의 손을 잡은 채로 엄마를 끌어당겨서 이제 엄마의 손은 아빠의 가슴과 엄마의 가슴 사이에 갇혀 있었다. "때때로 나는 나 자신의 생각이라는 성운(星雲)에서 빛나는 곳들을 끊임없이 찾으며 길을 잃소. 그러나 내가 어디를 보건 당신을 찾아낸다오, 환하게 빛나며 내가 찾고 있는 것이 무엇이건 내어주는. 당신은 내 하나뿐인 별이오. 나의 태양, 나의 달, 내 지침이자 방위(方位). 나는 알고 있소, 당신이 있는 한 나는 절대로 길을 잃지 않으리라는 것을. 설령 당신을 만질 수 없다 하더라도 나는 어디에서든 당신을 보고 느끼리라는 것을 알고 있소. 당신이 필요하면, 나는 당신을 어디서 찾아야 할지 알고 있소." 아빠가 엄마의 손을 가슴에 갖다 댔다. "여기에, 당신은 언제나 여기에 있소."

엄마가 손을 빼내고 방 밖으로 달려나갔다. 엄마의 긴 머리카락이 눈물로 젖어 있었다. 아빠는 그 자리에 선 채로 몸을 덜덜 떨며 나를 바라보고 있었다.

내가 이 땅 밑에 묻혀 누워 있을 때 너는 날게 될 거야…….

그때 나는 알아들었어야 했다. 이번에도 아빠는 자신의 두려움과 슬픔을 내게 숨기려고 하지 않았다. 아빠는 팔짱을 끼고 몸을 가볍게 흔들며 거기에 서서 자신이 아는 것을 모두 설명해주고 싶은 듯 입을 벌렸지만, 그 어떤 말이나 이야기로도 내게 아빠와 영영 헤어질 준비를 시켜주고 자신의 가슴이 얼마나 찢어지는지 알려줄 수 없다는 것을 알아차리고 혀를 붙들어 맸을 뿐이었다.

네가 이해하지 못한다는 거 알지만 어느 날엔가는 하게 될 거야. 네가 할 수 있을 때 나를 용서해다오. 여기서 네가 자라는 걸 보지 못할 나를 용서해다오.

나는 그날이 그렇게 빨리 올 줄은 몰랐다. 그날이 바로 지금이었다. 나는 이해했지만 무엇 하나 어떻게 할 수 없었다. 아빠를 위로해줄 수도, 나 자신을 위로할 수도 없었다.

아빠가 정신을 수습하고 다른 사람들을 돌아다보며 다른 날 밤에 이미 삼촌에게 털어놓았던 이야기, 아빠를 가족에게서 분리시켜 우리의 집안내력을 고쳐 썼다는 이야기를 다시 했다. "아이들을 보살펴주게." 아빠가 삼촌에게 말했다. "내 아이들은 자네 아이들이야." 삼촌이 항의를 하려고 입을 열었지만 아빠의 눈에 서린 표정을 보고 어쩔 수 없이 고개를 떨구었다.

나는 그렇게 작은 공간에 그렇게 큰 슬픔이 존재할 수 있을 줄은 미처 몰랐었다.

엄마는 우리에게 등을 돌리고 라다나를 꼭 끌어안은 채 자고 있었다. 눈물이 엄마를 고갈시켜서 엄마의 굳어든 몸이 널판처럼 보였다. 엄마 옆에는 아빠가 그렇게도 조용히 누워 있어서 한동안 나는 아빠도 잠이 든 줄 알았다. 그러나 아빠의 눈이 천장에 붙어 있는 조그만 치엥촉도마뱀의 움직임을 좇고 있는 것이 보였다. 어째서인지는 알 수 없었지만 그 도마뱀이 아기를 생각나게 해주었다. 어쩌면 그 도마뱀이 너무도 조그만데다, 혀를 츠르륵 츠르륵 내뻗는 소리도 아기가 재치기를 하려고 했을 때 냈던 소리와 비슷해서였는지도 몰랐다. 나는 아기가 그 조그만 도마뱀으로, 먹이를 찾아 천장과 벽들로 기어오르는 동안 살려는 욕망으로 다리들을 달달 떨고, 석유등에서 던져지는 둥그런 빛과 놀고 하는 그 도마뱀으로 환생해서 다시 온 것은 아닐까 하는 생각이 들었다. 그 도마뱀은 계속 빙글빙글 돌았고 서서히 내 머릿속에서 어떤 생각이 자리를 잡았다. 거기에는 새가 맴을 도는 것처럼 무중력인 느낌과 타원형인 모양이 있다는. 그 움직임이 우리가 며칠 전 우물에 있었을 때 본 불탑을 맴돌고 있던 매처럼 내 의식 주위를 맴돌았다. 그 도마뱀은 돌고 또 돌고 하면서 달을, 환한 보름달을 새기고 있었다. "아빠?" 내가 도마뱀의 움직임에서 알아낸 것을 가지고 조심스럽게 소곤거렸다. "아빠도, 아빠의 영혼도 그러면 달로 가는 거예요?"

아빠는 완전히 진정이 된 것 같았다. 마침내 아빠가 떨리는 목소리로 대답했다. "그렇지……." 아빠가 마음을 가라앉히고 말을 이었다. "나는 너를 따라다닐 거고 너는 하늘을 보기만 하면 나를 찾을 수 있어. 네가 어디에 있건."

"아빠?"

"으응?"

"나는 아빠가 다음번 생에서는 새가 되었으면 좋겠어요. 아빠가 날아다닐 수 있도록요. 아빠가 필요할 때 탈출하고 원할 때 내게로 돌아올 수 있도록요."

침묵.

다음에 아빠가 나를 가까이 끌어당기더니 내 이마에 입을 맞추었다. 아빠의 흘러넘치는 뜨거운 눈물이 나를 적셨다. 나는 더 이상 아빠를 느끼지 못할 때까지, 내 가슴에 닿은 아빠의 가슴이 부서지는 것을 느낄 때까지 아빠를 끌어안았다.

그날 밤 나는 꿈을 꾸던 중에 잠을 깼다. 아빠의 입술이 엄마의 입술과 합쳐지고 두 사람이 두 마리의 뱀처럼 서로를 감고 있는 것이 보였다. 나는 당신을 삼키고 싶고, 붙들고 싶고…… 당신을 영원히 내 곁에 두고 싶어요. 나는 둘이 서로에게 독을 먹이고 있다는 생각이 들었지만 막을 수가 없었다. 소리를 낼 수도 없었다. 이건 그저 꿈일 뿐이야, 나는 속으로 그렇게 말했다. 꿈인 거라고. 나는 눈을 감고 다시 자려고 했다. 얼마쯤 뒤에 종잇장이 천천히 조심스럽게 찢어지는 소리가 들렸다. 눈을 떴다가 나는 하늘의 별들로부터 던져지는 희미한 빛으로 아빠가 문간 옆에서 공책 위로 몸을 굽히고 있는 것을 보았다. 아빠가 뭔가를 적고 있는지 아니면 찢어낸 종잇장을 접고 있는지는 알 수 없었다. 졸음기가 호기심보다 더 강해서 나를 그 품속으로 끌어들였고 나는 다시 망각 속으로 빠져들었다.

내가 다시 잠을 깼을 때는 아빠가 내 옆의 짚자리에 있지 않았다. 나는 아빠를 찾아 밖으로 달려나갔다. 사원 문간에서 한 무리의 혁명군 병사들이 소지품을 들고 줄을 선 사람들—비락 씨, 악사, 스님, 그리고 내가 얼굴을 아는 다른 사람들—이 우마차에 오르는 것을 감시하고 있었다. 아빠 역시 우마차에 오를 준비가 되어 그들 뒤에 서 있었다. 나는 사람들을 헤치고 아빠에게로 다가갔다. "나 생각을 바꿨어요." 내가 불쑥 내뱉고 아빠의 허리에 팔을 둘러 우마차에서 떼어내려고 했다. "난 아빠가 달로 가는 거 원치 않아요."

"라미," 아빠가 한쪽 무릎을 꿇으며 말했다. "내 말 잘 들거라. 나는 너한테 거짓말을 한 적이 없어. 지금도 너한테 거짓말을 하지 않을 거고. 나는 네가 아이에 지나지 않는다는 걸 알지만 네가 어른이 될 때까지 시간이 없구나. 내게는 너무 늦었어." 아빠가 말을 멈추고 땅을 내려다보았다. "내 마음이 아프더라도 나는 가야 해. 나는……내가 너한테 이해를 시켜줄 수만 있다면……."

"그래도 아빠는 내 아빠잖아요." 나는 내가 느끼는 것, 내가 알게 된 것을 말할 수 없어 울음을 터뜨리고 말았다. 모든 현실이 흔적도 없이 사라져버릴 수 있는 이 세상에서, 누군가의 집이며 정원이며 도시가 하루아침에 안개처럼 증발해버릴 수 있는 세상에서, 영원한 것은 아빠 하나뿐이라는 것. 아빠는 내 아빠고 나는 아빠 딸이며, 아빠가 살아왔던 모든 전생으로부터 길 안내를 하기 위해, 나를 사랑하고 보살피기 위해, 처음으로 내게 육신을 준 것이 이 우주에 어떤 질서가 있다는 충분한 증거라는 것. 그 나머지는 아무리 어처구니없고 황당하더라도 받아들일 수 있었다. 아니, 용서까지도 할 수 있었다. 그런데 이제 내가 아빠 없이 존재한다? 내 눈길이 내가 느끼는 것들을 알아줄 만한 사람을 찾아 한 병사에게서 다른 병사에게로 획획 날았지만 아무도 우리 쪽으로 눈 한번 돌리지 않았다. 나는 다시 아빠를 보고 채근했다. "저 사람들에게 아빠가 내 아빠라고 해요!"

아빠는 여전히 고개를 숙여 내 눈길을 피한 채 아무 대답도 하지 않았다.

"저 사람들에게 이야기해요! 아빠는 내 아빠고, 나는 아빠가 여기에 있기를 원한다고요! 저 사람들에게 이야기해요!"

아빠가 고개를 들었다. 아빠의 눈이 몬순철의 비처럼, 사원 주위의 물에 잠긴 논처럼 흘러넘치고 있었다. 아빠는 눈을 깜박이지도, 더 이상 말을 하지도 못했다. 그때껏 나는 아빠의 그처럼 슬픈 모습을 한 번도 보지 못했었지만 아빠를 위로해줄 수 없었다. 나는 단지 내 슬픔만을 느꼈고 나 자신만을 생각했다. "그러면 나도 같이 데려가요." 내가 애원했다.

"라미, 내 사원―" 아빠가 말을 시작했지만 곧 울음으로 끊기고 말았다.

"아빠가 나를 여기에 남겨놓으면," 내가 이치를 세웠다. "나는 고통받게 될 거예요. 내 마음이 아플 거라고요." 나는 내 마음이 지금 아픈 것보다 더 아픈 것을 상상할 수는 없었지만 그렇더라도 계속 매달리려고 해보았다. "아직은 가지 말아요. 난 또 다른 이야기를 듣고 싶어요. 나한테 이야기를 해줘요."

아빠가 움찔하고는 다른 쪽으로 돌아섰다. 아빠의 온몸이 덜덜 떨리고 있었다.

"제발, 마지막으로 하나만. 제발, 아빠."

나는 슬픔의 불꽃을 움켜쥐고 사방으로, 내게 가까이 오는 사람 누구에게나 마구 내던졌다. 특히 삼촌하고는 말도 하지 않으려고 했다. 그날 아침 우마차 행렬이 사원을 떠나기 시작하는 동안 내가 아빠를 뒤쫓아 달려가려고 했을 때 나를 붙잡은 사람이 삼촌이기 때문이었다. 비락 씨의 아내도 내가 하려던 그대로 똑같이 뒤쫓아 달려가서 한 젊은 병사에게 애원을 했고, 그 병사는 동정심에서였는지 참을성이 없어서였는지 그녀의 남편이 탄 우마차를 세우고 그녀가 남편과 함께 가도록 해주었다. 그러나 삼촌은 그러지 않았다. 힘센 팔로 나를 꽉 끌어안고서 내가 눈물을 흘리며 애원을 하는데도, 발길질을 하고 비명을 지르는데도 나를 다시 교실로 데려온 것이었다. 나 아빠하고 같이 갈래! 나 가게 해줘! 삼촌 미워! 미워! 이 거인 이약아! 내가 때리고 할퀴는데도 삼촌은 나를 가도록 놓아주지 않았다. 단지 더 세게 끌어안았을 뿐이었다. 이제 나는 삼촌의 거대한 몸집에, 때때로 아빠에게 없는 것을 보상해준다고 여겼던 그 몸집에 화가 났다. 다른 사람들이 나를 달래려고 했을 때에도 나는 그들에게 등을 돌리고 그들의 충격과 고통은 싹 무시한 채, 그들의 어루만지는 손길과 다정한 말들을 피해버렸다. 그들이 나뿐 아니라 그들 자신도 위로하려고 손을 뻗치도록 놓아둘 수가 없었다. 두 쌍둥이가 바닥에서 레슬링을 하다가 내게 너무 가까이 굴러오면 나는 그 아이들을 발로 차고 팔꿈치로 찍었다. 또 라다나가 나를 끌어안으려고 양팔을 내밀 때에도 나는 그 팔을 후려쳤다. 엄마 하나만이 내 안에서 고분고분하고 다정한 어떤 성질이 깨어져버린 것을 알아차리기라도 한 듯 나를 혼자 있게 놓아두었다.

아빠는 말과 글이 아빠에게 날개를 준다고 했었다. 그 말도 위안이 되지 못했다. 날개. 나는 아빠가 그 날개를 잘라내어 내게 넘겨주었다는 것을 알아차렸다. 내가 나 스스로 계속 날 수 있도록.

아빠가 없어진 나는 그때껏 달리 어떻게도 알지 못했던 슬픔의 무게와 크기에 짓눌리기라도 한 것처럼 멍한 상태에서 헤어나지 못하고 이리저리 떠돌았다. 이제 슬픔은 내 새롭고 지속적인 친구로서 내 옆에 한 자리를 차지한 채 나와 함께 앉거나 걸었고, 그림자 같은 존재가 아니라 완전한 실체가 되어 있었다.

나는 설명할 수도 없고 이해할 수도 없는 것들에 대해 끝없이 고뇌하면서 내가 할 수 있는 단 한 가지 방법으로 아빠에게 매달렸다. 아빠의 영혼이 하늘 높이 떠올라 거기에서 달빛처럼 영묘하고 붙잡을 수 없는 존재가 되었다고 상상하는 것이 그것이었다. 마침내는 영원불멸하고 자유롭게 되었다고.

14

다음 몇 주는 카마피발이 새로운 세상을 창조하기 위해 낡은 세상을 파괴하려고 날뛰면서 병사들을 보내 사람들의 배경을 밝혀낸 다음 누가 좋은 사람이고 누가 나쁜 사람인지, 누가 끌어들일 만하고 누가 제거되어야 하는지를 결정하는 동안 흐릿하고 불분명하게 지나갔다. 나는 오고 가고 하는 그 모든 움직임, 끝없는 호출과 분리의 이유를 도무지 알 수 없었다. 누구도 알지 못했다. 누구도 결속하자는 암호화된 미사여구와 형제애 뒤에 누구라도 적일 수 있다는 깊이 주입된 믿음이 숨어 있다는 것을 꿰뚫어보지 못했다.

처음에는 적이 지식인, 외교관, 의사, 비행기 조종사, 기술자, 경찰, 군대의 장교 같은 지위와 평판이 있는 사람들이었다. 그다음에는 적이 사무실 서기, 기능인, 공관의 고용인, 택시운전사 같은 목 로바르 시빌라이(mok robar civilai, 현대적인 직업)를 가진 사람들이었는데, 사원에 있는 사람들 대부분이 도시 출신이었기 때문에 거의 모두가 다 거기에 해당되었다. 거짓말로 신분을 꾸며대지 않은 사람들은 토끼들이 굴에서 내몰리듯 이름이 불려서 공터로 끌려나갔다. 그 다음에는 그들의 가족에게 그들을 따라갈 것인지, 아니면 그들이 돌아올 때까지 사원에 남아 기다릴 것인지 선택권이 주어졌다. 그러나 그것, 그들의 '귀환'이 언제일지 전혀 알 수 없었고 또 무엇보다도 혁명에 '가담'할 것인지, 조직의 '수배'를 받을 것인지도 불분명했기 때문에 대부분의 가족들이 그들 앞에 어떤 운명이 놓여 있건 적어도 같이 맞닥뜨리게는 될 것이라 믿고 따라가는 쪽을 택했다.

그들이 떠나는 동안 다른 사람들이, 프놈펜에서뿐 아니라 전국 각지에서, 어떤 때는 호송 트럭들에 실려서, 또 어떤 때는 우마차 행렬에 실려서 들어왔다. 그럴 때마다 나는 방이나 아니면 내가 때마침 숨어 있던 곳에서 나와 팔꿈치로 사람들을 밀치며 새로 온 사람들 중에 아빠가 있는지 찾아보려고 했다. 그리고 아빠가 입었던 것 같은 셔츠나 관자놀이께가 희끗희끗한 머리칼, 산의 무게를 감당할 수 있을 것 같은 어깨가 얼핏 눈에 띄면 가슴이 두근거렸다. 그러나 누구도 아빠는 아니었다. 누구도 아빠의 소식을 알지 못했고 누구 하나 신경 쓰지 않았다. 그들 하나하나에게는 마음 써야 할 그들 자신의 상실이 있었다.

새로 온 사람들은 그 하나하나의 집단이 바로 전의 집단보다 더 박탈당하고 더 절망한 것처럼 보였다. 시련이 그들을 무감각하게 만들고 시야를 흐리고 분별력을 마비시켜서 어떤 때에는 옳음과 그름도 알지 못하는 것 같았다. 그들은 신상들과 보호령의 상들을 한옆으로 밀어붙이고서 기도전과 요사채, 법당은 물론이고 심지어는 그때껏 신성모독을 당해본 적이 없는 성소인 명상채까지도 점거했다. 출입금지인 곳도, 신성한 모퉁이나 벽감도, 필요에 의해 손을 타지 않은 것도 없었다. 사원 입구 근처 석가여래상 바로 아래의 땅바닥에서 두 가족이 서로 그 공간을 차지하려고 드잡이를 하며 싸움을 벌이는 동안 불상은 그저 꼿꼿이 선 채로 그 싸움에는 무관심하게 평화로이 앞쪽을 응시하고 있었다. 한때는 극락이었던 그 사원이 이제는 쓰레기와 비극들로 어질러진 폐기물 투기장처럼 보였다. 사람들은 식품과 옷가지들을 교환하듯 각자가 겪은 상실과 죽음의 이야기들을 교환했다. 우리 집은 불살라졌어요. 우리 부모는 연로해서 그분들에게는 여행이 너무 버거웠지요……. 한 시련이 다른 시련에 동질감을 주었고 그런 식으로 사람들 모두가 자기네는 혼자가 아니라는 것, 두려움은 보편적이고 불가피한 것이라는 사실을 받아들였다.

그러나 우리 가족은 계속 우리끼리만 지냈고 누구에게도 우리의 상실을 이야기하지 않았다. 우리에게는 아빠가 완전히 사라지지는 않았다는—나는 그렇게 믿어야 했다—느낌이 있었다. 아빠의 존재가 기울여진 컵에서 흘러나오는 물처럼 일정한 형체 없이 모든 것에, 우리의 말과 행동에, 우리의 정적과 침묵에, 우리의 찢어지고 부서진 마음에 스며들었다. 삼촌은 거의 두 사람인 것처럼 되어 있었다. 하나는 가족과 함께 있을 때 웃음을 보이고 쾌활하게 행동하는 사람이었고 다른 하나는 눈에 띄지 않을 때 혼자서 생각에 잠기는 침통하고 내성적인 사람이었다. 삼촌은 라다나와 두 쌍둥이를 간질여 깨우기도 하고 그 아이들이 베개와 담요들 사이에서 삼촌에게로 뛰어오르게도 하면서 같이 놀아주곤 했다. 또 아이들의 웃음소리가 방을 가득 채울 때까지 아이들을 등에 태우고 돌아다니기도 했는데, 그럴 때면 나는 잠깐씩이나마 우리가 어디에 있는지를 잊고 무사히 집으로 돌아왔다는 생각이 들었다. 삼촌은 식사를 하는 중에 커피도 마실 수 없고 우리에게 없는 이런저런 음식도 먹지 못하는 것에 대해 농담을 하곤 했다. 또 어떤 때에는 스님이 어떤 가르침에 매달릴 때 그렇듯 하루 종일 단식을 하면서 생각에 잠기기도 했다. 언젠가 한번은 빽빽한 머리카락이 너무 길게 자랐다는 것을 알고 혼잣말처럼 이렇게 물은 적도 있었다. "스님들이 왜 머리를 면도로 미는지 알아요?" 아무도 대답을 하지 않자 삼촌이 혼잣말처럼 삐딱한 이야기를 계속했다. "내가 듣기로는, 신들에게 기적을 내려달라고 빌려면 꾸밈없이 겸손하게 그래야 한답니다. 인간의 그 어떤 자만심이나 허영심도 벗어버리고." 삼촌이 산발이 된 갈기 같은 머리카락을 손가락으로 쓸었다. "어쩌면 나도 머리를 밀고 형이 돌아오게 해달라고 내 겸손을 공물로 바쳐야겠어요."

엄마가 일어나서 방에서 나갔다.

나는 삼촌을 노려보았다. 그러면 기다릴 게 뭐가 있어요? 지금 당장 그렇게 해요! 나는 조용히 분노했다. 머리를 밀라고요! 아빠가 돌아오게요! 나는 내가 삼촌의 아무 짝에도 쓸데없는 말에 화가 난 것인지, 삼촌의 머리카락이라는 단순한 공물에 홀려서 쉽사리 넘어가 아빠를 돌려보내기로 할 수도 있는 신 때문에 아연실색한 것인지 알 수 없었다. 아빠는 머리카락 그 이상의 가치가 있었다. 삼촌은 슬픔에 눈이 멀어 내 분노를 알아채지 못했다.

"적어도 기도하는 법은 배워야겠어." 삼촌이 멍하니 나지막하게

결론지었다. 인디아 숙모가 남편이 갑작스럽게 경건해진 것이 믿어
지지 않아서 놀란 얼굴로 말없이 삼촌을 쳐다보았다. 숙모는 마치
삼촌이 어떤 때에는 평소 때의 삼촌답게 익살맞은 농담꾼이었다가
다른 때에는 아빠처럼 조용하고 엄숙한 사색가가 되는 것이 제정신
은 아니라고 생각하는 것 같았다.

대단히 실용적이면서도 아이처럼 순진한 타타 고모가 끼어들었
다. "자네가 호소해야 할 대상은 신들이 아니야, 아룬. 카마피발에게
이야기를 해봐. 우리가 정말로는 누구인지 설명을 해줘. 어쩌면 우
리는 아직까지 동참을 할 수 있을지도 몰라."

방 한쪽 구석에서 오가는 이야기들을 모두 듣고 있던 왕비 할머니
가 후회스러운 한숨을 내쉬고 중얼거렸다. "어머니가 당하는 가장
지독한 배반은 자식들보다도 더 오래 살아남는다는 거지." 그다음에
는 갑자기, 이유를 전혀 알 수 없이 할머니의 표정이 다시 멍해졌고
방 안에 장례식 같은 침묵이 내려앉았다.

삼촌의 눈에서 눈물이 솟았지만 삼촌은 미소로 애써 눈물을 감추
었다. 나중에, 학교 건물 뒤에서, 삼촌은 내가 지켜보고 있는 것을 모
르고 혼자 생각을 하면서 양손에 얼굴을 묻고 울었다.

상황이 차츰차츰 더 나아지는 것처럼, 적어도 안정이 되는 것처럼
보였다. 이전의 카마피발 집단이 자기네처럼 교육 수준이 높은 사람
들을 낌새로 알아채서 혁명에 '모집'하기 위해 다른 지역들로 건너
가자 새로운 카마피발 집단이 대체로는 지역 농부들에 이끌려 나타
났다. 지역 카마피발이 가족들에게 보다 더 영구적인 거처를 배당하

기 시작하자 일종의 질서감이 자리를 잡았다. 원하는 사람들은 이제 읍내로 들어가서 읍민들의 집을 같이 쓰거나 최근에 강제로 이송당한 사람들의 빈집을 점유해 살 수 있었다. 우선권은 맨땅에서 노숙을 하고 있던 사람들이나 아니면 공개적으로 논의되지는 않았지만 모두들 알고 있었듯이 줄을 잘 대는 지역주민들에게 뇌물을 준 사람들에게로 돌아갔다. 시계와의 교환으로 오두막이 주어졌고, 순금으로 만들어진 전통적인 여성용 허리띠와의 교환으로 목조 가옥이 주어졌다. 금의 빛깔이 더 노랄수록 읍에 사는 농부들이 더 탐을 내서 그것으로 얻어낼 수 있는 집도 더 커졌다. 카마피발의 아내들 중 하나가 추방당한 중국인에게서 '물려받은' 별장을 순금 허리띠와 교환으로 내주었다는 소문이 돌기도 했다. 그런 말이 들리자 타타 고모가 삼촌에게 우리에게도 황금이 있다는, 그것도 많이 있다는 사실을 일깨웠다. 어쩌면 우리도 그런 허리띠 한두 개를 보다 더 적절한 거처와 물물교환할 수 있을 것이라고.

삼촌은 어느 것도 누구도 소문이건 지역주민이건 믿어서는 안 된다고 했다. 오로지 카마피발을 지켜보아야 한다면서 그들의 수가 늘 변하고 있다는 사실을 지적했다. 그 어느 것도 우리가 믿고 기댈 만큼 오래 가지 못한다는 것이었다. 삼촌은 우리에게 한순간 집이 주어질 수도 있지만 다음에는 쫓겨날 것이라고 이치를 세웠다. 그래서 많은 논의 끝에 우리는 그대로 있으면서 무엇보다도 우리에게 관심이 끌리지 않게 하는 것이 상책이라는 데 의견을 모았다.

우리가 망고를 재배하던 사람들이었다는 주장에 대해서는 병사들이 더 심문을 하러 다시 오지는 않았다. 그 이유가 무엇이었건, 적어도 당분간은 그 위장이 통해서 우리는 계속 안전하게 교실을 거처로 쓰고 있었다. 삼촌의 설명에 따르자면 그러는 것이 읍내의 어떤 집에서 혁명군 병사들과 카마피발, 그들과 작당하고 있는 친·인척들의 끊임없는 감시를 받으며 사는 것보다 우리를 더 잘 숨겨주리라는 것이었다.

그러나 우리가 계속 머물러 있었던 진짜 이유는, 내가 느끼기로는 아빠가 마지막으로 있었던 곳, 땅이 아빠의 발걸음들로 메아리치고 나무들이 아빠의 숨결을 발하고 연못이 아빠의 평정을 반영하는 그곳을 차마 떠날 수 없어서였다. 거기에서 우리는 여전히 아빠와 함께 있을 수 있었고, 아빠의 영혼을 자유롭게 해서 그 영혼이 눈에 보이지 않는 우주를 여행해 새로운 집을 찾도록 해주기 원하는 만큼 놓아줄 준비도 되어 있지 않았다. 우리는 아빠가 혼령으로라도, 하다못해 메아리나 그림자로라도 우리 사이에 존재할 가능성에 매달렸다. 왜냐하면 놓아준다는 것은 희망을 포기하고 절대적인, 돌이킬 수 없는 절망에 굴복하는 것이기 때문이었다.

그래서 점점 더 많은 사람들이 읍내에 정착하기 위해 떠나고 있었는데도 우리는 계속 사원에 남아 있었고, 우리가 갖고 있던 금을 낯설되 유령이 출몰하지 않는 거처와 바꾸는 대신 식량과 바꾸었다. 목걸이 하나로 우리는 혁명군 병사들이나 카마피발을 통해 부정기적으로 조직에서 배급받는 식량에 베갯잇 하나 분량의 쌀을 보탰다. 귀고리 한 쌍으로는 이따금씩 왕비 할머니와 어린아이들을 위한 특별 음식으로 아껴 쓸 커다란 사탕수수 토막을 하나 구했다. 또 팔찌 하나로는 넓적한 쇠고기 조각을 하나 구해 엄마와 인디아 숙모가 소금에 절여 말려서 일주일 내내 조금씩 나누어 먹었다.

이제는 누구나 사원에서 살고 있건 읍내에서 살고 있건 일을 해야 되었다. 그래서 삼촌은 매일 아침마다 한 무리의 남자들과 함께 비로 홍수가 난 늪지에서부터 먼 들판으로 물을 대기 위한 관개수로와 도랑을 파러 나갔고, 엄마와 인디아 숙모는 강둑을 따라 늘어 놓여 있는 못자리들에서 모를 쪄내어 농부들이 옮겨 심도록 쟁기질한 논들로 나르는 일에 동원되었다. 타타 고모는 엄마가 카마피발에게 고모의 건강이 만성적으로 좋지 못하다고 납득을 시킨 덕분에, 그리고 내 경우는 소아마비여서 왕비 할머니와 두 쌍둥이, 그리고 라다나를 돌보도록 뒤에 남겨졌다. 나는 사원에서 벗어나고 싶었지만 우리에게는 나이 많은 사람과 어린아이들을 돌보아 다른 사람들이 일을 할 수 있도록 해주는 일이 배당되어 있었다. 우리는 각자 혁명에 우리의 값어치만큼 기여를 해야 한다고, 카마피발은 그렇게 말했다.

작업, 낮 동안의 노동이라는 리듬과 일상, 밤의 극심한 육체적 피로로 인해 우리는 개개인의 슬픔 속으로 완전히 사라질 수가 없었다. 그러나 혁명군 병사들이 더 정기적으로 쌀과 다른 식량들을 가져다주기 시작하자, 그리고 카마피발이 통제를 늦추기 시작해서 누가 누구인지를 더 이상 묻지 않고 사람들을 실어내갈 트럭이나 우마차들이 하나도 나타나지 않게 되자, 어쩌면 최악의 시기는 지나갔을 수도 있다는 희망이 움트기 시작했다.

"동무들, 짐을 싸! 나가!" 열이나 스물쯤 되는, 어쩌면 더 많은 병사들이 와 있었다. 그들이 사원부지로 돌진해 들어와서 밖에 있는

251

사람들 모두에게 명령을 내렸다. "동무, 동무, 그리고 저쪽에 있는 동무!" 그들은 선적할 짐승들을 고르듯 총으로 방향을 가리키며 대가족들을 더 작은 가족들로 분리시키고 있었다. "직계가족 구성원들만 함께! 그 나머지는 따로 분리!" 삼촌이 사람들을 가림막 삼아 재빨리 우리를 주위로 불러모았다. "우리는 한 가족, 한 단위야. 모두가 다 할머니의 자손들인." 삼촌이 마치 내가 우리 가족 단위의 열쇠를 쥐고 있기라도 한 것처럼 눈길을 내게 고정시켰다. "이제는 '할머니'야, '왕비'가 아니라. 알아들었지?"

그랬다. 나는 알아들었다. 이제 우리는 더 이상 예전의 우리가 아니었다. 어떻게 우리가 그럴 수 있었을까? 병사 둘이 사람들을 헤치고 곧장 우리 쪽으로 걸어왔다. 엄마가 라다나를 홱 잡아채어 꼭 끌어안았다. 병사들 중 하나가 엄마를 한옆으로 밀치고 한 발짝을 크게 떼어 왕비 할머니에게로 건너가더니 카온 붕카우트(kaon bung-kaut, 직접 낳은 자식들)만을 지목하라고 했다. 왕비 할머니가 타타 고모와 삼촌을 가리키자 인디아 숙모가 쌍둥이들을 꼭 붙들고 삼촌 옆으로 달려갔다. "나는 이 사람 아내예요. 아이들은 우리 애들이고요." 그 셋이 삼촌에게 대나무 가로대에 걸린 양동이들처럼 달라붙었다. 엄마 혼자만이 라다나를 가슴에 꼭 끌어안고 옷가지 보따리는 양어깨에 하나씩 둘러멘 채 그 자리에 얼어붙어 있었다.

병사가 엄마와 라다나를 왼쪽으로, 왕비 할머니와 다른 사람들은 오른쪽으로 떠밀었다. 공포와 혼란이 뒤따랐다. 삼촌이 우리는 모두 한 가족이라는 말을 하려고 했지만 병사가 총을 야구방망이처럼 휘둘러 삼촌의 얼굴을 후려쳤다. 삼촌이 코피를 쏟으며 비틀거렸다.

아마도 코뼈가 부러졌을 것이었다. 사람들이 갈라졌고 갑자기 나는 내가 요동치는 두 군중 사이의 통로 한가운데에 서 있는 것을 알았다. 한쪽에는 엄마와 라다나 단 둘만이 고립되어 있었고 다른 쪽에는 삼촌과 나머지 가족들이 적어도 수적으로는 안전하게 모여 있었다. 나는 선택을 할 수 있었다. 하지만 어느 쪽을? 눈물로 눈이 쓰라렸고 시야가 흐려졌다.

"라미, 이리 와." 삼촌이 내게로 몰래 손을 내밀며 소곤거렸다. 나는 이제 삼촌의 힘찬 포옹에 끌어안기고 싶어서 그 손을 응시했다. "이리 와."

다른 쪽으로 고개를 돌렸다가 나는 엄마를 보았다. 엄마의 입술이 벌어져 있었지만 말을 하지도, 내 이름을 부르지도, 그 어떤 주장도 하지 못했다. 나는 눈을 깜빡였다.

엄마에게는 내가 있어야 했고 내게는 엄마가 있어야 했다. 나는 엄마에게로 날아갔다. 삼촌이 눈을 감았고 그와 동시에 타타 고모와 인다아 숙모가 흐느끼며 무너졌다. 두 쌍둥이는 어떻게도 하지 못하고 보고만 있었다. 혁명군 병사들이 우리를 사원 입구 쪽으로 떠밀었을 때에야 왕비 할머니는 당신이 무슨 짓을 했는지—우리를 자식이라고 주장하는 것을 잊음으로써 본질적으로 우리를 내몬—알아차리고 눈을 깜빡였다.

도로에 먼지로 뒤덮인 군용 트럭들, 내장이 제거된 쇠의 시체들로 이루어진 호송 차량대가 일렬로 죽 늘어서 있었다. 나는 갑자기 내 선택이 후회되어 빙 돌아서서 달아날 길을 찾아보았지만 채 한 발짝도 뗄 수 있기 전에 수많은 사람들이 병사의 명령에 떠밀려 우리 쪽으로 몰려왔다. 몰려드는 사람들 너머에서 삼촌의 목소리가 들렸다. "라미! 라미!" 나는 뒤를 돌아다보았지만 내 주위로 몰려든 팔과 엉덩이들의 바다를 뚫고 삼촌을 볼 수는 없었다. 단지 절망적이고 필사적인 삼촌의 목소리만이 있을 뿐이었다. "형수님! 형수님!"

엄마는 걸음을 멈추지도, 뒤를 돌아다보지도 않았다. 라다나를 등에 업은 채 내 손을 꼭 쥐고 계속 나를 잡아끌기만 했을 뿐이었다.

"오오, 형수님, 어디 계세요?" 또다시 삼촌의 헐떡이는 목소리가 들렸다. 광기가 우리 주위를 온통 에워싸고 있었다. 그리고 우리가 움직일 수 있는 방향은 단지 출구 쪽, 추방당하는 쪽뿐이었다.

트럭에 올라타자 나는 내가 뭔가 본질적인 것, 돌이킬 수 없는 나의 일부를 뒤에 남겨두었다는 느낌에 휩싸여 발끝으로 서서 사람들을 훑어보았다. 예전에 나는 우리가 성스러운 땅으로 인도되었기에 보호를 받게 될 것이라 믿었고 천국과 지옥이 같은 공간에 공존할 수 있다는 의심은 전혀 하지 않았었다. 그러나 내게서 천진난만함은 사라졌고 그와 함께 내가 안전하다는 환상도 사라졌다. 이제 내 곁에는 삼촌도, 왕비 할머니도, 타타 고모도, 인디아 숙모도, 두 쌍둥이도 없었다. 아빠도 없었다. 어느 쪽을 둘러보아도 나는 그 똑같이 엄연한 현실, 내 가족이 사라졌다는 현실에 직면했다. 내 영혼이 없는, 내 프라룽(pralung), 내 때 묻지 않은 희망이 없는 나 자신이 줄이 끊겨 이리저리 떠도는 연처럼 느껴졌다.

트럭이 움직이기 시작하자 나는 눈을 감고 세상이 단 한 번의 펄럭임으로 사라지도록 놓아두었다. 세상이 서서히 사라지는 것을 견딜 수 없어서 세상이 나를 지우기 전에 내가 먼저 세상을 지워버린 것이었다. 나는 소음과 혼돈과 내 주위의 다른 사람들에 대해 눈과 귀를 모두 닫아버렸다. 그러자 오로지 나 자신과 내 몸의 움직임만이 느껴졌다. 이제 내 몸은 우리가 타고 가는 고물 자동차를 추진시키는 것과 같은 메커니즘이나 배선에 의해 작동되는 것 같았다. 마치 그 차와 나 모두 이제껏 예기치 못했던 급변과 충격을 완화시켜주었던 쿠션과 완충장치들이 모두 제거된, 예전 것의 해골들이기라도 한 것처럼. 트럭이 멈출 때면 나는 바위에 세게 부딪힌 것 같은 느낌이었다. 그리고 급가속을 할 때면 허공으로 내던져져 바람만큼이나 빠르게 날았다.

한동안 그런 식으로, 내 마음은 앞뒤로 홱홱 잡아당겨지고 내 몸은 메스꺼움과 무감각의 파도 물마루를 타는 식으로 계속되었다. 한참 만에 한 번씩 나는 눈을 뜨고 아빠와 삼촌과 다른 가족들을 찾아보려 했다. 인간의 형상을 한 나무와 언덕들 사이에서 그들의 그림자와 윤곽을, 우리 옆에 있는 이 세상 어딘가에서 그들이 존재할 가능성을 찾아보려 했다. 엄마는 라다나를 무릎에 뉘여 보듬은 채, 움직일 여유가 있는 팔로 나를 엄마에게로 끌어당겨 내 얼굴을 팔과 가슴 사이의 푹신한 곳에 대고 누르며 나를 꼭 붙들었다. 나는 눈을 감고 온전히 내 것인 그림자 속으로 더더욱 깊이 가라앉았다.

15

노부부가 시커멓게 얼룩진 이를 드러내 보이며 웃었다. 마음에서 우러난 그들의 환한 웃음이 배코를 친* 머리통들을 그들의 몸보다 터무니없이 커 보이게 했고 농부들이 입는 거무튀튀한 옷들도 그들의 활기찬 마음가짐이나 태도와는 어울리지 않았다. 우리를 보자 그들은 마치 우리가 오랫동안 찾지 못했던 친척이고 학수고대했던 만남으로 흥분의 비눗방울이 터뜨려지기라도 한 것처럼 이해가 가지 않게 기뻐들 했다. "드디어 왔구먼요. 드디어 왔어!" 그들 부부 중 아내가 서둘러 우리 쪽으로 오면서 탄성을 발했다. 엄마와 내가 삼피아를 올리자 그 노부인이 남편을 돌아다보고 감격스러워했다. "오오, 이 사람들 정말 예쁘구려!"

그녀가 우리를 자기네 집으로, 자기네 마을로 맞아들였다. 그녀는

* 불교를 믿는 캄보디아의 노인들 사이에 흔히 있는 신앙심의 한 표현.

마을 이름이 스퉁 카에(Stung Khae, 은하수)라고 했다. 그 말에 내 심장이 크게 고동쳤다. 아빠가 우리를 여기로 보낸 것일까? 아빠의 혼령이 우리를 아빠의 화신과 같은 이름을 지닌 이곳으로 이끈 것일까? 쪼글쪼글 주름이 지고 촌티가 나는데도 행복감이 배어 있는 그들의 모습에서 나는 그들이 그들 주위의 나무들과 같은 씨앗과 땅에서 싹튼 것이 아닐까 하는 생각이 들었다. 남편은 말을 하지는 않았지만 한 손에는 조각칼을 들고 다른 손으로는 나무토막을 마치 그 나뭇결과 질감으로 미리 정해진 형태를 판독하기라도 하듯 만지작거리며 편안한 자세로 조용히 서 있었다. 아내는 말을 멈추지 못했다. "댁들은 내 기도에 대한 보답이라우! 오오, 내가 얼마나 댁들을 꿈꾸고 바라왔는지!"

그녀가 씹고 있던 구장 잎을 뱉자 붉은 구장즙이 그녀의 입 언저리와 발 근처의 땅을 얼룩지게 했다. "내 젖가슴이 둥글게 솟은 뒤로 내내 댁들을 기다려왔다우!"

남편은 아내의 무람없는 말에 조금도 당황해하지 않고 왼쪽 뺨 안에 든 씹는담배를, 그것이 입 밖으로 내어지기를 기다리는 말이나 느낌인 것처럼 늘쩍지근하게 굴리고 있었다. 쪼글쪼글 주름이 지고 갈라진 그의 얼굴은 말라붙은 강바닥 같아 보였지만 그래도 그에게서는 축축한 땅, 갓 파내어진 흙냄새가 풍겼다. 그가 조각칼과 나무토막을 헐렁한 아차르 셔츠에 벨트 대신으로 두른 크로마 주름들 속으로 밀어 넣고 우리를 태워온 우마차 뒤쪽에서 짐 보따리 두 개를 집어 들었다. 그의 아내가 우리의 몸과 소지품들이 얼마나 지저분한지를 알아차리고 한마디 했다. "오오, 부처님, 틀림없이 바람이 댁들을 여기로 불어 보낸 모양이구려!" 그녀가 유모를 생각나게 해주는 친밀한 몸짓으로 내 머리카락에서 흙먼지를 털어주었다. "제대로 한 번 씻어야겠구나!" 라다나가 제 주위의 소란스러움에 잠을 깨어 눈을 부비고 노부부를 쳐다보더니 그들의 모습에 놀라 칭얼거리며 엄마의 가슴에 얼굴을 묻었다.

하지만 나는 그들이 흉하다고 생각하지 않았다. 내가 보기에 그들은 걷고 말하는 늙은 나무들 같았고, 그들의 활달하고 소란스러운 모습은 일종의 피난처, 그동안 내내 우리를 따라오며 마음을 어둡게 했던 외로움으로부터의 피난처로 보였다.

우마차가 돌려지는 소리에 우리의 눈길이 여전히 우마차에 걸터앉아 있는 혁명군 병사에게로 돌아갔다. 남편이 마침내 침묵에서 벗어나 입을 열었다. "비가 오겠는 걸." 그가 하늘을 올려다보고 혁명군 병사에게 말했다. "비가 지나갈 때까지 기다려야 할 것 같네만."

"그러시우. 여기 있으면서 식사는 우리하고 같이하면 된다우!" 아내가 마치 남편의 생각을 마무리하기라도 하듯 권했다.

병사가 모자를 벗어들고 불러준 것에 고마움을 표했다. 하지만 그의 손은 머물지 않겠다는 뜻으로 고삐를 들어 올렸다. 그가 나를 돌아다보았다가 내 손에 대나무 가지가 들려 있는 것을 알아차리고 보일 듯 말 듯한 미소를 지었다. 그러고는 모자를 다시 쓰고 이마 위로 끌어내린 다음 우마차를 황톳길 쪽으로 돌려 왔던 길을 되짚어갔다.

이송의 첫 번째 부분은 공백, 소리 없는 죽음이었다. 그동안 내내 나는 슬픔의 파도 밑으로 끌어내려져 계속 잤다. 내가 다시 깼을 때는 내 주위에서 사람들이 이야기를 주고받는 소리가 들렸다. 우리를 태운 트럭은 프레이벵을 떠나 콤퐁참(Kompong Cham)으로 들어서고 있는 것 같았다. 그 지방들은 어느 한 지방이건 다음 지방이건 모두 똑같아 보였다. 사방에서 숲들이 뚫을 수 없는 무한으로 우리를 에워싸고 있었다. 비가 올 것 같았지만 오지는 않았다. 열기와 습기로 무거워진 하늘이 회색빛으로 내려앉아 조용하고 보답 없는 애도를 하고 있었다. 그러나 저 멀리로 산꼭대기 너머에 있는 하늘은 푸르렀고 찬란하게 빛났다. 나는 그 빛 아래에서 기다리고 있는 것이 우리가 다른 사람들과 재회할 지성소인지 이 세상 끝에 있는 심연인지 알 수 없었다.

엄마가 여전히 바로 곁에 있다는 것을 일깨워주기라도 하려는 듯 내 손을 꼭 쥐었다. 엄마의 무릎에서는 라다나가 계속 자고 있었다. 우리는 엄마가 얼어붙은 듯 서 있었고 내가 선택을 해야 했던 그 순간 이후로 서로를 마주 볼 용기가 나지 않아 눈길을 계속 내 동생에게 고정하고 있었다.

차츰차츰 숲들이 엷어졌다. 도로변의 나무들이 덜 야생적으로 보이면서 다시 알아볼 수 있는 유칼립투스, 계수나무, 아카시아 같은 것들로 바뀌었다. 나무의 잎과 껍질을 알아보는 법은 우리가 시골 지방을 찾아갔던 여러 번의 여행 중에 아빠가 가르쳐준 것이었다. 도로변의 그런 나무들 그늘 밑으로 이곳저곳에 여행객들이 쉬어갈 수 있도록 지어진 사방이 트인 오두막들이 있었다. 논들이 다시 시야에 들어오기 시작했고 그와 함께 소리 없는 풍경에 웅얼거림과 한숨처럼 점점이 찍힌 소음과 마을들의 윤곽도 보였다.

우리는 사탕수수들이 하늘 높이 자란 어느 시골 지방에 당도했다. 한 무리의 마을 사람들이 몇몇 아이들과 함께 사방이 트인 건물 계단에서 우리를 기다리고 있었다. 나는 그 사람들 중에 아빠가 있을 리 없다는 것을 알면서도 아빠를 찾아 재빨리 그 사람들을 훑어보았다. 우리가 트럭에서 내리는 동안 사람들이 드러내 보이지 않는 호기심으로 우리를 맞았다. 아이들 중에 하나, 고무줄이 든 천으로 만들어진 넝마 같은 사롱만 두르고 셔츠는 아예 입지 않은 여자아이가 코코넛 껍질에 담긴 물을 주려고 내게로 건너왔다. 나는 그 물이 바싹 마른 내 목구멍을 축이는 상상을 하고 침을 삼키면서 그 물을 응시했지만 그 아이의 지저분한 모습 때문에 마시기가 망설여졌다. 그 아이가 코코넛 껍질을 내 손에 떠넘기고는 도망치듯 트럭 쪽으로 달려갔다. 트럭에는 그 아이의 언니—얼굴이 닮은 데서 그렇게 보이는—가 운전석에 걸터앉아 운전대를 가지고 놀고 있었다. 그 두 여자아이와 마찬가지로 반 벌거숭이에 땟국이 꼬질꼬질한 다른 아이들도 똑같이 주문에 걸린 듯 그 차 주위를 맴돌며 휘발유 증기 냄새를 맡고 엔진 덮개와 앞문짝들을 탕탕 두드리고 헤드라이트와 고무 타이어들을 호기심 있게 들여다보았다. 그 아이들이 트럭을 찌르고 발로 차고 하면서 앞뒤로 밀고 당기고 하고 있었다. 마치 그 트럭이 신화에 나오는, 자극을 받으면 움직이거나 아니면 적어도 놀리면 콧김을 뿜는 무쇠 물소라도 되는 것처럼.

혁명군 병사 하나가 한 대씩 모는 우마차 행렬이 나타났다. 우리는 또다시 어떤 가족은 이 우마차를 타고 북쪽에 있는 마을로 가고 다른 가족은 저 우마차를 타고 남쪽에 있는 마을로 가고 하는 그런 식으로 나뉘고 분류되었다.

엄마가 짐 보따리 두 개를 챙긴 다음 라다나와 나를 안아 올려 우리가 타고 갈 우마차에 태웠다. 우마차를 모는 병사는 검은 모자를 눈이 보이지 않게 끌어내렸고 우리를 돌아다보지도 않았지만 우리 무게가 다 실린 것을 느끼고 고삐를 휘두르며 소에게 혀 차는 소리를 냈다.

우마차가 덜컹거리며 움직이기 시작했고 우리는 다시 한 번 더 어디인지 모를 곳을 향해 실려 갔다. 앞쪽으로 좁은 길이 풀들 사이에서 길 잃은 뱀처럼 초록색 논들 사이로 구불구불 이어져 있었다. 초가지붕 오두막들이 점점이 흩어져 있는 단조로운 풍경. 지붕 꼭대기 뒤에서 피어오르는 연기만 아니었다면 페인트로 그려진 그림 속을 지나가고 있는 것 같은 느낌이었다. 길고 가느다란 사탕수수들의 시커멓게 태워진 횃불 같은 실루엣이 더더욱 높이 치솟은 존재가 되려는 열망으로 논둑길들에 솟아 있었다. 머리 위로는 하늘이 이제 막 터뜨려지려는 거대한 배[腹]처럼 전에 어느 때보다도 더 낮고 어둡게 드리워져 있었다. 두 가닥 번개가 맞부딪치는 한 쌍의 펜싱 검처럼 조용히 엇갈리며 내 등골을 오싹케 했다. 나는 얼마나 더 가야 하는지 알고 싶었다. 목적지에 곧 이르지 못한다면 맹렬하게 퍼붓는 폭우와 맞닥뜨리게 될 것이었다.

나는 우마차를 모는 병사를 흘끗 훔쳐보았다. 얼마 전까지 그의 어깨에 둘러메어져 있던 총신이 긴 총이 이제는 그의 무릎을 가로질러 놓여 있었다. 그는 말을 한 마디도 하지 않았다. 그에게서 들리는 소리라고는 이따금씩 대나무 몰이막대로 멍에에 매어진 두 마리 황소를 가볍게 치며 혀를 차는 소리뿐이었다. 그는 어두운 하늘과 소리 없이 섬광을 번뜩이는 번개에 당황해하지 않는 것 같았다. 그렇기보다는 그 정적의 일부, 우리 주위의 거리와 공간을 확대시키는 것 같은 고요함의 일부인 것 같아 보였다.

내 생각이 다른 사람들에게로 돌아갔다. 나는 눈을 감고 그들의 얼굴을 그려보았다. 왕비 할머니, 타타 고모, 삼촌, 인디아 숙모, 쌍둥이들. 전에는 여간해서 그런 식으로 생각하지 않았었지만 이번에는 둘을 따로 떼어 처음에는 소타나봉, 다음에는 사티야봉. 나는 그들 하나하나를 손가락으로 꼽으며 그들이 실제로 옆에 있지는 않더라도 그들의 수에서 위안을 찾으려고 했다. 그들은 지금 어디에 있을까? 우리처럼 우마차에 실려 새로운 집, 새로운 삶을 향해 가고 있을까? 내가 그들을 생각하는 것처럼 그들도 나를 생각하고 있을까? 그리고 아빠는? 아빠는 어디에 있을까? 얼마나 여러 번 나는 아빠가 불현듯 나타나는 꿈에 나를 맡겼던가. 아빠가 여기에서도, 이 논들 사이에서도 나를 향해 걸어오는 사람의 모습으로 구체화될 수 있도록.

나는 라다나를 무릎에 뉘여 품고 있는 엄마를 바라보았다. 엄마의 양어깨를 가로질러 걸쳐진 파란색과 흰색 체크무늬 크로마가 잠자는 내 동생을 바람과 흙먼지로부터 가려주고 있었다. 라다나가 덜컹대며 움직이는 우마차나 트럭의 리듬에 쉽사리 얼러져서 그렇게 많이 자고 그 덕분에 엄마가 대부분의 시간을 쉴 수 있다는 것이 그나마 다행스러운 일이었다. 엄마와 나는 여간해서 이야기를 하지 않았고 다른 가족들에 대한 이야기는 단 한 마디도 하지 않았다. 거기에 무슨 할 말이 있었을까? 나는 네가 그들과 함께 가고 싶어 했다는 거 알

아. 그래요, 나는 그랬어요.

나는 내가 다른 가족들을 제치고, 수적으로 안전하다는 느낌을 제치고 엄마를 택한 것이 더 이상 후회되지 않았다. 그러나 내가 본 것이, 그때껏 내내 보기를 원치 않았던 엄마의 불완전성과 아빠 없는 엄마를 본 것이 후회스러웠다. 아빠가 떠나간 뒤로 나는 엄마와 단둘이 있으려고도, 엄마의 눈을 들여다보려고도 하지 않았다. 엄마의 고통스러운 모습을 보고 싶지 않아서였다. 나 자신의 고통도 여간해서 견뎌낼 수 없었기에. 그런데 이제는 엄마가, 수척한 얼굴에 마르고 갈라진 입술을 하고 몸과 마음이 모두 부서지기 직전까지 잡아늘여진 채 내 앞에 있었다. 엄마의 머리카락에 꽃들과 함께 있던 아름다운 나비는 어디에 있을까? 슬픔이 엄마를 휩싸고 있어서 엄마가 요정처럼 가볍게 날아다닐 수 있는 사람으로부터 진흙 팔다리로 걷고 움직이는 누군가로 바뀐 것 같아 보였다.

아빠가 떠나간 뒤로 며칠 밤낮 동안 나는 속으로 그래도 엄마가 있다는 말을 하곤 했었다. 엄마가 내 손을 잡아줄 것이고 그 어떤 폭풍우로부터도 나를 보호해줄 것이라고. 그러나 결정적 순간이 오자 엄마는 밀려드는 사람들 한가운데서 말로도 손짓으로도 나를 엄마에게로 끌어당기지 못한 채 얼어붙은 듯 서 있기만 했었고, 그 순간 엄마도 내가 엄마를 필요로 하는 것만큼 나를 필요로 한다는 것, 아빠 없이 재난이 닥쳤을 때 엄마와 나는 언제나 서로를 필요로 한다는 것이 고통스럽게 분명해졌다.

이제 내가 엄마를 응시하는 동안, 아빠에 대한 엄마의 열망과 다른 가족들에 대한 그리움을 느끼는 동안 나는 어쩌면 우리가 죽은 사람들뿐 아니라 산 사람들도 애도하는 것 같다는 생각이 들었다. 우리는 그들이 떠나갔다는 것을 분명히 알기도 전에 그들이 존재하지 않음을 느꼈다.

엄마가 고개를 들었다가 내게 그런 모습을 보인 것이 부끄러웠는지 얼굴을 가리려고 크로마를 머리 위로 끌어올렸다. 엄마는 덜컹거리는 우마차의 움직임에 자신을 맡겼고 엄마의 몸이 극도의 피로와 싸우기를 멈춘 듯 이리저리 흔들렸다. 그리고 순식간에 엄마는 다시 잠들어 라다나와 함께, 적어도 길에서 튀어나오고 꺼진 곳들을 똑같이 모르는 채 같은 꿈을 꾸고 있었다. 나는 엄마를 탓하지도, 엄마가 라다나와 함께 나누는 친밀함을 시샘하지도 않았다. 내가 아빠와 함께했던 유대를 갈망하는 한 나는 누구와도 다시 그럴 수 없다는 것을 알고 있었다. 다른 것들은, 그것이 언제일지는 결코 알 수 없어도, 반딧불들처럼 나타났다 사라질 터였다. 내가 바랄 수 있는 최선의 것은 그것들 하나하나에서 나 자신을 이 어둡고 불명확한 길로 이끄는 데 필요한 빛을 끌어내는 것이었다. 나머지는 나 혼자의 힘으로 해야 할 것이었고 나의 외로움, 이 고독이 나의 힘이 될 터였다.

또다시 번개가 번뜩였고 뒤이어 산이 반으로 쪼개지는 것 같은 굉음이 들렸다. 나는 펄쩍 놀라 하마터면 혁명군 병사의 총신이 긴 총을 그의 무릎에서 쳐낼 뻔하면서 그 옆으로 파고들었다. 그는 몸을 움직이지도, 나를 뒷자리로 쫓아 보내지도, 하다못해 내 두려움을 비웃지도 않았다. 대신에 그는 총을 들어내어 자기 오른쪽으로 우마차 측면에 나란히 놓았다. 다음에 그가 황소들에게 서두르라고 몰이막대로 가볍게 치면서 무슨 소리인지 모를 어떤 애정이 담긴 말을 다정하게 중얼거렸고, 소들도 분명히 그 말을 알아들은 것 같았다. 황소들이 마치 주인의 다급한 심정을 알아차리기라도 한 듯 귀를 씰룩거리고 꼬리를 홱홱 치고 커다란 몸통을 부르르 떨면서 걸음을 재촉했다.

나는 엄마와 라다나를 돌아다보았다. 둘 모두 번개와 천둥에 불안해지거나 심지어는 내가 옆자리에서 다른 데로 갔다는 것도 알아차리지 못한 채 여전히 잠들어 있었다. 나는 그 병사 옆에서 외로움도 덜 느끼고 그의 조심스럽고 방심하지 않는 태도에서 위안도 얻을 수 있어서 우마차 앞쪽에 그대로 있기로 했다. 만일 내가 벼락에 맞는다면 적어도 그가 목격자가 되어줄 것이라는 생각이 들었다. 이제 나는 아주 완전히 외롭지는 않았다.

또다시 요란하게 천둥이 울렸다. 나는 병사에게로 더 바짝 달라붙었다. 그는 아무 말도 하지 않았다. 내가 더 무서워하는 것이 그 병사의 침묵인지 포효하는 하늘인지 알 수 없었다.

우리는 길 양옆에서 자라는 대나무 덤불들로 길이 좁아진 곳에 이르렀다. 병사가 고삐를 세게 잡아당기자 황소들이 딱 멈춰 섰다. 나는 그 병사가 엄마와 라다나를 깨워서 우리 셋 모두에게 내리라고, 여기까지가 우리를 데려다주라는 지시를 받은 곳이라고, 이제부터 남은 길은 우리 셋이서만 헤쳐가야 한다고 할 것이라는 생각이 들었다. 하지만 그는 우마차 옆으로 손을 뻗쳐서 길고 가느다란 대나무 가지를 하나 꺾어가지고 아무런 말이나 설명도 없이 내가 황소들을 몰아야 한다는 듯 그 짐승들 쪽으로 고개를 끄덕이며 내게 그 가지를 건네주었다. 나는 그 병사가 하는 것을 보았던 대로 가만히 처음

에는 왼쪽 소를, 그다음에는 오른쪽 소를 가볍게 쳤다. 병사가 혀를
차고 고삐를 늦추었다. 다시 한 번 더 우리는 움직이고 있었다.

"그러니까 신의 두 아이들이 있었다 이거지, 맞아?" 그가 갑자기
마치 우리가 전에 하던 이야기를 끄집어내듯 입을 열었다. "테보다
와 이약이라는." 그는 내 놀란 눈길에 고개를 돌려 눈길을 마주치지
않고 계속 똑바로 앞쪽 길을 보고 있었다. "그들은 이 은자(隱者), 마
법사와 함께 마법을 공부하고 있었어." 그의 목소리는 그의 옆모습
처럼 침착했고 나는 그가 바로 어떤 종류의 마법, 구체화된 요술이
아닌가 하는 생각이 들었다. "어느 날 마법사는 그들에게 도전할 과
제를 하나 내주었지. 그들에게 누구든 먼저 이슬을 한 단지 모으면
케오 모노리아(keo monoria)를 얻게 될 거라고."

"그게 뭔데요?" 내가 침을 꿀꺽 삼키고 물었다.

"빛, 힘을 품고 있는 수정구." 그가 황소들 쪽으로 고갯짓을 했
고 나는 다시 대나무 가지로 그 짐승들을 가볍게 쳤다. "그날 밤 두
학생은 제각기 단지를 하나씩 들고 나갔어. 그리고 다음 날 새벽에
테보다가 이슬로 가득 채워진 단지를 들고 돌아왔지. 그런데 이약
은…… 그의 단지는 절반만 채워져 있었어. 마법사는 수정구를 테보
다에게 주었고 그 바람에 이약은 몹시 화가 났지. 그도 뭔가를 받을
만했거든. 그래서 마법사는 그에게도 아주 강한 무기인 도끼를 주었
어. 하지만 이약은 만족을 하지 못해서 도끼를 집어 들고 테보다를
뒤쫓기 시작했는데, 그가 테보다에게 무기를 휘두를 때마다 저렇게
무시무시한 벽력 같은 우르릉거림이 나오는 거지. 테보다는 맞지 않
으려고 길에서 펄쩍 뛰어올라 수정구를 허공으로 던지면서 그 눈부

신 섬광을 보내는 거고."

곳곳에서 길이 움푹 패거나 불쑥 튀어나와 우리는 마차에서 튀어 올랐다 떨어져 내렸다 했다. 나는 병사가 이야기를 계속하기를 기다 렸다. 그러나 우리는 흙탕물이 넘쳐흐르는 수로에 이르러 있었고 그 수로를 가로질러 쓰러진 야자나무 줄기들로 만들어지고 일부는 물 에 잠긴 다리가 놓여 있었다. 병사가 오른쪽 왼쪽으로 몸을 기울여 지나치게 큰 바퀴들의 위치를 확인하면서 짐승들과 우마차가 그 위 태로운 다리를 건너도록 유도했다.

"그러니까 번개와 천둥을 무서워할 건 없어." 우리가 다시 마른 땅 에 이르자 그가 말했다. "그것들은 단지 두 아이가 마법으로 놀고 있 는 거니까."

나는 조용히, 속으로 몰래, 지금 이 순간을 어떤 식으로든 내 수정 그릇에 잡아서 외로울 때면 언제나 불러내고 또 불러내고 할 수는 없을까 하는 생각을 해보았다. "나는 요술 좋아해요." 내가 당돌하게 말했다. "아저씨도 좋아해요?"

그는 대답을 하지 않았다. 그리고 예기치 않게 불쑥 말을 꺼냈던 것과 똑같이 다시 침묵의 일부가 되었다.

마침내 우리는 갈림길에 이르렀다. 병사가 우마차를 오른쪽으로 돌렸고 우리는 더더욱 좁은 통로로 들어서서 길 양옆으로 바짝 붙어 있는 관개수로로 에워싸인 곳을 지났다. 그다음에는 초록색 논들이 아주 멀리까지 끝없이 펼쳐진 곳을 지났다.

저 앞쪽으로 길이 열려 그 주변보다 약간 솟아오르고 과일나무들 로 둘러싸인 대지로 이어졌다. 그 대지 한가운데에는 두 그루의 야자나무들이 줄기 부분에서 엇갈려 하늘로 솟아오르다가 신들에게 탄원을 하려고 들어 올린 손처럼 구부려져 있었다. 그 야자나무들 오른쪽으로, 떨어지는 과일이나 잎줄기에 맞을 위험을 피하기에 충분한 거리를 두고 나무 기둥들로 떠받쳐진 조그만 초가 오두막이 하나 있었다. 그 집의 대나무 계단에서 두 그림자가 일어섰다. 내 가슴이 빠르게 뛰었다. 저들 중에 하나가 아빠일 수도 있을까? 언제나 나는 아빠를 보게 되리라는 희망을 품고 모든 곳에서, 모든 실루엣과 형태에서, 아빠가 아직 내 세상의 일부임을 암시해줄 수도 있는 모든 몸짓에서 아빠를 보고 있었다. 그 그림자들 중 하나가 망설이듯 손을 흔들었고 다른 하나는 활발하게 열성적으로 흔들었다.

"자, 어서 오시우." 노부인이 우마차를 몰고 멀어져가는 형체로부터 내 주의를 돌리며 재촉했다.

우르릉거리고 흔들리는 하늘이 그 사자(使者)만큼이나 수수께끼 같았다. 이제 그는 신기루처럼 소리 없이 사라져가고 있었다.

노부인이 엄마의 팔꿈치를 잡고 엄마와 라다나를 계단으로 이끌었다. 그 할머니의 남편과 나는 그 뒤를 따랐다. 그는 우리의 짐 보따리 두 개를 들고, 나는 대나무 가지를 땅에 끌면서. "바로 때맞춰왔구먼." 노인이 우리 머리 위로 흘러가는 구름을 올려다보며 마치 하늘이 모든 상황을 이해하는 데 참고가 되고 자기가 시작하고자 하는 모든 이야기이기라도 한 것처럼 중얼거렸다. "비가 내리면 대단한 폭풍우가 될 테니."

그의 눈길이 오두막 지붕 위에서 돌고 있는 나무 풍향계로 건너갔다. 그 풍향계는 수탉 모양이었는데 정밀하게 조각이 되지는 않았어도 거기에는 뭔가 살아 있는 것처럼 보이게 하는, 이제 바야흐로 날개를 퍼덕이고 꼬끼오 울 것만 같은 그런 어떤 느낌이 있었다. 그 풍향계가 오른쪽 왼쪽으로 돌다가 그다음에는 날아다니는 구름이 부러워서 저도 풀려나기를 갈망이라도 하듯 구름이 움직이는 방향을 따라 돌았다.

"네가 더 나은 대우를 받아야 한다는 거 안다……." 노인이 눈길을 여전히 수탉에 두고 그 수탉에게 말했다. "네가 우리 초가지붕보다 더 좋은 대우를 받아야 한다는 걸."

나는 잠자코 있었다.

계단에서 노부인이 환희에 차서 합장을 하고 노래를 하듯 되뇌었다. "오오, 이 나이에 아이들로 축복을 받게 될 거라고는 생각도 못 해봤다우."

"마에……." 노인이 말을 시작했지만 이번에도 다시 그의 아내가 말을 마무리했다. "아무렴, 나도 안다우, 알고 있다우! 내 감정에 너무 휩쓸려서는 안 된다는 걸."

노인이 그게 바로 자기 생각이라고 고개를 끄덕였다.

자세히 살펴보니 그들 부부는 서로 다른 두 사람이라기보다 서로를 보충해주는, 그러니까 노인이 느끼면 그의 아내는 행동하고 노인이 생각하면 그의 아내는 말하는, 동일한 것을 다르게 표현하는 양면 같은 사이였다.

"저 사람들을 우리가 붙잡아둘 수는 없어." 노인이 주의를 주었다. "저 사람들은 조직에 속해 있으니까."

그의 아내는 남편의 어깨를 철썩 칠 것 같은 기세였다. "당신! 내 기쁨을 망치지 마시우!" 그러고는 엄마를 돌아다보고 말했다. "우리 남편은 기적을 믿지 않는다우."

노인은 싱긋이 웃었을 뿐 아내의 나무람에 반박을 하지는 않았다. 엄마가 주위에 있는 것들을 둘러보는 사이, 노인이 어깨에 둘러멘 짐 보따리들의 무게를 추스르면서 엄마의 얼굴에 슬픔의 파도가 이는 것을 내가 알아차렸듯 알아차리고 엄마를 가만히 지켜보았다. 하나하나의 단이 거칠게 자른 대나무로 된 사다리 같은 계단이 달린 조그만 초가 오두막. 오두막 밑에 있는, 내가 상상하기로는 우리 옛집의 티크목 장의자처럼 그들 삶에서의 모든 사건들이 일어났을 닳아빠진 평상. 그 평상 주위의 찌그러진 부엌살림들과 가사도구들이 담긴 바구니들로 어질러진 흙바닥. "이게…… 이게 별 건 아니지만……." 노인이 엄마의 생각 속으로 끼어들면서 미안해했다.

엄마가 부끄러워서 얼굴을 붉혔다. "아니, 그런 게 아니고요……" 엄마는 설명을 하려는 듯했지만 이렇게만 말했다. "아주 훌륭해요. 정말이에요."

나는 눈길을 노인에게 고정시켰다. 네가 우리 초가지붕보다 더 좋은 대우를 받아야 한다는 걸. 노인이 그 말을 했을 때 정말로는 그 말을 수탉에게 한 것이 아니었다.

또다시 노인의 아내가 벼락에라도 맞은 것처럼 수선을 떨었다. "어쩌면 누가 뭐래도 그 새로운 신에게 뭔가가 있는 걸 거라우. 조직, 조직! 모두들 그 이름을 외쳐대니. 오오, 내가 그분께 얼마나 기도를 하고 또 했는지! 이제 그분께서 내 소원을 들어주신 거라우! 이

보다 더 좋은 아이들을 내려달라고 할 수는 없었으니."

　그들은 서로를 '폭'과 '마에'—'아빠'와 '엄마'—라고 불렀다. 마치 그렇게 서로 주고받는 그 간단한 애칭이 그들의 서로에 대한 사랑뿐 아니라 그들이 함께해온 열망—얻고는 싶었으나 얻지 못한 아이들—까지 나타내 보여주기라도 하는 것처럼. "너희는 이제 우리 아이들이야." 마에 할머니는 계속해서 그 말을 하고 또 했다. "우리 집은 너희 집이고." 그녀가 둥지를 짓는 엄마 제비처럼 분주하게 방 안을 이리저리 돌아다니며 얇고 좁은 대나무 널바닥에 떨어진 지푸라기들을 집어 짚으로 엮은 벽에다 다시 끼워넣었다. "수줍어 말고 편히들 지내거라. 필요한 게 있으면 무엇이든 나한테 이야기하고 하고 싶은 대로 마음껏 해, 알았지?" 그녀는 즐겁게, 연달아, 숨 돌릴 틈도 없이 화제를 집에서 기구한 운명으로 바꾸어 자기가 열세 살 때 열다섯 살이었던 폭과 결혼한 이후로 어떻게 살아왔는지를 줄줄이 늘어놓았다. 자기가 얼마나 아이들을 갖고 싶어 했고 그 오랜 세월 동안 얼마나 기도를 하고 또 했는지, 또 모든 세상의 모든 신과 혼령들에게 어떻게 공물을 바쳤는지. 그러나 어떤 신도 자기의 탄원을 들어주지 않았고 마침내는 늙고 쪼글쪼글해져서 아이 없는 운명을 받아들이게 되었다고. 하지만 이제는 신들이 기도를 들어주었으니 불평을 하려는 것은 아니라고. 그녀는 맞다고, 자기와 폭은 다른 식으로 축복을 받았다고 인정했다. 그들에게는 땅이 있고, 농사가 힘들고 수확이 언제나 풍년은 아니더라도 먹고살기에 족하고, 그녀가 불임이라는 것만 제외하고는 어떤 슬픔이나 질병이나 재난도 겪지 않았는데 그 모든 세월과 그들이 겪어온 전쟁들을 생각한다면 그것은 기적에 버금가는 일이라는 것이었다.

그다음에는 혁명이 왔다. 그 혁명의 신은 어디에나 존재했고 병사들은 끊임없이 그 신의 힘을 극구 찬양했다. 비가 안 온다고요? 조직이 동무들의 들판에 물길이 열리도록 보장해줄 겁니다. 쌀이 부족하다고요? 조직이 다음번 수확에서는 소출이 두 배, 세 배로 늘어나는 것을 보여줄 겁니다. 이 조직이 누구일까? 그녀는 알고 싶어 했다. 왕 같은 반신반인일까 아니면 부처님 같은 해탈한 현자일까? 어쨌건 그 조직은 성스러운 존재임에 틀림없었다. 그렇다면 분명히 그녀는 숭배하라는 부름에 따라 필요한 공물을 바치고 희생을 치러야 했다. 조직은 지원자들을 필요로 한다고, 혁명군 병사들이 그녀에게 말했다. 도시에서 떠나온 사람들을 자기 집에 받아들이는 참된 농민들인 네악 모울라탄(Neak Moulathaan), '기반 인민'을 필요로 한다고. 그녀는 자기에게 요구되는 것이 무엇인지 잘 몰랐지만 그것이 자기와 폭에게 오랫동안 가슴에 묻어두었던 아이들을 갖고 싶다는 소망을 들어주는 조직의 방식이라고 믿고 자기네만이 아닌 다른 사람들과의 교분을 위해 그녀 자신과 그녀의 집을 혁명에 바치겠다고 동의했다. 그리고 우리를 보자—오오, 버림받고 돌보아줄 이 없는 것을 보면서!—그녀는 자기가 어떤 위대한 힘에 의해 어머니로 부름 받았다는, 아니면 최소한 피난처라도 제공했다는 것을 알게 되었다.

마에 할머니가 방 안을 둘러보고 한숨을 내쉬며 결론지었다. "하지만 이건 여간해서 집이라고 할 수도 없겠구려. 새댁한테는 더 나은 게 있어야 하는데." 그녀가 폭 할아버지가 전에 했던 말을 되뇌었다. "새댁한테 이런 걸 내주는 게 너무 부끄럽수."

그들의 오두막에는 방이 한 칸뿐이었고 그 크기도 프놈펜에서의 내 침실 절반밖에 되지 않았다. 그래서 우리 모두를 다 들일 수는 없었는데, 마에 할머니가 다시 빙긋이 웃으며 즉석에서 해결책을 내놓았다. 우리 여자들은 방 안에서 자고 폭 할아버지는 밖에서, 그러니까 오두막 밑의 대나무 평상에서 자기로. 엄마가 팔이 좀 편해질 수 있도록 라다나를 바닥에 내려놓고 걱정스러운 눈길을 폭 할아버지에게로 돌려 우리 소지품들을 안으로 들여놓는 그를 좇았다.

마에 할머니가 곧바로 엄마의 걱정을 덜어주었다. "저이는 비바람하고 같이 자랐수." 그녀가 장담했다. "그래서 가죽 같은 피부가 시간보다도 더 질기다우." 폭 할아버지가 방 뒤쪽으로 걸어가 짐 보따리들을 짚자리 더미 옆에 놓았다. 그에게는 자기의 모습에 대해 누가 뭐라고 하건, 그것이 사실이건 아니건 상관하지 않는 느긋한 침착함이 있는 것 같았다. 그러나 그의 아내가 옆구리를 쿡 찌르자 그가 확인을 해주었다. "아무렴요, 나는 신선한 공기나 매한가지지요." 그가 우리에게 미소를 지어 보였다. 그러고는 우리의 의구심을 몰아내고 자기의 말을 증명하기라도 하듯 즐거운 표정으로 둘둘 만 짚자리를 어깨에 둘러메고 다시 계단을 내려가서 우리를 자기 아내에게 맡겼다.

"오, 이런, 내가 하고 있는 짓 좀 봐!" 마에 할머니가 여전히 서 있는 우리를 보고 숨찬 소리로 말했다. "이제껏 내내 그저 이야기만 하고 또 했구먼요. 가엾기도 하지. 앉아요, 앉아. 피곤한 영혼이 편히 쉴 수 있도록."

16

마에 할머니가 둘둘 말아 뒤쪽 벽에 기대어놓았던 짚자리 세 개를 펴서 대나무 쪽널바닥에 깔았다. 그녀는 야자나무잎을 엮어 짠 그 짚자리들이 잠잘 때 쓰는 것으로 식사할 때 쓰는 볏짚을 엮어 짠 짚자리들과 섞여서는 안 된다고 설명을 해주면서, 밥 냄새와 생선 냄새가 개미며 온갖 종류의 벌레들을 끌어들이기 때문에 식사용 짚자리들을 집 안으로 들여서는 절대 안 된다고 했다. 톱처럼 날카로운 이빨을 가진 벌레들이 몇 달씩 들여 엮어 짠 것들을 불과 일주일 만에 짓씹어 가루로 만들 수도 있는 여기 이 시골에서는 아주 주의 깊게 조심을 해야 된다는 것이었다.

황혼이 내렸을 무렵, 온몸 구석구석을 다 씻어낸 뒤 뜨거운 김이 나는 쌀밥과 불에 구운 생선으로 저녁식사를 마치고 나자 나는 편히 쉴, 깊은 잠 속으로 빠져들 준비가 되었다는 느낌이 들었다. 마에 할머니의 툭 터놓는 말투와 비음 섞인 목소리가 내 몸과 마음을 진정시켜 모든 통증과 긴장을 누그러뜨려주고 있었다.

그녀가 등줄기로 엮은 뚜껑 달린 바구니들 중 하나에서 여기저기 기운 빛바랜 담요를 두 장 꺼내어 아주 세게 털었다. "으으음……." 그녀가 담요들의 모양이 못마땅해서 눈살을 찌푸렸다. "우리 둘뿐이었을 때는 이것들이 이렇게까지 나빠 보이지는 않았는데." 그녀가 담요에 코를 대고 냄새를 맡아보더니 다시 열성적인 모습으로 돌아가 쾌활하게 선언했다. "아, 그래도 깨끗하기는 하다우!"

그녀가 담요들 중 하나를 엄마에게 건네주었다. "말린 카피르* 잎을 좀 넣어두었다우, 알겠지만…… 보르(vor)가 가까이 오지 못하게 하려고."

그녀가 말한 보르는 '뱀들'이었다. 나는 늙은 총각이 정원에 물을 주러 돌아다니는 동안 같은 식으로—독이 있는 뱀들을 '덩굴들'이라고—부르곤 했던 것을 떠올렸다. 진짜 이름을 부르는 것은 그 뱀들을 부르는 것이라고 믿었기 때문이었다.

그것은 시골 지역에서 공통적인 미신이었다.

"고마워요." 엄마가 기진맥진해서 생기 없는 눈으로 말했다.

라다나가 이 빠지지 않은 소리로 따라 했다. "고마워요, 고마워요." 그 아이는 이제 더 이상 마에 할머니의 쪼글쪼글한 얼굴과 움푹 꺼진 입을 무서워하지 않았다. 그러는 대신 흉내를 내어 입을 오므렸고 그 입이 언제나 움직이는 것에, 그 입에서 어떻게 말과 소리가 개울에서 물이 흐르듯 끊임없이 흘러나오는지에 홀린 것 같았다. 라

---

* Kaffir. 옥수수의 일종.

다나가 버둥거리며 엄마의 무릎에서 내려오더니 마에 할머니의 끊임없는 말과 몸짓들을 흉내 내어 무슨 말인지 모를 소리를 재잘대며 오두막 안을 아장아장 돌아다녔다.

엄마가 우리 짐 보따리 하나를 풀어 정리하기 시작했다. 옷들을 펼쳐서 주름을 펴고 그것들을 엄마 것, 내 것, 라다나 것 세 개의 더미로 나누어 차곡차곡 쌓는 식으로. 우리 소유물들이 줄어들 대로 줄어들기는 했어도 밝은 색 옷들은 짚으로 엮은 벽과 천장에 비해 얼토당토않게 화려해 보였고 라다나의 공단 드레스는 너무도 하얗고 반들거려서 빛을 발하는 것처럼 보일 지경이었다. 그 아이가 어디에서 그걸 입게 될까? 여기는 온통 나무들과 논들뿐인데.

엄마가 그 공단 드레스를 라다나의 옷들을 쌓은 더미 맨 밑으로 집어넣고 짐 보따리를 비우면서 조그만 덧베개, 한때는 보석들로 채워져 단단했지만 이제는 다 빼내어져 헐렁해진 덧베개를 꺼냈다. 사원에서 아빠는 우리가 깜빡 잊고서 프놈펜에 놓고 온 테디 곰 인형이 없다고 라다나가 칭얼거림을 그치지 않자 그 덧베개에다 그림을 하나 그려주었었다. 그 그림은 만화 같은 우스꽝스러운 얼굴, 동그란 눈과 귀에 머리카락은 곱슬곱슬한 계집아이 같은 얼굴을 한 곰이었다. 아빠는 그 그림에다 '하니 베어 공주'라는 내 애칭을 붙여주었다. 나는 엄마가 사원에서의 그날 저녁 때처럼 웃기를 기다렸다. 그러나 엄마는 그 그림을 응시하기만 할 뿐이었고 눈에 가득 눈물이 고였다.

그 덧베개를 보자 라다나가 달려와 엄마의 손에서 잡아채더니 그토록 그리워했던 임시변통 인형을 움켜쥐었다가 꼭 끌어안고 몇 번씩 입을 맞추었다. 그러고는 엄지손가락을 입에 물면서 인형과 바짝 붙어 자려고 방 한가운데에 벌러덩 드러누웠다. "우리 자자!" 라다나가 아무도 제가 뭘 하려는지 모를까 봐 큰 소리로 알렸다.

"그러려무나." 마에 할머니가 쿡쿡 웃었다. "여기에서는 하늘이 눈을 감으면 우리도 감아야 하니까."

"자자!" 라다나가 이번에는 더 힘차게 다시 말했다.

"그래, 그러려무나. 나도 이제부터는 입을 닫을 테니."

마에 할머니가 손수 라다나에게 담요를 덮어주고 그 옆에 앉아 라다나의 머리카락을 뒤로 쓸어넘기면서 콧노래로 귀에 익은 자장가를 불렀다.

라다나는 곧바로 잠이 들었다. 마에 할머니가 일어나서 발소리를 죽여가며 모기장을 쳤다. 그녀가 한 귀퉁이에서 다른 귀퉁이로 옮아 가는 동안 대나무 쪽널바닥이 그녀의 발밑에서 나지막하게 삐걱거렸다.

그러는 동안 엄마는 다른 짐 보따리를 풀고 있었다. 그 보따리 맨 위에는 아빠가 늘 바지 호주머니에 넣어가지고 다니던, 수놓은 하얀 손수건으로 느슨하게 싸매어진 아빠의 가죽장정 수첩과 은제 만년 필, 오메가 콘스털레이션 시계가 들어 있었다. 아빠는 떠나갈 때 가져가려고 그 꾸러미를 준비해두었지만 마지막 순간에 그러지 않기로 한 것이 틀림없었다. 그래서 이제 그것은 여기에 아빠의 소지품 이라는 화장용 장작더미로 남아 있었다. 갑자기 아빠가 떠나가기 전 날 밤에 수첩을 들고 있는 아빠를 보았던 기억이 떠올랐다. 나는 종이가 버스럭거리는 소리를 다시 들었다. 그것이 꿈이었을까? 아니면 아빠가 정말로 일어나 앉아 있었고, 어쩌면 쓴 것이 마음에 들지 않아서 그 페이지를 찢어냈던 것일까? 그 꾸러미에서 수첩을 잡아 채고 싶다는 충동이 일었지만 아빠가 여기에 없는 한 아빠의 글을 읽어볼 수는 없었다. 아빠가 곁에 있지 않고는 아빠의 시를 읽어볼 용기가 나지 않았다.

엄마의 목구멍에서 어떤 소리가 새어나왔다. 엄마가 배를 부여잡고 내게 얼굴이 보이지 않도록 머리카락을 커튼처럼 앞쪽으로 늘어뜨린 채 몸을 웅크리고 있었다. 소리를 죽이려고 한 손으로 입을 틀어막은 엄마의 몸이 울음을 참으려는 안간힘으로 떨리고 있었다. 하지만 어쨌건 나는 그 소리를 들었다. 엄마에게서 흘러나온 슬픔이 마에 할머니의 담요처럼 퍼지며 너덜너덜해진 가장자리들과 기운 구멍들로 나를 덮었고 내 가슴이 다시 미어졌다. 그러나 이번에는 아빠를 위해서가 아니라 엄마를 위해서였다. 한때 엄마와 아빠가 함께 나누었던 사랑의 자취들인 우리 모두를 챙겨 아빠 없이 계속 살아가야 할 엄마를 위해서.

마에 할머니가 모기장을 치던 중에 뭔가가 잘못됐다는 것을 느끼고 멈춰 서서 물었다. "아니, 어디 안 좋은 거 아니우, 새댁?"

엄마가 고개를 끄덕이고 마음을 추슬러서 풀던 짐을 마저 다 풀었다. 그리고 다음에는 옷 더미에서 가지색 삼포트 홀(sampot hol)을 집어 들고 마에 할머니에게로 건너갔다. "이건 할머님 거예요." 엄마가 우리 안주인에게 그 옷을 받쳐 들면서 말했다.

마에 할머니가 그 수직(手織) 실크 사롱을, 분명히 엄마의 몸짓뿐 아니라 그 아름다운 선물에도 당황해서 내려다보다가 숨찬 소리로 말했다.

"아니 아니, 나는 그럴 수 없다우." 그녀가 고개를 저었다. "나는 그럴 수—"

"부디 받아주세요. 할머님께 어떻게 감사해야 할지를 모르겠어요……."

마에 할머니가 다시 고개를 저었다가 정신이 멍해진 상태에서 벗어나자 엄숙하게 말했다. "내가 그걸로 뭘 어쩔 수 있겠수? 그건 테보다들을 위한 옷이지 나 같은 늙은 까마귀를 위한 게 아니우."

"할머님께도 무척 아름다울 거예요." 엄마가 눈길을 실크 사롱으로 내리고 쓰다듬으면서 말했다. "이 색은…… 저희 어머니가 좋아하던 색이에요. 부디 받아주세요. 그러면 제가 많이 기쁠 거예요."

마에 할머니가 곁눈질로 보다가 한숨을 쉬며 말했다. "새댁에게 그게 다시 필요할 때까지 내가 보관은 해주겠수."

밖에서는 땅거미가 어둠을 더 짙게 바꾸었고 어스름과 함께 찾아온 부드럽고 서늘한 미풍이 이따금씩 나뭇잎들과 벼들을 흔들어서 새 떼들을 날려보내 풍경을 획획 가로지르게 했다. 그렇더라도 비는 오지 않고 있었다. 나는 비가 왔으면 싶었다. 하늘이 울고 번개가 나를 위해 길을 밝혀주었으면 싶었다.

나는 창밖을 내다보았다가 줄기가 엇갈린 두 야자나무를 보았다. 스노아트 오안 스노아트 봉(Thnoat oan thnoat bong). 폭 할아버지와 마에 할머니는 그 나무들을 그렇게 불렀다. '연인들.' 그 나무들이 서로를 꼭 끌어안고서 구슬픈 삐걱거림으로 서로에게 세레나데를 부르고 있었다. 멀리서 번개가 번뜩였고 뒤이어 우르릉거리는 소리가 들렸다. 저들이 다시 요술을 부리며 놀고 있어. 그런 생각을 하면서 나는 마음의 눈으로 쌍둥이들이 구름들 사이에서 강아지들처럼 뒹굴고 서로를 물어뜯고 도끼와 수정구가 이 손에서 저 손으로 날아다니는 장면을 보았다. 그 이미지를 나는 머릿속에 고정시켰다.

이제 더 이상 서 있을 수가 없어서 나는 라다나 옆에 배를 깔고 누워 대나무 쪽널들 사이의 좁은 틈새를 들여다보았다. 거기에, 우리 바로 아래에 폭 할아버지가 아주 만족스러운 모습으로 평상에 앉아 있었다. 그의 발이 불 위로 덜렁거리고 있었고 내가 보는 각도에서는 불이 그의 발가락들을 핥고 있는 것처럼 보였다. 그는 내가 그를 처음 보았을 때 들고 있던 그 나무 조각을 조금씩 깎아내고 있었는데, 깎인 얇은 조각이 불 속으로 날아들자 끓인 야자 수액 같은 냄새가 풍겨났다.

"저 노인네는 언제나 무슨 일을 하고 있단다." 마에 할머니가 모기장 가장자리를 짚자리 밑으로 밀어 넣으려고 손을 뻗치면서 말했다. "저 사람은 가만히 있지를 못해. 잠이 들 때까지 깎아내고 새기고 끌로 파고 하는데, 어떤 때는 잠을 아예 자지도 않아서 동이 틀 때까지 그냥 깨어 있곤 하지. 저 사람을 지켜보고 있다가는 한잠도 못 자게 될 게다."

"무엇을 만들고 있는 건데요?" 내가 똑바로 돌아누우면서 물었다.

"우리 암소를 위한 조그만 송아지." 마에 할머니가 대답했다. "그 게 두 주 전에 죽었거든, 그러니까 송아지가. 가엾은 것. 이제 어미 소는 슬퍼서 울고 또 울고. 잘 들어봐. 그 소리가 들릴 게야……"

귀를 기울이자 정말로 오두막 뒤쪽 어딘가에서 그 소리가 들려왔다. 음메, 음메, 음메……. 나는 우리가 오두막 근처에 있는, 지붕은 없이 짚으로 엮은 울타리만 둘러쳐진 곳에서 몸을 씻고 있었을 때 마당 가장자리를 배회하는 그 소를 보았었다. 그 소는 내가 그때껏 보았던 중에서 가장 야위어 보이는 소였고 그래서 나는 그 소가 짚 울타리를 먹으려 한다는 생각이 들었다. 하지만 그 소는 나를 멀거니 바라보며 지금 그러고 있는 것처럼 슬피 울기만 했다. 음매, 음매…….

"폭은 그 소에게 조그만 조각상을 만들어주어야겠다고 생각했단다. 그 소 목에다 둘러서 걸어줄."

"그러면 그게 부적 같은 건가요?" 나는 소처럼 우둔한 짐승일지라도 진짜 송아지와 나무로 된 조그만 복제품 사이의 차이는 분명히 알 것이라는 느낌이 들었다. "왜요? 무엇 때문에요?"

"그건 나도 모르겠구나." 마에 할머니가 앞문을 닫으며 대답했다. "내 생각엔 그저 어미 소의 슬픔에 모양이 같은 걸 만들어주려는 것 같기도 하고."

"아."

엄마가 라다나를 가까이 끌어당겨 한 담요를 같이 썼고 나는 다른 담요를 마에 할머니와 같이 썼다. 내 오른쪽으로는 마에 할머니가 문 가까이에, 왼쪽으로는 라다나가, 그리고 엄마는 벽 쪽에 있었다. 마에 할머니가 하품을 하고 무슨 말인가를 중얼거리더니 채 몇 초도 되지 않는 것 같은 사이에 깊은 잠 속으로 빠져들었다. 마치 밤의 냉기에 얼어맞아 기절이라도 한 것처럼.

얼마 안 가서 곧 마에 할머니와 라다나는 서로의 부름에 화답하는 한 쌍의 기적(汽笛)처럼 연이어 코를 골았고, 그러는 사이 엄마와 나는 어둠 속에서 우리가 겪는 슬픔의 모습들을 찾고 있었다.

투명한 빗방울들이, 간밤에 억수 같은 비가 쏟아지는 동안 선명한 색깔과 무늬가 물에 씻겨나간 무당벌레들처럼, 풀잎들에 달라붙어 있었다. 나는 마에 할머니의 담요를 덮어쓰고 다리는 앞쪽으로 쭉 내민 채 내 몸에서 졸음기가 걷히고 꿈이 가라앉기를 기다리며 문간에서 뭉그적거렸다. 하늘이 엷은 안개층들을 하나하나 벗는 동안 눈앞으로 누비이불 같은 논들과 사탕수수 밭들이 펼쳐지면서 그 근처에 있는, 우리 오두막과 거의 똑같이 약간 솟아오른 대지에 세워져 있고 나무들로 가려진 오두막들이 모습을 드러냈다. 그리고 더 멀리로는 인근 마을들의 검푸른 윤곽이, 그렇지 않았더라면 평탄한 직물같아 보였을 풍경에 생겨난 마디와 소용돌이들처럼 솟아올랐다. 논들이 빗물로 가장자리까지 찰랑찰랑하게 채워졌고 벼의 가느다란 초록색 줄기들이 내가 기억했던 것보다 훨씬 더 커 보였다.

오두막에서 가장 가까운 논들 중 한 곳에서는 부드러운 벼 잎들의 장막으로 반쯤 가려진 갈색 얼룩박이 오리—그 수수한 빛깔로 미루어 내가 짐작하기에는 암컷인—한 마리가 허공에다 대고 꼬리를 뒤흔들며 탁한 물속으로 대가리를 푹 찔러넣었다가 다시 빼내어 흔들면서 부리를 깃털 속으로 밀어 넣었다. 혼자서 은밀히 치르는 아침의 세정식.

땅에 빗물이 고인 좁고 긴 땅뙈기에서는 물소 한 마리가 꼬리를 흔들며 라벤더 꽃들이 섞인 푸성귀 무더기—그 길쭉한 잎사귀들로 보아 공심채(空心菜)—를 뜯고 있었다. 그 근처에서는 엉덩이에 크로마를 반바지처럼 동여맨 남자—나는 그 둘이 편하게 같이 있다는 데서 그가 물소 주인이라고 짐작했다—가 원뿔 모양의 통발을 들고 조심스러운 걸음걸이로 살금살금 걷다가 불시에 그 통발을 얕은 물속으로 휙 던져넣었고 그의 온몸이 뭔가를 잡았다는 스릴로 못 박혔다. 나가구렁이! 나는 장엄한 어떤 것을 상상했고 내 마음은 내내 어떤 이야기, 탈출과 자유의 가능성을 향해 달리고 있었다.

얼마나 이상한가, 나는 그런 생각이 들었다. 모든 것이 그렇게도 달라 보이는 것이. 바로 전날만 하더라도 우리가 떨어져 내린 정적과 침묵의 심연인 것처럼 느껴졌던 이곳이 이제는 이런저런 활동과 소리들로 깨어나고 있었다.

물소가 성가시다는 투로 콧구멍을 벌름거리고 그 커다란 머리통을 내둘러 한 쌍의 낫처럼 휘어진 뿔들로 공기를 가르면서 요란하게 콧김을 내뿜었다. 근처의 덤불에서 놀란 새들이 한꺼번에 날아올라 멋진 광경을 연출했다. 통발을 든 남자가 한 손을 이마 위로 들어 올려 점점 더 밝아지는 태양으로부터 눈을 가리고 마치 자기도 날아오를 수 있을지 심사숙고라도 하듯 위를 올려다보았다. 아빠다, 불쑥 그런 생각이 들었다. 아빠는 언제나 날기를 원했었다. 저 매처럼 자유롭기를!

수탉 한 마리가 홰를 쳐서 때를 알리자 다른 수탉이, 그리고 이어서 또 다른 수탉이 연달아 꼬끼오 꼬끼오 우는 소리가 한 오두막에서 다른 오두막으로, 한 마을에서 다른 마을로 메아리치듯 퍼져나갔다.

나는 계단을 내려와 맨발로 마당을 가로질렀다. 저 높이 어딘가에서 어떤 남자가 피리 소리처럼 들리는 쉰 목소리로 읊조리고 있었다. 오, 사리카케오(sarikakeo) 새야, 너는 무엇을 먹고 있느냐? 그러다 가사를 잊어버렸는지 휘파람을 불었다. 나는 하늘 쪽을 올려다보았다가 두 야자나무 중 하나의 줄기를 타고 내려오는 폭 할아버지를 보았다. 줄에 묶인 대나무 통이 허리에 둘린 가죽끈에 매달려 흔들거리고 있었다.

그가 아래쪽을 내려다보았다가 밑에 서 있는 나를 보고 인사를 건넸다. "일어났구나!" 그가 가볍고 경쾌하게 풀밭으로 뛰어내렸다. "때를 꼭 맞췄어!" 그가 대나무 통 쪽으로 고갯짓을 했다. "조금 마셔보련?"

"야자 수액을요?" 나는 그 음료를 아침식사 전에 마셔본 적이 없었다.

"아, 단지 그것만이 아니라 젊음의 감로수지!" 그가 미소를 짓자 얼굴이 온통 주름투성이가 되었고 치아는 너무도 심하게 얼룩이 져서 이가 없는 것처럼, 백 살은 되는 것처럼 보였다. "하늘이 우리 인간들에게 내려주는 선물이란다! 이게 우리를 젊게 지켜주니까!"

"정말로요?"

그가 껄껄 웃었다. "글쎄다, 어쩌면 아닐는지도 모르지."

나는 말이 잘못 나온 것에 무안해져서 눈길을 다른 데로 돌리고 화제를 바꾸었다. "모두들 어디 있어요?"

폭 할아버지가 고갯짓으로 집 뒤쪽을 가리켰다. "다들 강으로 씻으러 갔단다." 그가 대나무 통을 칼집에 든 칼자루에서 풀어 야자나무 꼭대기까지, 뼈로 변한 용의 기다란 등뼈처럼 구불구불 이어진 대나무 장대 맨 아래쪽의 도려낸 자리에 걸었다. "이른 시간에는 수액이 차가울 대로 차갑지……." 그는 적당한 말을 찾지 못해 난처해 하는 것 같았다.

"얼음처럼요." 내가 알아맞히려고 해보았다. 어쩌면 전날 내가 다른 것들 모두를 잘못 알았던 것처럼 그가 말이 없다고 여겼던 것도 잘못 알았던 것인지 모르겠다는 생각이 들었다.

"나는 구름처럼이라고 할 셈이었는데." 그가 싱긋이 웃었다. "하지만 맞다. 얼음이 더 잘 어울리지." 다음에 그가 이마에 깊은 주름을 지으며 재미있어하는 것이 분명한 어조로 덧붙였다. "너도 알 테지만, 나는 그걸 본 적이 없단다. 그러니까 얼음 말이다. 사람들이 그거에 대해서 이야기하는 소리를 듣기는 했지만 그 '딱딱한 물'이 어떤 건지는 상상할 수가 없구나. 기계로 만들어진다는 것 정도 말고는. 그게 맞니?"

나는 고개를 끄덕였다. 우리가 옛집에 가지고 있었던, 수입 치즈와 파이들을 보관했었고 맨 위 칸에는 얼음을 얼리는 금속용기들이 들어 있던 조그만 냉장고를 떠올리면서.

폭 할아버지가 놀라워서 고개를 저었다. "혁명군 병사들이 기계들을 그렇게 무서워하는 것도 놀랄 일은 아니지. 물을 딱딱하게 만드는 그 힘이라니 정말!"

나는 그가 스스로 알아가도록 잠자코 있었다.

그가 칼집에 든 칼과 몇 쌍의 대나무 죔쇠들을 묶은 가죽끈을 풀기 시작했다. 나는 그 죔쇠들이 야자 꽃에서 즙을 짜내는 데 쓰이는 그런 것임을 알아보았다. "무슨 일이 일어나고 있는지 내가 안다고는 할 수 없겠다만," 그가 내 눈길을 피하면서 말을 이었다. "어떤 행운인지 불행인지가 너를 여기로, 우리에게로, 너한테 줄 게 아무것도 없는 우리에게로 데려왔구나."

내 머릿속으로 그가 하려는 일이 무엇인지 번쩍 떠올랐다. 그는 부모가 되어주려고, 아버지가 아이에게 그러듯 달래주려고 애를 쓰고 있었다. 틀림없이 그는 우리가 무엇을 잃었는지 짐작했을 것이었다. 아버지 이야기는 한 마디도 하지 않는 젊은 엄마와 두 어린 딸이 여기에 있는 우리였으니까. 그는 또 우리가 얼마나 멀리까지 쫓겨났는지도 알아차렸을 것이었다. 왜냐하면 여기는 그가 셀 수도 없이 많은 날들을 살아오면서 모든 것을 다 보았음에도 '딱딱한 물'의 세상이 어떤 곳인지 모르고 상상조차도 할 수 없는 그런 곳이었으니까. 나는 그에게 그 세상을, 거기에서의 내 모든 삶을 하나하나 다 알려주고 싶었다. 그러나 가슴이 너무 벅차올라서 말을 하려고 입을 열었을 때 내가 낼 수 있는 소리는 숨 막힌 웅얼거림뿐이었다.

폭 할아버지는 그런 나를 허투루 움직였다 새가 날아가 버리면 어쩌나 걱정하는 사람처럼 가만히 지켜보았다. 그리고 얼마쯤 뒤에 입을 열었다. "자, 우리 야자 수액 좀 마시자꾸나."

나는 그를 따라 몇 미터쯤 떨어져 있는 튼튼하고 어린 야자나무로 갔다. 그가 칼로 야자 잎의 한 부분을 잘라내어 단단한 잎줄기에서 연한 부분을 찢어낸 다음, 재빠르고 능숙한 손동작으로 요술처럼 그것을 두 개의 고깔로 만들었다. 그리고 대나무 통에 든 야자 수액을 그 고깔들에 따라서 그중 하나를 내게 건네주었다.

우리는 논둑길로 올라서서 논들의 가장자리를 따라 천천히 걸었고 우리가 거기에 서서 조용히 다정하게, 이제는 말이 없어도 더 마음 편하게 아침 음료를 마시는 동안 나는 어쩌면 아무것도 설명할 필요가 없을 것 같다는 생각이 들었다. 이제는 내가 외롭지 않다는 것, 적어도 여기 내 옆에 이 사람이, 이제껏 내가 알지 못했었지만 그동안 내내 나와 똑같은 여행을 단지 정반대되는 쪽에서부터 해온 사람이 서 있는 것만으로 족한 것 같았다.

무슨 일이 일어나고 있는지 내가 안다고는 할 수 없겠다만…….

내 마음이 직관적으로 아는 것들을 그에게 말로 분명하게 알려줄 수만 있었더라면. 기쁨과 슬픔은 종종 같은 길을 여행하고 때로는 행인지 불행인지 그 둘이 만나 서로 친구가 된다는 것을. 그러나 이번에도 나는 내 느낌을 말로 표현할 수 없었다. 그래서 나는 그에게 내가 할 수 있는 말을 했다. "어쩌면 우리는 폭 토르 코안 토르(pok thor koan thor)인지도 몰라요." 토르는 산스크리트어인 '다르마(Dharma)'에서 온 말이었지만 내게는 그 말이 단순히 사랑하리라고 예상하지 못했던 누군가를 사랑하는 것이었고, 그래서 폭 토르 코안 토르는 피로 맺어지지 않은 부모와 자식 사이의 유대라는 뜻이었다. 저 사람들을 우리가 붙잡아둘 수는 없어. 폭 할아버지는 마에 할머니가 우리에게 너무 애착을 갖지 않도록 주의를 주면서 그렇게 말했었다. 이제 그를 보면서 나는 우리가 좋은 사람들 손에 맡겨졌다는 것을 알았다. 그리고 또 폭 할아버지가 아빠처럼, 자기의 역할을 할 시간은 짧고 부모와 자식 간에는 우여곡절이 있다는 것을 아는 여느 부모처럼, 힘닿는 한 최대한으로 우리를 보살펴주고 우리에게 네악스라에처럼 살아가는 법, 벼를 심는 법뿐 아니라 벼를 닮아가는 법도 가르쳐주고, 우리가 끝없이 파헤쳐지는 땅에서 굳건히 뿌리를 내리는 동시에 바람이 부는 쪽으로 흔들리도록 해주려 한다는 것도 알수 있었다.

"어쩌면 우리는 만나기로 되어 있었는지도 몰라요." 그러면서 나는 아빠가 어디에나 존재할 수 있음을 알아차렸다. 우리는 모두 서로의 메아리들이란다, 라미. 폭 할아버지가 나를 바라보았다. 침묵이 다시 그에게로 덮친 것 같았다. 다음에 그의 얼굴이 아침 해처럼 환하게 열렸다.

17

그렇게 해서 폭 할아버지를 내 지도자이자 보호자로 하는 배움
이 시작되었다. 자신을 네악 프레이(neak prey, 숲의 남자)라고 하는
그 온화한 영혼을 지닌 노인은 냉장고를 보지도, 얼음의 맛을 알지
도 못했지만 조용한 인내와 토르로 우리가 도시 사람으로부터 농부
로 다시 태어나는 어려움을 견디도록 도와줄 것이었다. 우선 먼저,
그날 아침 우리가 야자 수액을 두 잔째 마시고 난 뒤 폭 할아버지는
내 눈길을 오두막 지붕 꼭대기에서 돌아가는 수탉 모양의 풍향계로
돌려 이렇게 설명을 해주었다. 여기에서 우리의 삶은 몬순의 숨결이
라는 계절의 변화에 따라 정해진단다. 그 숨결이 남서쪽에서 불어오
면 비와 쌀을 가져오고 북동쪽에서 불어오면 가뭄과 기근을 일으키
지. 그러고는 스퉁 카에 마을과 그 인근 마을들의 배치를 한 손가락
끝으로 다른 손바닥에 남쪽에서부터 북쪽까지 S자 모양의 곡선으로
점을 찍어가며 상세히 알려주었다. 그 공동생활체에는 모두 합쳐서

열두 마을이 있었다. 북쪽에서부터 네 번째 마을인 스틍 카에는 폭 할아버지가 방금 전 손가락으로 내게 가리켜주었던 작은 강의 만곡부 오른쪽에 자리 잡고 있었다. 그 강 역시 스틍 카에라고 불렸는데, 우리 마을과 세 번째 마을 사이를 누비고 지나 저 멀리 북쪽 어딘가에서 메콩강의 커다란 지류인 프렉총(Prek Chong) 강으로 이어진다고 했다.

메콩강이라는 말에 나는 가슴이 두근거리고 마음이 산란해져서 폭 할아버지에게 나를 거기로 데려가줄 수 있느냐고 물어보았다. 할아버지는 이렇게 대답했다. "오, 애야, 거기까지는 수많은 숲과 강들을 지나야 한단다!" 그러고는 메콩강을 한 번도 본 적이 없다고 털어놓았다.

"아빠가 그랬는데요—" 그러다 말고 나는 입을 다물었다.

"그래? 네 아빠가 그러기를…….."

나는 그 이야기를 할 수 없었다. 차마 더 이야기할 수가 없었다. 아직은 아니었다. 폭 할아버지는 이해해주었다. 내가 아빠를 잃은 것이 바로 얼마 전이라는 것을 익히 알고 있었기에.

"이리 오너라." 그러고 나서 그가 나를 이끌고 한 무리의 농부들이 모내기 준비를 하느라 바쁜 드넓은 초록색 들판을 가로질렀다. 제각기 논에서 물소로 쟁기질을 하는 남자들이 물에 잠긴 땅을 갈아엎어 흙탕물과 땅을 뻑뻑하고 걸쭉한 진흙으로 바꾸고 있었다. 그리고 두 논둑들이 만나는 좁은 땅뙈기에서는 여자들이 괭이로 두엄 더미에서 퇴비를 파내어 아이들이 논에 뿌리도록 등줄기로 엮은 바구니에 담아주었다. 흰개미들이 득실거리는 그 퇴비—폭 할아버지는 그것을 데이 돔복(dey dombok)이라고 불렀는데, 걷는 동안 내게 이런저런 것들의 올바른 이름을 가르쳐주고 있었다 ―는 쟁기들에 갈려 땅을 기름지게 해주는 강력한 비료가 될 것이었다. 그런 다음 비가 한두 차례 더 와서 갈아엎어진 땅이 안정되고 평평해졌으되 아직 엄지손가락을 밀어 넣을 수 있을 만큼 무를 때 마을의 스날 사납(thnaal sanab, 못자리)에서 날라온 어린 벼들이 논으로 옮겨 심어지게 될 터였다. 비는 계속 내려서 벼를 키우기도 하고 송사리, 올챙이, 우렁이, 게, 그리고 식량으로 모아서 영양섭취를 할 수 있는 셀 수도 없이 많은 다른 조그만 생물들이 살아갈 곳도 줄 것이었다.

"거머리는 어떻게 하고요?" 나는 그것이 알고 싶었다. "아, 그놈들은 어디에나 있지!" 폭 할아버지가 한쪽 무릎을 꿇고 엎드려 빗물로 넘치는 논에 팔을 담갔다가 대나무로 만들어진 원통형의 통발을 끌어냈다. 할아버지는 그 통발을 트루(troo)라고 불렀는데 메기나 뱀장어 같은 더 큰 물고기들을 꾀어들이는 데 쓰이는 원뿔 모양의 통발인 앙그루트(angrut)와는 다른 것이었다. 트루 안에는 조약돌만 한 우렁이들이 길고 가느다란 대나무 살에 잔뜩 들러붙어 있었고, 거인 보초처럼 그 조그만 죄수들을 감시하는 내 엄지손가락만 한 가재 한 마리가 우리의 출현에 겁을 먹고 한 끝에서 다른 끝으로 허둥지둥 도망쳤다.

"너 오늘은 운이 좋은 날이구나, 꼬마 녀석아!" 폭 할아버지가 큰소리로 외치며 통발 한 끝에 엮어 짠 조그만 마개를 슬그머니 열어 그 겁먹은 동물을 풀어주었다. "네가 더 살이 붙으면 돌아오너라!" 할아버지가 트루를 다시 물속으로 돌려놓고 풀덤불 옆에서 팔을 한

참이나 빼지 않았다.

"뭘 기다리시는 거예요?"

"잔잔한 수면이…… 너를 속이지…… 못하게 하려고…….” 할아버지의 목소리가 팔을 너무 뻗친 탓으로 쥐어짜내지는 것 같았다. "이 아래에는 모두가 다 똑같이…… 이런 것들이 번성하는 세상이 있거든.” 갑자기 할아버지가 물에서 팔을 빼냈고 할아버지의 손목에는 꿈틀거리는 시커먼 거머리가 한 마리 붙어 있었다.

나는 숨을 삼키며 뒤로 물러섰다.

폭 할아버지가 싱긋이 웃고는 풀을 한 움큼 뜯어내어 그 거머리를 쓱 문질러 떼어냈다. "이걸 손가락으로 떼어내려고 하면 이놈은 손이나 피부 다른 데에 다시 들러붙는단다. 이런 것들은 만지지 않는 게 상책이지." 할아버지가 손목에서 거머리가 파고들었던 자리에 남은 핏자국을 닦아냈다.

"아프지…… 아프지 않아요?"

"무서워할 것 없다.” 나를 바라보는 할아버지의 눈길이 갑자기 꿰뚫어보는 듯해졌다. "이런 것들이 어디에나 있다는 걸 알게 될 게다. 때로는 한 떼가 온통 너를 둘러싸서 네 시야를 어둡게도 할 테고. 하지만 네가 너 자신을 방비해야 하는 것은 네가 볼 수 없는 것들이란다.” 할아버지가 물을 유심히 보고 있다가 재빨리 시커멓게 꿈틀거리는 덩어리를 가리키면서 말했다. "저기 있구나! 바늘거머리라고 하는 것들이지. 저놈들은 가능한 어떤 통로로든 사람 몸속으로 들어가 안에서부터 피를 흘리게 만들거든."

나는 몸서리를 쳤다.

할아버지가 실수했다는, 내 두려움을 줄여주기보다는 더 키웠다
는 것을 알아차리고 대수롭지 않은 것으로 넘기려고 했다. "하지만
저놈들도 쓸 만한 구석이 한 가지는 있지. 바늘거머리들이 아니라
통통한 놈들. 그것들을 쌀로 만든 술에 담가서 마시면 그렇게도 많
은 불을 마시는 셈이 되어서 겁쟁이를 용감하게 만들어주거든!"

나는 역겨워서 진저리를 쳤다.

"너 무엇보다도 먼저 그 비슷한 것을 마시고 용감해지기부터 해
야겠구나!" 폭 할아버지가 껄껄 웃었다. "내가 직접 그래보았다고는
말 못 하겠다만!"

우리는 농부들 중 하나에게로 갔고 그는 폭 할아버지가 부르는 소
리를 듣자 쟁기질을 멈추었다. 두 사람이 서로를 반기며 아침인사를
나눈 다음, 폭 할아버지가 내게 고갯짓을 하며 나를 소개했다. "내
코안 토르라네."

그 남자가 내게 환한 미소를 지어 보였다. 내가 어디에서 어떻게
나타났는지에 대해서는 더 이상의 설명이 필요 없고 폭 할아버지
와 함께 있는 것만으로도 얼마든지 환영하고 받아들이겠다는 것 같
았다. "흙이 꼭 지렁이 똥처럼 새까매요." 그러고 나서 그가 질척질
척한 흙을 한 움큼 떠올려 우리에게 보여주었다. "보세요, 데이 라밥
(dey labap)이 충분히 많아요. 침니와 모래의 양도 아주 적당하고요.
이번 추수에는 수확이 썩 좋을 것 같아요."

그에게는 어딘가 모르게 눈 익은 구석이 있었다. 어쩌면 그가 논
에서 움직일 때 물을 거의 휘젓지 않아서였거나 아니면 그가 크로마
하나만 허리에 두르고 있어서였는지도 몰랐다. 그러나 주위를 둘러

보자 논에서 쟁기질을 하는 다른 농부들도 모두 비슷하게 최소한의 것만 걸친 맨몸이었다. 갈색으로 그을리고 흙탕물로 줄줄이 얼룩진 그들의 몸이 너무도 유연해서 이제 나는 그들이 왜 '논의 사람들'이라고 불리는지 이해가 되었다. 그들의 삶 전체가 논에서 이루어지는 것 같았고 그들의 모습은 벼 줄기들처럼 발랄하면서도 예스럽고 연약하면서도 탄력 있고 발걸음이 가벼우면서도 영원히 뿌리박힌 것처럼 보였다. 이제는 혁명군이 왜 그들을 좋아하는지, 어째서 엄마와 나 같은 사람들—우리가 알게 되었듯이 대도시 주민 전체—을 네악 스라에로 바꾸려고 드는지도 이해하기 어렵지 않았다. 그 누가 그들처럼 되기를 원치 않을까?

그 남자의 물소가 일을 계속하려고 안달이 나서 성질을 참지 못하고 대가리를 흔들어대며 콧김을 내뿜었다. 그 순간 나는 그 물소가 좀 전에 공심채를 뜯던 바로 그 물소고 물소 주인은 물에 잠긴 땅에서 통발로 물고기를 훑던 바로 그 남자라는 것을 알아차렸다. 그래서 수줍음을 억누르고 물어보았다. "아까 뭘 잡으셨어요?"

그는 내 질문에 놀란 것 같았지만 다음에는 내가 폭 할아버지의 오두막에서부터 자기를 보고 있었다는 것을 알아차리고 환하게 웃으며 눈과 논둑길이 접하는 데서 조금 떨어진 통발 쪽으로 고갯짓을 했다. "네가 직접 보려무나."

나는 통발을 보러 갔다. 원뿔 모양의 성채 안에서는 내 팔뚝만큼이나 커다란 메기 한 마리가 그 기다란 몸과 수염에 비해서는 너무 좁은 웅덩이에서 꿈틀거리고 있었다. 그놈이 관찰당하고 있다는 것을 느꼈는지 이리저리 몸부림을 치고 소리 없는 비명을 지르기라도 하듯 아가리를 크게 벌렸다. 그러고는 잠시 용을 쓴 끝에 힘이 다 빠져서 아가미를 벌름거리며 잠잠해졌다.

"이거 죽으려는 것 같은데요." 폭 할아버지가 내 옆으로 와서 서자 내가 말했다.

할아버지가 메기 그 자체보다도 그 물고기에 대한 내 관심이 안쓰러운 듯 이맛살을 찌푸렸다. "글쎄다, 너도 알 테지만……." 할아버지는 무슨 말인가를 하려고 했지만 설명해줄 말을 찾아내지 못했다.

굳이 설명해줄 필요도 없었다. 나는 알고 있었으니까. 물고기는 식량이었고 나는 고지식하지 않았다. 그 물고기가 어떻게 될 것인지 정도는 알고 있었다. 나는 살아 있는 물고기를 죽여서 내장을 빼는 장면을 시장에서도, 우리 집 주방에서도 수없이 여러 번 보았었다. 그렇더라도 자연적인 서식지에 그처럼 가까이 있는, 온 주위가 자유인데도 그처럼 갇혀 있는 물고기를 보는 것은 어쩐지 좀 달랐다. 나는 내가 비슷한 곤경에 처해 있다는, 내가 알고 있던 모든 것들로부터 쫓겨나 생소한, 그러나 어쩌면 집에서부터 멀지 않을 수도 있는 곳에 격리되어 있다는 생각을 하지 않을 수 없었다.

한번만 크게 점프를 하면 너는 물로 돌아가게 될 거야! 해봐! 점프해!

그 물고기는 내 조용한 재촉에 아무런 반응도 보이지 않았다. 그 조그만 웅덩이에서 살아 있는 동안 남은 마지막 숨을 쉬는 데에만 온 힘을 쏟고 있었다.

나는 일어서서 주위를 둘러보았다. 나무들의 성채 너머로 메콩강의 가물거리는 빛이라도 볼 수만 있다면! 때때로 우리는 작은 물고기들처럼 거대하고 강력한 흐름에 휩쓸리지……. 아빠의 말이 내 마음속에 흘러넘쳤고 나는 아빠가 망고코너 발코니에서 내 옆에 서 있었을 때 아빠가 느꼈던 절망감을, 아빠의 목소리에 실려 있던 답답함을 다시 떠올렸다. 그 흐름이 거꾸로 되기만 한다면 나를 아빠에게로 다시 실어다줄 것이란 생각이 들었다. 아니면 아빠를 내게로 실어다주거나.

또다시 눈물이 핑 돌았고 목이 메는 느낌이었다. 이번에는 여기가 내 집이고 내 삶이라는 것, 내가 잃은 것들을 계속 갈망할 수 없다는 깨달음 때문이었다. 나는 내게 남은 숨이건 힘이건 모두를 여기에서 살아가는 데 집중시켜 폭 할아버지와 마에 할머니에게 코안 토르가 되는 것만이 아니라 코안 네악 스라에, 논들의 아이도 되어야 했다.

우리가 오두막으로 돌아왔을 때 엄마는 내가 그러리라고 생각했던 것과는 달리 당황해하지도 걱정하지도 않고 있었다. 오두막 뒤쪽의 짚으로 엮은 울타리 근처에 있는 두 파파야나무 사이에 매어진 빨랫줄에다 사롱을 널려고 손을 들어 올리고 있다가 나를 보자 미소를 지었다. 엄마의 얼굴은 아침결의 맑은 바람과 간밤에 내린 비 덕분에 젊음의 원기로 발그레하게 달아올라 있었다. 비가 모든 것을 치유해준다는 생각이 들었다. 아니면 적어도 어느 하루의 비참한 잔해를 씻어내주거나. 엄마가 갓 세탁한 옷들이 담긴 바구니에서 내가 이송 중에 입고 있던 셔츠를 꺼내어 엄마의 꽃무늬가 든 사롱 옆에 널었다. 이른 아침에 내 모습이 지저분해진 것에 대한 이유부터 얼른 대고 싶어서 나는 엄마에게 폭 할아버지와 함께 탐험을 하러 나갔었다고 했지만, 내 말을 뒷받침해줄 사람이 가장 필요한 바로 그 순간에 폭 할아버지는 달콤한 수액 모으는 일을 마무리하려고 재빨리 다른 연인 야자 줄기 뒤로 사라지는 중이었다. 할아버지 말로는 오후에 모으는 야자 수액은 시큼해서 반드시 아침에 모아야 한다는 것이었다. 엄마가 내 맨발과 발가락 사이에 낀 진흙 더껑이, 몸에 들러붙은 말라 죽은 풀잎 조각들을 훑어보았다. 사원에서 떠나오는 혼란 통 속에서 우리는 내 신과 샌들을 잃어버리고 말았었다. 하지만 나는 그것들이 아쉽지는 않았다. 발바닥에 와 닿는 흙의 감촉이 좋았고 또 고르지 못한 땅에서는 걷기도 맨발이 더 편했다.

엄마가 이맛살을 약간 찌푸렸지만 다음에는 미소를 지으며 이렇게만 말했다. "틀림없이 꽤나 재미있었겠구나."

나는 엄마가 나를 야단치지도 않을 뿐 아니라 예전처럼 행복하고 쾌활해 보여서 놀란 눈으로 엄마를 응시했다.

엄마가 몸을 낮추어 한쪽 무릎을 꿇고 빨래 더미에서 젖은 크로마를 꺼내어 내 얼굴을 닦아주기 시작했다. 젖은 천으로 나를 닦아주는 엄마의 나긋나긋한 손길에서 나는 언젠가 보았던, 제 새끼를 돌보며 깨끗해질 때까지 핥아주는 어미 말을 떠올렸다. 엄마가 내 턱을 들어 올려 그 아래쪽도 닦아주었다. 나는 엄마를 끌어안고 싶다는, 내 가슴에 와 닿는 엄마가 실제로 분명히 존재하는 것을 느끼고 내 심장과 함께 뛰는 엄마의 심장을 확인하고 싶다는 강렬한 충동을 느꼈다. 하지만 나는 비가 치유해주었던 것을 무효로 만들게 될까 봐, 내 나약함 때문에 엄마가 온통 다시 무너지게 될까 봐 겁이 나서 그대로 가만히 있었다. 그래서 대신 엄마에게 이런 말을 해주었다. "바늘거머리들이 있었는데 폭 할아버지가 그 거머리들이 몸속으로 들어오지 못하게 하려면 논으로 들어갈 때 검은 옷을 입어야 한댔어요. 그래야 그 거머리들에게 우리가 물에 떠 있는 검은 덩어리처럼 보인다고요. 오늘 저녁에는 할아버지가 뱀장어들을 잡는 데 데려가 준댔어요."

엄마가 손가락으로 내 머리카락을 쓸어 뒤엉킨 가닥들을 풀어주면서 고개를 끄덕였다. 그러고는 양손으로 내 얼굴을 감싸고 내 눈을 들여다보며 말했다. "정말 좋겠구나, 이 모든 탐험이. 하지만 정신을 팔지는 말아라. 네가 누구인지를 기억해."

그 말이 경고인지 다짐인지 나는 알 수 없었다.

다음에 엄마가 내 혼란스러움을 알아차리고 덧붙였다. "너도 알 테지만, 너는 우리 친정아버지에게서도 귀여움을 받았을 거야. 그분이 네가 태어나기 일 년 전에 돌아가셨다는 말 내가 했던 거 기억나니? 그분이 생의 마지막을 보내셨던 수도원에서. 하지만…… 하지만 그분 역시 시골을 사랑하셨지. 논들과 진흙과 거머리들, 그리고 시골과 관련한 모든 것들을."

엄마가 무슨 말을 하려는 것인지는 분명했다. 폭 할아버지가 엄마의 아버지를 떠올려주었고 그래서 내가 그 할아버지와 함께 모험을 해보는 것은 얼마든지 좋다는 것이었다.

엄마가 나를 닦아주는 데 쓴 크로마를 한옆에 따로 놓아둔 다음 세탁한 나머지 옷들을 널려고 일어섰다. 그 순간 나는 놀란 눈으로 그 옷들에서 색깔과 무늬가 모두 사라져 거무스름한 푸른색으로 바뀐 것을 알아차렸다. 마에 할머니가 카마피발이 우리 옷들에 쑥물을 들이라고 했다는 말을 해준 것이었다. 모든 색들이 억눌러져야 했고, 검은색은 혁명의 색이었다. 아직 물을 들이지 않은 엄마의 비취색 사롱과 연분홍색 셔츠가 진흙탕에 피어난 연꽃 같아 보였다. 짚으로 엮은 거처와 진흙 한가운데에 있는 그 밝고 산뜻한 색 때문에, 아니, 아마도 엄마 때문에 나는 엄마를 끌어안고 싶어졌다. 그래서 나는 엄마의 가냘픈 몸에, 점점 가늘어지는 허리에 팔을 둘렀다. 아빠는 그 허리를 강폭이 좁아지는 곳이라며 이렇게 묘사했었다.

미지의 곳으로 흘러드는 해협
그 탄생과 기원(起源)의 신비.

엄마는 나의 원천, 나의 집이었다.

"인형!" 내 뒤에서 꺅꺅대는 소리가 들렸다. 빙 돌아서 보니 라다나가 마에 할머니에게 업혀서 별 모양의 커다란 잎들을 말 꼬랑지 머리를 한 막대 인형 비슷하게 다발로 묶어 매단 카사바 줄기를 흔들고 있었다. "인형!" 라다나가 그것으로 내 머리를 탁 치며 다시 소리쳤다. "오두막 안에서 놀게 하려고 애를 썼지만, 어디 통 그러려고 들지를 않아서 말이우." 마에 할머니가 라다나를 엄마에게 넘겨주었다. "이 아이가 엄마를 찾기에."

"인형이 배고파." 라다나가 카사바 줄기를 엄마의 가슴에 밀어붙이며 젖 빠는 소리를 냈다. 엄마가 조금 당황한 표정으로 줄기를 가만히 밀어냈지만 라다나는 계속 종알거렸다. "음머, 음머, 음머⋯⋯."

마에 할머니가 라다나를 간질이며 고갯짓으로 건초 더미 옆의 말뚝에 매어진 소를 가리켰다. "네 소리가 꼭 저 소 같구나!"

나는 웃음을 터뜨렸다. 후후, 너 이 어린 송아지야! 라다나가 영문도 모르고 덩달아 웃었다.

마에 할머니가 엄마에게로 돌아섰다. "저기로 가서 어린 것들을 먹이시우." 할머니가 턱짓으로 오두막 밑의 모닥불 위에 걸쳐진 냄비를 가리켰다. "빨래 너는 일은 내가 마저 해줄 테니까."

사탕수수 냄새가 내 허기를 다시 돋웠다. 마에 할머니는 쌀죽에 조그만 사탕수수 토막을 넣어 휘저었고 그래서 이제 그 죽은 걸쭉하게, 황금빛을 띤 갈색이 되어가고 있었다. 엄마가 그 죽을 얼마쯤 주발에 떠 담아서 내게 건네주었다. 나는 죽이 식을 때까지 그냥 기다릴 수가 없어서, 내 배가 끊임없이 꼬르륵거리는 소리를 내며 재촉을 해서 입김을 불고 휘젓고 입김을 불고 휘젓고 했다.

마에 할머니가 우리에게로 와서 빈 바구니를 한옆에 내려놓고 대나무 통에서 야자 수액을 한 컵 따라 단숨에 들이켰다. 엄마가 할머니에게 냄비에서 뜬 죽을 좀 권하려고 했지만 할머니는 고개를 홰홰 저었다. "아니, 아니, 그건 단지 새댁과 어린것들을 위한 거라우. 내가 아침나절을 버텨내는 데는 이 달콤한 마실 것만 좀 있으면 된다우."

나는 그 말이 사실인지, 아니면 우리가 그들의 빈약한 식량을 축내는 것에 죄책감을 느끼지 않게 하려고 그런 말을 한 것인지 알 수 없었다. 마에 할머니가 다시 야자 수액을 한 컵 더 따라서 단숨에 마셨다.

"너 내 아침 허드렛일 좀 거들어주지 않으련?" 할머니가 라다나에게 정답게 말을 건넸다. 그 말에 라다나는 간밤의 비로 아직 젖어 있는 땅을 보며 겁이 나기도 하고 싫기도 해서 발가락을 오므렸다. "아무래도 그럴 것 같지가 않구나." 할머니가 쿡쿡 웃었다.

우리가 죽을 먹고 있는 동안 마에 할머니는 오두막 주위의 땅을 쓸어내기 시작했다. 양손에 빗자루를 하나씩 들고 네 팔다리를 모두 움직이는 할머니의 모습이 열심히 집을 짓는 거미 같아 보였다. 할머니는 코코넛 잎줄기들로 엮은 빗자루를, 그 손잡이 크기밖에는 되지 않아도 그에 못지않게 강인한 팔로 가볍게 다루고 있었다. 한 곳에서 다른 곳으로 휙휙 날듯 기운차게 옮아가는 할머니의 모습을 지켜보면서 나는 그 활력과 노쇠할 줄 모르는 힘이 어디에 비축되어 있는 것인지 궁금했다. 할머니가 비와 바람에 쓸려온 부스러기들을 집어 들고 집터 가장자리에 있는 채마밭으로 가자 나는 재빨리 죽 그릇을 비우고 할머니를 따라갔다. 거기에서 할머니는 내게 레몬그라스의 잎들을 새 잎이 돋아난 자리를 두고 따려면 어떻게 따야 하는지 가르쳐주었고, 내가 배운 대로 하는 동안 할머니는 이리저리 돌아다니며 반쯤만 묻힌 심황과 고량강—그 잎에서 옴 바오의 카레를 떠올려주는 향내가 살짝 풍기는—들을 제대로 묻어주었다. 그리고 다음에는 여주* 덩굴들을 들어 올려 두 줄로 심어진 오글오글한 양배추들 위로 기울어진 대나무 격자 울타리에 다시 얹었다. 할머니가 그처럼 살아 있는 모든 것들, 살려고 애쓰는 모든 것들에 더 많은 모성애를 보이는 것은 자식이 없기 때문인 것 같았다. "햇빛을 흠뻑

---

* 우툴두툴하고 끝이 뾰족한 타원형의 열매를 맺는 일년생 초본.

빨아들이거라!" 할머니가 익지 않은 토마토들에, 카피르라임*들에 대고 말했다. "내 어린 것들에게서 보르들을 쫓아내주고!" 할머니가 내게 구장물이 든 이를 보이며 싱긋이 웃고는 자신의 삶에서 바로 이때에 —'이미 너무 늦었을 때에!' —아이들로 축복을 받은 것에 다시 감탄하며 믿을 수 없다는 듯 고개를 저었다.

"어째서요? 어째서 이미 너무 늦은 거예요?" 나는 우리가 제때에 왔다고 생각했었다. 할머니가 얼굴을 붉히며 쿡쿡 웃었다.

"폭하고 나는, 너도 알 테지만 너무 늙었고 얼마 안 가서 곧 혼령들의 세상으로 돌아가게 될 거거든."

"연세가 얼마나 되셨게요?"

"내가 셀 수 있는 것보다도 더 많단다!" 할머니가 큰 소리로 웃었다.

그러자 갑자기 수탉 한 마리가 홰를 치며 울었다. 꼬끼오 꼬꼬!

"드디어 저놈이 일어났구나!" 그러면서 마에 할머니가 사방을 둘러보았다. "이 불한당 놈이 어디에 있는 거지?"

내가 짚으로 엮은 울타리 가까이에 있는 도기 항아리를 가리켰다. 수탉이 목을 길게 빼고 다시 울어댔다. 꼬끼오 꼬꼬!

마에 할머니가 수탉에게다 대고 야단을 쳤다. "네놈은 아무 짝에도 못 쓰겠구나! 나는 벌써 내가 해야 할 일들을 하면서 반나절을 보냈는데 네 놈은 그저 목청이나 가다듬고 있으니!"

수탉이 마치 이 말을 하려는 듯 날개를 퍼덕였다. 두고 보라고, 이 할망구야! 그러고는 세 번째로 또 뽑아댔다. 꼬끼오 꼬꼬!

* Kaffir lime. 잎이 동남아 각국에서 향신료로 널리 쓰이는 식물.

우리는 오두막으로 돌아왔다. 마에 할머니가 싸리비를 한옆으로 치우고 사롱을 휙 끌어올린 다음 모닥불 앞에 쪼그려 앉았더니 죽 냄비를 끌어내어 땅바닥에 내려놓았다. 그러고는 부지깽이를 써서 모닥불 주위로 놓인 돌멩이들을 서로 더 멀리 떨어뜨리고 그 위에다 더 큰 냄비를 얹었다.

"뭘 요리하려는 거예요?" 내가 어쩌면 할머니가 더운 김이 나는 떡을 쪄줄 것 같다는 생각으로 침을 삼키면서 물었다.

"야자 수액을 끓여서 설탕으로 만들려고." 할머니가 모닥불에다 비에 젖은 장작을 넣은 바람에 구름처럼 피어오르는 연기에 기침을 하고 손을 내저어 연기를 쫓으면서 대답했다. "나한테 네 도움이 필요하구나." 할머니가 계속 기침을 하면서 다 죽어가는 장작들을 가리켰다. "바람을 세게 한번 불어봐라."

나는 할머니 옆에 쪼그려 앉아 불꽃이 싹처럼 돋았다가 훨훨 타오를 때까지 바람을 불고 또 불었다. 마에 할머니가 검댕으로 새까매진 커다란 냄비에다 대나무 통에 남은 야자 수액을 쏟아 부었다. 내가 그 냄비는 그렇게 적은 양을 끓이기에는 너무 크다는 생각을 막 하려는 참에 폭 할아버지가 양어깨에 끈으로 묶여 묵직하게 부딪히는 한 다발의 대나무 통들을 지고 나타났다. 그러고는 나뭇잎으로 된 마개들을 벗기고 대나무 통에 든 것들을 냄비에 쏟아 부어 그 달콤한 냄새가 나는 수액을 가장자리까지 찰랑찰랑하게 채웠다. 마에 할머니가 불에 나무들을 더 집어넣고 그 용액을 끓였다.

아침에 나무들을 타고 오르내린 극도의 피로감으로 뿌듯해진 폭 할아버지가 천천히 대나무 평상에 앉아서 마에 할머니가 그들이 씹는 온갖 재료들을 챙겨둔, 야자 잎으로 만들어진 커다란 상자에서 썹는담배를 꺼내어 느긋이 즐겼다. 그리고 다음에는 마에 할머니에게 우리의 아침 소풍에 대해서 이야기했는데, 이야기를 하는 동안 내내 할아버지의 손은 나무를 깎아 송아지를 만드느라 바쁘게 움직였다.

18

우리는 폭 할아버지가 '몬순의 한탄'이라고 부르는 철 동안 스퉁 카에 자리를 잡았다. 그 철에는 비가 오전 내내 끊임없는 이슬비로 이어지다가 오후에는 달랠 길 없이 울부짖었고 그다음에는 흐느낌으로 잦아들어 저녁 내내, 때로는 한밤중까지 계속되었다. 그렇게 비가 내리는 동안 전갈 같은 어떤 생물들은 물에 빠져 죽는 반면 개구리나 두꺼비 같은 다른 생물들은 번식을 했고 젤라틴 모양의 알들이 흩어진 연못이나 물웅덩이들에서 꽥꽥거리고 개골거리는 야생의 불협화음들로 합창을 했다. 그 자연의 세상에서는 삶과 죽음이 동시에 경축되고 애도되며 그 어느 것도 다른 어떤 것보다 더 주목받지 못하는 것 같아 보였다.

비는 실로 혁명의 열기가 시골에서의 삶을 변화시킨 것만큼이나 풍경을 바꾸어놓아서, 때로는 몬순을 지배하는 힘이 혁명을 지배하는 세력과 한통속이 된 것 같았다. 우리가 스퉁 카에 마을로 온 지 얼마 지나지 않아서 그 마을 일부와 그 주변 저지대 대부분이 물에 잠겨 한때는 확실한 땅이었던 지형이 이리저리 떠돌아다니는 섬들을 품고 움직이는 호수로 바뀌고 있었다. 거대한 군집을 이룬 부레옥잠들이 어느 날 아침 느닷없이 마치 영감에 의한 것처럼, 다도해의 섬들처럼 나타났다. 그리고 사나흘 동안 그 식물들은 두껍고 푹신한 잎사귀들 위에서 쉬려거나 주머니 모양의 꽃들에서 물을 마시려고 찾아온 새들의 실루엣을 데리고 다니며 유유히 물의 캔버스를 가로질러 미끄러졌다. 그다음에는 폭우가 그 경치에 싫증이 난 신의 총채 빗자루인 양 쏟아져 내려 떠다니는 섬들을 쓸어내고 그곳을 일렁이는 연잎들 천지로 바꾸었다. 연들은 분홍색 하얀색 꽃들을 피웠고, 마지막에는 꽃들이 튼실한 초록색 연밥들에 자리를 내주었다. 폭 할아버지는 나를 야자나무 카누로 데려가곤 했는데 거기에서 할아버지가 대나무 츠니앙(chniang)으로 갓 부화한 새우와 작은 물고기들을 찾아보는 동안 나는 연밥들을 우리가 점심 때 집으로 돌아갈 때까지 시들지 않고 싱싱하게 남아 있도록 수면 아래로 팔 길이 정도 되는 곳의 줄기를 꺾어서 따 모았다. 그러나 어떤 날들에는 오후 내내 밖으로 나가 있으면서 마에 할머니가 싸준 쌀밥과 파파야 새우절임으로 점심을 먹고 연잎과 연밥들 사이에서 꿈결처럼 떠다니며 배가 고파지면 갓 생겨난 연자육*들로 허기를 달래기도 했다. 그런 식으로 우리는 말 한 마디 주고받지 않고 계속 떠다녔다. 만일 어쩌다 즐기고 싶어지거나 아니면 그저 정적 한가운데서 우리의 존재

* 연밥 속에 든 도토리 모양의 씨. 감인이라고도 함.

를 확인하고 싶으면 나는 연밥을 찢어 아직 씨가 맺히지 않은 오목한 껍질을 이마에다 대고 세게 쳤다. 그러면 폭 할아버지는 뻥 터지는 요란한 소리에 몽상에서 깨어나 천천히 나를 돌아다보았다가 내 이마에 무슨 짓을 했는지 드러내주는 붉은 자국이 생긴 것을 알아차리고 어김없이 할아버지 자신의 이마에다도 뻥 소리를 내서 대답을 해주었다. 그 정도로 대화를 하고 나면 우리는 다시 침묵으로 빠져들어 찾아내어지거나 구조될 필요가 없는 두 외로운 영혼처럼 이리저리 떠다녔다.

언젠가 조용히 이슬비가 내리고 있었을 때, 할아버지와 나는 제각기 백일몽에 빠져들어 우리 자신을 완전히 잊고 있었다. 마침내 우리가 어둑어둑해질 무렵 물에 흠뻑 젖고 비바람에 시달린 채 쪽배 한가득 실린 연밥과 사나흘 동안 먹을 수 있는 것보다도 더 많은 새우들과 작은 물고기들을 가지고 집으로 돌아왔을 때, 마에 할머니는 걱정이 되어서 애를 태우고 있다가—할머니 말대로라면 "아이고, 부처님, 나는 둘이 바다의 파도에 떠내려간 줄 알았수!"—그 많은 수확에 들떠서 제정신이 아니었다. 폭 할아버지와 나는 할머니가 그 정도 과장은 할 것으로 예상하고 있었기에 재미있어하는 눈짓을 주고받았다. 그러나 마에 할머니의 말이 순전한 과장은 아니었다. 우리 오두막이 있는 약간 솟아오른 땅에서 보자면 주위를 에워싼 물이 꼭 바다가 내륙으로 이어진 막다른 골짜기들처럼 보였으니까. 엄마는 내가 안심해도 좋은 사람에게 맡겨져 있다는 것을 알고 있었다. 폭 할아버지의 보살핌으로 나는 헤엄치는 법을 배웠고 아직 썩 잘치지는 못했어도 안전하게 헤어나갈 정도는 충분히 되었다.

홍수가 풍요와 부족을 동시에 가져다주었다. 물고기들, 게들, 가재들—마을 사람들이 오랫동안 기다려온 계절의 별미로 여기는 여러 가지 이상한 생물들과 귀뚜라미들은 말할 것도 없고—이 물을 휘젓다가 우리의 그물과 어망들로 곧장 들어오기 일쑤였고, 마에 할머니는 그날 바로 먹지 않은 것들을 소금물에 절여서 그 뒤로 우리가 며칠, 몇 주일 내내 먹을 수 있도록 보존했다.

그러나 쌀은 부족해질 터여서 모든 사람들에게 커다란 걱정거리가 되었다. 홍수로 인해 엄청나게 많은 문제들이 생겼고 그중에서도 가장 심각한 것은 모내기를 한 논들이 물에 완전히 잠겼다는 것이었다. 폭 할아버지는 홍수가 훑고 지나간 구역 한가운데에 있는 논들에는 애초에 적어도 몬순철의 비가 누그러질 때까지는 모내기를 하지 말았어야 옳았다고 했다. 그런 때에는 '물을 몰아내는 벼'라고 알려진 전통적 방법이 쓰여서, 농부들은 그 방법에 따라 범람해 들어왔던 물이 막 빠져나간 곳으로 달려가서 마치 물을 몰아내듯 물이 빠지는 길과 만곡부를 따라 어린 벼들을 옮겨 심었다. 폭 할아버지는 그것이 효과적이고 시기를 존중하는 모내기 방법이라고 했다. 홍수에 실려 톤레삽 호수와 메콩강만큼이나 먼 곳에서 온 자양분과 무기질이 토양을 기름지게 해주기 때문이라는 것이었다. 그러나 혁명군 우두머리들과 병사들은 물을 몰아내는 벼에 대해서는 아무것도 알지 못한 채, 속도를 높여 생산량을 늘리는 데만 혈안이 되어서 마을 사람들에게 소중한 벼 싹들로 논들을 채우라고 명령했고, 그 싹들은 모두 물에 잠겨 죽었다. 이제 시커멓게 썩은 줄기의 파편들이 치명적인 바늘거머리들처럼 어디에나 떠돌고 있어서 모내기가 된

다른 논들에까지 도열병이 퍼질 위험이 있었다.

쌀 부족에 대한 마을 사람들의 두려움에 부응해서인지, 아니면 그 이름이 공적인 모든 발언과 논쟁에 느낌표처럼 힘을 실어주는 조직에 대한 그들 자신의 두려움에서였는지 카마피발은 또다시 그들의 계획을 밀고 나갔다. 이번에는 마을의 쌀 공급을 하나의 거대한 비축물로 공유화하겠다는 것이었다. 그들은 혁명군 병사들을 보내 이전 지주의 사유지였던 곳에서 공동 곡물저장소 설립을 위한 '인민정치' 모임이 있을 것이라고 알렸다. 마을 사람들 모두가 참석을 해야 했다. 몇몇 사람들은 굳은 땅을 좋아해서 진창이 진 구불구불한 길을 마다치 않고 우마차로 왔지만 대부분의 다른 사람들은 물길을 택했다. 공동체 곳곳의 모든 마을 사람들이 같은 목적지를 향해 가는 동안 줄줄이 늘어선 보트와 카누들이 놓치는 흐름을 누비듯 지나갔다. 우리도 야자나무를 파서 만든 쪽배로 기꺼이 그 순례여행에 동참했다. 여행의 취지가 심각한 것이었음에도 불구하고 그 모든 광경에는 축제 같은 분위기가 배어 있었다. 화창하고 맑은 날이 비가 갠 뒤의 선명한 빛을 자랑했고 눈부시게 파란 하늘에는 하얀 조각구름들이 작은 꽃들처럼 떠 있었다. 햇빛 냄새 품은 미풍이 우리의 얼굴을 스쳐지나가며 물을 가로질러 서로에게 우리의 인사를 실어날랐다. "안녕하시오, 친구들! 안녕하시오, 친구들! 우리 경주합시다!"

그러나 도착을 하고 나자 분위기가 완전히 바뀌었다. 사람들 모두가 이야기를 그만두었고 모임에 대한 불안이 어둠처럼 우리를 에워쌌다. 폭 할아버지가 쪽배를 제방 측면에 들러붙어 있는 어린 버드나무에 잡아맸다. 우리는 모두 배에서 내려 지정된 곳까지 얼마

되지 않는 거리를 걸었다. 한쪽에는 오래된 과일나무들로 둘러싸이고 층층이 쌓은 겹지붕을 인 널따란 집이 한 채 있었고, 다른 쪽에는 아주 오래되어 보이는 높다란 나왕나무 그늘 밑에 곡물저장소가 있었다. 우리는 사람들을 따라 곡물저장소로 갔다. 거기에는 아주 커다란 농기구들—나무로 된 탈곡기, 키, 맷돌, 절구, 공이—이 짚과 옥수수 껍질로 덮인 바닥을 가로질러 거대한 곤충들의 외골격처럼 널브러져 있었다. 아이들은 부모들이 말리는데도 못 들은 척 커다란 기구들로 기어올라갔다. 그러나 카마피발이 나타나자 모든 동작과 소리가 일시에 뚝 끊겼다. 한 남자가 앞으로 나서서 자기를 봉속—'빅브라더 속'—이라고 소개했다. 기린처럼 호리호리한 몸에 야행성 동물처럼 눈꺼풀이 축 처진 눈을 한 그의 모습이 신화에 나오는 클리앙 스락(khliang srak), 그 울음이 병든 사람의 죽음을 미리 알린다는 동물 같아 보였다. 다른 사람들이 그에게 복종을 하는 데서 나는 그가 지역 카마피발의 대표, 그 무리의 우두머리라는 것을 알 수 있었다. 그는 의례적인 인사말로 시간을 낭비하지 않고 곧장 본론으로 들어갔다.

"여기는 대단히 의미심장한 곳이오." 그가 입을 거의 움직이지 않고 말했다. 그러나 목소리가 너무도 음침해서 거기에는 우리의 숨소리마저도 죽이는 효과가 있었다. "이 토지는 우리 모두가 알고 있다시피 한때는 부유한 지주의 것이었소. 그러나 이제는 탐욕과 봉건제도의 전리품으로 축적된 그런 부의 찌꺼기들 사이에서 우리는 협동적이고 집단적인 부를 쌓아올려야 할 것이오." 그의 이마가 활 모양이 되면서 눈꺼풀이 축 처진 눈을 좀 더 많이 드러냈지만 그의 얼굴

표정은 변함없이 냉담했다. "혁명을 진전시키기 위한 우리의 노력에 반동분자들이 의문을 제기할 수도 있겠으나……."

나는 그 연설이 협박이라는 것을 알고 있었다. 그들은 모두 그런 식으로 자기네의 악의를 미사여구로 듣기 좋게 꾸몄다. 나는 봉 속이라는 사람을 보고 그의 냉혹한 목소리를 듣는 것만으로도 그가 경계해야 할 사람이라는 것을 알았다.

"그러나 우리는 그들이 말하는 목소리를 알고, 설령 그들이 우리 가운데 숨어 있더라도 그들의 얼굴을 알고 있소." 그가 잠시 뜸을 들였다. "집으로 돌아가시오. 동무들의 쌀을 준비하시오. 동무들의 동지인 병사들이—그가 고갯짓으로 사방이 트인 기다란 목조 건물에 모여 있는 병사들 쪽을 가리켰다—즉시 동무들을 따라가서 내주는 것을 모을 것이오."

그 말과 함께 모임은 바로 끝났고 마을 사람들은 흩어져서 자기네 배나 우마차로 돌아갔다.

우리가 두려워했던 대로 스퉁 카에로 돌아갔을 때에는 병사들이 와 있었다. 그들은 마을 사람들 모두의 쌀을 가져갔고 그 대가로 각 가족은 일주일 치를 배급받았다. 배급량은 일 인당 하루에 조그만 깡통 하나 분량이었다. 그래서 우리 넷—폭 할아버지, 마에 할머니, 엄마, 그리고 나—은 모두 합쳐서 하루에, 마땅히 그래야 하는 것처럼 다섯 깡통이 아니라 네 깡통 분량만을 받았다. 라다나는 너무 작아서 한 사람으로 쳐줄 수 없다는 것이 병사의 말이었다. 그래서 그 아이는 아무것도 받지 못했다.

일주일이나 그쯤 뒤에 캄보디아인들이 죽은 사람들의 영혼을 기리는 신성한 불교 축일인 프춤번(Pchum Ben)이 왔다. 조직의 규칙 하에서는 그 어떤 종교적 축일도 경축할 수 없었지만 마에 할머니는 어떻게든 그날을 기려야 한다고 했다. 그런데 내 생일은 그 축일 전이었고, 그래서 나는 내가 이제 여덟 살이 되었다는 것을 알았다. 엄마는 몹시 미안해하는 표정으로 나를 바라보았지만 나는 엄마가 내 생일을 기억하지 못하고 넘긴 것이 슬프지도 속상하지도 않았다. 그런 것이 오히려 더 나았다. 이제 우리는 생일을 전에 집에서 그랬던 것처럼 갖가지 음식을 차려 가족과 친구들하고 같이 축하할 수 없었다. 또 그 외에도 내 생각으로는 여덟이 잘못된―왠지 부적절한― 숫자인 것 같았다. 나는 내 나이가 그보다 훨씬 더 많다고 믿게까지 되었고, 지난 몇 달 동안 때때로 수면에 비치는 어린 여자아이의 반사상을 일종의 영혼, 그 여자아이가 잔물결 사이로 다시 사라지기 전에 내 눈길 밑으로 스쳐지나가는 정직한 유령으로 보게 되었다. 그래서 마에 할머니가 한밤중에 미신적으로 죽은 사람들의 혼령들에게 음식물을 바칠 때면 나는 나 자신의 유령에게 기도를 올렸다. 나 자신의 죽음을 상상하는 것은 견딜 수 있었지만 아빠의 죽음을 생각하는 것은 할 수도 없었고 하지도 않을 일이기 때문이었다. 엄마가 마에 할머니를 따라 아빠의 이름을 속삭이면서 바쳐진 하찮은 음식을 아빠도 같이 나누도록 아빠의 영혼을 불러내자 나는 엄마에게 화가 났다. 엄마는 내가 아빠를 안전하게 숨겨놓은 곳―하늘, 달, 내 희망과 상상의 은밀한 영역―에서 내 가슴에 뚫린 그 무섭고 아픈 구멍으로 되돌리고 있었다. 나는 엄마에게 아빠의 영혼을 기리고 아빠의 존재를 환기시키는 그런 밤 기도건 다른 무엇이건 다 필요 없다고, 아빠는 언제나 나와 함께 있다고 말해주고 싶었다. 다음 날 아침은 더 이상 프춤번이 아니었고 나는 그 평범한 날을 기꺼이 맞았다.

그렇게 슬픔을 불러내고 우리의 기억이 잃어버린 것들로 돌아가고 하는 것만 제외한다면 우리는 스퉁 카에에, 마에 할머니와 폭 할아버지에게 '입양된' 아이들이자 농부들로서의 새로운 삶에, 시도 때도 없이 바뀌는 카마피발의 규칙과 조직의 변덕에, 그리고 마치 평온은 수상한 것이고 평온 그 자체가 적이라도 되는 양 혼란을 선호하는 조직에 잘 적응하고 있었다. 나는 마을뿐 아니라 마을 사람들에 대해서도 알아야 할 것들을 재빨리 배웠다. 마을 사람들은 논들이 연결된 것처럼 모든 면에서 연결되어 있었는데, 그들의 관계가 부분적으로 겹치기도 하고 빙 돌아가기도 해서 처음에는 누가 누구와 어떤 식으로—혈연, 결혼, 토르, 또는 그 세 가지 모두로—연결되어 있는지를 확실히 알아내기란 불가능해 보였다. 또 그 농부들은 이제 더 이상 단지 네악 스라에가 아니라 '기반 인민'이라는 뜻인 네악 모울라탄이나 좀 더 일반적으로는 '본래 인민'이라는 뜻인 네악 차스(Neak Chas)라고 불려야 한다는 것도 알게 되었다. 즉 그들은 우리 모두를 세상에 나오도록 해준 근원인 '기반'이었고 이제부터 새롭게 시작될 모든 것의 근원인 '본래'라는 것이었다. 그와는 반대로 엄마와 나 같은 도시 사람들은 네악 스메이(Neak Thmey, 새로운 인민)로 농촌 생활에 생소한 사람들이거나, 또는 어쩌면 아직 길들여지지 않아서 시험받고 시련을 겪어야 하는 짐승들일지도 몰랐다. 마에 할머니와 폭 할아

313

버지는 '본래'건 '새로운'이건 사람들이기는 매한가지니까 누구를 믿을 수 있고 믿을 수 없는지는 나 스스로 판단해야 한다고 했다. 그래서 나는 인간의 영역을 항해하는 동안, 내 생존을 위해 힘겹게 헤쳐나가는 동안, 폭 할아버지가 나를 데리고 논들을 가로질러 걷다가 논물 밑에는 무엇이 있는지 보여주었던 그날 내게 알려주고 싶어 했던 것이 무엇이었는지를 알아차리기 시작했다. 그것은 겉으로 보기에는 파괴되지 않아서 요동 없이 단조로운 농촌 지역에도 바늘거머리처럼 남의 피를 빨고 파멸시켜 살아가는 사람들이 숨어 있다는 것이었다. 내가 뿌리를 뽑히고 옮겨 심어져서 살아남으려면 나는 어린 벼들이 그러듯 자라는 데 있는 힘을 다해야 했다. 진창과 퇴비 위로, 내가 처해 있는 야만스러운 환경 위로 솟아오르면서도 그 환경 속에서 잘 자라는 것처럼 보여야 했다.

엄마 역시 동화되려고 최선을 다했다. 엄마는 자신에 대해 끝없는 비판과 비난을 불러올 만한 측면을 가능한 한 덮어가리려고 애썼다. 자신의 몸과 행동을 농촌 생활의 리듬에 맞추어서 동이 트기도 전에 일어나 마에 할머니와 폭 할아버지가 집 주변을 돌아다니며 손보는 이런저런 허드렛일을 거들었고, 날이 밝았을 때쯤에는 우리가 전날 더럽힌 옷들을 이미 다 빨아서 말리려고 빨랫줄에 넌 뒤 요리를 해서 우리의 점심을 싸놓고 그날 하루의 모내기를 하러 갈 준비가 되어 있었다. 그리고 들판에서도 시골에서 자랐던 어린 시절의 경험을 끌어내어 새로운 인민에게서 기대할 수 있는 것보다 더 많은 일을 더 잘해냈다. 하지만 그러면서도 엄마는 자신이 방대한 토지를 소유하고 수많은 하인들을 두었던 지주의 딸이었다는 사실은 숨긴 채,

자기가 농사에 대해서 알고 있는 것은 사람들이 하는 일을 지켜보고 배운 것이 아니라 자신이 직접 일을 해서 배운 것이라고 했다. 엄마는 옷들을 수수한 색으로 물들였고 긴 머리카락을 크로마 밑에 숨겼다. 그리고 말도 마을 사람들이 쓰는 사투리를 쓰면서 때로는 시골 억양인 읊조림과 콧소리를 그대로 흉내 내기까지 했다. 엄마의 변화는 나비가 애벌레로 돌아가는 거꾸로 된 변신 같았다. 엄마의 참된 본성, 엄마의 정수(精髓)는 껍질 속에 든 번데기처럼 활동이 정지되어 있었다. 조직의 감시에서 벗어나 혼자가 되어서야 엄마는 우리를 끌어안아 입을 맞추었고, 야생 재스민들을 따서 그 희미한 향기가 나는 꽃들을 옷 주름들 속으로 밀어 넣었고 긴 머리카락을 천천히 여유롭게 빗어내렸다. 언젠가 한번은 엄마가 부러진 칫솔 손잡이를 대나무 가지로 바꾸려고 하던 중에 실수로 말이 잘못 나온 적이 있었다. "왕비 할머님은—" 그러다 말고 엄마가 얼른 말을 고쳤다. "그러니까 내 말은 할머니가…… 네 할머니는 검은 이가 옛날에는 아름다움의 표시라고 했어. 그런데 이제 그 이유를 알겠구나. 치약이나 적당한 칫솔이 하나도 없던 시절에는 그 얼룩이 이를 감싸서 충치가 생기지 않게 막아주었거든." 그러고는 나를 바라보지 않고 덧붙였다. "너는 이게 우리의 삶이라고 생각해서는 안 돼, 라미. 지금 우리는 우리가 아니니까. 우리는 그 이상이야."

엄마는 그 말을 후렴구처럼 반복했고 엄마에게서 그 말을 들을 때마다 나는 우리가 잃어버린 모든 것들 속에 예전의 우리가 존재한다는 것을 더더욱 굳게 믿지 않을 수 없었다. 엄마는 사라져버린 집과 가족, 아빠와 다른 가족들이 남긴 그 크게 벌어진 구멍이, 공기가 풍선에 모양과 크기를 주듯 우리의 인간됨에 형태와 무게를 주었고 그래서 우리는 슬픔으로 멍해진 채 떠돌고 표류하면서도 오로지 가느다란 실 같은 자기인식, 한때는 우리가 그 이상이었다는, 우리에게는 잃어버린 것 외에도 가진 것이 더 있었다는 어렴풋한 인식으로만 굳은 땅에 매어져 있다고 했다.

"그걸 기억해라, 라미." 엄마는 내게 그 말을 다시, 또다시 하고 또 했다. 혁명군 병사들과 카마피발이 소란스럽게 지시를 내리고 있는 중에. 낡은 세상은 잊어버리시오! 동무들에게서 봉건적 습관과 제국주의적 성향을 제거하시오! 과거는 잊어버리시오!

"네가 누구인지를 기억해."

동무들을 나약하게 만드는 기억들을 버리시오! 기억은 질병이기 때문이오!

"너는 네 아빠 딸이야."

엄마가 그 말을 할 때마다 죄책감이 나를 사로잡았다. 나는 엄마에게 아빠의 이름을 누설해서 미안하다고 하고 싶었다. 아빠가 자랑스러워서 그랬을 뿐이라고. 나는 엄마에게 지금까지도 나는 내 자랑스러움이 어째서 아빠를 앗아갔는지 잘 몰라서 미안하다고 하고 싶었다. 그러나 '미안하다'는 말은 너무 하찮은 말 같았고, 그래서 엄마가 내게 나는 아빠의 딸이라고 일깨워줄 때마다 그 말이 내가 아빠를 곁에 있도록 소중하게 지키지 못했다는 꾸짖음으로 들렸다. 엄마는 나를 나무란 적은 없지만 언젠가 한번 그 비슷한 말을 한 적은 있었다. "네가 아무리 아빠를 사랑하더라도, 라미, 너는 아빠의 기억을 너 혼자서만 간직할 줄 알아야 해."

어느 날 아침 논에서 카마피발의 아내라고 알려진 한 무리의 여자들이 우리에게로 다가왔다. 그리고 우리가 있는 곳보다 오십 센티미터쯤 높은 논둑에 모여 서더니 봉 속의 아내인 네악 소트 —사람들 모두가 그 여자 뒤에서는 '자매 동지'라고 하지 않고 '뚱땡이'라고 부르는 —가 목청을 가다듬고 목쉰 소리로 꺽꺽거렸다. "아나 동무, 우리는 동무가 그렇게 잘하고 있는 것이 매우 기뻐. 동무는 위대한 혁명의 실질을 보여주었어."

엄마가 모내기를 하다 허리를 펴고 손등으로 이마에 맺힌 땀방울들을 닦았다. 하지만 그 여자의 칭찬에 대해서는 아무런 반응도 보이지 않았다.

뚱땡이가 말을 이었다. "새로운 인민들은 대부분 동무처럼 잘 적응하지를 못해, 알 테지만. 그들은 여기로 온 뒤부터 지금까지 아무런 진전도 보이지 못하고 있어 —실망스럽다는 투로 고개를 저으면서 —그들을 재교육시키려는 우리의 노력에도 불구하고." 그 여자가 한숨을 길게 내쉬었다. "아, 그들은 늘 그랬던 것처럼 지금도 여전히 썩은 바나나라고! 속이 모두 엉망진창인!" 같이 온 여자들이 킬킬거리자 그 여자가 눈짓으로 웃음소리를 내지 못하게 했다. "동무, 해방 전에 하고 있던 일이 뭐였지?"

엄마가 보자기에 담아가지고 다니던 어린 벼들 중에서 일부를 갈라내어 다시 허리를 굽히고 물이 들어찬 논에 심었다. "하녀였어요." 엄마가 고개를 들지 않고 대답했다. "유모였지요."

"알겠어. 그런데 정확히 무슨 일을 했었지?"

"주인마님 아이들에게 젖을 먹이고 돌보았어요."

"설마!" 다른 여자들 중 하나가 못 믿겠다는 기색을 숨기지 못하고 소리치자 뚱땡이가 나지막하게 웅얼거렸다. "동무 모습을 보면 그렇다고는 도저히 짐작도 못하겠는데." 그 여자가 논둑에 쪼그려 앉더니 손을 뻗쳐 엄마의 팔을 만졌다. "동무 피부가 달걀처럼 매끄러운데, 아나 동무." 그 여자의 눈이 진흙으로 더럽혀지고 어린 벼 조각들이 들러붙은 엄마의 손을 쏘아보았다. "동무 손가락은—그걸 뭐라고 해야 하지?—공주의 손가락이야. 아, 너무도 곱고 잘 보존되었어!" 그 여자가 가짜로 웃는 소리를 냈다.

엄마는 그 자리에 얼어붙었다.

"그 손가락들이 이 진흙탕 속에서 망가지지 않기를 바라보자고." 뚱땡이가 억지로 웃었다. 그러고는 다시 일어서더니 어딘가로 가던 도중에 잠시 정답게 수다나 좀 떨려고 걸음을 멈췄던 것처럼 휭 하니 다른 데로 가버렸다. 그 여자를 뒤따르는 다른 여자들이 쓸데없는 소리를 늘어놓았다. "그 말이 맞아요, 자매 동지. 그들은 썩은 바나나 같다고요!" 그러자 또 다른 여자가 받아넘겼다. "똥거름 말고는 아무 짝에도 못쓰지요!"

그들이 우리 말소리가 들리지 않을 만큼 멀어지자 나는 엄마를 돌아다보고 물었다. "왜 유모라고 했어요?" 나는 왠지 모르게 배신감을 느꼈다. "엄마는 유모가 아니잖아요."

엄마는 먼산바라기를 하고 있었다. "너한테 우리가 누구인지를 기억하라고 한 게 잘못이었어. 내가 잘못 생각한 거야. 이제는 그 어느 것도 중요하지 않아, 라미. 우리에게 무엇이 있었고 우리가 어떤 사람들이었는지는. 그건 조금도 중요하지 않아. 우리는 지금 여기에, 이곳에 붙잡혀 있으니까."

"엄마는 유모가 아니에요."

"이제부터 너는 하녀의 딸이야." 엄마가 무릎까지 차 있는 물에 비친 흐릿한 반사상을 응시하며 나지막하게 말했다. "나는 하녀고."

우리가 키엔 스바이의 과일 재배자였다는 이야기는 어떻게 하고? "아빠는 우리가—"

"아빠, 아빠!" 엄마가 말을 잘랐다. "그 사람은 여전히 네 아빠였을 거야, 만일—" 엄마가 말을 딱 멈췄지만 이미 때가 너무 늦어 있었다. 나는 엄마가 하려던 말이 무엇인지 알았으니까. 그랬다. 아빠는 만일 내가 병사들에게 누설을 하지 않았더라면 여전히 우리와 함께 있을 것이었다.

"아빠는 없어." 엄마의 눈에 눈물이 글썽해졌지만 엄마는 애써 눈물을 참았다. "누가 묻거든 아빠가 없다고 해. 아빠를 알지 못한다고. 아빠가 누구인지도 모른다고."

나는 아무 말도 하지 않았다. 엄마와 나 사이의 땅이 갑자기 갈라져 그 갈라진 틈이 더 길어질수록 더 넓어지며 단층선처럼 뚝 끊어진 느낌이었다. 동무 손가락은 공주의 손가락이야. 마치 뚱땡이의 말에 겁을 먹기라도 한 것처럼, 별안간에 엄마는 잊어버리는 쪽을 택해서 예전의 우리에 대한 기억을 모두 지우고 사실들을 한데 끌어모아 그 뿌리들을 부정과 보살핌 받지 못하는 고통이라는 꼼짝 못 할 진구렁에 묻고 있었다. 그것도 내가 엄마의 세세한 이야기들 하나하나를 다 기억에 새기겠다는 결의를 더더욱 굳히고 있었을 때에.

엄마는 내게 등을 돌렸다.

나는 내게 확신이 필요한 만큼 속으로 엄마에게 기대지 말아야 한
다고 다짐했다. 그러는 대신 엄마에게서 갈라지고 분리된 나 자신이
라는 내 쪽에 있어야 했다. 그것이 내가 살아남는 유일한 방법이었다.

19

수확기가 되자 긴긴 낮 동안에는 들판에서 벼를 베어 모으고 그런 다음에는 밤늦게까지 타작을 하는 일이 끝없이 이어졌다. 어느 날 저녁, 하늘이 어스레한 회색으로 바뀌는 동안 우리는 공동 곡물 저장소로 가서 우리가 스퉁 카에로 온 이래 모든 모임과 행사를 통틀어 첫 번째의 공식적인 축제에 참가하려고 모여든 들뜬 사람들 틈에 끼었다. 거대한 캐슈나무 줄기가 갈라진 곳에 끼워진, 그 나무 아래에 놓인 조그만 검은색 카세트 플레이어와 전선줄로 연결된 스피커에서 전통음악이 흘러나왔다. 스피커고 카세트 녹음기고 모두 자동차 배터리나 마찬가지로 얼기설기 붙들어 매어져 있었다. 나는 몇 달 전 우리를 스퉁 카에로 실어왔던 그 군용 트럭을 떠올렸다. 대체 무슨 일이 벌어진 거야? 배터리가 엔진 덮개 밑에서 떨어져 나갔어? 일고여덟 명의 남자 혁명군 병사들이 그 이상한 뮤직박스, 소리 나는 주둥이가 해체된 풍금처럼 나무에 높이 걸터앉아 쿵쿵 울리는 북소리로 가슴을 치는 기괴한 물건을 지키고 서서 좀 더 자세히 보려고 몰려들어 낄낄거리는 아이들을 가까이 오지 못하게 하고 있었다. 두 병사가 팔짱을 끼고 서로의 선율을 흉내 내는 대나무 피리와 코코넛 류트* 소리에 맞춰 서로의 스텝을 따라 밟으며 춤을 추기 시작했다. 그리고 다른 병사들은 합창으로 일제히 노래를 불렀다. 오오, 민주 캄푸치아의 영광과 풍요는 농민들의 힘과 아름다움에서 온다네……. 그것들 모두가, 마치 눈에 익은 것들―카세트 플레이어, 자동차 배터리, 전선―이 처박혀 있는 어떤 구멍 속으로 떨어졌다가 옛 추억을 주워 모아 재활용된 것처럼 아주 별나 보였다. 그렇더라도 나는 기분이 좋았고 혁명을 고취하는 가사와 함께 둥둥 울리는 전통적인 가락과 동지애와 떠들썩한 흥겨움에 정신이 온통 팔렸다. 그것은 우리가 전쟁 전에, 이 모든 것 이전에 농부들이 하늘과 땅에 감사드리고 태양과 비를 기리고 따뜻한 누른 쌀을 공물로 바치러 모여들곤 했던 그런 수확 축제였다.

달. 수확을 축하할 때는 언제나 달이 떴었다는 기억을 떠올리며 나는 달을 생각했다. 하늘을 올려다보니 거기에, 거대한 캐슈나무 위로 하늘 높은 곳에 달이 떠 있었다. 아직은 그저 희미한 실루엣이었지만 분명히 거기에 있었다. 하늘에 걸려 있는 거대한 거품처럼 빛을 통과시키는 둥근 달이, 내가 그 안으로 미끄러져 들어가 그 밤과 흡사했던 어느 밤에 들었던 이야기의 단편들을 찾아낼 수도 있을 것 같은 구멍처럼 거기에 떠 있었다.

---

* Lute. 속이 빈 코코넛을 울림통으로 하는 해금 비슷한 캄보디아 전통 현악기.

음악이 멎었고 내 몽상도 깨어졌다. 카마피발이 들어서자 사람들이 하던 일을 모두 그만두고 그 주위로 모여들어 귀를 기울였다. 나는 사람들 사이에서 봉 속과 뚱땡이를 찾아보았지만 그들은 카마피발 무리에 끼어 있지 않았다. 다른 요원들 중 하나가 연설을 시작했다. "혁명 과업이 끝나려면 아직 멀었소! 우리는 계속 전진해야 하오! 우리의 투쟁을 계속해야 한다는 말이오! 민주 캄푸치아가 번영하고 강력해지도록 돕기 위해 조직은 모든 사람, 일할 수 있는 육체하나하나를 다 필요로 하고 있소. 세상 사람들에게, 저 너머에서 억압받는 수백만의 사람들에게, 아직 사회주의 체제를 경험하지 못한 고통받는 인민들에게 영광되고 빛나는 본보기가 되도록 말이오!"

"옳소, 옳소!" 혁명군 병사들이 외치자 모인 사람들이 따라서 같이 외쳤다. "만세, 만세!"

카마피발이 연설을 이어나갔다. "해방 이래, 도시들을 비운 이래 세상 사람들에게 우리가 커다란 걸음을 내디뎠다는 것을 보여주는 데 첫 수확을 거둔 지금보다 더 좋은 때는 없을 것이오!" 그가 휙 둘러보는 시늉을 했다. "우리에게 있는 이 모든 쌀이 그걸 증명하고 있소!"

또다시 사람들이 환호했고 그들의 외침은 길게 이어지며 울리는 박수 소리로 더더욱 요란해졌다. 그 순간 나는 좀 떨어진 곳에서 그 여자가, 뚱땡이가 같은 패거리인 뚱뚱한 여자들에 둘러싸여 있는 것을 보았다. 두려움이 온몸을 휩쓸고 지나가며 등골이 오싹해졌고 또다시 소름이 돋았다.

"밤에 일이 끝나면," 카마피발이 말을 길게 끌었다. "우리는 마을 전통에 따라 누른 쌀 잔치로 축하를 할 것이오! 축하위원회가 구성되어 있고—그가 뚱땡이와 그 패거리 쪽을 가리켰다—이 비범한 숙녀들이 동무들 하나하나에게 모두 넉넉히 돌아가도록 조치할 것이오!"

이번에는 환호 소리가 귀청을 찢을 것 같았다.

밤이 내렸다. 타작할 벼 무더기들이 우리를 에워쌌고 그 그림자들이 달빛 아래서 서로 연결되어 흔들리면서 바다와 산맥 같다는, 내가 종종 가공의 전설들로 상상했던 카르스트 지형 같다는 느낌을 주었다. 우리는 꽤나 오랫동안 일을 계속했고 그래서 곧 쉬는 시간이 되어야 할 것 같았다. 그러나 종은 울리지 않고 있었다. 나는 볏단을 몇 개 모아 그중 하나를 라다나에게 건네주고 그 아이가 통로에서 벗어나지 않도록 이끌었다. 통로는 불똥이 다른 곳들로 날지 않도록 땅속으로 깊이 판 구덩이들에 피워놓은 불로 밝혀져 있었다. 우리 같은 아이들에게 일하라는 지시가 내려질 때는 무슨 일을 얼마나 해야 하는지가 딱 정해져 있지 않고 할 수 있는 한 많이 거들어야 하는 것으로 되어 있었다. 일하는 사이사이 쉬는 시간에는 뛰어 돌아다니며 놀 수도 있었지만 어른들을 도와주라는 명령이 떨어지면 놀이를 당장 그만두고—카마피발의 말대로라면 "훌륭한 병사들이 무장하라는 명령을 받았을 때처럼"—우리에게 맡겨진 일을 해야 했다. 그런 일들 중 하나는 볏단들을 어른들이 타작할 수 있도록 날라다주고 다음에는 타작이 끝난 볏짚을 지붕 이는 재료나 가축 사료로 쓰기 위해 모아둔 곳으로 가져다놓는 것이었다. 기술을 요한다기보다는 육체적으로 힘든 타작과 탈곡은 대체로 새로운 인민들에게 맡겨졌는데, 카마피발의 말에 따르자면 그들은 최대한의 노동과 분투를 통해 강인해져야 할 필요가 있다는 것이었다. 특별한 솜씨가 요구되는 도정과 키질은 본래 인민들에게 맡겨졌다. 그들은 언뜻 보기에는 단순한 것 같아도 실제로는 그렇지 않은 키질을 할 때 키를 어느 한쪽으로 잘못 기울여 쌀알을 흘리는 법이라고는 없이 손쉽게 다룰 줄 알았다. 또 쌀알이 손으로 돌려 왕겨를 날리는 나무 바람개비에 부딪혀 부서지게 하는 일도 없었다. 엄마는 타작을 떠맡은 사람들 중의 하나였고, 늘 그랬듯 버팀목이 대어진 두꺼운 나무널판 뒤에 서서 볏단을 하나 집어 들고서 낱알들이 모두 떨어져 나갈 때까지 널판에다 두드린 다음 한옆으로 내려놓고 다른 볏단을 집어 들어 또 두드리고 했다.

엄마가 그 일에 얼마나 철저히 몰두해 있는지를 보면서 나는 엄마의 변화에 놀라지 않을 수 없었다. 앙상하게 뼈만 남은 엄마의 팽팽하게 긴장된 몸은 이제 먹고 일하고 잠자는 것 외에는 다른 어떤 생각이나 감정도 담아둘 수 없는 것 같아 보였다. 들판에서 카마피발의 아내들과 맞닥뜨렸던 그날 이후로 엄마는 아빠에 대해서 이야기하기를 딱 그만두고 다시는 아빠 이름 한번 입에 올리지 않았다. 심지어는 내가 다른 사람들에게 아빠 이야기를 하지 않도록 주의조차도 주지 않았다. 나는 그런 엄마를 그때에는 이해하지 못했지만 이제는 이해했고 그래서 이제 더 이상 그 일, 마치 아빠가 존재하지도 않았던 것처럼 아빠를 묻어버리고 우리의 기억에서 지워버린 그 일로 엄마에게 화가 나지는 않았다. 우리의 몸속으로 음식물이 들어와 우리에게 일할 힘을 주고 다음 날 숨을 쉴 수 있게 해주는 동안에는 침묵이 우리를 계속 살아 있게 해주리라는 것, 우리의 생존 비결이 되리라는 것은 분명했다. 그 이외의 것은 무엇이건, 다른 어떤 감정 ─ 슬픔, 후회, 동경 ─ 이건 혼자만의 숨겨진 사치, 우리 하나하나의 외로움 속에서 끌어내어 새로운 광택으로 빛날 때까지 어루만지다가 다시 집어넣고 현재의 삶에 전념해야 하는 사치였다.

엄마가 내 지켜보는 눈길을 알아차리고 고개를 들어 미소를 지어 보이려고 했다. 나는 라다나를 데리고 엄마에게로 가서 우리가 들고 온 볏단을 더미에 보탰다. 엄마가 동작을 멈췄고 엄마의 몸이 굳어졌다. 우리를 끌어안고 숨이 막히도록 뽀뽀를 해주고 싶지만 카마피발이 근처에 있어서 그러지 못하는 것 같았다. 그런 자유분방한 애정 표시는 혁명의 가르침에 위배되는 것이었으니까. 엄마가 우리에게 일을 계속하라는 뜻으로 고개를 끄덕였다. 우리는 볏짚을 한 아름씩 들고 작업장 반대편에 있는 짚가리 쪽으로 건너가면서 일을 계속했다.

마침내 종이 울렸다. 이제 우리는 일을 멈추고 우리 몫의 먹을 것을 받을 수 있었다. 모두들 누른 쌀과 함께 바나나 한 개와 고깔 모양으로 만 나뭇잎에 담긴 달콤한 야자 수액을 하나씩 받았다. "나중에 다시 와." 카마피발의 아내들 중 하나가 내게 딱딱거렸다. 내가 먹을 것을 두 번째로 받으려 한다고 생각한 모양이었다. 나는 라다나의 몫을 받으려는 것이라고 이유를 달았고, 그러자 내 말을 듣고 있던 뚱땡이가 소리쳤다. "아하, 그 애까지도 제 몫을 챙길 만한 나이가 되었다는 거냐?" 그 말에 나는 얼어붙었다. 하지만 그 여자는 깔깔 웃으면서 바나나 한 개와 야자 수액 고깔 하나하고 라다나의 몫을 내주었다. 나는 내가 받은 것들을 끌어안고 뚱땡이가 마음을 바꾸기 전에 재빨리 자리를 떴다.

돌아와 보니 엄마는 펼쳐놓은 볏짚 위에 앉아 있었다. 그리고 라다나는 엄마의 무릎에 뉘어져 이제 막 잠이 들려는 듯 하품을 하고 있었다. 그러나 먹을 것이 보이자 얼른 똑바로 일어나 앉더니 마음이 들떠서 입술을 빨며 끌어안으려는 몸짓으로, 갑작스러운 사랑의 몸짓으로 나를 향해 양팔을 뻗쳤다. 엄마는 라다나가 배고파하는 모습을 견딜 수 없어 하는 것 같았다. 엄마가 일어서더니 자기네 몫의 누른 쌀을 받으려고 줄줄이 늘어서서 기다리는 사람들을 바라보며 말했다. "나는 시간이 꽤 걸릴 것 같구나……." 엄마의 목소리가 특히 더 피곤하게 들렸다. "네 동생이 다 먹고 나면 채우도록 해라. 그 아이에게서 눈 떼지 말고. 네 눈길이 닿지 않는 곳에 놓아두면 안 돼."

나는 누른 쌀과 바나나를 한입 가득 우겨넣은 채 고개를 끄덕였다. 내 옆에서는 라다나가 강아지처럼 핥는 소리를 내며 내가 그 아이의 입에 대준 나뭇잎 고깔에서 야자 수액을 마시고 있었다. 그 모습이 내게 쌍둥이들을 떠올려주었고, 그 아이들도 어딘가에서 배고파하지나 않을까 하는 생각을 하는 동안 나도 모르게 눈에서 눈물이 솟았다. 나는 눈을 들어 보름달을 올려다보았다. 이 세상은 그 둥근 빛이 전체를 다 비출 수 있을 만큼 그렇게 좁다고, 그 똑같은 달 그 똑같은 하늘 아래 어디인가에서는 쌍둥이들과 다른 가족들이 하다 못해 그날 밤만이라도 무사히 잘 먹고 있다고 억지로라도 믿어보려고 애쓰면서.

먹을 것을 다 먹고 나자 라다나가 더러워진 손으로 눈을 부비고 끈적거리는 것을 얼굴에 온통 다 문지르며 하품을 했다. 나는 셔츠 자락 끝을 쥐고 침을 묻혀 그 아이의 피부와 머리카락에 들러붙은 음식 찌꺼기들을 닦아주었다. 내가 그러는 동안 라다나는 졸음기로 무거워진 몸을 가누지 못해 꾸벅꾸벅 졸면서 흔들거리고 있었다. 나는 동생이 한옆으로 쓰러지지 않도록 목덜미를 한 팔로 받쳐서 크로마 위에 뉘였고, 그 아이는 곧바로 잠이 들었다.

작업장 주위로 사방에서 다른 아이들이, 특히 라다나 같은 어린아이들이 저네 엄마의 안락한 품을 찾거나 또는 이런저런 이유로 엄마가 곁에 없으면 나무 밑동의 부드럽게 움푹 팬 자리나 짚단들 사이의 우묵한 곳에서 위안을 찾았다. 밤늦은, 느낌상으로는 아마도 자정에 가까운 시간인 것 같았지만 달빛이 너무도 환해서 정말로 그렇게 늦은 시간인지 확실히는 알 수 없었다. 잠을 자야 하는 시간인 것만은 분명했다. 귀뚜라미와 매미들도 울음을 멈추고 잠잠해져 있었다. 이제 사람들이 굼뜬 동작으로 연장들과 타작한 쌀 바구니들을 치우고 자기네 물건들을 주섬주섬 모으면서 마을로 돌아갈 준비를 하는 동안 작업장 전체에 침묵이 내려앉았다. 이제 우리는 모두 집으로 돌아갈 수 있었지만 몇몇 사람들은 아직 그들 몫의 먹을 것을 받지 못했고 많은 사람들이 한 차례 더 받을 수 있을까 해서 미적거리고 있었다. 그리고 다른 사람들은 집으로 돌아가기 전에 그저 좀 쉬면서 숨을 고르고 음식이 몸에 다시 기력을 채워줄 때까지 기다리려는 것 같았다.

또다시 나는 보름달을 올려다보았다. 아빠의 얼굴이 나를 내려다보고 있다는 상상을 하면서. 나는 어디에서나 아빠의 존재를 느끼고 있었다. 남의 눈에 띄지 않게 아빠와 단 둘이서만 이야기를 주고받고 싶은 충동에 휩싸여 나 혼자 있고 싶었다. 나는 라다나를 내려다보았다. 그 아이는 거기에 그대로 두어도 괜찮겠다는 생각이 들었다. 깊이 잠이 들어 있었으니까. 그 외에도, 폭 할아버지와 마에 할머니가 바로 지척에서 불구덩이들 중 하나 옆의 나무줄기에 구부정하니 기댄 채 눈을 감고 우리가 사는 곳의 연인 야자나무들이 그런 것처럼 서로에게 기대어 가슴을 들먹이며 사이좋게 코를 골고 있었다.

나는 일어나서 짚단들을 이리저리 헤집고 그 너머에 있는 나무들 쪽으로 갔다. 그리고 거기에서부터 눈에 익은 길을 택해 미끄러지듯 매끄럽게 허리까지 차오르는 풀밭으로 들어섰다. 풀들이 내 어깨 높이로 차오를 때까지 내내, 마치 내가 어떤 흔적이나 갈라진 틈도 남기지 않고 공간을 관통해 이동할 수 있는 혼령이나 그림자인 것처럼 몸이 가뿐했고 사람들 눈에 띄지도 않았다. 나는 편안하게 앉을 자리를 만들려고 같은 자리를 뱅뱅 돌면서 연하고 말 잘 듣는 풀들을 밟아 다졌다. 내가 만든 움푹 꺼진 자리가 무척 마음에 들어서 꼭 보금자리 같아 보였다. 다른 어떤 곳 못지않게 잠자기 좋은 곳이라는 생각도 들었다. 내가 고른 자리는 그 어떤 나무나 구름으로도 가려지지 않아서 달이 똑바로 뚜렷하게 보였고, 나는 편안하게 안겨 있는 기분을 느끼며 말도 되지 않는 소리로 나 자신과 이야기를 하기 시작했다. 처음에는 내 목소리를 시험해보고 다음에는 아빠를 불러내어 아빠의 이름을 부르면서.

갑자기 다른 목소리들이 들렸다. 나는 뻣뻣하게 굳어서 숨으려고 몸을 낮췄다. 그 목소리들은 신작로 쪽에서 발자국 소리와 함께 들려오고 있었다. 다음에 갑자기, 누군가가 미끄러져 넘어진 듯 풀잎이 쉬익 쓸리는 소리. "일어나!" 어떤 남자의 목소리에 이어 발길로 차고 떠미는 소리가 들렸고 그다음에는 발자국 소리가 다시 앞쪽으로 옮아가면서 두 번째 목소리가 들렸다. "어떻게 감히 훔치려고 들지? 그것도 우리 코앞에서!"

"지금이 수확기인데도 우리는 굶주리고 있소." 세 번째 목소리가 대답했다.

"좋아, 더는 굶지 않게 될 거라고. 우리가 그 고통을 끝내줄 거니까. 그거 어떻게 생각해?"

아무 대답도 없었다.

"그러면 어디를 동무가 마지막 쉴 곳으로 해줄까? 지주와 그 가족이 있는 저 우물로 해줄까, 아니면 우리가 다른 사람들을 모두 끌어간 저 너머 숲으로 해줄까?"

여전히 아무 대답도 없었다.

"이자를 숲으로 데려가."

그들이 끌어당기고 떠밀고 하는 소리. 나는 내 자리에서 꼼짝도 할 수 없었다.

내가 어떤 길로 해서 왔는지, 걸어서 왔는지 뛰어서 왔는지 기어서 왔는지 시간이 얼마나 걸렸는지는 지금도 모른다. 공동 곡물저장소에 이르렀을 때 내 팔다리와 얼굴은 날카로운 풀잎들과 후려치는 잔가지들에 할퀴어져 온통 다 쓸리고 벗겨져 있었다. 엄마가 내 양어깨를 움켜쥐고 나를 위아래로 훑어보며 물었다. "대체 무슨 일이 있었던 거냐? 어디에 있다 온 거냐고?" 엄마가 나를 너무 세게 흔드는 통에 내 머리가 이리저리 흔들렸다. "네 동생은 어디 있고?"

짚단들 중 하나에서 울음소리가 들렸다. "엄마!"

거기에 그것들이 엄청난 떼로 몰려 있었다. 파리만큼이나 큰 것들이. 라다나가 모기 떼를 피해 양팔로 얼굴을 가리면서 불에 데고 있기라도 한 것처럼 비명을 질렀다.

20

 오두막으로 돌아오자 엄마가 내게 회초리질을 했다. 그 코코넛 잎줄기 회초리는 그렇게도 가늘어서 회초리라기보다 내 등을 가로질러 파고드는 뜨거운 철사 같았다. 폭 할아버지와 마에 할머니가 애원을 하면서 나를 엄마에게서 떼어내려고 했지만 엄마는 단호히 뿌리쳤다. "저는 이 아이 엄마예요!"—그들이 간섭할 일이 아니다—하고는 다시 내게로 돌아섰다. "나는 너한테 네 동생을 지켜보라고 했다. 너는 그 아이에게서 눈을 떼지 말아야 했어. 그런데도 너는 이런 일이 일어나게 놓아두었지. 저 아이를 좀 봐!" 엄마가 짚자리에 누워 있는 라다나를 가리켰다. 그 아이의 온몸이 모기에 물려 부어오른 자국들로 뒤덮여 있었다. 그렇더라도 나는 엄마가 그러는 것이 라다나나 나 때문만은 아니라는 것을 알아차렸다. 엄마가 폭발시킨 분노는 보다 더 큰 어떤 것, 엄마가 잃어버린 모든 것에 대한 상실감 때문이었다. "너는 부주의했어. 이렇게 혼나 마땅해. 네가 매를 번 거야. 알아듣겠니? 네가 매를 번 거라고!"

그랬다. 나는 알아들었다. 하지만 말은 하지 않았다.

"대답해! 네 동생을 혼자 남겨두었을 때 어디에 있었느냐고?"

"아빠!" 코코넛 잎줄기 회초리가 내 등허리를 내리쳤을 때 나는 내 외침 소리를 들었다.

엄마가 더 세게 회초리질을 해댔다. "그ㅡ삼ㅡ여ㅡ없어." 한 마디에 한 대씩. "울ㅡ도ㅡ송ㅡ없고."

하지만 나는 울고 있지 않았다. 단지 아빠를 부르고만 있었다. 이제 나는 열린 문을 통해 아빠를 보았다. 환하게 빛나는, 두려움 모르는 달을. 아빠가 세상을 빛으로 감싸 안으며 웃고 있었다. 나는 아빠에게 나를 안아달라고, 내 감각 잃은 피부를 어루만져달라고, 내 깨진 사랑을 기워달라고 하고 싶었다. 아빠에게 엄마를 안아주라고, 엄마를 다시 온화하고 사랑스러운 사람으로 만들어달라고 하고 싶었다. 아빠가 밤을, 그 밤이 나와 함께 나눈 비밀에도 불구하고 온화하고 사랑스럽게 보이도록 만든 것처럼.

"울어도 소용없어." 엄마가 다시 말했다. 엄마의 뺨을 타고 줄줄 흘러내리는 눈물이 내 몸에 마구 떨어지는 회초리만큼이나 길게 번들거렸다. "그 사람은 네 말을 듣지 못해. 알아듣겠니? 듣지 못한다고! 그 사람은 갔어!"

그랬다. 나는 알아들었다. 모든 것을 다 알아들었고 아무것도 알아듣지 못했다.

"갔다고!"

"미안해요!" 코코넛 잎줄기가 내 어깨를 찢을 때 내가 소리쳤다.

"미안해요. 그 사람들이 아빠를 데려가게 해서!"

엄마가 내 말에 정신이 멍해진 듯 매질을 멈추더니 회초리를 집어 던지고 무릎을 꿇으며 무너져내렸다. 아름답고 덧없는 꿈처럼 엄마는 부서졌고, 모든 것이 엄마와 함께 부서졌다.

그날 밤 더 늦게 하늘이 울었다. 나는 눈을 떴다가 엄마가 문간에 앉아 있는 것을 보았다. 밖은 칠흑처럼 어두웠고 달은 이제 비의 장막에 가려 보이지 않았다. 건기 한중간에 내리는, 땅이 쩍쩍 갈라지기 전에 마지막으로 내리는 비였다. 마에 할머니는 그 비를 플리앙콕(Pliang kok, 빌려진 비)이라고 했다. 다른 밤, 다른 상실로부터 빌려진 비. 우리 머리 위에서 지붕이 다시 새고 있었다. 마에 할머니가 일어나서 새는 곳 밑에다 냄비를 하나 받쳐놓고 문간에서 떨고 있는 엄마에게로 건너갔다. "들어오우, 새댁, 들어오우." 할머니가 엄마의 어깨에 팔을 두르고 달랬지만 엄마는 구슬림을 거부하는 아이처럼 완강하게 고개를 저었다. 마에 할머니가 한숨을 내쉬고 돌아와서 내 옆으로 짚자리에 누웠다. 일 분이나 이 분쯤 지났고, 다음에 엄마의 말소리가 들렸다. "수없이 여러 번 나는 나 자신에게 물었어, 라미. 네 아빠가 떠나지 않도록 막기 위해 내가 무엇을 할 수 있었는지. 아무것도 없었어. 내가 할 수 있었던 일은 아무것도 없었고, 또 네가 하지 말았어야 할 일도. 내가 네 탓을 한다고 생각한다는 거 알고 있다. 어쩌면 내 마음 한구석에서는 네가 그게 네 잘못이었다고 믿기를 바라는지도 몰라. 네 아빠가 왜 그랬는지, 우리를 구하기 위해 그랬다는 거 알고 있어서 네 아빠를 원망할 수는 없었으니까. 하지만 사실은 누구도, 우리 중에 누구도 네 아빠가 그러지 않도록 막을 수 없었다는 거야. 네 아빠는 그런 사람, 자기가 옳다고 믿는 것을 실천하는 사람이었으니까. 자기의 신념에 충실히 따르는 사람." 엄마가 어이없다는 듯 웃었다. "네 아빠의 시는 그 사람을 아주 높은 곳으로 올려주었어, 라미. 하지만 그 높은 곳에서 자기가 완전히 노출되어 있다는 것은 몰랐지. 그자들은 결국 네 아빠를 찾아내고야 말았을 거야. 네가 아빠 이름을 말하지 않았어도." 엄마가 숨겨두었던 것을 모두 풀어놓기라도 하듯 숨을 길게 내쉬었다. "말이란 것은, 그것들은 우리의 오르내림이란다, 라미. 어쩌면 그게 내가 너무 많은 말을 하지 않으려고 하는 이유일 수도 있겠고." 나는 눈을 감은 채 냄비에 떨어지는 빗방울들의 수를 세고 있었다. 또록, 또록, 또록……

아침에 나는 엄마가 밖에서 화덕에 올려놓은 냄비에서 끓는 연자육을 젓고 있는 것을 보았다. 그 옆에 빗물받이 항아리가 있었다. 나는 항아리 쪽으로 걸어가 손으로 물을 좀 떠서 바싹 마른 목을 축였다. 엄마가 내게 연자육이 담긴 그릇을 건네주었다. 처음엔 엄마는 아무 말도 없었고 나를 보려고도 하지 않았다. 그러나 내가 연자육을 먹으려고 앉자 말을 꺼냈다. "한 엄마가 있었는데……" 엄마의 목소리가 거대한 숲에서 바스락거리는 나뭇잎 하나의 소리처럼 작았다. "그 엄마는 딸을 무척 사랑해서 그 아이가 원하는 것은 무엇이든 다 해주고 싶어 했지. 어느 날 밤 그 둘이 정원에서 놀이를 하고 있었을 때 어린 딸이 보름달을 보고 그걸 원했어. 엄마는 그 달이 원래 거기에 있는 거라고 설명을 하려고 했지. 하늘에 있는 그 달을 나무에서 꽃을 따듯 그렇게 딸 수는 없는 거라고. 하지만 여느 어린아이처럼 그 아이는 달이 가질 수 없는 것이라는 걸 이해하지 못했어. 그래서 울고 또 울었지. 그랬을 때 엄마가 그 아이에게 달을 주는 것 말고 무엇을 할 수 있었을까? 엄마는 물을 한 양동이 가져와서 거기에 비친 달을 가리키며 이렇게 말했어. '이게 네 달이란다, 아가야.' 그 어린 계집아이는 기뻐서 양동이에 팔을 담그고 몇 시간 동안이나 제 달하고 같이 놀았어. 그 달이 춤추고 소용돌이치는 것을 지켜보면서."

나는 엄마가 내게 이야기를 해준 것이 그때가 처음이라는 것을 알아차렸다. 내가 알고 있던 이야기는 모두 유모나 아빠에게서 들은 것이었다. 어째서였을까? 나는 묻고 싶었다. 어째서 엄마는 내게 이야기를 하나도 해주지 않았을까? 말이란 것은, 그것들은 우리의 오르내림이란다……. 어째서 이제야, 부서진 모든 것들이 말로 기워질 수 없는 때에야?

"나는 네게 뭐라도 해주고 싶어." 엄마가 말했다. "할 수만 있다면 아빠를 돌려주려고."

나는 엄마의 눈을 들여다보았고 그 눈물 어린 눈 깊은 곳에서 아빠를 보았다는 생각이 들었다. 엄마가 손바닥으로 뺨을 훔치며 고개를 돌렸다. 그러고는 요오드팅크가 담긴 병을 집어 들었다. 그 약병은 엄마가 아빠의 셔츠들 중 하나와 바꾼 것이었다. 엄마가 내 등에 난 매 자국에다 부드럽고 조심스러운 손길로, 내가 상상하기로는 캔버스에 붓으로 그리듯 색칠을 했다.

나는 엄마가 나를 때렸을 때처럼 나를 한 번에 한 차례씩 어루만지도록 놓아두었다.

며칠 뒤 오후에 우리가 벼를 베고 있었을 때, 한낮의 햇살 속에서 폭 할아버지의 모습이 신기루처럼 나타났다. 할아버지가 급히 논을 가로질러 우리에게로 왔다. 엄마가 낫을 땅에 내려놓고 할아버지를 맞으러 달려갔다. 학질. 할아버지가 엄마에게 알렸다. 라다나가 학질에 걸렸다는 것이었다.

오두막으로 돌아와 보니 엄마가 라다나를 가슴에 꼭 끌어안고 둘 모두의 몸에 담요를 두르고 있었다. 나는 떨고 있는 것이 엄마인지 라다나인지 알 수 없었다. 마에 할머니가 불에 달구어서 헝겊으로 싼 돌덩이들이 담긴 바구니를 힘껏 끌어당기며 안으로 들어섰다. 엄마가 할머니를 올려다보고 애원했다. "이 아이가 떨지 않게 할 수가 없어요. 어떻게 해야 하는지 좀 알려주세요, 제발!" 마에 할머니가 엄마에게서 라다나를 받아 담요로 내 동생의 작은 몸을 꼭꼭 싸서 짚자리에 뉘였다. 그러고는 달군 돌덩이들을 하나씩 하나씩 라다나 주위로 담요에 바짝바짝 붙여놓았다. 그런데도 라다나는 이를 딱딱 부딪치며—그 소리가 어떤 짐승이 제 뼈를 씹는 소리처럼 끔찍했다—심하게 떨고 있었다.

그 아이는 오전부터 오한 발작으로 시달리고 있었다. 첫 번째 발작은 우리가 일을 하러 떠난 직후에 시작되었는데, 폭 할아버지는 심한 것이 아니어서 자기나 마에 할머니나 감기인 줄 알았다고 했다. 라다나에게 열도 없고 해서 크게 걱정하지 않았다는 것이었다. 그렇더라도 그들은 계속 주의 깊게 라다나에게서 눈을 떼지 않고 있었다. 오한이 점점 더 심해졌고 매번의 발작이 그 전번 것보다 더 길게 지속되어 마침내는 그것이 학질이라는 생각에 한 점의 의심도 없어졌다. 그 질병은 마을의 수많은 다른 사람들과 마찬가지로 폭 할아버지와 마에 할머니도 겪어본 병이었다. 그들은 발작의 과정을 익히 알고 있었다. 처음에는 오한, 그다음에는 고열, 그리고 마지막으로는 비 오듯 쏟아지는 땀과 머리가 깨지는 듯한 두통. 라다나가 겪고 있는 오한이 그때쯤 최고조에 이른 것 같았다. 그 아이와 함께 오두막 전체가 다 흔들렸다.

마에 할머니가 마지막 남은 돌덩이 두 개를 하나는 라다나의 가슴에, 다른 하나는 라다나의 배에 얹었다. 그런 다음 그 돌덩이들이 제자리에 있도록 붙잡고서 알을 부화시키는 어미 닭처럼 자기 몸으로 내 동생의 몸을 덮어쌌다. 그리고 한참 동안이나, 극심한 떨림이 가라앉고 미약한 떨림만 느껴질 때까지 계속 그러고 있었다. 할머니가 일어나 앉았다가 엄마가 두려움에 질려 마비된 것을 보고 대신 내게 일렀다. "네 동생이 물을 좀 찾을 게다." 할머니가 문 쪽으로 고갯짓을 했다. "나가서 그게 준비되었는지 알아보거라."

밖에서는 폭 할아버지가 솥을 지키고 있었다. 물이 끓고 나자 할아버지가 솥뚜껑을 들어 올리고 야자 부채로 물에다 열심히 부채질을 해댔다. 나는 할아버지 맞은편에 쪼그려 앉아서 김 때문에 할아버지의 눈을 보지 못한 채 물었다. "제 동생이 저 때문에 그렇게 된 거지요? 라다나가 학질에 걸린 게요."

폭 할아버지가 부채질을 멈췄다. 그리고 잠시 뒤에 이렇게 대답했다. "네 동생이 학질에 걸린 건 모기 때문여, 모기. 네 잘못이 아니고." 할아버지가 그 말을 하는 순간 나는 한 점의 의심도 없이 그렇다는 것을 알았다. 그렇지 않고서야 왜 할아버지가 내 잘못이 아니라고 확신시켜주려 했을까? 아니, 라다나가 학질에 걸린 것은 나 때문이 아니었다. 하지만 그렇더라도 내가 그 아이를 보호해주지 못한 것은 매한가지였다.

우리는 물이 든 솥을 오두막으로 가지고 올라갔다. 마에 할머니가 좀 전에 말했듯이, 뼈까지 떨리는 오한에서 벗어난 라다나는 오로지 물만 찾았다. 그 아이가 물을 달라며 비명을 지르고, 제 머리카락을 잡아당기고, 목을 긁어대고, 아랫입술을 피가 날 때까지 깨물었다. 그리고 다음에는, 물을 양껏 마시고 나자마자, 뼈가 부딪치는 격렬한 떨림과 함께 다시 닥쳐온 오한에 이어 고열이 뒤따랐다. 발작은 그런 식으로 거듭거듭 이어졌고, 나는 어떻게도 하지 못한 채 두려움과 죄책감에 휩싸여 그 아이를 지켜보는 동안 내가 어떤 식으로든 또다시 죄를 덮어써야 한다는 느낌을 떨칠 수 없었다.

내가 겨우 두 살인가 세 살밖에 안 되었을 때 나는 내 오른쪽 다리가 왼쪽 다리보다 더 짧거나 작다는 사실을 알았다. 내 머리카락이 직모가 아니라 곱슬머리고 둥그스름한 탄생점이 내 왼쪽 어깨가 아니라 오른쪽 어깨에 있다는 것을 알게 된 것도 그때였다. 그리고 좀더 나이가 들자 나는 다른 아이들의 다리는 모두 크기와 길이가 똑같다는 것, 내 다리는 온전하지도 않을뿐더러 거기에 이름도 있다는 것을 알아차렸다. 소아마비. 내가 어른들에게 소아마비가 무엇이며 어디에서 온 것인지, 그리고 가장 궁금하게는, 어째서 다른 아이들은 안 그런데 나만 그런지 물었을 때 누구도 내게 만족할 만한 대답을 해주지 못했다. "빼앗긴 모든 것에 대해," 언젠가 아빠가 설명을 해주려고 했다. "그 대가로 보다 더 특별한 것이 주어진단다."
보다 더 특별한 것이란 사랑이었다. 그 사랑은 내가 원하지 않은 선물—내가 청하지 않았던 소아마비—과 함께 온, 은빛 나비매듭과 비단처럼 윤나는 종이로 포장된 찬란한 꾸러미였고, 그 꾸러미가 그렇게도 눈부시게 아름다워서 나는 그것에 집착해 선물 그 자체보다도 그것을 더 소중히 여겼다. 사랑은 나를 위로해주는 보상이었고 한 아이로서 나는 나를 보살펴주는 사람들로부터, 내 세상의 모습을 만들어준 어른들로부터 그 사랑을 듬뿍 받았다. 사랑은 우선 첫째로, 나는 절뚝거리며 걷는데 다른 아이들은 그렇지 않다는 인식에서 생겨난 충격을 완화시켜주었다. 그리고 다음으로는, 내가 크고 작은 온갖 것들—소아마비는 선물이 전혀 아니고 사실은 나를 불구자로 남긴 질병이었다는 것을 알게 된 데서 온 실망, 거울이나 유리벽에서 내 움직이는 반사상을 보는 아픔, 생판 모르는 사람들이 내가 얼굴은 귀여운데 다리 때문에 너무 안됐다고 하는 말을 들을 때의 분노—에서 받는 충격을 덜어주었다. 그래서 나는 내 걷는 모습을 지켜보는 엄마의 눈에 이따금씩 얼핏 비치는 슬픔만 제외하고는 내가 소아마비냐 아니냐에는 별로 신경을 쓰지 않게 되었다. 사랑이 그 모든 표현으로, 내가 받는 보살핌과 애정과 친절로, 내 물질적 환경의 안락함과 아름다움으로 모든 질병에 대한 충격을 완화시켜줄 것이라고 믿었었다.

그런데 이제 학질이 닥쳐와 있었다. 나는 그 병이 곧 낫게 되는 대단치 않은 병인지 아니면 소아마비처럼 영영 없어지지 않는 흔적을 남겨 어떻게든 내 동생을 불구로 만드는 병인지 알 수 없었다.

그 뒤로 며칠 내내 학질이 라다나의 몸속으로 들어와 미친 듯이 사납게 춤추는 요정처럼 그 아이를 공격했다. 한동안 그 아이는 선로에서 벗어난 열차처럼 덜커덕거리는 소리를 내며 와들와들 떨었고 다음에는 그렇게도 심한 열로 타올라서 그 아이의 몸은 불덩이처럼 되었고 눈은 정신착란으로 흐릿해져 두개골 안쪽으로 굴러들었다. 그러다 열이 최고조에 이른 뒤에는 그 아이의 체온이 뚝 떨어지곤 했는데 너무도 급격히 떨어지는 통에 바로 우리가 보는 앞에서 피부가 달아오른 붉은색으로부터 유령처럼 창백한 흰색으로 바뀌었다. 그리고 땀이 비 오듯 쏟아져서 그 아이의 옷이며 담요며 그 아이에게 닿은 것이면 무엇이든 흠뻑 적셨다. 그 시점에서는 오한과 떨림이 너무도 심해서 나는 그 아이의 뼈가 산산이 부서지고 이는 늙은 사람들의 이처럼 빠져나올 것 같다는 생각이 들었다. 때때로 발작 사이사이에 그 아이는 미친 듯이 소리를 질러댔다. "아이스크림! 엄마! 아이스크림!" 하지만 아이스크림은 물론이고 얼음조차도 없었다. 있는 것이라고는 우리가 그 아이에게 무슨 약이라도 되는 것처럼 계속 먹이고 있는 끓인 물뿐이었다. 고열과 오한 다음에는 통증과 경련이 찾아왔는데 그 고통이 너무도 심해서 라다나를 지켜보는 우리가 슬픔으로 미쳐버릴 지경이었다.

라다나는 또 한 차례의 발작을 막 겪고 난 참이었다. 그로 인해 그 아이의 뺨이 타고 남은 불처럼 벌겋게 달아올라 뜨거웠고 그 아이의 눈은 물고기의 눈처럼 번들거렸다. 엄마가 라다나를 끌어안고서 턱을 그 아이의 이마에 대고 누르며 가만히 얼러주었다. 엄마 옆에서는 마에 할머니가 두 개의 조그만 노란 알약을 찻숟가락에다 으깨고 있었다. 그 약은 엄마가 아빠의 셔츠들 중 하나의 호주머니에 들어 있던 약봉지에서 찾아낸 것이었다. 처음엔 나는 그 약이 아스피린인 것 같다고 생각했지만 그 봉지에는 아빠의 필적임이 틀림없는 영문 자로 테트라사이클린*이라고 적혀 있었고 그 밑에는 외국의 약 이름 으로 여겨지는 음들이 하나하나 크메르어로 달려 있었다. 둥글고 노 란 조그만 달들. 내가 속으로 말했다. 아빠가 뒤에 남겨둔 아빠 자신 의 작은 징표.

마에 할머니가 으깨진 알약을 솥에서 떠낸 끓인 물로 갠 다음 준 비되었다는 표시로 고개를 끄덕였다. 엄마가 라다나의 코를 틀어쥔 사이 마에 할머니가 재빨리 찻숟가락을 입 안으로 밀어 넣었다. 라 다나가 버둥거리며 숨을 쉬려고 헐떡이다 그 약을 꿀꺽 삼켰다. 마 에 할머니가 찻숟가락을 빼내고 엄마가 손을 풀기 무섭게 라다나가 악에 받쳐 울부짖었다. 나로서는 그 아이가 무엇을 더 미워하는지, 제 코가 틀어쥐어졌던 것인지, 약의 쓴 맛인지 알 수 없었다. 성질 이 있는 대로 돋은 라다나가 엄마를 밀어내려고 들었다. 그러나 엄 마는 그 아이를 더 꼭 끌어안고 마침내는 진정이 될 때까지, 그 아이 의 울부짖음이 칭얼거림으로 잦아들 때까지 얼러주었다. 그러고는 라다나를 내려다보며 입을 열었다. "이 아이는 늘 건강한 아기였는 데…… 아픈 적이라고는 없었던. 이 아이는 태어났을 때에도 완벽했 었고……."

나는 엄마가 그 말을 누구에게 하고 있는지, 마에 할머니에게인

---

* Tetracycline. 항생제의 일종.

지, 나에게인지, 또 무슨 뜻으로 그러는지도 알 수 없었다. 엄마는 나를 라다나와 비교하려는 것이었을까, 아니면 내가 그 아이를 나처럼 불구로 만들려고 어린 동생을 망쳤다는 말을 하려는 것이었을까? 나는 마에 할머니를 돌아다보았지만 할머니는 그저 한숨만 내쉬고 일어서서 우리 둘만 남겨두고 밖으로 나갔다.

엄마가 라다나를 짚자리에 내려놓고 가만히 응시했다. 그 아이의 모습이 너무도 창백해서 나는 유령들이 그 아이를 자기네 중 하나로 잘못 알 수도 있겠다는 생각이 들었다. 잠을 자는 동안 라다나는 나지막하게 고른 숨을 쉬면서도 눈꺼풀 밑에서 눈을 이리저리 굴리고 입술 가장자리를 뒤틀어 얼굴을 찡그렸다. 나는 학질 같은 질병을, 아니 그 점에서는 다른 어떤 질병도 이해할 수가 없었다. 하지만 그러면서도 나에게는 그 질병에 대한 해독제—내가 동생을 그 어느 때보다도 더 사랑한다는 사실—가 있다는 생각이 들었다. 이제부터는 절대로 그 아이는 완벽한데 나는 소아마비로 망쳐졌다고 질투를 하는 일은 없을 것이었다. 나는 그 아이를 온전히 헌신적으로 사랑할 셈이었다.

엄마가 고개를 들어 나를 똑바로 바라보았다. "네가 소아마비에 걸렸었을 때는 네 아빠가 내 곁에 있었어. 나는 그걸 도저히 견딜 수 없었지. 고통받는 내 아이를 지켜보아야 하는 그 고뇌를. 지금 생각해보면 내가 어떻게 그걸 견뎌냈는지 모르겠구나. 나는 네가 우리 둘 모두를 위해 강해졌으면 해."

테트라사이클린. 나는 속으로 아빠의 그 한 단어짜리 시를 조용히 되뇌었다. 학질의 술수에 맞서 라다나의 몸 주위로 둥근 달 같은 기운을 투사하면서. 테트라사이클린. 그 시와 내 사랑이, 그 모든 헌신적인 표현들로 라다나에게 건강을 되찾아줄 것이었다.

　다음 날 우리는 다시 들판으로 나가서 폭풍 같은 속도로 벼를 베어나갔다. 그리고 일이 끝났다는 저녁종이 울리자 모자와 연장들을 집어 들고 집으로, 라다나에게로 정신없이 달려갔다. 하지만 마지막 힘까지 다 쏟아서 극도로 지쳐 있던 우리는 동생 옆에서 그대로 곯아 떨어지고 말았다. 한밤중이 되어서야 우리는 다시 일어났고 몸을 씻지 않았다는 사실을 알아차리고는 오두막 뒤쪽에 있는 강으로 향했다. 거기에서 나는 재빨리 목욕을 하고 크로마로 물기를 닦아낸 다음 깨끗한 옷으로 갈아입었다. 그러고는 우리가 대나무 덤불 근처의 땅에다 세워둔 횃불 옆으로 가서 기다렸다. 내 머리 위에서 무엇인가가—아마도 도마뱀이—가지들을 가로질러 기어갔다. 밤에 활동하는 생물들이 마치 우리를 감시하러 나온 것처럼 느껴졌다. 개구리들이 개골거리고 귀뚜라미들이 찌르륵거리고 가끔가다 한 번씩 숲 한복판 어딘가에서 올빼미 한 마리가 깊고 긴 울음소리를 내어 그 음산한 외침으로 다른 소리들을 모두 침묵시켰다. 나는 엄마가 빨리 좀 서둘렀으면 싶었다. 엄마는 강가에 서서 코코넛 바가지를 기울여 머리 위로 물을 쏟아 붓고 있었다. 그러고 있는 엄마가 가늠할 수 없이 무거운 추에 묶여 고정된 것처럼 보였다. 엄마를 지켜보는 동안 내 머릿속으로 이런 생각이 다시 떠올랐다. 나비처럼 순간순간 사라지던 엄마는 여전히 여기에 있는 반면 석상처럼 든든했던 아빠는 오로지 꿈에서만 볼 수 있게 되었다는 것이 참으로 이상하다는.

엄마가 코코넛 바가지를 풀밭에 내려놓고 머리에서 물을 짜냈다. 나는 엄마에게로 걸어가서 마른 크로마를 건네주었다. 엄마가 그것을 받아 몸에서 물기를 닦아내고 허리에 두른 다음, 깨끗한 마른 사롱을 머리 위로 뒤집어쓰면서 젖은 사롱을 벗어 내렸다. 나는 엄마에게 우리가 강으로 오기 전에 내가 꾸었던 꿈 이야기를 해주기로 했다.

"아빠가 돌아왔어요." 엄마가 셔츠 단추를 채우는 동안 내가 횃불을 들어주면서 이야기를 꺼냈다. "아빠가 내게 날개를 한 쌍 가져다주었는데, 하지만⋯⋯" 내가 조심스럽게 말을 이었다. "하지만 아빠가 라다나를 데려갔어요."

엄마가 땅바닥에서 젖은 사롱을 집어서 강물에 헹구기 시작했다.

"이제 곧 우리는 집으로 갈 수도 있다고," 내가 이야기를 계속했다. "아빠가 그랬어요. 이제 곧 엄마하고 나는 집으로 갈 수도 있다고요. 아빠는 라다나가 아프기 때문에 그 아이만 데려가겠다고 했어요."

엄마가 일어서서 사롱을 움켜쥐고 세게 비틀어 짰다.

"라다나는 나아질 거예요, 그렇지요?"

엄마가 동작을 멈췄고 엄마의 몸이 굳어졌다. "그야 물론이지." 엄마가 대답했다. 엄마의 목소리가 너울거리는 횃불 빛 아래서 흔들리는 수면처럼 떨리고 있었다. "물론 그렇게 될 거야. 왜 그렇게 되지 않겠니?"

내가 어깨를 으쓱하고 나서 말을 받았다. "그런데 내가 꾼 꿈은―"

"네가 꾼 꿈들은," 엄마가 말을 잘랐다. "그것들은 네 이야기처럼 사실이 아니야."

나는 이해가 가지 않았다. 엄마가 왜 못마땅해 할까? 나는 단지 엄마에게 아빠가 라다나를 데려간 이유는 그 아이를 다시 낫게 해주기 위해서였다는 말을 하고 싶었을 뿐이었다. "그렇지만—"

엄마가 내 손에서 횃불을 홱 낚아채더니 말 한마디 없이 할 수 있는 한 빨리 걷기 시작했다. 나를 어둠 속에 그대로 남겨놓은 채.

나는 엄마를 따라잡으려고 뛰었다. "그러면 엄마가 꾼 꿈은 뭔데요?" 내가 이제는 엄마가 침울해진 것에, 엄마를 기쁘게 해주려는 내 성의를 하나도 알아주지 않으려는 것에 화가 나서 따져 물었다. "엄마가 꾼 꿈은 뭐냐니까요?" 나는 엄마에게 라다나가 어째서 나아지고 있지 않은지 설명을 해주고 싶었다. 그리고 만일 그게 정말로 내 잘못이라면 엄마에게서 내가 동생이 나아지도록 할 수 있는 일이 무엇인지라도 듣고 싶었다. 만일 엄마가 그 말을 해줄 수 없다면 적어도 엄마는 내가 이해할 수 있는 이야기, 모든 것이 제대로 돌아가는 곳의 이야기라도 해주었어야 했다. "얘기해봐요! 그게 사실이 아니더라도요!"

엄마가 내게 등을 보인 채 꼿꼿한 자세로 멈춰 섰다.

"새벽에 연꽃이 열리면 새가 풀려나 제 가족이 있는 집으로 날아가." 엄마가 말했다. 하지만 나를 보려고 돌아서지는 않았다. "그게 내가 열린 연꽃을 많이 좋아하는 이유야. 그 열린 꽃이 내게 자유와 새로운 날을, 새로운 시작과 모든 사람들이 함께할 수 있는 가능성을 이야기해주니까. 그런데 너 그 이야기의 나머지 부분을 알고 있니? 아니, 물론 모르겠지. 내가 네 유모에게 그 이야기의 행복한 부분만 이야기해주라고 일렀으니까. 뭐랄까, 너도 알겠지만, 아름다운 향기를 풍기는 그 수컷 새는 집으로 돌아갔다가 제 짝의 분노에 맞닥뜨려. 그 새가 꽃에 감싸여 있던 동안 산불이 일어나 둥지를 태우고 새끼를 모두 죽였거든. 슬픔에 휩싸인 암컷 새는 수컷이 다른 암컷의 품에 안겨 자기를 배반했다고 비난해. 아니, 네 아빠는 그 점에서는 결코 나를 배반하지 않았어. 하지만 그렇더라도 네 아빠는 나를 숲 한가운데에 홀로 남겨두었고 나는 산불이 끝없이 이어질까 봐 무서워."

나는 이해를 하지 못하면서도 울었다.

"그래, 네 아빠가 네게 날개를 가져다주었을 수도 있어, 라미." 엄마가 이제는 나를 보려고 휙 돌아서면서 말했다. "하지만 네가 날 수 있도록 가르쳐야 하는 건 나야. 나는 네가 이 말을 이해했으면 싶어. 이건 이야기가 아니야."

며칠 뒤 새벽에 엄마가 일어나더니 아빠의 은제 만년필을 셔츠 주머니에 찔러넣고 한마디 설명도 없이 집을 나섰다. 그리고 해뜰 무렵쯤 셔츠 안에 옥수수 세 개를 숨겨가지고 돌아왔다. "라다나는 좀 어떠니?" 엄마가 계단을 오르면서 물었다.

"그대로예요." 내가 대답했다.

"마에 할머니가 약은 먹였고?"

"네." 나는 엄마를 따라 계단을 올랐다.

"그리고 쌀죽은? 네 동생이 많이 먹었니?"

"다요."

엄마가 계단 꼭대기에 멈춰 서서 나를 내려다보았다. "다 먹었다고 했니?”

나는 고개를 끄덕였다.

엄마가 서둘러 오두막 안으로 들어갔다.

“아기에게 식욕이 돌아오고 있다우.” 마에 할머니가 말했다. “좋은 징조유.”

엄마가 미소를 지었다. 그 미소가 비 갠 뒤의 태양 같아 보였다.

들판에서 일을 하는 동안 엄마는 하루 온종일 내내 미소를 머금고 있었다.

“아나 동무는 사적인 생각들로 가득 차 있구먼.” 뚱땡이가 딱딱거렸다. “혁명은 사적인 생각들을 인정하지 않아.”

그래도 엄마는 생긋이 웃었다. 환하게 빛나는 미소로.

정말로 라다나는 점점 더 나아지고 있는 것 같아 보였다. 구토가 멎었고 설사를 약간 하기는 했어도 다시 음식을 먹고 있었고, 먹은 것 대부분이 도로 넘어오지도 않았다. 그 아이의 뺨에도 혈색이 돌아오고 있었다. 아직 일어나 앉기에는 몸이 너무 약했지만 그래도 이제는 짚자리에 누워 하얀 실꾸리를 가지고 놀고 있었다. 엄마는 그 옆에 앉아서 라다나가 회복되어 체중이 다시 불면 입을 수 있도록 우리가 프놈펜을 떠날 때 챙겨온 하얀 공단 드레스의 솔기를 늘리고 있었고. 나는 그 옷 칼라를 따라 수놓아져 있는 조그만 분홍색 장미들과 등 부분에 달린 나비 모양의 매듭을 보면서 내 동생이 그처럼 반혁명적인 옷을 입고 어디로 뛰어 돌아다닐 수 있을까 걱정이 되었다.

마에 할머니가 문간에서 머리를 안으로 디밀고 웃으며 라다나에게 이 빠진 소리로 외쳤다. "내가 너 주려고 뭘 잡아왔는지 봐라!" 할머니가 가느다란 끈을 내밀었다. 그 끈 끝에는 코코넛 잎으로 엮은 장난감 여치가 매달려 있었다. 라다나가 처음엔 할머니를, 다음에는 끈에 매달린 여치를 쳐다보았다. 하지만 그 아이는 반응을 보이지도, 눈을 빛내지도 않았다. 마에 할머니가 내 쪽으로 돌아서서 한숨을 쉬었다. "실은 너한테 주려는 거였어."

나는 할머니에게서 여치를 받아가지고 라다나의 얼굴 앞에다 늘어뜨렸다. 그러고는 위아래로 깐닥이고 빙글빙글 돌리고 하면서 온갖 소리를 다 냈다. 그런데도 라다나는 반응을 보이지 않았다. 나는 계속 라다나의 관심을 끌려고 하면서 모기들에 물려 그 아이의 얼굴에 생긴 조그만 갈색 딱지들을 세어보았다. 그 딱지들이 나를 노려보는 조그만 눈들 같아 보였다. 조직은 많은 눈과 귀들을 가지고 있소! 나는 라다나를 조직으로 상상하면서 그 생각에 혼자 낄낄거렸다. 그러가 갑자기 라다나의 입술이 비틀려 미소로 바뀌더니 딸꾹질을 하는 것처럼 깍깍 웃는 소리가 터져 나왔다. 엄마가 옷 수선을 그만두고 라다나에게로 더 바짝 다가갔다. "다시 해봐." 엄마가 내게 말했다. "네 동생이 다시 웃게 해봐." 남은 저녁 시간 내내 우리는 라다나를 웃게 하려고 애썼고 그때마다 그 아이는 조금씩 더 길게, 더 크게 웃었다.

다음 날 우리는 일이 끝나자 라다나가 어떻게 하고 있는지 보려고 집으로 달려왔다. 그 아이는 우리가 뉘여놓았던 짚자리에 그대로 누워 있었지만 조그만 덧베개에 받쳐진 머리가 한옆으로 기울어진 채 눈을 반쯤만 뜨고 있었다. 마에 할머니는 그 아이의 배를 문질러주고 있었고 폭 할아버지는 콧노래로 어떤 민요를 불러주고 있었는데, 할아버지의 목소리가 대나무 이엉만큼이나 껄껄했다.

엄마가 그들 옆으로 무릎을 꿇고 앉아 라다나의 뺨을 어루만졌다. "좀 어떠니, 아가야?" 엄마가 라다나의 이마로 흘러내린 앞머리를 갈라주며 속삭이는 소리로 물었다. 그 아이의 이마가 수척해진 얼굴 때문에 더 커진 것처럼 보였다.

"이 아이가 오늘은 내내 엄마를 찾고 있었다우." 마에 할머니가 말을 이었다. "뭄 뭄 뭄 하면서, 그리고 내게 젖가슴이 제대로 다 붙어 있기라도 한 것처럼 나를 쳐다보면서."

라다나가 입술을 핥고 그 말을 또 했다. "뭄."

"틀림없이 배가 다시 고파져서 그럴 거예요." 엄마가 그 아이를 찬찬히 살피면서 말했다. 그 눈길에 사랑이 그렇게도 듬뿍 담겨 있어서 나는 그 눈길도 틀림없이 반혁명적이라는 생각이 들었다.

"내가 이미 죽을 좀 먹였다우." 마에 할머니가 말을 받았다. "꼭 어린 꿀꿀이처럼 먹더라니까!"

"카사바는 어떻게 할 거예요?" 내가 조심스럽게 물었다. 집으로 오는 길에 우리는 한 마을 주민의 집에 들러서 아빠의 시계를 카사바 뿌리와 바꾸었다. "라다나에게 주려는 건가요?"

나는 차마 솔직하게 터놓고 물어볼 수가 없었다. 내 허기가 엄청나게 부끄러웠다. 음식을 갈구하는 그 끊임없는 고통은 일종의 탐욕, 나약한 성격 때문이라는 생각이 들어서였다. 내 배 속에서 뭔가가 덩어리처럼 꼬여 뒤틀렸다.

"아니," 엄마가 대답했다. "그건 너 주려는 거야."

쪄서 토막을 내고 야자 설탕을 조금 뿌린 카사바를 엄마가 내게 한 접시 건네주었다. 우리에게 여전히 수액을 내주는 연인 야자들 중 하나가 아직까지는 그 수액을 졸여 조그만 덩어리로 만들기에 충분한 양을 내주고 있었다. 나는 그 향기를 들이쉬었다. 뜨겁게 쪄진 카사바에 녹고 있는 설탕이 그 냄새를 더욱 강하게 해주었다. 라다나가 짚자리에 누운 채로 손을 내밀며 웅얼거렸다. "뭄…… 뭄…… 뭄……." 그 소리가 꼭 소의 울음소리처럼 들렸다.

엄마가 나를 보고 고개를 저으며 말했다. "네 동생은 아직 그걸 먹을 만큼 속이 풀리지 않았어."

"뭄," 라다나가 이제 더 격하게 되뇌었다. "뭄."

그것은 우유를 뜻하는 그 아이의 말이었다. 아기의 말이었고 그런 만큼 엄마를 뜻하는 말이기도 했다.

"엄마 여기 있어." 엄마가 동생에게 말했다. "엄마 여기 네 옆에 있어." 엄마가 라다나의 주의를 내가 들고 있는 접시에서 다른 데로 돌리려고 혀를 찼다.

"뭄!" 라다나가 고함을 쳤지만 소리가 너무 작아서 고함이라고도 할 수 없었다.

"죽을 좀 가져다주마."

라다나가 내 접시를 가리켰다. 나는 배에 날카로운 통증을 느꼈고 다음에는 그 통증이 가슴으로 치밀었다가 어두운 바다에서 맥동(脈動)하는 해파리의 촉수처럼 방사상(放射狀)으로 퍼져나갔다. 내가 그 격심한 통증에 움찔하자 엄마가 무슨 일이냐고 묻는 듯 나를 쳐다보았다. 하지만 나는 내 동생에 대한 그 갑작스럽고 가슴 저미는 사랑을 설명할 수 없었다. 그때껏 라다나는 그 아이가 무엇을 어떻게 해서가 아니라 바로 내 동생이라는 이유로 내 삶에 얼마쯤은 불리하게 작용하는 원인이었다. 그런데 이제는, 비록 그 아이가 절망이 무엇인지 아직 모르고 저 자신에 대한 현실감이 전혀 없더라도, 나와 똑같은 육체적 욕구—허기를 채우고 살아남으려는—에 떠밀리고 있는 것 같았다. 그 아이가 계속 내 접시를 가리키고 있었다.

"그래, 저건 죽이야." 엄마가 거짓말을 했다. "네게도 가져다주마."

"싫어!" 라다나가 머리를 흔들면서 소리쳤다. "저거 줘!"

"그래, 먹고 싶은 거 안다." 엄마가 라다나를 짚자리에서 안아 올렸다. "네가 나아지면 너도 먹게 될 거야." 그러고는 나를 돌아다보며 명령했다. "그걸 밖으로 가지고 나가서 얼른 먹어치워!"

너무 급히 먹는 바람에 나는 혓바닥을 데었다.

그날 밤 더 늦게 라다나가 훌쩍이다 잠이 들어 웅얼거리고 있었다. "뭄⋯⋯ 뭄⋯⋯ 뭄⋯⋯." 밖에서 마에 할머니의 암소가 대답했다. 음매⋯⋯ 음매⋯⋯ 음매⋯⋯.

나는 양손으로 귀를 틀어막았다. 하지만 그 소리는 계속 이어졌고 견딜 수가 없었다.

21

라다나가 죽었어. 그 말을 해주려고 엄마가 나를 깨웠다. 엄마는 울고 있지 않았다. 라다나의 덧베개를 끌어안고 한 귀퉁이에 앉아만 있을 뿐이었다. "그 아이가 나아지기를 그렇게도 바랐는데……" 엄마가 웅얼거렸다. "그 아이가 나아지기를 그렇게도 바랐는데……."

나는 이해가 가지 않았다. 라다나가 죽다니? 언제? 어떻게?

"하지만 죽었단다." 엄마가 읊조렸다. "그 아이는 죽었어……." 나는 눈을 비벼 졸음기를 몰아내고 내 옆에 누워 있는 라다나를 보았다. 그리고 그 아이를 흔들었다. 처음에는 가만히, 나중에는 세게. 그 아이는 움직이지 않았다. 나는 기다렸다. 아무 소리도 없었다. "라다나." 내가 속삭였고 다음에는 더 크게 불렀다. "라다나!"

"그 아이가 원한 건 먹는 것뿐이었어." 엄마가 몸을 앞뒤로 흔들었다. "내가 그걸 알았더라면……." 엄마의 말이 나를 질식시키려고 감겨오는 덫처럼 내 머리 주위로 맴돌았다. "하지만 이제 너무 늦었어.

카사바를 먹이기에는 너무 늦었어. 설탕을 먹이기에는, 무엇이든 먹이기에는." 엄마가 느닷없이 웃었다. "그 아이의 마지막 음식."

아래쪽에서 소리가 들렸다. 나는 대나무 쪽널바닥을 통해 밑을 내려다보았다가 타오르는 횃불과 그 옆에서 톱질과 망치질을 하고 있는 폭 할아버지를 보았다. 라다나의 관을 짜고 있는 것이었다.

그 아이는 죽었어.

그 아이를 위해 나온 별들이 문간에 모여 조용히 깜빡이고 있었다. 모든 게 눈에 익어 보였다. 어째서인지는 알 수 없었다. 라다나가 전에 죽은 적이 있었던가? 나는 비락 씨의 아기와 바로 뒤에 그가 인사도 없이 떠나버렸던 일을 떠올렸다. 라다나는 죽었을 리가 없었다. 그 아이는 나아지고 있었다. 이것은 꿈이었다. 그런 것이 틀림없었다.

일어나!

"일어나, 라다나. 제발 좀 일어나……."

"이리 오너라, 얘야." 할머니가 내게 말했다. "네 동생 준비시키는 걸 좀 거들어주렴." 할머니가 라다나를 안아 들자 짚자리에서 젖은 자국이 보였다. 라다나의 몸이 땀으로 찍은 자국이었다. 아니, 어쩌면 그 아이의 영혼 자국, 뒤에 남겨진 껍질인지도 몰랐다. 마에 할머니가 라다나의 옷을 벗기고 야자 수액을 졸이는 커다란 냄비에 넣었다. 그것 말고는 그 아이를 넣을 만한 것이 아무것도 없었다.

나는 그 아이의 몸을, 이제 더 이상 그 안에 내 동생이 없는 몸을 바라보았다. 그 아이의 흉곽. 그 아이의 팔. 그 아이의 흉골. 양손의 손가락들을 펼친 모양으로 그 아이의 심장을 보호하는 그 하나하나의 뼈들이 엄마의 손가락들처럼 가늘었다. 마에 할머니가 천으로 그 아이를 닦는 동안 나는 물을 부었다. 내가 스님처럼 영창하는 법을 알았다면 좋겠다는 생각이 들었다. 이제는 축복을 받을 수 없는 누군가에게 뭐라고 축복을 해주어야 할지 알고 싶었다. 네 영혼이 가는 숲에는 모기가 없기를 바라. 말라리아가 거기까지 너를 쫓아가지 않으면 좋겠어. 네 고통이 여기에서 지금 이것으로 끝났으면 해……

라다나를 다 씻기고 나자 그 아이의 몸에서 탄 야자 설탕 같은 냄새가 풍겼다. 마에 할머니가 그 아이의 몸에서 물기를 닦아내고 다시 짚자리에 내려놓았다. 엄마가 여전히 눈물은 흘리지 못한 채, 신음소리만 내며 앉아 있던 구석에서 몸을 움직였다. 나는 이제 더 이상 유령을 상상할 필요가 없었다. 엄마가 유령이었고 엄마의 영혼은 라다나와 함께 떠나고 있었다. 나는 폭 할아버지에게 관에서 못을 빼달라고 하고 싶었다. 엄마의 영혼을 엄마의 몸에 못 박아두고 싶었다. 엄마를 나에게 못 박고 싶었다.

엄마는 하얀 공단 드레스를 택했다. 라다나가 나아지면 입히려고 했던 그 반혁명적인, 반짝이는 허리장식 띠에 레이스가 달린 튤* 스커트, 분홍색 장미들이 일렬로 수놓인 칼라, 그리고 등 부분에는 라다나가 뛰어가면 진짜 나비의 날개처럼 펄럭일 것 같은 나비 모양의 매듭이 달린 드레스였다. 계집아이의 모습을 한 꿈을 좇는 하얀 밤나방. 흰색. 그랬다, 그제야 기억이 났다. 애도의 색은 흰색이었다. 혁명의 색처럼 검은색이 아니었다. 또 사라진 스님들의 색처럼 노란색도 아니었다.

* Tulle. 그물 모양의 얇은 명주.

라다나는 가고 없었다.

그 아이는 내가 잠들어 있을 동안에 가버렸다. 엄마가 라다나에게 드레스를 입혔다. "자려무나, 자려무나." 엄마가 생명 없는 인형과 소꿉장난을 하는 여자처럼 흥얼거렸다. "아직 아침이 오지 않았으니 자려무나……." 엄마는 그 말을 나에게 하는 것이었을까, 라다나에게 하는 것이었을까?

엄마는 라다나가 다시는 깨어나지 않을 것이란 말을 해주려고 나를 깨웠다. 영원히. 덧없음이 영원이었고 영원이 지금이었다. 죽음이 지금이고 영원이었다. 난 그것을 언제까지고 기억할 것이었다.

엄마가 라다나를 마에 할머니에게 넘겨주자 할머니가 우아한 가지색 삼포트 홀, 우리가 처음 왔던 날 엄마가 할머니에게 선물로 주었던 그 옷을 가져다 동생 몸에 둘러 갓난아이처럼 얼굴만 보이도록 감쌌다. 그러고는 라다나를 내 옆에 놓고 우리 둘 모두를 담요로 덮었다. 나는 양팔을 내 어린 동생에게 두르고 꼭 끌어안았다. 내 몸의 온기로 그 아이의 몸을 다시 따뜻하게 해줄 수 있기라도 한 것처럼. "아직 아기인데," 마에 할머니가 울었다. "고치 속에 든 누에인데."

"아직 태어나지 않은 나비." 엄마가 몸을 앞뒤로 흔들면서 말을 받았다.

하지만 다음 날이 그 아이의 장례였다.

다음 날 아침 우리가 오두막 밑의 평상에 모여 있을 때 뚱땡이가 검은 옷에 점잔빼는 표정으로 나타났다. 그 여자 말고도 카마피발의 다른 아내들이 몇 더 왔다. 뚱땡이는 그 여자들이 매장 위원들이라고 했다. "우리는 동무의 동지들이야." 뚱땡이가 생색을 냈다. "그래서 동무를 지원해주러 온 거고." 그 지원이라는 것이 무엇이건 간에 아무 소용도 없을 터였다. 엄마는 오로지 라다나만을 원했다.

"동무는 적절한 태도를 보이고 있어, 아나 동무. 눈물은 나약함의 표시니까."

다른 여자들이 맞다고 웅얼거렸다. 그들은 모두 엄마처럼 젊었고 모두가 자식들을 두고 있었다. 하지만 그들은 엄마의 슬픔을 이해하지 못했고, 그래서 강하다고, 울지 않는다고 엄마를 칭찬했다. "슬픔은 독이야. 지난 일을 두고 우는 건 혁명의 가르침에 반하는 거고. 동무는 진정한 혁명 일꾼이 되어가고 있어."

엄마가 그들을 바라보았다. 그러나 아무 대꾸도 하지 않았다. 그들이 엄마를 둘러쌌다. 탐욕과 기대로 죽은 병아리에게서 눈을 떼지 않고 어미 닭을 둘러싸는 독수리들처럼.

폭 할아버지가 관 짜는 일을 마무리하고 라다나를 안아 올려 그 안에 뉘였다. 그러는 동안 할아버지의 눈에서 떨어진 눈물이 라다나의 뺨을 타고 굴러 마치 라다나가 저를 위해 우는 것처럼, 저 자신의 죽음을 슬퍼하는 것처럼 보였다. 아침 햇살 아래서 라다나의 피부는 그 아이가 입고 있는 옷처럼 희었고 그 아이의 안구도 이제는 그 아이가 꿈을 꿀 때처럼 눈꺼풀 밑에서 이리저리 움직이지 않았다. 죽음이란 네가 눈을 감았을 때, 꿈을 꾸지 않고 자는 거란다. 언젠가 아빠는 설명을 해주려고 했었다. 라다나는 죽었다. 이제 그 아이는 더 이상 꿈을 꾸지 않고 있었다.

그들은 관을 땅에, 논들 중 어딘가에 묻을 것이라고 매장 위원들이 알렸다. 시체가 낭비되어서는 안 된다는 것이었다. 라다나는 토양을 기름지게 할 것이고 그럼으로써 그 아이가 살아 있었을 때보다도 더 혁명에 이바지할 수 있다는 것이었다. 우리는 자랑스러워해야했다. 혁명에 목숨을 바친 남자와 여자들은 그런 식으로 묻혔다. 그들에게는 관도 없었다. 라다나는 운이 좋았다. 그 아이에게는 관이 있었으니까. 그 아이의 죽음은 부르주아의 죽음이었다.

"종교의식은 없을 거야." 뚱땡이가 우리에게 그 점을 주지시키려고 들었다. "의식은 부자들의 봉건적 인습이니까. 그리고 기도도 없을 거고. 기도는 잘못된 위로고 그런다고 해서 아이가―"

"그만 됐소!" 폭 할아버지가 말을 잘랐다. 그러고는 관을 덮고 관 뚜껑에 못을 받았다.

엄마가 뚱땡이에게 라다나의 나머지 옷들을 건넸다. 깔끔하게 접어서 차곡차곡 쌓아 빨간 리본으로 묶은 꾸러미. 그 리본은 우리가 프놈펜에서 떠나오고 있었을 때 새해맞이 재스민을 파는 계집아이에게서 샀던 바로 그것이었고, 빨간색은 라다나가 어리고 튼튼하고 예뻤을 때 좋아하던 색이었다. 엄마는 그 리본과 옷들이 라다나와 함께 묻히기를 원한 것이었을까? "제발 이걸 좀 같이……."

"동무의 딸은 그 아이가 가게 될 데서는 이런 게 필요 없을 텐데." 뚱땡이가 비아냥거렸다.

"그래도 어린아이를 제가 쓰던 물건들도 없이 다음 세상으로 보낼 수는 없수!" 마에 할머니가 반대를 하고 나섰다. "이 아이의 영혼에 동정심을 가져야지―"

"이 아이가 입고 있는 옷으로 충분해요!" 뚱땡이가 딱딱거렸다.

"그 나머지는 부르주아의 사치라고요!"

"제발." 엄마가 다시 웅얼거렸다. 그 꾸러미를 내밀고 있는 엄마의 온몸이 덜덜 떨리고 있었다. 엄마의 무릎에는 라다나가 고열로 끓어 오르는 동안 내내 흘린 땀이 말라붙은 자국들로 시커메진 덧베개가 놓여 있었다. 그 덧베개는 너무 낡고 더러워서 다음번 생으로 가져갈 수도, 이 생에서 쓸 수도 없었다. 누구도 그 덧베개를 눈여겨보지 않았다. 그들의 눈은 모두 옷 꾸러미에 쏠려 있었다.

마침내 뚱땡이가 옷 꾸러미를 받아들였다. "해도 되는 게 무엇인지는 우리가 알아보겠어." 뚱땡이가 꾸러미를 팔 밑에 끼면서 말했다. "관은 우리끼리 나를 수 있으니까 동무들은 누구도 올 필요 없고."

엄마가 라다나의 덧베개를 가슴께로 들어 올리면서 고개를 끄덕였다. 돌연한 공포가 목구멍으로 치솟는 중에 나는 엄마를 노려보았다. 거기에 그냥 앉아 있지만 마세요! 무엇이든 좀 해봐요! 저들에게 라다나를 돌려달라고 해요! 그 애는 죽지 않았어요! 왜 그 시시한 덧베개나 끌어안고 그냥 앉아 있는 거냐고요? 라다나를 돌려받아요! 그 애는 죽지 않았다고요! 그 애를 돌려받아요!

나는 앉아 있던 자리에서 벌떡 일어나 길까지 매장 위원들을 뒤쫓아갔다. 내 심장이, 마치 라다나가 조그만 주먹으로 관 뚜껑을 쾅쾅 치고 있는 것처럼 내 가슴을 두드려대고 있었다. 내보내줘! 나를 내보내줘! 아니면 그게 나 자신의 분노였을까? "그 애를 어디로 데려가려는 거죠?"

"너는 알 필요 없어!" 그들 중 하나가 이죽거렸다. "우리를 따라오지 마."

"내버려둬." 뚱땡이가 킬킬거렸다. "저 애가 그러고 싶어 한다면 제 동생 따라오게 내버려두라구."

다시 우리끼리만 있게 되자 엄마가 가슴 찢어지는 절규를 토해냈다. 나는 급히 엄마에게로 다가가 엄마의 가슴이 찢어지지 않도록 내 가슴을, 내 사랑을 엄마에게 내주었지만 엄마는 더 큰 소리로 울부짖기만 할 뿐이었다. 언젠가 내가 보았던, 폭 할아버지와 몇몇 남자들이 잡아서 식량으로 쓰려고 했던 어미 코브라처럼 머리를 뒤로 젖히면서. 그때 사람들은 코브라 둥지에서 멀지 않은 곳에다 구덩이를 파고 그 안에 끓는 물 냄비를 놓아두었었다. 그리고 덤불 뒤에 숨어서 기다란 대나무 장대를 가지고 둥지를 헤집어 코브라가 미친 듯이 쉿쉿거리는 중에 재빨리 알들 중 하나를 냄비 속으로 굴려넣었다. 코브라는 제 알이 들어 있는 냄비 앞에서 머리를 뒤로 젖히고 쉿쉿거리더니—그 모습이 너무도 비통하고 안쓰러워서 나는 그 뱀을 위해 울었다—끓는 물속으로 뛰어들었다. 만일 우리 앞에 끓는 물 냄비가 있었더라면 엄마도 똑같이 했을 것이었다.

"내 아기를 돌려줘!"

그것은 물론 내 잘못이었다. 라다나가 죽은 것은 나 때문이었다. 내가 그때껏 우리 둘이 같아지도록 라다나도 소아마비에 걸리기를 바랐던 그 모든 시간들을 떠올리자 나 때문임이 분명하다는 생각에 기가 질렸다. 이제 그 아이는 죽었다. 나는 그 아이를 내가 나 자신을 사랑했던 것처럼 그렇게 온전히 사랑하지 않았고 이제부터는 사랑하겠다고 맹세를 했더라도 때가 이미 너무 늦어버리고 말았다. 죽음이 이미 땅에 구덩이를 파서 덫을 놓아두고 있었다.

"내 아기!" 엄마가 다시 비명을 질렀다. "내 아기를 돌려줘!" 폭 할아버지가 들어서서 자신의 몸을 방패삼아 엄마의 비명으로부터, 산산이 부서지는 엄마로부터 나를 가로막으며 다른 곳으로 끌어냈다.

나중에 나는 연인 야자나무들 아래에서 피난처를 찾았다. 모든 사람들로부터, 세상으로부터 숨어 나 혼자 있고 싶었다. 폭 할아버지가 강에서부터 흙길을 따라 올라왔다. 한 손에는 통발이, 다른 손에는 잎이 많은 덩굴에 꿰어진 메기 두 마리가 들려 있었다. 할아버지가 건초 더미를 지나치면서 그 옆에 있던 암소를 토닥여주었고, 그러자 암소가 음매 하고 슬피 울었다. 그 소는 여느 소과 동물이나 마찬가지로 우둔하고 멍해 보였지만 그 짐승이 음매 하고 울었을 때, 그때에야 나는 그 어미 소가 여전히 슬퍼하고 있다는 것, 슬픔을 지속시키고 있다는 것을 알아차렸다. 마치 죽음이, 죽음을 아는 것이, 우주 만물에 보편적인 인식이라서 토르가 우리에게 인간이 아닌 다른 동물들과도 감정이입을 할 수 있도록 해준 것 같았다. 폭 할아버지가 송아지 모양으로 깎아서 그 암소의 목에 붙들어 매어준 나무 조각상은 좋을 것이 하나도 없었다. 그 조각상은 암소가 잃은 송아지를 끝없이 떠올려주는 물건으로서 거기에 매달려 있었고 이제 나는 그 암소를 바라보면서 그 슬퍼하는 짐승에게 망각이라는 인간의 병을 지워주고 싶었다.

폭 할아버지가 고개를 끄덕이고 가던 길을 계속 갔다. 나는 뒤로 물러나 두 야자나무 중 하나에 몸을 밀착시켰다. 할아버지와 이야기를 하고 싶지가 않았다. 그냥 야자나무들과 함께 있고 싶었다. 그들의 외로움이 내 외로움과, 나 혼자라는 느낌과 이야기를 했다. 그러나 폭 할아버지가 나를 보고는 내 쪽으로 와서 다른 야자나무에 등을 기대고 앉았다. 한 일 분이나 이 분쯤, 우리는 그렇게 서로의 눈길을 피한 채 침묵을 지켰다. 다음에 할아버지가 고개를 뒤로 젖혀 위를 올려다보면서 말을 꺼냈다. "너 어느 게 스노아트 오안이고 어느게 스노아트 봉인지 아니?"

나는 아무 말도 하지 않았다.

"어느 날 아침 한 씨앗에서 한 나무가 싹텄어." 할아버지가 고갯짓으로 내가 기대 앉아 있는 나무를 가리키면서 말을 이었다. "그리고 며칠 뒤 아침에는 이 나무가 싹텄지." 할아버지가 돌아앉아 자신이 기대고 있던 나무를 툭툭 쳤다. "역시 같은 씨앗에서. 우리는 그 두 나무를 갈라서 다른 곳들에다 옮겨 심었어. 두 나무 사이를 충분히 떼어서 크게 자랐을 때 잎사귀들이 서로 엉키지 않고 열매를 더 많이 맺을 수 있도록. 하지만 참 우스운 게, 이 나무들이 자랄수록 계속 서로에게로 기울어지면서 해마다 조금씩 더 가까워지다가 마침내는 두 나무의 줄기가 지금처럼 이렇게 엇갈리게 되었다는 거야. 너도 알 테지만 우리는 이 나무들을 우리 자식으로 생각한단다. 아니면 적어도 우리가 갖기를 원했지만 갖지 못한 자식들의 영혼으로. 그게 우리가 이 나무들을 스노아트 오안, 스노아트 봉이라고 부르는 이유고."

그동안 내내 나는 그 나무들을 '연인들'이라고 생각했었다. 오안-봉에 '손위-손아래 자매'라는 뜻도 있다는 것을 알았어야 했는데도.

"이제 한 나무는 수액 내주는 걸 멈춘 것 같은데, 잎사귀 모양을 보니 앞으로는 수액을 만들지 않을 것 같구나." 할아버지가 침을 삼키느라 잠시 말을 멈췄다 이었다. "하지만 다른 나무는, 우리가 바라는 대로 계속 내주겠지."

할아버지가 말없이 몇 분쯤을 흘려보낸 뒤 다시 위를 올려다보며 말했다. "저놈의 독수리들! 지금까지 며칠 동안 저놈들을 보아왔어." 할아버지가 셔츠에 허리띠처럼 두르고 있던 크로마를 풀어서 우리 머리 위로 허공에다 빙빙 돌렸다. 마치 그러는 것만으로도 그 독수리들을 쫓아버릴 수 있기라도 한 것처럼. "너하고 네 동생은 언제까지고 연결되어 있을 게다. 너는 그 아이 언니였어. 그 아이를 지켜보고 보호해주었지. 너는 네가 할 수 있는 일을 다 했어. 그래서 이제는 그 아이가 너를 지켜보고 보호해줄 게다."

"그 애는 죽었어요."

할아버지가 일어나서 통발과 물고기를 들고 가려던 길을 갔다. 나는 마음이 더 불편해졌다. 그것은 할아버지의 잘못이 아니었다. 할아버지는 단지 도와주려고 한 것이었다.

나는 풀밭에 누워 애 위에서 맴도는 독수리들을 지켜보았다. 그러다 눈을 감고 그냥 슬며시 빠져나가 하늘로 떠오르는 것은 어떤 느낌일지를 상상해보았다.

너 어디로 달려가는 거니?

"일어나, 애야, 일어나!"

나를 흔드는 손이 느껴졌다. 나는 눈을 뜨고 나를 내려다보는 마에 할머니의 얼굴을 보았다. "너 짐승한테 물릴 수도 있었어." 할머니가 횃불을 들어 올리면서 말했다. "밤이 얼마나 어두운지 아니? 지금껏 여기 밖에서 뭘 하고 있었던 게냐?"

나는 내가 있는 곳이 어디인지 몰라서 사방을 둘러보았다. "그 애는 어디 있어요?"

"누구를 말하는 게냐? 누가 어디에 있느냐니?"

"라다나요."

"틀림없이 꿈을 꾼 게로구나." 할머니가 나를 잡아 일으켜 세웠다.

너 어디로 달려가는 거니? 달려간다는 생각이 떠오른 것은 그 아이의 이름이 빨리 발음하면 크메르어로 '달린다'—라드나—로 들리기 때문이었다. 너 어디로 달려가는 거니? 너 어디에 숨어 있니? 나는 우리가 숨바꼭질하고 있던 꿈을 꾼 것이었다.

"자, 안으로 들어가자꾸나." 마에 할머니가 내 손을 잡고 집 쪽으로 끌면서 말했다.

나는 하늘을 올려다보았다가 유성을 하나 보았고 다음에는 깜빡이는 별을 보았다. 어딘가에서 한 아이가 죽고 다른 아이가 태어나고 있었다.

마에 할머니가 수건을 물그릇에 적셔서 엄마 손에 쥐어주었다. 엄마는 그게 무엇인지 모르는 것처럼 멀거니 보고 있다가 천천히 얼굴로 들어 올려 뺨의 한 자리만 문지르고 또 문지르고 또 문질렀다. 잠잘 채비를 하는 동안 나는 아무 소리도 내지 않으려고 애쓰면서 셔츠와 바지를 갈아입었다. 어떻게든 엄마에게 내가 라다나 대신 여기 있다는 생각이 들도록 하고 싶지 않아서였다. 엄마가 수건을 바닥에 떨어뜨리고 그 옆에 눕자 마에 할머니가 엄마의 이마를 짚어보았다. "새댁 몸이 불덩이네." 할머니가 그러고는 엄마에게 조그만 노란색 알약을 건네주었다. "새댁 옷가지들 사이에서 찾아낸 거라우."

테트라사이클린. 그 이름이 기억났다.

엄마가 그 알약을 응시하며 나지막하게 중얼거렸다. "그게 마지막까지 내 희망이었는데……."

"이걸 드시우." 마에 할머니가 구슬렸다. "어쩌면 그게 도움이 될지도 모르잖우."

엄마가 느닷없이 웃었다. 마에 할머니가 엄마의 머리를 들어 올려 억지로 입을 벌리고 그 약을 밀어 넣었다. 엄마가 약을 삼키고는 마에 할머니에게서 고개를 돌려 나를 보며 말했다. "네가 마지막까지 내 희망이었어, 마지막까지 내 희망……."

"마저 다 씻어야겠수." 마에 할머니가 말했다. "자, 목을 드시우."

"제발, 저를 혼자 놓아두세요."

"알았수, 새댁, 그러리다, 그러리다."

"죽고 싶어요."

아침이 되자 엄마가 좀 나아 보였고 열도 가셨다. 그러나 아래로 내려와 대나무 평상에 앉았을 때는 엄마 앞에 놓인 죽을 내려다보며 숟가락으로 휘휘 젓고만 있었다. 마에 할머니가 어떻게든 먹게 하려고 애를 썼다. "들판으로 나가게 될 거라면 기력이 있어야잖우."

엄마가 나지막하게 노래를 부르기 시작했다. 가사는 알아들을 수 없지만 선율은 자장가, 엄마가 동생을 재울 때 콧노래로 불러주곤 했던 그 노래였다. 대나무 평상 반대편 끝에서 폭 할아버지가 무슨 말인가를 하려는 듯 고개를 들었지만 아무 말도 하지 못했다. 엄마의 고통에 말문이 막히고 혀가 붙들어 매어져서.

"여기는 작은 마을이라우." 마침내 마에 할머니가 입을 열었다. "누군가가 어디였는지 봤을 수도…… 그 아이가 어디에 묻혔는지."

"알고 싶지 않아요!" 엄마가 딱 잘랐다. "만일 알게 된다면 그 아이 옆에 저를 묻을 거예요. 알고 싶지 않아요!" 그러고는 다시 계속해서 노래를 불렀다.

그것이 라다나가 죽은 뒤 엄마 입에서 나온 가장 알아들을 만한 말이었고 그 말이 나를 뼛속까지 뒤흔들었다.

들판에서 뚱땡이가 엄마에게로 다가왔다. "이걸 뭐라고 하지?" 그 여자가 뭔가를 내밀면서 물었다.

엄마가 그것을 보고 대답했다. "오메가 콘스틸레이션." 엄마의 목소리가 아득해졌다. "언젠가 그 사람이 그걸 빗속에 놓아두어서 망가지지나 않았을까 걱정을 했는데 그건 방수라서……."

"방수? 그게 대체 무슨 소리지?"

"아무것도 침투할 수 없는…… 물도…… 눈물도……." 엄마가 뚱땡이에게서 떠나 다른 데로 걸어갔다. 바람에 불리는 한 가닥 연기처럼 나를 스쳐지나가면서.

22

다시 모내기철이 되었고, 풍경을 가로질러 굽이치는 파도처럼 논들이 누런색에서 초록색으로 바뀌었다. 라다나가 죽은 뒤로 영원처럼 길게 여겨지는 시간이 지나갔다. 대부분의 사람들은 드넓은 들판 한가운데서 서로 벗이 되어 위안을 얻으려고 서너 명씩 무리를 지어 모내기를 했던 반면 엄마는 다른 사람들에게서 떨어져, 엄마를 위로해주려는 그 어떤 시도로부터도 떨어져 혼자서 일했다. 마치 엄마의 슬픔이 라다나에 대한 추모, 다시 푸르러진 들판에 대항해서 세운 불탑이기라도 한 것처럼. 누구도 엄마에게 손을 뻗칠 수 없었고 누구도 엄마의 굳게 닫힌 마음을 파고들지 못했다. 엄마는 호박(湖泊) 속에 아름답게 보존된 잠자리처럼, 자신을 가을색 슬픔으로 단단히 여민 채 한 장소에서 다음번 장소로 떠돌았다.

어느 날 저녁, 나는 엄마의 마음속으로 파고들려는 기대를 품고 달아나기로 마음먹었다. 그리고 오두막 뒤쪽의 대나무 덤불에 몸을 숨겼다. 엄마가 걱정해주기를 바랐다. 내가 강으로 떨어져 익사했다고 생각하기를 바랐다. 엄마는 슬퍼할 것이었다. 라다나를 위해서는 흘리지 못했던, 그 눈물이 모아진다면 내 앞에서 강보다도 더 깊게 흐를 눈물을 흘리며 울 것이었다. 나는 엄마의 달랠 길 없는 슬픔이 내 몸을 담요처럼 감싸는 생각을 하면서 나 자신을 위로했다.

하늘이 어두워졌다. 내 용기는 엄마가 나를 그리워하는 것보다 내가 엄마를 더 그리워한다는 것을 알고 점점 더 약해졌다. 밤이 내리자 너무 겁이 났다. 나는 엄마가 비탄에 잠기는 일을 그만두도록 하겠다는 결심을 버리고 오두막으로 돌아왔다.

엄마는 계단에서 기다리고 있었다. 그러나 내가 가까이 다가갔어도 어디에 갔다 왔느냐고는 묻지 않았다. 엄마는 나를 보려고도 하지 않았고 엄마의 그런 거부와 깨지지 않는 침묵, 엄마의 모든 움직임과 멈춤이 내 가장 큰 두려움─나는 살아남은 아이지 엄마가 원한 아이가 아니라는─을 확실하게 굳혀주었다. 엄마가 일어서서 안으로 들어갔다.

나는 엄마를 따라 오두막 안으로 들어갔다. 그리고 엄마가 짚자리에 눕자 그 옆에 누워 엄마의 몸에, 흉골 바로 밑에서 엄마의 심장이 새장의 창살에 몸을 던지는 작은 새처럼 뛰고 있는 자리에 팔을 둘렀다. 나는 엄마가 사랑을, 그 무게와 감촉을 느꼈으면 싶었다. 그것이 아빠나 라다나의 사랑이 아니라 내 사랑일지라도. "엄마?" 내가 속삭였다.

그것이 엄마의 말문을 연 말이었다.

"나도 너처럼, 라미, 이야기들을 들으며 컸어. 매일 밤마다 아버지가 부처에 대해서 이야기를 해주곤 했지. 아버지는 부처가 그냥 인간이라고 했어. 세상이 왜 그렇게 돌아가고 있고 사람들은 왜 병들고 죽는지 등등에 대한 답을 구하러 어느 날 아내와 자식들을 남겨두고 떠난 왕자였다고. 아버지는 내게 커다란 배움은 커다란 희생을 치러야 오고, 때로는 가장 아끼는 것도 포기해야 한다고 했어. 그러다 어느 날 내가 아홉 살인가 열 살이었을 때 불교 승려가 되기 위해 가족을 버리고 떠났지. 어머니에게 보살펴야 할 일곱 아이들과 돌보고 유지해야 할 엄청나게 넓은 코코넛 과수원을 남겨놓고서. 어머니는 기가 막혀 어쩔 줄을 몰랐어. 아무리 좋게 말해도 비참했던 거지. 어느 날 오후 어머니는 횃불을 들고서 과수원을 모두 태워버렸고 그 다음에는 불길 속에 몸을 던졌어.

어머니의 죽음에 나는 혼란스럽고 화가 났어. 어머니가 왜 자살을 했는지 이해할 수도 없었고. 나는 아버지의 포옹에서 위안을 찾으려고 아버지가 승려로 있던 사원으로 갔어. 하지만 아버지는 뒤로 물러났지. 불교 승려는 신도를 설령 그 사람이 자기의 자식이라 하더라도 만지지 못하게 되어 있었으니까. 나는 분노를 아버지에게로 돌렸어. 그리고 어째서 떠났는지 알려달라고 했지. '부처의 이야기를 기억하거라.' 아버지가 한 말은 그것뿐이었어. 그게 다였지. 그러고는 나를 집으로 돌려보냈어.

여러 해 동안 나는 아버지의 이야기에서 답을, 어머니의 불행에 대한 답을 찾아보려고 했어. 어머니의 고뇌와 고통에 대한 답을. 나는 이해를 할 수 없었어. 어머니가 어떻게 자기 자신에게, 우리에게, 나에게 그런 짓을 할 수 있었는지가. 눈 깜빡할 사이에 나는 모든 것을, 집과 부모와 형제자매들을 모두 잃은 것 같았어. 내 형제자매들은 뿔뿔이 흩어져 여러 친척들 집에서 살도록 보내졌고. 모든 것이, 모든 사람이 가버렸어.

네가 태어났을 때 나는 너에게 다른 어떤 것을 주고 싶었어. 너에게 매혹적이고 사랑스러운 현실을 안겨주고 싶었던 거야. 내가 겪었던 현실과는 다른 현실을. 그래서 나는 너를 위해 네가 보고 만지고 느끼고 냄새 맡을 수 있는 세상을 만들었어. 나무, 꽃, 새, 나비 그리고 우리 집의 벽과 발코니 난간에 새겨진 조각들로. 그것들은 모두 현실이야, 라미. 실제로 존재하는. 하지만 이야기들은 그렇지 않아. 그것들은 단순하고 평범한 말로 이야기하기에는 너무 고통스러운 것들을 설명하기 위해 꾸며내어진 거야. 나는 그렇게 생각해.

나는 내 부모가 내내 싸웠던 것을 기억해. 그들은 화를 잘 내는 사람들은 아니었지만 언제나 직접적으로건 간접적으로건 서로에게 화를 냈어. 그리고 나는 한 아이로서 언제나 이런 생각을 했지. 그건 두 사람이 서로 다르고 원하는 것들이 서로 다르기 때문이라고. 어머니는 도시에서, 상점들과 레스토랑들 사이에서 살아가는 삶을 원했어. 수많은 이웃들과 친구들에게 둘러싸여 살아가기를 원했지. 반면에 아버지는 모든 사람과 사물로부터 뚝 떨어져 혼자 있을 때가 가장 행복했어. 그게 내가 알고 있던 거야. 내가 알지 못했던 것은, 아버지가 내게 단순하고 평범한 말로 이야기해주었어야 했던 것은 아버지와 어머니가 서로를 사랑하지 않는다는 거였어. 그들 사이에 사랑이라곤 없었고, 그것이 그들 자신뿐 아니라 자식들인 우리까지도 망쳐서 우리의 세상을 찢고 우리를 뿔뿔이 흩어놓은 거지.

그래서 나는 내 아이들이 사랑으로 둘러싸이게 해주어야겠다고 결심했어. 나는 너와 네 동생을 위해 모든 사람들이 서로를 사랑하고 너희 둘 모두가 똑같이 많은 사랑을 받는 세상을 만들려고 애썼어. 사랑은 현실이고 그래서 그걸 꾸며내거나 애매모호한 말들에서 찾으려고 해서는 안 돼. 이를테면 내 아버지가 말했던 것처럼 때로는 가장 아끼는 것도 포기해야 한다는 그런 말에서는. 아니, 그런 말에는 아무 의미도 없었어. 그런 말은 아버지가 어머니를 얼마나 사랑하는지, 또는 자식들인 우리를 얼마나 사랑하는지는 말해주지 않았으니까. 사랑은 솔직하고 분명해야 돼. 우리가 보고 만지는 일상적인 것들에 배어 있어야 해. 적어도 그게 내가 생각했던 거고…….

하지만 사랑은, 이제 나는 알고 있는데, 온갖 장소들에 숨어 있고 마음속 가장 슬픈 구석에도 깃들여 있어서 우리는 누군가가 가버리기 전까지는 그 사람을 정말로 얼마나 사랑했는지 몰라. 이제 나는 참 후회스럽게도 내가 그동안 내내 한 아이를 다른 아이보다 더 사랑했다는 걸 깨달았어. 아니, 내가 너를 라다나와 바꾸었으면 했다거나 그 반대로 하려 했다거나 하는 의미에서의 사랑은 아니야. 그게 아니라 믿음이라는 의미에서의 사랑. 너는 소아마비를 앓고 살아남았어. 그리고 다시는 어떤 병에도 걸리지 않았지. 소아마비가 너에게 그 밖의 다른 모든 질병에 대해 면역력을 주기라도 한 것처럼. 그 뒤로 너는 살기 위해 태어났다는 내 믿음이 흔들린 적은 없었어.

하지만 라다나는 달랐지. 나는 속으로 은밀하게 신들이 내 슬픔, 네가 걷는 모습을 보는 슬픔을 달래주려고 그 아이를 내게 빌려주었다고 믿었어. 그리고 누구도, 어떤 엄마도, 내가 너를 보는 것처럼 너를 아름답게 보지 않으리라는 것, 네 아름다움은 네 강인함에, 넘어졌다가도 다시 일어나 걷는 네 능력에 있다는 것도 알고 있었지. 네가 소아마비와 다른 불리한 조건들을 안고 있으면서도 하고 또 하고 그러는 것을 보면서.

그래서 라다나가 병에 걸렸을 때 내가 할 수 있었던 생각은 이것뿐이었어. 그 아이에게는 네 강인함과 회복력이 없다는. 그 아이가 아팠던 적은, 정말로 아팠던 적은 없었지. 그래서 나는 네가 소아마비에서 살아남았던 것처럼 그 아이가 말라리아에서 그렇게 살아남을지 어떨지 알 수 없었고. 그 아이를 지켜보면서, 그 아이가 점점 더 약해지는 것을 보면서 나는 그 아이가 죽을 거라고 생각했지.

그 점에서 나는 너를 네 동생보다 훨씬 더 많이 사랑했어. 왜냐하면 비록 네가 병을 앓아 몸이 불완전하더라도 너는 오로지 나에게만 속한다는 내 믿음이 흔들린 적은 없으니까. 너는 내가 사랑하고 붙들어야 할 내 자식이야. 내 주위에서 온 세상이 다 부서지고 내 가슴에서 모든 것이 다 찢겨나간다 하더라도.

나는 너에게 해줄 이야기가 아무것도 없어, 라미. 단지 이 현실만이 있을 뿐이야. 네 동생이 죽었을 때 나도 같이 죽고 싶었다는. 하지만 나는 살려고 애썼어. 내가 살아가는 건 너 때문이야. 너를 위해서야. 나는 라다나보다 너를 택했어.”

목이 꽉 메어왔다.

그렇게도 오랫동안 나는 엄마가 내 동생에게 보이는 친밀함을 그 둘이 육체적으로 닮은 꼴인 데다 둘 모두 아주 예쁘다는 데서 생겨난 유대라고 믿고 시샘해왔었다. 하지만 이제 나는 엄마의 아름다움을 있는 그대로 보았다. 그것은 상실에 대한, 도둑맞은 자식에 대한 자제력이었다. 그 여러 해 동안 나는 말에서 위안을 찾았던 반면 엄마는 침묵으로부터 힘을 끌어내왔었다. 나는 양심의 가책을 꿀꺽 삼키고 엄마를 더 꼭 끌어안았다.

"너를 차마 볼 수 없고 너와 이야기를 할 수 없을 때가 있을지도 몰라. 하지만 너는 내가 네게서 나 자신을 보고 네게서 내 끔찍한 슬픔을 본다는 걸 알아야 해. 우리는 별로 다르지 않아. 너하고 나는."

어떻게 그럴 수가 있었을까? 엄마는 이미 평생을 살아왔는데. 열여덟에 열 살 위인 아빠와 결혼을 했고, 다음에는 나와 라다나를 낳았고, 내 동생의 죽음을 애도했고, 이제는 나를 잃을 수도 있는 위험에 직면해 있었는데. 엄마는 정말로 그동안 내내 내 동생이 죽을지도 모른다는 생각을 하고 있었던 것일까?

나는 라다나가 태어나고 얼마 지나지 않았을 때 엄마를 따라 점쟁이를 보러 갔던 일을 떠올렸다. 그 점쟁이는 엄마에게 라다나는 자식 운에 들어 있지 않다고 했고 그 말에 엄마는 소스라치게 놀랐다. 뭐라고요? 그러나 점쟁이는 조금도 흐트러지지 않고 신들을 속이기 위해—내 동생을 보호하기 위해—라다나를 한동안 친척들에게 맡기라고 했다. 엄마가 격분해서 나를 같이 데리고 나가는 것도 잊은 채 그곳에서 쿵쿵 걸어나갔다. 엄마는 이내 돌아왔지만 엄마가 나가 있던 그 짧은 동안에 점쟁이는 나를 보고 이렇게 말했다. 너는 네 엄마의 심장에 가장 가까운 딸이구나. 그때 나는 겨우 다섯 살이었지만 그 나이 든 여인에게 발끈 화를 내며 이렇게 소리쳤다. 거짓말하지 말아요! 우린 점 값 안 줄 거예요! 하지만 이제 보니 그 점쟁이는 우리가 볼 수 없었던 어떤 것 — 엄마의 슬픔과 내 슬픔의 유사성 — 을 얼핏 본 것 같았다.

어느 날 우리는 전혀 뜻밖에도 봉 속의 집으로 와서 카마피발의 우두머리 바로 그 사람을 만나라는 지시를 받았다. 우리가 그 집 뜰로 들어서는 동안 나는 지주의 유령이 내 옆에서 걸으며 예전에는 자기 소유였던 것들을 하나하나 다 뚫어지게 쳐다보고 있다는 생각이 들었다. 코코넛들과 갓 베어낸 사탕수수 줄기들과 케이폭* 꼬투리들이 집 아래쪽의 마당을 가로질러 잘린 머리통들과 팔다리들처럼 널려 있었다. 그리고 벼와 옥수수, 카사바가 담긴 자루들은 쪼그려 앉은 머리 없는 보초들처럼 계단에 일렬로 늘어 놓여 있었다. 고질적인 결핍과 박탈 한가운데에 그처럼 무더기로 몰려 있는 엄청난 식량들이 기괴해 보여서 구역질이 치밀어올랐고, 나는 내가 죽은 자들의 소유물들이 땅바닥에 흩뿌려진 봉분 없는 무덤으로 들어가고 있다는 아주 별난 느낌을 받았다. 집 뒤쪽 어딘가에서, 나무들과 덤불들 사이에서 조그만 목소리들이 들렸다. 사내아이 하나와 계집아이 하나가 우리를 지켜보면서 웃고, 아마도 무슨 일이 일어날 것인지 추측을 하는 듯 번갈아 속닥거리고 있었다. 하지만 지주의 아들딸이었던 아이들의 유령을 보게 될까 무서워서 돌아볼 엄두는 나지

* Kapok. 씨앗을 싼 섬유가 베개, 이불 등에 넣는 솜으로 쓰임.

않았다. 나는 열려 있는 문간에 눈길을 고정시킨 채, 목제 난간 너머로 몸을 숙여 토하고 싶은 충동을 억지로 누르려고 침을 마구 삼키면서 엄마를 따라 계단을 올라갔다. 엄마의 고른 걸음걸이와 숙련된 침착함이 마치 닥쳐올 일을 알고 있기라도 한 것처럼 나를 더더욱 겁먹게 했다.

집 안에는 주름장식 단이 달린, 한때는 아름다운 진홍색이었겠지만 이제는 칙칙한 갈색으로 변해버린 커튼들이 격자 창문들에 드리워져 있었다. 그리고 텅 빈 방 한가운데에 깔린 짚자리에는 봉 속과 뚱땡이가 맨발로 서 있었다. 검은 혁명복을 입고 있는 그들의 모습이 다른 사람들 앞에서만 살아나는 한 쌍의 조각상 같아 보였다. 우리가 들어서자 그들은 어깨와 팔다리를 눈에 띨까 말까 하게 꿈틀거리며 약간 움직였지만 자세는 그대로 꼿꼿했고 얼굴에 표정도 없었다. 그 둘이 모두 고개를 까딱해서 엄마에게 아는 척을 했다. 다음에는 봉 속이 그의 머리가 내 머리와 같은 높이가 되도록 몸을 낮추고 손을 내 어깨에 얹더니 눈꺼풀이 축 처진 눈으로 나를 뜯어보았다.

"너 이름이 뭐지, 어린 동무?"

"라, 라미요." 내가 말을 더듬었다.

"아주 예쁜 이름이군. 내 기억해두도록 하지. 너 그 이름 나한테 써줄 수 있니?"

내가 입을 열 수 있기 전에 엄마가 목청을 가다듬고 물었다. "물 좀 마실 수 있을까요?"

봉 속이 뚱땡이에게 눈짓을 보냈다. 그 여자가 집 뒤쪽으로 사라지자 봉 속이 짚자리에 앉더니 손짓으로 내게도 같이 앉으라고 했다. "너도 알 테지만, 때로는 아이들이 우리 어른보다 더 나은 혁명 가지. 아이들은 솔직하거든. 안 그래, 라미 동무? 나한테 네 이름 써줄 수 있겠지? 이름이 아주 특이해. 크메르 이름 같지가 않아. 어쩌면 그건 프랑스어? 아니면 영어일 수도 있겠고."

내가 입을 열었지만 또다시 엄마가 끼어들었다. "아이들은 이야기를 잘 꾸며내요."

"뭐라고 했소?" 봉 속이 한쪽 눈썹을 추켜올렸다.

"아이들은 이야기를 잘 꾸며낸다고요." 엄마가 억지웃음을 지었다. "이 아이처럼요. 이 아이는 무엇에 대해서나 이야기를 만들어요."

"그렇다면 너 이야기에 대해서 많이 알겠구나." 뚱땡이가 코코넛 껍질 그릇에 물을 담아가지고 방으로 돌아와 엄마에게 건네면서 말했다.

"고마워요." 엄마가 그러고 나서 물을 마시는 대신 내게 건네주었다. 나는 물을 마시고 그릇을 엄마에게 돌려주었다. 하지만 엄마는 어렵게 물을 달라고 하고서도 겨우 한 모금만 마셨을 뿐이었다.

"동무, 이 아이에게 동무에 대해서 좀 이야기해보라고 하는 게 어때, 아나 동무?" 뚱땡이가 물었다.

"나는 혁명에—"

"우리를 속이려고 들지 마, 동무. 사실대로. 동무는 어디에서 교육을 받았지? 외국에서야, 아니면 우리나라에서야?"

"나는 학교 교육은 하나도 못 받았어요." 엄마가 침착하게 대답했다. "나는 하녀였어요."

봉 속이 자기 아내에게 질문을 그만두라는 눈짓을 보냈다. 심문을 하고 두려움을 심어주는 것은 그의 일이었다. "그러면 읽거나 쓰는 법을 모른다는 말인가?" 그가 물었다.

"네."

"전혀 하나도?"

"네, 정말로 전혀 하나도요."

"라미 동무, 이 여자가 네 진짜 엄마 맞니?"

나는 엄마를 쳐다보았다. 그래요, 우리 엄마고 진짜 엄마예요. 나는 고개를 끄덕였다.

"이 여자가 하녀, 유모였니?"

나는 다시 고개를 끄덕였다. 겁이 날 때에도―특히, 겁이 날 때에는 거짓말을 해.

"이 여자가 뭘 했지?"

"우리에게 젖을 먹였어요."

"누구에게 젖을 먹였다고?"

"나하고 라다나요."

"너 그 아이들, 네 엄마가 돌봐줬던 아이들을 말하는 거 아니니?"

나는 고개를 끄덕였다. "그 아이들도요."

"저는 제 딸들뿐 아니라 안주인의 아이들에게도 젖을 먹였어요." 엄마가 설명했다.

봉 속이 주머니에서 뭔가를 꺼냈다. 오메가 시계였다. 그가 시계를 엄마 쪽으로 내밀었다. "이게 무슨 말인지 알려줄 수 있겠나?"

"제가 외국어를 읽을 줄 안다면," 엄마가 시계는 아예 보려고도 하지 않고 대답했다. "그럴 수 있겠지요."

"그런데 동무는 이게 외국어라는 걸 알고 있다?" 그가 물었다.

"아뇨, 저는 그렇다고 짐작을…… 그건…… 제가 어떤 글자도 알아보지 못해서요."

"그렇다면 내 이게 무슨 말인지 알려주지. 오메가, 오토매틱, 크로노미터, 오피셜리 서티파이드, 콘스털레이션, 스위스 메이드. 그리고 동무가 내 아내에게 했던, 그러나 시계 어디에 적혀 있는지 아무리 찾아보아도 찾아낼 수가 없는 말—아무것도 침투할 수 없다, 물도, 눈물도……." 그가 말을 멈추고 눈꺼풀이 축 처진 눈으로 엄마를 훑어보았다. "나로서는 알 수 없지만 동무의 말을 그대로 받아들여야 할 것 같군. 결국 그건 동무 시계였고 동무는 그게 방수인지 아닌지는 알았을 테니까. 그런데 동무는 하인이라면 그런 귀중한 외제 시계를 가질 수 없다는 것도 알아야 했어."

그가 다시 엄마를 훑어보다가 잠시 뒤에 입을 열었다. "동무는 크메르어를 읽고 쓸 줄 아는가, 아나 동무? 동무는 분명히 영어를 좀 알고 있어. 어쩌면 프랑스어도 유창하게 할 것이고. 동무 계층 사람들이 종종 그렇듯 말이지."

"아니, 저는……." 엄마가 말을 더듬었다.

"그게 분명한가? 동무가 지금 우리에게 사실을 말하고 있는 것이 분명한가?"

엄마는 대답을 하지 않았다. 나는 그가 노리는 것이 무엇인지, 엄마로 하여금 그가 아직은 모르는 것을 털어놓게 하려고 무슨 짓을 하려는지 알 수 없었다. 아니, 엄마는 하녀가 아니었다. 그랬다. 엄마는 읽고 쓸 줄 알았다. 그랬다. 엄마는 교육을 받았다. 하지만 그도

교육을 받은 것이 분명했다. 그는 외국어를, 아니면 적어도 시계에 적혀 있는 것을 읽을 줄 알았다.

"동무는 동무의 범죄가 중대한 것임을 알고 있겠지?" 그가 물었다. "동무가 우리 모두를 속이기 위해 고의적으로 벌인 이 은폐공작."

엄마는 대답을 하지 않았다.

"민주 캄푸치아에는," 뚱땡이가 끼어들었다. "동무 같은 사람들에게 내줄 자리는 없어."

봉 속이 눈짓으로 자기 아내의 입을 막고 나서 우리를 돌아다보고 결말을 지었다. "처벌은 향후 결정될 거야. 이제 그만 가보도록."

집 밖에서 그들의 두 아이가 놀고 있었다. 나는 그 아이들이 지주의 자녀였던 아이들의 유령이라고 생각했었지만 사실은 봉 속과 뚱땡이의 조그만 복사판이었다. 아들은 혁명군인 척을 하고 있었고 그 아이의 여동생은 사로잡힌 적으로 이제 곧 처형당할 포로 노릇을 하고 있었다. 눈이 가려지고 손목은 달아빠진 밧줄로 헐렁하게 묶인 채 나무에 기대어 부동자세로 서 있는 계집아이에게 사내아이가 막대기총을 겨누었다. 그러다 우리를 보자 사내아이는 막대기총을 내렸고 포로 노릇을 하던 계집아이도 뭔가 달라졌다는 낌새를 채고서 밧줄을 풀고 눈가리개를 벗었다. 그 두 아이가 우리 쪽으로 걸어왔다. "오빠 동무," 계집아이가 내 걸음걸이를 흉내 내면서 물었다. "저 애는 왜 저렇게 걸어?"

내 옆에 있던 엄마가 내게로 손을 뻗치면서 신음소리를 냈다. 계집아이가 입고 있는 옷은 그 통통한 몸에 비해 너무 작았다. 하얀 공

단은 흙과 땀으로 누렇게 절었고, 옷깃을 따라 비단 실로 수놓아져
있던 장비들은 대부분 다 풀어져 없어졌고 나비 모양의 매듭도 떨어
져 나갔다.

엄마가 흐느끼는 소리를 냈다. 나는 엄마를 잡아끌었다. "저건 옷
일 뿐이에요, 엄마. 옷일 뿐이라고요."

그날 밤 혁명군 병사 하나가 오두막으로 들이닥쳤다. "동무들, 짐
을 싸!" 그가 명령했다. "동무들은 아니고!" 그가 마에 할머니와 폭
할아버지를 밀어내고 엄마와 나를 가리켰다. "동무들 둘!" 그가 우
리를 계단 아래로 끌어내렸다. 마에 할머니가 미친 듯이 소리를 질
렀다. "안 돼, 안 돼, 그 사람들 데려가면 안 돼!" 밖에서 할머니가 몸
을 던져 병사의 발을 잡았다. "제발 저 사람들 데려가지 마!" 폭 할아
버지가 우리 짐들을 끌고 달려 나왔다. "우리 아이들을 어디로 데려
가려는 건가?"

"그건 동무가 알 바 아니오! 이자들은 조직에 속해 있소! 우리에
게, 우리 마음대로 할 수 있도록!"

"이 사람들을 어디로 데려가려는 건가?" 할아버지가 다시 물었다.

"동무는 알 필요 없소!"

"그렇다면 이유라도 알려주게. 어째서지?"

"동무들은 너무 가까워졌소. 조직이 동무의 유일한 가족이오. 동
무는 그걸 기억했어야 했소."

"그렇다면 작별 인사라도 하도록 해주게."

"아니오! 그럴 필요 없소!" 그가 집터 입구에 세워놓은 우마차 쪽

으로 우리를 떠밀었다. "가! 올라타!"

"나는 농부다, 이 멍청한 놈아!" 마에 할머니가 이제는 무서워하지도 않고 폭 할아버지의 커다란 칼을 들고 소리쳤다. "나는 이 땅에서 네놈이 살아온 것보다 더 오랫동안 일을 해왔어. 그게 너한테는 아무것도 아닌 일로 여겨진다면 너를 토막 내서 논에다 던져버릴 테다. 그러면 네놈은 썩을 거고 조직은 나를 상대해야 할 걸!"

할머니의 엄청난 분노에 놀라서 병사가 잡고 있던 우리 팔을 놓고 할머니 쪽으로 떠밀었다. "빨리 해." 그가 말했다. "작별 인사만."

할머니가 그를 노려보자 그가 우리에게 자리를 내주면서 뒤로 물러났다.

마에 할머니가 어둠 속에서 우리 얼굴을 더듬으며 달래고 격격 소리 내어 흐느끼고 하다가 폭 할아버지를 돌아보았다. "뭐라고 해야 할지를 모르겠수. 뭐라고 해야 할지를. 어떻게 좀 해보우. 내가 제대로 된 말을 찾아낼 수 있도록 어떻게라도 좀."

"우리는 그쪽이 우리에게 속하지 않는다는 걸 늘 알고 있었다우." 폭 할아버지가 라다나의 조그만 덧베개를 엄마에게 건네주었다. "하지만 그래도 우리는 그쪽을 사랑하고—" 할아버지가 목이 메어 말을 잇지 못했다.

엄마의 말이 옳았다. 사랑은, 온갖 장소들에, 마음속 가장 슬픈 구석에도, 더없이 암울하고 희망 없는 상황에도 숨어 있었다.

"그만해!" 병사가 명령했다.

폭 할아버지와 마에 할머니가 우리를 놓아주었다. 우리는 우마차에 올라탔다. 두 소를 갈라놓는 활꼴의 나무 가로대에 석유등이 높이 걸려 있었다. 우마차 앞쪽에 또 다른 병사가 걸터앉아 있었고 한순간 나는 그가 우리를 폭 할아버지와 마에 할머니의 집으로 데려다주었던 바로 그 병사라는 생각으로 가슴이 뛰었다. 하지만 그는 다른 사람이었다. 우리를 호송할 병사가 떠날 준비로 고삐를 잡고 대나무 몰이 막대기를 들어 올렸다.

폭 할아버지가 다시 돌아와 나머지 짐들을 우리 옆에 놓아주었다. 그러고는 팔을 뻗쳐 내 머리카락을 헝클어트리고 무슨 말인가를 하려고 입을 열었다. 구장즙 물이 든 할아버지의 검은 이가 밤의 어둠 속에서 더 검어 보였다. 하지만 할아버지는 아무 말도 하지 못했다. 하고 싶은 말이 무엇이었건 간에.

우마차를 모는 병사가 혀를 차고 고삐를 흔들자 소들이 앞쪽으로 움직이기 시작했다. 그가 채찍질을 하자 소들이 큰 소리로 울었다. 음매! 음매! 어둠 속에서 마에 할머니의 암소가 그 소리에 대답했다. 음매! 음매! 어쩌면 제 송아지가 돌아왔다는 생각을 하고 그러는지도 몰랐다. 그 암소가 폭 할아버지와 마에 할머니가 우리를 지켜보고 있는 곳으로 느릿느릿 걸어왔다. "그래, 안다, 알아." 마에 할머니가 그 짐승을 토닥여주면서 하는 소리가 들렸다. "내가 네 슬픔을 같이 나누고 있으니."

우마차가 좁은 마을길로 들어서자 나는 밤공기가 얼마나 차고 축축한지 알아차렸다. 우리가 한데 있던 그 짧은 시간 동안 내 머리카락과 피부에 흩뿌려진 미세한 안개처럼 이슬이 내려 있었다. 나는 오두막 쪽을 뒤돌아보았다. 폭 할아버지와 마에 할머니의 모습이 이제는 더 이상 보이지 않더라도 나는 그들이 여전히 거기에 서 있다는 것을 알고 있었다. 우리는 조직보다 그들을 우리 가족으로 택했었다. 그것이 우리의 범죄였고 그 때문에 우리는 다른 곳으로 보내지고 있었다. 우리의 범죄 행위는 우리를 기다리고 있는 처벌만큼이나 불분명했다.

우리는 숲 속으로 들어섰고 우리의 앞길은 석유등으로 흐릿하게 비춰졌다. 엄마가 내게 라다나의 덧베개를 건네주었다. 나는 온기를 찾아 그것을 끌어안고 엄마의 무릎에 머리를 얹었다. 자거라, 아가야, 자거라. 나는 속으로 조용히 노래를 불렀다. 아직 아침이 오지 않았으니…….

숲이 우리를 에워쌌다.

23

우리는 어둠으로부터 불빛이 훤히 비치는 트인 벌판으로 나왔다. 커다란 화톳불이 타오르고 있었고 여기저기에, 커다란 불의 자손들인 양 더 작은 모닥불들이 있었다. 그리고 모닥불 주위로는 너덧 명씩 되는 사람들이 그 옆의 땅에 짐 보따리들을 내려놓은 채 웅기중기 모여 있었다. 화톳불 주위에는 훨씬 더 많은 사람들이 모여 있었는데 그들의 머리는 조용히 숙여져 있었지만 그들의 입은 커다란 화장용 장작더미 주위에서 고인에게 경의를 표하는 조문객들처럼 들리지 않는 속삭임으로 움직이고 있었다. 우리를 호송해온 병사가 우마차를 세우고 우리에게 으르렁거렸다. "그대로 있어." 그러고는 자기 자리에서 뛰어내려 포장도로 한복판에서 보초를 서고 있는 두 혁명군 병사와 이야기를 하러 갔다. 그 도로는 한 지방에서 다른 지방으로 이어지는 국도들 중 하나일 수도 있을 만큼 폭이 넓었다. 다른 병사들이 고개를 끄덕이고 얼굴을 들어 늘쩍지근하게 관심 없다는 투로 우리 쪽을 건너다보았다. 우리 마차를 모는 병사가 돌아와서 우리에게 말했다. "나머지 사람들하고 같이 기다려." 그러고는 아무 말도 더하지 않고 우마차에 다시 올라타더니 우마차를 빙 돌려 다시 숲으로 들어갔다.

짐 보따리들을 들고서 우리는 웅기중기 모여 있는 사람들 사이를 헤치고 지나갔다. 우리가 지나갈 때 몇몇 사람들이 돌아다보기는 했지만 누구 하나 인사를 건네지도, 뭐라고 말을 하지도 않았다. 들리는 소리는 화톳불에서 나뭇가지들이 쉭쉭 김을 내뿜거나 딱딱 갈라지는 소리와 보이지 않는 밤벌레들이 주위의 덤불들에서 끊임없이 윙윙거리는 소리뿐이었다.

우리는 듬성듬성한 잎들을 축 늘어뜨린 어느 나무 밑에서 자리 한 곳을 찾아냈다. 수척하게 여윈 얼굴을 한 사람들이 축축한 풀밭 한 귀퉁이를 우리가 있을 자리로 내주었다. 그들은 샅샅이 훑어보는 눈길로 우리를 빤히 쳐다보고 있었다. 아마도 우리가 그들이 잃어버린, 그러나 곧바로 알아볼 자신은 없는 가족일지도 모른다고 생각한 것 같았다. 우리에게서 닮은 구석을 찾지 못하자 그들은 다시 고인을 애도하듯 고개를 땅으로 푹 숙이고 소곤거리는 소리로 웅얼웅얼 이야기를 주고받았다.

나는 무릎을 끌어당겨 라다나의 베개에 턱을 고이고 덜 춥도록 양팔로 다리를 감싸 안았다. 내 동생이, 그 아이가 목욕을 한 뒤 풍겨났던 비에 흠뻑 젖은 풀 같은, 대나무 잎에 맺힌 이슬 같은 그 아이의 머리카락 냄새가 그리웠다. 다시 잠 속으로 빠져들기 쉬운 한밤중의 그 시간이었다. 나는 내가 졸음기를 느끼며 보고 상상하는 것이 잘 믿어지지 않아서 주위를 둘러보았다. 저 멀리로 탁 트인 들판 가장자리에서 사슴, 아니 어쩌면 아주 드물게 보이는 코 프레이스(koh preys) 한 마리가 대나무 잎들에 맺힌 이슬을 핥고 있었다. 그리고 몇 미터쯤 떨어진 곳에서는 한 남자가 책상다리를 하고 앉아 마치 책을 읽듯 손바닥을 펴서 무릎에 올려놓고 있었다. 아빠일까? 그런 생각이 들자 내 마음이 졸음기로 느려지는 중에도 내 심장박동이 다시 한 번 더 빨라졌다. 그가 고개를 들었다. 아니, 그는 아빠가 아니었다. 그 남자가 마치 천국에 공물을 바치기라도 하듯 고개를 뒤로 젖히고 손바닥을 들어 올렸다. 나는 그가 미신적으로 기도를 하고 있다는 것을 알아차렸다. 신들에게 자기의 목숨을 구해달라고. 아니면 자기의 죽음을 앞두고서 주문을 외고 있었거나.

나는 눈길을 돌려서 내게 더 가까이 있는 것들, 내가 똑똑히 볼 수 있는 것들에 초점을 맞추었다. 우리 가까이에서 한 여인이 조그만 모닥불 옆에서 갓난아기에게 젖을 먹이고 있었고 아기 아빠는 텐트처럼 몸을 두른 담요에 앉아 손위인 아이를 무릎에 앉혀놓고 있었다. 또다시 나는 아빠를 보았다. 아빠가 예전에 나를 안고 있던 그 비슷한 자세를 보자 아빠가 한없이 그리웠고 아빠의 팔이 나를 감싸는 느낌이었다. 아빠를 바라서는 안 되는 건지도 몰라, 그런 생각이 들었다. 여기에서 아빠를 원해서는 안 돼. 이제 곧 나는 아빠를, 아빠와 라다나를 보게 될 터였다. 나는 그들이, 그들의 영혼이, 그들의 혼령이 내 안에 있는 것을 느꼈다. 이제 곧 나도 죽게 될 것이었다. 그렇지 않고서야 아빠와 라다나가 왜 우리를 여기로 데려왔을까?

"이 들판 너머에 우리의 운명이 놓여 있어……."

"그래, 우리에게 배당된 무덤이."

머릿속에서 목소리들이 메아리쳤고 처음엔 나는 그 목소리들을 내 생각과 구별할 수 없었다. 그 목소리들이, 들판 여기저기로 날아다니며 날개를 부딪치고, 화톳불과 장난을 치고, 내 마음을 가지고 노는 나방들처럼 내 주위에서 소용돌이쳤다. 다음에는 사람들이 이야기를 하고 있다는 것이 분명해졌다. 나는 그들이 고인을 위해 소곤거리며 소리를 죽여 기도를 한다고 생각했었지만 실제로는 그들 자신에 대한, 그리고 우리 모두에게 일어날 일에 대한 이야기를 하고 있었다.

"저 병사들이 우리를 죽일 거야." 한 남자가 그러자 다른 남자가 말을 받았다. "쟤네는 둘뿐이고 우리는 적어도 쉰 명은 돼. 하려고만 들면 우리가 쟤네를 덮칠 수 있어."

"쟤네는 무장을 했어."

"그래. 쟤네는 총으로 우리를 한꺼번에 쓸어버릴 수도 있어."

내 눈길이 혁명군 병사들의 움직임을 좇았다. 그들은 지루하고 졸려서 늘쩍지근한 걸음으로 왔다 갔다 하고 있었다. 하지만 그렇더라도 둘 모두 무기를 들고서 하나는 무게중심을 잡아 어깨에 올려놓았고 다른 하나는 총을 지팡이처럼 짚고 있었다. 그들은 어느 순간에라도 내려질 수 있는 명령을 기다리기라도 하듯 총을 단 일 초도 내려놓지 않으려고 했다. 그들의 눈길이 양쪽 모두 어둠 속으로 사라져간 포장도로를 따라 이쪽저쪽으로 휙휙 날았다. 그들은 무엇을 기다리고 있던 것일까? 더 많은 우마차들, 더 많은 희생자들을?

"설령 우리가 쟤네를 덮칠 수 있다손 치더라도 그다음엔 어쩌지?

어디로 가야 하지?"

"빠져나갈 길이라고는 없어."

"우리는 해돋이를 보지 못할 거야. 여기서 죽게 될 거라고."

나는 어떻게든 깨어 있으려고 눈을 깜빡였다. 만일 우리가 죽게 된다면 잠자던 중에 죽고 싶지는 않다는 생각에서였다. 나는 라다나처럼 죽고 싶지는 않았다. 그런데 그 아이는 어떻게 죽었을까? 느닷없이 그때껏 한 번도 물어보지 않았던 의문이 일었다. 엄마가 나를 깨웠을 때는 이미 너무 늦어버린, 라다나가 이미 죽은 뒤였는데 이제 나는 내 동생이 마지막 숨을 쉬었을 때 의식이 있었는지 없었는지를 궁금해하고 있었다. 그만둬! 내가 혼자 속으로 소리쳤다. 어쨌건 상관없어. 그 아이는 죽었다고! 그 일을 다시 떠올려서 좋을 게 무엇이었을까? 그런다고 해서 달라질 것은 아무것도 없었다. 또 이제부터 우리에게 일어날 일이 바뀌지도 않을 것이었다.

나는 들판 건너편에서 나를 계속 바라보고 있는 눈길을 느꼈다. 그래서 그쪽으로 고개를 돌렸다가 몇 미터쯤 떨어진 곳에서 한 남자가 천천히 일어나는 것을 보았다. 그에게는 어딘지 모르게 눈 익은 구석이 있었지만 나는 속으로 그럴 리가 없다고 했다. 그가 일어섰고 그의 그림자가 어둠과 하나로 합쳐졌다. 그대로 가만히 서 있는 그의 모습이 그 뒤에 있는 나무줄기만큼이나 크고 가늘어 보였다. 나뭇잎들로 그림자가 져서 그의 얼굴을 볼 수 없었고 그가 정말로 나를 보고 있는지도 확실치는 않았다. 그가 보고 있었다는 느낌이 들었지만 확신은 할 수 없었다. 그가 다리를 좀 절면서 걸어오기 시작했다. 머뭇거리듯 한 걸음 한 걸음 내딛는 그의 온몸이 와들와들 떨리고 있었다. 그가 걸음을 멈추고 다시 몸을 가누면서, 마음을 진정시키면서 우리 쪽을 응시했다. 아마도 우리가 유령들이 아님을, 내 쪽에서 그가 유령이 아님을 확인하려고 애쓰고 있던 것과 꼭 마찬가지로 확인하려는 것 같았다. 그가 다시 오기 시작했다. 처음에는 천천히, 다음에는 그의 삶이 뜀박질에 달려 있기라도 한 것처럼 양팔을 내뻗치고 달리면서. 나는 그가 누구인지 알아보았다.

라미, 라미! 아아, 형수님, 어디 계세요? 내가 그에게 대답을 할 수 있기까지는 평생이 지난 것 같았다. 삼촌! 내가 마침내 그 말을 했을 때는 시간이 멎었다 거꾸로 돌아갔고 두려움과 공간이 모두 사라져서 우리가 듣고 보는 것은 우리 둘뿐이었다. "정말로 너니? 그래? 맞아? 너라고 말 좀 해봐. 오오, 이렇게 고마울 데가. 너구나!" 삼촌이 기쁘면서도 믿어지지가 않아서 몸을 부르르 떨고는 내 얼굴을, 다음에는 엄마의 얼굴을 감싸 쥐었다가 우리가 단지 그림자나 허상이 아니라 분명히 실제로 존재한다는 것을 확인하려고 우리의 온몸을 훑었다. 그러고도 마치 확신을 할 수 없다는 것처럼, 자기의 손과 눈도 믿을 수 없다는 것처럼 엄마의 양쪽 눈에 번갈아 입술을 누르고 엄마의 눈물을 마시기까지 했다. "정말 너구나, 정말로 너로구나!" 다시, 또다시 삼촌이 그 말을 하면서 다시, 또다시 우리를 부둥켜안았다. 우리를 너무도 꽉 끌어안고 있는 바람에 나는 내가 삼촌의 흉곽 안으로 밀려들어갈 것 같다는 생각이 들었다.

"이건 기적이야." 삼촌이 여전히 믿을 수 없다는 듯 숨찬 소리로 선언했다. 그러고는 다시 우리를 끌어안고 얼굴이며 머리며 몸이며 가리지 않고 온통 입을 맞추었다. 기적이 단지 빛의 장난이 아니라는 것을 확인하려면 그래야 했으니까.

"그만하라고!" 느닷없이 병사들 중 하나가 명령을 내리고 우리를 갈라놓았다. "그만!" 그의 외침 소리에 밤이 되돌아오고 모든 것들이 다시 나타났다.

숙연한 표정의 얼굴들이 우리를 응시했지만 누구도 말을 하지는 않았다. 다음에 그들이 하나씩 하나씩 고개를 끄덕이고 입가에 미소를 짓고 희망 없는 밤에 별들처럼 눈을 빛냈다. 병사가 주위를 둘러보고 고개를 젓더니 길 옆에서 보초를 서고 있는 자기 동료에게로 돌아갔다. 다른 병사는 안달을 내는 것 같았고 이제 곧 도착할 사람들이나 상부에서의 명령을 기다리기라도 하는 듯 조급하게 앞뒤로 왔다 갔다 하고 있었다. 하지만 나는 더 이상 두렵지 않았다. 삼촌이 우리와 함께 있었으니까. 삼촌은 여기에 있었다. 여전히 살아 있는 채로. 우리도 여전히 살 수 있었다. 이제는 뭐든 다 할 수 있었다.

나는 삼촌을 바라보았고 삼촌도 나를 바라보았다. 나는 삼촌의 머리를 만졌고 삼촌도 내 머리를 만졌다. 삼촌은 수도승처럼 삭발을 하고 있었다. "머리카락이 어떻게 된 거예요?" 내가 물었다. 삼촌이 눈에 그득해진 눈물을 애써 참으며 웃었고 나는 나 자신을 꾸짖었다. 삼촌의 머리카락이 어떻게 되었건 그게 무슨 상관이지? 삼촌이 여기 있는데. 그렇지 않아? 엄마가 삼촌을 올려다보았다가 머리가 삭발된 것을 처음으로 알아차리고 온몸을 떨며 삼촌의 가슴에 얼굴을 묻었다. 삼촌이 엄마를 더 가까이로 끌어당겼고 우리는 그만하라는 명령을 받았음에도 계속 서로를 우리 사이에 바람도 들어오지 못할 정도로 그렇게 꼭 끌어안고 있었다. 만일 우리가 그러고 있다 죽는다면 우리는 결합된 단일체로 죽게 될 것이었다.

그러다 갑자기 기억이 난 듯 삼촌이 물었다. "라다나 그 애는 어디 있지요?" 삼촌이 라다나를 찾아 주위를 둘러보았다. 나는 엄마가 몸을 빼내는 것을 느꼈다. 삼촌이 엄마에게로 손을 뻗쳤지만 엄마는 이제 삼촌의 손길을 피하려고 했다. "없어요." 엄마가 몸을 떨면서 대답했다. "없어요."

삼촌이 눈을 껌뻑였고 삼촌의 눈에 가득 고인 눈물이 얼굴로 흘러내리기 시작했다. 삼촌은 이악이었다. 누구든 맨주먹으로 으스러뜨릴 수 있는 무적의 거인. 그런데 이제 삼촌이 어린아이처럼 울고 있었다.

"모두들 어디 있어요?" 내가 삼촌이 라다나를 찾았듯이 다른 가족들을 찾아 사방을 둘러보며 물었다.

"이리 와봐라." 삼촌이 눈물을 삼키며 말했다.

온몸을 타고 행복감이 물결쳤다. "나를 거기로 데려가줄 거예요?" 삼촌은 그저 고개만 끄덕일 수 있을 뿐이었다.

거기에 있는 사람은 왕비 할머니 하나뿐이었다. 인디아 숙모와 두 쌍둥이, 그리고 타타 고모는 없었다. "다른 사람들은 해내지를 못해서—" 삼촌에게서 그 말이 나오기 무섭게 삼촌의 손이 걷잡을 수 없이 격렬하게 떨리기 시작했다. 삼촌이 떨리는 손을 진정시키려고, 우리에게 감추려고 팔 밑으로 밀어 넣었다. 나는 당황해서 삼촌을 빤히 쳐다보았다. 다른 사람들은 해내지를 못해서. 하지만 그게 대체 무슨 뜻일까? 우마차건 트럭이건 무엇이건 삼촌을 여기로 데려온 것에 타지 못했다는 말일까? 그게 삼촌이 말하려는 것일까? 엄마의 얼굴에 그 말이 무슨 뜻인지를 알고 충격 받은 표정이 내려앉았다.

"어머니." 삼촌이 왕비 할머니의 어깨를 만지면서 속삭였다. 그러나 왕비 할머니는 나무줄기에 등을 기대고 앉은 채 미동도 하지 않았다. 움직임이 전혀 없어서 할머니가 돌아가셨을지도 모른다는 생각까지 들었다. "어머니, 여기 라미가 있어요."

그래도 움직임이 없었다. 어쩌면 할머니가 내 목소리는 알아볼 수도 있을 것 같았다.

"왕비 할머니." 내가 할머니의 귀 가까이로 몸을 기울이고 속삭였다. "왕비 할머니, 저예요……."

할머니가 천천히 눈을 떠서 빤히 바라보다 미소를 지으며 울기 시작했다. "아유라반!" 할머니가 나를 끌어당겨 뼈만 앙상한 손으로 내 등을 어루만졌다. "네가 돌아왔구나, 내 아들. 네가 돌아왔어."

"아니, 저는 라미예요." 나는 할머니에게서 몸을 빼내려고 했다. 나로서는 할머니가 나를 아빠로 혼동하거나 입 밖에 내어진 아빠의 이름을 듣는 것보다 더 나를 놀라게 하는 것이 무엇인지 알 수 없었다. "저예요, 라미." 내가 되뇌었다.

할머니가 멍하니 나를 바라보았고 할머니의 얼굴에서 알아보는 듯한 표정이 사라졌다. 할머니가 다시 눈을 감고 나무줄기에 기대어 혼잣말을 하더니 다시 잠이 들었다.

"네 할머니는 우리보다 그들에게 더 가까우셔." 삼촌이 말했다. "영혼과 혼령들에게. 이제는 우리가 누구인지도 모르시고 당신이 누구인지도 모르셔. 그게…… 그게 네 할머니가 아직까지 살아계신 유일한 이유지."

　삼촌은 말을 더하지 않고 그를 뚫어져라 쳐다보는 엄마의 눈길을 피해 앞쪽의 땅을 내려다보았다. 삼촌의 손이 다시 걷잡을 수 없이 떨리기 시작했고, 그러자 삼촌이 한 주먹을 다른 손으로 감싸 쥐어 가만히 있도록 붙잡으려고 했다. 나는 언젠가 프놈펜에서 삼촌이 자기 집 담 위로 손을 뻗쳐 맨손으로 도마뱀붙이 한 마리를 움켜쥐었던 일을 떠올렸다. 그때 삼촌은 그놈을 너무 세게 움켜쥐는 바람에 실수로 그 동물을 죽이고 말았었다. 언젠가 오래전, 내게는 삼촌이 하늘만큼 높이 뛰어오를 수 있는, 도마뱀붙이를 죽인 것을 운이 나쁜 탓으로 돌리지 않고 신들과 싸움을 벌여 다시 살려내라고 요구하는 거인처럼 보였었다. 그런데 이제는 그 삼촌이 움츠러들어 웅크린 채 팔다리를 도마뱀붙이들처럼 떨고 있었다. 손이 떨리는 것을 멈출 수 없자 삼촌이 양손을 호주머니 속으로 감추었다.

　"아주버님, 머리가?" 엄마가 손가락 끝으로 삼촌의 관자놀이께를 훑어 오른쪽 귀 위로 산맥처럼 솟아오른 커다란 흉터를 만지면서 물었다. "예……." 삼촌이 엄마의 손길에 찢기기라도 한 것처럼 신음소리를 냈다. 엄마의 손이 안타까워 어쩔 줄을 몰라 흔들리며 삼촌의 얼굴 가까이에서 떠돌았고 나는 엄마가 무슨 생각을 하고 있는지 알 수 있었다. 그 달도 없는 밤의 그 희미한 빛 속에서는 삼촌이 그의 형처럼, 아빠처럼 보였으니까. 당신은 내 하나뿐인 별이오. 나의 태양, 나의 달……. 설령 당신을 만질 수 없더라도 나는 어디에서든 당신을 보고 느끼리라는 것을 알고 있소……. 아빠가 남긴 고별의 말.

"그들을 애도하기 위해," 마침내 삼촌이 가까스로 입을 열었다. "저는 어떤 적절한 의식도 치러줄 수 없었습니다." 삼촌이 자기의 삭발한 머리를 만졌다. "제가 할 수 있던 것은 이것뿐이었지요."

엄마가 삼촌을 더 이상 볼 수 없어서 손을 거두고 돌아섰다.

삼촌이 내게로 손을 내밀자 나는 삼촌을 끌어안고 머리를 가만가만 어루만졌다. 그리고 그때서야 알아차렸다. 삼촌의 머리에 서너 곳의 다른 흉터들이 더 있다는 것을. 쟁기질한 들판 같은 조그만 이랑들과 고랑들, 그리고 표식 없는 무덤들.

"너 삼촌 머리를 가지고 놀면 못써." 엄마가 꾸짖었다.

"아니, 괜찮습니다." 삼촌이 말했다. "한때는 사람의 머리가 신성했었지만 이제는…… 그 머리가 코코넛처럼 쪼개질 수도 있으니까요." 삼촌이 엄마의 긴 머리카락을 알아차린 듯 엄마를 바라보았다. "그자들이 길게 기르도록 놓아두던가요? 그건 혁명적이지 않은데요. 제가 알기로는."

"삭발도 마찬가지지요."

엄마와 삼촌이 애써 웃어보려고 했다.

"자를 거예요, 만일……." 엄마가 말을 하다 말고 그만두었다. 하지만 나는 엄마가 하려던 말이 무엇인지 알았다. 만일 우리가 그날 밤에 살아남는다면 자르겠다는.

삼촌이 고개를 끄덕이고 손으로 뒤통수를 쓸어내리며 조금씩 돋아난 머리카락을 더듬었다. 삭발을 한 탓으로 삼촌의 모습이 더더욱 야위어 보였다. 삼촌의 머리통이 거대하면서도 깨지기 쉽게, 코코넛보다도 더 깨지기 쉽게 보였다. 아니, 코코넛이라기보다는 살짝 두드리기만 해도 깨질 수 있는, 아내의 슬픈 손길이나 아내의 추억이 서린 애무에도 으스러질 수 있는 달걀 같았다. 삼촌은 여전히 거인이어서 그 윤곽이 누구보다도 더 우뚝했지만 삼촌의 내면에서 무엇인가가 부서져 있었다. 뼈보다도 더 강한 무엇인가가. 무엇인가가 그 신화적인 이약을 이야기책에서 내몰아 내 삼촌으로 바꾸었다. 마치 그의 크기와 부피만이 삼촌에게 어느 세상으로든 걸어 들어가 사람들 사이에서 자리를 요구할 권리를 주기라도 한 것처럼. 아빠는 그 권리를 메차스 클루온(mechas kluon, 자신을 지배하는 힘)이라고 불렀었다. 그런데 이제 그 힘은 망가졌고 삼촌은 살아 있는 사람으로서의 침착성을 잃어버린 채, 부서지기 쉬운 그림자 인형극의 꼭두각시처럼 몸을 떨며 다리를 절고 있었다.

삼촌은 엄마가 마주 보고 있지 않을 때면 몰래 엄마를 찬찬히 살펴보다가 엄마가 마주 보면 눈을 돌려 자기의 손을 내려다보곤 했다. 마치 엄마가 이야기하지 않은 무엇인가를 충분히 이해했다는 듯 혼자서 고개를 끄덕이면서.

삼촌은 한참 동안이나 그러고 있었고 나는 삼촌이 다른 가족들에 대해서는 적어도 지금 여기에서는 이야기하지 않으리라는 것을 알았다. 또 이야기할 필요도 없었다. 그들의 혼령이 우리의 모든 생각과 침묵 속으로 들어와 있었으니까. 이제껏 무슨 일들이 일어났고 앞으로 무슨 일들이 일어날 것이건 나는 그들이 다시 우리와 함께 있다는 데서 위안을 느꼈다.

24

나는 눈을 부비고 엄마와 삼촌과 왕비 할머니가 여전히 내 옆에
있는 것을 보았다. 잠이 들었던 기억은 없었지만 내가 잠을 깨면서
첫 번째로 했던 생각은 내가 그들의 꿈을 꾸었다는 것이었다. 하지
만 다음에 나는 내가 막 잠이 들려고 하던 참에 삼촌이 엄마에게 그
가 끌려갔던 지방 이름을 이야기했다는 기억을 떠올렸다. 알고 보니
그곳은 우리가 있던 곳에서 그리 멀지 않은 곳이었다. 삼촌은 우마
차로 하루 이상은 걸리지 않는 거리일 것이라고 했다. 그동안 내내
우리가 그렇게 가까이에서 살고 있었다니! 우리를 갈라놓았던 것은,
우리가 서로를 찾지 못하게 막았던 것은 거리가 아니라 두려움이었
다. "그건 상관없습니다." 삼촌이 말을 하고 있었다. 그의 목소리가
내 얼굴로 떨어지는 햇살만큼이나 현실이었다. 나는 눈을 깜빡여 잠
을 마저 쫓아버렸다. 삼촌이 내 상상의 산물이 아니라 실제로 옆에
있다는 것이 기뻤다.

지칠 대로 지치고 얼떨떨해하는 사람들이 꾸물꾸물 일어났다. 그러고는 자기네 얼굴과 사랑하는 사람들의 얼굴을 만져보고 태양이 정말로 다시 떠올랐다는 것, 그리고 자기네가 그 태양과 함께 일어날 수 있게 되었다는 것을 확인하며 웃음을 보였다.

길가에서 얼마간의 소동이 일었다. 트럭이 한 대 도착했고 우리를 감시하던 혁명군 병사들이 트럭 운전사와 트럭에 같이 타고 온 병사하고 무엇인가를 정리하려 하고 있었다. 양쪽이 말다툼을 벌이자 사람들이 그 주위로 모여들기 시작했다.

"크라티에 지방에 있는 카차라는 읍으로 데려가서," 운전사가 말하고 있었다.

"아니, 안 돼." 우리를 감시하던 병사들 중 하나가 고개를 저으며 말했다. "이자들은 바탐방 지방으로 가게 돼 있다고."

앳된 얼굴에 쾌활해 보이는 운전사가 재치 있게 크라티에가 더 가깝고 또 자기는 어쨌든 그쪽으로 갈 거니까 우리를 거기로 데려갔다가 바탐방으로 가는 것이 더 수월하다고 했다.

"그 두 지방은 정반대 방향이라고!"

"그건 맞지만 적어도 우리는 명령을 따르고 있어."

"그 명령이 잘못된 것이더라도?"

"그럼."

그 말이 완전히 먹혀든 듯, 넷 모두 어린 머슴아이들처럼 마침내는 게임의 규칙에 합의하고 즐겁게 고개를 끄덕였다. 그래서 목적지는 크라티에로 정해졌다.

병사들이 우리에게 짐을 챙기라고 명령했다. 그들 중 하나가 우리에게로 와서 왕비 할머니를 재촉하려고 총으로 쿡쿡 찔렀다. 삼촌과 엄마가 양쪽에서 할머니를 부축해 재빨리 일으켜 세워서 트럭 쪽으로 모셔갔다.

그 트럭은 아주 이상한 것이었다. 제각기 다른 차들의 제각기 다른 부분들이 뒤범벅으로 한데 두드려 맞춰지고 용접되어서 내 눈에는 꼭 난도질을 당한 거대한 말똥풍뎅이 같아 보였다. 나는 우리를 폭 할아버지와 마에 할머니의 마을까지 장시간 태우고 갔던 그 트럭 이후로는 트럭이건 승용차건 다른 어떤 엔진 달린 탈것이건 한 번도 본 적이 없었다. 그래서 엔진이 달린 것은 무엇이건, 어떤 기계건 모두 파괴되었다고 생각했었다. 그 트럭은 속속들이 녹이 슬어 있어서 나는 그것이 우리는 어디로 데려가는 것은 고사하고 어떻게 여기까지 왔는지도 알 수 없었다.

우리가 탈 차례가 되자 엄마와 내가 먼저, 열려서 아래로 내려진 짐칸 뒤판에 아무렇게나 용접된 철봉들을 밟고 올라탔다. 다음에는 삼촌이 다른 사람들의 도움을 받아 할머니를 올려주었고 그런 다음 삼촌이 올라탔다. 거기에는 의자도 기다란 걸상도 없었고 단지 녹이 슬어 조그만 구멍들이 뽕뽕 뚫린 철판 바닥뿐이었다. 우리는 계속 올라타고 있는 사람들에게 자리가 나도록 서로 바짝바짝 붙으며 앞쪽으로 옮아갔다. 왕비 할머니는 나이 많은 사람들 사이에서 한 귀퉁이에 웅크려 앉았고 엄마와 삼촌은 나를 사이에 두고서 측면에 기대어 서 있었다.

마침내 트럭이, 젊고 용감한 사람들은 수하물 선반이었을 법한 곳에 높직이 걸터앉기까지 해서 다 찼다. 적어도 쉰 명은 되는 것 같았다. 어쩌면 예순 명쯤이거나. 운전사가 시동을 걸었고, 트럭이 마치 모구(毛球)*를 토해내려는 고양이처럼 푸르륵거리고 캑캑거렸다. 서너 차례 시동이 꺼지고 또 꺼지고 하다가 마침내 엔진이 고르게 윙윙거리는 소리와 함께 부르릉거렸고 다음에는 트럭이 천천히 굴러가기 시작했다. 왕비 할머니가 갑자기 소리를 쳐댔다. "기다려! 내 아들이 올 때까지 기다려!" 엄마가 몸을 숙여 할머니를 안심시켰다. "그 사람은 다른 사람들하고 같이 뒤에 남을 거예요." 왕비 할머니가 가까이에 있는 사람들을 돌아다보며 말했다. "아유라반, 그 사람이 내 아들이라오, 알겠지만." 이가 다 빠진 사람들이 위아래로 고개를 끄덕였다. "그래요, 한때는 우리에게도 아들들이 있었지요." 그들이 할머니에게 말했다. "가족도 있었고요."

오후 어느 때쯤 우리는 크라티에 지방에 당도했다. 길이 더 넓어졌고 이제는 악어 등처럼 울퉁불퉁한 비포장도로가 아니라 이무기 등처럼 새까맣고 햇빛을 받아 번들거리는 매끈한 포장도로였다. 우리는 어느 읍으로 들어섰다. 모든 것들이 강변을 따라 뒤죽박죽 모여 있는 것처럼 보이는 길게 늘어선 읍이었다. 도로는 더더욱 넓어졌고 이제는 길 양쪽이 망고, 용안(龍眼),** 사포딜라 같은 나무들로 에워싸여 있었다. 노란 열주들이 늘어서 있는, 그러나 문과 창문들은 모두 판자 널로 막힌 사원이 하나 나타났다. 다음에 우리는 버려진

* 삼킨 털이 위 속에서 엉긴 덩어리.
** 동남아시아산 상록교목으로 그 열매가 용의 눈 같다고 해서 붙여진 이름임.

시장처럼 보이는 곳에 이르렀고, 거기에서는 더 좁은 길들과 비좁은 골목길들이 등나무로 엮은 멍석에 패인 골처럼 이리저리 엇갈렸다. 계속 길을 따라가면서 우리는 황토색의 기다란 건물 두 채가 마주 보고 있고 운동장에서는 아이들이 떠들썩하게 뛰어노는 학교를 지났다. 아이들의 머리 위로 높이 저 유명한 앙코르와트의 황금색 문양이 든 붉은 깃발이 바람에 펄럭이고 있었다. 그 아이들이 우리 트럭에서 나는 펑펑거리고 푹푹거리는 불연소음을 듣자 펄쩍펄쩍 뛰어오르며 소리를 질러댔다. "휘발유다, 휘발유! 냄새 좋지, 안 그래?" 붕크 붕크! 트럭 운전사가 불연소음을 흉내 냈다. 붕크 붕크! 아이들이 좋아서 손뼉을 치고 환호성을 질렀다. 아이들의 선생님들도 머리끝에서부터 발끝까지 혁명의 검은색 차림이기는 했어도 마찬가지로 매혹된 것 같았다. 그들이 손을 흔들어주었고 우리 트럭 운전사도 차창 밖으로 팔을 내밀어 같이 흔들어주었다.

우리가 이송되고 있던 동안에 어떤 보이지 않는 틈을 통해서 빠져나와 다른 세상으로 들어온 것 같다는 생각이 들었다. 나는 눈을 감고 싶은 충동을 억누른 채 계속 뜨고 있었다. 눈을 감았다 다시 뜨면 문명의 조짐이 사라져버리고 우리가 있는 곳이 다시 숲 속이지나 않을까 무서웠다.

우리는 당나귀만 한 조랑말이 끄는 조그만 나무 마차와 마주쳤다. 마부가 환영한다는 인사로 밀짚모자를 들어 올렸다. 우리 트럭 운전사가 그르렁거리고 덜덜거리는 소리를 내며 속도를 줄였고, 운전사 옆에 있던 병사가 고개를 내밀어 읍사무소가 어디냐고 묻자 마부가 대답했다. "똑바로 가면 커다란 청동 종이 있는 건물이 나올 거요."

병사가 마부에게 고맙다고 하자 그가 고개를 끄덕였다. 마부는 트럭 뒤쪽에서 자기를 빤히 쳐다보는 수척한 얼굴들에 어리벙벙해진 것 같았다. 우리가 그에게 어떻게 보였을지는, 트럭 한 가득 실린 완전히 죽은 것도 아니고 온전히 살아 있는 것도 아닌 해골들로 보였을 것은 뻔한 일이었다.

트럭이 다시 속도를 높여 몇 블록을 더 가서 나무 그늘이 진 널따란 마당 앞에 멈춰 섰다. 입구에 커다란 청동 종이 두 개의 원기둥으로 떠받쳐진 정교하게 조각된 나무 들보에 매달려 있었다. 그리고 마당 한복판에는 지붕마루가 뾰족하게 솟은 널지붕을 인 커다란 티크 목조 가옥이 비슷한 양식의 더 작고 사방이 트인 별채들에 둘러싸여 있었다.

운전사가 트럭에서 뛰어내려 알렸다. "여기가 거기 같네요!" 그가 소리 내어 웃으면서 트럭을 쾅쾅 두드렸다. 그의 동료는 사방이 트인 별채들 중 한 곳에서 회의를 하고 있던 사람들에게 인사를 하러 갔다. 그 사람들이 일어서서 우리 쪽으로 눈길을 던지는 동안 황당해하는 표정이 되었다. 병사가 그들에게 서류를 하나 건넸다. 서류를 건네받은 남자가 그것을 읽고 더더욱 황당해하는 표정으로 고개를 저었다. 그러고는 병사에게 기다리라고 한 다음 급히 티크 목조 가옥으로 건너가 계단을 올라가서 안으로 사라졌다. 얼마쯤 뒤에 그가 다시 나타나서 별채에 있던 다른 사람들에게 아마도 뭔가 중요한 것을 설명하듯 진지하게 이야기를 했고 모두들 동의한다는 투로 고개를 끄덕였다. 우리와 함께 온 병사가 트럭으로 되돌아와 올라타더니 운전사에게 손짓으로 계속 가자고 했고 그러자 엔진이 또다시 컥

컥거리고 푹푹거렸다. 타고 있던 모든 사람들의 실망이라는 무게에 눌려 신음을 토해내며 트럭이 덜컹덜컹 앞으로 굴러가기 시작했다.

나는 눈물을 억지로 참고 또 한 차례의 긴 여행에 대비해서 잠으로 나 자신을 위로할 준비를 하고 눈을 감았다. 그런데 바로 그때 여행이 갑자기 끝났다. 나는 눈을 떴다가 우리가 길이 구부러지고 좁아진 곳에 와 있다는 것을 알았다. 길 한옆으로는 전통적인 목조 건물들과 페인트칠이 된 치장벽토 세공을 한 별장들이 섞여 있었고, 다른 한옆으로는 위로 갈수록 점점 더 강 쪽으로 기울어진 두 그루의 거대한 불꽃나무들과 그 밑으로 흩뿌려진 피처럼 붉은 꽃잎들이 있었다.

병사가 우리에게 트럭에서 내리라고 했다. 우리는 조용히, 질서 있게, 차례차례로 트럭에서 내렸다. 그렇게 하지 않았다가는 다시 타라는 명령을 받게 되지나 않을까 무서웠다. 우리는 불꽃나무 아래에 모였다. 우리 앞으로는 비에 불은 강물이 넘실거렸고 길게 이어진 백사장은 오후의 햇살 아래서 빛을 발했다. 그 빛이 너무도 밝아서 보고 있으려니 눈이 아플 지경이었다.

이제는 한 무리의 읍민들이 시끌벅적하고 쾌활하게 인사를 건네고 짐을 들어주고 하면서 우리를 따라오고 있었다. 그리고 얼마 안가서 곧 우리는 그곳이 메콩강가에 있는 크라티에 지방의 상업 중심지였던 크사츠(Ksach)라는 것을 알게 되었다. "여기는 정말 멋진 곳이네." 뺨이 동그스름한 여자가 마치 안 좋은 일이 생길 수도 있다고 생각하는 듯 웃음소리를 죽이며 말했다. "정말 최고야!" 그 여자 옆에 서 있던 계집아이가 더 자신 있게 단언했다. 그 둘은 엄마와 딸이라는 생각이 들었다. 하나는 크고 하나는 작을 뿐, 둘 모두 둥그스름한 뺨에 웃을 때면 눈꼬리가 가늘게 좁아지는 눈을 한 것이며 판에 박힌 듯 닮아 보였다. "아빠!" 계집아이가 한 무리의 남자들, 사방이 트인 별채에 모여 있던 바로 그 사람들이 서둘러 우리 쪽으로 오자 소리쳐 불렀다. 그들을 가까이에서 보고 나는 곧바로 그들이 읍의 카마피발이라는 것을 알았다.

하지만 그들에게는 뭔가 좀 이상하게 다른 구석이 있었다. 계집아이의 아빠가 남자들이 서로를 끌어안을 때 그러는 식으로 예의바르고 친밀하게 삼촌의 팔을 덥석 잡았다. "나는 켕 동무입니다." 그가 열의에 차서 호의를 보이며 쾌활하게 인사를 건넸다. "어서 오시오, 우리 읍으로 온 것을 환영합니다." 우리가 오리라고는 예상하지 못했었다고 그가 미안해하는 어조로 설명했다. 자기네는 도구들이 배달될 줄 예상하고 있었다는 것이었다. 그러나 분명히 실수가 있었고 이제 우리가 여기에 와 있는 만큼 우리를 수용하기 위한 어떤 조치가 시급히 당장 취해져야 한다고 했다. 그가 길 건너편에 일렬로 늘어선 밀크플라워 나무들 밑에 있는 노르스름한 치장벽토 세공 별장을 가리켰다. "여러분은 한 집단으로서 모든 것이 다 정리될 때까지 저기에서 머물게 될 겁니다." 그런 다음 그가 우리의 겁에 질린 표정을 알아차리고 안심을 시켜주었다. "걱정들 말아요. 지역 지도자가 여러분이 온 것을 알고 있으니 말입니다."

우리는 임시 거처의 그늘진 마당으로 들어섰다. 밀크플라워 나무들의 기다란 가지들이 마당과 발코니 위로 잎이 무성한 덮개를 드리워주었고, 반들반들 윤이 나는 잎사귀들 사이에는 보라색과 초록색의 밀랍을 입힌 듯한 동그란 열매들이 점점이 박혀 있었다. 그리고 하나하나의 나무들 밑에는 앉는 자리가 죽은 나뭇잎들과 잔가지들로 덮인 대리석 벤치가 하나씩 놓여 있었다. 두껍게 쌓인 흙먼지가 알록달록한 대리석 표면을 덮었고 기다랗게 늘어선 개미들이 한 벤치에서 다음번 벤치로 행진을 했다.

그 별장은 죽 늘어선 네모난 기둥들로 땅에서부터 일 미터쯤 떠받쳐져 있었다. 우리는 앞계단을 올라 양쪽으로 여닫는 문으로 갔다. 그 문은 저 뒤쪽의 주방처럼 보이는 곳까지 길게 이어진 복도로 열려 있었다. 별장 안의 바닥과 벽들은 먼지며 거미집, 그리고 말라붙은 벌레들의 잔해로 뒤덮여 있었다. 짝이 맞지 않게 널려 있는 버려진 물건들을 제외하고는 모든 방들이 완전히 비어 있는 것 같았다. "여러분은 보관실이나 벽장에서 무엇이든 찾아내서 쓸 수 있습니다." 카마피발 요원들 중 하나가 우리를 별장 안쪽으로 더 깊숙이 이끌면서 말했다. "거기에 오래된 베개와 담요들이 좀 있을 거고 접시며 냄비며 프라이팬 등등 여러 가지 물건들이 있을 겁니다."

다른 가족들이 재빨리 지낼 방들을 차지하는 동안 우리는 결국 주방에 자리를 잡았다. 그곳은 뒤쪽 계단으로 옆문이 나 있는 직사각형의 방이었다. 벽들에는 여기저기 긁히고 패인 자국들이 있었고 오지 화로가 놓여 있었을 바닥 한 귀퉁이에는 반달 모양으로 나무를 파고든 탄 자국이 보였다. 그 옆에는 먼지와 거미집을 뒤집어쓴 주방기구들이 담긴 대나무 바구니가 하나 있었다. 그 외에는 아무것도 없었다. 그 텅 빈 방이 엄청나게 커 보였고 그것이 모두 우리 차지였다. 그 정도면 완벽했다.

　황혼이 내렸고, 저녁 햇살이 울퉁불퉁한 길을 따라 오랫동안 실려
온 우리의 멍 자국들을 비추었다. 우리는 읍 지도소에 모여 있었는
데 우리가 알게 된 바로는 그곳 역시 지역 지도자가 살고 있는 집이
었다. 입구에서 한 어린 혁명군 병사가 사람들 모두에게 모임이 곧
시작되려 한다는 것을 알리려고 커다란 청동 종을 울렸다. 읍민들
의 표정이 앞으로 닥쳐올 운명을 알아보려고 초조해 하는 우리만큼
이나 초조해 보였다. 그들 중 많은 사람들이 접시와 냄비들에 음식
을 담아 와서 그것들을 한 천막 밑에 설치된 가대식 테이블에 올려
놓고 모임이 끝날 때까지 파리들이 달려들지 않도록 커다란 바나나
잎들로 덮었다. 나는 그 펼쳐진 음식들을 뚫어져라 쳐다보면서 계속
침을 삼켰고, 그렇게 많은 음식들을 마지막으로 본 것이 언제였는지
궁금해하며 그 테이블로 달려가 무엇이든 다 삼켜버리고 싶은 충동
과 싸우고 있었다.

　종이 두 번째로 울렸다 멎자 티크 목조 가옥에서 카마피발이 나와
계단을 내려왔다. 앞장을 선 사람은 키가 크고 어깨가 넓은 남자로,
허리에 붉은 체크무늬 크로마를 벨트처럼 두르고 있었다. 그의 모습
이 영화에서 마을의 영웅 노릇을 하는 배우처럼 보였다. 그가 안뜰
로 들어서자 사람들 모두의 눈길이 그에게로 쏠렸다. "저 사람 어디
에서 온 거예요?" 내가 놀라워서 숨 막힌 소리로 물었다.

　삼촌이 이상하다는 눈으로 나를 보았다. "저기에서." 삼촌이 고갯
짓으로 티크 목조 가옥을 가리켰다. "저 사람은 저 집에서 살고 있

어. 너도 보았잖니, 방금 전에 나오는 거."

"아." 나는 그 남자가 하늘에서 떨어졌다고 생각했다. 그의 걸음걸이도 안개와 구름들을 지나 떠다닐 수 있는 것처럼 보였다. "그런데 저 사람이 누구예요?"

삼촌이 다시 재미있다는 눈으로 나를 보았다. "저 사람은 지역 지도자야."

"그게 뭔데요?"

"어느 큰 지역을 책임지고 있는 사람."

나는 그가 조직일 것이라고 생각했다.

지역 지도자가 사람들 모두에게 인사를 건네고 친근하게 형제, 자매, 삼촌, 아주머니, 조카, 질녀라고 부르면서 한 바퀴 빙 돌았다. 더군다나 그는 한 사람에게서 다른 사람에게로 건너갈 때마다 양손바닥을 모아 올려 삼피아를 하고 가볍게 고개를 숙이기까지 했다. 나는 너무도 놀라워서 말문이 막혀버렸다.

지역 지도자가 사람들 모두를 맞은 뒤 층계참으로 올라갔다. "우리는 여러분이 올 것으로 예상하지 않았지만," 그가 아래쪽에 모여 있는 사람들에게 말했다. "그건 문제가 되지 않습니다. 우리는 여러분이 여기에 있어서 기쁩니다. 환영합니다!"

그 남자 뒤쪽에 자리 잡고 있던 카마피발 요원들이 손뼉을 쳤다. 그곳이 우리의 새로운 집이 되리라는 것은 분명했다. 사람들 모두가 안도의 한숨을 내쉬었다.

지역 지도자가 강 쪽으로 고갯짓을 하면서 말을 이었다. "몬순철이 닥쳐와 있고 이제 곧 메콩강이 넘쳐서 땅을 바다로 바꿀 것입니다. 그러나 우리는 그 강력한 용을 통제하기 위해 힘을 합쳐 제방을 쌓을 것입니다. 모두가 다 함께 집단적인 노력을 통해 우리는 맨손으로 산맥을 쌓을 수도 있다는 것을 보여줄 것입니다. 저기에서부터—"

갑자기 그가 말을 멈췄다. 난데없이 우마차에서 한 무리의 혁명군 병사들이 내려 우리 쪽으로 행진해왔다. 그들의 우두머리가 요란하게 쿵쿵거리며 계단을 올라가 지역 지도자에게로 다가가서 귓속말을 소곤거렸다. 지역 지도자가 고개를 저었지만 혁명군 우두머리는 지역 지도자의 귀에다 대고 쉿쉿거리는 소리를 내며 자기주장을 세웠다. 잠시 뒤에 지역 지도자가 다시 우리 쪽으로 돌아서서 말했다. "미안하게 됐습니다, 여러분." 더 이상의 설명은 없이 그가 계단을 내려갔고, 다른 카마피발 요원들과 함께 급히 자리를 떠나 입구에서 대기 중인 우마차에 올라탔다.

사람들이 왁자지껄하게 웅성거렸다. 혁명군 우두머리가 우리 쪽으로 돌아섰고 나는 그의 오른쪽 뺨 위에서부터 아래까지 죽 그어진 낫 모양의 기다란 흉터를 보았다. "조용히!" 그가 으르렁거리자 낫 모양의 흉터가 사납게 꿈틀거렸다. "새로 온 사람들만 남는다! 나머지는 떠난다!

누구 하나 움직이지 않았다.

"지금 당장!"

읍민들이 뭐라고 중얼거리기는 하면서도 우리나 혁명군 우두머리와 눈을 마주치지는 못한 채 줄줄이 우리 옆을 지나갔다. 그들은 그가 어떤 사람인지 정확히 아는 것 같았고 그들의 태도와 자세가 그와는 논쟁할 수 없다는 것을 말해주었다. 마침내 읍민들이 모두 나가고 다시 우리만 남게 되자 얼굴에 흉터가 있는 혁명군이 말을 꺼냈다. "동무들 중에 가족을 잃은 사람이 있으면 우리에게 가족사와 배경을 말하시오. 동무들의 본명, 친척들의 본명 등 세세한 사항들을 완전하고 정확하게 말해야 할 것이오. 또 언제, 어떻게, 왜 헤어지게 되었는지도 사실대로 말해야 하오. 동무들이 그들을 찾도록 우리가 도울 것이오. 그러나 동무들이 사실대로 말할 경우에만 그렇게 해줄 수 있소." 그가 사람들을 죽 둘러보았다. 그의 눈길이 휙휙 날아다니는 동안 그의 뺨에 난 흉터가 살아 있는 생물처럼 꿈틀거리고 있었다. "자, 이제 동무들 중에 친척을 잃은 사람은 손을 드시오."

천천히 사람들이 손을 들기 시작했다. 삼촌과 엄마만 빼놓고는 모든 사람들이 다 손을 든 것 같았다. 그 군인이 눈을 좁혀 뜨고 우리를 쏘아보았다. 내 몸에서 진땀이 솟았다.

25

우리가 크사츠로 오게 된 것이 구원처럼 보였다. 그 읍에는 규칙과 리듬, 폭 할아버지와 마에 할머니의 마을에서는 존재하지 않았던 일종의 합리성이 있었다. 무엇보다도 먼저, 도착 다음 날 아침에 우리는 쌀과 의류, 그리고 정착하는 데 꼭 필요한 다른 물건들을 배급받았다. 그리고 다음 몇 주 동안 읍민 전체가 배급을 받으려고 모여들었을 때마다 우리는 각자 하루에 한 깡통 분의 쌀을 받았다. 우리가 듣기로는 일을 간단히 처리하기 위해서 배급량에는 아이와 어른 사이에 어떤 차별도 두지 않는다고 했다. 그래서 누구나 같은 양을 받았는데 그 이유는 열심히 일하는 여섯 살짜리 아이가 어떤 음식도 별로 먹지 못하는 병든 할머니보다 더 많이 먹을 수도 있다는 것이었다. 시장 거래 방식의 물물교환은 허용되지 않았지만 이웃과 친구들 사이에서 식량이라든가 가정용품 같은 단순한 교환은 허용되었다. 또 일을 하지 않는 시간에는 채소를 기르고 강으로 나가 배급 받은 식량에 보탤 물고기를 잡을 수도 있었다. 그러나 가축은 읍의 공유재산이었고 지역 공동축제에 쓰기 위해 비축되었다. 일은 해가 뜨고 나서 한 시간 뒤에 시작되었고 해가 지기 전에 끝났는데, 그 시간이 되면 사람들 모두에게 들리도록 읍 지도소에 있는 커다란 청동종이 울렸다. 다섯 살부터 열한 살까지의 아이들은 제각기 편한 대로 오전이나 오후에 학교로 갔고, 오전반과 오후반을 바꿀 수도 있었다. 그래서 나는 내 기분에 따라 어떤 때는 오전에, 또 어떤 때는 오후에 학교로 갔지만 하루도 빼먹지 않고 출석한 한두 달 동안 우리가 배운 것은 노래들뿐이었다.

붉고 붉은 피가 땅을 적신다
우리의 조국 민주 캄푸치아를!
우리 농부들과 노동자들의 빛나는 피
우리 혁명군 병사들의 빛나는 피
우리 혁명의 붉은 깃발!

우리는 읽고 쓰는 법을 단 한 자도 배우지 않았다. 그리고 나는 읽고 쓰는 법을 이미 다 알면서도 절대로 내색을 하지 않았다. 우리가 비밀을 지키고 아는 것을 숨겨야 한다는 것은 분명했다. 그래서 우리는 계속 그런 식으로 상황에 적응해나갔는데, 이번에는 그러기가 더 쉬운 것 같았다. 왜냐하면 크사츠는 빈틈없이 조직된 지역 공동체이면서도 스퉁 카에와는 전혀 딴판으로 개방적이고 자유로운 면이 있어서였다. 사람들은 서로의 집을 마치 그들이 하나의 대가족인 양 드나들었고, 요리한 음식들을 주고받았고, 부엌살림과 도구들을 서로 빌렸고, 새로운 소식과 잡담도 함께 나눴다.

어느 날 밤 켕 동지의 아내인, 뺨이 동그스름한 차에 부이 아주머니가 선물 바구니를 들고 우리를 찾아온 것도 그런 분위기에서였다. "댁을 살찌워줄 선물들이라우." 그 아주머니가 바닥에 놓인 석유등 앞에 털썩 주저앉아 키득키득 웃으며 말했다. 그 아주머니 뒤로 떠오른 구근처럼 둥근 그림자가 방의 절반을 채웠다. 실망스럽게도 그 아주머니의 딸인 무이는 함께 오지 않았지만 다음에는 꽤나 밤늦은 시간이어서 그 아이가 자고 있을 게 틀림없다는 생각이 들었다. 사실 나도 모기장 안에서 이미 잠이 들어 있었어야 했다. 나는 차에 부이 아주머니가 엄마에게 훈제한 물고기 꼬치며 양념해 말린 쇠고기 육포, 찹쌀이 든 자루, 그리고 조그만 사탕수수 토막을 건네주는 동안 그 모습을 조용히 지켜보았다. 다음에 그 아주머니가 담배를 한 갑 꺼내어 삼촌에게 건네주며 말했다. "미제예요. 일 퍼센트는 담배고 구십구 퍼센트는 제국주의인." 또다시 그 아주머니가 둥그스름한 배를 들썩이며 키득키득 웃었다.

차에 부이 아주머니와 관련된 것은 무엇이든 둥글고 들썩여서 그 아주머니는 사람이라기보다 즐겁게 통통 튀는 커다란 비눗방울 같다는 인상을 풍겼다. 그때껏 나는 그 아주머니처럼 거의 모든 말에 키득거리는 웃음을 곁들이는 어른은 한 사람도 만나본 적이 없었다.

삼촌이 아주머니에게 고맙다는 말을 하고 담뱃갑을 내려다보았다. "이런 게 아직까지 있을 줄은 몰랐는데요……."

차에 부이 아주머니가 자기의 남편이 지역 지도자와 함께 베트남 국경 근처에 있는 어느 읍으로 여행을 갔다가 막 돌아왔다고 설명을 해주었다. "때로는 이런저런 물건들이 새어나오거든요."

잠시 침묵이 흐른 뒤에 삼촌이 물었다. "우리가 왜 아직까지 여기에 있는지 알고 계십니까?"

"여기로 오셨던 날 지역 지도자가 모임을 갖다 말고 급히 떠나야 했던 것 기억하세요?"

삼촌과 엄마가 고개를 끄덕였다.

"뭐랄까, 인접해 있는 지역 지도자가 틀림없이 여러분의 도착에 대해서 들었고 그래서 여러분 모두를 예정된 목적지로 보내라고 요구했을 거예요. 하지만 이 지역 지도자는 여러분이 여기에서도 똑같이 쓸모가 있는데 무엇하러 여러분을 다른 곳으로 이송하는 시간과 노력을 낭비하느냐면서 거절을 했지요. 그러자 저쪽 지도자는 우리 지도자가 물렁한 사람이고 강한 '정치적 입지'가 결여되어 있다고 비난하면서 정체를 밝히라고 위협했어요. 그게 공공연한 위협은 아니었지만 암시된 뜻은 그런 거였지요."

"하지만 우리는 아무것도 아닌 사람들입니다." 삼촌이 이마를 찌푸리며 말했다. "그런데 왜 우리 일로 싸우지요?"

"여러분과 관련된 게 아니에요. 그들과 관련된 거지요. 제 남편이 그러는데 대의를 고수하는 사람들과 당에 대한 충성을 고수하는 사람들 사이에서 다툼이 있다고 해요. 우리 지도자는 아마도 그들을 처음에 혁명으로 끌어들인 대의와 이상에 아직까지 집착하는 몇 안 되는 사람들 중 하나일 거예요."

"그 모두가 너무도 복불복이군요." 삼촌이 고개를 저었다. "꼭 가

위바위보를 하는 아이들처럼 말이지요."

"그래도 좀 위안이 되는 게 있다면요." 차에 부이 아주머니가 말을 받았다. "결국 여기로 오시게 된 것이 정말 다행이라는 거지요. 바탐 방은 끔찍한 곳이에요, 조직이 '바람직하지 못한' 사람들을 거기로 보내려고 하는. 그런데 두 분은 낙인이 찍혀 있고—" 아주머니가 말을 하려다 말고 그만두었다.

"바로 그," 엄마가 대신 마무리를 했다. "바람직하지 못한 사람들로요."

방 안이 왕비 할머니의 코 고는 소리만 빼놓고는 정적에 휩싸였다.

차에 부이 아주머니가 떠난 뒤 삼촌이 담배에 불을 붙여 길게, 천천히 첫 모금을 빨아들였다. 엄마가 삼촌에게로 건너갔다. 석유등의 너울거리는 푸르스름한 빛을 받아 엄마의 입술이 흔들리고 있었다. "저도 되겠지요?" 엄마가 담뱃갑을 흔들어 담배를 한 개비 뽑으면서 물었다. 삼촌이 석유등의 푸른 불꽃이 엄마의 담배 끝에 닿도록 들어 올려주었고 엄마가 담배 연기를 빨아들이는 동안 삼촌의 눈길이 엄마의 입술에 머물렀다. 다음에 엄마가 양팔을 엇걸어 불이 붙은 담배를 손가락 사이에 끼고 머리를 한옆으로 기울이면서 담배 연기를 내뿜었다. 그 편한 자세로 보아 엄마가 담배를 피운 것이 그때가 처음은 아니었다.

"참 우스운 게, 한 남자가 죽기 전에 무엇을 원하느냐 하는 거지요." 삼촌이 몸을 숙여 석유등을 다시 바닥에 내려놓으면서 웅얼거리듯 그 말을 하고 손을 뒤통수로 넘겨 쓸어내리며 새로 돋아난 머리카락을 만지작거렸다. "저의 최후라고 여겨졌던 그 몇 시간 동안 제가 원한 건 담배뿐이었으니까요." 삼촌이 어이없다는 듯 조그맣게 웃었다.

엄마는 삼촌을 바라보았지만 말을 받지는 않았다.

삼촌이 엄마의 눈길을 피해 고개를 돌리고 이야기를 계속했다. "어느 날 밤 병사들이 우리 오두막으로 들이닥쳤어요. 그리고 말하기를 저네하고 같이 가야 한다는 거였지요. 이유가 뭐냐고 물었더니 놈들이 화를 내면서 제가 CIA 요원이라고 하더군요. 그 놈들은, 그 애녀석들은 어렸고 글자도 몰랐어요. 그 애들은 CIA가 뭐고 그 영어 글자들의 뜻은커녕 동쪽과 서쪽도 분간 못 했지요. 하지만 그게 놈들이 그러라고 지시를 받은 거였어요. 놈들이 잡아가고 싶은데 덮어씌울 죄목이 아무것도 없다면 바로 그런 식으로 고발을 하는 거지요. CIA를 위해 일했다고. 그건 반증을 하려고 해도 할 수 없는 그런 것일 테니까요.

놈들은 제가 가족으로부터 제거되어야 한다고 했어요. 저는 어째서냐고 따졌지요. 또다시 화를 참지 못하고 대체 이유가 뭐냐고 따졌어요. 그랬더니 놈들은 바로 제가 보는 앞에서 가족을 몰살시키겠다고 협박을 하더군요. 그래서 저는 놈들하고 같이 갔지요. 놈들이 저를 밖으로 끌어내게 하고서요."

삼촌이 이야기를 멈추고 담배 연기를 한 번 더 길게 빨아들였다. 엄마는 조용히 기다렸다. 엄마의 손에는 여전히 담배가 들려 있었지만 그 담배를 피우지는 않고 있었다.

"놈들은 저를 숲 속으로 끌고 갔어요. 거기에 오두막들과 대나무 우리, 땅을 파낸 참호들이 있더군요. 아마도 비밀 감옥이나 군부대 뭐 그런 거였겠지요. 놈들은 전쟁놀이를 하는 아이들 같았어요. 거기에서 놈들이 저를 재교육하기 시작했지요. 놈들은 제가 정신을 깨끗이 씻고 제국주의적인 생각들을 몰아내야 한다고 했어요. 놈들 말로는 기억은 질병인데 제가 그걸로 가득 차 있다는 거였지요. 그래서 교정을 받아야 한다고. 놈들은 코코넛으로 제 머리통을 후려쳤어요……. 그렇게 해서 많은 사람들이 죽었지요. 하지만 놈들은 제 머리통을 쪼개지는 못했어요. 놈들이 서로 제가 너무 강하다고 그러더군요. 너무 커서 그렇게 쉽사리 깨지지 않는다고. 틀림없이 제게 외국인의 피가 섞여 있다고 말이지요. 순종인 크메르 사람은 몸집과 키가 그렇게 클 수 없다는 거였어요. 제가 틀림없이 어떤 미국 창녀의 자식이라는 거였지요. 놈들은 제게 털어놓으라고 했어요. 아버지는 누구고 할아버지는 누구인지, 그들의 이름은 무엇인지. 제가 대답을 하려고 들지 않자 놈들은 대나무 막대기를 집어 들고 제 머리가죽을 난도질했어요. 저네는 CIA 암호, 분류된 정보를 찾는 거라고 농지거리를 하면서요. 저는 놈들에게 나한테는 그런 거 없다고, 대체 무슨 말들을 하고 있는지 하나도 모르겠다고 했어요. 그러자 놈들은 여자들부터 아이들까지 모두 다 색출해내겠다고 했고요. 놈들은 우리가 중요한 사람들이었다고 믿고 있었어요. 놈들이 말하기를, 다시 마을로 돌아가 온 가족을 끌고 와서 저와 함께 대나무 우리에 처넣겠다고 하더군요. 놈들은 그 생각을 떠올린 것에 신이 나서 웃고 서로의 등을 철썩철썩 쳤어요. 그래서 저는 놈들에게 나한테는 외국인 피가 섞여 있고 나는 CIA를 위해 일했다고, 얼토당토 말도 안 되는 거짓말로 놈들이 듣고 싶어 하는 이야기라면 무엇이건 다 했지요.

놈들은 저네가 나를 깨부쉈다고 여겨지자 저를 다시 마을로 끌고 갔어요. 다른 식구들, 제가 보게 된 건 그들이 천장에 목매달려 있는 거였지요. 퉁퉁 부어오른 몸에 파리들이 새카맣게 들러붙어 있었어요. 놈들이 타타가 모든 것을 다 불었다고 하더군요. 우리의 이름, 우리가 왕자와 공주들이라는 사실. 한 무리는 저를 신문했고 다른 무리는 제 가족을 학살한 거였지요. 그 두 무리 사이에서는 그 어떤 연락도 없었고요. 그건 모두 게임이었어요.

어머니 하나만 죽임을 면했는데, 놈들이 보기에 너무 늙어서 힘을 낭비하지 않은 거지요. 여러 날 동안 어머니는 가족의 시체들과 함께 살았어요. 그래서 형수님은 어머니가 어째서 유령들만 보고 유령들 이야기만 하시는지 의아해하시고요.

저는 재교육을 받았기 때문에 놈들은 저를 살려두었어요. 놈들이 그러지 않았더라면 더 나았을 텐데. 저는 아내와 아이들 옆에서 목을 매고 싶었어요. 그들을 묻은 뒤 저는 제 목에 올가미를 조르고 눈을 감았지요.

제 마음속 어두운 구석에서 저는 그들 모두를 보았어요. 쌍둥이들의 웃는 얼굴, 형수님, 라미, 라다나, 그리고 아유라반. 다음에 저는 저 자신의 얼굴을 보았고 저 자신의 목소리, 제가 형님에게 했던 형수님을 돌보아드리겠다는 약속을 들었어요. 그렇더라도 저는 죽을 준비가 되어 있었지요. 형님과 조카들이 어떻게든, 어디에서든 살아 있기를 바라고서요. 하지만 다음에는 희망이, 어딘가에서 형수님이 살기 위해 분투한다는 실낱같은 가능성이 저를 붙잡았어요. 저는 그 가능성을 움켜쥐고 매듭을 지어 제 목에 둘렀지요. 그리고 그 가능성이 저를 이끌게, 삶으로 다시 끌어가게 했어요.

그날 이후로 저는 형수님과 조카들에 대해서 묻기 시작했지요. 사람들에게 형수님이 어떻게 생겼고, 소아마비에 걸린 라미는 어떻고, 예쁘고 조그만 라다나는 키가 어디까지 오고 하는지를 여러 가지로 설명하면서요. 하지만 형수님을 보거나 소식을 들은 사람은 아무도 없었어요. 그러다 몇 달 뒤 몇몇 사람들을 바탐방으로 실어갈 트럭이 한 대 오더군요. 그때 저는 형수님에 대한 소식이 아무것도 없으니 그 먼 데까지 가셨을 수도 있겠다는 생각이 들었어요. 그래서 실려 갈 사람들에 저도 끼워달라고 했지요. 마을 사람들은 저를 미친 놈인 것처럼 보았고요. 당신이 가려는 데가 어디인지나 알아요? 몇몇 사람들이 제게 경고를 해주려고 했지만 저는 상관하지 않았어요. 제게는 잃을 게 아무것도 없었으니까요. 제게 남은 것이라고는 인디아와 두 쌍둥이, 우리 가족, 그리고 그들의 끔찍한 죽음에 대한 기억뿐이었으니까요.

트럭이 떠나기로 되어 있던 전날 밤에 저는 제 머리를 밀었어요. 가족을 애도하기 위해, 또 저 자신과 저 자신의 죽음도 애도하기 위해서요. 그날 저는 그들과 함께 죽었으니까요. 깨달음에 목이 졸려 그러지는 못했지만—"

삼촌의 손이 덜덜 떨렸고 담배가 바닥으로 떨어져 내렸다. 삼촌이 담배를 주우려고 몸을 숙였지만 그러지를 못하고 무릎을 꿇으며 담배를 뭉개버렸다. 삼촌은 거기에 웅크린 채 양팔로 머리를 감쌌고,

다시 입을 열었을 때는 삼촌의 목소리가 갈라져 있었다. "저는 그들을 구할 수 없었어요. 온갖 거짓말을 다 하고서도 그들을 구할 수 없었어요." 삼촌이 엉엉 소리 내어 울었다.

엄마는 움직이지 않았다. 그저 엄마의 발치에서 흔들리는 더미를 지켜보며 서 있었다. 엄마가 담배를 창턱에 힘껏 눌러 나무에다 대고 문지르면서 산산조각을 낸 다음 꽁초를 창밖으로 던졌다. 그러고는 천천히 몸을 낮추어 삼촌 옆으로 바닥에 앉았다.

나는 삼촌과 엄마 사이에서 다른 사람들에 대한 이야기가 다시는 나오지 않으리라는 것을 알았다. 그들로서는 그러는 것이, 죽은 가족은 아니더라도 그들의 기억을 묻어주는 것이 죽은 가족을 위해 해줄 수 있는 최소한의 일이라는 것도 충분히 이해되었다.

나 역시도 잠을 이룰 수 없었다. 내 밤은 파리들, 밧줄들, 그리고 내가 더 이상 알아볼 수 없는 얼굴들의 뒤흔들리는 이미지로 깨져버렸다. 한밤중 어느 때엔가 나는 일어나서 살금살금 계단으로 나가 먹은 것을 토해냈다.

읍민 전체가 홍수철이 닥치기 전에 방벽과 제방들을 쌓으려고 달려들어 있던 동안 몇 날 몇 주일이 쏜살처럼 지나갔다. 오전은 대체로 서늘하고 화창했지만 오후에는 천둥 번개를 치며 내리는 비와 길어진 물길들 때문에 흠뻑 젖기 일쑤였다. 그리고 저녁은 밤을 향해 내리꽂히기 전에 구름들 사이를 뚫고 마지막으로 폭발하듯 쏟아져 나와 하늘에 오렌지색 줄들을 긋는 햇살로 무덥고 습기 찼다.

그날 저녁, 날이 아직은 저물지 않아서 전혀 어스름 녘 같아 보이지가 않았고, 늘 내리는 폭우가 지나간 뒤 눈부시게 푸른 하늘에는 인드라의 눈썹 같은 쌍무지개가 신의 전쟁 선포인 양 걸려 있었다. 패잔병들을 닮아 보이는 읍민들이 하루 온종일 괭이질을 하고 땅을 파고 한 뒤 집으로 돌아가는 동안 지칠 대로 지쳐서 발을 질질 끌었다. 엄마가 계단까지 걸어와 맨 아래쪽 단에 무너지듯 주저앉았다. 엄마의 얼굴과 몸에는 진흙이 엉겨붙어 있었다. 삼촌이 몸을 낮추어 엄마 옆으로 흙바닥에 앉았다. 나는 계단을 올라가 우리 방으로 가서 솥에 들어 있는 끓인 물을 코코넛 껍질 그릇에 담아가지고 돌아와 엄마에게 건네주었다. 엄마가 숨을 헐떡이며 한 모금만 마시고 나서 그릇을 삼촌에게 넘겨주었고 삼촌은 남은 물을 단 한 번에 꿀꺽 삼켰다.

"오늘은 제방을 얼마나 쌓았어요?" 내가 들판과 범람원을 가로질러 거대한 지네처럼 솟아오르는 산맥을 상상하면서 물었다.

"우리가 얼마나 많은 흙을 날라야 했는지 너는 믿지 못할 거다." 삼촌이 숨을 거세게 몰아쉬며 대답했다. "너는 우리가 중국의 만리장성을 쌓는다고 생각했을 거야." 삼촌이 코코넛 껍질 그릇을 내게 돌려주고 엄마에게 말했다. "이제 강으로 가서 흙을 씻어내셔야지요."

"저는 한 발짝도 더 못 움직이겠어요." 엄마가 대답했다.

"그대로 계세요." 삼촌이 옆에 있는 가로대에 붙들어 매어진 양동이들로 손을 뻗치면서 말했다. "저희가 강을 형수님께 가져다드릴 테니까요."

메콩강은 물이 한창 불어 있었다. 크로마를 엉덩이에 두른 남자들과 사롱을 젖가슴 위로 끌어올린 여자들이 그들 주위로 소용돌이치는 물속에 서서 목욕을 하고 있었다. 벌거벗은 아이들은 저네 어머니들이 몸을 씻으라고 거듭거듭 외치는 소리에도 아랑곳없이 미끈거리고 번들거리는 모래투성이 강변에서 이리 구르고 저리 굴렀다. 그리고 이따금씩 풀밭에서 개구리가 튀어 오르거나 게가 모래 구멍에서 나와 허둥지둥 달아날 때마다 꺅꺅 소리를 질러댔다. 삼촌이 가로대에 붙들어 매어진 양동이를 내려놓고 셔츠를 벗은 다음 강물속으로 뛰어들었다. 삼촌이 꼭대기만 겨우 보일까 말까 한 조그만 섬으로 헤엄쳐가는 동안 삼촌의 머리가 물속으로 들어갔다 나왔다 했고 삼촌의 팔은 흐름을 가로질러 물을 때리고 있었다.

내 눈길이 그 조그만 섬을 넘어 물 흐름이 바람에 불리는 종잇장처럼 놀치는 곳으로 쏠렸다. 물에 흠뻑 젖은 통나무에 이어 잎사귀와 뿌리가 그대로 다 붙어 있는 조그만 묘목이 떠내려왔다. 제 조상을 좇아가는 어린 나무. 나는 그런 생각을 해보았다. 아빠는 메콩강이 여러 나라들을 지나 여행해와서 우리에게 중국이나 티베트 같은 먼 곳의 이야기들을 실어날라 준다고 했다. 만일 메콩강이 중국이나 티베트까지, 내가 볼 수조차 없는 먼 곳까지 내내 이어져 그런 곳들의 중얼거림과 메아리들을 실어날라 준다면, 달까지도 여행을 해서 내 목소리를 아빠에게 전해줄 수도 있지 않을까 하는 생각이 들었다. 그런데 나는 아빠에게 무슨 이야기를 할 수 있을까? 좋은 이야기들만 해야 할 것이었다. 삼촌이 엄마에게 했던 이야기는 하나도 하지 않고. 다른 가족들에 대한 이야기도 하지 않고.

나는 주위를 둘러보았다. 한 곳에서 한 사내아이가 제 몸에 나무

껍질처럼 엉겨붙은 진흙은 아랑곳하지 않고 알비노* 물소를 껍질 벗긴 자몽처럼 투명한 분홍빛이 나도록 씻기고 있었다. 그리고 다른 곳에서는 무이가 비누나무 덤불에서 조그맣고 가느다란 잎사귀들을 따내어 거품과 함께 스며 나오는 무수히 많은 초록색 알갱이들로 뭉개질 때까지 머리카락에다 문지르느라 바빴다. 그 옆에서는 차에 부이 아주머니가 그 흰 피부를 더욱 희게 보이도록 해주는 검은색 목욕용 사롱 차림으로 어깨와 가슴을 문질러 닦는 데 열중해 있었다. 갑자기 켕 동지가 물속에서 튀어나와 그들을 깜짝 놀라게 하고는 아래 위 턱으로 딱딱거리는 소리를 내며 악어인 척을 했다. 무이와 차에 부이 아주머니가 소리를 지르고 웃어대며 그에게 물을 튀겼다. 나는 눈을 감고 이렇게 생각했다. 아빠에게 내가 지금 듣고 본 것을 모두 이야기해줘야겠어.

내가 다시 눈을 떴을 때는 삼촌이 조그만 섬에 닿은 뒤 헤엄을 멈추고 내게 손을 흔들고 있었다. 다른 사람들 모두에게 알려져 있는 대로라면 그는 내 아빠였다. 그건 우리를 다른 가족으로부터 떨어트려놓기 위해 꾸며낸 이야기야. 엄마는 그렇게 말했었다. 그렇지만 남들이 보지 않을 때는, 우리는 그대로 우리고 그 사람은 여전히 삼촌이야. 좀 떨어진 곳에서 보면 어느 각도에서는 삼촌이 아빠하고 똑같아 보였다. 그래서 나는 다른 아이들이 저네 아빠와 함께 있는 것을 보게 되는 그런 때에는 삼촌이 내 아빠였으면 싶었다.

나는 셔츠를 벗고 물속으로 걸어 들어갔다. 내 사롱이 언젠가 바

---

* Albino. 색소가 현저히 결핍된 동식물.

다에서 보았던 해파리처럼 내 주위로 부풀어 올랐다. 삼촌이 아마도 내가 너무 멀리까지 갈까 봐 걱정이 되어서 갈 때보다도 더 빠르게 헤엄쳐오기 시작했다. 하지만 삼촌은 걱정을 하지 않아도 되었다. 나는 너무 멀리까지 가서는 안 된다는 것을 알고 있었고, 또 폭 할아버지에서 헤엄치는 법도 배워두었으니까.

삼촌이 헤엄을 멈추고서 나를 바라보았고 나는 삼촌에게 걱정 말라고 손을 흔들어주었다. 그러자 삼촌은 안심을 했고, 좀 더 느긋하게 오른팔을 앞으로 내뻗었다 다음에는 왼팔, 다시 오른팔, 왼팔, 오른팔, 왼팔을 내뻗으며 머리 위로 물보라를 일으켜 조그만 무지개들을 연달아 만들어냈다. 나는 삼촌이 엄마에게 했던 이야기를 내가 듣도록 할 셈이 아니었다는 것을 알고 있었고 그래서 알지 못하는 척했다. 또 쌍둥이에 대해서도 절대로 이야기를 꺼내지 않았다. 내가 그 아이들을 그리워할 때에도, 심지어는 그 아이들이 모를 심는 법, 게와 송사리들을 잡는 법, 덤불에서 새알을 찾는 법, 그리고 내가 배웠던 모든 것들을 다 배웠는지 궁금해졌을 때에도. 언젠가 나는 그 아이들―단지 두 쌍둥이들만―꿈을 꾸었다. 얼굴이 퉁퉁 부어오르고 살이 군데군데 파리 떼에게 먹혀버린. 그 이후로 나는 자기 전에 그 아이들을 생각하지 않기로 했고, 어쩌다 그 아이들이 슬그머니 생각 속으로 들어오면 재빨리 그 이미지를 쫓아냈다. 이제는 그 아이들이 라다나가 있는 곳에 같이 있을지, 저승이 그리고 싶은 대로 그릴 수 있는 곳이어서 저승으로 가는 것이 무섭지 않았을지 궁금했다.

삼촌이 강에서 나왔을 때는 삼촌의 몸에 엉겨붙어 있던 진흙과 오물이 씻겨나가 깨끗하고 청결해 보였다. 나는 삼촌을 따라갔다. 삼촌이 몸을 굽혀 땅바닥에서 셔츠를 집어 들었고, 삼촌의 머리에 새로 돋아난 까끌까끌한 머리카락이 내 어깨에 스쳤다. 나는 삼촌의 가슴에 얼굴을 묻고 삼촌을 끌어안았다. 삼촌이 내 갑작스러운 애정 표시에 놀라 몸을 구부정하게 굽힌 채로 멈춰 섰다. 그러나 다음에는 손가락을 가만히 펴서 내 손을 감쌌고, 나는 삼촌을 아빠처럼, 아빠 대신으로 사랑해도 좋다는 것을 알았다.

엄마는 우리가 강에서 길어온 두 양동이의 물로 별장 뒤쪽의 덤불 뒤에 숨어서 목욕을 했다. 비누나 샴푸라고는 없었으므로 엄마가 몸과 머리카락을 문질러 닦은 것은 우리가 땅바닥에서 찾아낸 반쯤 썩은 라임이었다. 엄마는 마침내 긴 머리카락을 잘라서 이제는 머리카락 끝이 어깨에 닿을까 말까 했다. 진짜로 혁명적인 머리카락이라는 생각이 들었다. 나는 긴 머리카락이 엄마를 슬픔이 그러듯 내리누른다는 상상을 했었지만 엄마는 슬픔을 잘라내지는 못했다. 슬픔은 머리카락 같지 않았고 죽어 있지도 않았다. 슬픔은 살아 있었다. 아니, 어쩌면 엄마는 삼촌이 삭발을 한 것과 같은 이유로 머리카락을 잘랐는지도 몰랐다. 그들을 애도하기 위해. 삼촌은 우리가 롤로크 메아스에 있는 사원에서 모두 함께 지냈던 뒤로 일 년이 넘게 지났다고 했다. 비와 강의 수위로 보아 우기가 절정에 이른 칠 월 아니면 팔 월인 것 같았고, 앞으로 두세 달이 더 지나 프춤번이 오면 나는 아홉 살이 될 것이었다. 그러나 우리가 죽은 가족을 애도하는 일은 영영 끝나지 않을 것 같았다.

"손이 닿지 않는구나." 엄마가 내게 라임을 건네주면서 말했다. "네가 좀 거들어줄 수 있겠니?"

나는 라임을 받아서 엄마의 등을 위아래로 문질렀다. 엄마의 오른쪽 어깨 피부가 하루 온종일 흙으로 채워진 바구니들을 달아맨 가로대를 메고 균형을 잡느라 물집이 생겨 살가죽이 벗겨져 있었다. 나는 엄마의 슬픔을, 내가 볼 수 있고 볼 수 없는 모든 상처와 고통을 닦아내고 싶어서 더 세게 문질렀다. 엄마가 라임의 따끔따끔한 느낌뿐 아니라 내 거세어진 동작에도 놀라서 몸을 움츠렸다.

내가 손에 힘을 빼자 엄마가 화끈거리는 통증을 달래려고 어깨에 물을 부었다. 그 물이 엄마의 등 한가운데에 연이은 산들처럼 솟아오른 등뼈를 타고 흘러내렸다. 나는 엄마의 뼈들을, 둥글넓적한 뼈들과 길고 가느다란 뼈들을 모두 셀 수 있었다. 엄마의 등에 산맥과 메콩강과 중국의 만리장성이 모두 실려 있다는 생각이 들었고 이제 나는 엄마가 지고 있는 슬픔의 무게를 고스란히 다 느꼈다. 그 무게가 엄마의 숨결에서도 느껴졌다. 또 엄마가 할 수 없거나 하려고 하지 않는 말에서도, 나오지 않으려는 눈물에서도, 흘려지지 않으려는 피에서도. 어느 날 밤 엄마는 삼촌에게 이제는 더 이상 피를 흘리지 않는다고 했었다. 왕비 할머니와 내가 잠들었다고 생각하고서 밤새워 삼촌과 이야기를 나누었던 그 밤에. 저는 한 아이를 계속 살아 있게 할 수 없었고 그래서 신들이 제게서 그 아이를 키울 능력을 앗아갔다는 생각이 들어요.

신이라고는 없습니다. 삼촌이 반박했다. 만일 그 신들이 생명을 주고 창조하는 존재라면 그 가치도 알아야지요. 신이라고는 없습니다. 무분별만이 있을 뿐이지요.

엄마가 일어나서 양동이의 물을 한 방울도 남김없이 발에 부었고, 잠시나마 나는 엄마를 예전에 한때 그렇게 보였던 엄마로 보았다. 무지개 빛깔로 소용돌이치며 하늘로 점점 더 높이 떠오르는 비눗방울처럼 가볍고 활기에 넘치는. 나무와 산과 강과 내 슬픔과 엄마의 슬픔과 삼촌의 슬픔이 비친 반사상들을 실어나르는……

엄마는 자세히 설명을 해주는 사람은 아니었지만, 엄마 말로도 그렇다고 했지만, 그렇더라도 내 기억으로는 빗방울들과 햇빛이 가물거리는 하늘을 가리키면서 "봐, 아가야, 미끄럼틀!" 하고 내게 처음으로 무지개를 보여준 사람은 엄마였다. 그 이후로 나는 사물을 있는 그대로 보는 법만이 아니라 그것이 무엇을 의미하는지 보는 법도 알게 되었다. 비가 내리고 있을 때에도 태양은 여전히 빛날 수 있고, 하늘은 흰 구름들과 드넓게 펼쳐진 푸른 공간보다 무한히 더 아름다운 것들을 보여줄 수 있고, 가장 예기치 못한 순간에 여러 가지 색들이 터져 나올 수도 있다는 것을.

엄마가 점점 더 높이 떠오르며 점점 더 눈에 안 띄게 투명해져서 보일 듯 말 듯하다가 마침내는 아무것도 보이지 않았다. 모든 슬픔이 아예 존재하지도 않았던 것처럼 녹아 없어져 사라진 것 같았다.

26

무이와 나는 학교로 갔다가 우리 선생님 책상에 어떤 혁명군이 앉아 있는 것을 보았다. 그는 의자에 등을 기대고 양다리를 책상에 올려놓은 채 총을 어느 한쪽으로 쏠리지 않도록 배에 걸쳐놓고 있었다. 샌들을 신지 않은 그의 발바닥이 입고 있는 옷만큼이나 새까맸다. 그가 따분해 하는 황소처럼 풀잎을 씹으며 우리를 노려보았다. 그의 오른쪽 뺨에 나 있는 낫 모양의 흉터로 나는 그가 누구인지 알아보았다. 모욱이었다. 사람들 모두가 그를 그렇게 불렀다. 그는 읍에서 계급이 가장 높은 군인이었고 그래서 그를 보게 되는 일은 거의 없었지만 그가 나타났다 하면 오로지 두려움만을 심어주었다.

"선생님 동무는 어디 있나요" 언제나 당돌한 무이가 물었다.

"그 여자는 갔어." 모욱이 여전히 입에 풀잎을 문 채 대답했다. 그가 풀잎을 씹을 때면 그의 얼굴에 난 흉터도 제 얼굴을 먹어치우는 짐승처럼 같이 씹었다.

"어디로 가셨는데요?"

"아무데로도."

"그런데 왜 가셨어요?"

그는 대답을 하지 않았다. 그가 입에서 풀잎을 끌어내어 엄지와 검지로 돌돌 말면서 가지고 놀았다.

"하지만 우리에게는 숙제가 있는데요." 다른 여자아이가 말했다.

우리는 '우리 어린이들, 조직을 사랑하라'라는 노래 가사를 외워오기로 되어 있었다.

"너네 숙제는 이거야!" 그가 느닷없이 벌떡 일어나서 총으로 책상을 쾅 내리쳤다. "이걸 부숴. 이건 아무 쓸모도 없어! 쓸모없다고! 알아들어?"

우리는 의자에 주저앉았다. 숨소리 하나 들리지 않았다. 교실이 쥐죽은 듯 정적에 잠겼다.

다음에 무이가 다시 입을 열었다. "아뇨."

"멍청한 애새끼들!" 모욱이 의자를 발로 걷어차서 요란한 소리와 함께 뒤로 넘어뜨리며 소리쳤다. "혁명은 가르쳐질 수가 없어! 싸워야 하는 거라고! 생각과 말로가 아니라 행동으로!" 그가 의자를 집어들고 벽에다 내동댕이쳤다. "이렇게!" 그가 부서진 조각 중 하나를 발로 차내고 다른 하나는 짓밟았다. "그리고 이것도! 이것도 쓸모없어! 의자는 쓸모없다고! 이제 알아들어?"

우리 모두 고개를 끄덕였다.

"지키는 게 이익이 아니고 부수는 게 손해가 아니야! 알아들어?"

우리는 다시 고개를 끄덕였다.

"그렇다면 여기에서 나가!"

집으로 돌아오는 길에 우리는 읍 지도소 바로 앞의 길 한복판에다 커다란 대나무 연단을 세우고 있는 한 무리의 남자들과 마주쳤다. 누구도 그것이 무엇에 쓰일 것인지 말해주려고 하지 않았다. 뚱한 표정을 지은 한 무리의 병사들이 주의 깊게 경계를 서고 있었다. 온 읍민들이 지켜보려고 모여드는 동안 숨을 죽였다. 오후가 되자 연단을 세우는 일이 끝났다. 연단은 땅에서부터 삼십 센티미터쯤 되는 높이로 세워졌고 코코넛 줄기와 꽃을 피운 빈랑나무 잔가지들을 엮어 만든 아치로 마무리되었다. 마침내 우리는 결혼식이 있을 것이라는 말을 들었다. 합동결혼식. 하지만 전체적인 분위기는 장례식 같았다. 얼마쯤 뒤에 신랑과 신부들이 연단 위로 올라섰다. 모두들 검은 옷에 엄숙한 표정이었는데 우리는 그 이유를 알 수 있었다. 신랑과 신부들이 쌍쌍이 아치 밑으로 늘어섰고 거기에, 정중앙 가까이에 우리 선생님이 신랑과 함께 서 있었다. 신랑은 목발을 짚은 혁명군 병사로 한쪽 다리가 짤막한 토막만 남기고 잘려나간 탓에 움직이는 동안 한쪽 바짓가랑이가 앞뒤로 펄렁거렸다. 모여든 사람들은 놀라서 어리벙벙해졌다. 처음에는 누구도 뭐라고 해야 할지를 몰랐다가 다음에는 귓속말이 시작되었다. 저 여자 눈이 퉁퉁 부어서 벌게져 있어. 울고 있었던 것 같아. 당신이라도 저런 식으로 결혼해야 한다면 그렇지 않겠어? 우리에게 결혼할 나이가 된 딸이 없는 게 천만다행이야……

모욱이 연단에 나타나 외다리 병사를 향해 손짓을 하며 선언했다.
"혁명을 위해 자신의 몸을 희생한 우리의 용감한 병사에게 승리를!"

그가 요란하게 손뼉을 쳐댔다. 그의 양옆에서 대기하고 있던 다른 병사들이 일제히 되뇌었다. "우리의 용감한 동지에게 승리를!" 모욱이 우리 선생님은 알아보는 둥 마는 둥 하고 여전히 모두에게 다 들리는 그 요란한 목소리로 외다리 병사에게 인사말을 했다. "조직이 동무에게 아름다운 아내를 골라주었소, 동무! 그 여성동무가 동무에게 어울리기 바라오!" 다른 병사들이 부화뇌동해서 소리쳤다. "우리 병사에게 승리를!" 다음에 모욱이 다른 신랑 신부들을 돌아보며 선언했다. "조직이 동무들을 결합시켰소!" 병사들이 소리치며 손뼉을 쳤고 이번에는 모두들 같이 따라해야 할 것 같다고 느낀 모양이었다.

그런 식으로 결혼식이 끝났다. 신랑 신부들이 연단에서 내려가 사람들 사이로 섞여들었다. 그러나 누가 질문을 던지거나 축하를 해줄 수 있기도 전에 모욱이 다시 소리를 질러 다른 사람들의 입을 막았다. "그자를 끌어와!" 그가 연단 뒤쪽에서 대기하고 있던 한 무리의 병사들에게 고개를 끄덕이자 그들이 돌아서서 티크 목조 가옥 쪽에다 대고 다른 무리에게 되뇌었다. "그자를 끌어와!" 잠시 뒤 모두가 기겁을 하게도, 지역 지도자가 눈이 가려지고 손은 뒤로 묶인 채 나타났다. 병사들이 그를 연단으로 끌어올려 앞쪽으로 떠밀었다. 그리고 그가 무릎을 꿇을 때까지 묵직한 야자 잎줄기들로 그의 어깨와 머리를 내리쳤다. 모욱이 지역 지도자의 턱에 권총 총구를 들이대고 있는 동안 다른 병사가 그의 눈에서 눈가리개를 벗겨냈다.

"저 사람들을 봐!" 모욱이 명령했다. 그는 피를 보고 피 냄새를 맡아 흥분해 있었다. 그의 얼굴에 새겨진 낫이 난폭하게 펄쩍펄쩍 뛰어올랐다.

지역 지도자가 힘겹게 고개를 들었다. 우리는 그의 코가 부러져 한쪽 콧구멍에서 피가 흘러나오는 것을 보았다. 그의 눈은 시커멓게 멍이 들어 퉁퉁 부어올랐고 눈썹 위의 피부가 찢겨 있었다. 누구인지 알아볼 수도 없을 지경이었다.

모욱이 우리에게로 돌아서서 소리쳤다. "이것이 적의 얼굴이오!"

"적을 타도하자!" 다른 병사들이 합창했다. "저 자를 없애야 한다! 없애자! 없애자!"

지역 지도자가 무슨 말인가를 했지만 우리에게는 들리지 않았다. 그가 입술을 움직이기도 힘들어하면서 다시 애를 썼고 그의 목소리는 겨우 속삭이는 정도였다. "어째서지?"

"동무는 범죄를 저질렀어!" 모욱이 소리쳤다.

"무슨 범죄?"

"동무는 조직을 배반했어!"

"어떻게?" 그의 다른 쪽 콧구멍에서도 그 몇 마디 말을 하는 것마저 버거운 것처럼 피가 흘러나왔다. "내가…… 조직을…… 어떻게…… 배반했지?"

"우리가 동무에게 동무 죄를 말해주는 게 아니라고! 동무가 죄를 자백해야 하는 거라고!"

"나는…… 아무…… 범죄도…… 저지르지…… 않았어."

"그러면 동무는 거짓말쟁이기도 한 거지!" 모욱이 지역 지도자의 얼굴에 침을 뱉었다.

"동무를 지키는 게 이익이 아니고 없애는 게 손해가 아니다!" 다른 병사들이 고함을 질러댔다.

그들이 지역 지도자를 에워쌌다. 그들은, 우리 틈에 끼어 있는 병사들은 치지 않더라도, 연단에만 적어도 스무 명은 있었다. 그들이 총 개머리판으로 지역 지도자를 떠밀고 그가 한옆으로 쓰러질 때까지 두들겨 팼다. 모욱과 다른 병사 하나가 그의 팔을 한쪽씩 잡고 연단에서 끌어내렸다. 다른 병사들이 고함을 질러댔다. "적을 타도하자! 적을 타도하자!"

난데없이 그들이, 새로운 지도자들이 나타났다. 그들이 별안간에, 마치 거기에서 그동안 내내 나올 때를 기다리고라도 있었던 것처럼 거기에 있었다. 그들은 더 젊었고, 더 조용했고, 조직과 더 밀접했다. 그리고 모두 똑같이 가면 같은 표정을 하고 있었다. 우리는 그 지도자들의 지도자가 누구인지 알 수 없었다. 그들이 말을 할 때에도 목소리는 하나뿐이었다.

모임이 있을 때면 그들은 한 줄로 앉거나 서서 지켜보고, 귀를 기울이고, 깜빡이지 않는 눈으로 앞에 있는 사람들의 얼굴을 훑곤 했다. 그리고 뭔가 할 말이 있을 때는 모욱에게 귓속말을 했고 그러면 모욱이 그들을 대신해서 말했다. "동무들은 모든 것을 검게 물들여야 하오!" 어느 모임에서 그가 우리에게 선포했다. "동무들의 옷뿐만이 아니라 동무들의 생각과 느낌까지도! 동무들은 반혁명적 요소를 모두 없애야 하오! 그런 것들을 모두 동무들의 신체 밖으로 몰아내야 하오!"

새로운 지도자와 함께 새로운 규칙이 왔다. 우리는 이제 더 이상 집에서 요리해 먹을 수가 없었다. "함께 일한다면 먹기도 함께 먹어야 하는 것이오!" 모욱이 주장했다. 그의 뺨에 난 흉터가 끊임없이 뒤틀리고 펄떡거렸다. "아버지는 가족들이 제각기 다른 부엌에서 따로따로 먹게 하지 않소! 조직은 우리의 아버지고 우리는 조직의 가족들이오! 그래서 모든 것을 함께 해야만 하는 것이오! 우리는 모든 것을 다른 사람들과 함께 나누어야 하오. 우리의 스푼과 포크, 우리의 냄비와 프라이팬, 우리의 생각과 느낌을! 그래야 한다면 우리는 마지막 남은 한 알의 곡식까지도 우리의 형제자매와 나눌 것이오."

"그 어떤 사유재산도 인정하지 말아야 하오!" 그가 소리쳤다. "사유재산은 자본주의의 해악이오! 사유재산은 탐욕을 부추기고 공동체를 갈라놓소! 우리는 모든 형태의 사유재산을 철폐할 것이오!"

별장으로 돌아오자 사람들이 부랴부랴 귀중품들을 숨겼다. 발목 장식을 말라 비틀어진 호리병박에 밀어 넣기도 하고 사파이어와 루비들을 젖은 진흙으로 싸서 방 귀퉁이에 꾹꾹 눌러 붙이기도 하면서. 어떤 사람들은 목걸이와 팔찌를 옷 솔기에 넣어 꿰맸고 다른 사람들은 다이아몬드를 삼켰다.

왕비 할머니가 우리에게 숨겨달라고 했다. "그들에게 나는 아직 준비가 되지 않았다고 해." 할머니가 우는 소리를 했다. "내 아이들 없이는 가지 않겠다고 해!"

"누구에게요?" 내가 물었다. "여기에는 아무도 없어요. 이 방에는 우리뿐이에요."

"혼령과 유령들에게. 그들이 나를 잡으러 오고 있어. 그들에게 나는 아직 준비가 되지 않았다고 해."

뒷계단을 올라와 우리 방으로 오는 요란한 발소리들이 들렸다. 엄마가 라다나의 덧베개를 가슴에 끌어안은 채 얼어붙은 듯 멈춰 섰다. 삼촌이 엄마에게서 그 덧베개를 홱 잡아채어 땔감으로 쓰려고 모아둔 마른 옥수수 껍질들이 담긴 바구니에 던져넣었다.

일고여덟 명의 병사들이 한꺼번에 들이닥치자 그들을 보고 왕비 할머니가 울부짖기 시작했다. "저리 가! 저리 가!"

"저 할망구한테 입 닥치라고 해." 모욱이 으르렁거렸다.

그러나 삼촌과 엄마는 아무 말도 하지 않았다.

"할머니는 동무들이 유령이라고 생각해요." 내가 모욱과 그의 병사들에게 말했다.

"미친 거냐?"

"때로는요."

"저 할망구한테 입 닥치라고 해."

모욱이 문간 옆에 놓인 옥수수 껍질 바구니만 제외하고 방 안에 있는 것들을 샅샅이 둘러보았다. 그리고 삼촌이 주먹을 쥐게 할 정도로 한참이나 엄마를 훑어본 다음 역겹다는 듯 돌아서서 창밖으로 침을 뱉었다. "자, 시간 낭비 말자고." 그가 다른 병사들에게 지시했다. "저 미친 늙은 여자가 쓸 주발 하나, 스푼 하나, 솥 하나만 놓아 둬. 나머지는 공동 배식장으로 가져가고."

그들이 별장의 다른 곳들을 수색하려고 우리 방에서 나갔다.

그 뒤로 며칠 동안 모욱과 그의 '비밀 파수꾼' 또는 사람들이 부르는 대로 하자면 무기와 은밀함으로 무장하고 상대가 알지 못하게 감시하고 관찰하는 스파이인 츨룹(Chlup)들이 집집마다 돌아다니며 모든 사람들을 분류했다. 동무는 우마차라도 끌 수 있겠군. 동무 힘은 온전! 그리고 동무는 햇빛 아래에서 일해본 적이 없는 하루도 것 같군. 그래서 동무 힘은 절반! 엄마와 삼촌은 온전한 힘으로 분류되었다. 그날 밤 더 늦게 엄마는 짐을 싸느라 바빴다. 아침이 되면 엄마와 삼촌은 배정된 작업조와 함께 제방을 쌓으러 멀리 떨어진 곳으로 떠날 것이었다. 나는 엄마에게 나도 데려가달라고 사정했지만 엄마는 내 말을 들어주려고 하지 않았다. "너는 여기에 남아 있는 편이 더 안전해." 엄마가 말했다. 나는 왕비 할머니하고 같이 남게 될 것이었다. 할머니가 어떻게 나를 돌보아줄지 알 수 없었다.

다음 날 아침 동틀 녘에 삼촌이 나를 자리에서 안아 올려 문 쪽으로 데려갔다. 나는 흐릿한 눈으로 방을 둘러보았다. 우리는 매일 아침마다 그러곤 했던 것처럼 몸을 씻으러 강으로 내려가려는 참이었다. 그런데 갑자기 우리가 함께하는 시간이 이번으로 마지막일 것이라는 생각이 떠올랐다. 우리 앞에서 걸어가는 엄마의 모습이 낮의 밝음을 향해 이어지는 꿈의 끝자락처럼 보였다. 나는 삼촌 품에서 빠져나오려고 발버둥을 쳤지만 삼촌은 힘이 너무 셌다. 갑작스럽게 치밀어오르는 두려움을 억누르고 나는 마지막으로 한 번 더 사정을 해보았다. "나도 제방 쌓으러 같이 가고 싶어요." 나는 삼촌의 가슴에 얼굴을 묻었다. "삼촌이 데려다주면 되잖아요."

"왕비 할머니하고 같이 있어라." 삼촌이 나를 더 꼭 끌어안고 속삭였다. "할머니에게는 내가 필요해."

나는 왕비 할머니가 허약한 몸으로 세상에서 잊혀 자리에 누워 있는 방을 뒤돌아보았다.

"너는 할머니의 자식이 되어야 해." 삼촌이 계단을 내려가면서 말했다. "나 대신이 되어서 할머니가 내 이름을 부르면 대답을 해야 해."

나는 삼촌을 빤히 쳐다보았다. 어쩌면 어머니를 남겨두는 것이 어머니가 떠나는 것과 똑같이 무서울 수도 있겠다는 생각이 들었다. 삼촌이 내게 희미한 미소를 지어 보였고 그 순간 나는 내 불행을 잊었다. 내 조그만 몸이 위안 받을 수 있는 식으로 그렇게 위안해줄 사람 하나 없이 엄청난 슬픔을 떠안고 사는 거인이 된다는 것은 얼마나 두려운 일일까 하는 생각을 하면서.

강에서 삼촌은 엄마와 내가 둘이서만 작별을 할 수 있도록 물속으로 뛰어들어 얼마쯤 떨어진 곳으로 헤엄쳐갔다. 나는 우리가 왜 목욕을 하러 함께 내려오는 그 의식을 되풀이하곤 했는지 알 수 없었다. 이별은 아무리 가장을 해도 이별이었다. 엄마가 목욕용 사롱으로 갈아입고 나서 여행을 할 때 입을 옷은 모래 위로 커다란 거북이 등처럼 튀어나온 바위에 올려놓았다. 나는 엄마가 먼저 물속으로 들어가기를 바라고서 일부러 굼뜨게 움직였다. 하지만 엄마가 내 앞으로 무릎을 꿇고 앉아 내 셔츠 단추를 풀기 시작했다.

"내가 네 살인가 다섯 살이었을 때," 엄마가 단추를 만지작거리며 말을 꺼냈다. "아주 어렸을 때, 내 어머니 말에 따르자면 아직 아기였을 때 경극을 몹시 좋아하게 되었어."

나는 엄마가 아주 어쩌다 한 번씩 해주는 이야기에 귀를 곤두세우며 침을 삼켰다.

"경극패가 하나하나의 마을에서 이야기를 하나씩 무대에 올려 일화를 하나씩 상연하면서 우리 지역을 돌 때마다 나는 한 곳에서 다음번 곳으로 그 경극패를 따라다녔어. 내가 아는 친척이나 이웃에게 들러붙어 우리 부모가 알고 있다고 여겨지거나 믿을 만하다고 느껴지는 사람들과 함께 먹을 음식과 잠잘 곳을 해결하면서. 이야기를 처음부터 끝까지 하나도 놓치지 않으려고 그런 거였지. 내 어머니는 가지 못하게 막곤 했지만 나는 고집이 센 아이였고, 그래서 언제나 어떻게든 몰래 빠져나오곤 했어. 그리고 며칠이 지나서야 경극에 나오는 노래만 부르며 집으로 돌아오곤 했지. 언젠가 한번은 걱정을 하다하다 화가 난 어머니가 나를 니앙 분다자(Niang Bundaja)라고 부르면서 사람들 모두가 다 있는 데서 야단을 쳐댔어. 엄마들은 딸들에게 이런 말—언젠가 그 딸이 제 아이를 갖게 되면 그때서야 엄마 노릇이 얼마나 힘든지 알게 될 거라는—을 하는 데 지치는 법이 절대로 없다면서 말이지. 너도 그 이야기는 당연히 알고 있을 거야."

물론 나는 알고 있었다. 니앙 분다자는 부유한 집의 아름다운 처녀였지만 하인과 사랑에 빠져서 그와 함께 달아났다가 결국에는 그녀의 어머니가 예견했던 대로 가난해지고 과부가 되었다. 돌보아야 할 두 남매가 딸린 그녀는 설령 그러는 것이 어머니의 분노에 직면하는 것일지라도 집으로 돌아가기로 했다. 그러나 길을 반쯤 갔을 때 그만 강과 맞닥뜨리게 되고 말았다. 거센 흐름을 가로질러 그녀가 한 번에 옮길 수 있는 아이는 하나뿐이었으므로 그녀는 손위인 아들을 먼저 옮기고 그런 다음 돌아와 아기를 데려가기로 했다. 그러던 중에 독수리가 한 마리 나타나 머리 위로 맴을 돌자, 그녀는 어떻게든 쫓아볼 셈으로 이리저리 손을 내저었다. 아기는 제 엄마가 저에게 손짓을 하는 줄 알고 강으로 들어섰다가 물에 빠졌고, 어머니가 그 아이들 구하러 간 틈을 타서 독수리가 휙 날아내려 손위인 아들을 채 가버렸다. 나는 늘 그것이 어리석은 이야기라고 생각해왔었다.

"하지만 내가 네게 정말로 알려주고 싶은 건, 라미, 어느 아이는 살 것이고 어느 아이는 죽을 것이라고 하는 게 절대로 어머니의 선택이 아니라는 거야. 내가 너를 낳고 그다음에 네 동생을 낳아 양팔에 너희를 하나씩 안았을 때 나는 너희 앞에 놓인 삶 전체를 상상해보았어. 한때 나는 내가 영원히 살 거라고 믿었지. 내 마음속으로는 죽음이 절대 들어오지 못했어. 그런데 어느 날 죽음이 나를 놀라게 했지. 그 죽음이 그 아이의 손을 움켜쥐어 내게서 휙 잡아채 갔고, 나는 내가 더 이상 피를 흘릴 수 없을 때까지 피를 흘렸어."

엄마가 흐느껴 울었다. 그 울음소리가 비단이 찢어지는, 아빠의 시가 적힌 종잇장이 한밤중에 찢어지는 소리 같았다. 나는 내가 아빠의 공책과 만년필을 가지고 있다면 어느 마을의 지도를 그릴 것이라는 말도 안 되는 생각을 해보았다. 그 지도에는 눈물의 강과 엄마의 눈처럼 바닥 모르게 깊은 슬픔의 바다와 엄마의 콧날처럼 섬세하고 좁아서 빠져 죽을 위험을 무릅쓰지 않고는 건널 수 없는 다리가 있을 것이었다.

"나는 너를 잃고 싶지 않아, 라미. 그래서 부탁인데 이쪽 기슭에서 기다려줘. 내가 떠나는 것을 이별로 잘못 알지 말고."

우리가 별장으로 돌아오자 삼촌과 엄마는 짐들을 챙기러 안으로 들어갔고 나는 계단에 앉아 기다렸다. 도마뱀 한 마리가 맨 아래쪽

단을 가로지르다가 중간에 멈춰서 나를 올려다보았다. 저리 가! 쉬잇! 그 도마뱀이 내 절망을 가로막기라도 하려는 것처럼 자루 같은 목을 부풀렸다. 나는 그놈에게 혀를 내밀어 보였고, 그러자 그놈은 재빨리 달아났다.

방에서 두런거리는 소리가 들려왔다. 나는 문 쪽으로 좀 더 가까이 옮아갔다. "저희는 한동안 떠나 있어야 해요." 왕비 할머니에게 알리는 엄마의 목소리였다. "하지만 라미가 어머님하고 같이 여기에 있을 거예요. 그 아이가 어머님을 보살펴드릴 거예요."

나는 안으로 들어가고 싶은 충동을 꾹 눌러 참았다.

잠시 침묵이 흐르다가 삼촌이 목청을 가다듬었다. "어머니," 그러다 말고 삼촌이 말을 멈췄다가 다시 시작했다. "메차스 마에," 이제 삼촌은 자기의 말을 누가 듣건 말건 상관없다는 듯 왕실 용어를 쓰고 있었다. "저, 전하의 아들이 경배 드립니다." 삼촌이 정확히 무엇을 하고 있는지 나는 보지 않고도 다 알고 있었다. 삼촌은 경의를 표하기 위해 할머니의 발에 이마를 대고 있었다. "이 여행에 전하의 축원을 요청합니다."

"나에게로 돌아와." 왕비 할머니가 웅얼거렸다. 나는 할머니가 그 말을 삼촌에게 하고 있는 것인지 아니면 늘 혼잣말로 되뇌듯 할머니 머릿속의 유령들에게 하고 있는 것인지 잘 알 수가 없었다. "나에게로 돌아와."

"다시 뵙게 될 것입니다." 삼촌이 안심을 시켜주었다. "곧 전하를 뵙겠습니다."

움직이는 발소리, 나무 바닥이 발밑에서 삐걱거리는 소리가 들렸다. 나는 도마뱀이 그랬던 것처럼 목이 부풀어 오르고 목구멍이 꽉 메어 꼼짝도 않고 그대로 있었다. 두려움 때문인지 슬픔 때문인지는 알 수 없었다. 잃는다는, 잃고 있다는 느낌이 나를 휩쓸었다.

삼촌이 먼저 밖으로 나와 계단을 내려와서 내 옆에 앉았다. 다음에 엄마가 나왔다. 삼촌이 일어서서 엄마와 나를 위해 자리를 내주었다. 하지만 엄마는 그대로 서 있었고 나는 엄마의 눈길을, 내가 고개를 들어 눈을 마주쳤으면 하는 듯한 눈길을 느꼈다.

"기다려, 내가―" 엄마에게서 흐느낌이 새어나왔고 엄마는 더 이상 말을 잇지 못했다.

엄마가 계단을 달려 내려갔다. 엄마의 온몸이 폭풍우에 휩쓸리는 것처럼 떨리고 있었다. 삼촌이 그 뒤를 따랐다. 나는 그들을 멈춰 세우려고 하지 않았다.

나는 집지킴이 역할을 떠맡아 힘닿는 것, 왕비 할머니를 보살펴드리면서 내가 할 수 있는 것 이상을 해보려고 늘 애썼지만 단지 그럭저럭 꾸려나가며 또 하루를 버틸 수 있을 만큼밖에는 하지 못했다. 게다가 내게는 일상적으로 해야 하는 일들이 있었는데 아이러니하게도 그런 일들이 내게 어떤 목적의식과 그렇지 않았더라면 매우 위태로웠을 삶에 어느 정도의 체계를 주었다. 아침에 잠을 깨면 맨 먼저 나는 양동이를 들고 강으로 달려 내려가 재빨리 세수를 한 다음, 내가 나를 수 있는 양껏 물을 퍼 담아가지고 비탈길을 되짚어올라와 뒷계단 가까이에 있는 물통에 쏟아부었다. 그러고는 젖은 수건으로 왕비 할머니의 몸을 닦아드리고 우리의 옷가지들을 빨 수 있을 만큼의 물이 모아질 때까지 그렇게 몇 번을 더 왕복했다. 그다음에는 불 위에 물 끓일 솥을 걸어놓고 땅바닥을 훑으며 호두처럼 둥근 용안 씨들과 과육질에 어른 엄지만한 잭푸르트 씨들을 주워가지고 와서 불 속으로 던져넣어 먹을 수 있는 부분을 발라냈다. 땅바닥에서 발견되는 과일들은 모아서 이웃집들의 바구니에 든 것들과 함께 공동 배식장으로 가져가야 했다. 만일 내가 그 과일들 중 하나라도 먹거나 빼돌렸다 들킨다면 한 끼나 두 끼 분의 음식이 날아갈 것이었다. 그러나 배고픔에 몰리자 겁이 없어졌고 양심에 대해서도 생각을 덜 하게 되어 훔치는 게 버릇이 되었다. 나는 이웃집 채마밭으로 숨어들어 덩굴에 달린 멜론을 홱 잡아채서 셔츠 안쪽에다 쑤셔 넣고 우리 방으로 달려들어 와 왕비 할머니에게 먹여드렸다. 엄마가 그러는 것을 보았던 대로 먼저 내 이로 잘근잘근 씹어 부드럽게 만들어서 한 번에 한입씩. 또 다른 날 아침에는 옥수수 밭으로 숨어들어 이삭을 하나 뚝 분질러가지고 숨기기 좋게 반으로 자른 다음, 별장으로 돌아와서 몰래 솥에다 넣고 삶았다. 시간이 없을 때는 할 수 있는 한 빨리 부드러운 어린 열매들을 비틀어 따내어 왕비 할머니에게 생으로 드리기도 했다. 나는 그 나머지를 먹었다. 씹고 남은 찌꺼기를 불 속으로 던지기 전에 속까지 다 씹어 물을 쪽쪽 다 빨아들이면서. 또 배가 너무 고파서 정신이 멍하고 붙잡힐 것 같다는 두려움에 온통 사로잡힌 다른 아침들에는 누가 보건 말건 상관하지 않고 우리 방 뒤에 있는 나무의 가장 낮은 가지에서 과일을 하나 따내어 그 자리에서 먹은 다음 씨는 덤불 속으로 내던졌다.

그날 아침 나는 메뚜기 몇 마리와 함께 강변의 모래밭에서 오리 알처럼 보이는 하얗고 커다란 알을 하나 찾아냈다. 정신 못 차리게 기뻐서 나는 별장으로 달려 돌아와 불을 피우고 그 위에다 물 끓일 솥을 얹었다. 그리고 알이 익기를 기다리는 동안 메뚜기들을 대나무 꼬챙이에 꿰어 불꽃 위로 들고 있었다. 그런 뛰어다니는 곤충들은 사시사철 흔해서 어느 곳으로나 제멋대로 뛰어다녔다. 또 특별히 누구의 것도 아니어서 나는 드러내놓고 그것들을 구울 수 있었다.

물이 끓는 소리를 내고 나서 몇 분이 더 지나자 알이 다 익었을 것 같았다. 나는 솥을 기울여 뜨거운 물을 바닥에 좀 쏟아 붓고 막대기로 알을 굴려냈다. 그리고 알이 충분히 식자 껍질을 벗겨서 김이 모락모락 나는 단단하고 윤기 나는 알을 셔츠 자락에 담아가지고 계단을 올라가 왕비 할머니께 드렸다. 나는 할머니를 일으켜 앉히고 알을 건네드렸지만 할머니는 그것이 무엇인지 알아보지도 못하는 듯 그저 멀거니 보고만 있었다.

"음식이에요." 내가 속삭였다. "드세요."

할머니가 나를 보고 몸을 움츠렸다. 배고픔 때문인지 어떤 기억 때문인지 그것은 알 수 없었다. 나는 할머니가 어쩌면 우리에게 먹을 것이 얼마든지 있었고 매번의 식사가 잔치였던 때를 떠올리고 있는지도 모른다는 생각이 들었다.

"드셔야 해요." 내가 다시 말했다.

할머니가 눈을 껌벅이자 눈빛이 흐릿해졌고 고통과 기억이 공허 속으로 녹아들었다. 나는 한숨을 내쉬고 탱글탱글한 흰자 조각부터 먹여드리기 시작했다. 거의 샛노란 아름다운 노른자를 집어 들었을 때는 혓바닥을 덮는 그 풍요롭고 부드러운 질감과 목구멍 안으로 녹아드는 감촉이 머릿속으로 떠올라 잠시 망설여졌다. 하지만 대신에 나는 침을 꿀꺽 삼켰고, 결의를 모아 구워진 메뚜기를 입 안에 집어 넣었다. 날개고 다리고 할 것 없이 모두.

먹을 것을 다 먹고 나자마자 청동 종이 울려 온 읍내에 메아리치며 일할 시간이 되었음을 알렸다. "저는 이제 가봐야 해요." 내가 할머니를 다시 자리에 뉘어드리며 말했다. "저녁 때 돌아올 거예요. 그때 드실 것도 가져다드릴게요."

이번에는 할머니가 알아들은 듯 고개를 끄덕였다. 나는 밖으로 달려나갔다.

읍 지도소에서 나는 읍내에 남아 있는 다른 아이들을 만났다. 그 아이들은 모두 조그맸고 그 아이들의 부모가 거짓말을 하지 않았다면 모두 여섯 살 미만이었다. 나이가 그 이상인 아이는 누구건 아동 작업조에 배치되거나 어른들과 함께 일하는 곳으로 보내졌다.

내가 예외였던 것은 소아마비에 걸렸기 때문이었는데, 그것으로 본다면 소아마비가 가장을 한 축복임이 이번에도 다시 밝혀진 셈이었다. 나는 내 뜻에 따라 그 아이들과 함께 있을 수도, 떠날 수도 있었다. 내가 일을 하는 한 그것은 문제가 되지 않았다.

일 그 자체는 하루가 지나는 동안 내내 달라졌다. 아침에는 나무 토막과 불쏘시개들을 모으고 오후에는 엮어 짤 풀과 덩굴들을 모으고 저녁때는 야자 잎줄기들을 두드려 밧줄을 꼬는 데 쓰일 걸쭉한 섬유로 만들고 하는 식으로. 그날 아침에는 우리 아이들을 책임진 병사가 메꽃 순을 따러 갈 것이라고 했다. 사람들 모두를 먹이기 위해 공동 취사장에서 그것을 더 많이 필요로 한다는 것이었다. "너희 모두를 먹이기 위해서야." 그가 자기를 올려다보는 조그만 얼굴들을 쏘아보며 강조했다. "그러니까 너희는 할 수 있는 한 많이 따 모아야 해. 더 많이 모을수록 더 많이 먹게 될 거야. 알겠지?" 대답으로 조그만 머리통들이 끄덕여졌다. 다음에 병사가 우리를 끌고 읍 지도소 뒤에 있는 비탈을 내려가 우리에게 강변을 따라서 흩어지라고 했다.

작은 벌레들과 귀뚜라미들처럼 야생 메꽃도 여기저기 흔하게 널려 있었고 심지어는 메말라 보이는 땅에서도 그 밑에 물기의 흔적만 있으면 자라났다. 나는 빗물 웅덩이에서 무더기로 자라는 메꽃순을 찾아내어 한꺼번에 몇 개씩 뜯어서 내 가슴에 가방처럼 둘러매어진 크로마에 집어넣었다. 더 작은 아이들이 나를 본떠서 가장 쉽고 자연스럽게 손이 닿을 수 있는 곳들의 순을 따 모으고 있었다. 붉은 곱슬머리를 한 조그만 계집아이가 감시병이 지켜보지 않을 때마다 순을 한입씩 훔쳐 먹기 시작했다. 그 아이보다 별로 더 커 보이지도 않는 그 아이의 오빠가 자잘한 달팽이들이 잔뜩 들러붙은 잎사귀를 보고 얼른 따내어 남몰래 그것을 통째로 제 동생의 입에 밀어 넣었다. 그 모습을 보자 라다나 생각에 눈물이 핑 돌았다. 나는 그 아이들에게서 고개를 돌리고 하던 일을 계속했다.

감시병은 자기가 할 일이 별로 없다는 것을 알고 나무 그늘 밑으로 가서 앉아 모자를 눈 밑으로 끌어내렸다. 그리고 강에서 불어오는 서늘한 미풍과 점점 더 강렬해지는 태양의 열기에 노곤해져서 곧바로 잠이 들었다.

정오 무렵에 청동 종이 다시 울려 그날의 첫 식사시간을 알렸다. 우리는 가슴에 둘러매어져 있는, 이제는 메꽃 순으로 묵직해진 크로마를 단단히 여미고 끌어낼 수 있는 최고 속도로 비탈길을 달려 올라갔다.

읍 지도소는 공동 배식장으로도 쓰였다. 앞쪽에는 대나무 탁자들과 의자들을 놓고 뒤쪽에는 흙으로 대충 만들어놓은 거대한 화덕들에 검댕으로 새까매진 커다란 솥과 냄비들을 걸어놓는 식으로. 우리는 모은 것들을 땅바닥에 쌓인 더미에 쏟아 붓고 재빨리 배식 탁자 앞에 줄지어 섰다. 그리고 제각기 흙탕물 같아 보이는 국물에다 채소는 너무 익어서 푹 퍼진 국에 잠긴 밥 한 그릇씩을 받았다. 이번에도 또 메꽃순국이었다. 하지만 우리는 배가 너무 고파서 상관하지 않았다. 또 그것 말고는 달리 먹을 것이 아무것도 없었다.

나는 내 그릇을 아이들이 모여 앉은 탁자로 가져갔고 물에 흠뻑 젖은 찔깃찔깃한 채소 덩어리 밑에서 생선을 하나 찾아냈다. 크기가 아이 손바닥만큼은 되는 것이었다! 가슴이 마구 뛰는 중에 나는 고개를 들었다. 다른 아이들이 그것을 보고 입술을 핥았지만 내 얼굴에 서린 표정이 만일 그 생선을 건드리려고 들었다가는 내 스푼에 손을 얻어맞게 될 것이라는 말을 대신해준 것이 틀림없었다.

나는 내 그릇이 가득 찬 것처럼 보이게 하려고 밥을 헐어 그릇에 펼쳤다. 그런 다음 생선은 맨 마지막에 먹으려고 한옆으로 밀어놓고 흠뻑 젖은 밥부터 먹기 시작했다. 다른 아이들이 여전히 그 생선을 곁눈질하고 있는 것이 느껴지자 나는 그릇을 가슴팍으로 끌어당겨 양팔로 두르고 조용히 계속 밥을 먹으면서 그 아이들의 눈길을 피해 고개를 숙였다. 마침내 얻어먹기는 다 틀렸다는 것을 알아차리고 나자, 그 아이들이 저네 몫을 재빨리 먹어치우고 뿌루퉁해져서 그릇과 스푼들을 씻으러 갔다. 탁자와 의자들을 깨끗이 치우는 것은 마지막까지 남은 사람 책임이었다. 그것이 규칙이었다. 하지만 편안하게 먹을 수만 있다면 그런 것은 상관없었다. 나는 마지막 한 스푼 남은 밥까지 다 먹었다.

이제 생선을 먹을 차례였다! 그런데 갑자기 나를 바라보는 눈길이 느껴졌다. 고개를 들었다가 나는 식탁 하나 건너에 앉아 있는 여자를 보았다. 그 여자는 셔츠 밑으로 수박을 하나 숨겨놓고 있는 것처럼 보였다. 그 여자가 내 그릇을 쳐다보다 침을 삼키고 쳐다보다 침을 삼키고 했다. 나는 그것이 싫었다.

"너 그거 먹을 거니?" 그 여자가 아기 밴 배를 어루만지며 물었다.

나는 아무 대꾸도 하지 않았다.

"아기가 태어나면 기쁠 거야. 그러면 제 몫을 받게 될 테니까." 내가 자기의 배를 쳐다보고 있다는 것을 알아차리고 그녀가 말했다. "지금 우리는 한 사람으로 쳐지는데 아기가 모든 음식을 다 먹고 있어."

그녀는 미소를 지었지만 눈물이 뺨을 타고 입 언저리로 흘러내렸다. 그녀가 재빨리 눈물을 훔쳤다. "미안해." 그녀가 웃어넘기려고 했다. "그럴 생각은 아니었어."

여전히 나는 아무 말도 하지 않았다.

"괜찮아." 그녀가 말했다. "내가 묻지 말았어야 했어."

내 마음이 약해졌고 내 배가 홀쭉이기 시작했다. 그녀의 배는 신음을 하고 있었다. 나는 그 소리를 알고 있었다. 그 소리를 기억하고 있었다. 그것은 라다나가 죽기 전날 밤 내 설탕 친 카사바를 달라고 하던 소리였다.

"어른인 여자가 아이를 꾀어 먹을 것을 빼앗으려고 들다니."

나는 더 이상 견딜 수가 없었다. 그러는 나 자신을 미워하면서, 나는 생선을 그 여자에게 남겨주고 일어나 자리를 떴다.

왕비 할머니에게 배급 받은 것을 가져다주려고 별장으로 돌아오는 동안 나는 내가 그 생선을 먹지 못하도록 막은 것이 무엇이었는지를 알아차렸다. 그것은 만일 배고픔이 죽은 뒤에까지도 지속될 수 있다면 그 배고픔이 절대로 되살아나지 못하게 하겠다는, 누구에게도 같은 일이 다시 일어나지 않게 하겠다는 생각이었다.

식량이 줄어들고 있는 중에도 삶은 계속되었다. 수확철이 되었고 내게는 인간 허수아비 역할이 맡겨졌다. "나이가 충분히 들어 보이는데." 어느 날 저녁 모임에서 모욱이 나를 지목해서 말했다. "너 정도면 몇 군데 논을 혼자 지킬 수 있겠어. 너 지금 몇 살이냐?"

"모, 몰라요." 나는 말을 더듬었다. 내가 거짓말을 하고 있지 않다는 것을 그가 믿게 하고 싶어서 하마터면 불쑥 '혁명 전에는 일곱 살이었어요' 하는 말이 튀어나올 뻔했지만 생각을 고쳐먹었다.

그가 실눈으로 나를 훑어보았다. "너 예쁜 엄마와 같이 사는 애 맞지?" 그가 물었다. 그의 흉터가 뒤틀리고 있었다. "그 여자 어디 있니?"

"동무가 엄마를 보냈잖아요. 엄마하고 아빠를요. 나, 나는 어디에 있는지 몰라요."

그가 더 날카롭게 쏘아보았다.

"이제 가도 되나요?" 등에서 식은땀이 솟는 것을 느끼며 내가 물었다.

그가 손을 내저어 가라고 했다.

다음 날 아침, 나는 동틀 녘에 일어나 우마차에 태워져서 읍 변두리에 있는 논으로 실려 갔다. 우마차를 모는 사람이 나를 조그만 오두막에 내려놓으면서 저녁 때 데리러 오겠다고 한 다음, 사람들이 삼삼오오 무리를 지어 벼를 수확하기 시작하는 곳으로, 그들의 검은 윤곽이 드넓은 들판을 가로질러 흩어져 있는 곳으로 떠나갔다.

나는 오두막 한복판의 흙바닥에 앉았다. 마치 온 세상을, 내가 거둔 그 풍요로움을 바라보는 보호령이 된 것 같은 기분이었다. 내 앞에서 논이 넘실거리는 황금 바다처럼 물결치고 굽이쳤다. 긴 낱알, 짧은 낱알, 기름진 낱알, 쫀득한 낱알, 몬순철 비 냄새를 풍기는 낱알들 하고 노래를 부르면서. 저 멀리서 검은 형체들이 벼를 수확하느라 몸을 일으켰다 굽혔다 일으켰다 굽혔다 하며 점점 더 멀어져가고 있었다. "꼭 동물들처럼 보이네." 내가 혼자 속으로 중얼거렸다. "꼭 들판을 헤매는 물소들 같아."

갑자기 논 한가운데서 깍깍거리는 소리가 일었다. 나는 벌떡 일어나서 겁을 준다기보다는 내가 겁먹지 않으려고 목청껏 소리쳤다. "나는 허수아비다! 쉬잇, 쉬잇! 저리 가, 이 멍청한 까마귀야!" 내가 요란하게 손뼉을 쳐댔다. "저리 가라고 했다, 이 멍청한 새야!"

그 까마귀가 다시 깍깍거리자 다른 까마귀, 또 다른 까마귀가 따라서 깍깍거렸고 얼마 안 가서 곧 내가 수적으로 밀린다는 것이 분명해졌다. "저것들이 어디에나 있네." 나는 숨을 헐떡였다. "이제 어쩐다?" 내가 혼자 묻고 혼자 대답했다. "저것들을 쫓으러 가. 그냥 여기에 서서 소리나 질러서는 안 돼."

447

나는 논으로 막대기와 돌멩이를 집어 던지고 별의별 소리를 다 지르면서 논둑길들을 따라 내달렸다. 까마귀들이 마치 내가 침입자이기라도 한 것처럼 노엽게 깍깍거리고 날개를 퍼덕였다. 나는 이쪽으로 달리고 저쪽으로 달렸다. 한 무리가 날아오르면 또 다른 무리가 다시 논에 내려앉았다. 새들을 쫓아내기란 불가능했다. 까마귀들이, 그 새 떼들 전체가 오고 있었다.

얼마쯤 뒤 나는 포기하고 말았다. 질릴 대로 질렸어! 저것들이 쌀을 다 먹어치운들 무슨 상관이람? 저것들을 쫓아낸다고 해서 내가 그 쌀을 받게 될 것 같지도 않은데.

가쁜 숨을 몰아쉬면서 나는 논둑에 앉아 숨을 고르려고 했다. 내 앞에서 까마귀 한 마리가 조금도 무서워하지 않고 벼 이삭을 쪼고 있었다. "도둑놈!" 나는 그놈에게 돌을 던졌다. 그놈이 깍깍거리고 다른 논으로 날아갔다. "너를 산 채로 튀겨버리겠어!"

따뜻한 미풍이 불어오자 벼들이 흔들흔들 춤을 추었다. 사방이 고요하고 평화로워졌다. 나는 눈을 감고 상상을 해보았다. 세상을 나 혼자 독차지하는…….

다시 눈을 떴을 때, 내 행운의 기회가 보였다. 나는 논 한가운데로, 황금빛 줄기들이 어깨까지 차는 곳으로 걸어 들어갔다. 그리고 어느 쪽으로든 가까운 논둑에서 왔다 갔다 하는 혁명군 병사나 비밀 파수꾼이 없는지 확인하려고 사방을 둘러보았다. 저 멀리서 검은 형체들이 지평선에 있는 곤충들처럼 몸을 굽혔다 일어났다 굽혔다 일어났다 하며 일을 계속하고 있었다. "하려던 대로 해," 내가 나 자신에게 소곤거렸다. "아무도 너를 못 볼 거야. 그러니까 좀 먹어."

머리를 숙이고 나는 줄기에서 바로 낟알을 물어뜯기 시작해 껍질은 뱉어내고 부드러운 날쌀알들을 씹었다. 맛이 텁텁했지만 달짝지근한 게 오래 묵은 설탕과 조금 비슷했다. 나는 엄마와 삼촌을 생각했다. 그들은 지금 어디에 있을까? 머리 위로 어디에선가 깍깍거리는 소리가 내 방황하는 생각을 중단시켰다. 나는 까마귀를 보게 될 거라고 생각하면서 고개를 뒤로 젖혔다. 그러나 맑고 흰 하늘 높이, 논둑길들이 만나는 곳에서 몇 미터쯤 떨어져 홀로 서 있는 야자나무 위에서 독수리 한 마리가 맴을 돌고 있었다. 나는 폭 할아버지와 할아버지가 해주었던, 독수리들은 죽음이 있기 오래전부터 그 냄새를 맡을 수 있다는 말을 떠올렸다. 또 라다나와, 폭 할아버지와 마에 할머니의 엇갈린 야자나무들을 맴돌던 독수리들도. 나는 그 독수리가 이제 누구를 노리는지가 궁금했다. 나를?

나는 상관하지 않았다. 즐겁게 쌀알을 먹고 있는 중이었으니까. 그래서 그 거대한 새가 빙글빙글 도는 길을 눈으로 좇으며 그 새를 지켜보기만 했다. 나는 아빠를 생각했다. 아빠의 죽음을, 그 죽음이 어땠을지를. 내가 아빠의 부재를 그렇게 여긴 것은 그때가 처음이었다. 죽음으로 여긴 것은.

갑자기 그 독수리가 휙 날아내려 야자나무 잎줄기에 앉았다. 나는 그놈이 나를 지켜보고 있다는 것을 느낄 수 있었다. 하지만 겁이 나지는 않았다. 나는 날쌀알들을 좀 더 입 안으로 밀어 넣었다. 내가 찾고 있는 것은 아직 다 여물지 않은 낟알들이었다. 맛이 부드럽고 초록빛을 띤 누른 쌀처럼 햇살에 구워진 수확의 첫 옴복(ombok). 나는 왕비 할머니에게 드릴 것도 좀 챙겨야 했다.

나는 배가 부풀어 오르기 시작할 때까지, 자갈을 한 움큼 먹은 것처럼 배가 아플 때까지 계속 먹고 있었다. 만일 독수리가 나를 노린다면 나는 살이 찌워졌어, 그런 생각이 들었다. 나는 마음의 준비가되어 있었다.

27

습기 차지 않은 서늘한 바람이 마지막으로 한숨처럼 미약하게 불고 가버렸다. 벼는 모두 수확되었고 몸을 움직일 수 있는 사람들은 모두 다 제방 건설 공사장으로 보내져 우기에 대비한 또 다른 준비로 구덩이들을 팠다. 남아 있는 사람들은 왕비 할머니와 나처럼 어떤 식으로든 몸이 망가지거나 손상을 입은 사람들뿐이었다. 모욱은 우리를 잔존물들, 쓸모없는 잡동사니들이라고 했다.

벼가 다 베어지고 거두어들여지자 나는 더 이상 허수아비로 필요가 없게 되어 읍 주변을 돌며 하는 임무로 복귀했다. 혁명을 위해 해야 하는 일들에는 끝이 없었다. 언제나 이런저런 일들이 있었다. 채소를 심고, 가축을 기르고, 바구니와 짚자리를 엮어 짜고 하는. 내 몸이 뼈와 가죽으로 쪼그라드는 동안에도 나는 내가 어른들과 나란히 일할 수 있을 만큼 크다는 말을 들었다. 오전이면 나는 공동 채마밭을 돌보며 채소들에 물을 주고 잡초를 뽑았다. 그리고 오후에는 이 집 저 집 돌아다니며 가축들의 수를 세고 닭 한 마리 달걀 하나까지 빠뜨리는 일이 없도록 꼼꼼히 다 헤아렸다. 모욱은 내가 은밀한 비밀 파수꾼이라고 하면서 내 주된 임무는 자기에게 모든 사항을 다 보고하는 것이라고 했다. 어쩌다 한 번씩 누군가를 엿보아야 할 일이 없을 때면 나는 강변을 따라 돌아다니며 바구니를 엮어 짜는 데 쓸 대나무와 덩굴들을 베어냈다. 어떤 때는 몇몇 아이들과 함께 가기도 했고 또 어떤 때는 나 혼자 가도 된다는 허락을 받기도 했다. 혼자 있게 될 때면 나는 왕비 할머니의 상태를 확인할 셈으로 몰래 빠져나오곤 했다. 죽음이 가까워졌다는 것을 알고 있으면서도 할머니가 아직 움직이고 숨을 쉬는지 알아보아야 했다.

별장에서 한 젊은 여자—그녀 자신도 심하게 앓고 있었지만 내가 없는 동안 할머니를 돌보아주도록 배정된—가 왕비의 할머니에게 더 이상 음식을 먹어드릴 수 없다고 했다. "저렇게 누워만 계셔. 가만히, 시—"

시체처럼. 그녀가 하려던 말은 그것이었지만 그녀는 제때에 말을 멈췄다. 그녀가 내게 왕비 할머니의 등과 엉덩이에 난 커다란 곪은 자국들을 보여주려고 할머니를 모로 돌려 눕혔다. 나는 그 썩는 살의 독기가 내 콧구멍 속으로 들어오지 못하게 하려고 숨을 멈췄다. 그녀는 내게 보여줄 필요도 없었다. 나는 그 썩는 냄새를 이미 알고 있었고, 매일매일을 그 냄새와 함께 살았고, 매일 밤마다 그 냄새와 함께 잤고, 이제는 그 냄새에 익숙해져 있었다. 왕비 할머니의 옷들이며 할머니가 누워 있는 짚자리며 베개와 담요며 방 전체에서 그 냄새가 진동했다. 이제 나는 그것이 무엇인지 알고 있었다. 죽어가는 냄새. 죽음의 냄새가 아니라 정신이 살아 있으려고 안간힘을 쓰는 데도 몸이 포기를 하고 있는 죽는 행위의 냄새였다.

젊은 여자가 일어나서 기침을 하며 말했다. "네가 할머니하고 함께할 시간을 좀 주겠어. 다음에 우리는 그분을 가시게 해드릴 거야." 그녀가 자신의 병에 겨워 숨을 헐떡이며 방에서 나갔다.

"할머니." 내가 할머니의 죽음이 드리워진 얼굴을 들여다보면서 불렀다. 할머니는 미동도 하지 않았다. 나는 몸을 숙여 소곤거렸다. "왕비 할머니, 저예요."

여전히 아무런 반응도 없었다.

나는 다시 해보았다. "메차스 마에,"—왕실 용어를 쓰자 내 혀에 그 무게가 느껴졌다—"저예요, 아룬…… 전하의 아들. 아유라반이 저하고 같이 있어요." 나는 할머니의 가슴에 손을 올려놓았다. "그래요, 형님이 여기에 저하고 같이 있어요. 형님은 무사해요."

할머니가 겨우 실눈을 떴다. "안다." 할머니가 웅얼거렸다. "내게도 보여."

"형님이 전하를 집으로 다시 모셔가려고 왔어요."

할머니가 앙상한 손을 들어 올려 내 턱을 감쌌다. 할머니의 엄지가 젖어서 찝찔한 내 입술을 스쳐지나갔고 그제야 나는 내가 울고 있었다는 것을 알아차렸다. 내 눈물이 할머니의 손바닥을 적셨다. 할머니는 마치 그 순간을, 할머니를 집으로 모셔갈 내 눈물을 기다려왔던 것 같았다. 할머니가 다시 손을 내려 가슴에 꼭 갖다 대고 눈을 감았다.

나는 급히 짚자리 발치로 가서 몸을 숙이고 이마를 할머니의 발에 갖다 댔다. 아빠가 그러곤 했던 것처럼, 우리 모두가 배웠던 것처럼, 우리에게 생명을 준 생명에게 머리 숙여 꾸밈없는 감사를 드리기 위해. 나는 세 번을 그렇게 했다. 아빠 몫으로, 라다나 몫으로, 나머지 가족들 몫으로. 그리고 마지막으로는 나 자신의 몫으로. 그런 다음 나는 일어나서 밖으로 나갔다.

나는 강으로 내려갔다. 그리고 강가에서 바나나 잎으로 몸을 덮고 잠이 들었다. 내가 다시 잠에서 깨었을 때는 하늘이 왕비 할머니의 등에 난 상처들만큼이나 성이 나서 벌겋게 죽죽 그어진 줄들로 상처를 입은 채 타오르고 있었다. 할머니는 돌아가셨다. 한밤중 어느 때엔가 돌아가셨고 내가 별장으로 돌아갔을 때는 모욱이 자기 병사들을 시켜서 할머니의 시신을 우마차에 실어 논들 중 어디에다 버리라고 한 뒤였다. 할머니도 라다나와 마찬가지로 땅을 기름지게 할 것이었다.

그동안 내내 할머니의 죽음을 예상하고는 있었지만 할머니가 그런 식으로 자식들의 위안도 없이 죽었다는 것 때문에 나는 할머니의 서거에, 할머니의 고통을 연장시켰던 사람들 모두에게 분노했다.

다음날 별장으로 돌아와 보니 삼촌이 앞계단에서 나를 기다리고 있었다. 병든 젊은 여자가 삼촌에게 전갈을 보내어 나를 데려가라고 한 것이었다. 삼촌에게 무슨 일이 있었는지 알려줄 필요는 없었다. 삼촌은 알고 있었다. 죽음이 찾아오기 오래전부터 왕비 할머니의 죽음을 알고 있었다.

우리는 길에서 마주친 우마차들을 몇 번씩 빌려 탔고 늦은 오후가 되어서야 공사 현장에 이르렀다. 그곳은 허허벌판 한가운데 있는 불모지였다. 우리 앞으로 하늘을 등에 진 벌거숭이 산맥이 하나 서 있었다. 말 없는 검은 형체들이 큰비가 내릴 것을 감지하고 거대한 둑을 쌓는 개미들처럼 톱니 모양으로 들쭉날쭉한 긴 경사면을 누비며 오르내리고 있었다. 밑바닥에서는 더 말 없는 검은 형체들이 몸을 일으켰다 굽혔다 하며 괭이와 삽들로 땅을 파고 있었다. 장례 행렬. 그런 생각이 들자 머리가 어질어질해졌다. 틀림없이 뭔가가 죽은 모양이었다. 나는 삼촌을 돌아다보고 물었다. "저 사람들이 뭘 묻고 있어요?"

"모든 걸 다……." 삼촌이 대답했다. 삼촌의 목소리가 탁하고 멍했다. "모든 것…… 모든 문명. 그래, 그게 그들이 추구하는 거지. 파묻힌 문명이……."

귓속에서 윙윙거리는 소리가 들렸고 나는 내가 삼촌의 말을 제대로 들었는지 의심스러웠다. "나는 그게 용이라고 생각했는데요." 나는 내가 말하는 소리를 들었다. "이약 용이라고."

"그렇게 기대해보자." 삼촌이 웅얼거렸다. "그렇지 않으면 우리 자신을 묻게 될 테니까. 자기 무덤을 파는 사람들." 삼촌이 내게 손을 내밀었다. "이리 와. 우리가 해야 할 일이 있어."

어디에서나 자욱한 흙먼지 구름들이 솟아올랐다. 우리 주위의 사람들 모두가 크로마로 머리와 얼굴을 싸매고 있어서 누가 누구인지 알아볼 수가 없었다. 그러나 허비할 시간이라곤 없었다. 엄마를 찾아볼 시간조차도 없었다. 한 병사가 삼촌에게는 괭이를, 내게는 방키(bangki), 대합조개 껍질처럼 생긴 대나무 바구니를 건네주었다. 삼촌이 괭이질을 하는 동안 나는 부스러진 흙덩이들을 맨손 맨발로 바구니에 쓸어담았다. 나르는 사람들이 와서 빈 바구니들을 내려놓고 흙으로 채워진 바구니들을 가져갔다. 혁명군 병사들이 사람들 모두가 손발을 움직여 일하고 있는지 확인하면서 밀착 감시를 하고 있었다. 누구도 고개를 들지 않았고 누구도 말을 하지 않았다. 단단한 마른 땅을 강타하는 쇳소리만이 하늘을 가로질러 메아리쳤다. 하늘 역시 병든 하늘, 채찍 자국으로 불타오르는 하늘이었다. 염증이 일어 벌겋게 썩어가는 살 같은 하늘, 마지막 숨을 헐떡이며 죽어가는 죽음 같은 하늘, 오래전에 비를 뿌렸던 뒤로 비를 내려주지 않은 하늘이었다.

삼촌이 기침을 하자 얼굴이 검붉게 변했다. 삼촌의 혀가 빠져나올 것만 같다는 생각이 들었다. 한 병사가 우리 쪽을 돌아다보자 삼촌이 기침을 억누르고 땅 파는 일을 다시 계속했다. 삼촌의 동작이 마치 다른 식으로 움직이는 법은 전혀 알지 못하는, 눈앞의 일 외에는 다른 어떤 생각도 하지 못하는 기계 같았다.

나는 엄마를 찾아 주위를 둘러보았지만 자욱한 흙먼지 너머 쪽을 볼 수는 없었다. 눈이 모래투성이인 것처럼 느껴졌다. 눈을 깜박이면 모래폭풍이 보이고 불에 덴 듯 화끈거렸다. 침을 삼키면 혓바닥에서 사막의 맛이 풍겼다. 몸 안이 말라 들어가서 가뭄에 땅이 갈라지듯 갈라져 온몸이 쩍쩍 금이 간 코코넛 껍질처럼 된 것 같았다. 내 주위의 땅은 반쯤 파다 만 무덤 같은 구멍들과 구덩이들로 망가지고 흙터가 나 있었다. 우리는 용을 묻고 있어, 하고 나는 생각했다. 하지만 나는 땡볕 아래서 죽게 될 거야. 나는 내 무덤을 파고 있어. 아니면 우리가 우리 자신을 묻고 있거나. 삼촌의 말이 나 자신의 생각과 뒤섞여 내 머릿속에서 메아리쳤다. 우리 자신을 묻고 있어, 우리 자신을 묻고 있어…….

길게 늘여진 연속 사격처럼 종이 울렸다. 사람들이 연장을 내려놓고 파내지 않아서 높여진, 숲을 배경으로 초가 오두막들이 줄줄이 늘어선 길고 좁은 땅뙈기 쪽으로 걸어가기 시작했다. 나는 그 모습을 응시하다 눈을 깜빡였다 했다. 눈이 불로 지지는 것처럼 아팠다. 타다 남은 불과 불꽃들, 불똥들이 사방으로 날아다녔다. 오두막들이 불타고 있는 것일까, 아니면 내가 불타고 있는 것일까? 내 눈이 장난을 치고 있는 것인지 아닌지 잘 알 수가 없었다. 불꽃들이 뛰어올라 춤을 추며 내 얼굴을 핥았다. 나는 화장용 장작더미 위에 있었다. 하지만 누구의 더미 위에?

삼촌이 내 옆에 앉아 검은 형체들의 행렬이 줄어들기를 기다리고 있었다. 우리 주위로 사방에 바구니들이 거대한 조개껍질들처럼 흩어져 있었다. 온통 죽은 대합들의 바다. 무덤 파는 인부들은 파기를 멈추었고…… 공터에 괭이와 삽들이 뼈다귀들처럼 엇갈려 놓여 있었고 흙과 돌들이 흰개미 언덕처럼 조그만 무더기들로 쌓여 있었다. 조그만 무더기 하나면 라다나를 묻기에 충분했을 텐데…… 내 생각이 방황하고 있었다. 헐벗은 땅을 주르르 미끄러져 가로지르는 길고 가느다란 뱀처럼. 그 아이는 죽었을 때 아주 작았어. 그 아이가 태어났을 때보다도 더 작았어. 그 아이에게 무덤이 있다면 그건 흰개미 언덕처럼 보이겠지. 그게 메콩강이 논들을 집어삼키지 못하도록 해주지는 못하겠지만 엄마가 엄마 자신의 눈물에 빠져 죽지 않게는 해줄 거야. 이미 흐른 눈물과, 계절풍의 비처럼 아직 흐르지 않은 눈물에. 그래, 그게 내가 할 일이야. 나는 죽기 전에 무덤을 하나 쌓겠어. 이약 용을 위한 무덤이 아니라 엄마의 슬픔을 위한 흰개미 언덕을.

나는 시간이 어떻게 되었는지 가늠해보려고 위를 올려다보았다. 태양이 바로 위에서, 내 머리 위에 앉아 있었다. 이제 내가 폭발하는 것은 시간 문제였다. 종이 계속 울리고 있었다. 땡땡땡 땡땡땡 땡땡땡……. 나는 이상한 생각들을 하고 있었다. 이상한 것들을 보고 있었다. 나는 수백 수천만의 조그만 별들을 보았다. 깜빡깜빡 깜빡깜빡 깜빡깜빡…….

한 여자가 우리 쪽으로 걸어왔다. 삼촌이 무슨 말인가를 했지만 나는 삼촌의 말을 알아들을 수 없었다. 삼촌의 말소리가 메콩강 바닥으로부터, 나가구렁이가 사는 저 아래쪽으로부터 들려오는 것 같았다. 삼촌이 나가구렁이일까? 파묻힌 문명이라고 불리는 이약 용일까? 한때 삼촌은 이약이었다. 그러나 이제 그는 무덤 파는 인부가 되어 흰개미만 한 무덤들을 파고 있었다. 어째서지? 어째서 모든 게 다 그렇게 작아 보이지? 그 여자가 내 앞에 섰다. 그 여자에게는 얼굴이 없었다. 눈만 있었다. 하얀 하늘을 배경으로 떠 있는 검은 달. 나는 그녀의 눈을 알고 있었다. 그녀가 얼굴 없는 얼굴에서 먼지로 뒤덮인 크로마를 풀어냈다. 그녀의 상처를 두른 붕대를. 그녀가 내게 미소를 지었고 그 미소에 어린 슬픔을 보자 나는 그녀가 누구인지 알았다.

별들이 깜박이기를 멈추었다. 밤이 낮과 합쳐졌다. 크로마가 내 몸을 덮었다. 나는 이약 용의 무덤 옆에 라다나의 흰개미 언덕을 쌓을 수 있기 전에 죽고 말았다.

"너 땡볕 아래서 기절했었어." 엄마가 말했다. 그러고는 미소를 지어 보이려고 하면서 덧붙였다. "하지만 이제는 괜찮아." 엄마가 손등으로 내 이마와 목을 짚으면서 내 피부에 일사병의 흔적이 남아 있는지 살펴보았다.

밤이 내려 있었고 불빛이라고는 기다란 공동 오두막 문간 근처 바깥쪽의 횃불 빛뿐인 것 같았다. 그 오렌지색과 검은색 불꽃을 보고 나는 침을 삼켰다. 내 목구멍에서 메마른 열기의 맛이 느껴졌다. 내 등은 땀으로 흠뻑 젖어 있었다. 그런데도 나는 추위를 느껴 떨고 있었고 머릿속은 휑했다. 마치 영혼은 나를 떠났고 몸이라는 껍데기만 남은 것 같았다. 엄마가 담요를 내 가슴까지 끌어올려주었다. 나는 오두막 안의 어슴푸레한 빛 속에서 비어 있는 자리들과 베개들을 눈여겨보며 물을 찾아 입술을 핥았다. 비어 있는 자리들 위로 옆댕이들이 던져올려진 모기장들이 날아다니는 유령들처럼 떠 있었다.

"자, 여기." 엄마가 내게 멀건 쌀죽처럼 보이는 것이 든 그릇을 건네주었다. "이걸 먹으면 좀 나아질 거야."

나는 일어나 앉아서 그 죽을 마셨지만 건더기는 남겨놓았다. 배가 고프지는 않았고 단지 목만 말랐다. 나는 그릇을 엄마에게 돌려주고 팔목으로 입을 닦은 다음 대나무로 된 기다란 공동 잠자리에 다시 누웠다. "아직도 춥니?" 엄마가 머리를 기울이고 물었다. 엄마의 얼굴에 걱정스러워 하는 빛이 일렁였다. 아니, 어쩌면 그것은 엄마가 눈을 깜빡였을 때 생긴 눈썹 그림자였는지도 몰랐다. "뭘 좀 먹고 싶니?" 엄마가 내 턱을 어루만졌다. "네게 뭐든 구해다줄 수 있어. 과일, 설탕, 이야기만 해."

나는 말을 할 수 없었다. 단지 기억만 할 수 있었다……. 내 몸에 와 닿는 엄마의 손길을.

"지금은 그냥 자고만 싶은 모양이구나." 엄마가 모기장을 끌어내려 가장자리들을 자리 밑으로 밀어 넣었다. "나는 다시 일하러 가야 해."

나는 고개를 끄덕였다.

엄마가 문간까지 갔다가 멈춰 서서 나를 돌아다보았다. 햇불 빛 속에서 엄마의 그림자가 점점 더 길어져 나에게까지 왔다.

나는 눈을 감고 자는 척했다. 엄마가 떠났고 햇불 빛이 엄마의 발소리와 함께 희미해졌다. 나는 벽 쪽으로 돌아누웠다. 좁은 통로가 벽과 잠자리를 갈라놓고 있었는데, 엄마가 그 벽 때문에 그 자리를 택했다는 것을 알았다. 엄마는 오두막을 같이 쓰는 다른 여자들에게 말해야 할 필요 없이 들고날 수 있었고 잠을 잘 때에는 어둠과 홀로 마주할 수 있었다. 라다나가 죽은 뒤로 그것이, 벽을 부여안고 어디에도 마주하지 않는 것이 엄마가 잠을 자는 방식이었다.

밖에서 갖가지 소음들, 야행성 동물들이 윙윙거리고 붕붕거리는 소리가 들렸다. 올빼미 한 마리가 부엉부엉 울자 다른 올빼미가 대답했다. 그놈들은 끝없는 괭이질 소리와 삽질 소리, 땅이 박살나는 소리 한가운데서 끝없는 이야기를 주고받고 있었다. 사람들은 올빼미 소리가 들리면 가까운 곳에 죽음이 있다고 했다. 그러나 민주 캄푸치아에서는 올빼미들이 언제나 부엉부엉 울었고, 누군가가 죽었을 때는 그놈들도 사람들처럼 잠잠해졌다. 이야기를 하기가 겁나서, 큰 소리로 울기가 겁나서. 나는 올빼미나 다른 야행성 동물들을 무서워하지 않게 되었다. 동물들은 사람들하고는 달랐다. 동물들은 그냥 놓아두면 우리를 해치려고 하지 않는다. 그러나 사람들은 우리를 아무 잘못도 없는데도 해치려고 든다. 그들은 총과 말로, 거짓말과 깨진 약속으로, 그들의 슬픔으로 우리를 해친다.

귀뚜라미들이 찌르륵 찌르륵 하는 음악으로 올빼미들의 이야기에 반주를 넣어주었다. 나무들이 들으려고 살랑살랑 움직였다. 이따금씩 바람이 하품을 했다. 저 멀리에서는 쇠로 된 연장들이 단조로운 리듬으로 땅을 망가뜨렸고 가까이에서는 바로 내 머리 위에서 속삭임들이 조심스럽게 오가며 메아리쳤다.

"애는 좀 어떻습니까?"

"잃게 될 것 같아요…… 어쩌면 이미 잃었는지도 모르겠어요."

"일터로 돌아가시는 게 좋겠습니다. 아이는 제가 알아보지요."

밤에는 벽에까지도 목소리가 있었다.

그가 오두막 안으로 걸어 들어왔다. 나는 그의 얼굴을 볼 수 없었어도 다리를 저는 소리로 알고 있었다. 그가 내 자리 발치에, 얼마쯤 전에 엄마가 서 있던 바로 그 자리에 서 있었다. 어둠 속에서 삼촌은 온통 그림자였다. "깨어 있니?" 삼촌이 물었다.

나는 고개를 끄덕이고 모기장 안에서 일어나 앉았다.

"배고프니?"

"아뇨, 목만 말라요."

"그러면 밖으로 나가자."

나는 담요로 몸을 감싸고 삼촌을 따라갔다. 밖에서는 달이 검은 하늘에 나 있는 흰 구멍이었다. 우리는 잎사귀가 거북이 배처럼 생긴 나무의 거대한 뿌리에 나란히 앉았다. 우리 앞으로 세 개의 돌 위에 솥이 얹혀 있었고 그 밑의 재는 아직도 따뜻했다.

"취사장에서 솥을 빌려왔어." 삼촌이 대나무 컵에 물을 따라 내게 건네주면서 말했다. "공사장 우두머리가 우리에게 번갈아 네 상태를 확인하도록 허락해주더구나. 그래, 좀 어떠니?"

나는 이약 용의 무덤을 응시하면서 가만히 있었다. 그것이 밤에는 더 커 보였다. 모든 것들이 그 그림자 아래에 있었다. 밝은 오렌지색 횃불들이 망가진 땅에 점점이 박혀서 땅을 파고 바구니를 나르고 하는 검은 형체들의 끝없는 행렬을 비추고 있었다. 용을 묻는 사람들, 하고 나는 생각했다. 무덤을 파는 사람들. 올라가고 내려오고 올라가고 내려오고. 그들이 유령처럼 보였다. 유령들이 유령들을 묻고 있었다.

삼촌이 내가 무엇을 응시하는지 알아차리고 말했다. "저거에는 합리성이라고는 없어."

파묻힌 문명, 삼촌은 그것을 그렇게 불렀었다. 이약 용에게는 이름이 있었다. 그런데 합리성은 없었다. 하지만 이름은 있었다.

갑자기 한 자락 구름이 미끄러지듯 달을 지나갔고 그 순간 나는 우리 위로 떠가는 이약 용의 영혼을 본 것 같았다. 내가 물을 좀 더 달라고 컵을 내밀자 삼촌이 다시 물을 채워주었다. 따스한 미풍이 불어와 우리 머리 위의 잎사귀들을 살랑거리게 했다. 삼촌이 위를 올려다보고 말했다. "우리 중에 반얀나무 그늘 아래에서 쉴 꼭 그만큼만 남게 되겠지."

"그 예언 나도 알아요."

오래전 옴 바오가 실종되었던 바로 그날, 아빠는 그 예언이 캄보디아에 어둠이 내려앉으리라는 것이라고 설명했었다. 집들과 거리들이 텅텅 빌 것이고 나라는 도덕도 배움도 없는 자들에 의해 다스려질 것이며 피가 코끼리 아랫배에 이를 만큼 엄청나게 흐르리라는 것이었다. 그리고 결국에는 귀머거리들, 벙어리들, 말 없는 사람들만이 살아남으리라는 것이었다.

삼촌이 놀라서 나를 빤히 바라보았다.

만일 삼촌이 왕비 할머니와 다른 가족들 모두가 그 예언의 저주를 받은 사람들에 속해 있기 때문에 내가 할 수 있는 일이 아무것도 없었다는 말로 나를 위로해줄 작정이었다면, 나는 삼촌에게 그런 것은 없다고, 그런 예언도 그런 저주도 없다고 하고 싶었다. 또 우리가 그 그늘 밑에서 안전해질 신성한 나무도 없다고. 있는 것이라고는 이 매장지뿐이고 우리 모두 여기에서, 우리의 공동묘지에서 죽게 될 것이라고. 하지만 나는 그 말을 어떻게 해야 할지 몰라서 대신 이렇게 말했다. "왕비 할머니는 그게 우리 업보라고 했어요."

삼촌은 아무 말도 하지 않았다.

28

낮과 밤이 쳇바퀴에 갇혀 똑같이 반복되는 회전으로 우리를 돌리고 또 돌리고 하는 것 같았다. 우리가 앞으로 나아가고 있다는 유일한 징표는 제방이 점점 더 거대해지고 있다는, 내가 처음 그곳으로 왔을 때보다 길이와 높이가 모두 곱절은 될 듯하다는 것뿐이었다. 자갈과 바위와 단단하게 마른 진흙 덩어리들이 뒤섞여 얼룩덜룩해 보이는 그 제방은 내가 그때껏 보았던 인간의 손으로 쌓아올린 가장 거대한 흙무덤이었고, 나무건 풀이건 하나도 없이 벌거벗겨진 무덤 같은 모양이 그 기괴함을 더해주었다. 제방 측면에 사람들이 오르내릴 수 있도록 계단들이 패여 있었지만 그렇더라도 올라가려면 어질어질 현기증이 나는 높이였다. 꼭대기에서는 그 인근에 있는 것들이 모두 다 내려다보였다. 한쪽에는 볼썽사납게 움푹 파내어진 땅 건너편으로 파내어지지 않은 땅뙈기에 우리가 쓰는 오두막들이 늘어서 있었다. 여자 오두막들과 남자 오두막들은 공동 배식장으로 쓰이는 몇 채의 기다란, 벽은 없이 초가지붕만 이어진 건물들과 거기에 딸린 취사장, 그리고 뒤쪽의 군인 숙소들을 사이에 두고 분리되어 있었다. 그 너머로는 나무들이 드문드문 서 있는 목초지를 지나 귀신들이 나오는 훨씬 더 무시무시하고 더 시커먼 숲의 뚫고 들어갈 수 없는 윤곽이 떠올랐다. 그리고 다른 쪽으로는 덤불들이 여기저기 흩어진 메마른 저지대가 끝없이 펼쳐져 지평선으로 섞여들었다. 그 어디에서도 강은, 그 거대한 제방의 축조를 정당화해줄 강력하고 맹렬하게 몰아치는 흐름은 고사하고 하다못해 조그만 지류도 하나 보이지 않았다.

그날 아침에도 여느 아침에나 마찬가지로, 해가 떠오르자마자 나는 다른 아이들과 함께 커다란 폭탄 구멍처럼 패인 구덩이에 있는 내 자리로 갔다. 나와 함께 있는 아이들은 불룩 튀어나온 배에 뼈만 남은 팔다리를 하고 있어서 아이라기보다는 조그만 늙은이들 같아 보였다. 우리, 그러니까 강한 아이들은 엉덩이를 깔고 앉아서 대나무 삽으로 흙을 파냈고 약한 아이들은 파내어진 흙을 긁어모아 제방을 오르내리는 남자와 여자들의 긴 행렬 옆에 한 무더기로 내던져진 조개껍질 모양의 바구니들로 가져갔다. 사람들의 행렬이 내려오는 숫자만큼 올라가고 하면서 끝없이 이어졌다. 엄마가 제방을 내려오면서 빈 바구니들을 흙이 채워진 바구니들로 바꾸는 구덩이를 하나 지나고 또 하나를 지나 먼 길을 빙 돌아서 내게로 오고 있었다. 만일 그렇게 빙 돌아오다가 어느 병사의 눈에 띄기라도 한다면 엄마는 다른 모든 사람들보다 더 오래 일해야 하는 벌을 받거나 더 나쁘게는 한 끼 식사를 박탈당할 수도 있었다. 내가 있는 구덩이에 이르자 엄마가 빈 바구니들을 땅에 내려놓고 내 손에다 몰래 크로텔롱(krotelong), 바퀴벌레처럼 생긴 물벌레를 한 마리 쥐어준 다음 대나무 가로대에 흙이 채워진 바구니를 두 개 걸고 다시 비탈길을 올라갔다. 나는 기침 발작이 일어난 척하면서 기침 소리를 내지 않으려고 그러는 양 움켜쥔 주먹을 입에 대고 그 물벌레를 단숨에 꿀꺽 삼켰다. 그러고는 다시 양손으로 대나무 삽자루를 움켜쥐고 커다란 돌 주위의 흙을 조금씩 헐어내면서 땅을 계속 파나갔다. 돌 밑에는 틀림없이 서늘하고 축축한 흙 속에 피난처를 찾은 물벌레들이 더 있을 것이었다. 그렇지 않다면 다른 곤충들이라도 있을 것 같았다. 하다못해 전갈이라도 아예 없는 것보다는 더 나았다.

몇 미터쯤 떨어진 곳에서 삼촌이 깊고 좁은 도랑을 따라 옮아가고 있었다. 삼촌의 양어깨가 흙을 파내기 위해 몸을 굽혔다 삽에 떠내어진 흙을 가장자리 너머로 던지기 위해 일으켰다 하는 동안 올라갔다 내려왔다 했다. 도랑 다른 쪽 끝에는 꽉 끼는 공간에서 움직일 수 있을 만큼 조그만 사내아이들이 몸을 웅크리고 있었다. 그 아이들은 입구를 넓히기 위해 가장자리를 긁어내고 있는 중이었다. 그 아이들의 기침 소리와 헐떡이는 소리가 그 주위로 흙이 부서져 내리는 소리와 리듬을 맞추었다.

우리가 일을 하는 동안 공사장 우두머리가 이리저리 돌아다니며 휴대용 확성기를 통해 고함을 질러대고 있었다. "조직은 이제 그 어느 때보다도 더 우리를 필요로 하오! 우리는 지금 베트남인들과 싸우고 있소. 그들이 우리 국경선으로 밀고 들어와 온갖 수단과 방법으로 우리를 때려 부수고 기회가 생기기만 하면 우리나라를 훔치려

하고 있소."

그는 머리가 훌렁 까졌고 우람한, 틀림없이 수백 명의 해골 같은
사람들 중에서 몇 안 되는 살집 좋은 몸을 하고 있었다. 그의 입은 말
을 하지 않을 때면 먹기라도 하면서 계속 움직이고 있었다. 그와 마
찬가지로 살이 찐 그의 아내는 취사장 우두머리였다.

"그들이 우리처럼 공산주의자들인 것은 맞지만 그 전에 먼저 그
들은 베트남인들이오. 그래서 그들은 우리의 적인 것이고! 우리는
그들에 대항해서 우리 자신을 방어해야만 하오! 안에서부터 우리나
라를 강하게 해야만 하오! 그러면 우리가 어떻게 그 일을 할 수 있느
냐? 우리는 메콩강이 논들을 물바다로 만들지 못하도록 산맥을 쌓
아야만 하는 것이오."

무슨 메콩강? 무슨 논들? 내 마음이 방황하고 있었다. 물벌레를 먹
은 뒤로 이제는 허기가 더더욱 심해졌다. 나는 커다란 돌 주위를 더
열심히 파헤쳤다.

"전국 각지에서 저수지며 운하며 수로들이 건설되고 있소. 일 년
내내 벼들을 심을 수 있도록 말이오! 단지 비가 내리는 철에만이 아
니라! 민주 캄푸치아는 강력한 국가요! 이 세상의 나머지 국가들은
쌀을 우리에게 의존하게 될 것이오! 우리에게는 먹을 것이 풍부할
수도 있지만 우리의 병사들이 우리의 쌀을 필요로 하는 때에 누가
먹을 생각을 할 수 있겠소?"

내 허기가 갈증으로 바뀌었다. 나는 손바닥으로 코에서 땀을 훔쳐
싹싹 다 핥았다. 찝찔한 데다 흙이 섞여 껄끄러웠다.

"우리는 투쟁을 계속해야만 하오! 혁명은 끝없는 전쟁이오! 우리

는 적들을 색출해내야만 하오! 늘 그들에 대한 감시자가 되시오!"

나는 일터로 급히 달려 나오느라 내 자리 발치에 놓아두고 온 물통을 떠올리며 우리 오두막 쪽을 건너다보았다.

"적들은 어디에나 있소! 우리 국경선 밖에만 있는 것이 아니오."

땅 파는 소리가 벌판을 가로질러 메아리치고 구덩이에서 도랑으로 되튀면서 내 귀를 채우고 내 뼈를 흔들어, 나는 그 모든 쾅쾅거림과 쿵쿵거림과 공사장 우두머리가 짖어대는 소리로부터 나 자신을 떼어놓을 수 없었다.

"그들은 우리의 잠자리와 우리의 음식을 같이 나누며 우리 틈에 숨어 있소!"

나는 눈을 감고 내 몸이 가버리도록…… 내 살갗이 떨어져 나가도록…… 내 뼈가 산산조각 나 부서지도록 놓아두었다……. 배고픔과 목마름만이 남을 때까지.

"그리고 우리는 그들을 찾아내면 쫓아내야만 하오!"

마침내 나는 커다란 돌 밑의 흙을 다 긁어내고 있는 힘을 다해 밀어서 뒤집었다. 아무것도 없었다. 하다못해 개미들도, 보잘것없는 벌레 한 마리도. 흙이 뜨거운 만큼이나 메말라서 생명체가 숨어들지를 못했다.

"우리는 그들을 흰개미들처럼 짓밟아야만 하오!"

나는 조그만 구멍을 파고 나 자신을, 씨앗처럼 조그만 마디로 바뀐 나를 묻고 비를 기다렸다.

"우리는 그 어떤 자비도 보여서는 안 되오!"

엄마가 다시 왔지만 이번에는 내게 줄 먹을 것은 없었고 희미한 미소만 지어 보였다. 나는 그 미소에 답해줄 힘도 없었다.

"어떤 동정도 보이지 마시오!"

엄마가 빈 바구니들을 내려놓고 흙이 채워진 다른 바구니들을 들어 올려 엄마 앞쪽에 있는 사람들의 흐름을 따라 다시 계속 걸어 올라갔다. 이제는 엄마의 걸음이 더 늦어졌고 한 발짝 한 발짝 뗄 때마다 몸이 후들후들 떨리고 있었다.

"우리는 그들을 제거해야 하오. 아이들까지도 모두!"

그는 똑같은 소리를 다섯 번도 넘게 하고 또 했다. 나는 괭이로 그의 머리통을 후려치고 싶었다. 그 짖어대는 소리가 일시적으로 중단되는 것은 종이 울릴 때뿐이었다.

우리에게 숲으로 들어가 있거나 또는 원한다면 오두막들 뒤쪽의 개울로 내려가서 물을 좀 끼얹어 기분전환을 하기에 충분한 시간이 주어졌다. 그러나 대부분의 사람들은 그대로 남아 있었다. 용변을 보러 가야 할 경우만 빼놓고는 몸을 움직여 힘을 낭비할 이유가 없었다. 삼촌이 도랑에서 나와 구덩이로 와서 내 옆에 앉았다. 얼마쯤 떨어진 곳에서는 공사장 우두머리가 엄마에게 무슨 말인가를 하고 있었고 엄마는 연신 고개를 숙여 끄덕였다. 아마도 틀림없이 엄마가 빙 돌아서 내게로 오는 것을 보았고 이제 엄마를 질책하고 있는 것 같았다. 그가 마치 이번에는 눈감고 넘어가주겠다는 듯 손을 내저어 엄마를 보냈다. 엄마가 고마워하는 몸짓을 보이고 서둘러 우리에게로 왔다.

"숲으로 들어가야겠어." 그러면서 엄마가 내게 손을 내밀었다.

"가자." 나는 엄마가 왜 나를 같이 데려가려고 하는지 이해가 가지 않았지만 내가 싫다고 할 수 있기도 전에 삼촌이 나를 일으켜 세웠다. "엄마하고 같이 가거라." 그러고는 엄마에게 덧붙였다. "저는 잠시 뒤에 따라가겠습니다."

삼촌은 더 이상 말을 하지 않았지만 나는 알 수 있었다. 우리가 어디로 가건 함께 걷고 있는 것이 눈에 띄어서는 안 되었다. 가족적인 친밀함은 혁명의 가르침에 반한다는 것이 공사장 우두머리의 말이었다. 그것이 공동 체제를 좀먹고 생산성을 떨어뜨린다는 것이었다. 그의 말이 무슨 뜻이었건 바로 그런 이유로 남자 오두막들과 여자 오두막들이 따로따로 세워져 있는 것은 분명했다. 거기에서는 남편과 아내라도 같은 지붕 밑에 있는 것이 허용되지 않았다. 가족이 한데 모일 수 있는 때는 휴식 시간과 식사 시간뿐이었다.

"둥근 바위 옆에서 기다릴게요." 엄마가 알려주었다.

삼촌이 고개를 끄덕이자 엄마가 내 손을 잡아끌었다.

우리는 엄마가 미리 정해둔 숲의 그 자리에 이르렀다. 조그만 개울이 하늘을 가린 대나무 숲 밑으로 떨어져 내려 사라지기 전에 커다란 둥근 바위를 감돌아 물웅덩이로 흘러드는 곳이었다. 엄마가 바지를 걷어 올리고 둥근 바위를 향해 발목까지 차는 물을 건너기 시작했다. 그러고는 몸을 굽혀 물웅덩이 속으로 팔을 집어넣고 뭔가를 찾다가 잠시 뒤에 엄마 팔뚝만큼이나 긴 사탕수수 토막을 두 개 끌어냈다. 엄마가 돌아서서 다시 내 쪽으로 물을 건너왔다. 갑자기 요란하게 딱 하는 소리가 났다. 놀라서 홱 돌아다보니 나뭇가지 하나가 땅으로 떨어져 내리는 것이 보였다. 가슴이 두 방망이질을 치는 중에 나는 사방을 둘러보았다. 아무도 없었다.

"앉아." 그러면서 엄마가 가시덤불 뒤에 몸을 숨길 수 있도록 나를 잡아끌어 앉히고 내게 사탕수수 토막을 하나 건네주었다. 나는 바로 그 자리에서 단단한 껍질을 물어뜯어 길고 가느다란 조각을 한 번에 하나씩 벗겨냈다. 달콤한 냄새에 끌린 각다귀들이 내 머리 주위에서 잉잉거렸다. 나는 커다랗게 부러뜨린 토막 하나를 이로 갈아 단물이 다 빠질 때까지 쪽쪽 빨면서 씹고 난 다음 땅바닥에다 찌꺼기를 뱉어냈다. 또다시 나뭇가지 부러지는 소리가 들렸고, 이번에는 삼촌이 우리 왼쪽의 덤불숲에서 나타나 우리 옆으로 와서 앉았다. 엄마가 다른 사탕수수 토막을 반으로 부러뜨려 그중 하나를 삼촌에게 건넸다. 삼촌이 부끄러운 표정으로 눈길을 내리깔고 머뭇거렸다.

"받으세요." 엄마가 사탕수수 토막을 삼촌 손에 밀어 넣었다. "배고픔보다 더 큰 굴욕은 없어요."

"제가 이러면 안 되는데…… 형수님 목숨까지 무릅쓰게 해서는—" 삼촌이 웅얼거리며 사탕수수 토막을 받았다.

"무슨 목숨요?" 엄마가 딱 잘랐다가 삼촌의 마음을 편하게 해주려는 듯 덧붙였다. "그 돼지도 잃을 게 우리만큼이나 많아요. 만일 발각된다면 저는 병사들과 감시자들 앞에서, 모든 사람들 앞에서 당신네 우두머리가 우리 제안을 받아들였다고 선언할 거예요." 엄마의 말은 공사장 우두머리를 두고 하는 것이었다. "그자는 그게 뭔지도 몰라요. 삼촌 넥타이핀 말예요. 저는 구태여 설명하려고 하지 않았고요. 그자 말이 금이기만 하면 자기 마누라는 상관하지 않는다고 그러더군요."

삼촌은 아무 말도 하지 않았다. 삼촌이 사탕수수를 한입 물어뜯었고 우리는 함께 조용히 먹었다. 씹는 소리는 개울물 흐르는 소리로 가려졌다. 다 먹고 난 뒤 우리는 씹어 뱉은 찌꺼기들을 그러모아 대나무 숲 속으로 던져넣었다.

우리는 돌아가야 하는 시간에 겨우 맞출 수 있었다. 마지막 종이 울리자 엄마는 가로대와 바구니를 챙기려 먼저 달려갔고 삼촌과 나는 빗물을 모으는 저수지가 될 것 같은 구덩이에 걸쳐진 좁은 대나무 다리를 조심조심 건넜다. 병사 둘이 우리 걸음걸이를 흉내 내어 하나는 오른쪽 다리를 절고 다른 하나는 왼쪽 다리를 절면서, 그리고 저네의 연극에 신이 나 미친 듯이 웃어대면서 우리를 스쳐지나갔다. 나는 상관하지 않았다. 멍청한 짐승들.

햇빛이 너무도 강해서 눈이 부셨다. 우리 머리 위에서 함석지붕으로 자갈들이 떨어지는 것 같은 소리가 일었다. 갑자기 하늘에서 수백 수천만의 은빛 화살들이 쏟아져 내려 우리의 피부에 부딪히고 녹아들었다. 비는 그런 식으로 오고 있었다. 제방 이쪽 끝에서 저쪽 끝까지 사람들이 일을 멈추고 하늘 쪽으로 얼굴을 들었지만 그러기가 무섭게 비는 왔을 때처럼 별안간에 가고 말았다. 한 방울도 남기지 않고. 다음에 또 다른 소나기가 시작되었다가 멎었다. 다시, 또다시 하늘이 우리를 가지고 놀았고, 그러는 동안 내내 태양은 눈 한번 깜짝하지 않았다.

짤막한 일제사격들이 시작되기 무섭게 멎곤 하면서 망가진 땅에 아무런 흔적도 남기지 않고 사라져버리는 그런 일이 며칠, 몇 주일 내내 계속되었다. 플리앙 츠몰(Pliang chmol), 그 지역 사람들은 그 비를 그렇게 불렀다. '남자 비.' 그 비는 가장 예기치 않았을 때, 우리가 뜨거운 열기를 더 이상 견딜 수 없었을 때 찾아왔다가 오자마자 가버렸다. 그다음에는 태양이 이글거리고 땅이 신음을 하고 대기는 납처럼 무거워졌다. 그러나 남자 비는 무서울 것이 하나도 없다고 했다. 그 비는 우리에게 여자 비를 경고해주기 위해 보내진 심부름꾼 비라는 것이었다. "여자 비요?" 누군가가 물었다. "그게 뭐지요?"

"온 강을 다 울게 하는 비라우." 공사장에서 멀지 않은 마을 출신 여자가 대답했다. "그래서 들판을 물에 잠기게 하는."

"그 비가 언제 오지요?"

"모든 게 다 죽고 난 뒤에."

"이제 때가 되었소!" 어느 날 아침 일찍 사람들이 다 모였을 때 공사장 우두머리가 제방 꼭대기에서 소리쳤다. 그가 얼굴에 바짝 갖다댄 확성기가 그의 번들거리고 튀어나온 입술을 늘여놓은 것처럼 보였다. "지금이 우리의 힘을 증명해 보일 때요! 혁명 2주년 기념일인 1977년 4월 17일, 이 경사스러운 날에 우리는 다시 한 번 더 우리의 힘을 선언하는 바이오!" 그가 마치 하늘에다 대고 말하기라도 하듯, 하늘에 도전이라도 하듯 위쪽을 올려다보았다. "우리가 무엇을 건설했는지 보이시오? 맨손으로 쌓아올린 산이오! 이처럼 놀라운 것을 본 적이 있소? 보시오! 동무들 앞에 있는 초록색 논들을 보시오!"

나는 사방을 둘러보았지만 한쪽으로는 초가 오두막들과 먼지를 켜켜이 뒤집어쓴 나무들, 완전히 다 망쳐진 땅이 보였고 다른 쪽으로는 바짝 말라붙어 햇볕에 그을린 풀 무더기들로 거무튀튀해진 벌판이 보였을 뿐이었다. 초록색 논은 그 어디에도 없었다.

"우리가 제방과 저수지들을 갖게 되었을 때를 상상해보시오! 그렇소, 이 지역은 벼들로 덮이게 될 것이오! 어디에나 논들이 있고 또 있을 것이오!"

관자놀이가 욱신거렸고 머릿속이 빙빙 돌았다.

"민주 캄푸치아 전역에 걸쳐서 우리의 형제자매들이 제방을 쌓고 수로를 파고 있소! 힘을 합쳐서 우리는 하늘을, 강들을 정복할 것이오! 그리고 우리가 원하는 곳에다 벼를 심을 것이오! 바위들에까지도! 우리는 그렇게도 많은 것을 갖게 되어 다른 나라들의 부러움을 살 것이오! 베트남인들도 더 이상 우리를 귀찮게 하지 못할 것이오."

그는 어째서 남자 비처럼 사라질 수 없는 것일까? 나는 나무들이나 어떤 그늘이라도 좀 있었으면 싶었다. 꼭 이약 용을 타고 있는 것처럼 굴고 있네. 내가 속으로 웅얼거렸다.

"쌀을 갖게 되면 모든 것을 다 갖는 것이오! 우리는 무엇이건 할 수 있소! 우리는 단결해서 우리 혁명의 힘을 과시해야만 하오!"

박수갈채 소리. 나는 머리가 갈라져 반으로 쪼개지는 것 같았다. 달아나고 싶었지만 그냥 서 있을 수조차도 없었다. 나는 무덤과 불타오르는 하늘 사이에, 파묻힌 문명과 사라진 비 사이에, 끝없는 박수와 환호 소리 사이에 갇힌 채 꼼짝도 하지 못하고 있었다.

날은 점점 더 더워지고 내 배는 점점 더 비어갔다. 늦은 오후에 비가 다시 내리기 시작했다. 혁명군 병사들과 감시자들이 총을 머리 위로 높이 치켜들고 승리의 함성을 내질렀다. 마치 자기네가 비를 오게 만들기라도 한 것처럼, 마치 자기네가 하늘과 열기를 상대로 벌인 어떤 전투에서 이기기라도 한 것처럼. 그들이 우리에게 잠시 쉴 시간을 주었다. 나는 뜨듯한 빗방울들의 맛을 보려고 혀를 내밀었다. 내 앞에서 귀뚜라미 한 마리가 튀어 올랐지만 내게는 그놈을 쫓아가 잡을 힘이 없었다. 숨이 너무 가빠서 내쉬는 숨이 내 가슴에서부터 올라온다기보다 콧구멍을 통해 여과되는 것 같았다. 숨을 좀더 깊이 들이쉬려고 하자 갈비뼈가 아팠고 머리가 쿵쿵 울렸고 눈앞이 뿌옇게 흐려졌다.

나는 엄마를 찾아보았지만 어디에서도 보이지 않았다. 삼촌은 파고 있던 도랑에서 나오려고도 하지 않고 한쪽에 기대어 있었다. 그 짧은 휴식시간을 이용해 눈을 감고서 눈꺼풀로 떨어져 내리는 빠르고 무거운 빗방울들이 그 밑에서 끓어오르는 열을 식히도록.

다음에 비가 멎었고 우리는 다시 일을 시작했다. 더위가 심해지자 모든 일이 늦어졌다. 나는 낮 시간이 끝나기만을 바랐다. 그러나 저녁이 되었어도 나을 것이 하나 없었다. 저녁 시간은 멀건 죽 반 그릇과 함께 왔다. 나는 그것을 단숨에 마시고 나서 혀로 그릇을 싹싹 핥았다. 엄마가 내 그릇을 밀어내고 엄마의 그릇을 내게 밀어주었다. 나는 그 그릇을 응시했다. 그것을 원하면서, 원하지 않기를 원하면서, 내 욕심을 부끄러워하면서, 그러면서도 내 배고픔을 어떻게 없애야 할지 몰라 하면서. 엄마가 내게 얼른 먹으라며 고개를 끄덕이고 손가락으로 내 뺨에 들러붙은 머리카락들을 걷어 올려 귀 뒤로 넘겼다. 나는 그 죽을 마시는 동안 나를 지켜보고 있는 엄마와 눈길을 마주칠 수 없어서 고개를 숙였다. "이제 좀 나아졌니?" 내가 다 먹고 나자 엄마가 물었다.

"아직도 배고파요."

엄마의 눈에 비가 모였다. 엄마가 눈을 깜빡이면 그 비에 내가 빠져 죽을 것 같았다.

밤이 내렸어도 찌는 듯 무더웠다. 사람들 모두가 제방 꼭대기로 올라가고 있었다. 거기에서는 적어도 미풍이라도 좀 불었으니까. 엄마가 우리 꾸러미에서 셔츠를 하나 꺼내어 수선하기 시작했다. "이봐요, 아나 동무." 우리 오두막에 같이 있던 여자들 중 하나가 말했다. "우리가 밤에 작업을 하지 않는 건 흔한 일이 아니에요. 그걸 왜 옷 수선에 낭비해요?" 그 여자가 엄마에게 자기와 같이 나가자고 설득하는 한 방법으로 먼저 내게 팔을 뻗쳤다. 내가 가장자리로 옮아가자 엄마가 눈길을 내게 고정시키고 말했다. "바늘귀를 꿰는 데 네 도움이 필요해."

엄마가 사람들이 모두 나갈 때까지 기다렸다가 셔츠를 한옆으로 던지고 라다나의 조그만 베개를 움켜쥐더니 맨손으로 찢어 뜯었다. 한 쌍의 은제 고리들이 베개에서 내 발목 가까이로 떨어져 내렸다. 다이아몬드가 박힌 조그만 방울들이 귀에 익은 짤랑거리는 소리를 냈다. 내가 그것이 무엇인지 기억해내기까지는 몇 초가 걸렸다. 라다나의 발목장식. 우리가 프놈펜을 떠나온 뒤로 나는 그것을 보지 못했었다. 공사장 우두머리는 지금이 1977년이라고 했다. 나는 무엇이 더 나를 놀라게 했는지 알 수 없었다. 그 끝없는 암흑기에도 어느 달이니 어느 해니 하는 특별한 시기가 있는 것인지, 아니면 불과 이 년 동안에 내가 한때 알고 있던 삶과 세상이 완전히 사라져버린 것인지. 나는 그 발목장식이 있었다는 것을 까맣게 잊고 있었다. 횃불 빛을 받은 그 발목장식들이 어른거리며 알에서 갓 깨어난 새끼 뱀들처럼 투명한 빛을 발했다. 엄마가 그것들을 자리에서 홱 잡아채어 주머니에 넣었다.

"가자." 엄마가 내 팔을 잡아끌면서 말했다.

우리는 취사장 뒤쪽의 숲에서 기다렸다. 나무와 덤불들도 우리와 함께 기다렸다. 잔가지 하나 움직이지 않았고 잎사귀 하나 흔들리지 않았다. 우리 가까이에 썩어가는 채소들과 생선뼈들이 쌓인 조그맣고 거무스름한 무덤이 하나 솟아 있었다. 그 무덤 위에서 날벌레들이 장례식에 조문을 온 것처럼 슬피 울었다. 갑자기 나뭇가지 하나가 움직이고 풀들이 버석거렸다. 병사, 아니, 어쩌면 취사 위원회 위원일지도 몰라. 나는 그런 생각이 들었다. 흐릿한 어둠 속에서 조그만 단지를 든 그림자가 나타났다. 그 그림자가 우리 쪽으로 걸어오고 있었다. 나는 달아나고 싶었지만 엄마가 나를 꼭 붙들고 있었다.

공사장 우두머리의 아내였다. 그녀가 엄마에게 단지를 내밀었고 엄마는 그녀에게 라다나의 발목장식을 주었다. 그 여자가 기대했던 것이 아닌 듯 이맛살을 찌푸리고 그것들을 살펴보았다. 그러고는 그 중 하나에다 통통한 팔목을 밀어 넣으려고 했다. "이것들은 좀 작은데. 안 그래?"

"그게요, 아이 거라서요." 엄마가 알려주었다.

그 여자가 나를 보았다. "얘 거?"

"네, 오래전에는요." 엄마가 거짓말을 하고 덧붙였다. "하지만 이제는 동무 거예요."

그 여자가 만족해서 그것들을 주머니에 넣고 어둠과 하나가 되면서 사라졌다.

엄마가 내게로 바짝 다가와 밥 단지를 내 앞에 놓고 말했다. "이건 네 거야."

나는 더운 김이 나는 밥을 한 움큼씩 연달아 입 안으로 밀어 넣고 거의 맛도 보지 않으면서 그 질컥한 덩어리들을 삼켰다. 엄마가 무릎에 턱을 고이고 쪼그려 앉아 몸을 앞으로 흔들면서 나를 지켜보았다.

"그 발목장식은," 엄마가 말을 이었다. "원래 네 거였어. 네가 태어났을 때 너를 위해 마련해둔 거였지. 나는 네가 걷는 법을 배울 때 그걸 채워주고 싶었어. 그래서 내가 언제나 그 방울 소리로 네가 어디에 있는지 알 수 있도록, 내가 절대로 너를 잃지 않도록. 하지만 너는 소아마비에 걸렸고 나는 그것을 치워놓았지. 그다음에는……." 엄마가 라다나의 이름을 차마 입에 올릴 수 없어서 머뭇거렸다. "다음에는 네 동생이 태어났고 나는 네 것이었던 것을 꺼내 그 아이에게 주었어."

나는 먹기를 그만두고 엄마를 응시했다. 무슨 말을 해야 할지 몰랐다. 엄마 못지않게 엄청난 죄책감과 부끄러움이 나를 휩쓸었다. 우리는 살아 있는데 아무 잘못도 하지 않은 라다나는 죽고 없었다.

"그게 우리가 챙겨온 보석들 중에서 마지막 거였어. 이 뒤로는……." 엄마가 미소를 지어 보이려고 했다. "뭐, 다른 어떤 방법을 찾아내게 되겠지, 그렇지 않겠니?"

나는 메스꺼움을 느끼며 입에 들어 있던 것을 삼켰다. 썩어가는 쓰레기의 악취가 못 견디게 지독했다. 나는 그 냄새와 밥 냄새를 구별할 수 없었다.

"얼른 마저 먹어라." 엄마가 들킬까 봐 두려워하는 얼굴로 사방을 둘러보며 재촉했다.

나는 엄마를 실망시키고 싶지 않아서 계속 우겨넣었다. 그 밥이 상했는데도, 오후 내내 그 자체에서 짜내어진 물기에 잠겨 있었던 듯 질퍽했는데도. 아니, 어쩌면 내가 더운 김이 나는 밥맛을 잊어버렸는지도 몰랐다. 나는 계속 먹었고 그러는 동안 엄마는 혼자만의 생각에 잠겨 넋을 잃고 나를 계속 지켜보았다.

내 배가 허기 때문이 아니라 메스꺼움으로 요동쳤다. 가까이에서 날벌레들이 계속 그것들의 장례식 무덤 위에서 슬피 울고 잔치를 벌였다.

내가 다 먹고 나자 엄마가 그 단지를 바위에 부딪쳐 깨뜨려가지고 덤불 속으로 던졌다.

나는 나뭇잎들로 손을 닦았다.

엄마가 다시 내 팔을 잡아끌었고 우리는 서둘러 오두막으로 돌아왔다. 문간에서 우리는 걸음을 멈추고 밤하늘을 올려다보았다. 우리 머리 위에서 별들이 다이아몬드들처럼 반짝이고 있었다. 백금 방울들처럼.

다음 날 새벽, 동이 트기도 전에 나는 제방 아래쪽 내 자리로 가서 삼촌 옆에 앉았다. 그 야트막한 구덩이에는 다른 사람들이 열 명 남짓 더 있었다. 상한 밥 냄새가 입 안을 가득 채웠고 고통스러운 경련이 배를 틀어쥐었지만 나는 병사에게 숲으로 들어가 있어도 되는지 물어보려고도 하지 않았다. 간밤에 나는 일어나 토하고 속을 달래고 하기를 반복하면서 속에 든 것들을 모두 토해냈다. 그래서 경련이 허기로 인한 격통보다 더 고약하지는 않았고, 또 그 외에도 흉터투성이인 땅을 지나가려면 너무도 많은 노력이 들 것이었다. 어디에나 구덩이며 구멍들이 있었고, 어떤 것들은 연못만큼이나 크고 무덤만큼이나 깊었다. 땅에 꽂혀 있는 횃불들이 곤한 잠에서 깨어 걸어오는 유령들처럼 흔들리고 떨리는 긴 그림자들을 던졌다. 땅 파는 소리가 동 트기 전의 어둠을 가로질러 메아리치며 대기를 채우기 시작했다.

하늘에서는 별들이 아직 깜빡이고 있었다. 나는 제방을 오르내리는 사람들 중에서 엄마를 찾아보려고 했지만 누가 누구인지 알아보기가 어려웠다. 그 이른 시간에는 사람 그림자들로부터, 바구니들과 대나무 가로대들과 그들의 그림자로부터 사람들을 가려내기란 불가능했다. 그 모두에게 뭐라 말할 수 없는 슬픔이 배어 있어서였다.

삼촌의 괭이가 땅을 파고드는 소리가 들렸다. 삼촌이 흙덩어리를 하나 끌어내어 내 쪽으로 밀었다. 나는 그 덩어리를 창처럼 생긴 돌로 잘게 쪼개어 바구니에 쓸어담았다. 우리 가까이에서 한 병사가 구덩이 측면에 기대앉아 있었다. 검은 모자로 얼굴을 가리고 몇 분이라도 더 훔쳐서 잠을 자려는 것 같았다.

마침내 새벽 놀이 나타났다. 하지만 해가 뜨기 무섭게 그 놀은 다시 사라져버렸다. 하늘이 뚱하게 바뀌어 윗부분이 움푹 꺼진 모기장처럼 배를 낮게 늘어뜨리고 있었다. 거대한 먹구름이 머리 위로 몰려와 그 끝없는 그림자로 공사장 전체를 뒤덮었다. 저 멀리서 지평선이 불타는 종이처럼 뒤틀리더니 더 거대한 먹구름들을 끌고 우리쪽으로 몰려왔다. 번개가 한 줄기 번뜩였지만 소리는 들리지 않았다. 굵고 묵직한 빗방울이 내 팔에 떨어졌다. 이어서 또 한 방울, 다시 한 방울이 떨어지더니 순식간에 셀 수도 없이 많은 빗방울들이 쏟아져 내렸다. 빗방울에 맞은 땅이 어디에서고 할 것 없이 상처 나고 감염된 피부에서 터지는 물집들처럼 폭폭 터졌다.

비는 너무도 굵어서 검어 보일 만큼 그렇게 억수로 쏟아졌다. 모두들 비명을 지르며 경사지를 달려 내려와 오두막 쪽으로 몰려갔다. 갑자기 누군가가 내게 부딪혔고 나는 미끄러져 넘어졌다. 내가 땅에 엎어진 것만큼이나 빠르게 어떤 손이 나를 홱 잡아 일으켰다. "네 엄마 어디 있니?" 삼촌이 빗소리를 뚫고 소리쳐 물었다. "몰라요!" 내 목소리가 불협화음을 뚫고 들리도록 나도 같이 소리쳐 대답했다. 우리는 동시에 위를 올려다보았다. 그리고 거기에 엄마가 있었다. 제방 꼭대기에서 비바람에 채찍질을 당하고 있는 작고 검은 형체가. 거기에 있는 사람은 엄마 하나뿐이었다. 엄마의 검은 옷이 비에 젖어 더욱 검어 보였다. 엄마의 몸이 바다에서 폭풍우에 걸려든 배의 돛처럼 비와 함께 기울어지며 흔들렸다. 갑자기 엄마가 양팔을 크게 벌렸다. 나는 삼촌을 돌아다보고 소리쳤다. "여자 비예요! 그 비가 여기로 왔어요!"

"뭐라고?" 삼촌이 내게로 더 가까이 몸을 기울이며 소리쳐 물었다. "안 들려!"

"여자 비요, 그 비가 오고 있어요. 그리고 엄마는 그 비를 환영하는 거예요!"

"뭐라고?"

대답해보았자 소용없었다. 폭풍우 소리가 고막을 찢을 듯했다. 마치 수천 수만의 여자들이 동시에 울부짖는 것처럼. 번개가 쳤고 하늘이 천둥으로 포효했다. 물이 흐르기 시작했다가 얼마 안 가서 곧 온 세상이 물에 잠겼다.

이약 용의 무덤이 녹아내리고 있었다. 비탈들에서 진흙이 무서운 속도로 밀려 내려왔고 비는 날아다니는 탄환들의 파도처럼 한 폭풍우에 이어 또 다른 폭풍우로 계속 퍼붓고 또 퍼부었다. 우리는 폭풍우에 밀리지 않으려고 밤낮 없이 일했다. 그리고 폭풍우가 잦아들 때면 일의 속도를 더 높였다. 폭풍우가 쉴 때면 우리는 전진했다. 우리에게 주어진 기회란 기회는 모두 다 잡아야 했다. 이제는 한밤중이었다. 폭풍우가 일시적으로 가라앉아 있었다. 그러나 대기 중에 새로운 전투의 조짐이 감돌았다. 천둥이 다시 울리고 번개가 번뜩였다. 우리 머리 위에서는 환한 보름달의 광휘가 비로 흐려졌다. 공사장 우두머리가 확성기에다 대고 소리를 질러대며 제방을 가로질러 왔다 갔다 하고 있었다. "허비할 시간이라고는 없소! 우리는 혁명을 강화하기 위해 모든 기회를 다 잡아야 하오! 더 열심히 더 빨리 일해야 하오! 제방이 우리 힘의 증거로 서 있어야만 하오! 우리는 이 제방을 더 높이 더 크게 쌓아야 하오! 분투해서 전진해야만 하오! 빗속에서건 불 속에서건 폭풍 속에서건! 우리는 분투해서 전진해야만 하오!"

나는 내 구덩이에서 고개를 들었다가 엄마가 내게로 오고 있는 것을 보았다. 하얀 달빛 속에서도 엄마의 얼굴은 열에 떠서 붉어 보였고 눈은 섬뜩하게 번들거렸다. 엄마가 빈 바구니를 내려놓고 흙이 찬 바구니를 두 개 집어 들었다. 그런 다음 무릎을 굽혀 대나무 가로대를 어깨에 걸치고 몸을 밀어 올렸다. 엄마의 온몸이 너무 세게 잡아 늘여져 끊어지기 직전의 고무줄처럼 파르르 떨리고 있었다. 엄마가 돌아서서 다시 한 번 더 비탈길을 올라가기 시작했다.

"우리 혁명의 힘은," 제방을 내려오며 소리를 질러대던 공사장 우두머리가 이제 우리에게로 점점 더 가까이 오고 있었다. "자연의 힘보다도 더 강하오!"

달이 후들후들 떨었다. 어떤 남자가 제방을 반쯤 내려오다 발을 헛디뎌 뒤로 넘어져서 가파른 경사면을 따라 그의 바구니들이 먼저, 그의 몸이 다음에 굴러내렸다. 그러나 누구 하나 도와주려고 일어서지 않았고 하다못해 눈여겨보지도 않았다. 언제나 누군가가 미끄러져 굴러떨어지고 있었으니까. 사고가 다반사였고 죽음이 예사였다. 그는 살아남는 것조차 못할 수도 있었다.

"우리는 하늘을 정복할 수 있소!" 공사장 우두머리가 고함을 질러 댔다. "누구도 우리를 멈추게 할 수 없소!"

모두들 계속 일을 하고 있었다. 내가 얼마나 오랫동안 일을 계속하고 있었는지도 알 수 없었다. 양팔이 어깨에서 떨어져 나가는 것만 같았다. 내 가까이에서는 더 조그만, 다섯 살 여섯 살쯤 된 몇몇 아이들이 허리까지 차는 빗물 속에서 물을 퍼내느라 바빴다. 어떤 아이들은 너무도 좁고 깊은 도랑 속에 있어서 아예 보이지도 않았고 단지 물만이 들어 올려진 단지들과 양동이에서 날아오르고 있었다.

내 몸은 추위로 마비가 되었고 나는 내가 살아 있건 죽었건 상관하지 않았다. 단지 밤이 새기만을 바라고 있었다.

제방이 무너졌다. 우리가 일을 하고 있던 밤중에 무너져내린 것이었다. 넷이 죽었다. 계집아이 셋에 사내아이 하나. 제방이 무너졌을 때 그 아이들은 좁은 도랑들 중 하나에 있었다. 그 일은 순식간에 일어났다. 우리는 그 아이들을 보지 못했고 그 아이들이 거기에 있는 줄도 몰랐다. 비가 모든 것을 부옇게 흐렸었고 모든 소리를 삼켰었다. 그 아이들의 도와달라는 외침도, 우리 자신의 목소리도. 그 아이들이 그 도랑 크기에 꼭 맞는다고, 우리가 그 아이들을 거기에 집어넣었을 때 우리 모두 동의했었다. 너무 크지도, 너무 작지도 않다고. 그러나 제방이 무너졌을 때 우리는 그 아이들을 잊어버렸고 우리 자신만 기억했다. 나중에 삼촌이 다른 남자들과 함께 달려왔지만 도랑은 이미 봉해져 있었다. 덮인 무덤으로.

만일 그 아이들의 몸에서 흙을 씻어낸다면, 얼굴과 콧구멍을 깨끗이 씻어준다면 그 아이들이 눈을 뜨고 다시 숨을 쉴지도 몰라. 나는 그런 생각을 하고 있었다.

그러나 그 아이들은 대나무 탁자에 그렇게도 조용히 누워 있었다. 서로를 껴안다시피 하고서. 그 아이들은 그런 모습으로 발견되었다.

굴속에 있는 아기 토끼들처럼 한데 엉긴 채로. 삼촌과 다른 남자들이 그 아이들을 파내어 공동 배식장으로 옮겨왔다. 양동이가 계집아이 하나를 다른 세 아이에게서 갈라놓고 있었다. 삼촌과 다른 남자들이 그 양동이를 빼내려고 했다. 양동이를 움켜쥔 계집아이의 손가락을 펴려고 애쓰면서. 그러나 움켜쥔 힘이 너무도 강했다. 그 아이는 약하고도 강했다. 너무 크지도, 너무 작지도 않았다. 이제 그 아이에게는 아무 힘도 없었다. 그 어떤 힘도.

"우리는 이 아이들을 도로 데려다주어야 합니다." 삼촌이 주위로 모여든 사람들에게 말했다. 삼촌의 말소리는 작았지만 침착했다. "우리는 이 아이들을 묻어주어야 합니다." 삼촌의 눈이 벌겋게 충혈되어 있었다. 나는 삼촌의 손이 떨리고 있는 것을 알아차렸다. 그 아이들을 찾아낼 때까지 삼촌은 미친 사람처럼 되어서 파내는 일을 멈추려고 하지 않았었다. 삼촌이 허리에서 크로마를 풀어 그 아이들의 몸을 덮어주었다.

침묵을 뚫고 흐느끼는 소리들이 새어나왔다. 소리를 죽인 울부짖음. 울음은 혁명의 가르침에 반하는 것이었다.

우리는 그 아이들을 찾아냈던 곳에, 그 아이들이 저희 자신을 위해 팠던 물의 무덤에 묻었다. 삼촌과 남자들이 그 조그만 시신들을 한 번에 하나씩 파헤쳐진 도랑에 내렸다. 손에 여전히 양동이가 매달려 있는 어린 계집아이는 맨 마지막으로 내려졌다. 다시 자거라, 아가야. 나는 또 다른 밤으로부터, 또 다른 죽음과의 싸움으로부터 엄마의 목소리를 들었다. 아직 아침이 오지 않았으니……. 나는 혼자 속으로 말했다. 저 아이들은 아기들이야. 그래, 다시 요람으로 돌려보내지고 있는 아기들. 내가 왜 그 아이들을 위해 울어야 했을까? 왜 슬퍼해야 했을까? 슬픔은 너무도 비소한 말이었다. 아직 아침이 오지 않았으니…….

내 옆에서는 엄마가 열이 올라 달아오른 얼굴에 심히 번들거리는 눈으로 보이는 모든 것들을 지나 그 먼 길을 내내 되돌아가서 라다나가 죽었던 그 밤을 응시하고 있었다.

모두들 뒤로 물러섰다. 남자들이 괭이로 땅을 파기 시작했다. 비는 가랑비로 잦아들어 있었다. 땅도 슬퍼하고 있었다. 하늘이 또 다른 폭우를 쏟아 붓겠다고 위협하며 으르렁거렸다.

무덤이 덮이자 구름들 틈새로 태양이 모습을 드러내어 빙긋이 웃었다. 영광스러워하는 환한 미소로.

나중에 나는 삼촌을 찾으러 갔다. 삼촌은 아이들의 무덤 앞에 앉아 있었다. 나는 삼촌 옆에 앉았다. 삼촌의 눈길이 유린당한 땅으로 돌려졌다. "그자들은 아이가 하나도 남아 있지 않은 땅에서 아이의 논리로 다스리고 있어, 라미." 삼촌이 나를 돌아다보았다. "나는 그들을 내 손으로 묻었어……" 삼촌의 목소리가 다시 내리기 시작한 가랑비처럼 나지막했다. "무덤 속에서 네 인디아 숙모도 두 아이 사이에 꼭 끼어 있었지. 오른쪽에는 소타나봉, 왼쪽에는 사티야봉. 네 타타 고모는 그 위에, 그들을 지켜보는 어미 닭처럼 엎어져 있었고. 나는 그들을 내 손으로 묻었어, 너도 알 테지만. 단 하나의 무덤에다 이 양손으로 묻었어." 삼촌이 떨리는 손을 내게로 내밀었다. "그들은 해내지 못했어, 너도 알 테지만."

그랬다. 나는 알고 있었다.

삼촌은 자기의 말에 무너질 수 있는 거인이었다.

몇 마디 안 되는 말에도.

그들은 해내지 못했어.

나는 누구도, 어느 것도 나를 무너뜨리지 못하게 해야 했다.

우리는 다음날 오후에 삼촌을 찾아냈다. 남자 오두막 5호에서. 삼촌은 스스로 목을 매었다. 자기 손으로 직접 꼰 밧줄로. 그는 살아가려는 의지를 잃었다고 병사들이 말했다. 그렇지 않았다. 삼촌의 의지가 무너진 것이었다. 그는 자살했다고 그들이 말했다. 하지만 나는 그들이 오래전에 삼촌을 죽였다는 것을 알고 있었다.

여자 비들이 더 거센 기세로 퍼부었다. 그 비들은 낮을 밤으로 바꿀 수도 있었다. 그 비들은 다이아몬드 보석들 같은 분노를 두르고 와서 때리고 채찍질을 하고 비명을 질렀다. 혁명군 병사들도, 공사장 우두머리도, 취사 위원회나 매장 위원회도 없어서 조직의 눈과 귀가 감시하고 엿듣지 않는 밤이면 나는 그 비들의 소리를 들었다. 너무도 가까이에 있어서 나는 그것들이 모기장 안, 내 옆에 있는 꿈을 꾸었다. 어떤 밤에는 그것들이 큰 소리로 울고 요란하게 신음하고 저네 자신의 눈물에 목이 메었다. 또 어떤 밤에는 마치 두려워하는 것처럼, 감시당하고 있다는 것을 아는 것처럼, 조용히 얌전하게 울었다. 언젠가 한번은 그것들이 한 아이의 이름을 속삭였다. 라다나? 너 어디로 달려가는 거니? 너 어디에 숨어 있니? 그 대답으로 나는 소리를 빽 질렀다. 그 아이는 죽었어! 무슨 말인지 몰라? 그 아이는 죽었다고! 그러자 그것들은 더더욱 심하게 울었다. 너 왜 그렇게 우리의 마음을 아프게 해야 하는 거니? 그것들을 위로해주려 하는 것 말고는 내가 그것들을 위해 무엇을 할 수 있었을까? 하지만 너희는 나를 가지고 있잖아. 나는 너희의 신성한 땅이야. 너희는 내 심장에 구멍을 파고 너희의 모든 슬픔을 묻을 수 있어. 내가 너희의 무덤이 되어줄게. 제발 울음을 그쳐. 내가 어떻게 해주면 좋겠니? 누구나 다 죽어. 그런데 무엇 때문에 우는 거니? 어느 것도 그들을 되살릴 수 없어. 울음을 그치지 않으면 나도 가버릴 거야!

그러나 물론 그 비들은 내 애원과 위협에도 아랑곳없이 계속 울었다. 그 비들은 울음을 그치지 않을 것이었다. 저네가 모든 것을 되살릴 때까지는, 땅이 다시 살아날 때까지는. 나는 여자 비를 이해할 수 있었다. 그 비는 내 엄마의 비였다.

29

애도를 할 시간이라고는 없었다. 뒤를 돌아볼 시간도 없었다. 다시 모내기철이 되어 있었다. 엄마는 관개수로들을 파기 위해 또 다른 곳으로 보내졌고 나는 한 곳에서 다른 곳으로 옮겨다니며 모를 심는 청소년 조에 편입되었다. 우리 조는 모두 여자아이들로 스무 명쯤 되었고 새벽부터 해가 질 때까지 일했다. 그리고 잠은 우리가 일하는 곳에서 멀지 않은 숲 가장자리에 지어진 어느 오두막에서 함께 잤다. 우리가 들은 말은, 우리 부모들이 우리를 돌보느라 시간을 낭비할 수 없다는 것이었다. 우리는 이제 더 이상 아이들이 아니었다. 그날 아침 논에서 우리를 감시할 새로운 비밀 파수꾼이 지명되었다. 그는 아무 데로도 가지 않고 계속 감시를 하면서 좁은 논둑길을 따라 왔다 갔다 했다. 그의 어깨에 둘러메어진 장총이 그가 걷는 동안 땅에 질질 끌렸다. 그의 눈은 검은 모자에 가려졌고 그의 턱 근육은 이를 악물 때마다 씰룩거렸다. 그는 자기 나이보다 더 들어 보이게 하려고 애를 쓰고 있었다. 그가 우리 쪽에서 그를 무서워하는 이유가 너무 어리기 때문이라는 것을 알기만 했더라면. 내 주위에서 검은 옷을 입은 조그만 형체들이 몸을 일으켰다 굽혔다 하며 한 발짝 한 발짝 뒤로 물러났다. 내가 꿈에서도 셀 수 있고 느낄 수 있는 그 리듬으로. 우리는 진흙 속으로 모를 밀어 넣고 줄기가 반쯤 물에 잠기도록 하면서 천천히 움직였다. 누구도 노래를 부르지 않았고 누구도 말을 하지 않았고 누구도 위를 올려다보지 않았다. 우리는 그저 몸을 일으켰다 굽혔다 하며 움직이는 형체들일 뿐이었다. 나는 이제 더 이상 삶과 죽음을 구별할 수 없었다. 우리의 세상은 그 중간에 있었다.

저 멀리 검푸른 숲이 있었고 그 앞쪽으로는 사탕수수 한 그루가 외로이 하늘에 닿을 것처럼 높이 솟아 있었다. 나는 한 무리의 독수리들이 맴을 돌며 기다리고 있는 하늘을 올려다보았다. 그놈들이 나지막하게 서로를, 아래쪽의 정적을 불렀고 그러자 바람이 대답했다. 바람의 숨결이, 버려진 지 오래되지 않은 시체들 썩는 냄새가 내 콧구멍 속으로 들어왔다.

나는 내 옆쪽 줄에 있는 우리 조 조장을 흘끗 훔쳐보았다. 그 아이는 우리나 마찬가지로 계집아이일 뿐이었지만 모욱의 친척이어서 모두들 그 아이를 무서워했다. 조직의 눈이 그 아이를 통해 언제나 감시를 하고 있었으니까. 그 아이의 눈길이 나와 마주쳤다. "너는 네 자리에서 거의 움직이지도 않았어." 그 아이가 바락 소리를 지르고 다른 아이들이 그 비판에 어떤 반응을 보이는지 알아보려고 재빨리 한 바퀴 둘러보았다. "얘들아, 우리 애를 처벌해야 한다고 생각하지 않니?" 다른 아이들은 눈길을 내리깔고 아무 대답도 하지 않았다.

나는 그 아이가 내게 품고 있는 그 막연한 적의, 쿰(Kum)이라고 불리는 그 앙심을 이해할 수 없었다. 거기에는 아무런 이유도 없었고 그로 인해 생겨나는 결과에 비한다면 너무도 하찮은, 유치한 감정이라고도 할 수 있는 것으로 보였다. 그렇더라도 그 앙심은 악의적이고 고의적이었다. 나는 전에도 그것을 본 적이 있었다. 뚱땡이가 엄마의 사랑스러운 모습을 흘겨보며 킬킬거리던 웃음에서, 모욱이 지역 지도자를 없앨 때 펄떡거리던 그의 흉터에서, 그리고 이제는 우리 조장인 계집아이가 다른 아이들이 나를 가엾어하는 것을 보고 드러내는 극렬한 분노에서. 그 앙심은 아이고 어른이고 가릴 것 없이 다른 얼굴들에서 다시, 또다시 나타났다. 정략적이고 무자비한 혁명적 악의의 영향력이 죽음을 실어나르는 모기에게 물려 발생하는 질병처럼 번지고 있었다. 그리고 비록 그 앙심이 하찮은 것일지라도 호응을 얻고 든든히 뒷받침을 받으면 하찮음이 독기로 바뀌는 것은 분명했다.

"움직여!" 그 아이가 소리쳤다.

나는 오른발을 앞으로 끌어내리려고 했지만 진흙 속에서 빠져나오려고 들지를 않았다. 내가 안간힘을 쓰는 동안 내 왼쪽 다리가 질척질척한 흙 속으로 점점 더 깊이 빠져들었다. 내 주위에서는 우리 작업 조에 속한 다른 아이들이 몸을 구부린 채 알아차리지 못한 척 계속 모를 심어나가고 있었다.

"쓸모없는 병신."

그 말에 나는 속으로 나지막하게 구시렁거렸다.

"뭐라고?" 그 아이가 식식거렸다.

"나 병신 아니라고."

"그러면 네가 어떻게 해야 하는지 모르는 걸 테고."

"알아."

"그러면 해!"

"나를 가만히 내버려둬." 날이 갈수록 그 아이는 나를 조금씩 더 미워했고 날마다 어떻게든 나를 못살게 굴었다. 그렇게 당하는 데 넌더리가 나서 나는 그대로 있을 수가 없었다. 내가 어디서 그런 용기를 찾아냈는지는 모르지만 나는 대들었다. "하는 일 별로 없기는 너도—"

"뭐라고?" 그 아이가 말을 자르고 이를 악물었다.

나는 대꾸하지 않았다. 다른 아이들이 일을 멈추었다. 그 아이들은 내 말이 무슨 뜻인지 알고 있었다. 그것으로 충분했다. 그것이 내게 힘을 주었다. 설령 나 혼자 속으로 웃었을 뿐이었다 하더라도.

"네가 게으르다는 거 조직에 보고하겠어!" 그 아이가 소리쳤다.

나는 더 똑바로 일어섰다. 갑자기 숨이 멎었다. 고개를 들자 비밀 파수꾼이 나를 노려보고 있었다. 그가 총구를 내 가슴에 들이댔다. 만일 내가 움직인다면 총이 발사될 것이었다. 다른 아이들은 눈길을 돌렸다. 나는 입을 벌렸지만 아무 소리도 나오지 않았다. 내 입술이 떨리기 시작했고 나는 그 떨림을 멈출 수 없었다. 생각도 제대로 할 수 없었다. 내 눈에서 눈물이 솟았다. 어째서인지는 알 수 없었다. 겁이 나서는 아니었다. 그런데 왜 내가 울고 있었을까?

"쏴버려!" 조장인 계집아이가 소리쳤다.

나는 눈을 감았다.

내가 이 땅 밑에 묻혀 누워 있을 때 너는 날게 될 거야.

"뭘 기다리는 거야? 쏴버리라고 했잖아!"

그 아이의 고함 소리에 내 눈이 번쩍 떠졌다. 비밀 파수꾼이 총을
내리고 한 발짝 뒤로 물러났다. 그리고 낄낄 웃으면서 조장인 계집
아이에게 말했다. "저 애를 죽이는 건 손해가 아니지만 그러기에는
총알이 아까워, 동무."

"그래, 맞아. 너는 쓸모없는 병신이야!" 조장인 계집아이가 모두
에게 들으라는 투로 선언했다.

그러고는 내게로 몸을 기울여 씩씩거렸다. "너는 얼마 안 가서 곧
저절로 죽게 될 거야. 그때까지 말조심하고 내가 하라는 대로 해. 알
아들어?"

나를 위해서, 라미, 네 아빠를 위해서 너는 높이 떠오르게 될 거야.

"알아들었냐고?" 그 아이가 내 얼굴에 침을 뱉었다.

나는 눈을 깜빡였다. 내 뺨을 타고 눈물이 흘러내렸다. 아랫입술
에서 피 맛이 느껴졌다. 나도 모르게 아랫입술을 깨물고 있었던 모
양이었다. 피 맛이 찝찔하고 따뜻했다. 나는 그 피가 나를 진정시키
도록 놓아두었다. 허벅지를 타고 흘러내리는 오줌도 그대로 두었다.
이제는 누구도 나를 보지 않았고 나 또한 아무도 보지 않았다. 나는
눈길을 계속 진흙 논둑에 두고 있었다. 조그만 게 한 마리가 안테나
처럼 튀어나온 눈을 하고 제 구멍에서 나왔다. 나는 그놈에게로 손
을 뻗쳤지만 그놈은 나타날 때처럼 재빠르게 다시 구멍 속으로 들어
갔다.

그래, 네 아빠가 네게 날개를 남겨주었어.

"다시 일해!"

하지만 네가 날 수 있도록 가르쳐야 하는 건 나야.

목소리들, 이제 그 목소리들이 내게로 왔다.

그들은 해내지 못했어…….

"너 왜 거기 서 있는 거지?"

그리고 형수님은 어머니가 어째서 유령들에게만 이야기를 하시는지 의아해하시고요.

그 유령들의 목소리가 내 목에 둘린 한 가닥 밧줄의 올들처럼 안으로 밖으로 엮이고 있었다. 내가 지금 네게 이 말을 하는 것은…… 네가 살아 있도록 하기 위해서야.

나는 한 발짝 뒤로 물러났다. 내 발이 게의 발처럼 가벼웠다. 또 한 발짝, 다시 또 한 발짝, 그리고 더 뒤로. 마침내 나는 순전한 침묵에 이르렀다. 나의 내면 깊은 곳에서, 무덤처럼 어두운 구멍 속에서 나는 누웠다.

그들은 나를 더 이상 건드리지 못했다.

너를 지키는 것은 이익이 아니고 너를 죽이는 것은 손해가 아니다. 조직의 규칙 하에서 우리는 그 정도로까지 격하되었다. 그런 상황에서 내가 어떻게 살아야 했을까? 아주 하찮은 구실로 그렇게도 많은 사람들이 죽어나갔는데 어느 아이가 저는 그런 날을 넘기고 이 순간까지 살아남으리라고 믿을 수 있었을까? 그 아이가 어떻게 내일을 기대할 수 있었을까? 무분별한 죽음의 세상에서 나는 의도를 알지 못했고 의미를 파악할 수 없었다. 만일 그것이 우리의 공동적인 업보였다면 어째서 나는 아직 살아 있었을까? 따지고 보면 나는 살아남은 사람들만큼 유죄였고 죽은 사람들만큼 무죄였다. 그렇다면 나를 지탱해준 그 힘에 나는 무슨 이름을 붙여주어야 할까? 한 목숨이 거두어질 때마다 그 일부가 내게로 넘겨졌다. 나는 그것의 이름을 알지 못했다. 내가 붙잡을 수 있었던 것은 기억하라는 외침뿐이었다. 기억해. 나는 그 말에 의지해 살았다.

논에서의 그날 이후로 나는 더 이상 총을 겁내지 않았다. 더 이상 죽음을 겁내지 않았기 때문이었다. 조장은 계속 내게 위협을 가했다. 하지만 나는 대꾸를 하지 않았다. 대신에 침묵이 내 핏속에서 뿌리를 내렸다. 나는 귀머거리가 되었고 벙어리가 되었다. 그리고 오로지 내 앞에 있는 일만을 생각했다. 논에 서 있을 때면 나는 모를 심었다. 먹을 때면 오로지 먹는 것만을 생각했다. 잠잘 때는 잠 말고는 아무 생각도 하지 않았다. 굶주림이 내 몸을 약하게 했다. 여러 차례 나는 게으르다는 이유로 처벌을 받았다. 밥이 없어서 나뭇잎들과 진흙 속에서 찾아낸 조그만 동물들을 먹고 살았다. 아주 작은 것들은 단번에 삼키곤 했다. 때때로 처벌을 받곤 했지만 그게 언제였는지는 도무지 알 수 없었다. 걱정을 하고 내일을 생각하는 것은 쓸데없는 짓이었다. 내가 한때 알고 있던 삶은 가버렸고 그와 함께 사람들도 가버렸다. 할 말도 없었고 내게 말을 걸어줄 사람도 하나 없었기에 나는 말을 하지 않는 쪽을 택했다.

그렇더라도 나는 보고 있었고 듣고 있었다. 알고 있었고 기억하고 있었다.

수확기가 되었고 몇 주일 동안 풍요라는 말이 돌았다. 우리는 다시 잘 먹게 될 것이라고. 하지만 나는 그들의 거짓말을 알고 있었다. 다만 훔칠 것이 더 많아질 터였다. 읍으로 돌아오자 내게 다시 허수아비 노릇을 하는 일이 맡겨졌다. 나는 셔츠와 바지의 솔기를 크게 꿰매어 쌀을 감출 줄 알게 되었다. 동틀 녘이면 나는 우마차를 타고 지난 수확기에 논을 지키고 까마귀들을 쫓으러 왔던 바로 그 오두막으로 다시 갔다. 그리고 병사나 감시자가 보이지 않는 곳에 홀로 남아서 나는 세상이 모두 다 내 것이라는 기분을 다시 느꼈다.

날이 갈수록 나는 점점 더 약해졌다. 내 몸이 사라져가고 내 정신이 죽어가는 느낌이었다. 내 피부는 황달에 걸려서 상한 심황(深黃) 색이 되었고 나는 불탄 나무와 숯의 맛을 갈망했다. 그래서 때로는 나 자신을 베이사츠(beysach), 불탄 관의 맛을 갈망해서 화장터를 훑는 우화적인 인물들 중의 하나로 상상하고 나 자신의 재 맛을 갈망했다. 저 애는 버텨내지 못할 거야. 사람들은 내가 그들 옆으로 표류하듯 지나갈 때면 그런 말을 하곤 했다. 불쌍한 것, 저 애는 죽을 거야. 또 저 애가 숨을 거둘 때 저 애 엄마가 여기에서 저 애를 위로해줄 수도 없을 테고. 불쌍한 것. 그들의 말이 나를 어두운 몽환에서 휙 끌어냈고 나는 있는 힘을 다해 밝은 쪽으로 기어갔다. 다시 한 번 더 나는 살아 있기 위해 모든 기회를 다 잡으려고 하면서 싸웠다. 논에서는 흰개미 무덤이나 야자나무 줄기 뒤에 몸을 숨기고 공동 취사장에서 훔친 라이터로 조그맣게 불을 피워 빈 달팽이 껍질들에다 쌀을 익혔다. 그러나 때로는 날로 그냥 먹기도 했다. 누가 지켜보고 있는지 아넌지는 결코 알 수 없었다. 조직의 눈과 귀는 어디에나 있었다. 밤이면 나는 꿈도 없는 잠의 위안에 나를 맡겼다. 하지만 그러는 것이 언제나 가능하지는 않았다. 때때로 나는 오래전에 죽은 사람들과 이제 곧 죽을 사람들의 목소리에 놀라 칠흑 같은 어둠 속에서 잠을 깨곤 했다. 나는 그들의 비명과 그들의 애원과 갑작스러운 총성과 그 뒤에 따르는 침묵을 들었다. 이번에는 누구지? 어둠 속에서 눈을 꽉 감고 나는 속으로 그렇게 묻곤 했다. 나는 그들이, 끌려가거나 총살당하는 사람들이 누구인지 전혀 몰랐고 알고 싶지도 않았다. 그들에게는 이름이라고는 없었어. 나는 혼자 속으로 말했다. 나는 그들의 이름을 몰랐다. 그러나 밤이면 그들의 비명, 그들의 애원 —제발, 동무, 살려주세요 — 이 메아리쳤고 내 머릿속으로 파고들었다. 그럴 때면 나는 오로지 달아나고만 싶었다. 내 목소리가 아닌 그들의 목소리로부터, 내가 소리 내어 말할 수 없는 생각들로부터, 내가 더 이상 발음할 수 없는 말들로부터.

어느 날 밤, 벼들이 베어져 높은 낟가리들로 쌓인 뒤 나는 내 모기장 안에서 인기척을 느끼고 죽음을 맞을 마음의 준비를 했다.

"나야." 엄마 목소리처럼 들리는 어떤 목소리가 말했다. 나는 그 목소리가 상상이었다고 생각했다. 하지만 다음에는 그녀가 내 팔을 잡아 쥐며 다시 말했다. "나야, 라미. 저들이 나를 탈곡하는 데로 돌려보냈어." 어둠에 눈이 익자 엄마가 보였다. 엄마는 탈출하는 대가로 무엇을 주었을까? 우리 다이아몬드들과 보석들은 다 없어졌는데. 아빠의 공책? 아빠의 시? 아빠 엄마의 사랑? 엄마 자신? "우리 다시는 헤어지지 않을 거야. 약속할게." 엄마가 나를 꼭 끌어안으면서 말했다. "절대로." 나는 엄마가 왜 나에게 무엇이건 아니건 약속을 하는지 알 수 없었다. 엄마가 어떻게 약속을 지킬 수 있을까?

다음 날 엄마가 내게 어떻게 대답해야 할지 모르는 것을 물었다. "너 왜 말을 하지 않으니? 왜?" 엄마가 내 양어깨를 움켜쥐고 내 얼굴을 찬찬히 살펴보았다.

나는 아무 대답도 하지 않았다. 마음속 깊은 곳에서 내 목소리가 비명을 지르고 있었다. 내가 그 목소리를 묻은 자리에서.

"혁명의 바람이 너무도 조용히 불고 있소! 우리는 나라를 정화하기 위해 가장 강력한 조치를 취해야 하오! 민주 캄푸치아에서 모든 오염물들을 제거해야만 하오! 우리는 사람들 사이에서 적들을 색출해야 하오! 그자들을 때려눕혀야 하오! 그자들을 추려내시오! 어린 벼들 사이에서 잡초를 뽑아내듯 잡아 뽑으시오! 그자들이 아무리 작고 아무리 순진해 보일지라도 우리는 너무 늦기 전에 그자들을 없애야 하오!"

모욱이 확성기를 손에 들고 연단에 서 있었다. 그의 얼굴에 난 낫 모양의 흉터가 앞에 있는 사람들을 둘러보려고 말을 멈춘 동안에도 꿈틀거렸다.

"한때 궁전에서 살았던 왕의 종복들, 여전히 읽고 쓸 줄 아는 교사들, 그리고 한때 차를 몰았던 운전사들을 기억해내시오! 우리의 적은 언제나 우리의 적이오! 우리는 그자들을 색출해서 앞으로 끌어내어 없애야 하오! 우리가 쓸 수 없는 것을 없애야 하오! 또 다른 전쟁을 치를 때가 되었소! 우리나라를 정화하는 전쟁! 우리는 우리 자신을 깨끗이 해야 하오! 우리의 조국은 외국분자들이 없이 순수해야 하오! 우리는 순수한 크메르로부터 오염된 크메르를 떼어내야 하오! 우리는 우리의 적처럼 생기고 행동하는 그런 자들을 제거해야 하오! 베트남인의 얼굴을 한 자들, 베트남인의 눈을 한 자들, 베트남인의 이름을 가진 자들! 우리는 그들을 진짜 크메르인들로부터 떼어내야 하오! 가장 강력하고 가장 극단적인 조치를 취함으로써만 우리는 혁명의 바람을 더 빨리 불게 할 수 있소!"

이제는 적에게 얼굴이 있었다. 누구든 베트남인처럼 생긴 사람, 베트남인처럼 행동하는 사람. 나는 누가 베트남인지 그들이 어떻게 생겼는지 몰랐지만 모욱―이제 그는 카마피발 우두머리가 되어 있었다―은 그들이 여기에, 우리 사이에 있다고 했다. 그가 병사들에게 본보기를 끌어내라고 명령했다. 그 사람은 무이의 아빠였다.

"나는 크메르 사람이오!" 켕 동지가 외쳤다.

"맞아, 하지만 동무 여편네는 베트남 창녀라고!"

"아니, 우리는 모두 크메르―"

모욱이 그의 말을 끊어버렸다. 입에다 대고 총을 쏴서. 나는 눈을 감았다.

내가 다시 눈을 떴을 때 켕 동지는 죽었고 그의 피가 연단에서부터 땅으로 스며 내리고 있었다. 그리고 나는 그 피가 다른 모든 사람들의 피와 아주 똑같아 보인다는―빨갛고 선명하고 번들거린다는―생각을 하지 않을 수 없었다.

모욱이 확성기에다 대고 고함을 질러댔다. "베트남 스파이! 이게 우리가 너를 찾아냈을 때 벌어지는 일이라고!"

다음 날 아침 나는 여느 때처럼 동이 트기 전에 일어나 별장 뒤에 있는 옥외변소로 갔다. 흐릿한 어둠 속에서 나무들 사이를 뚫고 무이의 집으로부터 흐느끼는 소리가 들려왔다. "조용히 해!" 어떤 목소리가 으르렁거렸다. "우마차에 올라타!" 이제는 더 크게 흐느끼는 소리. 나는 움직일 수가 없어서 옥외변소에 그대로 숨어 있었다. 얼마쯤 뒤에 엄마가 별장 앞계단에서 나를 찾아냈다. 아침 햇살이 엄마의 얼굴을 비추고 있었다. "몹시 뜨거운 날이 될 것 같구나." 엄마가 내 옆으로 앉으며 말했다. 엄마의 피부가 내 피부에 와 닿았다. 나는 아무 말도 하지 않았다.

엄마가 몸을 돌려 나를 바라보았다. "너 떨고 있구나." 그러면서 엄마가 양팔로 나를 감쌌다. "왜 떨고 있니?"

내 이가 딱딱 부딪쳤고 나는 엄마가 가까이 있는 것에 기뻐서 같이 끌어안았다.

우리는 내 이가 부딪치는 소리만 빼놓고는 조용히 앉아 있었다. 얼마쯤 뒤에 엄마가 입을 열었다. "아직 시간이 너무 일러. 다시 안으로 들어가지 않을래?"

나는 고개를 젓고 엄마에게서 몸을 빼냈다. 혼자 있고 싶었다. 가버려요. 엄마가 놀라서 나를 바라보았다. 그러나 다음에는 고개를 끄덕이고 일어나서 계단을 올라가 별장 안으로 들어갔다. 나는 있던 자리에 그대로 있었다. 내 마음이 모든 방향으로 돌진하며 왔다 갔다 하고 있었다. 나는 탈출하고 싶었다. 그곳에서 벗어나고 싶었다. 하지만 어디로? 내가 어디로 갈 수 있을까?

이윽고 내가 타고 갈 우마차가 왔다. 나는 거기에 올라탔다. 우마차를 모는 사람이 나를 다시 까마귀들을 쫓아야 하는 논으로 데려다 주었다. 거기에서는 말없이 소리 없이 이야기를 할 수 있었다.

"안 돼요!" 갑자기 비명 소리가 내 뒤쪽 숲으로부터 불어온 바람을 찢었다. 나는 그 목소리를 들었다. 그 목소리를 알고 있었다. 첫 흐느낌으로 그 목소리를 알아차렸었다. "안 돼요! 제발, 동무들, 안 돼요!" 부이 아주머니. "엄마! 어떻게 되는 거야?" 무이. 나는 그 목소리들 쪽으로 걸어갔다. "제발, 이러지 말아요! 이렇게 빌게요!"

"파!" 그날 아침에 내가 변소에서 들었던 그 남자 목소리. "내가 이 계집애를 먼저 쏘기를 바라? 파라고 했어!"

나는 멈춰 섰다. 무이의 겁에 질린 울음소리. 나는 차마 그 소리를 들을 수 없었다.

부이 아주머니의 킬킬거리는 웃음. 정말로 웃는 것이었을까? 베트남 여자, 병사들은 그 아주머니를 그렇게 불렀다. 그들은 그녀의 피부가 너무 희다고 했다. 그녀의 눈도 비스듬한 게 베트남인의 눈이라고 했다. 아주머니의 웃음소리는 어떻게 된 걸까? 그것도 베트남인들의 웃음소리일까? 그 웃음소리는 이제 어디 있을까? 어째서 아주머니는 웃지 않는 걸까? 웃어요, 빌어먹을. 웃으라고요!

"더 깊게! 더!"

땅을 파는 소리가 메아리치고 진동했다. 나는 소리를 내지 않으려고 조심하면서 땅에 납작 엎드렸다. 그리고 기다렸다. 어째서인지는 몰랐다. 내가 왜 기다렸는지는. 그런 것은 질리도록 들었고 질리도록 보지 않았던가? 죽음이 더 보고 들으려는 내 욕구를 키운 것이었을까? 폭력에 대한, 친구의 피살에 대한 내 감각을 무디게 한 것이었을까? 나를 그때까지 지켜준 것은 충격과 마비였을까? 나는 그것을 설명할 수는 없었지만, 죽음이 내 곁을 스쳐지나갔었고 나는 눈을 감았거나 고개를 돌렸던 때를 하나하나 다 기억했다. 하지만 이제는 더 이상 그럴 수 없었다. 내가 사랑하는 사람들이 외로이 죽음을 맞게 할 수는 없었다. 이제부터 나는 그대로 있을 것이라고 혼자 속으로 다짐했다. 그들을 위해 그대로 있을 것이라고. 그러면 그들은 영혼이 몸에서 떠날 때 내가 곁에서 내내 그들의 마지막 말과 그들의 마지막 숨소리를 들었다는 것을 알게 될 터였다. 또 내가 그들의 죽음뿐 아니라, 보다 더 중요하게는, 그들의 살려는 투쟁과 살려는 욕망을 목격했다는 것도 알게 될 것이었다.

나는 속으로 내 두려움은 내 친구의 두려움에 비한다면 아무것도 아니라는 생각을 하면서 다리를 가슴으로 끌어올려 무릎에 턱을 괴었다. 그리고 내 머릿속의 목소리들을 침묵시켰다. 가슴을 진정시키고 나는 마음의 준비를 했다. 그들을 끌어안으려는.

다음에 몽둥이로 머리를 치는 둔탁한 소리가 한 번, 두 번 들렸고 그것으로 그만이었다. 내 뒤쪽의 논에서 까마귀들이 날아올랐다. 하늘을 향해 날개를 퍼덕이며.

30

크사츠에 불안한 기운이 감돌았다. 멀리서 대포 소리가 전쟁이 났다는 말의 메아리처럼 쿵쿵 울렸다. 읍민들이 우리가 전쟁을 치르는 중이라고 수군거렸다. 캄보디아와 베트남이 싸우는 중이라고. 매일같이 점점 더 많은 사람들이 공사가 갑자기 중단된 작업장으로부터 돌아오고 있었다. 그들의 끊임없는 행렬에는 감시자들도, 병사들도, 작업장 우두머리들도 없었다. 읍 우두머리들은 그들에게 왜 돌아오느냐고 묻지 않았다. 그들 중 누구도 상관하지 않는 것 같았다. 모욱과 병사들은 대부분 얼마 전에 전쟁터로 떠났다. 이제 남아 있는 병사들과 카마피발도 떠날 준비를 하고 있었다. 싸우기 위해서가 아니라 정글 속으로 물러나기 위해. 패배가 필연적임을 그들은 침통하게 받아들였다. 그들이 우마차들에 비축 물자를 실으면서 우리에게 그대로 남아 있다가는 베트남인들 손에 죽게 될 테니까 자기네하고 같이 가자고 종용했다. 그들 말로는 우리 캄보디아인들은 한데 뭉쳐야

503

한다는 것이었다. 마치 자기네가 우리를 고문하고 죽인 자들이었다는 사실을 잊어버린 것처럼, 이제는 우리가 그들을 믿으리라고 여기는 것처럼. 그들의 친척이나 그들과 가까운 사람들을 제외한 나머지 사람들은 그대로 남아서 기다리는 쪽을 택했다.

일단 그들이 떠나고 나자 우리는 읍 지도소와 창고들로 달려갔다. 말다툼도, 논쟁도 없었다. 살아남은 우리는 몇 안 되었고 죽은 사람들이 사방에서 우리를 지켜보고 있었다. 우리는 제각기 찾아낼 수 있는 것들로 하루를 더 살아갈 수 있을 만큼 챙겼고, 밤이 지나는 동안 무사히 살아남는다면 다시 와서 좀 더 찾아볼 것이었다. 엄마가 카마피발의 아내들이 버리고 간 옷가지들을 뒤지다가 외국돈인 것으로 보이는 둘둘 말린 뭉치를 하나 찾아내어 재빨리 셔츠 안으로 밀어 넣었다. 나는 엄마가 그것으로 무엇을 하려는지 궁금했다. 또 당황스럽기도 했다. 나는 뒤집혀진 바구니 밑에서 찾아낸 쌀로 주머니들을 가득 채웠고, 한 움큼은 입 안에다 밀어 넣은 다음 가까이에 있는 커다란 절임 통에서 떠낸 물과 함께 넘겼다. 그러나 잠시 뒤 삼켰던 것을 모두 토해내고 말았다. 엄마가 초록색 바나나를 하나 찾아주면서 속이 가라앉도록 천천히 먹으라고 했다. 하지만 속이 너무 안 좋아서 그것마저도 다 먹을 수 없을 것 같았다.

별장으로 돌아오자 모두들 오랜만에 처음으로 다시 자유롭게 이야기들을 주고받았다. "나는 이해가 가지 않아요……. 한 공산정권이 다른 공산정권과 대적하다니요? 그들이 어떻게 서로 싸울 수가 있지요? 한 여자가 묻자 그녀 옆에 앉아 있던 남자가 대답했다. "그 혁명주의자들, 그자들은 혼돈을 먹고 살거든요." 그러자 또 다른 사람이 나지막하게 말을 꺼냈다. "나는 이 순간을 여러 번 꿈꾸었어요. 그리고 이제 마침내 그 순간이 왔고요." 그는 중국계였는데 그의 가족이 차에 부이 아주머니와 무이처럼 생김새가 베트남인들과 닮아서 순수하지 못하다는 이유로 처형당했다. 그가 살아남은 이유는 오로지 돌을 져 나르도록 뚝 떨어진 산간 채석장으로 보내졌었기 때문이었다. "삼 년하고도 여덟 달," 그가 말을 이었다. "그게 이 긴 악몽이 지속된 기간이지요. 이제 마침내 우리는 새벽을 보게 되었는데 남은 것은 나 하나뿐."

나는 그의 결후(結喉), 삼킬 수도 뱉을 수도 없는 슬픔 덩어리처럼 그의 목을 타고 오르내리는 결후에 눈을 고정시킨 채 그를 지켜보았다. 그러면서 삼촌을 생각했다. 엄마가 나를 다른 곳으로 끌었다.

먼 숲 가장자리 너머로 오렌지색 불빛이 훤히 비쳤다. 아무도 자지 않았다. 우리는 밤을 새며 기다렸다. 아침이 되어갈수록 전투가 격렬해졌다. 화약 냄새가 대기를 채웠고 하늘은 마치 비가 오려는 것처럼 우르릉거렸다. 그러다 동틀 녘에 베트남 군인들이 들어왔다. 태양이 메콩강 위로 떠올라 완벽한 원형으로 붉게 타오르는 다른 세상처럼 천천히 시야에 들어왔다. 군용 트럭들과 탱크들이 별장 앞쪽의 포장도로에 멈춰 섰고, 엔진들이 승리의 기쁨으로 윙윙거리고 있었다. 한 베트남 병사가 트럭 지붕 꼭대기에 서서 홀린 듯 싱글거리며 서투른 크메르어로 소리쳤다. "누구 없음? 누구 없음?" 그가 우리의 모습에 놀라 우리를 유령들이라고 여기는 듯 뚫어져라 쳐다보다 덧붙였다. "누구 아직 살아 있음? 누구든 떠나려면 오쇼!" 그가 차량

들 쪽으로 손짓을 하면서 탈 자리는 넉넉하다고 설명했다. 그들은
제각기 다른 방향으로 갈 예정이었다. 그와 그의 수송대는 콤퐁솜
(Kompong Som)으로 갈 것이고 몇몇 다른 수송대는 프놈펜으로 갈
것이었다. 그가 우리에게 이제는 자유라고 했고, 우리는 집으로 가
야 했다.

엄마가 울면서 내 가슴에 얼굴을 묻었다. 우리 주위의 모든 사람
들이 다 울고 있었다. 그 소리가 모든 것이 죽은 뒤에 내리는 폭우 같
았다. 여자 비 같았다.

"이제 다 끝났어, 라미." 엄마가 눈물을 훔치며 말했다. "이제 우리
는 떠날 수 있어." 엄마가 우리 보따리에서 아빠의 조그만 수첩을 꺼
내어 그 페이지들 사이에서 배 모양으로 접힌 엄마의 엄지 손톱만한
종잇조각을 하나 끌어냈다. "아빠가 이걸 우리에게 남겨주었어." 엄
마가 떨리는 손으로 그 접힌 종이를 차례차례 펴서 다 펼친 다음 떨
리는 소리로 읽기 시작했다.

라미, 내가 더 이상 네 아빠 역할을 할 수 없다는 게 무엇보다도 안
타깝구나. 네 날개가 부러진다면 이 종이배가 물만 건너는 것이 아니
라 땅도 건너서 너를 밖으로 실어다줄 거야. 지방을 건너고 지역을
건너서. 그 한쪽에는 이곳과 희망 사이의 경계가 있고, 다른 쪽에는
두 지옥 사이의 경계가 있어. 동쪽으로는 이곳처럼 태양이 붉게 타오
르는 땅이 있고, 서쪽으로는 황금 사원들의 땅이 있어. 지금 너는 희
망과 멀리 떨어져 있지만 열린 틈이 있다면, 벽 어딘가에 갈라진 틈
이 있다면 그 틈을 놓치지 말고 다른 쪽으로 빠져나가야 해. 서쪽으

로 가야 한다. 태양이 떠오를 때까지 별들을 따라서…….

엄마가 읽기를 멈추고 목청을 가다듬은 다음 설명을 해주었다. "네 아빠는 이걸 지도라고 했어. 그날 아침 네 아빠가 소지품 꾸러미를 내게 안겨주었을 때. 네 아빠는 옷 주름들 사이에 지도를 남겨놓았다고 했어. 나는 이 글을 천 번도 더 읽고 나서야 이게 너와 나를 위한 암호라는 것을 알게 되었지. 그때 내가 네 아빠의 뜻을 알았어야 했는데. 이 종이배의 모양에서 또 다른 곳, 또 다른 삶의 윤곽을 보았어야 했는데. 동쪽…… 이곳처럼 태양이 붉게 타오르는 곳, 베트남. 서쪽…… 황금 사원들의 땅, 태국. 서쪽으로 가야 해……. 태양이 떠오를 때까지, 새로운 시작. 내 말 잘 들어, 라미." 엄마가 양손으로 내 얼굴을 감싸자 편지가 내 뺨을 어루만졌다. "나는 한 붉은 깃발이 내려오면 다른 깃발이 올라가는 것을 봐. 한 정권 다음에 다른 정권, 그것들은 모두 똑같아. 우리는 여기에 남아 있을 수 없어. 어쩌면 이게 우리의 유일한 기회일지도 몰라. 이제 나갈 기회가 생겼고 우리는 그 기회를 잡아야 해." 엄마가 잠시 말을 멈췄다 다시 이었다. "나는 내가 할 수 있는 모든 일을 다 할 거야. 네가 여기에서 벗어날 수 있도록 가능한 모든 방법으로 흥정하고 타협할 거야. 집으로 갈까 생각했지만, 라미, 이제 거기에는 아무도 없어. 유령들만이 우리를 기다리고 있어. 나는 네가 그것들을, 네 머릿속에 있는 목소리들을 내보내게 해야 돼. 네가 나와 함께 있으면서 내 목소리를 듣게 해야 돼. 설령 네가 말을 할 수 없더라도." 엄마가 격하게 침을 삼켰다. "앞으로 무슨 일이 일어나도, 내가 어떻게 실패를 하더라도 그게 내가 너를 위해 택한 삶이야. 내 말 알아듣겠니?"

나는 고개를 끄덕였다. 그랬다. 우리는 이 땅과 유령들에게서 떠나려는 것이었다. 그러나 만일 실패한다면 우리는 도중에 죽게 될 것이었다. 엄마는 내게 우리가 살려고 애쓰다 죽을 수도 있다는 점을 이해시키고 싶어 했다. 엄마는 내 생존을 위해 분투하면서도 죽게 될 가망성에 대비해 마음의 준비를 시키고도 있었다. 하지만 나는 이미 다 알고 있었다. 나는 오랫동안 죽을 가망성과 함께 살아왔고, 만일 우리가 다음번 여행에서 살아남는다면 그것은 부활에 버금가는 일이 될 것이었다.

엄마가 편지를 내려다보다 뒤집어 들고 말했다. "나머지 부분은 네가 읽어야 할 글이야." 엄마가 나를 바라보았다. "내게 그걸 읽어주고 싶지 않니?"

나는 고개를 저었다.

엄마가 내 눈을 보고 있다가 얼마쯤 뒤에 말했다. "그래, 알아." 엄마가 펼쳐진 편지를 다시 수첩에 끼워 넣었고 나는 그 편지가 수첩의 다른 페이지들과 같은 크기라는 것을 알아차렸다. "나는 이제 우리 짐을 챙기러 갈 거야. 우리를 한동안 지탱해줄 쌀을 모아 두었어. 그리고 또……." 엄마가 망설였다. "또 차로 부이 집에 갔다 오기도 했고. 그 여자가 내게 금을 어디에다 숨겨두었는지 알려줬거든. 우리는 서로 약속을 했었어, 라미. 우리 둘 중에 하나가 살아남으면 다른 사람의 아이를 돌보아주기로. 무이는 이제 여기에 없지만…… 그렇지만 나는 차에 부이도 내가 너를 구하기 위해 할 수 있는 거라면 무엇이든 다 하기를 바랐을 거라고 믿어. 설령 그게 내가 그 사람들

것을 훔친다는 뜻일지라도. 그들의 혼령이 우리를 따라와 괴롭히더라도 그건 내가 기꺼이 안고 살아가야 할 몫이겠지." 엄마가 내 대답을 기다리는 듯 말을 멈췄다가 내가 말을 않자, 못 하자, 다시 말을 이었다. "우리는 지금 곧 떠날 거야." 엄마가 수첩을 내 손에 쥐어주고 일어서더니 돌아서면서 한마디 덧붙였다. "언젠가 네 아빠가 내게 아직 희망이 있다고 했어. 그 말이 옳았어. 언제나 희망은 있어."

희망도 군용 트럭처럼 회전을 하는 것 같았다. 희망이 우리에게 싱긋이 웃고 있던 젊은 베트남 병사의 트럭 엔진처럼 빠르게 돌며 윙윙거렸다. 엄마와 나, 그리고 별장의 몇몇 주민들이 군용 트럭 뒤에 올라 여행을 위해 할 수 있는 한 편하게 자리를 잡았다. 불탄 들판들과 폭격 맞은 다리들, 부서진 참새 둥지 언덕들, 그리고 상처 입은 고무나무 숲들을 가로질러 희망이 우리를 실어갔다. 죽음이 뒤쫓아 오는 중에도 우리를 싣고 갔다. 길이며 논들에 시체들이 널려 있었다. 지뢰를 밟아 죽은 시체들은 쉽사리 알아볼 수 있었다. 팔 한 짝은 여기에, 다른 한 짝은 저기에, 살은 땅에 온통 흩어져 있었으니까. 살해된 사람들의 시체는 목에 난 칼자국이나 머리에 난 총알구멍만 제외하고는 온전했는데, 우리는 그런 시체들을 보지 않으려고 눈을 돌렸다. 그 시체들의 부릅떠져 있는 눈이 우리를 따라와 우리의 얼굴에 들러붙어 우리의 갈 길을 늦추는 것 같아서였다. 우리는 유령들만이 살고 있는 어느 마을로 들어섰다. 수탉 한 마리가 오두막 앞마당에 널브러져 있는 가족 주위를 어슬렁거리고 돌아다니며 누가 아직 살아 있는지 알아보기라도 하려는 것처럼 부리로 쪼고 꼬꼬거리고 하고 있었다. 한 오두막 다음의 다른 오두막도 마찬가지였다. 단한 가지 다른 점은 살아 있는 생물체가 다르다는 것이었다. 오리 한마리가 도움을 청하기라도 하려는 듯 뒤뚱거리며 꽥꽥거리고 있었다. 그리고 돼지 한 마리는 절망에 겨워 콧김을 내뿜었다. 암소 한 마리가 느릿느릿 왔다 갔다 하다가 제 주인들이 누워 있는 땅으로 조용히 머리를 숙이고 그들의 시체를 계속 지켰다. 마을 주민 전체가퇴각하는 크메르 루주 병사들 손에 학살당했다는 말이 들렸다. 아마도 그들이 혁명군을 따라 정글로 들어가기를 거부했기 때문일 것이었다. 우리는 서로를 바라보며 우리는 운이 좋았다고 생각했다. "적어도 크사츠에서는," 누군가가 말했다. "카마피발과 병사들이 우리에게 선택권을 주었으니까요."

우리는 언제나 가능한 한 넓고 트인 길들만을 따라, 지뢰를 피하기 위해 앞서가던 차량들의 바퀴자국 위로 차를 몰면서 여행을 계속했다.

밤이 내렸을 무렵 우리는 어느 읍에 당도했다. 읍민들이 우리를처음에는 조심스럽게, 다음에는 분명히 안심을 하고 환영했다. 몇몇사람들은 참으로 다행스럽게도 우리 중 몇몇의 얼굴을 알아보기까지 했다. 서로 얼굴을 알아본 사람들은 드러내놓고 소리 내어 울었다. 읍민들이 우리에게 그들 중 삼분의 일이나 그쯤만이 남아 있다고 했다. 몇 안 되는 사람들은 크메르 루주를 따라 숲 속으로 들어가는 쪽을 택했고. "그러면 나머지는?" 베트남 병사가 알고 싶어 했다. "그러니까, 그 나머지는……." 한 늙수그레한 남자가 대답했다. 그는뼈와 가죽밖에 남아 있지 않기는 했어도 그 지역공동체의 힘 있는 중진이 되어 있는 것 같았다. "그 나머지는 여기에 우리와 함께 있소. 보이지는 않지만 그렇더라도 함께 있소."

늙수그레한 남자의 손녀딸로 여겨지는 조그만 계집아이가 제 할아버지 곁에 꼭 붙어 있다가 앞으로 나와서 말끄러미 나를 쳐다보았다. 나도 그 아이를 바라보았다. 나는 오랫동안 거울을 본 적이 없었지만 그 아이의 바짝 여윈 얼굴에서 내 반사상을 보는 것 같았다. 우리는 서로에게 미소를 지어 보였다. 그러나 우리 둘 중 누구도 말은 하지 못했다.

그날 밤 더 늦게, 우리는 버팀목 위에 지어진 그들의 집 아래쪽 땅바닥에 자리를 깔았다. 그 집이 내게 폭 할아버지와 마에 할머니의 오두막을 떠올려주었다. 엄마가 그 늙수그레한 남자와 그의 손녀딸에게 우리가 가져온 식량에서 쌀을 한 깡통 내주었다. 그들은 마실 물과 그들의 구아바나무에서 따낸 과일을 우리와 함께 나누었다. 노인이 엄마에게 어린 계집아이의 부모는 어느 날 밤 갑자기 사라졌다고 했다. 그들은 아직도 그들이 돌아오기를 기다리고 있었다.

다음 날 새벽 동이 트기 전에 우리는 다시 트럭에 올랐고 우리에게 잠자리를 내준 사람들에게 인사도 하지 못한 채 떠났다. 엄마는 마치 내가 말을 할 수 있기라도 한 것처럼, 우리에게 선택권이 있었던 것처럼 그러는 편이 더 나았다고 했다. 그리고 이어서 그들은 이미 작별을 할 만큼 했다고 설명을 덧붙였다.

며칠 뒤 우리는 콤퐁솜에 당도했다. 우리를 태워다준 트럭 운전사가 그의 수송대는 온 만큼을 더 가야 한다고 했다. 그리고 우리에게 다른 트럭이 곧 뒤따라올 테니까 길에서 기다리라고 알려주었다. 그 트럭이 오자 우리는 달려가 올라탔고 다시 희망이 우리를 싣고 갔다. 우리를 태운 트럭은 둥근 웅덩이와 폭탄 구멍들이 나 있는 좁은 포장도로에서 올라갔다 내려왔다 하며 프렉프랑(Prek Prang) 샛강을 따라갔다. 우리는 불이 꺼진 숯가마들은 지나고 불타는 도시들과 불길이 이는 소읍들을 빠른 속도로 통과했다. 트럭이 우리를 마스케드(Masked)강이 마주 보이는 곳에 내려주었고, 거기에서 우리는 가축을 실어나르는 배로 감귤류와 푸른 대나무가 자라는 지역을 거쳐 츨롱(Chhlong)이라는 읍으로 갔다. 그 읍의 이름은 시간을 알리는 종소리 쩔렁…… 쩔렁…… 쩔렁……을 흉내 낸 것이었다. 바람이 거세지는 소리가 들렸다. 우리는 시간이 우리를 위해 멈추지 않기를 바랐다. 여기에서는. 지금은. 우리는 그렇게도 먼 길을 지나왔다.

시엠레아프(Siem Reap)에서 엄마는 그곳 사람에게 우마차를 얻어타는 대가로 조그만 장신구를 하나 내주었다. 그러나 엄마의 아름다운 미소와 감미로운 목소리가 우리를 데려다준 것은 거기까지만이었다. 그가 우리를 반테이(Banteay)라는 마을에 내려놓은 것이었다. 엄마는 사롱 허리춤에 쩔러넣어두고 있던 외국돈 다발을 풀어 예전에 상인이었던 또 다른 마을 사람을 찾아냈고, 그는 기꺼이 우리를 삼롱(Samrong)까지 데려다주겠다고 했다. 거기에 그가 아는 일행이 국경을 넘을 준비를 하고 있다는 것이었다. 하지만 그는 우리에게 어쩌면 태국에 이르지 못할 수도 있다고 경고했다. 우리가 시도하고 있는 일은 위험한 곡예라는 것이었다. 그는 많은 사람들이 정글 한

가운데서 굶어 죽거나 말라리아에 걸려 죽거나 호랑이와 맞닥뜨리거나 또는 고된 여행을 하다가 탈진해 죽었다는 이야기를 들었다고 했다. 어쩌면 우리는 한동안 더 기다려야 할지도 모르고, 그러는 사이에 우리나라가 정상으로 돌아갈 수도 있다는 것이었다. 엄마는 완강하게 고개를 저었다. 그가 논들을 가로질러 우리를 스로브스메이(Srov Thmey)로 데려갔고 다음에는 프눔츠룽(Phnum Chrung) 티크나무 숲을 지났다. 삼롱에서 그는 우리에게 무사통과를 빌려주고, 국경선까지 정글을 뚫고 가는 우마차 행렬을 준비하고 있는 남자에게 우리를 인계했다. 엄마가 우마차 행렬을 이끌 남자에게 목걸이와 차에 부이가 숨겨두었던 금으로 대가를 지불했고, 그는 우리에게 앞쪽 우마차들 중 하나에다 자리를 마련해주었다. 우마차는 여섯 대인가 일곱 대였는데 타고 갈 사람은 적어도 육십 명은 되었다. 출발하기에 가장 좋은 때는 황혼 무렵이었다. 우리는 밤새도록 우마차를 타고 갈 것이었다.

몇 주에 걸친, 대개는 밤새도록 별들이 길을 밝혀주고 안내해준 여행 끝에 우리는 막다른 곳에 다다랐다. 우리는 우마차를 버리고 걸어서 한 산맥을 넘고 다음에는 또 다른 산맥을 넘으며 계속 서쪽으로 나아갔다. 그리고 일이 주일쯤 뒤에는 빽빽한 정글에서부터 탁 트인 벌판으로 나왔다. 우리는 어느 야트막한 언덕 꼭대기에 있는 몇 그루의 나무 그늘 밑에서 쉬려고 걸음을 멈췄다. 그때쯤에는 함께 출발했던 일행 중 절반도 채 안 되는 사람들만이 남아 있었다. 어떤 사람들은 도중에 죽었고, 또 어떤 사람들은 계속 밀고 나가기에는 몸이 너무 약해져서 자신을 운명에 내맡겼다. 밤 시간이었지만 달빛이 그렇게도 흰해서 우리는 주변 경치를 아주 똑똑하게 볼 수 있었다. 티크나무들이 몇 그루 모여 서 있는 조그만 구릉만 빼놓고는 사방이 온통 풀밭과 평평한 땅이었다. 나는 어디에서 한 나라가 끝나고 다른 나라가 시작되는지 알 수 없었다. 그러나 인솔자가 바로 앞쪽이 태국이라고 알려주었다. 그가 우리에게 새벽이 오기 전의 그 짧고 조용한 시간에 잠을 좀 자서 힘을 모으라고 했다. 동틀 녘에 다시 옮아가기 시작하면 신속하게 움직여서 그림자가 미끄러지듯 땅을 가로질러야 한다는 것이었다. 거기에는 태국의 감시자들과 국경을 순찰하는 군인들이 있을 수도 있었다. 만일 그들이 우리를 보게 된다면 우리는 그 자리에서 총에 맞는 위험을 무릅쓰거나 더 나쁘게는 정글로 되돌려보내질 수도 있었다. 몇몇 사람들이 어째서 아직 어두운 이 시간에 계속 가지 않느냐며 의아해하자 인솔자가 새벽에 국경을 넘으면 적어도 절반의 기회는 있다는 말을 들었다고 설명을 해주었다. 만일 우리가 붙잡히게 되더라도 군인이나 감시자들이 자기네의 잔학 행위가 목격될까 봐 무서워서 총을 쏠 가망성이 더 적고, 국경선을 넘는 데 성공할 경우 도움을 받게 될 희망도 있다는 것이었다. 어쩌면 우리는 어떤 태국 농부들과 마주치고 그들이 우리의 처지를 동정해서 자기네 마을로 데려가 그들과 나란히 모를 심게 해줄 수도 있을 것이라고, 그러면 우리는 지주의 땅을 부치는 소작농이라 할 수 있고 하인이 될 수도 있다는 것이었다. 인솔자는 그런 기적 같은 일이 일어난다는 소문을 들었다면서 자기 또한 어떤 노동이나 음식에도 고마워할 것이라고 했다. 그 어떤 것도 우리가 견뎌냈던 것보다는 더 났다는 것이었다. 모두들 수긍을 하고 휴식을 취할 셈으로 자리를 편히 잡았다.

엄마가 티크나무들 중 하나 아래 땅바닥에다 크로마 두 장을 나란히 깔아서 우리 자리를 만들었다. 그리고 누워서 손짓으로 내게도 같이 누우라고 했다. 하지만 나는 몹시 지쳐 있기는 했어도 잠을 잘 수 없었고, 몸을 거의 움직일 수 없는데도 가슴은 벌렁벌렁 뛰고 있었다. 나는 등을 대고 누워 나뭇잎들 틈새로 밤하늘을 올려다보며 달을 찾았다. 이제 곧 우리는 다른 나라에 있게 될 거야, 하는 생각이 들었다. 하지만 나는 떠날—놓아줄—준비가 되어 있지 않았다. 우리는 아빠가 어디로 끌려갔는지, 어디에서 마지막으로 목격되었는지도 모르고 있었다. 아빠가 마지막으로 있었을 법한 곳을 상상할 수도 없는데 내가 어떻게—하다못해 마음속에서라도—아빠에게로 돌아갈 수 있을까? 아빠의 무덤은 어디에 있을까? 아빠의 무덤이 있기나 할까? 돌연한 공포가 엄습했다. 나는 엄마가 내 생각들을 읽지나 않았을까 무서워 엄마 옆에서 뻣뻣하게 굳어들었다. 아빠가 여기에서 덫에 걸려 있는데 우리가 어떻게 자유를 생각할 수 있을까? 우리가 어떻게 아빠를 버릴 수 있을까? 내 눈꼬리에서 눈물이 방울방울 흘러내렸다.

다음에 나를 위로해주려는 것처럼, 내 떨리는 가슴을 진정시켜주려는 것처럼 엄마가 손가락으로 내 눈물 자국을, 내 얼굴 윤곽을 더듬으며 나지막하게 말을 꺼냈다. "너는 아빠의 눈, 아빠의 뺨, 아빠의 코를 하고 있구나……." 엄마의 목소리는 기진맥진하게 들리면서도 맑고 편안했다. "네 아빠는 불을 피우고 우리에게서 떨쳐나가 불길 속으로 뛰어들었어. 하지만 네 아빠가 막 그렇게 했을 때 인드라가 네 아빠를 구하러 달려와 영혼을 붙잡아서 달로 날려보냈지. 그리고 아빠에게 말하기를, 이제부터는 세상이 아빠의 친절한 행동을 알게 될 거라고 했어.”

나는 잠시 혼란스러웠다. 그러나 다음에는 엄마가 무슨 이야기를 하고 있는지 알아차렸다.

“너도 알 테지만 오랫동안 나는 보름달을 볼 때마다 그 달이 움찔거리는 걸 보지 않은 적이 없었어. 네 아빠가 우리를 안전하게 해주는 대가로 겪었을 게 틀림없는 그 고통을. ‘나는 너를 따라다닐 거고 너는 하늘을 보기만 하면 나를 찾을 수 있어. 네가 어디에 있건.’ 어떻게 아빠가 네게 그런 말을 할 수 있었을까? 어떻게 아빠가 네게 동화를 들려줌으로써 너를 아빠 없는 삶으로 꾀어들이려고 할 수 있었을까? 나는 네 아빠에 대한 분노를 이길 수 없었어. 네 아빠를 절대로 용서할 수 없다고 생각했지.”

나는 기억하고 있었다. 그것은 아빠가 떠나기 전날 밤의 일이었다. 그때 엄마는 우리를 등지고 누워 있었고 엄마의 몸은 굳을 대로 굳어 있었다. “그때 내가 알기만 했더라면,” 예전에 아빠가 내게 말을 할 때 그러곤 했던 것처럼 엄마가 침착하게 말을 이었다. “전쟁이, 이 혁명이 수십 년, 아니, 어쩌면 수백 년 동안의 불의에 다시 불이 붙어서 미친 듯 날뛰는 지옥으로 나타난 오래된 불길이었다는 것을. 그랬더라면 나는 그 지옥을 만든 자들이 누구건, 신들이건 군인들이건 네 아빠에게 그 성분 검증이라는 시련을 겪게 할 필요 없다고 할 수 있었을 텐데. 네 아빠는 우리를 위해서라면 천 번이라도 혁명의 불길 속으로 뛰어들었을 거야. 그리고…… 그랬기 때문에…… 네 아빠가 기꺼이 자기희생을 했기 때문에 네 아빠는 뒤에 남기고 간 세상보다 더 고결한 세상에 공헌한 거고." 엄마가 이야기를 더 계속해야 할지 말아야 할지 망설이며 침을 삼켰다. "우리는 결코 알 수 없을 거야, 라미. 네 아빠가 마지막 순간을 어떻게 살았는지, 아빠가 마지막 숨을 쉴 때 아빠의 마음속에서 어떤 생각들이 오갔는지, 또 네 아빠가 어떤 식으로 죽임을 당했는지도—" 엄마의 목소리가 끊겼다.

그러다 잠시 뒤에 엄마가 이야기를 계속했다.

"그렇더라도 나는 네 아빠가 이 믿음을 끝까지 고수했다고 생각해. 아빠 없이도 너는 이 악몽을 견디고 살아남을 것이며, 그 어떤 잔혹과 공포를 겪더라도 삶은 여전히 살아갈 가치가 있다는 믿음을. 그 믿음은 네 아빠가 딸이 기꺼이 받아주기를 원했을 선물이었어. 나는 네 아빠가 너에게 해주려고 했던 이야기가 이것이었다고 생각해. 네가 계속 살아가는 데 대한 이야기였다고."

나는 이것을 알게 되었다. 기억되어 있는 말들을 나 스스로 끝없이 짜 맞추고 또 짜 맞추어 만들어진 이야기가 우리를 본래의 우리로, 우리의 잃어버린 순수로 돌아가도록 이끌어줄 수 있고, 그 이야기가 지금 이 세상에 던지는 그림자에서 우리는 오로지 천진난만함으로만 직관했던 것, 다른 모든 것이 사라져도 사랑만은 영원하다는 것을 이해하기 시작한다. 그 이야기는 기쁨과 슬픔으로, 살아서 나를 보호하지 못할 것이라는 아빠의 갑작스러운 깨달음으로, 그리고 내 앞길을 밝혀주기 위해, 내 어두워진 세상에 빛을 주기 위해 아빠 자신의 일부를 혼령으로, 인간애로 뒤에 남기겠다는 아빠의 결의로 자명해진다. 아빠는 내가 다시, 또다시 돌아오도록 하기 위해 자신의 모습을 하늘의 기억에 새겨두었다.

나는 잠자코 있었다. 내가 이해하고 있는 것을 엄마와 함께 나눌 목소리를 찾아낼 수 없어서였다.

엄마가 후회스러운 듯 나지막하게 웃었다. "너도 알 테지만 나는 그 토끼와 달의 이야기를 내 아버지에게서 들었어. 아버지가 승려였을 때 살고 있던 수도원으로 찾아가곤 했다가 어느 날에. 내 생각엔 아마도 그 이야기는 모든 아이들이 다 알고 있을 거야. 사원에서 종종 들려주곤 하는 그런 이야기니까. 하지만 나는 그걸 이제야 이해했어. 숭고한 정신을 비천한 모습으로 가리고 있던 그 토끼를, 네 아빠가 고통을 자기 혼자서만 겪으려고 우리에게서 떨쳐나갔을 때 따라 했던 그 행동을."

나는 하나뿐인 시소와스……. 나는 아빠의 말과 행동을, 아빠가 놓아버리는 것을 초연함으로 오해했었다. 실제로 아빠는 부활을, 내가 살아남을 가능성에서 자신의 지속적인 삶을 추구하고 있었는데도.

"우리는 살게 될 거야, 라미." 엄마가 말을 이었다. 내가 말로 표현하지 못하는 것을 알아차리고 내가 입 밖으로 낼 수 없는 말들을 이야기하면서. "나는 이제 분명히 알고 있어. 네 아빠가 네 안에서 살고 있다는 것을. 너는 네 아빠야. 나는 또 네가 어느 날엔가는 다시 말을 하게 될 거라고도 확신해."

나는 흐느낌을 토해냈다. 그것은 말이 아니었다. 하지만 그렇더라도 그것은 하나의 표현, 내 가장 깊은 슬픔의 목소리였다. 나는 소리 내어 아빠를 애도했다. 설령 그것이 흐느끼는 소리일 뿐이었다 하더라도.

엄마가 나를 엄마에게로 끌어당겼다. 나는 엄마가 잠이 들 때까지 나를 안고 있게 놓아두었다. 그리고 다음에는 우리 옷 보따리에서 아빠의 수첩을 꺼내어 내 셔츠 주머니에 집어넣고 나무들이 없어서 달빛이 가장 밝은 곳으로 건너갔다. 거기에서는 사방이 훤히 다 내려다보였다. 오른쪽으로 저 멀리 아래쪽에서 강이 길처럼, 움직이는 통로처럼 희미하게 반짝이고 있었다. 검게 보이는 들판을 가로질러 빛들이 깜빡였다. 떼 지어 있는 반딧불들인 것 같았다. 언제나 어디에나 빛은 있었고 그 빛은 비록 일시적일지언정 주위가 어둡기 때문에 더더욱 밝게 빛났다.

나는 셔츠 주머니에서 수첩을 꺼냈다. 가죽으로 된 표지가 엄마의 손길로 매만져져 라다나의 피부처럼 보드라웠다. 나는 맨 뒤쪽, 편지의 찢어진 가장자리가 맞물리도록 다시 끼워진 페이지를 펼쳤다. 우리가 옛집에서 살고 있었을 때 매일 아침마다 아버지에게 시를 쓰도록 영감을 주었던 것과 비슷한 동트기 전의 평온 속에서 나는 편지를 달빛에 비추어 엄마 앞에서 차마 읽지 못했던 부분을 읽기 시작했다.

기억하니, 라미? 언젠가 네가 네 어깨에 있는 그 둥그런 게 뭐냐고 물었던 일이? 그때 나는 탄생점이라고 대답했지. 하지만 너는 믿으려고 하지 않았어. 그러는 대신 내게 그건 지도라고 했지. 나는 그게 어째서 지도냐고는 묻지 않았어. 하지만 이제는 알아. 그게 네 발걸음이 여행하는 윤곽선이라는 것을. 나는 삶이 순환하는 길이라고 믿으며 있어. 도중에 그 어떤 불행과 공포에 맞닥뜨리더라도, 나는 우리가 어느 날엔가는 다시 그 순환의 축복 받은 지점에 이르리라는 희망을 품고 있어. 내 꿈은 언제까지고 네 곁에 살아 있는 거란다.

사원에서 교실 문간에 앉아 수첩 페이지를 찢어내고 있던 아빠의 이미지는 물론 꿈이 아니었다. 그때 나는 멍한 상태에서 아빠가 썼던 것을 찢어내어 아빠 자신에 대한 증거를 없애고 있다고 믿었었다. 내 목구멍에서 또다시 흐느낌이 새어나왔다. 이번에는 드러내놓고 소리 내어 울었다. 나는 아빠의 마지막 순간들이 어떠했을지 이리저리 생각해보았다. 아빠는 곧바로 살해되었을까? 아니면 삼촌처럼 어떤 재교육장으로 끌려가 얻어맞고 굶주렸을까? 아니, 어쩌면 아빠는 라다나처럼 병에 걸려 죽었고 시신은 숲에서 썩도록 내버려졌거나 어느 논에 던져졌을 수도 있었다. 나는 아빠에게 편히 잠들라고 위로를 해주었고, 나 자신에게는 아빠가 어디에 있건 이제 더이상 고통을 겪지 않는다고 위로를 해주었다.

아빠가 접었던 금을 따라서 나는 그 종이를 다시 조그만 배 모양으로 접었다. 그리고 눈물을 훔치다가 내 눈길이 뒤표지 안쪽으로, 아빠가 마지막 여백에 써놓은 글로 쏠렸다.

나를 묻으면 나는 수많은 곤충들로 번성하리라
나는 너희의 무기에도 의지에도 굽히지 않고
설령 너희가 내 뼈들을 짓밟는다 할지라도
너희의 영혼 없는 발밑에서 움츠리지 않으리라

내 무덤에 던져지는 너희의 그림자를 겁내지도.

아빠가 자신의 영혼을 위해 쓴 장례 기도라는 생각이 들었다. 아빠 자신에게 죽음을 맞을 용기를 주기 위해 쓴 송가, 진혼가. 나는 보름달을, 그 텅 비어 빛나는 표면을 올려다보았다. 거기에 나를 내려다보며 미소 짓는 얼굴이라고는 없었다. 나를 묻으면 번성하리라······. 나는 그 글을 다시 읽었다. 그러자 그것이 정말로는 무엇인지가 번뜩 떠올랐다. 그것은 주문이었다. 아빠를 살아 있는 사람들의 세상으로 되돌아오게 해주는. 그것을 알고 나자 머리가 빙빙 돌았다. 그 몇 년 동안 내내 나는 아빠가 달에서 빛처럼 멀게, 잡으려 해도 잡히지 않게 살고 있다고 생각했었다. 정말로는 아빠 자신이 모두 시가 되어 행들로, 연들로, 그 모두가 아빠인 운들로 만질 수 있고 만져서 알 수 있게 수첩 페이지들 속에 숨어 있었는데도.

새벽이 밝아오고 있었다. 나는 내가 보게 된 것에 얼떨떨해져서 내 앞쪽의 경치를 바라보았다. 강 건너편 가장자리에 현실로 구현된 꿈처럼 연꽃 밭이 있었고 하나하나의 꽃들이 이른 아침의 빛 속에서 다시 태어나고 있었다.

아빠의 얼굴을 볼 수 없었고 아빠의 목소리를 들을 수 없었어도 나는 내가 아빠를 잃지 않았다는 것을 알았다.

우리는 언덕을 내려가서 강의 굴곡을 따라 다시 옮아가기 시작했다. 얼마 안 가서 곧 우리는 미끄러지듯 슬그머니 국경선을 넘었는데, 만일 인솔자가 알려주지 않았더라면 나는 우리가 태국으로 넘어와 있다는 것을 알지 못했을 것이었다. 그러나 아직은 안전한 것이 아니었다. 인솔자가 알려주기 무섭게 머리 위로 공중에서 요란하고 길게 이어지는 굉음이 들렸다. 나는 그것이 우리에게 발사되는 총소리임에 틀림없다고 생각했다. 모두가 걸음을 멈추고 위를 올려다보았다. 바로 앞쪽의 지평선에서 검은 점 하나가 나타났다. 그 검은 점이 잠자리가 되었다가 다음에는 헬리콥터가 되어 전속력으로 우리에게 달려들었다. 그리고 우리가 미처 달아나거나 숨을 틈도 없이 그 열기로 우리의 가슴을 때리며 땅에 내려앉았다. 한 바랑이 걸어 내려와 헬리콥터 날개들로 일으켜진 바람과 흙먼지 한가운데서 손을 내저으며 자기 말소리가 들리도록 고함을 쳐댔다. 우리는 정신없이 놀라서 움직이지도, 어떤 식으로든 반응을 보이지도 못하고 그를 지켜보았다. 헬리콥터의 소음이 잦아들자 그가 이제는 프랑스어처럼 들리는 말로 다시 말했다. 그는 손짓을 하고 둘러보고 하면서 자기 말을 알아듣는 사람을 찾고 있었다. 놀랍게도 엄마가 앞으로 나서서 통역을 하기 시작했다. 처음에는 더듬더듬, 나중에는 유창하게. "이 사람이 자기와 조종사는 UN이라는 어떤 조직에 있다고 해요." 조직이라는 말이 나오자 수척하고 허기진 얼굴들에 한순간 공포가 서렸다. 그러나 엄마가 재빨리 덧붙였다. "아니, 아니, 다른 조직이에요. 이 사람들은 도망쳐 오는 피난민들을 구해주고 있어요. 이 사람들이 우리의 곤경에 대해서 들었다고 해요. 우리가 갈 수 있는 수용소가 세워져 있대요. 이 사람들이 우리를 거기로 태워갈 트럭들에 무전을 쳤어요. 하지만 지금은 나이 든 사람들, 다친 사람들, 그리고 아이들부터 태울 거래요."

"율?" 그 바랑이 외마디 크메르어로 물었다. "알겠습니까?"

우리가 고개를 끄덕이자 그가 즐거워서 싱긋이 웃었다. 우리를 찾아낸 것에 우리보다 더 기뻐하는 것 같아 보였다. 이제 그는 멈추어서서 우리를 응시하며 얼굴에 떠오른 충격과 공포를 숨기지 않고 있었다. 그가 엄마에게 우리 일행은 그가 찾아낸 첫 번째 피난민들이 아니라면서 우리의 고통에 대한 이야기들이 국경선을 넘어 흘러들고 있었지만 아직도 그런 잔학 행위의 증거들을 보는 데 익숙해지지가 않았다고 했다.

엄마는 프랑스어를 할 줄 알아서 통역으로 필요했기 때문에, 그리고 나는 소아마비에 걸렸기 때문에 맨 먼저 헬리콥터로 올라타는 사람들 중에 끼었다. 그 모든 일이 너무도 신속하게 벌어져서 우리에게는 그의 결정에 항의할 시간도 없었다. 우리가 거기 허허벌판 한가운데서 감지되고 발견되었다는 사실 덕분에 우리 일행 모두가 세상이 우리를 잊지 않고 있었다는 확신을 갖게 되었다.

우리가 하늘로 떠오르는 동안 내 눈길이 드넓게 펼쳐진 벌판 저앞쪽, 우리가 따라온 강이 다른 두 강과 만나는 곳으로 건너뛰었다. 그곳이 내게 프놈펜에서 메콩강과 바삭강과 톤레삽강이 만나는 곳을 상기시켜주었다. 비록 내가 그곳이 얼마나 멀리 떨어져 있고 어느 방향으로 놓여 있는지 전혀 몰랐다 하더라도, 내 마음은 이제 하나의 이미지, 아빠와 내가 우리 주말별장인 망고코너 발코니에 서서 흐름과 행운의 역류에 대해 이야기하고 있는 정지된 기억을 향해 날아가고 있었다. 나는 눈을 감고 과거와 현재와 미래가 한데 모이도록 놓아두었다. 내가 네게 이야기들을 해준 건 네게 날개를 주기 위해서였어, 라미. 그래서 네가 어느 것에도, 네 이름에건, 네 칭호에건, 네 몸의 한계에건, 이 세상의 고통에건 절대로 갇히는 일이 없도록. 정말로 나는 하늘을 날고 있었다. 나는 말과 이야기들 속으로 뛰어들어 시간과 공간을 가로지를 수 있었다. 아빠처럼 나는 킨나라 같은, 한 세상으로부터 다른 세상으로 탈출하는 반은 새이고 반은 인간인 그런 존재가 될 것이었다. 나는 변신을 해서 경계선들을 넘을 수 있었다.

내가 다시 눈을 떴을 때는 조종사가 캄보디아 쪽을 돌아보며 저 멀리로 초록색 논들에 둘러싸인 국경 마을을 가리키고 있었다. 가슴이 쿵쿵 울리는 요란한 소음 너머로 그가 소리쳤다. "캄보지!" 그 말에 모두들 눈물이 나게 웃었다. 내 주위를 온통 둘러싼 불협화음 속에서 나는 안도감을 느끼고 나 자신에게 소리쳤다. "아빠!" 엄마가 내 목소리를 듣고는 내 말이 더 잘 들리도록 조용히 하려는 것처럼 손으로 입을 막았다. 하지만 내가 아빠를 불러내어 나와 함께 있도록 하는 데 필요한 말은 그 한마디뿐이었다. 아빠! 다시, 또다시 나는 그 외마디 주문을 외고 또 외었다. 내 침묵을 깨는 첫 음절로.

갑자기 조종사가 헬리콥터를 기울여 반대 방향으로 돌리자 우리는 재빨리 조국 땅을 마지막으로 한번 둘러보며 떠났다. 엄마가 종이배와 시집*을 꼭 움켜쥐었고 나는 내 여행에 번갈아 그림자와 그늘을 드리워줄 산과 강들, 영혼과 목소리들, 한 나라의 이야기들을 움켜쥐었다.

그렇게 움켜쥔 것들이 나의 이야기가 되었다.

---

* 수첩을 그렇게 표현한 것임.

작가 노트

라미의 이야기는 본질적으로 나 자신의 이야기다. 1975년 4월 17일 크메르 루주가 캄보디아의 수도 프놈펜으로 쳐들어와 새로운 정부와 새로운 삶의 방식을 선언했을 때 나는 다섯 살이었다. 그 이전의 여러 세기 동안 캄보디아는 그들 자신을 데바라자, 즉 신들의 후예라고 칭한 군주들에 의해 통치되어왔다. 그 신화적 지위를 유지한 마지막 왕은 앙 둥(Ang Duong)이었고 그의 두 아들인 시소와스 왕과 노로돔 왕이 캄보디아의 현 왕족에서 경쟁적인 두 계보를 탄생시켰다. 나의 아버지는 캄보디아가 프랑스 보호령이었던 이십 세기 초반에 군림한 시소와스 왕의 증손자였다. 해외에서 교육을 받고 민주주의와 민족자결이라는 이념에 접한 동시대의 여러 다른 사람들과 마찬가지로, 아버지도 독립 이후 수십 년 동안 이어진 캄보디아 사회의 부정부패와 비능률에 점점 더 환멸을 느낀 지식인 계층의 일원이었다. 아버지와 그의 동료들로서는, 그 환멸이 사회적 비판일 뿐 아니라 그들 자신이 누리는 특권의 근거에 대한 내부로부터의 의문이기도 했다. 1970년에 쿠데타가 일어나 군주 지배를 종식시키고 크메르 공화국을 수립하자 아버지와 많은 국민들은 그것을 민주적인 통치체제가 봉건제도의 병폐를 역점적으로 다룰 빛나는 새 시대가 온 것으로 보았다. 그러나 그 상상 속의 민주주의는 베트남으로부터 번져온 전쟁에 휩쓸려 나라에 안정을 가져다주지 못했다. 부정부패는 더욱 심해졌고 점점 더 혼란스러워지는 사회 분위기 속에서 그때까지는 변두리의 게릴라였던 크메르 루주라는 집단이 농촌 지역에서 세력을 키웠다. 그 집단의 지도자들은 아버지와 똑같은 지식인 계층 출신으로 똑같이 이상적이었지만 정치적으로 가장 기민한 사람들조차도 가늠할 수 없는 극단주의로 단단히 무장하고 있었다.

크메르 루주 지도자들이 현대의 가장 철저한 사회 개혁 중의 하나로 유토피아 사회라는 이상을 실현시키려고 했던 1975년에서 1979년 사이에 수많은 가족들이 이산되어 강제노동수용소에 처넣어졌고 조직적으로 굶주림을 당하거나 처형되었다. 그리고 그 정권이 내부의 '적들'을 제거할 필요에서 더더욱 흉포해지자 정치적·사상적·인종적으로 순수하지 못한 사람들이 엄청난 숫자로 대량학살되었다. 그런 내부숙청으로 이미 심각하게 약화되어 있던 그 정권은 마침내 1979년 1월 베트남 군대에 의해 전복되었고 혁명의 실험은 종말을 맞고 말았다. 그 정확한 숫자는 결코 알려질 수 없겠지만 학자들은 아마도 전체 국민의 삼분의 일에 해당하는 백만에서 이백만 명의 사람들이 사망했을 것으로 추산한다.

라미와 마찬가지로 나도 크메르 루주가 정권을 탈취한 뒤 얼마 안 가서 곧 지도자들이 아버지를 왕자, '적' 계층의 일원이라는 이유로 소환한 데 이어 아버지가 사라짐으로써 엄청난 고통을 겪었다. 그리고 다음 몇 년 동안의 상실과 무자비가 내 아버지에게, 내가 사랑하는 사람들에게, 내 조국에 무슨 일이 일어났는지 이해하려는 욕구를 심화시켰다. 글을 쓰는 수단으로서 나는 픽션과 재구성, 그리고 기억만으로는 불충분한 부분들에서는 상상을 택했다. 그럼으로써 더 폭넓게 펼쳐지는 이 이야기는 실제의 역사적 사건들이라는 배경의 틀 속에서 내 아버지의 여행을 따라간다. 나는 문학의 자유분방함을 취해 시간과 사건들을 요약하고 여러 장소와 인물들을 하나로 뭉뚱그려 단일화해서 그 하나하나에 뚜렷한 특성을 부여하기 위해 내 가족뿐 아니라 우리가 여러 차례의 이송을 거치며 알게 된 사람들의 이름과 개인적 배경을 바꾸었다. 내가 본명을 그대로 쓴 것은 내 아버지의 이름 하나뿐이다. 아버지는 훈련받은 조종사였지만 아버지를 하늘로 올려준 것은 '비행의 시'였다. 나는 어렸을 때 아버지가 내게 종종 그 말을 해주었던 것을 기억한다. 그래서 라미의 아버지는 내 아버지가 지녔던 여러 가지 이름과 칭호―그중에는 메차스 클라 또는 '호랑이 왕자'라는 애정 어린 별명도 있었다―를 지닐 뿐 아니라 아버지의 희망과 이상, 내 생존을 위한 열렬한 바람을 구현하기도 한다. 그는 내가 사랑했고 지금도 사랑하는 남자의 기억들로 고취되어 있다.

내가 아버지를 찾고 또 찾게 만든 원동력은 바로 그 사랑이었다. 현재의 캄보디아는 내 어린 시절의 천국 같은 집이나 아버지가 그러리라고 믿었던 신성한 땅과는 거리가 멀지만 그래도 내게는 신성한 것들이 묻혀 있는 고향이다. 2009년에 나는 왕궁을 방문해서 노로

돔 시하모니 국왕 전하와의 첫 알현을 허락받았고 공식적으로 왕가에 다시 소개되었다. 나를 소개한 칭호는 네악 앙 메차스 크사트레이 시소와스 라트너 아유라반 바데이였다. 케마린 홀에서 양손을 가슴에 포개고 앉아 왕실 용어로 국왕에게 나는 호랑이 왕자의 딸이며 시소와스 야마로스 왕자 전하의 손녀, 시소와스 에사라봉 왕자 전하의 증손녀, 시소와스 국왕 전하의 고손녀로서 왔다고 했다. 그리고 가난한 사람들에게 기증할 쌀 3톤을 아버지의 이름으로 가져왔다며 시소와스 아유라반 왕자 전하, 하다가 말을 잇지 못했다. 더 이상 말을 할 수 없었다. 내가 어렸을 때 알고 있던 침묵이 다시 나를 사로잡았고 걷잡을 수 없는 눈물이 터져 나오려 하고 있었다. 그러나 불현듯 나는 그 방문이 어떤 의미인지를, 그 방문의 의미는 내가 아버지를 대신하고 아버지의 이름을 공유하는 데 있음을 깨달았다.

나는 언젠가 아버지가 위엄이라는 것이 무엇인지 설명해주려고 했던 일을 떠올렸다. 내가 아마 네 살 때의 일이었을 것이다. 프놈펜의 어느 시장 길모퉁이에서 우리는 한 걸인과 마주쳤다. 그는 책상다리를 하고 찢어진 마대 자루에 앉아 있었는데, 그 자루는 그의 집이자 단 하나뿐인 소유물인 것 같았다. 그 걸인은 장님이었고 그래서 그가 위를 올려다보자 그의 눈에 낀 백태가 희뿌연 하늘의 반사상처럼 보였다. 양손을 들어 올려 행인들에게 애원을 하는 그의 모습이 신들에게 탄원을 하는 것 같았다. 그 몸짓이, 그의 모습 전체가 나를 깊이 감동시켰다. 신들이 그에게 시력을 줄 수 없다면 내가 그에게 뭔가를 주고 싶다는 생각이 들었다. 그래서 우리는 연잎에 싼 밥을 샀는데, 내가 막 그것을 걸인에게 주려는 참에 아버지가 나를

528

불러 세우더니 샌들 벗는 것을 잊지 말라고 했다. 나는 이해가 가지 않았다. 우리가 신을 벗는 것은 스님들에게 시주를 하면서 수행의 길을 걷는 분들에게 경의를 표하려 할 때뿐이기 때문이었다. 아버지는 우리 모두가 걸인이라고 했다. 우리가 무엇을 입고 있느냐는 문제가 되지 않는다. 우리는 제각기 삶에서 같은 것을 요구한다. 나는 공주로 태어났을 수 있지만 그 걸인, 그 장님은 아마도 가난하게 태어나 틀림없이 많은 고통을 겪었을 것이며 삶이 지속되기를 원하기에 충분한 아름다움을 찾아냈을 것이다. 그러므로 그는 우리에게서 최고의 존경을 받을 만하다. 그의 삶에는 우리의 삶, 다른 누구의 삶에 못지않은 고결함이 있고 우리는 거기에 위엄을 주어야 한다. 나는 아버지의 말을 하나하나 다 정확히 기억할 수는 없지만, 그때 내가 어리기는 했어도 아버지가 내게 이해시켜주려고 하는 것이 무엇인지는 분명히 알 수 있었다. 아버지의 태도와 말은 오늘날까지도 내 마음속에서 울리고 있다. 내가 알게 된 모든 상실과 비극 덕분에 나는 인간의 정신이 혼돈과 파괴 위로, 그 걸인이 들어 올린 손처럼, 하늘을 나는 날개처럼 떠오르리라는 것을 알게 되었기 때문이다.

나는 국왕에게 아버지가 어떤 사람이었는지를 넌지시 비치기 위해 앞의 이야기를 하고 싶었다. 그러나 그 이야기를 할 계제가 아니어서 대신에 나는 가장 직접적이라고 여겨지는 이야기를 했다. 아버지가 사망했을지라도, 아버지의 마지막 순간이 어떠했을지라도, 나는 아버지가 짧은 삶에서 수없이 여러 번 앉았던 그 자리에 어느 날엔가는 내가 앉게 되리라는 것, 아버지가 잊히지 않도록 아버지의 이름이 불리고 또 불리리라는 것을 알 수 있었기를 소망한다고.

아버지의 단 하나뿐인 살아남은 자식으로서, 당신의 영혼을 기리는 것은 내가 애써 해야 할 일이다. 이 이야기는 아버지의 기억과 침묵 당한 모든 사람들의 기억에 목소리를 주려는 내 소망으로부터 태어났다.

바데이 라트너

불굴의 인간정신으로 전 세계를 울린
처절한 삶과 죽음의 기록

《나는 매일 천국의 조각을 줍는다》는 1975년부터 1979년까지 캄보디아를 유린했던 크메르 루주의 광기 하에서 죽음보다 더한 고통과 두려움을 견디고 살아남은 한 소녀의 생존투쟁을 그린 이야기다. 크메르 루주가 권력을 잡고 자국민들을 학살하던 시기를 배경으로 하는 이 소설은 작가가 그 시기에 보고 들은 모든 것에 관한 생생한 증언이자 수많은 사람들이 겪었던 공포와 고난의 재현인 동시에 무덤을 넘어서까지 견뎌낼 힘을 준, 죽음으로도 끊어지지 않은 아버지의 사랑에 대한 헌사다.

캄보디아 왕국이 크메르 루주 손아귀에 넘어간 뒤 작가가 자신을 소설화한 주인공인 라미 가족은 수도 프놈펜에서 쫓겨나 시골로 강제이주를 당한다. 더구나 라미의 아버지는 왕자이자 시인으로 깊은 학식과 강한 자아를 지녀서 크메르 루주에 위협이 되는 인물이었기에 처형을 당하게 되고, 라미 집안은 둘로 갈려 각기 다른 곳에 재배치된다. 그러는 와중에 라미 모녀는 어린 동생을 말라리아로 잃는 비극을 겪기도 하고 헤어졌던 삼촌과 천신만고 끝에 다시 만나기도 하지만 그때는 이미 라미의 고모와 숙모와 사촌동생들은 이 세상 사람이 아니었고 지체 높은 왕비였던 할머니는 정신줄을 놓아버린 뒤였다.

할머니가 참담하게 세상을 뜬 뒤 살아남은 세 사람은 거대한 홍수 방지 둑 공사장에서의 끊임없는 굶주림과 극한적인 중노동, 죽음의 위협이 상존하는 역경 속에서도 서로에 대한 사랑을 지키고 자신을 희생해가며 생존을 위해 투쟁한다. 그러나 이야기 전체를 통틀어 독자들이 생존을 확신할 수 있는 사람은 그 끔찍한 상황에서도 어떻게든 아름다움을 찾아내고 아버지의 시와 이야기들로부터 영감을 얻어내는 화자이자 작가 자신의 분신인 라미 하나뿐이다. 든든한 버팀목이 되어주었던 삼촌마저도 결국에는 공사장으로 밀려든 홍수에 희생당한 아이들을 고이 묻어준 뒤 목을 매어 생을 마감하고 만다.

라미가 죽음보다 더한 고통과 두려움을 겪으면서도 삶의 끈을 놓지 않도록 이끌어준 힘은 아버지에게서 받은 사랑의 기억과, 모든 것이 다 사라진다 해도 사랑만은 영원히 남는다는 가르침이었다. 라미의 아버지는 사랑하는 딸에게 많은 이야기를 들려주고, 라미는 그 이야기들에서 세상을 제대로 보도록 해주는 교훈을 얻어 가능할 법하지 않은 생존을 위해 싸워나간다. 잔악한 크메르 루주 치하에서 한 어린 소녀가 아버지를 잃은 고통과 점점 다가오는 죽음을 이겨내며 그 소름끼치는 세월을 살아남은 원동력은 아버지에 대한 사랑, 가족과 선량한 사람들에 대한 믿음이었다.

작가는 1970년대 중반 캄보디아에서 벌어졌던 크메르 루주 혁명 기간 동안 자신이 겪었던 일들을 라미라는 주인공이 자신의 기억을 회상하는 소설의 형식을 빌려 효과적으로 그려낸다. 도처에 고통과 상실감이 손에 잡힐 듯 분명한데도 그저 혼돈을 목격할 뿐 무슨 일이 일어나고 있는지도 모르는 한 어린아이의 천진난만한 눈을 통해 독특한 조망을 제시하는 것이다. 라미의 이야기에는 대체로 감정이 배제되어 있고, 그것이 어떻게 해서인지 폭력과 학살의 장면을 더더욱 생생하게 전달한다. 어떤 부분에서는 소름끼치게 무섭고 가슴 저미게 슬프고 숨 막히게 충격적이지만, 또 어떤 부분에서는 너무도 아름다운 서정적 서술로 두려움이 잠시 걷히고 회복된 인간정신의 광휘가 밝게 빛난다.

역사와 신화, 구전과 서정이 한데 어우러진 이 보기 드물게 빼어난 이야기에서 작가는 주인공이 라미임을 결코 잊지 않고 어린아이의 입장에서 이야기를 전개해나간다. 라미의 이야기를 일곱 살짜리 아이보다 더 나이 들었거나 더 많이 아는 것처럼 들리게 하지 않는 작가의 서술을 통해 우리는 킬링필드를 눈앞에 그리는 것이 아니라 겁에 질려 숨어 있는 라미의 눈으로 채 몇 미터도 떨어지지 않은 곳에서 누군가가 죽임을 당할 곳으로 끌려가는 장면을 보게 되고, 그러한 서술 덕에 그 시기의 온전한 공포를 더더욱 생생하게 실감한다.

그러나 다른 한 편으로 작가는 일곱 살짜리 아이의 눈에 비친 상황을 묘사함으로써 그 참혹했던 시기의 잔학상을 어느 정도는 녹여주기도 한다. 만일 이 소설이 어른의 목소리로 쓰였다면 너무도 끔찍해서 끝까지 읽어내기가 몹시 힘들었을 것이다. 라미의 천진난만

함 덕에 그 소름끼치는 시기의 잔인하고 무자비한 야만성이 어느 정도는 견딜 만해지고, 그것이 여기저기에서 보이는 서정시적 운율과 함께 이 작품의 소설적 가치를 한층 더 높여준다. 이 소설이 감동을 끌어내고 눈물을 자아내는 힘은 당사자의 고통과 증오가 실린 강렬한 서술에 있지 않다. 그 힘은 라미라는 어린 소녀의 눈에 비친 현상을 있는 그대로 전하는 꾸밈없고 담담한 서술에 있다.

그러나 이 소설은 읽어나가기가 만만치 않다. 그것은 내용이 어려워서가 아니라 작가의 언어와 심상이 다음 페이지에서 또 어떤 새로운 공포로 나타날까 하는 생각에 읽는 속도가 늦춰지기 때문이다. 특히 라미 가족이 혁명에 휩쓸리기 전 그들의 삶과 집안과 도시를 서술하는 전반부는 여러 이야기와 상황이 얽혀들어 통합된 짜임새를 이루는 과정에서 독자들에게 많은 생각을 요구한다. 또 아울러 빼어나게 아름다운 서정시적 특성과 어린 라미가 아버지와 맺고 있는 밀접한 관계가 더없이 감동적으로 서술되어 있는 부분이기도 하다. 그러나 전반부를 넘어서면 이 소설은 주인공들이 맞닥뜨리는 상황과 접종되는 사건들에 대한 궁금증, 그리고 캄보디아의 자연과 다른 등장인물들에 대한 매혹적인 묘사 덕분에 책장들이 일사천리로 넘어간다.

바데이 라트너는 자신이 겪었던 고통스럽고 무서운 일들을 이야기로 옮겨 비극적이면서도 희망의 끈을 놓지 않는 모습을 보기 드문 열정으로 그려낸다. 이 소설을 쓰고 있던 동안 상황과 집필에 들인 노력은 작가의 이 짧막한 말로 압축될 수 있을 것이다.

라미가 직면했던 시련 중에서 나 자신이 어떤 식으로든 맞닥뜨리지 않은 것은 하나도 없다. 가족상실, 굶주림, 강제노동, 거듭되는 강제이주와 가족이산, 근본적으로 외톨이라는 생각에 압도당하면서도 한 혼령이 나를 지켜보고 있다는 고집스러운 믿음. 나는 그 모든 것을 겪었고 느꼈기에 단어 하나, 문장 하나, 문단 하나하나를 심사숙고하며 공을 들였고 한 페이지 한 페이지를 써나가는 것이 투쟁이었다. 내가 어렸을 때 가슴을 찢었던 시련 하나하나가 어른이 되어 글을 쓰고 있던 동안에도 다시 가슴을 찢었다. 내가 헤어날 수 없을 것이라 생각했던 그 나락으로 소용돌이치며 떨어져 내린 순간들도 있었다. 참으로 쓰기에, 털어놓기에 너무도 고통스러운 이야기였다.

이 소설은 독자들을 공포와 절망의 나락으로 끌어들여 형언할 수 없는 참상을 실감케 하면서도 아버지의 사랑과 은밀한 맹세와 기억된 시들의 편린을 통해 살아남으려고 애쓰는 눈부시게 강렬한 인간 정신을 보여줌으로써 우리에게 꿋꿋이 살아갈 힘을 주고 고통과 상실감을 극복하도록 도와줄 것이다. 우리의 삶에 닥칠 수도 있는 무자비한 시련과 사랑을 통해 얻어지는 자유를 알기 위해서는 꼭 읽어보아야 할 작품이며, 옮긴이로서 나는 독자들이 동정과 감동으로 거듭거듭 목이 메고 가슴 저미고 눈시울이 젖게 될 것이라고 확신한다.

2015년 7월
황보석

옮긴이 황보석

1953년 청주에서 태어나 서울대 불어교육학과를 나왔다. 영문 잡지사 편집기자와 출판사 편집장, 주간을 거쳤고 1983년 이후로는 번역을 업으로 삼아 150여 권의 영어·프랑스어·독일어 문학작품을 번역했다. 옮긴 책으로『셀프』『나는 홀리아 아주머니와 결혼했다』『모레』『델리』『작은 것들의 신』『백년보다 긴 하루』『불릿파크』『존 치버 단편전집』『뉴욕 3부작』『달의 궁전』『공중곡예사』『환상의 책』『거대한 괴물』『브루클린 풍자극』등이 있다.

나는 매일 천국의 조각을 줍는다

ⓒ 바데이 라트너, 2015

초판 1쇄 인쇄일 2015년 7월 14일
초판 1쇄 발행일 2015년 7월 28일

지은이 바데이 라트너 | 옮긴이 황보석 | 펴낸이 강병철 | 주간 정은영 | 편집 임채혁
마케팅 이대호, 최금순, 최형연, 한승훈 | 홍보 김상혁 | 제작 이재욱, 김춘임

펴낸곳 자음과모음 | 출판등록 1997년 10월 30일 제313-1997-129호
주소 121-897 서울시 마포구 성지길 54
전화 편집부 (02)324-2347, 경영지원부 (02)325-6047
팩스 편집부 (02)324-2348, 경영지원부 (02)2648-1311
이메일 munhak@jamobook.com | 커뮤니티 cafe.naver.com/cafejamo

ISBN 978-89-5707-858-7 (03830)

이 도서의 국립중앙도서관 출판시도서목록(CIP)은 서지정보유통지원시스템 홈페이지
(http://seoji.nl.go.kr)와 국가자료공동목록시스템(http://www.nl.go.kr/kolisnet)에서
이용하실 수 있습니다.(CIP제어번호: CIP2015018087)